Das Buch

In Garbsen bei Hannover wird ein Filmteam von Neonazis überfallen. Es gibt mehrere Tote. Die Täter, eine Gruppe jugendlicher Skinheads, hatten es auf die Requisiten der deutsch-amerikanischen Koproduktion über den Zweiten Weltkrieg abgesehen. Gewalt war ihnen das adäquate Mittel gewesen, an die begehrten Naziareliquien heranzukommen. Der Vorfall lenkt die Aufmerksamkeit der Öffentlichkeit auf die an diesen Tag in Hannover geginnenden Chaostage. Tausender junger Neonazis sind aus allen Teilen des wiedervereinigten Deutschland angereist. Daß die alljährlich stattfindende Chaostage mehr bedeuten als eine Ansammlung lärmender Skinheads, wird nun zum erstenmal registriert. Paul Hood und seine Op-Center-Leute, die sich zu der Zeit gerade in Hamburg aufhalten, um neue Technologien für ein in Deutschland ansässiges Op-Center einzukaufen, werden auf die Umtriebe in Hannover aufmerksam. Sie finden heraus, daß es gefährliche Verbindungen zu dem mysteriösen Dominique gibt, dem Kopf der französischen Neonazis. Dieser will die ganze Welt mit einem Netz des Rechtsextremismus überziehen. Und, wie es scheint, ist er seinem Ziel bedrohlich nahe...

Der Autor

Tom Clancy, geboren 1947 in Baltimore, begann noch während seiner Tätigkeit als Versicherungskaufmann zu schreiben und legte schon mit seinem Roman *Jagd auf Roter Oktober* einen Bestseller vor. Sein Roman *Clear and Present Danger* wurde mit Harrison Ford verfilmt. Tom Clancy lebt mit seiner Familie in Maryland.
Steve Pieczenik ist von Beruf Psychiater. Er arbeitete als Vermittler bei Geiselnahmen und als Krisenmanager während der Amtszeiten von Henry Kissinger, Cyrus Vance und James Baker. Er ist außerdem Bestsellerautor von psychologischen Polit-Thrillern.

TOM CLANCY / STEVE PIECZENIK

TOM CLANCY'S OP-CENTER CHAOSTAGE

Roman

Aus dem Amerikanischen
von Heiner Friedrich

Deutsche Erstausgabe

WILHELM HEYNE VERLAG
MÜNCHEN

HEYNE ALLGEMEINE REIHE
Nr. 01/9982

Titel der Originalausgabe
TOM CLANCY'S OP-CENTER
GAMES OF STATE

Umwelthinweis:
Dieses Buch wurde auf
chlor- und säurefreiem Papier gedruckt.

Printed in Germany 1997
Umschlaggestaltung: Atelier Ingrid Schütz, München
Satz: Buch-Werkstatt GmbH, Bad Aibling
Druck und Bindung: Elsnerdruck, Berlin

ISBN 3-453-11557-0

Danksagung

Wir danken Jeff Rovin für seine kreativen Ideen und seinen unschätzbaren Beitrag zur Vorbereitung des Manuskriptes. Hervorheben möchten wir auch die Mitarbeit von Martin H. Greenberg, Larry Segriff, Robert Youdelman, Esq., sowie die großartigen Mitarbeiter der Putnam Berkley Group, einschließlich Phyllis Grann, David Shanks und Elizabeth Beier. Wie immer bedanken wir uns auch dieses Mal bei Robert Gottlieb von der William Morris Agency, unserem Agenten und Freund, ohne den dieses Buch nie entstanden wäre. Nun liegt es an Ihnen, unseren Lesern, zu entscheiden, welches Maß an Erfolg unseren gemeinsamen Bemühungen beschieden ist.

Tom Clancy und Steve Pieczenik

1

Donnerstag, 9 Uhr 47 – Garbsen/Deutschland

Bis vor wenigen Tagen hatte die 21jährige Jody Thompson nie etwas mit Krieg zu tun gehabt.

Im Jahr 1991 war das junge Mädchen zu beschäftigt mit Jungs, Telefonaten und Akne gewesen, um dem Golfkrieg besondere Aufmerksamkeit zu schenken. Sie erinnerte sich lediglich an Fernsehbilder von weißen Blitzen, die über den grünen Nachthimmel gezuckt waren, und an Berichte von Scud-Raketen, die auf Israel und Saudi-Arabien abgefeuert worden waren. Nicht, daß sie stolz auf ihre blassen Erinnerungen war, aber 14jährige Mädchen haben nun mal andere Prioritäten.

Vietnam gehörte zum Leben ihrer Eltern, und über Korea wußte sie nur, daß die Veteranen endlich ihren Gedenktag erhalten hatten, während sie ihr erstes Jahr am College absolviert hatte.

Der Zweite Weltkrieg war der Krieg ihrer Großeltern gewesen. Doch seltsamerweise erfuhr sie darüber momentan am meisten.

Vor fünf Tagen hatte Jody ihre schluchzenden Eltern, ihren aufgeregten kleinen Bruder, ihren Freund aus dem Nachbarhaus und ihren traurigen Cockerspaniel Ruth verlassen und war von Rockville Center, Long Island, nach Deutschland geflogen, um bei den Dreharbeiten zu dem Spielfilm »Tirpitz« mitzuarbeiten. Bevor sie im Flugzeug ihren Platz eingenommen und begonnen hatte, sich mit dem Drehbuch zu beschäftigten, hatte Jody so gut wie nichts über Adolf Hitler, das Dritte Reich oder die Achsenmächte gewußt. Ihre Großmutter hatte gelegentlich ehrfürchtig von Präsident Roosevelt gesprochen, und ab und zu hatte ihr Großvater eine respektvolle Bemerkung über Truman fallen lassen, dessen Atombomben ihn davor bewahrt hatten, in einem thailändischen

Gefangenenlager abgeschlachtet zu werden – einem Lager, in dem er einmal einem Mann, der ihn gefoltert hatte, ein Ohr abgebissen hatte. Als Jody ihren Großvater gefragt hatte, warum er das getan habe und ob die Folter wegen dieses Vorfalles nicht noch schlimmer geworden sei, hatte der sanftmütige Mann nur geantwortet: »Manchmal muß man einfach tun, was man tun muß.«

Ansonsten war Jody dem Krieg nur im Fernsehen begegnet, wenn sie auf ihrem Weg zu MTV durch die Kanäle gezappt und zufällig ein paar Sekunden einer Dokumentation auf A&E mitbekommen hatte.

Jetzt erfuhr sie in einem Intensivkurs von dem Chaos, in das die Welt damals verfallen war.

Sie haßte das Lesen; Artikel in der Fernsehzeitschrift brach sie spätestens nach der Hälfte ab. Aber von dem Drehbuch der amerikanisch-deutschen Koproduktion war sie auf Anhieb fasziniert gewesen. Es ging nicht nur um Schiffe und Kanonen, wie sie befürchtet hatte. Es ging um Menschen. Sie hatte von den Hunderttausenden von Seeleuten, die auf den eisigen Gewässern der Arktis Dienst getan hatten, und den Zehntausenden, die darin ertrunken waren, gelesen. Sie hatte vom Schwesterschiff der Tirpitz, der Bismarck, dem »Schrekken der Meere«, gelesen. Sie hatte von Fabriken auf Long Island erfahren, die eine wichtige Rolle beim Bau von Kriegsflugzeugen für die Alliierten gespielt hatten, und daß viele der Soldaten, die nicht älter als ihr Freund gewesen waren, genauso viel Angst gehabt hatten wie Dennis, wenn er in einen Krieg gegangen wäre.

Seit dem Moment, da Jody am Drehort war, verfolgte sie, wie dieses großartige Drehbuch zum Leben erweckt wurde.

Heute hatte sie in der Nähe eines kleinen Landhauses in Garbsen außerhalb von Hannover bei der Aufnahme von Szenen zugesehen, in denen ein in Ungnade gefallener ehemaliger SA-Offizier seine Familie verließ, um sich auf dem deutschen Schlachtschiff zu rehabilitieren. Sie hatte die packenden, mit Spezialeffekten gefüllten Filmmeter miterlebt, auf denen das Schlachtschiff 1944 im norwegischen Tromsofjord durch einen Angriff von RAF-Lancastern zum

Kentern gebracht und zum Sarg für 1000 Besatzungsmitglieder wurde. Und genau hier, im Requisitenwohnmobil, hatte sie echte Überbleibsel aus diesem Krieg angefaßt.

Noch immer konnte Jody kaum glauben, daß ein solcher Wahnsinn wirklich stattgefunden hatte, obwohl die Beweise dafür auf den Tischen vor ihr ausgebreitet lagen – eine beispiellose Phalanx aus glänzenden Orden, Traggurten, Kragenspiegeln, Manschettenbesätzen, Waffen und anderen aus privaten Sammlungen in Europa und den Vereinigten Staaten geliehenen Memorabilien. Auf den Regalen standen sorgsam erhaltene, in Leder gebundene Karten, Militärbücher und Füllfederhalter aus der Bibliothek des Generalfeldmarschalls von Harbou, die dessen Sohn leihweise zur Verfügung gestellt hatte. In einem Karteikasten im Schrank lagen Fotografien der Tirpitz, die von Aufklärungsflugzeugen und Kleinstunterseebooten aus aufgenommen worden waren. Und in einem Behälter aus Plexiglas prangte ein Splitter von einer der beinahe 6000 Kilogramm schweren Tallboy-Bomben, die das Schiff getroffen hatten. Die rostige, 15 Zentimeter lange Scherbe würde als Hintergrundbild für den Abspann dienen.

Bevor sie den Originaldolch der Sturmabteilung aufhob, dessentwegen sie ins Wohnmobil gelaufen war, wischte sich die große, schlanke brünette Jody die Hände an ihrem School-of-Visual-Arts-Sweatshirt ab, um das Relikt nicht mit Schweiß zu beschmutzen. Ihre großen dunklen Augen wanderten von der mit einer silbernen Spitze versehenen braunen Metallscheide zu dem braunen Heft des Dolches. In einen Kreis nahe dem oberen Ende waren die silbernen Buchstaben »SA« eingelegt. Darunter befanden sich ein Reichsadler und ein Hakenkreuz. Langsam zog sie die 25 Zentimeter lange Waffe aus der engen Scheide und betrachtete sie.

Sie war schwer und furchtbar. Jody sann darüber nach, wie viele Leben sie beendet haben mochte. Wie viele Ehefrauen durch sie zu Witwen geworden waren. Wie viele Mütter ihretwegen geweint hatten.

Sie drehte den Dolch um. Auf einer Seite waren in Schwarz die Worte ALLES FÜR DEUTSCHLAND eingeätzt. Als Jody das Messer am Vorabend während einer Probe zum erstenmal gesehen hatte, war ihr die Bedeutung der Worte von einem älteren deutschen Schauspieler erklärt worden.

»Wer damals in Deutschland leben wollte«, hatte der Mann gesagt, »mußte alles für Hitler geben. Seinen Fleiß, sein Leben, seine Menschlichkeit.« Er hatte sich dicht zu ihr gebeugt. »Wenn die Geliebte etwas gegen das Reich flüsterte, mußte man sie verraten. Und was schlimmer war: Man mußte stolz darauf sein, sie verraten zu haben.«

»Thompson, das Messer!«

Die erhobene Stimme von Regisseur Larry Lankford riß Jody aus ihren Gedanken. Sie schob den Dolch in die Scheide zurück und eilte zur Tür des Wohnmobils. »Entschuldigung!« rief sie. »Ich wußte nicht, daß Sie warten!« Sie sprang die Stufen hinunter, stürmte an dem Mann vom Sicherheitsdienst vorbei, der auf den Stufen saß, und rannte um das Wohnmobil herum.

»Das wußten Sie nicht?« schrie Lankford. »Wir warten im Takt von 2000 Dollar pro Minute!« Der Regisseur hob das Kinn von seiner roten Krawatte und begann, in die Hände zu klatschen. »Das sind 33 Dollar«, rief er nach dem ersten Klatschen. »66, 99 Dollar ...«

»Ich komme«, keuchte Jody.

»... 132 ...«

Jody kam sich dumm vor, weil sie dem Regieassistenten Hollis Arlenna geglaubt hatte, als der ihr gesagt hatte, Lankford werde erst in zehn Minuten für die nächste Aufnahme bereit sein. Ein anderer Produktionshelfer hatte sie gewarnt: Arlenna sei ein kleiner Mann mit großem Ego, der sich daran weide, anderen Leuten vor Augen zu führen, wie unwichtig sie seien. Als Jody sich näherte, trat der Regieassistent zwischen sie und den Regisseur. Heftig atmend hielt Jody an und händigte ihm den Dolch aus. Er vermied ihren Blick, drehte sich um und lief die wenigen Meter zum Regisseur.

»Vielen Dank«, sagte Lankford leutselig, als der junge Mann ihm die Klinge gab.

Während der Regisseur einem Schauspieler zeigte, wie dieser seinem Sohn den Dolch überreichen sollte, wandte sich der Regieassistent ab. Er sah Jody nicht an und postierte sich ein Stück von ihr entfernt.

Warum bin ich nicht überrascht? dachte sie.

Nur neun Tage nach dem Collegeabschluß und nach weniger als einer Woche am Drehort wußte Jody bereits, wie das Filmgeschäft funktionierte. War man schlau und ehrgeizig, versuchten gewisse Leute, einen dumm und ungeschickt aussehen zu lassen, damit man nicht zu einer Gefahr für sie wurde. Wenn man etwas vermasselte, distanzierten sie sich von einem. Wahrscheinlich war es in jedem Geschäft so, aber die Filmleute schienen daraus eine Art gemeiner Kunst entwickelt zu haben.

Während Jody zum Wohnmobil zurückging, dachte sie darüber nach, wie sehr sie das System gegenseitiger Unterstützung vermißte, das sie und ihre Freunde in Hofstra entwickelt hatten. Aber das war das College gewesen, und hier war die richtige Welt. Sie wollte Regisseurin werden und hatte Glück gehabt, diesen Job im Filmteam zu bekommen. Sie war fest entschlossen, daraus stärker und klüger hervorzugehen. Und wenn es zum Überleben notwendig wäre, würde sie ihre Ellbogen genauso einsetzen wie die anderen.

Als Jody das Wohnmobil erreichte, zwinkerte ihr der ältere deutsche Sicherheitsmann aufmunternd zu. »Diese Tyrannen dürfen die Stars nicht anschreien, darum schreien sie Sie an«, sagte er. »Ich würde mir nichts daraus machen.«

»Tue ich nicht, Mr. Buba«, log Jody lächelnd. Sie griff nach der seitlich am Wohnmobil hängenden Klemmtafel, auf der sich eine Liste mit den heute geplanten Szenen und den jeweiligen Requisiten befand. »Wenn mir nichts Schlimmeres passiert, solange ich hier bin, werde ich es überleben.«

Buba erwiderte das Lächeln, während Jody die Stufen hochstieg. Sie hätte sterben können für eine Zigarette, aber im Wohnmobil war das Rauchen verboten, und um draußen herumzustehen, reichte die Zeit nicht. Sie mußte sich eingestehen, daß sie im Augenblick auch für wesentlich weniger hätte sterben können. Zum Beispiel dafür, Hollis endlich aus ihrem Kopf zu verbannen.

An der Tür hielt Jody inne und spähte in die Ferne. »Mr. Buba«, sagte sie, »ich glaube, ich habe da drüben im Wald jemanden gesehen.«

Der Wachmann stand auf, stellte sich auf die Zehenspitzen und folgte ihrem Blick. »Wo?«

»Ungefähr 400 Meter von hier. Es ist noch niemand im Bild, aber ich möchte nicht in der Haut desjenigen stecken, der eine von Lankfords Aufnahmen ruiniert.«

»Stimmt«, sagte Buba und zog das Funkgerät aus der Gürtelschlaufe. »Ich weiß zwar nicht, wie jemand dorthin gelangen konnte, aber ich werde mal nachsehen lassen.«

Während er die Meldung durchgab, wandte sich Jody wieder dem Wohnmobil zu. Sie versuchte, Lankford und seinen Rüffel zu vergessen, indem sie ihre dunkle Welt wieder betrat, in der Tyrannen Waffen statt Drehbücher trugen und Staaten angriffen statt Produktionsassistentinnen.

2

Donnerstag, 9 Uhr 50 – Hamburg

Paul Hood schreckte aus dem Schlaf, als der Großraumjet mit einem heftigen Ruck auf Rollbahn zwei des Hamburger Internationalen Flughafens aufsetzte.

Nein …! schrie etwas tief in seinem Inneren.

Den Kopf an die erwärmte Sonnenblende gelehnt, behielt Hood die Augen geschlossen und versuchte, in seinem Traum zu verweilen.

Nur noch für einen Moment.

Aber die Motoren heulten auf, bremsten das Flugzeug ab, und ihr Donnern blies die Überreste des Traumes davon. Einen Augenblick später war Hood nicht einmal mehr sicher, wovon er geträumt hatte. Nur, daß es zutiefst befriedigend gewesen war, wußte er noch. Mit einem stummen Fluch öffnete er die Augen, streckte Arme und Beine und ergab sich der Realität.

Der hagere, 43jährige Direktor des OP-Centers fühlte sich nach acht Stunden in dem engen Flugzeugsitz steif und von Schmerzen geplagt. Im OP-Center nannten sie solche Flüge

»Shorts« nicht, weil das auf den Ort hindeutete, an dem sie schmerzten, oder weil sie kurz wären. Sie hatten den Namen erhalten, weil sie unterhalb der 13-Stunden-Grenze lagen, der Mindestflugzeit, die ein Regierungsbeamter unterwegs sein mußte, um Anrecht auf einen geräumigeren Sessel in der Business class zu haben. Bob Herbert war davon überzeugt, daß Japan und der Mittlere Osten soviel Aufmerksamkeit von seiten der amerikanischen Regierung erhielten, weil Handelsdelegierte und Diplomaten gerne in großem Stil reisten. Er sagte voraus, daß Australien zum nächsten wirtschaftlichen oder politischen Schlachtfeld werde, sobald 24-Stunden-Flüge Offizielle dazu berechtigten, First class zu fliegen.

Aber Hood fühlte sich ausgeruht, obwohl er eingezwängt gewesen war. Bob Herbert hatte recht. Der Trick, wie man im Flugzeug schlafen konnte, hatte nichts damit zu tun, ob man sich zurücklehnte. Er hatte sich nicht zurücklehnen können und trotzdem wunderbar geschlafen. Der Schlüssel lag in der Stille – die Ohrstöpsel hatten perfekt funktioniert.

Hood legte die Stirn in Falten und richtete sich auf. *Wir kommen auf Einladung des Staatssekretärs des Auswärtigen Amtes Richard Hausen nach Deutschland, um uns modernste technische Geräte im Wert von etlichen Millionen Dollar anzusehen und zwei kleine, in Brooklyn hergestellte Stücke Silikon für 50 Cent machen mich zu einem glücklichen Menschen.* Darin mußte einfach ein tieferer Sinn liegen.

Hood entfernte die Stöpsel. Während er sie in ihre Plastikverpackung zurücksteckte, versuchte er, wenigstens die Zufriedenheit einzufangen, die er in seinem Traum verspürt hatte. Aber sogar die war verschwunden. Hood schob die Blende vor seinem Fenster nach oben und blinzelte in das trübe Sonnenlicht.

Träume, Jugend und Leidenschaft, dachte er. Die begehrenswertesten Dinge sind immer die vergänglichsten. Vielleicht machte sie das so begehrenswert. Aber, sagte er sich, worüber zum Teufel beklagte er sich eigentlich? Seine Frau und seine Kinder waren glücklich und gesund, und er liebte sie und seine Arbeit. Das war mehr, als viele andere besaßen.

Verärgert über sich selbst, lehnte er sich zu Matt Stoll hinüber. Der beleibte Operations Support Officer des OP-Centers saß im Sitz am Gang rechts neben Hood. Er nahm soeben seinen Kopfhörer ab.

»Guten Morgen«, sagte Hood.

»Guten Morgen«, antwortete Stoll und verstaute den Kopfhörer in der Sitztasche vor sich. Er sah auf seine Armbanduhr, bevor er Hood sein Mondgesicht zuwandte. »Wir sind 25 Minuten zu früh«, erklärte er in seiner präzisen, knappen Art. »Ich hätte ›Rockin' '68‹ zu gerne noch ein neuntes Mal gehört.«

»Sie haben acht Stunden lang Musik gehört?«

»Mußte ich doch«, erwiderte Stoll. »Nach 38 Minuten kommt Cream, gefolgt von den Cowsills und dann Steppenwolf. Das ist wie die schöne Häßlichkeit von Quasimodo – ›Indian Lake‹ zwischen ›Sunshine of Your Love‹ und ›Born to Be Wild‹.«

Hood lächelte nur. Er scheute sich zuzugeben, daß er die Cowsills gemocht hatte, als er ein Teenager gewesen war.

»Jedenfalls«, sagte Stoll, »sind mir die Ohrstöpsel, die Bob mir gegeben hat, ständig rausgeflutscht. Die Industrie vergißt immer, daß wir schweren Leute mehr schwitzen als dürre wie Sie.«

Hood warf einen raschen Blick an Stoll vorbei. Auf der anderen Seite des Ganges schlief der grauhaarige Intelligence Officer Bob Herbert. Hood sagte: »Vielleicht hätte ich auch lieber Musik hören sollen. Ich hatte diesen Traum, und dann ...«

»... haben Sie ihn vergessen.«

Hood nickte.

»Das Gefühl kenne ich. Es ist wie ein Stromausfall, durch den alle Daten im Computer verlorengehen. Wissen Sie, was ich tue, wenn das passiert?«

»Musik hören?« riet Hood.

Stoll blickte ihn überrascht an. »Darum sind Sie der Boß, nicht ich. Genau. Ich höre Musik. Musik, mit der ich angenehme Erinnerungen verbinde. Das bringt mich sofort an einen schöneren Ort.«

Von der anderen Seite des Ganges ließ sich Bob Herberts hoher, gespreizter Südstaatenakzent vernehmen: »Und ich,

ich verlass' mich auf Ohrstöpsel, wenn ich meine Ruhe haben will. Dafür lohnt es sich, dürr zu bleiben. Wie haben sie bei Ihnen gewirkt, Boß?«

»Fantastisch«, gab Hood zurück. »Ich war schon eingeschlafen, bevor wir Halifax überflogen.«

»Hab' ich's Ihnen nicht gesagt?« fragte Herbert. »Sie sollten die Dinger mal im Büro probieren. Wenn General Rodgers das nächste Mal Stunk macht oder Martha eine ihrer Tiraden vom Stapel läßt, dann schieben Sie sie einfach rein und tun so, als hörten Sie zu.«

»Ich glaube kaum, daß das funktionieren würde«, wandte Stoll ein. »Mike drückt ohne Worte mehr aus als mit, und Martha verschickt ihre Reden per E-mail durch die ganze Stadt.«

»Meine Herren, halten Sie sich zurück mit dem, was Sie über Martha sagen«, warnte Hood. »Sie erledigt ihren Job gut ...«

»Klar«, sagte Herbert. »Und sie schleift unsere Ärsche wegen rassistischer und sexueller Diskriminierung vor Gericht, wenn wir das Gegenteil behaupten.«

Hood verzichtete darauf zu widersprechen. Während seiner zwei Amtszeiten als Bürgermeister von Los Angeles hatte er gelernt, daß die wichtigste Führungsqualität darin bestand, die Ansichten von Menschen nicht dadurch ändern zu wollen, daß man mit ihnen stritt. Einfach still sein. Man hielt sich aus dem Streit heraus und umgab sich mit einer würdevollen Aura. Die einzige Möglichkeit für den Gesprächspartner, sich auf die gleiche, höhere Ebene zu begeben, bestand dann darin, seine niedrigere Ebene zu verlassen und das bedeutete einen Kompromiß. Früher oder später kamen sie alle darauf. Sogar Bob, auch wenn es bei ihm etwas länger dauerte als bei den meisten.

Als der Jet zum Stehen kam und der schlauchförmige Ausstiegsgang für die Passagiere herangeschwungen wurde, sagte Herbert: »Zum Teufel, es ist eine neue Welt. Ich glaube, wir brauchen elektronische Ohrstöpsel. Wenn wir nicht hören, was uns nicht gefällt, laufen wir kein Risiko, politische Fehler zu begehen.«

»Die Datenautobahn soll den Geist *öffnen*, nicht verschließen«, sagte Stoll.

»Ach was, ich stamme aus Philadelphia, Mississippi, bei uns gab es keine Autobahnen. Wir hatten nur Lehmpisten, die im Frühjahr überschwemmt waren, und alle legten sich mächtig ins Zeug, um sie wieder in Schuß zu bringen.«

Die Anschnallzeichen erloschen, und alle bis auf Herbert erhoben sich. Während die Passagiere ihr Handgepäck an sich nahmen, lehnte er den Kopf zurück und richtete die Augen fest auf die Leselampe über sich. Es war mehr als zehn Jahre her, seit er wegen des Bombenattentates auf die Botschaft in Beirut seine Beine nicht mehr benutzen konnte, und Hood wußte, wie sehr es Herbert noch immer belastete, nicht gehen zu können. Obwohl niemand, der mit Herbert zusammenarbeitete, auch nur einen Gedanken an dessen Behinderung verschwendete, vermied Herbert den Blickkontakt mit Fremden. Von allen Dingen, gegen die er eine Abneigung verspürte, stand Mitleid an oberster Stelle.

»Wissen Sie«, sagte er jetzt wehmütig, »zu Hause fingen alle vom selben Ende der Straße aus an und arbeiteten zusammen. Meinungsverschiedenheiten wurden dadurch beigelegt, daß man es gemeinsam auf eine Art probierte. Wenn die nicht funktionierte, versuchte man es auf eine andere Art, und irgendwie lief die Sache dann schon. Heutzutage«, fuhr er fort, »wird man, wenn man mal anderer Meinung ist, dafür beschuldigt, die Minderheit zu hassen, der der andere zufällig angehört.«

»Opportunismus ist angesagt. Das ist der neue amerikanische Traum«, meinte Stoll.

»Für einige«, bemerkte Hood. »Nur für einige.«

Nachdem die Tür geöffnet worden war und sich der Gang geleert hatte, kam eine deutsche Stewardeß mit einem Rollstuhl der Fluggesellschaft. Herberts speziell angefertigter Stuhl mit eingebautem Funktelefon und Laptop war als Gepäck verschickt worden.

Die junge Flugbegleiterin drehte den Stuhl herum, neben Herbert. Sie lehnte sich darüber und bot ihm eine Hand, die er ablehnte.

»Nicht nötig«, murmelte er schwer atmend. »Ich habe das schon gemacht, als Sie noch in der Grundschule waren.« Er stemmte sich mit seinen kräftigen Armen über die Armlehne und ließ sich in den Ledersitz fallen. Den Rollstuhl selbst voranbewegend, führte er Hood und Stoll, die hinter ihm ihr Handgepäck prüften, durch die Kabine.

Die Hitze des Hamburger Sommers staute sich in dem Ausstiegstunnel, aber im Vergleich zu Washington, D.C., war die Luft noch mild. Sie betraten die von geschäftigem Treiben wimmelnde Ankunftshalle und wurden von der Flugbegleiterin an einen Regierungsbeamten übergeben, den Lang geschickt hatte, damit er ihnen bei der Erledigung der Zollformalitäten behilflich war.

Als die Stewardeß sich zum Gehen wandte, hielt Herbert sie am Handgelenk fest. »Es tut mir leid, daß ich vorhin so unwirsch war«, sagte er. »Aber dieses Ding und ich« er klopfte auf die Armlehnen des Rollstuhls »wir sind alte Freunde.«

»Ich verstehe«, sagte die junge Frau. »Mir tut es leid, wenn ich Sie gekränkt haben sollte.«

»Haben Sie nicht«, erwiderte Herbert. »Ganz bestimmt nicht.«

Die Frau entfernte sich mit einem Lächeln, während der Regierungsbeamte sich vorstellte. Sobald sie durch den Zoll waren, erklärte er, eine Limousine erwarte sie, um sie zum Hotel Alsterhof zu bringen. Dann wies er ihnen den Weg und trat einen großen Schritt zurück, als Herbert sich anschickte, durch die Halle auf das Fenster zuzurollen, das auf den belebten Paul-Baumer-Platz ging.

»Also«, meinte Herbert, »ich finde das verdammt ironisch.«

»Was?« fragte Hood.

»Ich kann mit meinen eigenen Leuten auf keinen gemeinsamen Nenner kommen, aber ich befinde mich in einem Flughafen, den die Alliierten genau wie halb Hamburg in Einzelteile gebombt haben. Ich flirte mit einer Stewardeß und bereite mich darauf vor, mit den Menschen zusammenzuarbeiten, die in den Ardennen auf meinen Vater geschossen haben. Daran muß ich mich erst gewöhnen.«

»Wie Sie sagten«, bemerkte Hood, »es ist eine neue Welt.«

»Ja«, sagte Herbert. »Vollkommen neu. Und es ist verdammt schwierig für mich, damit Schritt zu halten. Aber ich werde Schritt halten, Paul. So wahr mir der Allmächtige im Himmel helfe, ich werde Schritt halten.« Er war schneller geworden, während er dies gesagt hatte, und rollte um Amerikaner, Europäer und Japaner herum, die alle – da war sich Hood ganz sicher – auf ihre Art im selben Rennen mitliefen.

3

Donnerstag, 9 Uhr 59 – Garbsen

Werner Dagover verzog angewidert den Mund, als er um den Hügel herumkam und die Frau hinter dem Baum sitzen sah.

Wirklich großartig, dachte er, *daß das Team an der Straße jemanden durchgelassen hat.* Es hatte eine Zeit in Deutschland gegeben, da waren Karrieren durch Nachlässigkeiten dieser Art zerstört worden.

Im Näherkommen erinnerte sich der schwergewichtige, 62jährige Wachmann lebhaft daran, wie sein Onkel Fritz zu ihnen gezogen war. Er selbst war damals sieben Jahre alt gewesen. Als Sattlermeister in einer Armeereitschule war Fritz Dagover in jener Nacht ranghöchster Offizier vom Dienst gewesen, als ein betrunkener Armeesportlehrer heimlich das Pferd eines Generalmajors aus dem Stall entliehen hatte, um einen mitternächtlichen Ausritt zu unternehmen. Das Pferd hatte sich ein Bein gebrochen, und obwohl der Ausbilder die Übertretung ohne Dagovers Wissen begangen hatte, wurden beide vor ein Kriegsgericht gestellt und unehrenhaft entlassen. Trotz der Tatsache, daß zivile Arbeitskräfte während des Krieges rar gewesen waren, hatte Onkel Fritz – immerhin ein erfahrener Lederverarbeiter – keine Anstellung mehr finden können. Sieben Monate später hatte er seinem Leben ein Ende gesetzt, indem er mit Arsen versetztes Bier aus seiner Feldflasche getrunken hatte.

Es ist wahr, sinnierte Werner, *während des zwölfjährigen Reichs wurde großes Unheil angerichtet. Aber es wurde viel Wert auf persönliche Verantwortung gelegt. Indem wir alles aus der Ver-*

gangenheit Stammende ausschließen, haben wir auch die Disziplin, das Arbeitsethos und viel zu viele andere Tugenden abgelegt.

Heutzutage waren nur wenige Wachleute bereit, ihr Leben für einen Stundenlohn aufs Spiel zu setzen. Wenn ihre bloße Anwesenheit an einem Drehort, auf einem Fabrikgelände oder in einem Kaufhaus zur Abschreckung nicht ausreichte, dann hatte der Auftraggeber eben Pech gehabt. Die Tatsache, daß sie sich dazu verpflichtet hatten, eine Aufgabe durchzuführen, kümmerte die meisten Wachleute wenig.

Werner Dagover von der Hamburger Agentur »Sicherheit« kümmerte es sehr wohl. Ob es nun eine Frau war, die zufällig bei Dreharbeiten störte, oder eine Bande von Schlägern, die während der inoffiziellen Chaostage in dieser Woche Hitlers Geburtstag feierten – er würde dafür sorgen, daß sein Revier sicher blieb.

Nachdem er die Einsatzleitung über die Frau, die sich offenbar allein im Wald befand, informiert hatte, schaltete er sein Funkgerät aus. Er zog die Schultern zurück, überprüfte den korrekten Sitz seiner Dienstmarke und schob ein paar vereinzelte Haare unter seine Schirmmütze. Während seiner 30jährigen Dienstzeit bei der Hamburger Polizei hatte er gelernt, daß Autorität nur der besaß, der respekteinflößend aussah.

Werner war von »Sicherheit« für diesen Auftrag als Außenwachposten im Kleinlaster der Einsatzleitung auf der Hauptstraße der kleinen Stadt eingesetzt worden. Nachdem der Anruf von Bernhard Buba gekommen war, war er den knappen halben Kilometer zum Drehort mit dem Fahrrad gefahren und hatte das Rad beim Requisitenwohnmobil abgestellt. Dann war er unauffällig am Filmteam vorbeigegangen, um den Hügel herum und in das ungefähr acht Hektar große Waldstück hinein. Hinter dem Wald lag eine weitere Straße, auf der andere Wachposten von »Sicherheit« postiert waren, die die Aufgabe hatten, auf Ausflügler und Vogelbeobachter – oder was immer diese Frau sein mochte – zu achten.

Während sich Werner, die Sonne im Rücken, dem Baum näherte, trat er auf einen Zweig. Die schlanke junge Frau sprang erschreckt auf und drehte sich um. Sie war groß, hatte aristokratisch hervortretende Wangenknochen, eine kräftige Nase und Augen, die im Sonnenlicht wie flüssiges Gold wirkten. Sie trug eine weite weiße Bluse, Jeans und schwarze Stiefel.

»Hallo!« sagte sie atemlos.

»Guten Morgen«, antwortete Werner. Er hielt zwei Schritte vor der Frau an und tippte an seinen Hut. »Junge Dame«, sagte er, »hinter dem Hügel wird ein Film gedreht, und wir müssen die Gegend freihalten.« Er deutete mit einer Hand hinter sich. »Wenn Sie mit mir kommen, bringe ich Sie zur Hauptstraße zurück.«

»Natürlich«, sagte die Frau. »Es tut mir leid. Ich habe mich schon gewundert, warum diese Männer auf der Straße sind. Ich dachte, es hätte womöglich einen Unfall gegeben.«

»Dann hätten Sie einen Krankenwagen gehört«, bemerkte Werner.

»Ja, selbstverständlich.« Sie griff hinter den Baum. »Lassen Sie mich nur meinen Rucksack mitnehmen.«

Werner verständigte über sein Funkgerät die Einsatzleitung und erklärte, daß er die Frau zur Hauptstraße zurückbegleiten werde.

»So, so, ein Film«, sagte die Frau, während sie ihren Rucksack über die linke Schulter schwang. »Spielt irgend jemand Bekanntes mit?«

Werner wollte ihr eben sagen, daß er sich mit Filmstars nicht besonders gut auskenne, als er über sich Blätter rascheln hörte. Er sah nach oben und nahm gerade noch wahr, wie zwei Männer in Grün und mit Skimasken vor den Gesichtern vom untersten Ast sprangen. Der kleinere Mann landete vor ihm, in der Hand eine Walther P38. Werner konnte den größeren nicht sehen, der hinter ihm aufgekommen war.

»Keinen Laut«, zischte der Bewaffnete Werner an. »Geben Sie uns einfach Ihre Uniform.«

Werners Augen richteten sich auf die Frau, die eine zusammenklappbare Uzi aus dem Rucksack zog. Ihr Ausdruck war jetzt kühl, unempfänglich für den geringschätzigen Blick, den er ihr zuwarf. Sie trat neben den Mann mit der Pistole, stieß ihn mit dem Knie zur Seite und drückte Werner die Mündung ihrer Waffe unter das Kinn. Flüchtig betrachtete sie das Namensschild auf seiner Brust.

»Nur damit wir uns richtig verstehen, Herr Dagover – Helden bringen wir um. Geben Sie uns die Uniform. Sofort.«

Nach einem langen Moment des Zögerns löste Werner widerwillig seine Gürtelschnalle. Er drückte von oben auf sein Funkgerät, um sicherzustellen, daß es fest in der Schlaufe saß, dann legte er den breiten Ledergurt auf den Boden.

Während Werner die Metallknöpfe seiner Uniform zu öffnen begann, bückte sich die Frau und hob den Gurt auf. Ihre Augen verengten sich, als sie das Funkgerät herausgenommen und umgedreht hatte.

Das kleine rote Licht neben dem Wort EIN leuchtete. Werner fühlte einen Kloß in seinem Hals.

Er wußte, daß ein Risiko damit verbunden gewesen war, das Gerät einzuschalten, damit die Einsatzleitung sie hören konnte. Aber manchmal erforderte der Job Risiken, und er bereute nicht, es getan zu haben.

Die Frau betätigte mit dem Daumen den Aus-Schalter. Dann blickte sie von Werner auf den Mann hinter ihm und nickte einmal.

Werner Dagover schnappte nach Luft, als der Mann ein etwa 60 Zentimeter langes Stück Kupferdraht um seine Kehle schlang und zuzog. Das letzte, was er fühlte, war ein reißender Schmerz in seinem Hals, der die Wirbelsäule entlang nach unten schoß ...

Der kleine, kräftig gebaute Rolf Murnau aus Dresden in der ehemaligen DDR stand lässig neben einer Eiche. Der bewaffnete 19jährige beobachtete aufmerksam den Hügel zwischen sich und dem Drehort. In einer Hand hielt er die Walther P38, aber dies war nur seine auffälligste Waffe. Die in seinem Gürtel steckende Skimaske war mit Unterlegscheiben gefüttert, wodurch sie im Kampf zu einem verheerenden und unerwarteten Schlaginstrument wurde. Eine unter dem Hemdkragen versteckte Hutnadel eignete sich bestens zum Durchschneiden von Kehlen. Die Spitze in den Hals stechen und rasch zur Seite reißen. Und das scharfkantige Glas seiner Armbanduhr erzielte überraschende Effekte, wenn es einem Gegner über die Augen gezogen wurde. Das Armband an seinem rechten Handgelenk ließ sich über die Hand streifen und in einem Faustkampf als Schlagring verwenden.

Hin und wieder drehte sich Rolf um und vergewisserte sich, daß niemand von der Straße herüberkam. Wie nicht anders zu erwarten, sah er keine Bewegung. Genau nach Plan hatten er und die beiden anderen Mitglieder von *Feuer* ein Stück abseits der Straße geparkt und waren in den Wald gegangen, als die Wachleute ihre Kaffeepause eingelegt hatten. Die Männer waren zu sehr in ihre Unterhaltung vertieft gewesen, um etwas zu bemerken.

Rolfs aschgraue Augen waren hellwach, seine schmalen, blassen Lippen aufeinandergepreßt. Das war ebenfalls Bestandteil seiner Ausbildung gewesen – er hatte hart daran gearbeitet, sein Blinzeln unter Kontrolle zu bringen. Ein Kämpfer wartete darauf, daß sein Gegenüber blinzelte, dann griff er an. Er hatte während des Drills auch gelernt, seinen Mund geschlossen zu halten. Ein Stöhnen verriet dem Gegner, daß ein Schlag gesessen oder daß man Probleme mit der Kondition hatte. Und eine herausgestreckte Zunge würde dazu führen, daß man sie sich bei einem Schlag unter das Kinn selbst abbiß.

Rolf fühlte sich stark und stolz, während er auf die Geräusche der Schlampen, Schwuchteln und Geldsäcke am Drehort auf der anderen Seite des Hügels lauschte. Sie würden alle in den Flammen von *Feuer* sterben. Einige würden heute umkommen, die meisten später. Schließlich würde die Vision einer Welt, wie sie dem Führer vorgeschwebt hatte, durch Leute wie Karin und den berühmten Richter zur Realität werden.

Der Kopf des jungen Mannes war mit schwarzen Stoppeln bedeckt, die kaum das feuerrote Hakenkreuz verdeckten, das in seine Kopfhaut tätowiert war. Der Schweiß, der nach einer halben Stunde unter der Maske seinen Kopf bedeckte, verlieh seinem Haar einen feuchten, jugendlichen Glanz. Kleine Tropfen rannen ihm in die Augen, aber das ignorierte er. Karin legte Wert auf militärisches Gebaren; sie würde es nicht billigen, wenn er sich über die Augenbraue wischte oder sich kratzte. Nur Manfred durfte sich solche Freiheiten herausnehmen, auch wenn er es selten tat. Rolf mochte die Disziplin. Karin behauptete, ohne diese Disziplin seien er und seine Kameraden »wie Glieder, die keine Kette ergeben«. Sie hatte recht. In der Vergangenheit hatten Rolf und seine Freunde in kleinen Banden zu dritt, zu viert oder zu fünft einzelne Feinde angegriffen, aber niemals eine sich widersetzende Macht. Niemals die Polizei oder ausgebildete Antiterroreinheiten. Sie hatten ihren Zorn, ihre Leidenschaft nicht zu kanalisieren gewußt. Karin würde das ändern.

Rechts von Rolf zog Karin Doring hinter der Eiche Werner die letzten Kleidungsstücke aus, während der hünenhafte Manfred Piper bereits Teile der Uniform anlegte. Nachdem der Tote bis auf die Unterwäsche entkleidet worden war, zog die 28jährige Frau ihn durch das weiche Gras hinter einen Geröllblock. Rolf bot ihr keine Hilfe an. Schließlich hatte sie ihm befohlen, Wache zu stehen, als sie die Uniform in Augenschein genommen hatten. Und das tat er.

Aus den Augenwinkeln beobachtete Rolf, wie Manfred sich beim Anziehen wand. Ihr Plan sah vor, daß Karin und einer der Männer nahe an den Drehort herangehen sollten, und das bedeutete, daß einer von ihnen wie ein Wachmann von »Sicherheit« aussehen mußte. Aufgrund der Körperfülle des Wächters hätte die Uniform an Rolf absurd gewirkt. Also hatte Manfred diese Aufgabe übernommen, auch wenn bei ihm die Ärmel etwas kurz und der Kragen zu eng ausfielen.

»Ich vermisse meine Windjacke schon jetzt«, sagte Manfred, während er sich mit den Knöpfen der Uniformjacke abmühte. »Habt ihr gesehen, wie Dagover auf uns zukam?«

Rolf wußte, daß Manfred sich nicht an ihn wandte, darum antwortete er nicht. Karin war damit beschäftigt, Werners Leiche im hohen Gras hinter dem Felsen zu verstecken, deshalb sagte auch sie nichts.

»Wie er seine Marke und seinen Hut geradegerückt hat?« fuhr Manfred fort. »Er war stolz auf seine Uniform, hatte einen aufrechten Gang. Ich habe gleich erkannt, daß er im Reich erzogen worden ist. Wahrscheinlich bei den Jungwölfen. Im Herzen war er wohl einer von uns.« Der Mitbegründer von *Feuer* schüttelte seinen großen kahlen Kopf. Er war mit den Knöpfen fertig und zog die Ärmel so weit wie möglich nach unten. »Es ist schade, daß Männer seiner Abstammung bequem werden. Mit ein bißchen Ehrgeiz und Fantasie könnten sie der Sache von großem Nutzen sein.«

Karin stand auf. Schweigend ging sie zu dem Ast, an den sie ihre Waffe und den Rucksack gehängt hatte. Sie redete weniger als Manfred.

Ja, dachte Rolf, *Manfred hat recht.* Werner Dagover war wahrscheinlich tatsächlich einmal so wie sie gewesen. Und wenn der Feuersturm schließlich hereinbräche, würden sie unter Leuten seines Schlages Verbündete finden. Männer und Frauen, die keine Angst hatten, die Erde von den körperlich und geistig Behinderten, den Fremdfarbigen und den ethnisch und religiös Unerwünschten zu säubern. Aber der Wachmann hatte versucht, seine Vorgesetzten zu verständigen, und Karin duldete keinen Widerstand. Sie würde sogar *ihn* töten, falls er ihre Autorität in Frage stellte, und mit Recht. Als Rolf von der Schule abgehauen war, um Berufssoldat zu werden, hatte sie ihm gesagt: *Jemand, der sich einmal auflehnt, tut es immer wieder. Und das darf kein Befehlshaber riskieren.*

Karin nahm ihre Uzi, schob sie in den Rucksack und ging zu Manfred. Der 34jährige war nicht so zielbewußt und auch nicht so belesen wie seine Kameradin, aber er verehrte sie glühend. In den zwei Jahren, die Rolf bei *Feuer* war, hatte er sie nie getrennt erlebt. Er wußte nicht, ob es Liebe, gegenseitiger Schutz oder beides war, aber er beneidete sie um ihre Bindung.

Als Karin bereit war, nahm sie sich einen Moment Zeit, um wieder in die Rolle des naiven Mädchens zu schlüpfen, die sie dem Wächter vorgespielt hatte. Dann sah sie zum Hügel hinüber. »Gehen wir«, sagte sie ungeduldig.

Manfred führte Karin, seine große Hand um ihren Arm gelegt, in Richtung des Drehortes. Als sie gegangen waren, drehte Rolf sich um und trabte im Laufschritt zur Hauptstraße zurück, um dort auf sie zu warten.

4

Donnerstag, 3 Uhr 04 – Washington, D.C./USA

General Mike Rodgers betrachtete den niedrigen Stapel Comic-Bücher auf seinem Bett und fragte sich, was zum Teufel mit der Unschuld passiert war.

Selbstverständlich wußte er die Antwort. *Wie alle Dinge muß sie sterben,* dachte er bitter.

Der 45jährige stellvertretende Direktor des OP-Centers war um 2 Uhr morgens aufgewacht und hatte nicht wieder einschlafen können. Seit Lieutenant Colonel W. Charles Squires während einer Mission mit der Striker-Truppe zu Tode gekommen war, sah Rodgers Nacht für Nacht den Einfall der Russen vor seinem geistigen Auge ablaufen. Die Air Force war von dem Jungfernflug ihres Tarnhubschraubers Mosquito begeistert gewesen, und den Piloten war die Anerkennung zuteil geworden, alles in ihrer Macht Stehende zur Befreiung von Squires aus dem brennenden Zug getan zu haben. Aber einige Schlüsselsätze aus dem Striker-Bericht waren ihm nicht mehr aus dem Kopf gegangen.

... hätten wir den Zug nicht die Brücke erreichen lassen ...

... es ging nur um zwei oder drei Sekunden ...

... der Lieutenant Colonel dachte nur daran, den Gefangenen von der Lokomotive zu holen ...

Rodgers, ein Kriegsveteran, der vor 27 Jahren zweimal in Vietnam eingesetzt worden war und später am Persischen Golf eine Panzergrenadierbrigade geleitet hatte, trug den Titel eines Dr. phil. in Weltgeschichte. Er wußte nur zu gut, daß »die Gewalt im Wesen des Krieges liegt«, wie Lord Macaulay es formuliert hatte, und daß in Gefechten Menschen fielen, manchmal zu Tausenden. Aber dadurch wurde der Verlust der einzelnen Soldaten nicht erträglicher. Besonders dann nicht, wenn der Soldat eine Frau und einen jungen Sohn hinterließ. Alle hatten eben erst angefangen, Charlie Squires' Herzensgüte, seinen Humor und – Rodgers mußte bei dem Gedanken an den viel zu früh Verstorbenen lächeln – sein einzigartiges Savoir-faire zu schätzen.

Um nicht nur im Bett zu liegen und zu trauern, war Rodgers von seinem bescheidenen Zuhause zum nächsten Supermarkt gefahren. Am Morgen wollte er den jungen Streuner Billy Squires besuchen und ihm etwas mitbringen. Melissa Squires lehnte Süßigkeiten oder Videospiele für ihren Sohn ab, also schienen Comics das Richtige zu sein. Der Junge mochte Superhelden.

Rodgers hellbraune Augen starrten ins Leere, als er noch einmal an seinen eigenen Superhelden dachte. Charlie hatte das Leben geliebt, und dennoch hatte er nicht gezögert, es zu opfern, um einen verwundeten Feind zu retten. Seine Tat adelte sie alle – nicht nur die verschworene Striker-Truppe und die 87 Angestellten des OP-Centers, sondern jeden einzelnen Bürger des Landes, das Charlie geliebt hatte. Sein Opfer war ein Zeugnis der Großherzigkeit dieser Nation.

Rodgers Augen füllten sich mit Tränen, und er lenkte sich ab, indem er noch einmal durch die Comics blätterte.

Er war schockiert gewesen, daß Comics mittlerweile 20mal so teuer waren wie zu der Zeit, als er sie gelesen hatte – 2 Dollar 50 statt zwölf Cents. Er hatte nur ein paar Dollar in der Tasche gehabt und deshalb seine Kreditkarte mit den verdammten Dingern belasten müssen. Aber mehr noch störte ihn, daß er in den Büchern die guten Typen nicht mehr von den bösen unterscheiden konnte. Superman hatte lange Haare und ein aufbrausendes Temperament, Batman wirkte beinahe wie ein Psychopath, Robin war nicht mehr der brave Dick Grayson, sondern irgendein Rotzbengel, und eine Zigaretten rauchende Soziopathin namens Wolferine hatte ihre helle Freude daran, Menschen mit ihren Klauen in Stücke zu reißen.

Melissa hat zwar was gegen SweetTarts, aber dieses Zeug ist auch nicht leichter verdaulich.

Rodgers ließ den Comicstapel auf den Boden neben seine Pantoffeln fallen. Er würde sie keinem Kind zu lesen geben.

Vielleicht sollte ich warten und ihm ein Hardy-Boys-Buch kaufen, dachte er, obwohl er nicht ganz sicher war, ob er wissen wollte, was aus Frank und Joe geworden war. Die Brüder trugen womöglich Lippenringe, fuhren Choppers und vertraten eine entsprechende Lebenseinstellung. Wie Rodgers war ihr

Vater Fenton inzwischen wahrscheinlich ein vorzeitig ergrauter Mann und traf sich mit einer Reihe von Frauen, die nichts anderes im Sinn hatten, als ihn zu heiraten.

Verdammt, dachte Rodgers. *Ich halte einfach bei einem Spielzeugladen und bringe ihm eine Action-Figur mit. Das und vielleicht ein Schachspiel oder einen pädagogisch wertvollen Videofilm. Etwas für die Hände und etwas für den Geist.*

Rodgers rieb seine Hakennase, dann griff er nach der Fernbedienung. Er setzte sich in seinen Kissen auf, schaltete den Fernseher ein und zappte durch die Kanäle, auf denen lauter leuchtend grelle, nichtssagende neue Filme oder abgedroschene, nichtssagende alte Comedy-Serien liefen. Schließlich verharrte er bei einem alten Film mit Lon Chaney Jr. als Wolfman. Eben bat Chaney einen jungen Mann im Arztkittel, ihn zu heilen und von seinen Leiden zu befreien.

»Ich weiß, wie du dich fühlst«, murmelte Rodgers.

Doch Chaney hatte Glück. Seine Qualen wurden in der Regel durch eine silberne Kugel beendet. In Rodgers Fall ließ das Leiden wie bei den meisten anderen Überlebenden eines Krieges, Verbrechens oder Völkermordes zwar allmählich nach, hörte aber nie ganz auf. Besonders quälend waren die letzten Stunden der Nacht wie jetzt , wenn die einzige Ablenkung im Brummen des Fernsehers und dem Aufflackern von Lichtern vorbeifahrender Autos bestand. Wie Sir Fulke Greville einst in einer Elegie bemerkt hatte: »Stille den Kummer erhöht.«

Rodgers schaltete den Fernseher und die Nachttischlampe aus, bündelte die Kissen unter sich und legte sich auf den Bauch.

Er wußte, daß er an seinen Gefühlen nichts ändern konnte. Aber er wußte auch, daß er sich dem Schmerz nicht ergeben durfte. Es galt, sich um eine Witwe und einen Sohn zu kümmern und für die Striker-Truppe einen neuen Kommandanten zu finden. Außerdem hatte er für den Rest der Woche das OP-Center zu leiten, solange sich Paul Hood in Europa aufhielt. Heute würde er den Tiefpunkt dieser Aufgabe erreichen, denn heute trat das ein, was der Anwalt des Centers, Lowell Coffey II., treffend als »die Ankunft des Fuchses im Hühnerstall« bezeichnet hatte.

In der Stille der Nacht erschienen Rodgers die Herausforderungen immer unlösbar. Aber wenn er dann an die Menschen dachte, die nicht lange genug lebten, um von den Lasten des Lebens niedergedrückt zu werden, kamen ihm diese Lasten weniger erschlagend vor.

Während er noch überlegte, daß er gut verstehen konnte, warum ein alternder Batman oder irgendwer sonst bisweilen ein wenig durchdrehte, fiel er endlich in einen traumlosen Schlaf ...

5

Donnerstag, 10 Uhr 04 – Garbsen

Jody verzog den Mund, nachdem sie das Wohnmobil betreten und einen Blick auf die Requisitenliste geworfen hatte.

»Großartig«, murmelte sie. »Einfach großartig.«

Die sanfte Verärgerung, die ihren kurzen Wortwechsel mit Buba gekennzeichnet hatte, wich jetzt einer ernstzunehmenden Wut. Das benötigte Requisit hing in dem winzigen Badezimmer des Wohnmobils. Es bedurfte einiger gewagter Manöver, um durch das Labyrinth aus Tischen und Schrankkoffern dorthin zu gelangen. Bei dem Glück, das sie heute hatte, würde Lankford die Szene, die gedreht werden sollte, gleich nach dem ersten Take absegnen und zur nächsten übergehen, bevor sie zurückkehrte.

Jody legte die schwere Klemmtafel auf einen Tisch und machte sich an die Arbeit. Es wäre zwar einfacher gewesen, unter den Tischen durchzukriechen, aber sie war sich sicher, daß jemand sie dabei beobachtet hätte. Bei der Abschlußfeier am College, als sie von Professor Ruiz unter anderem davon in Kenntnis gesetzt worden war, daß sie diese Stelle bekommen hatte, hatte er ihr prophezeit, daß Hollywood ihrem Ideenreichtum, ihrer Kreativität und ihrem Enthusiasmus herbe Dämpfer versetzen werde. Doch diese Wunden würden heilen, hatte er versprochen. Aber er hatte sie eindringlich davor gewarnt, ihre Würde zu opfern, denn wenn sie die einmal verloren habe, sei sie nicht mehr zurückzugewinnen.

Also bahnte sie sich ihren Weg lieber aufrecht als auf allen vieren, indem sie sich, kräftig nach allen Seiten schiebend und sich hin und her windend, durch das Chaos zwängte.

Laut Requisitenliste brauchte sie eine Winteruniform, die bereits von einem Matrosen der Tirpitz getragen worden war. Sie hing im Waschraum, weil der Schrank voller glänzender Gewehre stand. Die örtlichen Behörden hatten angeordnet, daß Schußwaffen einzuschließen seien, und der Schrank war hier das einzige abschließbare Möbelstück.

Den letzten Meter bis zur Tür des Toilettenraumes schob sich Jody seitlich voran. Davor stand ein schwerer Koffer, daneben ein noch schwererer Tisch, so daß sich der Eingang nur halb öffnen ließ. Mühsam gelang es ihr, sich durch den Spalt zu quetschen. Als die Tür hinter ihr zufiel, wäre sie fast erstickt. Der Gestank nach Kampfer war überwältigend, schlimmer noch als in der kleinen Wohnung ihrer Großmutter in Brooklyn. Durch den Mund atmend, begann sie, die Aufkleber auf den zahlreichen Kleidersäcken zu überfliegen. Sie wünschte sich, sie könnte das Fenster öffnen, aber man hatte zum Schutz vor Einbrechern ein Eisengitter davorgeschweißt. Es schien ihr unmöglich, den Schnappriegel zu erreichen und das Fenster anzuheben.

Sie fluchte leise vor sich hin. *Was kann jetzt noch schiefgehen?* Kaum hatte sie sich diese Frage gestellt, bemerkte sie, daß die Aufkleber deutsch beschriftet waren.

Auf der Klemmtafel befand sich auch eine Liste mit den Übersetzungen. Nochmals leise fluchend und mit wachsender Ungeduld, stieß sie die Tür auf und schob sich wieder nach draußen. Erneut kämpfte sie sich durch das Chaos aus Tischen und Koffern, als sie plötzlich von draußen Stimmen hörte, die näherkamen.

Schade um den Enthusiasmus und die Kreativität, Professor Ruiz, dachte Jody. In etwa 20 Sekunden wäre ihre Karriere beendet.

Die Versuchung, am Boden weiterzukriechen, war groß, aber Jody widerstand ihr. Als sie nahe genug bei der Klemmtafel war, beugte sie sich vor, hakte einen Zeigefinger durch das Loch am oberen Rand und zog das Brett zu sich heran. Verzweifelt begann sie, zu summen und sich in schlängelnden Bewegungen wieder zurückzuwinden, als würde sie tanzen. Seit dem Einführungsball des Colleges hatte sie solche Bewegungen nicht mehr vollführt. Kurz darauf stand sie zum zweitenmal in der Toilettenkammer – die Tür hinter ihr war geschlossen, die Klemmtafel lag im Waschbecken und verglich hektisch die Aufkleber auf den Kleidersäcken mit dem Computerausdruck, der an die Szenenliste angeheftet war.

6

Donnerstag, 10 Uhr 07 – Garbsen

Buba drehte sich um, als er hinter dem Wohnmobil Stimmen vernahm.

»... ich gehöre zu den Menschen, die nie Glück haben«, sagte eine Frau. Ihre Stimme klang rauh, und sie sprach schnell. »Wenn ich in ein Geschäft gehe, war immer *kurz vor* mir ein Filmstar drin. Esse ich in einem Restaurant, dann an dem Tag, *bevor* irgendeine Berühmtheit dort zu Abend ißt. An Flughäfen verpasse ich sie nur um Minuten ...«

Buba schüttelte den Kopf. *Gott, wie diese Frau sich anstellt. Der arme Werner.*

»... und jetzt«, fuhr sie fort, als sie um die Ecke bog, »habe ich mich zufällig auf ein Filmgelände verirrt, nur ein paar Schritte von den Stars entfernt, und Sie lassen mich nicht mal einen Blick auf einen der Schauspieler werfen.«

Buba sah sie näherkommen. Die Frau verdeckte ihm die Sicht auf Werner Dagover, der den Hut tief in die Stirn gezogen hatte und stark vornübergebeugt ging. Sie fuchtelte mit den Armen herum, führte in ihrer Frustration so etwas wie einen Tanz auf. Buba verspürte den Wunsch, der Frau zu sagen, daß es nichts Besonderes sei, einem Filmstar zu begegnen, daß sie genau wie andere verwöhnte und unangenehme Menschen seien.

Trotzdem tat ihm die junge Frau leid. Dagover hielt sich stets an die Vorschriften, aber vielleicht könnte man ausnahmsweise ein Auge zudrücken, so daß die Ärmste ihren Filmstar zu Gesicht bekam.

»Werner«, sagte er zu seinem Kollegen, »da die junge Dame nun schon mal dein Gast ist, warum ...«

Buba kam nicht dazu, seinen Satz zu vollenden. In diesem Moment sprang Manfred Piper hinter der Frau hervor und schwang Dagovers Knüppel. Das schwarze Holz krachte längs auf Bubas Mund. Während er rücklings gegen das Wohnmobil fiel, spuckte er Blut und Zähne. Manfred schlug erneut zu, diesmal auf die rechte Schläfe, und Bubas Kopf wurde nach links geschleudert. Der Sicherheitsbeamte hörte auf zu spucken; er sank zu Boden und blieb, an das Wohnmobil gelehnt, sitzen. Hinter seinem Kopf und auf den Schultern breitete sich eine Blutlache aus.

Manfred öffnete die Fahrertür des Wagens, warf Dagovers blutverschmierten Schlagstock hinein und kletterte hinterher.

Da rief jemand aus dem Filmteam: »Jody!«

Karin wandte dem Drehort den Rücken zu. Sie ging in die Knie, nahm ihren Rucksack ab und zog die Uzi heraus.

Der kleine Mitarbeiter des Filmteams schüttelte den Kopf und kam auf das Wohnmobil zu. »Jody, was zum Teufel machst du so lange? Willst du deinen Job unbedingt loswerden?«

Karin stand auf und drehte sich um.

Der Regieassistent blieb stehen. Er war noch immer fast 50 Schritt entfernt.

»He!« rief er und blinzelte in Richtung des Wohnmobils. »Wer sind Sie?« Er hob einen Arm und zeigte auf Karin. »Ist das eine von unseren Waffen? Die Requisiten dürfen nicht ...«

Ein vertrautes *Pop-Pop-Pop* aus der Uzi warf Hollis Arlenna zurück. Er spreizte die Arme, seine Augen waren weit aufgerissen.

Im selben Moment, in dem er auf dem Boden aufschlug, begannen Menschen zu schreien und davonzulaufen. Auf die Aufforderung einer jungen Schauspielerin hin versuchte ein junger Kollege, zu dem am Boden liegenden Regieassistenten zu gelangen. Als er auf Arlenna und Karin zurobbte, traf eine zweite Salve aus der Uzi seinen Kopf. Er sackte in sich zusammen. Die junge Schauspielerin kreischte auf und hörte nicht mehr auf zu schreien, während sie das Geschehen aus der Deckung einer Kamera beobachtete.

Der starke Motor des Wohnmobils sprang an. Manfred ließ ihn aufheulen und übertönte damit die Schreie, die vom Drehort herüberdrangen.

»Komm schon!« rief er Karin zu und zog die Fahrertür ins Schloß.

Ihre Uzi vor sich haltend, bewegte sich die junge Frau rückwärts auf die offene Hintertür des Wohnmobils zu. Mit ausdruckslosem Gesicht sprang sie in den Wagen, zog die Trittleiter ein und schloß die Tür.

Als Manfred in Richtung Wald davonfuhr, rutschte der leblose Körper von Bernhard Buba schlaff zu Boden.

7

Donnerstag, 10 Uhr 12 – Hamburg

Jean-Michel fand es passend, daß sein Treffen mit dem selbsternannten Neuen Führer in Hamburgs Stadtteil St. Pauli stattfinden sollte.

Im Jahre 1682 war auf dem hügeligen Ufer der Elbe eine Kirche zu Ehren des Heiligen Paulus errichtet worden. 1814 hatten die Franzosen das ruhige Dorf überfallen und geplündert, und danach war nichts mehr wie vorher gewesen. Zur Versorgung der durchreisenden Dampfschiffer waren Hotels, Tanzlokale und Bordelle gebaut worden, und seit der Mitte des letzten Jahrhunderts war die Gegend um St. Pauli als Sündenpfuhl verschrien.

Bei Nacht galt das auch heute noch. Auf bunten Neonflächen und auf ausladenden Markisen warb vom Jazzclub bis zum Bowling-Center, von der Live-Sex-Show bis zum Tätowierer, vom Wachsbildhauer bis zur Spielhalle alles, was man sich nur vorstellen konnte. Über unschuldige Fragen wie »Könnten Sie mir sagen, wie spät es ist?« oder »Haben Sie Feuer?« stellten Prostituierte den Kontakt zu Besuchern her, während gleichzeitig überall leise und unauffällig Drogen angeboten wurden.

Es war angemessen, daß der Repräsentant der *Neuen Jakobiner* sich ausgerechnet hier mit Felix Richter treffen sollte. Die erneute französische Invasion und die Verbindung ihrer beiden Bewegungen würde Deutschland ein weiteres Mal verändern. Diesmal zum Besseren.

Der Franzose hatte seine beiden Reisegefährten schlafend im Zimmer zurückgelassen und auf der An der Alster-Straße vor seinem Hotel ein Taxi genommen. Die 15minütige Fahrt hatte an der Großen Freiheit im Herzen des grellen Vergnügungsviertels geendet. Die Gegend lag verlassen, bis auf einige Touristen, die die Sehenswürdigkeiten besichtigen wollten, ohne Gefahr zu laufen, einer Verführung zu erliegen.

Jean-Michel schob sein dichtes schwarzes Haar zurück und knöpfte seinen moosgrünen Blazer zu. Der große, leicht übergewichtige 43jährige Geschäftsführer und Vizepräsident von Demain freute sich darauf, Richter kennenzulernen. Die wenigen, die ihn kannten, und die noch geringere Zahl derer, die ihn *gut* kannten, waren sich in zwei Dingen einig: Erstens war Richter seiner Sache absolut verschrieben. Das war gut. Monsieur Dominique und der Rest der französischen Gruppe waren ebenfalls engagierte Leute, und M. Dominique verabscheute den Umgang mit Personen, für die das nicht galt.

Zweitens behaupteten Insider, Richter sei ein Mann extremer, plötzlicher Gegensätze. Er könne jemanden umarmen oder enthaupten je nach seiner Laune. In dieser Hinsicht schien er einiges mit Jean-Michels zwielichtigem Arbeitgeber gemeinsam zu haben. M. Dominique war je nach Stimmung ein Mann, der Menschen entweder haßte oder liebte, sich entweder großzügig oder rücksichtslos zeigte. Napoleon und Hitler waren genauso gewesen.

Es liegt in der Natur von Führern, sagte sich Jean-Michel, *keine Zweideutigkeiten aufkommen zu lassen*. Er war stolz darauf,

M. Dominique zu kennen, und hoffte, er würde ebenfalls stolz darauf sein, Richter zu kennen.

Jean-Michel erreichte die schwarze Metalltür von Richters Club »Wechsel«. Auf der Tür befand sich nichts als ein Fischaugen-Guckloch mit einem Klingelknopf darunter. Am linken Türpfosten war ein Ziegenkopf aus Marmor angebracht. Der Franzose drückte auf den Knopf und wartete.

Das »Wechsel« war einer der verschriensten, dekadentesten und erfolgreichsten Nachtclubs in St. Pauli. Männer wurden nur in Damenbegleitung eingelassen. Am Eingang erhielt das Paar eine rosafarbene und eine blaue Halskette mit verschiedenen Nummern; der- oder diejenige mit der entsprechenden Nummer wurde zum neuen Partner oder zur neuen Partnerin für den Abend. Ausschließlich attraktive, gut gekleidete Personen hatten Zutritt.

Aus dem offenen Maul der Ziege ertönte eine rauhe Stimme.

»Wer ist da?«

»Jean-Michel Horne.« Der Franzose überlegte, ob er auf Deutsch hinzufügen solle: *Ich bin mit Herrn Richter verabredet.* Er entschied sich, es nicht zu tun. Falls Richters Leute nicht wüßten, wer erwartet wurde, handelte es sich um einen schlecht organisierten Haufen, von dem Dominique und seine Anhänger sich besser fernhielten.

Kurz darauf wurde die Tür geöffnet. Ein beinahe zwei Meter großer Mann mit der Statur eines Bodybuilders bedeutete Jean-Michel einzutreten. Der Riese schloß die Tür und verriegelte sie, dann legte er seine massige Hand auf die Schulter des Franzosen. Er schob Jean-Michel zu einem Stuhl neben der Kasse, drückte ihn nicht unsanft, aber bestimmt darauf nieder und hielt ihn für einen Moment in dieser Position fest.

Jean-Michel bemerkte die Videokamera an der Wand gegenüber und den kleinen Empfänger im Ohr des großen Mannes. Irgendwer verglich irgendwo sein Bild mit dem auf dem Fax, das von M. Dominiques Demain-Büro geschickt worden war.

Einen Augenblick später sagte der Hüne: »Warten Sie hier.« Dann drehte er sich um und verschwand in der Dunkelheit.

Effizient, dachte Jean-Michel, während der Türsteher schweren Schrittes über die Tanzfläche stapfte. Vorsicht war keine schlechte Eigenschaft. Auch Dominique hatte es nicht durch Unachtsamkeit zu dem gebracht, was er heute war.

Jean-Michel sah sich um. Die Beleuchtung bestand lediglich aus vier roten Neonröhren, die um die Bar zu seiner Rechten herum angebracht waren. Das Licht war zu schwach, um erkennen zu lassen, wie es im Inneren des Clubs aussah oder ob der Bodybuilder den Raum verlassen hatte. Mit Sicherheit konnte der Franzose nur feststellen, daß es trotz eines summenden Ventilators unangenehm roch. Der unterschwellige Gestank nach kaltem Zigarettenrauch, Alkohol und Sex verursachte ihm leichte Übelkeit.

Ein oder zwei Minuten später hörte Jean-Michel erneut Schritte. Sie klangen deutlich anders als die von vorhin – sie wirkten sicher, aber leicht und berührten den Boden eher klopfend als schleifend.

Felix Richter trat in das rote Licht der Bar.

Jean-Michel kannte den eleganten 32jährigen Mann von Fotografien, doch die Bilder hatten nichts von dessen Dynamik einfangen können. Richter war knapp über einen Meter 80 groß und hatte kurzes, an den Seiten sorgfältig ausrasiertes blondes Haar. Er trug einen tadellos geschneiderten dreiteiligen Anzug, auf Hochglanz polierte Schuhe und eine schwarze Krawatte mit roten Streifen. Kein Schmuck. Richters Leute erachteten Schmuck als weibisch, und für Weibisches war in der Bewegung kein Platz.

»Unsere Männer tragen höchstens Orden«, hatte Richter einmal in einem Leitartikel seiner Zeitung *Unser Kampf* geschrieben.

Beeindruckender als die Kleidung waren jedoch Richters Augen. Die Fotografien hatten sie nicht annähernd originalgetreu wiedergegeben. Sogar im Rotlicht der Bar wirkten sie stechend. Wenn sie ein Ziel einmal fixiert hatten, blieben sie starr. Richter wirkte nicht wie jemand, der seinen Blick vor irgend jemandem senkte.

Im Näherkommen bewegte sich die rechte Hand des Deutschen, als zöge er langsam eine Pistole. Sie glitt am Bein aufwärts, die Hüfte entlang und schoß dann geradeaus nach vorn. Es war eine seltsame, aber elegante Bewegung. Der Franzose schüttelte die Hand kräftig und war überrascht von Richters festem Griff.

»Gut, daß Sie gekommen sind«, sagte Richter. »Ich dachte allerdings, Ihr Arbeitgeber käme ebenfalls.«

»Wie Sie wissen, zieht M. Dominique es vor, seine Geschäfte von seiner Fabrik aus zu führen«, entgegnete Jean-Michel. »Bei der Technologie, über die er verfügt, besteht für ihn wenig Anlaß, das Gelände zu verlassen.«

»Ich verstehe. Niemals fotografiert, selten gesehen, in geeigneter Weise mysteriös.«

»M. Dominique ist mysteriös, aber nicht uninteressiert. Er hat mich als seinen Stellvertreter zu diesem Gedankenaustausch geschickt. Außerdem werde ich während der Chaostage Augen und Ohren für ihn offenhalten.«

Richter grinste. »Um sicherzugehen, daß seine großzügige Spende für diese Feier richtig verwendet wird?«

Jean-Michel schüttelte den Kopf. »Sie irren sich, M. Richter. So ist M. Dominique nicht. Er investiert in Menschen, an die er glaubt.«

Der Franzose ließ die Hand des Deutschen los. Richter trat neben ihn, nahm seinen Gast am Ellbogen und führte ihn langsam durch die Dunkelheit.

»Sie müssen Dominique nicht vor mir rechtfertigen. Es zeugt von gutem Geschäftsgebaren, ein Auge darauf zu behalten, was Ihre Partner anstellen.«

Partner? dachte Jean-Michel. M. Dominique besaß ein Unternehmen, das jährlich Produkte im Wert von mehreren Milliarden Dollar herstellte und vertrieb, und führte eine der mächtigsten rechtsnationalistischen Gruppen Frankreichs, wenn nicht der Welt. Nur einige wenige Auserwählte betrachtete er als seine »Partner«. Trotz ihrer gemeinsamen Interessen gehörte Richter nicht dazu.

Richter wechselte das Thema. »Das Hotelzimmer, das wir für Sie gebucht haben – ist es in Ordnung?«

»Sehr komfortabel.« Jean-Michel ärgerte sich noch immer über Richters Arroganz.

»Das freut mich. Es ist eines der wenigen alten Hotels, die in Hamburg übriggeblieben sind. Im Krieg haben die Alliierten den größten Teil der Stadt in Schutt und Asche gelegt. Es war Hamburgs Pech, eine Hafenstadt zu sein. Ironischerweise haben ausgerechnet viele dieser alten Holzgebäude überlebt.« Richter schwang die Arme, als wollte er ganz St. Pauli umarmen. »Prostituierte und Säufer haben die Alliierten nicht angegriffen, nur Mütter und Kinder. Trotzdem haben sie *uns* Monster genannt – unter anderem wegen dieses angeblichen Holocausts.«

Jean-Michel fühlte sich von Richters plötzlicher Leidenschaft angesprochen. Er wußte, daß Richter den Holocaust bereits als Medizinstudent geleugnet hatte, obwohl das in Deutschland verboten war. Auch nachdem man ihm wegen antisemitischer Äußerungen das Stipendium wieder abgesprochen hatte, hatte er sich nicht aufhalten lassen. Die Behörden hatten damals gezögert, Agitatoren zu verfolgen, die sich ansonsten gewaltfrei verhielten; schließlich waren sie aber gezwungen gewesen, ihn anzuklagen, weil ein ausländisches Nachrichtenteam seine Rede mit der Auschwitz-Lüge vor dem ehemaligen Konzentrationslager gefilmt und gesendet hatte. Er hatte zwei Jahre im Gefängnis verbracht. Während dieser Zeit hatten seine Helfer seine junge Operation weitergeführt und dafür gesorgt, das um seine Person eine Art Mythos entstand.

Beeindruckt vom Mut Richters und von dessen Hingabe an die Sache, entschied Jean-Michel, den schlechten Start zu vergessen. Außerdem hatten sie sich um Geschäfte zu kümmern.

Sie erreichten einen Tisch, in dessen Mitte eine Lampe stand, die Richter nun einschaltete. Unter dem durchsichtigen Schirm spielte ein kleiner weißer Pan auf einer Flöte.

Nachdem Richter sich gesetzt hatte, nahm auch Jean-Michel Platz. Der Lichtschein erreichte die Augen des Deutschen nicht, aber Jean-Michel sah sie dennoch – sie leuchteten beinahe so hell wie der Lampenschirm. Richter hatte mit dem Club und seinem Hostessendienst, den er in Berlin, Stuttgart, Frankfurt und Hamburg betrieb, ein Vermögen verdient. Aber der Franzose hätte darauf gewettet, daß Richter auch zu den Zeiten, da er noch nicht soviel Geld verdient hatte, schon ein Schweinehund gewesen war.

Der Franzose sah in die zweite Etage empor, deren Wände mit Türen gesäumt waren. Offensichtlich befanden sich dort Räume für Mitglieder, die mehr wollten als nur tanzen.

»Wie wir hörten, besitzen Sie hier eine Wohnung, M. Richter.«

»Ja. Aber ich übernachte nur ein- bis zweimal in der Woche hier. Die meiste Zeit verbringe ich in den Räumen der *Nationalsozialisten des 21. Jahrhunderts* in Bergedorf. Dort wird die wirkliche Arbeit der Bewegung geleistet: Reden schreiben, Telefonwerbung, E-mail-Übertragungen, Radiosendungen, die Veröffentlichung unserer Zeitung – haben Sie den *Kampf* dieser Woche gelesen?«

Jean-Michel nickte.

»Hervorragend. Es ist alles vollkommen legal. Nicht wie in den Anfangstagen, als die Behörden mich wegen des einen oder anderen vermeintlichen Vergehens verfolgten ... Sie kommen also, um den Chaostagen die Ehre zu erweisen und um Ihren Arbeitgeber bei einem ›Gedankenaustausch‹ zu vertreten, wie er sich in dem einzigen, kurzen Telefonat, das ich mit ihm führte, auszudrücken beliebte.«

»Ja, M. Richter.« Jean-Michel beugte sich vor und faltete die Hände auf dem Tisch. »Und ich komme mit einem Vorschlag.«

Jean-Michel war enttäuscht. Richter bewegte sich nicht.

»Sie haben meine Aufmerksamkeit«, sagte Richter.

»Es ist nicht allgemein bekannt, aber M. Dominique unterstützt im stillen Neonazigruppen rund um den Globus. Die *Razorheads* in England, die *Soldaten für Polen* und die *Whites Only Association* in Amerika. Er möchte ein weltweites Netzwerk aus Organisationen aufbauen, die das gemeinsame Ziel der ethnischen Reinheit verfolgen.«

»Zusammen mit den *Neuen Jakobinern* würde er seine Mitgliederstärke damit auf etwa 6000 Mann bringen.«

»Ungefähr, ja. Und wenn er in Amerika online geht, werden diese Zahlen mit Sicherheit steigen.«

»Sehr wahrscheinlich. Ich habe Kopien seiner Spiele gesehen. Sie sind sehr unterhaltsam.«

»M. Richter, Dominique schlägt Ihnen vor, Ihre Organisation *21. Jahrhundert* in diesen Kreis mitaufzunehmen. Er wird Sie mit finanziellen Mitteln ausstatten, Ihnen Zugang zu Demain-Technologien gewähren und Ihnen eine Rolle bei der Gestaltung der zukünftigen Welt zuteilen.«

»Eine Rolle? Wie in einem Theaterstück.«

»Nicht in einem Theaterstück. In der Geschichte.«

Richter lächelte kalt. »Warum sollte ich eine Nebenrolle in Dominiques Drama übernehmen, wenn ich in meinem eigenen Stück Regie führen kann?«

Wieder war Jean-Michel von der Arroganz seines Gegenübers schockiert. »Weil M. Dominique über Ressourcen verfügt, von denen Sie nur träumen können, M. Richter. Mit seinen Beziehungen kann er Ihnen sowohl politischen als auch persönlichen Schutz gewähren.«

»Schutz? Vor wem? Die Regierung rührt mich nicht mehr an. Die zwei Jahre im Gefängnis haben mich zu einem Märtyrer der Sache gemacht, und meine Leute sind begeisterte Anhänger.«

»Es gibt andere Anführer.« Jean-Michels Stimme nahm einen leicht drohenden Unterton an. »Andere potentielle Neue Führer.«

»Tatsächlich? Denken Sie an jemand Bestimmten?«

Der Franzose hatte darauf gewartet, die Muskeln ein wenig spielen lassen zu können. Jetzt schien die richtige Gelegenheit dazu. »Um ehrlich zu sein, M. Richter, uns sind Gerüchte zu Ohren gekommen, daß Karin Doring und *Feuer* die kommenden Stars der Bewegung seien.«

»Gerüchte?« wiederholte Richter leise.

Jean-Michel nickte. Der Franzose wußte, daß Felix Richter und Karin Doring zu offenen Kontrahenten geworden waren, als die aus der DDR stammende Doring sich zum Terrorismus bekannt hatte, während Richter, soeben aus dem Gefängnis entlassen, für politischen Aktionismus eingetreten war. Die beiden hatten sich öffentlich kritisiert, bis Mitglieder von *Feuer* zwei Angehörige der Richter-Gruppe getötet hatten. Schließlich waren die beiden Anführer bei einem Gipfeltreffen in einem Berliner Hotel übereingekommen, daß jeder die eigenen Ziele verfolgen solle, ohne dem anderen ins Gehege zu kommen. Dennoch bestand noch immer eine tiefe Spannung zwischen der schnörkellosen ostdeutschen Guerillakämpferin und dem gewandten westdeutschen Arzt.

»Karin Doring ist stark, charismatisch und mutig«, sagte Jean-Michel. »Wir haben gehört, daß sie den Banküberfall in Bremen geplant und durchgeführt hat. Außerdem hat sie den Brand im Nürnberger Gerichtssaal gelegt ...«

»Ja, das und mehr. Sie beherrscht das Kriegshandwerk. Sie ist eine Katze, die andere Katzen anführt. Eine Straßenkämpferin, vielleicht sogar eine Feldherrin. Aber ihre Anhänger erkennen genausowenig wie Sie, daß sie nicht dazu in der Lage ist, eine politische Partei aufzubauen oder zu führen. Sie besteht noch immer darauf, an jeder ihrer Unternehmungen persönlich teilzunehmen. Eines Tages wird sie von der Obrigkeit oder von einer fehlgezündeten Bombe zur Strecke gebracht werden.«

»Möglicherweise. Aber *Feuer* hat in nur zwei Jahren 1300 Mitglieder geworben und verfügt über 40 Berufssoldaten.«

»Das ist richtig. Doch die meisten sind Ostdeutsche. Tiere. In fünf Jahren habe ich fast 5000 Mitglieder gewonnen, und zwar auf *dieser* Seite der ehemaligen Grenze. Das, M. Horne, ist die Grundlage für eine politische Bewegung. Das ist die Zukunft.« Richter sah auf seine Armbanduhr.

»Jeder hat seinen Platz. M. Dominique ist der Meinung, daß jeder von Ihnen einen starken Verbündeten abgäbe, darum hat er mich beauftragt, auch mit ihr zu reden.«

Die stechenden Augen blickten von der Uhr auf Jean-Michel. Sie waren wie kleine Maschinen, präzise und gefühllos. Jean-Michel beobachtete sie, während Richter aufstand. Die kurze Audienz war offensichtlich beendet. Der Franzose zeigte unverhohlenes Erstaunen.

»Ich hole Sie heute nachmittag um halb sechs in Ihrem Hotel ab«, sagte der Deutsche. »Karin Doring und ich werden heute abend beide auf der Kundgebung in Hannover auftreten. Dann werden Sie selbst sehen, wer führt, und wer folgt. Bis dahin. Guten Morgen.«

Richter wandte sich ab. Aus dem Schatten hinter Jean-Michel tauchte der große Türsteher auf.

»Entschuldigen Sie, M. Richter«, sagte Jean-Michel scharf.

Richter blieb stehen.

Jean-Michel erhob sich. »Ich habe Anweisung, M. Dominique heute morgen, nicht heute abend Bericht zu erstatten. Was soll ich ihm bezüglich seines Angebotes sagen?«

Richter drehte sich um. Selbst jetzt, da er tief im Schatten stand, konnte Jean-Michel die unangenehmen Augen ausmachen.

»Sagen Sie ihm, daß ich sein großzügiges Angebot überdenke. In der Zwischenzeit wünsche ich mir seine Unterstützung und Freundschaft.«

»Dennoch verabschieden Sie mich?«

»Sie verabschieden?« Richters Stimme war leise, flach und dunkel.

»Ich bin kein Handlanger oder Leibwächter. Als Stellvertreter von M. Dominique erwarte ich etwas mehr Höflichkeit.«

Richter kam langsam auf Jean-Michel zu. »Als Stellvertreter von Dominique ...«

»*Monsieur* Dominique«, verbesserte Jean-Michel. »Diesen Respekt sind Sie ihm schuldig. Er will Ihnen helfen ...«

»Die Franzosen haben schon immer Oppositionsführer unterstützt. 1979 halfen Sie Dacko in der Zentralafrikanischen Republik, Bokassa zu stürzen, und während Ajatollah Khomeini seine Rückkehr in den Iran vorbereitete, wurde er von Ihnen hofiert. Die Franzosen hoffen auf Gegenleistungen, wenn Sie solchen Leuten zur Macht verhelfen, aber sie erhalten sie selten.« Eisig fügte Richter hinzu: »Ich respektiere Dominique. Aber anders als Sie, M. Horne, muß ich keinen Kotau vor ihm machen. Er will *meine* Hilfe. Ich brauche seine nicht.«

Dieser Mann ist lächerlich, dachte Jean-Michel. Er hatte genug gehört. »Dann entschuldigen Sie mich jetzt.«

»Nein«, entgegnete Richter ruhig. »Das werde ich nicht tun. Sie verlassen den Raum nicht, solange ich Sie ansehe.«

Der Franzose starrte Richter einen Moment lang an, dann wandte er sich um. Er prallte gegen den Türsteher. Der Riese packte ihn am Hals und drehte ihn um, so daß er Richter wieder ansah.

»Sind Sie verrückt, Richter?« schrie Jean-Michel.

»Das spielt keine Rolle. Ich sitze am längeren Hebel.«

»Wissen Sie nicht, daß M. Dominique dies erfahren wird? Glauben Sie, ihm wird das gefallen? Wir ...«

»*Wir!*« unterbrach ihn Richter und fixierte Jean-Michels Augen. »All dieses ›Wir haben gehört‹ und ›Uns ist zu Ohren gekommen‹!« Richter war jetzt wütend. »*Wir*, Monsieur? Was sind *Sie*?«

Richters Arm bewegte sich wie bei ihrer Begrüßung, doch diesmal befand sich ein Messer in seiner Hand. Es stoppte weniger als einen Zentimeter vor Jean-Michels linkem Auge. Dann hob der Deutsche das Messer, so daß es direkt auf den Augapfel des Franzosen zeigte.

»Ich sage Ihnen, was Sie sind«, sagte Richter. »Sie sind ein Schoßhund.«

Trotz seiner Wut fühlte der Franzose, wie sein Inneres aufweichte und sich zu verflüssigen begann. *Das ist Wahnsinn*, dachte er. Er hatte das Gefühl, eine Zeitreise unternommen zu haben. Hier und heute, im Zeitalter von Videokameras und unmittelbaren internationalen Protesten konnte die Gestapo nicht mehr existieren. Dennoch – hier war sie und drohte ihm mit Folter.

Richter starrte ihn an. Seine Augen waren klar, die Stimme klang beherrscht. »Sie reden mit mir, als wären Sie meinesgleichen. Was haben Sie in Ihrem Leben vollbracht, außer im Windschatten eines Visionärs mitzulaufen?«

In Jean-Michels Kehle hatte sich ein Klumpen gebildet. Er versuchte angestrengt zu schlucken. Es gelang ihm, aber er sagte nichts. Jedesmal, wenn er blinzelte, schnitt die Messerspitze einen kleinen Riß in sein Augenlid. Er wollte nicht stöhnen, konnte es aber nicht vermeiden.

»Ich habe mich geirrt«, sagte Richter. »Sie sind nicht einmal ein Schoßhund. Sie sind das Lamm, das der Schafhirte an seiner Stelle geschickt hat. Sie sollen mir ein Angebot machen, aber gleichzeitig will er sehen, was für Zähne ich habe. Wenn ich Sie nun beiße? Dann hat Dominique etwas über mich gelernt. Er hat gelernt, daß mir seine Funktionäre keinen Respekt einflößen. Er hat gelernt, daß er mich in Zukunft anders behandeln muß. Was Sie angeht ...« Richter zuckte leicht mit den Schultern. »Wenn ich zu hart zubeiße, wird er Sie einfach ersetzen.«

»Nein!« Für einen Moment war Jean-Michels Entrüstung stärker als seine Angst. »Sie verstehen nicht!«

»O doch. Ich bin Ihre Personalakte in meinem Computer durchgegangen, als Sie zur Tür hereingekommen waren. Sie traten Dominiques Organisation vor 21 Jahren und elf Monaten bei und stiegen aufgrund Ihres technischen Wissens auf. Sie meldeten ein Patent auf einen 4-Bit-Chip für Videospiele an, wodurch Demain in die Lage versetzt wurde, zu einer Zeit, als andere Spiele noch auf ein oder zwei Bits beruhten, technisch wesentlich höher entwickelte Spiele zu verkaufen. In den Vereinigten Staaten herrschte ziemliche Aufregung darüber, weil eine kalifornische Firma behauptete, Ihr Chip basiere auf einem Modell, welches das Unternehmen in Kürze auf den Markt bringen wolle.«

Jean-Michel trat von einem Fuß auf den anderen. Zählte Richter lediglich die Fakten auf, oder wollte er andeuten, daß er etwas über die Ursprünge von Demain wußte?

»Kürzlich erhielten Sie das Patent auf einen Silikonchip, der direkt auf die Nervenzellen einwirkt – ein Chip, den Demain für seine neue Computersoftware verwenden wird. In der Schule waren Sie noch unpolitisch. Aber nachdem Sie bei Demain angestellt worden waren, nahmen Sie Dominiques Weltanschauung an. Erst daraufhin gestattete er Ihnen den Zugang zu den inneren Zirkeln seiner *Neuen Jakobiner*, die ihm bei der Säuberung Frankreichs von Algeriern, Marokkanern, Arabern und unserem gemeinsamen Feind, den Israeliten, helfen sollen. Die Betonung liegt dabei auf *helfen*, M. Horne. In der Hackordnung rangieren die ethnisch Unerwünschten ganz unten. Treue Erfüllungsgehilfen sind wertvoller, aber auch sie sind zu ersetzen.«

Jean-Michel schwieg.

»Es bleibt nach unserem Gedankenaustausch nur eine Frage: Wie tief beiße ich das Lamm?«

Richter winkelte das Messer an, so daß es nach oben zeigte. Jean-Michel versuchte erneut zurückzuweichen, aber der Bodyguard hinter ihm packte eine Handvoll seiner Haare und hielt ihn ruhig. Richter schob die Klinge höher, bis sich die Spitze direkt am Augenlid befand. Während er sprach bewegte er sie langsam nach oben, an der Kontur des Auges entlang.

»Wußten Sie, daß ich Medizin studiert habe, bevor ich die *Nationalsozialisten des 21. Jahrhunderts* gründete? Antworten Sie!«

»Ja.« Obwohl er sich dafür haßte, fügte Jean-Michel hinzu: »Bitte, M. Richter ...«

»Ich war Arzt und hätte viel Erfolg gehabt, wenn ich mich dazu entschlossen hätte zu praktizieren. Aber ich entschied mich anders. Wissen Sie, warum? Weil ich erkannte, daß ich genetisch Minderwertigen keine Hilfe gewähren könnte. Ich erwähne dies, weil ich, wie Sie sehen, eine andere Verwendung für meine Ausbildung gefunden habe. Ich benutze sie, um Menschen zu beeinflussen, um den Körper und damit den Geist zu beherrschen. Wenn ich dieses Messer weiter nach oben schiebe, trifft es auf den lateralen Rectus. Falls ich diesen Muskel durchtrenne, werden Sie erhebliche Schwierigkeiten haben, jemals wieder nach oben oder unten zu schauen. Sie werden danach eine Augenklappe tragen müssen, oder Sie werden sich nicht orientieren können, weil Ihre Augen unabhängig voneinander arbeiten. Außerdem« er lachte »werden Sie zum Fürchten aussehen, mit einem Auge, das geradeaus starrt, und dem anderen, das sich normal bewegt.«

Jean-Michel keuchte, und seine Beine zitterten unkontrolliert. Wenn der Leibwächter ihn nicht an den Haaren gehalten hätte, wäre er zu Boden gesunken. An dem Messer vorbei sah er in Richters gerötetes Gesicht. Er fühlte einen Stich oberhalb des Aufapfels.

»Bitte nicht!« flehte er. »*Mon Dieu*, M. Richter ...«

Tränen verschleierten seinen Blick, und mit dem Klappern seines Unterkiefers zuckte auch sein Auge. Jede Bewegung verursachte einen frischen, schmerzhaften Stich.

Langsam brachte der Deutsche seine linke Hand an das Messer. Seine Fingerknöchel zeigten nach unten. Er legte die Handfläche an das Ende des Griffs, als wollte er die Waffe nach oben rammen.

»Wußten Sie auch«, fragte Richter ruhig, »daß das, was

wir hier tun, Teil einer Gehirnwäsche ist? Ich habe einige Techniken des KGB studiert, die wahre Wunder bewirken. Alles, was einer Person im Zustand von Schmerz und Angst gesagt wird, registriert das Gehirn als wahr. Selbstverständlich muß man das Verfahren ständig wiederholen, damit es tatsächlich effektiv ist. Systematisch und sorgfältig.«

Er drückte das Messer leicht nach oben. Das Stechen wurde zu einem brennenden Schmerz an der Innenseite von Jean-Michels Stirn.

Der Franzose schrie auf und begann zu wimmern. Trotz seiner Scham konnte er nichts dagegen tun.

»Wie denken Sie jetzt über Gleichheit, mein kleines Lämmchen?« fragte Richter.

»Ich glaube«, brachte Jean-Michel schwer atmend hervor, »daß Sie Ihren Standpunkt jetzt dargelegt haben.«

»Meinen *Standpunkt*?« echote Richter. »Das ist das erste vernünftige Wort, was aus Ihrem Mund kommt, aber ich bezweifle, daß das mit Absicht geschehen ist.«

Richter drehte das Messer und nötigte dem Franzosen damit einen weiteren Schrei ab. »Mein Standpunkt ist folgender: In sehr naher Zukunft wird Dominique mich viel mehr brauchen als ich ihn. Seine *Neuen Jakobiner* sind eine kleine Einsatztruppe, geeignet für Aufgaben vor Ort. Ich für meinen Teil kann international operieren. Und das werde ich auch tun. Seine neuen Computerprogramme werden in amerikanische Städte übertragen werden, aber Erfolge bringen sie erst mit der Zeit. Meine Leute und ich können nach Amerika gehen und uns dort mit amerikanischen Nazis treffen, die sich von uns inspirieren lassen werden. Wir stammen aus dem Vaterland der Bewegung, während Sie zu einem Volk gehören, das erobert wurde und gelernt hat zu dienen. Die Welt wird *mir* folgen, und zwar jetzt, nicht in fünf, in zehn oder in 20 Jahren. Die Amerikaner werden uns Geld geben. Dadurch, M. Horne, werden Dominique und ich zu etwas anderem als Partner nämlich zu Untergebenem und Vorgesetztem.«

Richter lächelte und ließ das Messer einen Augenblick später in seine Handfläche gleiten. Er trat zurück und schob es dabei in die Scheide unter seinem Ärmel.

Jean-Michel stöhnte in einer Mischung aus Schmerz und Erleichterung auf.

»So«, sagte Richter. »Wenn Sie sich mit Dominique in Verbindung setzen, sagen Sie ihm, daß ich Ihnen eine Lektion in Bescheidenheit erteilt habe. Ich bin sicher, daß er versteht, was damit gemeint ist. Sie können ihm auch ausrichten, daß niemand anderes – weder Karin Doring noch sonst irgend jemand – die Bewegung in Deutschland anführen wird. Das ist *meine* Bestimmung. Haben wir sonst noch etwas zu besprechen?«

Der Türsteher lockerte seinen Griff soweit, daß Jean-Michel den Kopf schütteln konnte.

»Hervorragend.« Richter drehte sich um. »Ewald wird Ihnen ein Taxi rufen und Ihnen eine Minute gewähren, damit Sie sich wieder sammeln können. Ich gehe davon aus, Sie heute abend zu sehen. Es wird ein unvergeßlicher Abend werden.«

Nachdem Richter gegangen war, ließ Ewald seinen Gefangenen los. Jean-Michel knickte in den Knien ein, rollte seitlich zu Boden und blieb, am ganzen Körper zitternd, liegen. Sein linkes Auge war blutverschmiert. Ein kleines Rinnsal floß vom oberen Lid in seine Augenhöhle.

Zusammengekauert, mit noch immer kraftlosen Beinen zog er ein Taschentuch aus der Hosentasche. An den Stellen, mit denen er sein Auge betupfte, blieben blaßrosa Flecken aus Blut und Tränen zurück. Bei jedem Blinzeln verspürte er einen stechenden Schmerz im Auge. Schlimmer als der physische Schmerz lastete die Demütigung auf ihm. Er kam sich wie ein Feigling vor, weil er derart zusammengebrochen war.

Während er seine Wunden säuberte, erinnerte er sich daran, daß er trotz der erlittenen Schmach M. Dominiques Auftrag erfüllt hatte. Er hatte das Angebot unterbreitet und war von einem uneinsichtigen, aufgeblasenen Selbstdarsteller schroff abgewiesen worden.

Richter ahnte den wirklichen Grund, weshalb M. Dominique fest entschlossen war, dessen Gruppe in den Kreis der angeschlossenen Organisationen einzubeziehen, nicht. Ihm ging es nicht darum, die Bewegung für ethnische Reinheit zu stärken, sondern er beabsichtigte, ein ernstes Problem für die deutsche Regierung heraufzubeschwören. M. Dominique plante, Deutschland politisch soweit zu destabilisieren, daß in den übrigen Ländern Europas Zweifel an der Führungsrolle der Bundesrepublik im Einigungsprozeß der Europäischen Union wachsen würden. Diese Rolle mußte Frankreich zufallen, denn Frankreichs Entscheidungen wurden von einer Handvoll milliardenschwerer Industrieller bestimmt. Schließlich würden auch Asien und der Rest der Welt den Weg der Europäischen Union einschlagen.

Und sie werden uns folgen, das wußte er insbesondere dann, wenn Amerika im Chaos versinken würde. *Wenn dieses Ziel erst erreicht ist,* dachte Jean-Michel, *wird M. Dominique sich Richters entledigen.* Die Franzosen hatten vor einem halben Jahrhundert begriffen, daß es keine gute Idee war, deutsche Faschisten zu mächtig werden zu lassen.

Nach einigen Minuten gelang es Jean-Michel, auf die Knie zu kommen. Dann zog er sich an einem Stuhl hoch und blieb darauf gestützt stehen. Die Wunde verschorfte bereits und begann, an seinem Auge zu kratzen. Mit jedem Blinzeln wuchs sein Haß auf den Deutschen.

Für den Moment mußt du es vergessen, dachte er. Als Wissenschaftler hatte Jean-Michel gelernt, sich in Geduld zu üben. Außerdem ließen sich auch aus einem Mißerfolg Lehren ziehen, das hatte ihm M. Dominique vor seiner Abreise noch gesagt. Dieser Mißerfolg hatte ihn jedenfalls eine Menge über den Neuen Führer gelehrt.

Der Franzose steckte sein Taschentuch ein und schleppte sich zur Tür, ohne Ewald, von dem er keine Hilfe erwartete, anzusehen. Er taumelte ins Freie und schirmte sein verletztes Auge gegen das grelle Sonnenlicht ab. Dann wankte er langsam zu dem wartenden Taxi

8

Donnerstag, 11 Uhr 05 – Hamburg

Die Fahrt vom Flughafen über die Autobahn ins Stadtzentrum dauerte 35 Minuten. Wie immer, wenn er geschäftlich unterwegs war, wünschte sich Hood, mehr Zeit zu haben, um einigen der Gebäude, Denkmäler und Museen, an denen sie vorbeifuhren, einen längeren Besuch abstatten zu können. Es war frustrierend, bei einer Geschwindigkeit von über 140 Stundenkilometern nur einen flüchtigen Blick auf Kirchen werfen zu können, die bereits alt gewesen waren, als die Vereinigten Staaten noch in den Kinderschuhen gesteckt hatten. Aber Hood war nicht sicher, ob er sich dabei wohl gefühlt hätte, selbst wenn ihm genug Zeit zur Verfügung gestanden hätte. Egal, wo er sich befand – er hatte es sich zur Regel gemacht, sich immer mit aller Kraft auf die Aufgabe zu konzentrieren, derentwegen er gekommen war. Dabei blieb nicht viel Zeit für Besichtigungen oder andere Vergnügungen. Sein Pflichtgefühl gehörte zu den Eigenschaften, die ihm im OP-Center den Spitznamen Papst Paul eingebracht hatten. Er war nicht sicher, aber er vermutete, daß dieser Name von Ann Farris, der Pressesprecherin des OP-Centers, geprägt worden war.

Hood fühlte eine merkwürdige Traurigkeit, während er die modernen Hochhäuser betrachtete, die draußen vor der getönten Scheibe vorbeihuschten. Traurigkeit wegen Ann. Ann, frisch geschieden, verhehlte ihre Sympathien für ihn nicht, und wenn sie beide miteinander allein waren, fühlte er sich ihr gefährlich nahe. Es gab da etwas – einen vergiftenden, verführerischen Drang –, dem er leicht hätte nachgeben können. Aber mit welchem Ergebnis? Er war verheiratet, hatte zwei kleine Kinder und würde seine Familie nicht verlassen. Zugegeben, es bereitete ihm keine Freude mehr, mit seiner Frau zu schlafen. Manchmal, so gestand er sich verbittert ein, hätte er am liebsten gänzlich darauf verzichtet. Sie war nicht mehr die bewundernde, aufmerksame, energiegeladene Sharon Kent, die er geheiratet hatte. Sie war eine Mutter. Eine Persönlichkeit im Kabelfernsehen, die neben dem Familienleben ein zweites Leben führte und deren Mitarbeiter er nur von Weihnachtsfeiern kannte. Außerdem war sie älter, müder und nicht mehr so hungrig auf ihn wie früher.

Während du zumindest im Herzen, dachte er, *noch immer El Cid mit ungebrochener Lanze und galoppierendem Hengst bist.*

Natürlich sah es so nur in seinem Herzen aus. Er mußte zugeben, daß er äußerlich auch nicht mehr der Ritter von einst war außer in Anns Augen. Deshalb fühlte er sich ihr von Zeit zu Zeit so gefährlich nahe.

Dennoch – er und Sharon hatten gemeinsame Erinnerungen aufgebaut und eine andere Art von Liebe entwickelt, als sie einst empfunden hatten. Nach Hause zurückzukehren, nachdem er eine heimliche Beziehung im Büro eingegangen war, hätte ihm das Gefühl vermittelt ... Nun, er wußte genau, wie er sich gefühlt hätte. Er hatte auf den Heimfahrten von Andrews ausführlich darüber nachgedacht, wenn er mit Ann nächtelang Pressemitteilungen durchgearbeitet hatte. Wie ein verdammter Wurm wäre er sich vorgekommen, schäbig und lichtscheu, der die Erde nach dem Wenigen durchwühlte, das er zum Leben brauchte.

Und selbst wenn er mit dem Schuldgefühl zurechtgekommen wäre – eine solche Beziehung wäre Ann gegenüber nicht fair gewesen. Sie war eine gute Frau, besaß das Herz eines Engels. Sie zu ermutigen, ihr Hoffnung zu geben, wo keine war, in ihr Privatleben und in das ihres Sohnes einzudringen wäre falsch gewesen.

Nichts von alldem hält dich davon ab, sie zu begehren, nicht wahr? fragte er sich. Vielleicht arbeiteten Sharon und er aus diesem Grund beide so hart. Sie ersetzten die Leidenschaft, die sie einst füreinander gefühlt hatten, durch etwas, das sie noch mit Hingabe tun konnten, etwas, das frisch und jeden Tag neu war.

Aber, allmächtiger Gott, dachte Hood traurig, *was gäbe ich für eine dieser Nächte der Vergangenheit.*

Das Hotel Alsterhof lag zwischen den beiden beeindruckenden Seen der Stadt. Hood, Stoll und Herbert hatten kaum genügend Zeit, um einzuchecken und sich zu waschen, bevor sie wieder nach unten mußten. Herbert sah aus dem

Fenster, während Stoll das Zimmer mit einem elektronischen Prüfgerät rasch auf Abhörvorrichtungen durchsuchte.

»Wir haben eine hübsche Aussicht, was?« fragte Herbert, während sie im Aufzug nach unten fuhren. Gedankenverloren spielte er mit dem 40 Zentimeter langen Stück eines Besenstiels, das er unter der linken Armlehne seines Rollstuhls zur Selbstverteidigung aufbewahrte. Unter der rechten Armlehne war ein Urban-Skinner-Messer mit einer fünf Zentimeter kurzen Klinge befestigt. »Diese Seen mit all den Booten erinnern mich an den Chesapeake.«

»Das sind die Binnenalster und die Außenalster«, sagte ein junger deutscher Kofferträger hilfreich.

»Das ergibt einen Sinn«, gab Herbert zu. Er brachte den Stock wieder in der Halterung unter der Armlehne an. »Obwohl ich sie wahrscheinlich Große Alster und Kleine Alster genannt hätte. Der große See ist ungefähr zehnmal so groß wie der andere, oder?«

»Ungefähr 395 Hektar im Vergleich zu knapp 20«, antwortete der Junge.

»Das kommt ja ungefähr hin.« Der Aufzug erreichte die Hotelhalle. »Trotzdem finde ich meine Namen besser. ›Groß‹ und ›klein‹ lassen sich leicht auseinanderhalten. Wer nicht weiß, wo bei dieser Stadt innen und wo außen ist, könnte sie verwechseln.«

»Vielleicht sollten Sie einen Verbesserungsvorschlag in den Mitteilungskasten werfen«, sagte der Träger, in Richtung der Rezeption zeigend. »Er ist gleich dort neben dem Briefkasten.«

Herbert sah ihn an, Hood ebenfalls, der nicht erkennen konnte, ob der Junge witzig oder hilfreich sein wollte. Die Deutschen waren nicht für ihren Sinn für Humor bekannt, auch wenn er gehört hatte, daß die neue Generation durch amerikanische Filme und Fernsehsendungen einiges über Humor gelernt hatte.

»Vielleicht werde ich das tun«, erwiderte Herbert und rollte aus dem Fahrstuhl. Er sah zu Stoll hinüber, der sich unter dem Gewicht seines Rucksacks bog. »Sie haben den Übersetzer. Wie würde das Ding diese Namen übersetzen?«

Stoll tippte die englischen Worte in seinen elektronischen

Übersetzer im Taschenbuchformat ein. Gleich darauf erschienen die deutschen Begriffe auf der Flüssigkristallanzeige.

»Sieht so aus, als sollten sie Großalster und Kleinalster heißen«, informierte ihn Stoll.

Hood meinte: »Klingt nicht eben elegant, nicht wahr?«

»Nein«, stimmte Herbert zu. »Aber wissen Sie was? Es ist immer noch zehnmal besser als bei uns in Philadelphia, Mississippi. Dead Cat Pond, Mudworm Creek ...«

»Mir gefällt das«, sagte Stoll. »Hört sich sehr bildhaft an.«

»Ja, aber nicht unbedingt wie die Bilder, die man sich auf einer Postkarte vorstellt«, entgegnete Herbert. »Die einzigen Postkarten, die bei uns in diesem Metallding im Supermarkt stehen, zeigen die Hauptstraße und das Schulgebäude, sonst nichts.«

»Mir sind Pond und Creek trotzdem lieber«, beharrte Stoll.

Auf dem Weg durch die überfüllte Hotelhalle sah sich Hood nach Martin Lang und Richard Hausen, dem Staatssekretär des Auswärtigen Amtes, um. Hausen hatte er noch nie getroffen, aber Lang, den Magnaten der deutschen Elektronikindustrie, und er freute sich, ihn wiederzusehen. Sie hatten bei einem Abendessen während eines internationalen Computerkongresses in Los Angeles einige Zeit miteinander verbracht. Hood war von Langs Wärme, seinem Ernst und seiner Intelligenz beeindruckt gewesen. Lang war ein Humanist, der wußte, daß er sein Unternehmen ohne zufriedene Angestellte nicht führen konnte. Es gab keine Entlassungen. Schwere Zeiten wurden vom oberen Management getragen, nicht von den kleinen Angestellten.

Als die Frage nach dem Preis von Mike Rodgers' und Matt Stolls neuer Idee dem Regionalen OP-Center, kurz ROC, aufgetaucht war, war ihnen Lang als erster Lieferant der benötigten Computer in den Sinn gekommen. Die patentierte, auf Photonen basierende Technologie »Leuchtturm« seines Unternehmens war anpassungsfähig, auf dem allerneuesten technischen Stand und teuer. Hood wußte, daß die Einrichtung des ROC ein außergewöhnlicher Balanceakt werden würde wie bei allen Regierungsunternehmungen. Es würde schwierig werden, den Etat für das ROC, eine halbe Milliarde

Dollar, durch den Kongreß zu bringen, insbesondere wenn sie ausländische Komponenten kaufen wollten. Auf der anderen Seite würde es für das OP-Center schwierig werden, ROCs in anderen Ländern zu installieren, falls dabei nicht Hardware dieser Länder zum Einsatz käme.

Letztendlich lief es auf zwei Punkte hinaus, überlegte Hood. Erstens: Deutschland würde bald zum führenden Land der Europäischen Union werden. Die Möglichkeit, ein mobiles Spionagecenter relativ unbehelligt hinein- und hinauszubringen, würde die Vereinigten Staaten in die günstige Lage versetzen, die europäischen Aktionen zu beobachten. Das würde dem Kongreß gefallen. Zweitens: Langs Firma »Hauptschlüssel« würde sich darauf einlassen müssen, viele der für dieses und andere Projekte benötigten Materialien von amerikanischen Unternehmen zu beziehen. Ein großer Teil des Geldes würde auf diese Art in den Vereinigten Staaten verbleiben.

Hood war zuversichtlich, Lang dies vermitteln zu können. Er und Matt würden ihm eine neuartige Technologie zeigen, in die die Deutschen mit Sicherheit würden einsteigen wollen. Es handelte sich dabei um eine Erfindung, auf die die kleine Forschungs- und Entwicklungsabteilung des OP-Centers zufällig gestoßen war, als sie nach einer Möglichkeit gesucht hatte, die Zuverlässigkeit von elektronischen Hochgeschwindigkeitsleitern zu testen. Lang war zwar ein ehrenwerter Mann, aber gleichzeitig Geschäftsmann und Patriot. Wenn er die Hardware des ROC und deren Fähigkeiten kannte, könnte er die deutsche Regierung überreden, technologische Gegenmaßnahmen im Sinne der nationalen Sicherheit zu ergreifen. Daraufhin würde Hood den Kongreß um Gelder angehen, mit denen diese Gegenmaßnahmen wiederum unterlaufen werden könnten. Dafür würde er sich verpflichten, amerikanische Firmen zu beauftragen.

Er lächelte. So merkwürdig es Sharon, die nur ungern verhandelte, und Mike Rodgers, der alles andere als ein Diplomat war, vorkommen mochte – Hood gefiel dieses Lavieren. Operationen auf internationaler politischer Ebene durchzuführen war wie ein großes, komplexes Schachspiel. Auch wenn kein Spieler ungeschoren davonkam, war es lustig auszuprobieren, wie viele Figuren man am Ende noch hatte.

Sie blieben neben den Haustelefonen stehen, abseits des Gästestroms. Hood betrachtete das barocke Dekor der Hotelhalle und die dichte, außergewöhnliche Mischung aus elegant gekleideten Geschäftsleuten und Touristen im Freizeitdress. Außerhalb der Menschenmenge stehend, hatte er die Möglichkeit, die vorbeieilenden Leute zu beobachten. Alle gingen eigenen Geschäften, einer eigenen Bestimmung und eigenen Interessen nach.

Da funkelte an der Eingangstüre plötzlich wie ein kurzer Blitz das leuchtend goldene Haar einer Frau. Nicht die Bewegung an sich erregte Hoods Aufmerksamkeit, sondern die Art, in der sich das Haar bewegte. Während die Frau die Halle verließ, warf sie ihren Kopf schnell und selbstbewußt nach rechts hinten, und das lange blonde Haar flog nach links.

Hood stand wie angewurzelt. *Wie ein Vogel, der sich von einem Baum stürzt,* dachte er.

Während er wie gelähmt hinter der Frau herstarrte, verschwand sie nach rechts. Für einen langen Moment konnte er weder blinzeln noch atmen. Der Lärm in der Halle, der noch vor wenigen Augenblicken laut und deutlich gewesen war, war zu einem entfernten Summen geworden.

»Boß?« fragte Stoll. »Sehen Sie sie?«

Hood antwortete nicht. Seine Beine in Bewegung zwingend, hastete er in Richtung Ausgangstür. Er drängte sich an Menschen und abgestellten Gepäckstücken vorbei und stieß dabei vereinzelte Gäste, die wartend und plaudernd herumstanden, mit den Schultern an.

Eine goldene Frau, dachte er.

Er erreichte die offenstehende Tür und rannte hindurch. Sein Kopf wirbelte nach rechts.

»Taxi?« fragte der livrierte Portier.

Hood hörte ihn nicht. Er starrte nach Norden, wo soeben ein Taxi in die Hauptverkehrsstraße einbog. Das helle Sonnenlicht ließ keinen Blick in das Innere des Wagens zu. Er wandte sich an den Portier.

»Ist in das Taxi dort eine Frau eingestiegen?«

»Ja«, erwiderte der junge Mann.

»Kennen Sie sie?« Noch während er die Worte aussprach, erkannte Hood, daß er womöglich ein wenig barsch klang. Er nahm einen tiefen Atemzug. »Tut mir leid. Ich wollte Sie nicht anschreien. Es ist nur ... Ich glaube, ich kenne diese Frau. Ist sie Gast hier?«

»Nein. Sie hat ein Paket abgegeben und ist wieder gegangen.«

Hood deutete mit dem Daumen in die Halle. »Hat sie es dort abgegeben?«

»Nicht an der Rezeption. Sie hat es jemandem gegeben.«

Eine ältere Engländerin kam auf der Suche nach einem Taxi heran.

»Entschuldigen Sie«, sagte der junge Mann zu Hood.

Während der Portier an den Bordstein trat und in seine Trillerpfeife blies, blickte Hood zu Boden und wippte ungeduldig mit einem Fuß. Stoll trat neben ihn, gefolgt von Herbert.

»Hallo«, sagte Stoll.

Hood starrte weiterhin auf den Bordstein und kämpfte mit einem Sturm von Gefühlen.

»Sie sind nach draußen gestürzt wie jemand, dessen Hund auf die Autobahn gerannt ist«, sagte Stoll. »Sind Sie okay?«

Hood nickte.

»Ja, das überzeugt mich«, log Herbert.

»Nein, wirklich«, sagte Hood geistesabwesend. »Ich, äh ... Schon gut. Es ist eine lange Geschichte«

»Davon gibt es viele«, sagte Stoll. »Ich mag sie. Wollen Sie drüber reden? Haben Sie jemanden gesehen?«

Hood schwieg für einen Moment, dann sagte er: »Ja.«

»Wen?« fragte Herbert.

Hood antwortete beinahe ehrfürchtig: »Eine goldene Frau.«

Stoll schnalzte mit der Zunge. »Aha. Entschuldigen Sie, daß ich gefragt habe.« Er blickte auf Herbert hinab, der die Achseln zuckte und ihm einen Blick zuwarf, als wollte er sagen: *Fragen Sie nicht mich.*

Der Portier kam zurück, und Hood fragte leise: »Haben Sie gesehen, wem sie das Paket gegeben hat?«

Der Junge schüttelte bedauernd den Kopf. »Es tut mit leid.

Ich rief eben ein Taxi für Herrn Tsuburaya, deshalb habe ich es nicht mitbekommen.«

»Schon gut. Ich verstehe.« Hood griff in seine Tasche und gab dem Portier einen Zehndollarschein. »Wenn sie zurückkommt, würden Sie dann versuchen herauszufinden, wer sie ist? Sagen Sie ihr, daß Paul ...« Er zögerte. »Nein. Sagen Sie ihr nicht, wer nach ihr gefragt hat. Versuchen Sie nur herauszufinden, wer sie ist, okay?«

»Ja«, sagte der Portier und betrachtete den Schein beeindruckt. Dann trat er an den Bordstein, um die Tür eines ankommenden Taxis zu öffnen.

Stoll stieß Hood mit der Hüfte an. »He, für zehn Dollar warte ich auch hier. Sozusagen als doppelte Sicherung.«

Hood ignorierte ihn. Es war verrückt. Er wußte nicht, ob er in einen Traum oder in einen Alptraum geraten war.

Einige Schritte von den Männern entfernt fuhr eine lange schwarze Limousine vor. Der Portier eilte hinüber, öffnete die Tür, und ein untersetzter, silberhaariger Mann stieg aus. Er und Hood sahen einander gleichzeitig.

»Mr. Hood!« rief Martin Lang mit einem Winken und einem breiten, erfreuten Lächeln. Er kam in kurzen, schnellen Schritten heran, die Hand ausgestreckt. »Schön, Sie wiederzusehen. Sie sehen sehr gut aus.«

»Washington paßt besser zu mir als Los Angeles.« Obwohl Hood Lang anblickte, sah er noch immer die Frau vor sich. Die Bewegung des Kopfes, das Aufleuchten des Haars ...

Hör auf, schrie er sich innerlich an. *Du hast einen Job! Du hast dein Leben!*

»Paul sieht gut aus, weil er im Flugzeug schlafen konnte«, murmelte Stoll. »Er wird Bob und mich den ganzen Tag durch leichte Rippenstöße wach halten.«

»Das bezweifle ich ernsthaft«, sagte Lang. »Sie sind nicht so alt wie ich. Sie besitzen noch die nötige Vitalität.«

Während Hood seine Mitarbeiter vorstellte, stieg ein distinguierter Herr in den Mittvierzigern aus dem Wagen. Langsam kam der große blonde Mann zu ihnen herüber.

»Mr. Hood«, sagte Lang, als der Mann bei Ihnen war, »erlauben Sie mir, Ihnen Richard Hausen vorzustellen.«

»Willkommen in Hamburg«, sagte Hausen. Seine Stimme klang wohltönend und vornehm, sein Englisch war tadellos. Er begrüßte jeden der Männer mit einem Handschlag und einer kleinen Verbeugung.

Hood war überrascht, daß Hausen ohne eine Schar von Assistenten gekommen war. Amerikanische Offizielle gingen nirgendwohin, ohne mindestens zwei junge, draufgängerische Helfer im Schlepptau zu führen.

Stolls erster Eindruck war anders. »Er erinnert mich an Dracula«, flüsterte der Operations Support Officer.

Hood neigte dazu, Stolls häufige, fast lautlose Kommentare zu ignorieren, auch wenn er diesmal den Nagel beinahe auf den Kopf getroffen zu haben schien. Hausen trug einen schwarzen Anzug. Sein Gesicht war blaß, aber markant. Er strahlte eine ausgeprägte Noblesse der Alten Welt aus. Allerdings wäre für diesen Mann nach allem, was Hood über ihn gelesen hatte, Draculas Nemesis, Dr. von Helsing, zutreffender gewesen. Statt Vampiren jagte Richard Hausen Neonazis. Die Betriebspsychologin des OP-Centers, Liz Gordon, hatte das Gopher-Informationssystem der Vereinten Nationen über das Internet abgefragt, um einen Bericht über Hausen anzufertigen. Sie beschrieb ihn als einen Mann, der einen »an Kapitän Ahab erinnernden Haß auf Rechtsextreme« habe. Liz schrieb, daß Hausen die Neonazis nicht nur als Gefahr für das Ansehen seines Landes als Mitglied der internationalen Gemeinschaft betrachte, sondern sie »mit einer Erbitterung verfolgt, die eine persönliche Beteiligung nahelegt, eventuell etwas, das in der Vergangenheit geschehen ist. Möglicherweise hat diese Erbitterung auch mit den Schikanen zu tun, denen er als Kind ausgesetzt war und die viele Kinder vom Land zu erleiden haben, wenn sie in eine Großstadt kommen, um dort zur Schule zu gehen.«

Martha Mackall hatte in einer Fußnote vorgeschlagen, Hood solle vor allem einen Gedanken in Betracht ziehen: Hausen suche möglicherweise engeren Kontakt zu den Vereinigten Staaten, um Nationalisten zu reizen und zu Angriffen auf seine Person zu provozieren. Sie schrieb: »Dadurch würde ihm das Image eines Märtyrers zuteil, das für Politiker Vorteile bringt.«

Hood legte diesen Gedanken in der geistigen Schublade mit der Bezeichnung »Vielleicht« ab. Für den Moment wertete er Hausens Anwesenheit bei diesem Treffen als Zeichen für das große Interesse der deutschen Elektronikindustrie, mit der amerikanischen Regierung ins Geschäft zu kommen.

Lang führte sie mit dem Versprechen zu der Limousine, sie würden in Kürze das beste typisch deutsche Essen in Hamburg und einen herrlichen Blick auf die Elbe genießen. Hood machte sich keine Gedanken darüber, was oder wo er aß. Er wollte sich nur schnell in die Arbeit und in ein Gespräch vertiefen, um wieder Boden unter die Füße zu bekommen.

Es ergab sich, daß Hood das Essen sehr genoß, auch wenn sich Stoll zu ihm beugte, während die leeren Nachtischteller abgeräumt wurden, um ihm anzuvertrauen, daß die Aalsuppe und die Brombeeren mit Zucker und Sahne nicht auf die gleiche Weise sättigten wie ein schönes öliges Taco und ein Erdbeermilchshake.

Das Mittagessen hatte für deutsche Verhältnisse früh stattgefunden, und das Restaurant war noch leer. Die Unterhaltung hatte sich natürlich um Politik gedreht. Unter anderem waren einige Bemerkungen zu der bevorstehenden Feier anläßlich des 50sten Geburtstages des Marshall-Plans gefallen. Während der fast zwei Jahrzehnte, die Hood jetzt mit internationalen Managern, Investoren und Politikern zusammenarbeitete, hatte er die meisten Deutschen als dankbar für das Wiederaufbauprogramm erlebt, das es ihnen nach dem Krieg ermöglicht hatte, sich auch von dem finanziellen Desaster zu erholen. Fast alle seine deutschen Gesprächspartner hatten sich unaufhörlich für die Aktionen des Dritten Reichs entschuldigt. Während der letzten Jahre hatte Hood aber auch festgestellt, daß mehr und mehr Deutsche stolz darauf waren, die volle Verantwortung für die vor und im Zweiten Weltkrieg unter der Naziherrschaft verübten Greueltaten übernommen zu haben. Richard Hausen hatte sich aktiv dafür eingesetzt, daß Reparationen an die Opfer von Konzentrationslagern geleistet wurden.

Martin Lang war ebenfalls stolz, aber auch verbittert.

»Die japanische Regierung hat das Wort ›Entschuldigung‹ bis zum 50sten Jahrestag des Kriegsendes nicht ein einziges Mal in den Mund genommen«, hatte er gesagt, noch bevor die Aperitifs serviert worden waren. »Die Franzosen haben sogar noch länger gebraucht, um zuzugeben, daß der Staat an der Deportation von 75 000 Juden beteiligt war. Die Taten im Namen Deutschlands sprengen jede Vorstellungskraft, aber wir unternehmen als Nation zumindest den Versuch, die Ereignisse zu verstehen.«

Lang bemerkte, daß Deutschlands Suche nach seiner Seele Spannungen mit Japan und Frankreich provozierten. »Als hätten wir durch das Eingeständnis unserer Grausamkeiten einen kriminellen Ehrenkodex des Schweigens gebrochen«, sagte er. »Man sieht uns als Feiglinge an, die nicht das Rückgrat besitzen, zu ihren Überzeugungen zu stehen.«

»Deshalb«, murmelte Herbert, »mußten die Japaner mit der Atombombe an den Friedenstisch geholt werden.«

Die andere bedeutende Veränderung, die Hood während der vergangenen Jahre an seinen deutschen Gesprächspartnern bemerkt hatte, war die wachsende Ablehnung gegenüber der Integration der ehemaligen DDR. Dieses Probleme gehöre zu Hausens persönlichen ›Zahnschmerzen‹, wie er es jetzt höflich formulierte.

»Die DDR war ein anderes Land«, sagte er. »Es ist, als würden die Vereinigten Staaten versuchen, Mexiko zu integrieren. Die Ostdeutschen sind zwar unsere Brüder und Schwestern, aber sie haben die sowjetische Kultur und die sowjetischen Verhaltensweisen angenommen. Sie sind hilflos und glauben, daß wir ihnen Reparationszahlungen dafür schulden, sie nach dem Krieg aufgegeben zu haben. Sie halten die Hände auf, aber nicht für Werkzeuge oder Diplome, sondern für Geld. Wenn die Jugendlichen keines bekommen, treten sie Banden bei und werden gewalttätig. Der Osten zieht unser Land in einen finanziellen und geistigen Abgrund, aus dem es erst in Jahrzehnten wieder herauskommen wird.«

Hood war über den offenen Unmut des Politikers erstaunt. Noch mehr überraschte ihn aber, daß der ansonsten peinlichst auf Etikette bedachte Kellner unverhohlen seine Zustimmung grunzte, während er ihre Wassergläser füllte.

Hausen deutete auf den Kellner und sagte: »Ein Fünftel jeder Mark, die er verdient, geht in den Osten.«

Über das ROC sprachen sie während des Essens nicht. Das würde später in Hausens Hamburger Büro geschehen. Die Deutschen zogen es vor, ihre Partner besser kennenzulernen, bevor der Verführungsprozeß begann.

Gegen Ende der Mahlzeit piepste Hausens Funktelefon. Er zog das Gerät aus der Jackentasche, entschuldigte sich und wandte sich halb ab, um den Anruf entgegenzunehmen. Vor seine klaren Augen legte sich ein Schleier, und seine schmalen Lippen bogen sich nach unten. Er sprach sehr wenig.

Nachdem das Telefonat beendet war, legte Hausen das Handy auf den Tisch. »Das war mein Assistent.« Er blickte von Lang zu Hood. »Es hat einen Terroranschlag auf einen Filmdrehort außerhalb von Hannover gegeben. Vier Menschen sind tot. Eine junge Amerikanerin wird vermißt. Es gibt Grund zu der Annahme, daß sie entführt wurde.«

Lang erbleichte. »Der Film – war das ›Tirpitz‹?«

Hausen nickte. Er wirkte äußerst beunruhigt.

Herbert fragte: »Weiß man, wer es getan hat?«

»Noch hat sich niemand dazu bekannt«, antwortete Hausen. »Aber die Schüsse wurden von einer Frau abgefeuert.«

»Doring«, sagte Lang. Er sah von Hausen zu Herbert. »Das kann nur Karin Doring gewesen sein, die Anführerin von *Feuer*. Das ist eine der gewalttätigsten Neonazigruppen in Deutschland.« Seine Stimme klang leise, traurig und monoton. »Es ist genau, wie Richard gesagt hat. Sie rekrutiert junge Wilde aus dem Osten und bildet sie aus.«

»War das Gelände nicht bewacht?« erkundigte sich Herbert.

Hausen nickte. »Eines der Opfer ist ein Wachmann.«

»Warum haben sie ein *Filmteam* angegriffen?« fragte Hood.

»Es war eine amerikanisch-deutsche Koproduktion«, antwortete Hausen. »Das ist für Doring Grund genug. Sie will keine Ausländer in Deutschland. Aber die Terroristen haben auch ein Wohnmobil voller Nazimemorabilien gestohlen Orden, Waffen, Uniformen und so weiter.«

»Sentimentale Bastarde«, sagte Herbert.

»Vielleicht«, meinte Hausen. »Oder sie wollen die Sachen für einen bestimmten Zweck. Sehen Sie, meine Herren, es gibt da noch ein anderes verabscheuungswürdiges Phänomen, das schon einige Jahre alt ist. Es nennt sich ›Chaostage‹.«

»Davon habe ich gehört«, sagte Herbert.

»Nicht über die Medien, wie ich annehme«, vermutete Hausen. »Unsere Journalisten weigern sich nämlich, Werbung dafür zu machen, indem sie darüber schreiben.«

»Dadurch werden sie zu Komplizen einer naziartigen Zensur, finden Sie nicht?« fragte Stoll verwundert.

Herbert sah ihn finster an. »Zum Teufel, nein. Ich kann es ihnen nicht verübeln. Ich habe von Freunden bei Interpol von den Chaostagen gehört. Eine verdammt widerwärtige Angelegenheit.«

»Das ist richtig«, stimmte Hausen zu. Er blickte Stoll und Hood nacheinander an. »Gewalttätige Gruppen aus ganz Deutschland und sogar aus anderen Ländern versammeln sich in Hannover, 100 Kilometer südlich von hier. Sie halten Kundgebungen ab und tauschen ihre krankhaften Ideen und ihre Literatur aus. Einige einschließlich Dorings Gruppe attackieren in dieser Zeit traditionell symbolische und strategische Ziele.«

»Zumindest deuten all unsere bisherigen Informationen darauf hin, daß es sich um Dorings Gruppe handelt«, warf Lang ein. »Sie ist schnell und sehr, sehr vorsichtig.«

Herbert fragte: »Warum verhindert die Regierung die Chaostage nicht? Um keine Märtyrer zu schaffen?«

»Viele Regierungsmitglieder warnen aus diesem Grund davor, ja«, sagte Hausen. »Sie fürchten, daß viele Deutsche, die sich sonst nichts zuschulden kommen lassen, ihren Stolz auf die Errungenschaften einer unter Hitler erblühten und mobilisierten Nation offen zur Schau tragen könnten. Diese Politiker wollen den Radikalismus durch ihre Gesetzgebung abschaffen, ohne dabei die Radikalen selbst zu bestrafen. Besonders während der Chaostage, wenn die feindlichen Elemente in Horden auftreten, hält sich die Regierung spürbar zurück.«

»Und wie denken Sie darüber?« fragte Hood.

»Ich glaube, wir sollten sie erstens zerschlagen, wo wir sie antreffen, und zweitens die Gesetze so anwenden, daß wir alles ausräuchern, was noch unter den Steinen herumkriecht«, entgegnete Hausen.

»Sie denken, diese Karin Doring oder wer auch immer will die Memorabilien für die Chaostage?« fragte Herbert.

»Solche Erinnerungsstücke als Geschenke binden die Beschenkten an das Reich«, sprach Hausen seine Gedanken laut aus. »Stellen Sie sich vor, wie sie das motivieren wird.«

»Wozu motivieren?« fragte Herbert. »Zu weiteren Anschlägen?«

»Ja«, antwortete Hausen, »oder vielleicht auch nur zu einem weiteren Jahr Loyalität. Bei 70 oder 80 Gruppen, die um Mitglieder wetteifern, ist Loyalität sehr wichtig.«

Lang sagte: »Vielleicht dient der Diebstahl auch dazu, den Stolz derer zu wecken, die darüber in der Zeitung lesen – Männer und Frauen, die, wie Richard sagt, Hitler noch immer heimlich verehren.«

»Was weiß man über das amerikanische Mädchen?« fragte Herbert.

»Sie war als Requisiteuse angestellt und wurde zuletzt in dem Wohnmobil gesehen«, antwortete Hausen. »Die Polizei geht davon aus, daß sie mit dem Wagen entführt wurde.«

Herbert sah Hood an. Der dachte einen Moment lang nach, dann nickte er.

»Entschuldigen Sie mich«, sagte Herbert. Er schob seinen Rollstuhl rückwärts vom Tisch und pochte auf das Telefon in der Armlehne. »Ich werde mir ein nettes, stilles Plätzchen suchen, von wo aus ich ein paar Anrufe tätigen kann. Vielleicht gelingt es mir, einige zusätzliche Informationen beizusteuern.«

Lang erhob sich und dankte ihm, dann entschuldigte er sich erneut.

Herbert versicherte ihm, es bestehe kein Anlaß für eine Entschuldigung. »Ich habe meine Frau und meine Beine an

Terroristen in Beirut verloren«, sagte er. »Jedesmal, wenn solche Bestien ihre Fratzen zeigen, gibt mir das die Chance, noch ein paar von ihnen unschädlich zu machen.« Er blickte Hausen an. »Diese Bastarde sind *meine* Zahnschmerzen, Mr. Hausen, und ich lebe mit dem Bohrer in der Hand, um sie auszumerzen.«

Herbert schwang sich herum und rollte zwischen den Tischen davon. Hausen setzte sich wieder und rang um seine Fassung. Hood sah ihn an. Liz hatte richtig gelegen: Irgend etwas stimmte mit ihm nicht.

»Wir kämpfen diesen Kampf jetzt schon seit über 50 Jahren«, sagte Hausen ernst. »Gegen Krankheiten kann man sich impfen lassen, vor einem Sturm kann man Schutz suchen. Aber wie soll man sich *davor* schützen? Wie bekämpft man Haß? Es ist eine Wachstumsbranche, Mr. Hood. Jedes Jahr gibt es mehr Gruppen mit immer mehr Mitgliedern. Gott stehe uns bei, wenn sie sich jemals vereinigen sollten.«

»Mein Stellvertreter im OP-Center hat einmal gesagt: ›Eine Idee bekämpft man mit einer besseren Idee.‹ Das halte ich für richtig. Ansonsten« – Hood wies mit einem Daumen auf Herbert, der in seinem Stuhl an einem Fenster saß, das den Fluß überblickte – »halte ich es mit meinem Nachrichtenchef dort drüben: Wir machen sie unschädlich.«

»Sie sind gut versteckt«, sagte Hausen. »Außerdem schwerbewaffnet und so gut wie nicht zu infiltrieren. Sie nehmen nur sehr junge neue Mitglieder auf. Wir wissen in den meisten Fällen nicht, was sie planen.«

»Bis jetzt«, warf Matt ein.

Lang sah ihn an. »Was meinen Sie damit, Mr. Stoll?«

»Haben Sie den Rucksack bemerkt, den ich im Auto gelassen habe?«

Hausen und Lang nickten.

Stoll lächelte. »Nun, wenn wir uns über dieses ROC einigen können, dann werden wir zukünftig eine Menge fauler Äpfel aus dem Korb werfen.«

9

Donnerstag, 11 Uhr 42 – Wunstorf/Deutschland

Als Jody Thompson die Schreie draußen vor dem Wohnmobil gehört hatte, hatte sie gedacht, Hollis Arlenna riefe sie. Sie stand im Badezimmer und wühlte sich hektisch durch die Kleidungsstücke, während sie die Leute von der Requisite verfluchte, weil sie alles deutsch beschriftet hatten und Arlenna, weil er so ein Arschloch war.

Dann hörte sie die Schüsse. Sie wußte, daß sie nicht von einer der Filmszenen stammen konnten. Alle Waffen befanden sich im Wohnmobil, und Buba war der einzige, der einen Schlüssel für den Schrank besaß. Gleich darauf hörte sie die Angst- und Schmerzensschreie und wußte, daß etwas Schreckliches vor sich ging. Sie hielt in der Überprüfung der Kleidersäcke inne und lehnte sich mit einem Ohr an die Tür.

Als der Motor des Wohnmobils ansprang, dachte sie, jemand versuchte, es vor dem, was dort draußen geschah, in Sicherheit zu bringen. Dann fiel die Tür krachend zu, und sie hörte, wie sich jemand im Inneren des hinteren Teiles bewegte. Die Person sprach nicht, und Jody wußte, daß das ein schlechtes Zeichen war. Wenn es sich um einen Wachmann gehandelt hätte, hätte er in sein Funkgerät gesprochen.

Plötzlich kam ihr der Toilettenraum noch heißer und enger vor. Sie bemerkte, daß die Tür nicht abgesperrt war, hob vorsichtig den Riegel und legte ihn vor. Dann kauerte sie sich zwischen die Kleidersäcke und hielt sich daran fest, um nicht umzukippen. Sie würde reglos verharren, bis jemand sie holte.

Angestrengt lauschte sie. Sie hatte ihre Armbanduhr nicht an und konnte nur anhand der Geräusche abschätzen, wieviel Zeit verging. Der Eindringling wühlte zwischen den Dolchen auf dem Tisch ganz links herum. Schritte bewegten sich um den Tisch mit den Orden. Truhen wurden geöffnet und wieder geschlossen.

Dann hörte sie trotz des Surrens der Deckenlüftung, wie an der Schranktür auf der anderen Seite des Wohnmobils gerüttelt wurde. Einen Augenblick später ertönten vier Schüsse.

Jody klammerte sich so fest an einen der Kleidersäcke, daß sie den Stoff mit ihren Fingernägeln durchbohrte. *Was zum Teufel ging da draußen vor?* Sie trat rückwärts zur Wand, von der Türe fort. Das Herz schlug ihr bis zum Hals.

Sie hörte, wie die Schranktür gegen die Wand geschmettert wurde, als das Wohnmobil in eine Kurve fuhr. Tischbeine schrammten über den Boden, während die Person sich nicht vorsichtig wie Jody vorhin, sondern hastig und ungeduldig um den Tisch herumbewegte.

Die Person kam auf die Badezimmertür zu. Plötzlich hielt Jody es für keine gute Idee mehr, sich in dem kleinen Raum versteckt zu haben.

Sie blickte nach oben, sah sich um, schaute nach hinten, nahm die Milchglasscheibe des Fensters wahr. Aber durch das eiserne Gitter davor konnte niemand hinein oder hinaus.

Als an der Türklinke zu ihrem Verschlag gerüttelt wurde, kauerte sie sich noch tiefer zusammen. Auf den Hosenboden sinkend, rutschte sie rückwärts neben die Toilettenschüssel und lehnte sich gegen die Glastür der winzigen Duschkabine in ihrem Rücken. Ihr Herzschlag dröhnte ihr in den Ohren. Sie begann zu wimmern und biß sich seitlich auf den Daumen, um nicht gehört zu werden.

Ein Feuerstoß übertönte das Geräusch ihres Herzschlages und ihr Wimmern. Sie schrie in ihren Daumen hinein, während Holz- und Plastiksplitter aus der Tür flogen und auf den Boden und die Kleidersäcke prasselten. Dann öffnete sich die Tür quietschend, und ein Gewehrlauf schob sich zwischen der engen Reihe deutscher Uniformen hindurch. Die Kleidersäcke teilten sich, und ein Gesicht starrte auf sie herunter. Es war das Gesicht einer Frau.

Jody sah von der kurzen Maschinenpistole in die kalten, wie flüssiges Gold glänzenden Augen der Frau. Noch immer biß sie sich in den Daumen. Die Frau deutete mit der Waffe nach oben, und Jody erhob sich. Ihre Hände fielen seitlich an ihr herab, Schweiß floß ihre Hüften hinunter.

Die Frau sagte etwas auf Deutsch.

»I-ch verstehe nicht«, stammelte Jody.

»Ich sagte: Nehmen Sie die Hände hoch und drehen Sie

sich um«, raunzte die Frau in schwer verständlichem Englisch.

Jody hob die Hände auf Gesichtshöhe und zögerte. In einem ihrer Unterrichtsbücher hatte sie gelesen, daß Geiseln häufig durch Schüsse in den Hinterkopf getötet wurden.

»Bitte ... Ich bin Produktionsassistentin. Ich bin erst seit ein paar Tagen hier ...«

»Umdrehen!« befahl die Frau.

»Bitte nicht!« flehte Jody, leistete dem Befehl aber dennoch Folge.

Als sich Jodys Gesicht dicht vor dem Fenster befand, hörte sie, wie die Uniformen zur Seite geschoben wurden, und fühlte dann das warme Metall des Gewehrlaufes im Genick.

»Bitte ...« wiederholte sie schluchzend.

Sie zuckte zusammen, als die Frau zuerst ihre linke Seite von der Brust bis zum Oberschenkel und anschließend die rechte Seite abtastete. Dann griff die Frau nach vorn und überprüfte Jodys Hosenbund. Schließlich drehte sie sie um. Der Gewehrlauf zeigte auf ihren Mund.

»Ich weiß nicht, was hier vorgeht.« Jody weinte jetzt hemmungslos. »Aber ich werde niemandem etwas davon erzählen.«

»Seien Sie still«, zischte die Frau.

Jody gehorchte. Sie wußte, daß sie alles tun würde, was diese Frau ihr befahl. Es war erschreckend zu erkennen, wie vollständig ihr eigener Wille durch eine Waffe und eine Person, die bereit war, sie einzusetzen, ausgeschaltet wurde.

Das Wohnmobil hielt unvermittelt an, und Jody taumelte gegen das Waschbecken. Sie beeilte sich, wieder festen Stand zu finden, die Hände noch immer erhoben. Die Frau hatte sich nicht bewegt, wirkte auch nicht, als wären ihre Gedanken unterbrochen worden.

Die Tür des Wohnmobils wurde geöffnet, und ein junger Mann kam zu ihnen. Er blieb hinter Karin stehen und sah ins Badezimmer. Sein Gesicht war sehr blaß, und in die Kopfhaut war ein Hakenkreuz eintätowiert

Ohne die Augen von Jody abzuwenden, drehte Karin sich leicht zu dem jungen Mann und sagte: »Fang an.«

Der Mann schlug die Hacken zusammen, drehte sich um und begann, die Relikte in den Koffern zu verstauen.

Karin starrte Jody weiterhin an. »Ich töte nicht gern Frauen. Aber ich kann keine Geiseln nehmen. Sie halten mich auf.«

Das war's. Jody würde sterben. Sie begann zu schluchzen. Im Geiste sah sie sich als kleines Mädchen in der ersten Schulklasse, das sich in die Hose machte, weil der Lehrer es anschrie, und zu weinen begann und nicht mehr aufhören konnte, obwohl die anderen Kinder es auslachten. Der letzte Funke Selbstvertrauen, aller Mut und der verbliebene Rest Würde, der noch in ihr gewesen war, erloschen.

Weinend brach sie zusammen. Mit dem Gesicht an der Rückwand des Badezimmers liegend, starrte sie aus tränenüberströmten Augenwinkeln auf die Toilettenschüssel und das Waschbecken. Sie flehte um ihr Leben.

Doch statt sie zu erschießen, befahl die Frau einem anderen, älteren Mann nur, die Uniformen mitzunehmen. Dann schloß sie die Badezimmertür. Jody war überrascht. Da sie erwartete, daß die Tür im nächsten Augenblick von Schüssen durchsiebt würde, rappelte sie sich auf und kletterte seitlich auf die Toilettenschüssel, um ein so geringes Ziel wie möglich abzugeben.

Doch anstelle von Schüssen hörte sie nur ein schleifendes Geräusch, gefolgt von einem lauten Krach.

Etwas war vor die Tür geschoben worden.

Sie bringt mich nicht um, dachte Jody. *Sie sperrt mich nur ein.*

Sie wartete. Längst waren ihre Kleider von ihrem Schweiß durchtränkt. Die drei Gangster im Wohnmobil waren schnell fertig gewesen und urplötzlich verschwunden. Sie lauschte. Nichts.

Dann hörte sie draußen, vor dem Fenster, ein Geräusch. Sie legte ein Ohr an die Wand und horchte. Etwas Metallenes wurde gedreht, dann klapperte es. Anschließend nahm sie wahr, wie Stoff zerrissen wurde. Plötzlich roch es nach Benzin.

Der Tank, dachte sie entsetzt. *Sie haben ihn geöffnet!*

»Nein!« schrie Jody und sprang von der Toilettenschüssel. Sie warf sich gegen die Tür. »Sie haben gesagt, Sie bringen mich nicht um! *Bitte!*«

Einen Moment später bemerkte sie Rauch, hörte davonrennende Schritte und sah den orangefarbenen Schein einer Flamme hinter der trüben Scheibe ihres Gefängnisses. Sie hatten das Wohnmobil in Brand gesteckt, und sie befand sich darin!

Sie bringt mich nicht um, dachte Jody. *Sie läßt mich nur sterben …*

Wieder warf sie sich gegen die Tür, die jedoch nicht nachgab. Während der gelbrote Schein heller wurde, stand das Mädchen mitten in dem kleinen Raum und schrie vor Angst und Verzweiflung.

10

Donnerstag, 5 Uhr 47 – Washington, D.C.

Liz Gordon hatte soeben Kaffeebohnen gemahlen und sich die erste Zigarette des heutigen Tages angezündet, als das Telefon klingelte.

»Wer mag das sein?« sagte die 32jährige zu sich selbst und nahm einen tiefen Zug von ihrer Zigarette. Asche fiel auf ihr Mike-Danger-Nachthemd. Sie wischte sie fort. Dann kratzte sie sich geistesabwesend durch ihre braunen Locken hindurch am Kopf und horchte, um herauszufinden, wo sie das schnurlose Telefon gelassen hatte.

Seit sie um fünf Uhr aufgestanden war, war Liz einige der Punkte durchgegangen, die sie ansprechen wollte, wenn sie später an diesem Morgen das Striker-Team besuchte. Bei ihrer dritten Gruppensitzung vor zwei Tagen waren die jungen Elitesoldaten noch immer geschockt gewesen und hatten den Verlust von Charlie Squires betrauert. Die neue Rekrutin Private Sondra DeVonne hatte seinen Tod besonders schwer genommen; es war traurig für Charlies Familie, aber auch für sie. Mit tränenerstickter Stimme hatte die Soldatin gesagt, sie habe gehofft, viel von ihm lernen zu können. Nun waren all die Weisheit und Erfahrung verloren, ohne weitergegeben worden zu sein.

Tot.

»Wo ist das verdammte Telefon?« knurrte Liz und trat nach einigen Zeitungen neben dem Küchentisch.

Nicht, daß sie befürchtet hätte, der Anrufer würde auflegen. Zu dieser Stunde konnte es nur Monica sein, die aus Italien anrief, und ihre Mitbewohnerin und beste Freundin würde nicht aufgeben, bevor sie ihre Nachrichten erhalten hatte. Schließlich war sie bereits seit einem ganzen Tag fort.

Denn falls Frank Sinatra anruft, dachte die Betriebspsychologin des OP-Centers, *willst du ihn ja sofort zurückrufen können.*

Während der drei Jahre, die sie jetzt zusammenlebten, hatte Liz' arbeitswütige, freiberufliche Musikerfreundin in sämtlichen Nachtclubs und auf allen Hochzeiten und Bar Mitzvahs gespielt, für die sie ein Engagement bekommen hatte. Sie hatte so hart gearbeitet, daß Liz ihr nicht nur befohlen hatte, Urlaub zu machen, sondern auch die Hälfte des Geldes zugeschossen hatte, damit sie ihn sich leisten konnte.

Endlich fand Liz das Telefon auf einem der Küchenstühle. Bevor sie die Verbindung herstellte, nahm sie sich einen Moment, um die Welten zu wechseln. Zwischen Liz und ihren Patienten herrschte eine derartige Dynamik, daß sie im Geist für jeden von ihnen eine eigene Welt erstellt hatte, mit der sie sich jedesmal vollständig identifizierte, um die Patienten behandeln zu können. Ansonsten würde es Verwechslungen, Konzentrationsschwächen und Ablenkungen geben. Zwar war Monica ihre beste Freundin und keine Patientin, aber manchmal fiel es ihr schwer, da klar zu unterscheiden.

Während Liz in ihre Monica-Welt eintauchte, überprüfte sie die Nachrichtenliste unter dem Chopin-Magneten auf der Kühlschranktür. Die einzigen Anrufe waren von Monicas Schlagzeuger Angelo »Tim« Panni und ihrer Mutter gekommen, die beide hatten sichergehen wollen, daß sie gut in Rom angekommen war.

»*Pronto,* Miß Sheard!« rief Liz, nachdem sie das Telefon eingeschaltet hatte. Die telefonische Begrüßung war eines der beiden italienischen Worte, die sie beherrschte.

Eine eindeutig männliche Stimme am anderen Ende antwortete: »Tut mir leid, Liz, ich bin nicht Monica. Hier ist Bob Herbert.«

»Bob! Was für eine Überraschung. Was gibt's Neues im Land von Freud?«

»Ich dachte, Freud sei Österreicher gewesen?«

»War er auch. Aber die Deutschen hatten ihn immerhin für ein Jahr. Der Anschluß war 1938. Freud starb 1939.«

»Das ist beinahe nicht komisch. Es sieht so aus, als spannte das heilige Vaterland wieder mal die Muskeln an, um ein neues Reich auf die Beine zu stellen.«

Liz griff nach ihrer Zigarette. »Wie meinen Sie das?«

»Haben Sie heute morgen die Nachrichten verfolgt?«

»Die ersten Nachrichten kommen um sechs Uhr. Bob, was zum Teufel ist passiert?«

»Eine Horde Neonazis hat einen Filmdrehort überfallen. Sie haben einige Mitglieder des Teams getötet, ein Wohnmobil mit Nazirelikten gestohlen und sich dann aus dem Staub gemacht. Zwar hat noch niemand von ihnen gehört, aber es sieht so aus, als hätten sie ein amerikanisches Mädchen gekidnappt.«

»Verdammt.« Liz nahm ein paar kurze Züge.

»Alles deutet darauf hin, daß die Gruppe von einer Frau namens Karin Doring angeführt wurde. Schon mal von ihr gehört?«

»Der Name kommt mir bekannt vor.« Liz nahm das Telefon und ging von der Küche ins Arbeitszimmer. »Einen Moment, ich sehe mal nach, was wir über sie haben.« Sie schaltete den Computer ein, setzte sich und stellte eine Verbindung zur Datenbank in ihrem Büro im OP-Center her. In weniger als zehn Sekunden hatte sie die Datei über Doring heruntergeladen.

»Karin Doring«, sagte sie, »das Gespenst von Halle.«

»Das Gespenst von wo?«

»Halle.« Liz überflog den Bericht. »Das ist ihre Heimatstadt in Ostdeutschland. Sie nennen sie das Gespenst, weil sie die Tatorte bisher immer verlassen hat, bevor sie gefaßt werden konnte. Sie benutzt keine Skimasken und Verkleidungen, sondern will, daß die Leute wissen, wer hinter den Anschlägen steckt. Hören Sie sich das an: Im vergangenen Jahr hat sie sich in einem Interview gegenüber einer Zeitung mit dem Namen *Unser Kampf* als eine Art Robin Hood für Nazis bezeichnet, der sich für die unterdrückte Mehrheit der Deutschen einsetzt.«

»Klingt nach einer Verrückten.«

»Nein, nicht ganz. Das ist das Problem mit Leuten wie ihr.« Liz hustete, zog noch einmal an der Zigarette und redete weiter, während sie in der Datei las. »Auf dem Gymnasium, in den späten 70er Jahren, war sie kurzfristig Mitglied der Kommunistischen Partei.«

»Um den Feind auszukundschaften?«

»Unwahrscheinlich.«

»Okay. Ich halte wohl besser den Mund.«

»Nein, was Sie sagten, ist eine logische Schlußfolgerung, aber wahrscheinlich falsch. Sie war offenbar auf der Suche nach sich selbst, im ideologischen Sinn. Die kommunistische Linke und die neonazistische Rechte sind sich, was die Unnachgiebigkeit ihrer Ideale angeht, sehr ähnlich. Alle Radikalen sind so. Diesen Menschen gelingt es nicht, ihre Frustrationen zu vergeistigen, deshalb verlagern sie sie nach außen. Sie überzeugen sich selbst in der Regel unbewußt davon, daß andere für ihre Misere verantwortlich sind. ›Andere‹ heißt in diesem Fall: jeder, der anders ist als sie. In Hitlerdeutschland hat man die Arbeitslosigkeit den Juden angelastet. Juden hatten eine verhältnismäßig hohe Zahl der Positionen in Banken, Universitäten und im medizinischen Apparat inne. Sie standen in der Öffentlichkeit, waren wohlhabend und ganz eindeutig anders. Mit ihren anderen Traditionen, dem Sabbat und den Feiertagen waren sie ein leichtes Ziel. Das gleiche galt für Juden im kommunistischen Rußland.«

»Verstehe. Haben Sie etwas über die Verbindungen, Verstecke und Gewohnheiten dieser Frau?«

Liz überflog das Dokument erneut. Es war in Abschnitte mit den Bezeichnungen GRUPPENSTATISTIK, BIOGRAFIE und MODUS OPERANDI unterteilt. »Sie ist eine Einzelgängerin. Bei Terroristen heißt das, daß sie mit einer kleinen Gruppe arbeitet. Drei oder vier Leute, die Besten. Außerdem schickt sie niemals jemanden auf eine Mission, die sie nicht selbst unternehmen würde.«

»Das paßt zu dem heutigen Überfall. Irgendwelche bekannten Anschläge?«

»Sie bekennen sich nie ...«

»Auch das paßt zu heute.«

»... aber Zeugen haben sie mit einem Brandbombenanschlag auf ein arabisches Geschäft in einem Einkaufszentrum in Bonn und mit einem Paketbombenattentat auf die südafrikanische Botschaft in Berlin in Verbindung gebracht. Beides im vergangenen Jahr.«

»Auch ganz schön skrupellos.«

»Ja. Das ist Teil ihres Images bei den eingefleischten Neonazis. Es klingt zwar merkwürdig, aber der Laden, den sie angegriffen hat, war ein Geschäft für Herrenmoden, und das Paket mit der Flasche Flüssigsprengstoff wurde bei der Botschaft abgeliefert, als dort eine Junggesellenparty stattfand.«

»Was ist daran merkwürdig? Vielleicht haßt sie Männer.«

»Das paßt nicht zur Naziideologie.«

»Richtig. Die haben in ihren Kriegen und Völkermorden beim Töten stets für Gleichberechtigung gesorgt. Vielleicht kommt das ja dem amerikanischen Mädchen zugute, falls sie als Geisel genommen wurde. Vielleicht bringen sie sie nicht um.«

»Darauf würde ich nicht wetten. Es scheint für sie kein Gebot zu geben, nach dem Frauen verschont werden, höchstens so etwas wie Höflichkeit. Hier in dem Bericht steht, daß zwei der Zeugen, die sie persönlich identifizieren konnten, innerhalb von wenigen Tagen, nachdem sie mit den Behörden gesprochen hatten, ums Leben kamen. Einer starb bei einem Autounfall, der andere bei einem Raubüberfall. Das Unfallopfer war eine Frau. Eine andere Frau, die *Feuer* verlassen wollte, wurde auch umgebracht.«

»Zuerst beobachtet, dann ausradiert wie bei unseren Bandenkriegen.«

»Nicht ganz. Die Aussteigerin wurde in einer Toilette ertränkt, nachdem sie verprügelt und aufgeschlitzt worden war. Unser kleines Schätzchen muß doch ziemlich krank sein. Na ja, soviel jedenfalls zur Gnade Frauen gegenüber.« Liz ging in dem Bericht wieder zu Karins Biographie zurück. »Mal sehen, ob wir herausfinden können, woher Miß Doring stammt.« Liz studierte den Bericht und sagte dann: »Aha, hier haben wir's. Ihre Mutter starb, als sie sechs war. Sie wurde von ihrem Vater aufgezogen. Ich wette Dollars gegen Pesos, daß da etwas Übles dahintersteckt.«

»Mißbrauch.«

»Ja. Wieder ein klassisches Muster. Karin wurde als Kind entweder geschlagen, sexuell mißbraucht oder beides. Sie hat das als Kind mit aller Macht verdrängt und später nach einer Möglichkeit gesucht, ihrem Haß Luft zu verschaffen. Sie versuchte es mit dem Kommunismus, der ihr aber offenbar nicht zusagte ...«

»Er war auf dem absteigenden Ast.«

»... dann fand sie die Neonazibewegung und nahm die Rolle einer Vaterfigur an, die ihr eigener Vater nie gewesen war.«

»Wo ist Papa Doring jetzt?«

»Tot. Er starb an Leberzirrhose, als Karin 15 war etwa zu der Zeit, als sie zur politischen Aktivistin wurde.«

»Okay. Also wissen wir ungefähr, wer unser Feind ist. Es bereitet ihr Freude, Männer umzubringen, aber sie schreckt genausowenig davor zurück, Frauen zu töten. Sie schart eine Gruppe von Terroristen um sich, zieht durch das Land und greift ausländische Ziele an. Warum? Um die Ausländer einzuschüchtern? Damit sie Deutschland verlassen?«

»Sie weiß, daß ihr das nicht gelingen kann. Fremde Nationen werden auch weiterhin Botschaften unterhalten, und geschäftliche Niederlassungen kann sie auf diese Weise ebenfalls nicht verhindern. Es sieht eher nach einem Rekrutierungstrick aus. Sie zieht durch ihr Verhalten andere aggressive Außenseiter an und macht sie sich zu Gefolgsleuten. Übrigens, Bob, funktioniert es offensichtlich ganz gut. Vor vier Monaten, als diese Datei aktualisiert wurde, hatte *Feuer* 1300 Mitglieder bei einer jährlichen Zuwachsrate von fast 20 Prozent. Von diesen Mitgliedern ziehen 40 aktive Berufssoldaten mit ihr von Lager zu Lager.«

»Wissen wir, wo sich diese Lager befinden?«

»Sie wechseln die Standorte ständig. Wir haben drei Fotos in der Datei.« Liz rief die Bilder nacheinander auf und las die Überschriften. »Nummer eins wurde in der Nähe eines Sees in Mecklenburg aufgenommen, das zweite in einem Wald in Bayern, das dritte in den Bergen, irgendwo entlang der österreichischen Grenze. Wir wissen nicht genau, wie sie sich fortbewegen, aber es sieht so aus, als würden sie an ihren jeweiligen Bestimmungsorten Zelte aufschlagen.«

»Wahrscheinlich fahren sie in einem Bus oder Kleintransporter herum.« Herbert klang niedergeschlagen. »Guerillatruppen dieser Größe reisten früher immer nach einem bestimmten Muster, um regelmäßige Versorgungslinien aufbauen zu können. Aber bei den heutigen Möglichkeiten mit Funktelefon und Paketzustellung über Nacht können sie so gut wie überall Nachschub aufnehmen. Von wie vielen Lagern wissen wir?«

»Nur von diesen drei.«

Im Telefonhörer summte es. Das mußte Monica sein, die wegen ihrer Mitteilungen anrief. Ihre Mitbewohnerin würde zwar ziemlich verzweifelt sein, aber Liz konnte den Anruf jetzt nicht entgegennehmen.

»Wer sind ihre wichtigsten Mitarbeiter? Auf wen verläßt sie sich?«

»Ihr engster Vertrauter ist Manfred Piper. Er schloß sich ihr an, nachdem sie beide das Gymnasium beendet hatten. Offenbar kümmert sie sich um die militärischen Belange, während er für Spendenaufrufe, die Überwachung aufstrebender Mitglieder und so weiter zuständig ist.«

Herbert schwieg für einen Moment, dann sagte er: »Wir haben nicht besonders viel, nicht wahr?«

»Um sie zu verstehen, schon, aber um sie zu fangen – ich fürchte nein.«

Nach einem weiteren Augenblick des Nachdenkens sagte Herbert: »Liz, unser deutscher Gastgeber denkt, daß sie diesen Fischzug gestartet haben könnte, um während der Chaostage Souvenirs zu verteilen. Scheint sich um eine kleine Wohltäterin zu handeln. Ergibt das einen Sinn, wenn wir es mit ihren Angriffen auf politische Ziele vergleichen?«

»Möglicherweise liegen Sie da falsch. Wie lautete der Titel des Films?«

»›Tirpitz‹. Es ging um das Schlachtschiff, glaube ich.«

Liz wählte »Pictures in Motion« an, eine Internet-Adresse, die weltweit in Produktion befindliche Filme auflistet. Nachdem sie den Filmtitel ausfindig gemacht hatte, sagte sie: »Dieser Drehort war ein politisches Ziel, Bob. Es war eine amerikanisch-deutsche Koproduktion.«

Wieder schwieg Herbert für eine kurze Weile. »Also waren entweder die Memorabilien eine kostenlose Dreingabe oder das amerikanische Team.«

»Genau.«

»Ich werde mal mit den örtlichen Behörden hier reden und dann einer Veranstaltung der Chaostage einen Besuch abstatten.«

»Seien Sie vorsichtig, Bob. Neonazis halten Menschen in Rollstühlen nicht die Türen auf. Vergessen Sie nicht, daß Sie anders sind ...«

»Und ob ich das bin. Vergessen Sie nicht, mich über das Handy anzurufen, wenn Sie irgendwas Neues über diese Dame oder ihre Gruppe in Erfahrung bringen.«

»Versprochen. Machen Sie's gut und *Ciao.*« Mit dem letzten, kurzen Gruß hatte Liz das zweite italienische Wort verwendet, das sie kannte.

11

Donnerstag, 11 Uhr 52 –Toulouse/Frankreich

Der holzgetäfelte Raum war groß und dunkel. Das einzige Licht ging von einer Lampe aus, die neben dem massiven Mahagonischreibtisch stand. Auf der Tischplatte befanden sich lediglich ein Telefon, ein Faxgerät und ein Computer, die in einem engen Halbkreis angeordnet waren. Die Regale lagen hinter dem Schreibtisch im Schatten und waren kaum zu erkennen. Darin hatte ihr Besitzer Miniaturguillotinen plaziert. Einige der Modelle aus Holz und Eisen funktionierten, andere aus Glas oder Metall dienten nur als Dekoration. Ein Modell aus Plastik konnte man sogar in den Vereinigten Staaten kaufen.

Guillotinen waren in Frankreich bis 1939 für offizielle Exekutionen in Gebrauch gewesen, als letzter war der Mörder Eugen Weidmann außerhalb des Gefängnisses von St. Peter in Versailles enthauptet worden. Aber Dominique mochte die späten Maschinen nicht, jene Guillotinen mit großen befestigten Eimern, in denen die Köpfe aufgefangen wurden, mit Schirmen, die den Henker vor herumspritzendem Blut schützten, und mit Stoßfängern, die das Geräusch der aufprallenden Klinge dämpften. Dominique mochte die Originale.

Gegenüber dem Schreibtisch, in der unheimlichen Finsternis, stand eine zweieinhalb Meter hohe Guillotine, die während der Französischen Revolution benutzt worden war. Das Gerät war nicht restauriert worden. Die Pfosten wurden bereits morsch, und der Bock war abgewetzt von all den Leichen, die »Madame La Guillotine« in ihre Arme geschlossen hatte. Fast bis an den Querbalken nach oben gezogen, hing die von Regen und Blut rostig gewordene Klinge. Der ebenfalls originale Weidenkorb war ausgefranst. Aber Dominique hatte darin Partikel der Kleie entdeckt, die dazu gedient hatte, das Blut aufzusaugen, und es befanden sich noch immer Haare in dem Korb. Haare, die sich im Weidengeflecht verfangen hatten, nachdem die Köpfe hineingefallen waren.

Alles sah noch aus wie 1796, als die Lederstreifen zum letztenmal unter den Achselhöhlen und über den Beinen der Todgeweihten befestigt worden waren, als die Lünette, die schmiedeeiserne Halskrause, die Kehle ihres letzten Opfers fest umschlossen hatte, so daß es sich nicht mehr hatte bewegen können. Wieviel Angst sie auch empfunden haben mochten, dem Fallblock und der scharfen Klinge hatten sie sich nicht mehr entwinden können. Wenn der Henker den Mechanismus einmal entriegelt hatte, war der über 35 Kilo schwere Todesstoß nicht mehr zu stoppen gewesen. Der Kopf war in den Korb gefallen, der Körper seitlich in einen eigenen, mit Leder ausgekleideten Korb geschoben worden und die vertikale Planke für das nächste Opfer bereit gewesen. Das Verfahren war so schnell vonstatten gegangen, daß manche Leichen noch seufzten, während man sie von der Planke stieß, weil sich die Lungen durch den offenen Hals entleerten. Es wurde sogar behauptet, daß das Opfer die grausigen Nachwirkungen seiner eigenen Exekution habe beobachten und hören können, da sein Gehirn noch für einige Sekunden weitergelebt habe.

Auf der Höhe des Terrorregimes waren der Henker Charles Henri-Sanson und seine Helfer in der Lage gewesen, nahezu jede Minute ein Opfer zu enthaupten. Innerhalb von drei Tagen hatten sie 300 Frauen und Männer guillotiniert und 1300 in sechs Wochen. Zwischen dem 6. April 1793 und dem 29. Juli 1795 hatten sie es auf 2 831 Geköpfte gebracht.

Was haben Sie davon gehalten, M. Hitler? sinnierte Dominique. Die Gaskammern in Treblinka waren dafür ausgelegt gewesen, 200 Menschen in 15 Minuten umzubringen, die Gaskammern in Auschwitz hatten es auf 2000 gebracht. Hatte es dem Meistermörder imponiert, oder hatte er über die Arbeit dieser – aus seiner Sicht – Amateure gespottet?

Die Guillotine war Dominiques Prunkstück. Dahinter, an der Wand, befanden sich in reich verzierten Rahmen Zeitungsausschnitte und Kupferstiche sowie Originaldokumente, die von George Danton und anderen Führern der Französischen Revolution unterschrieben worden waren. Aber nichts erregte ihn so sehr wie die Guillotine. Auch bei ausgeschalteter Deckenbeleuchtung und heruntergezogenen Jalousien konnte er sie fühlen – sie war ein Mahnmal für die Entschlossenheit, welche man benötigte, um Erfolg zu haben. Kinder von Adligen hatten ihre Köpfe unter dieser unheilvollen Klinge verloren, aber das war nun einmal der Preis der Revolution.

Das Telefon summte. Es war die dritte Leitung, eine Privatleitung, auf der die Sekretärinnen die Anrufe nicht annahmen. Nur seine Partner und Horne kannten diese Nummer.

Dominique lehnte sich in dem dick gepolsterten Lederstuhl nach vorn. Er war ein hochaufgeschossener, schlanker Mann mit einer großen Nase, hoher Stirn und ausgeprägtem Kinn. Sein Haar war kurz und rabenschwarz und bildete einen scharfen Kontrast zu dem weißen Rollkragenpullover und der weißen Hose, die er trug.

Er drückte auf den Lautsprecherknopf. »Ja?« fragte er leise.

»Guten Morgen, M. Dominique«, sagte der Anrufer. »Hier ist Jean-Michel.«

Dominique warf einen Blick auf seine Armbanduhr. »Es ist früh.«

»Das Treffen war kurz, M. Dominique.«

»Erzählen Sie mir davon.«

Jean-Michel kam der Aufforderung nach. Er berichtete von der Lektion, die ihm unter der Folter erteilt worden war, und daß sich der Deutsche M. Dominique gegenüber als ebenbürtig empfinde. Jean-Michel fügte auch die wenigen Informationen hinzu, die er über Karin Doring aufgeschnappt hatte.

Kommentarlos hörte Dominique zu. Nachdem Jean-Michel geschlossen hatte, fragte er: »Wie geht es Ihrem Auge?«

»Ich denke, es wird wieder in Ordnung kommen. Ich habe heute nachmittag einen Termin beim Arzt.«

»Gut. Sie wissen, daß Sie mit Henri und Yves hätten gehen sollen. Darum habe ich sie mitgeschickt.«

»Ich weiß, M., und es tut mir leid. Ich wollte Richter nicht einschüchtern.«

»Das haben Sie wohl auch nicht getan.« Dominiques Stimme klang ruhig, sein breiter Mund war entspannt. Aber in seinen dunklen Augen funkelte Zorn, als er fragte: »Ist Henri da?«

»Ja.«

»Geben Sie ihn mir«, sagte Dominique. »Und, Jean-Michel … Nehmen Sie sie heute abend mit.«

»Das werde ich, M. Dominique.«

Der kleine Führer marschiert also, dachte Dominique, *und schikaniert Stellvertreter.* Er war nicht sonderlich überrascht. Richters Eitelkeit prädestinierte ihn dafür, seinen eigenen Presseberichten Glauben zu schenken – das und die Tatsache, daß er Deutscher war. Diese Menschen kannten das Wort Bescheidenheit nicht.

Henri kam an den Apparat, und Dominique sprach ein paar Sekunden lang mit ihm. Als sie fertig waren, schaltete er den Lautsprecher aus und lehnte sich wieder zurück.

Richter war noch zu schwach, um eine echte Kraft in Deutschland darzustellen, aber er würde an seinen Platz zurückgewiesen werden müssen, bevor er zu einer Bedrohung werden konnte – bestimmt, und nicht unbedingt sanft. Er war noch immer Dominiques erste Wahl, aber wenn er Richter nicht haben konnte, würde er Karin Doring nehmen. Sie war zwar ebenfalls unabhängig, aber sie brauchte Geld. Nachdem sie gesehen hatte, was mit Richter geschah, wäre sie zugänglich.

Während Dominique auf den dunklen Umriß der Guillotine blickte, wich der Ärger allmählich aus seinen Augen. Wie Danton, der seinen Kreuzzug gegen die Monarchie als gemäßigter Mann begonnen hatte, würde auch Dominique mit der Zeit strenger werden. Sonst würden ihn sowohl seine Verbündeten als auch seine Feinde als zu weich empfinden.

Es war schwierig, Richter zu disziplinieren, ohne ihn zu verjagen. Aber es galt, was Danton in einer Rede an das Gesetzgebende Komitee zur Allgemeinen Verteidigung 1792 gesagt hatte: »Härte, Härte und immer wieder Härte!« Die Härte der Guillotine, die Härte der Überzeugungskraft. Damals wie jetzt war es das, was die Leute forderten, wollte man eine Revolution gewinnen.

Diese würde *er* gewinnen. Danach würde er eine alte Schuld begleichen. Nicht mit Richter aber mit einem anderen Deutschen. Mit jemandem, der ihn in einer lange zurückliegenden Nacht verraten hatte. Mit dem Mann, der alles ins Rollen gebracht hatte.

Er würde Richard Hausen vernichten.

12

Donnerstag, 11 Uhr 55 – Wunstorf

Der Feueralarm im Waschraum des Wohnmobils unterbrach Jodys Schreie.

Eine dünne Rauchfahne, die durch den Lüfter gedrungen

war, hatte den Alarm ausgelöst. Das schrille Heulen durchdrang Jodys Panik und brachte sie in die Gegenwart zurück. Sie nahm einen tiefen Atemzug, beruhigte sich und atmete wieder aus. *Sie wollen das Wohnmobil in die Luft jagen*, dachte sie.

Wie in dem Moment, als sie in die Mündung der Waffe gesehen hatte, wußte sie, daß jede Sekunde ihre letzte sein könnte. Rasch trat sie ans Fenster und schob ihre Hand durch die Gitterstäbe. Mit den Fingerspitzen gelang es ihr wider Erwarten, den Hebel umzulegen. Dann drückte sie die Handflächen an die Milchglasscheibe und schob sie nach oben. Sie preßte ihr Gesicht an die Metallstäbe und beobachtete den zusammengerollten, brennenden Stoffetzen, der im Benzintank steckte. Die um den heraushängenden Teil zirkulierende Luft diente dem Feuer als Katalysator. Jody zwängte ihren Arm aus dem Fenster und versuchte, den Docht zu erreichen. Es fehlten ihr gut 30 Zentimeter.

»Mein Gott, nein!«

Sie stieß sich von dem Gitter ab, schob sich das Haar aus den Augen und sah sich um. Es mußte doch in diesem Raum etwas geben, womit sie das brennende Stück Stoff erreichen konnte. Sie sah zum Waschbecken, zur Toilette. Nichts.

Das Waschbecken ...

Sie dachte daran, das Feuer mit Wasser zu löschen, aber es gab in dem Badezimmer nichts, das sich als Eimer oder Schöpfkelle hätte verwenden lassen.

»Denk nach!« schrie sie.

Langsam drehte sie sich um die eigene Achse. Ihr Blick fiel auf die Duschkabine, aber darin befanden sich keine Badetücher. Sie versuchte, den Handtuchhalter aus der Rückwand der Kabine zu reißen, aber es gelang ihr nicht. Dann nahm sie den Duschkopf wahr. Er war am Ende eines Schlauches befestigt.

Hastig drehte sie den Wasserhahn auf, riß den Kopf vom Haken und zog ihn zum Fenster. Der Schlauch war um wenige Zentimeter zu kurz.

Die Flamme hatte den Einfüllstutzen des Tanks beinahe erreicht, als Jody, vor Frustration weinend, den Duschkopf fallen ließ und nach dem Handtuch neben dem Waschbecken griff. Sie drückte es in die Toilette und sprang dann wieder ans Fenster. Mit ausgestrecktem Arm schwang sie das nasse Handtuch nach oben und ließ es fallen. Sie vernahm ein Zischen und preßte ihr Gesicht an die Fensteröffnung.

Der obere Teil der Flamme war gelöscht worden. Der untere Teil des Fetzens brannte noch.

Es hatte nur dieses eine Handtuch gegeben, und jetzt war es nicht mehr da. Eilig riß sich Jody die Bluse vom Leib und stopfte sie in die Toilettenschüssel. Diesmal klatschte sie den nassen Stoff mit aller Kraft gegen das Wohnmobil und hielt die Bluse fest, während das Wasser an der Wand hinunterrann. Sie zerrte die Bluse herein, durchnäßte sie erneut und schwang sie wieder heftig gegen die Seite des Wohnmobils. Das Wasser lief in einem breiten Rinnsal herab und löschte die Flamme. Eine kleine Rauchwolke stieg auf. Es war der süßeste Geruch, den Jody jemals empfunden hatte.

»Hol dich der Teufel!« rief sie dem Bild der Frau vor ihrem geistigen Auge zu. »›Ich töte nicht gern Frauen‹! Es ist dir nicht gelungen, Miststück! Du hast mich nicht gekriegt!«

Jody zog ihren Arm nach drinnen und streifte die nasse Bluse wieder über. Das Kleidungsstück fühlte sich kalt und angenehm an. Die Tür fixierend, rief sie mit neu gewonnenem Mut: »Jetzt zu *dir*!«

Sie konnte sich die Zeit nehmen, den Handtuchhalter aus der Rückwand der Duschkabine zu brechen. Mit dem Rücken an die vordere Wand gepreßt, trat sie ihn aus der Verankerung. Dann ging sie zur Badezimmertür und warf sich mit der Schulter dagegen. Es gelang ihr, sie einen Spaltbreit zu öffnen, so daß sie den Halter hineinstecken und ihn als Hebel benutzen konnte. Die Tür gab langsam nach und schob den schweren Gegenstand dahinter zurück. Nach einigen Minuten war es Jody gelungen, eine Öffnung zu schaffen, die groß genug war, daß sie hindurchschlüpfen konnte.

Sie stieg über den umgeworfenen Tisch, rannte zur Ausgangstür und öffnete sie.

»Du hast mich nicht gekriegt!« rief sie wieder, das Kinn nach vorn gereckt, die Fäuste erhoben. Sie drehte sich um und betrachtete das Wohnmobil.

Ein Gedanke durchfuhr sie siedendheiß. *Was ist, wenn sie auf die Explosion warten? Kommen sie zurück, wenn sie sie nicht hören?*

Erschöpft lief Jody um das Wohnmobil herum. Mit einem Zweig zog sie das glimmende Stück Stoff aus dem Tank, stieg dann in die Fahrerkabine und drückte auf den Zigarettenanzünder. Während sie darauf wartete, daß sich der Anzünder erhitzte, riß sie Stoffstreifen aus dem Futter eines der Schrankkoffer im hinteren Teil des Wagens. Als der Anzünder bereit war, steckte sie einen der Fetzen in Brand und ging zum Tank hinüber.

Mit einem trockenen Stück Stoff rieb sie den Bereich um die Tanköffnung herum ab, bevor sie einen anderen Streifen halb in den Tank hineinsteckte. Mit dem brenneden Streifen zündete sie das heraushängende Stück an, ließ den brennenden Fetzen dann fallen und rannte fort, in den Wald hinein. In all den Jahren, in denen sie sich Filme angeschaut hatte, hatte sie eine Menge explodierender Autos und Lastwagen gesehen. Aber diese Fahrzeuge waren sorgfältig mit Sprengstoff präpariert gewesen, sie hatten keinen vollen Benzintank gehabt. Sie wußte nicht, wie stark, wie laut oder wie verheerend die Explosion sein würde.

Im Laufen dachte sie noch daran, die Hände über die Ohren zu legen.

Nach weniger als einer Minute hörte sie den dumpfen Paukenschlag, mit dem sich das Benzin in einer Stichflamme entzündete. Kurz darauf folgten das lautere Geräusch, als das Metall zerriß, und der ohrenbetäubende Knall, mit dem die Reifen barsten. Einen Herzschlag später wurde sie von der sich ausbreitenden Hitzewelle erfaßt. Sie fühlte die enorme Temperatur durch ihre nasse Bluse hindurch und auf ihrer Kopfhaut. Aber sie vergaß die Hitze, als heiße Metallstücke und Glassplitter auf sie herabzuregnen begannen. Die Erinnerung an den Feuerhagel in »Die zehn Gebote« schoß ihr durch den Kopf. Ihr fiel ein, daß sie, als sie den Film gesehen hatte, gedacht hatte, daß man sich in einer solchen Situation nicht schützen könne. Sie warf sich zu Boden, bedeckte den Kopf mit den Armen und zog die Knie an die Brust. Ein großes Metallstück von einem der Kotflügel durchbrach das Blätterdach über ihr und schlug nur wenige Zentimeter neben ihrem Fuß in den Boden. Sie fuhr hoch.

Auf den Knien hockend umklammerte sie den Stamm eines Baumes. Sie hoffte, daß die Äste ihr etwas Schutz vor größeren herumfliegenden Teilen bieten würden. Wieder weinte sie hemmungslos, als wäre aller Mut aus ihr herausgepreßt worden. Sie verharrte in ihrer Position, nachdem das Herabprasseln aufgehört hatte. Ihre Oberschenkel zitterten unkontrolliert und versagten ihr den Dienst. Nach einigen Augenblicken mußte sie den Baum loslassen.

Schließlich gelang es ihr, sich aufzurappeln und weiterzugehen. Sie war restlos erschöpft und hatte keine Ahnung, wo sie sich befand. Sie beschloß, sich ein wenig auszuruhen. Obwohl das weiche grüne Gras einladend aussah, zog sie sich in einen Baum hinauf. In einer Astgabel rollte sie sich zusammen, bettete den Kopf auf eine Schulter und schloß die Augen.

Sie haben mich dort zurückgelassen, um mich zu töten, dachte sie. *Andere haben sie tatsächlich umgebracht. Was gibt ihnen das Recht dazu?*

Ihr Schluchzen ließ allmählich nach. Die Angst blieb. Aber zusammen mit der Erkenntnis, wie verletzlich sie gewesen war, erinnerte sie sich an die Kraft, die sie aufgebracht hatte.

Ich habe nicht zugelassen, daß sie mich töten, sagte sie sich. In ihrer Erinnerung tauchte das Gesicht von Karin Doring auf, deutlich und kalt. Sie haßte es, haßte die selbstgefällige, von sich eingenommene Art, die diese Frau an den Tag gelegt hatte. Ein Teil von Jody wollte das Monster wissen lassen, daß es ihr zwar fast das Leben, nicht aber die Selbstachtung genommen hatte. Der andere Teil wollte nur schlafen.

Nach wenigen Minuten hatte sich die todmüde Hälfte in ihr durchgesetzt, wenn auch nicht ohne Kampf.

13

Donnerstag, 6 Uhr 40 – Quantico, Viginia/USA

Mike Rodgers hatte nicht vorgehabt, Billy Squires vor sieben Uhr zu besuchen. Aber als um kurz nach sechs der Anruf von Melissa gekommen war, hatte er seine Uniform angezogen, sich die Comics gegriffen – irgend etwas wollte er mitnehmen, und um etwas Neues zu kaufen, reichte die Zeit nicht – und war hinübergerast.

»Es ist nichts Lebensbedrohliches«, hatte Melissa am Telefon gesagt. »Aber könnten Sie etwas früher kommen? Ich möchte, daß Sie sich was anschauen.« Sie könne jetzt nicht darüber reden, hatte sie gesagt, weil Billy im Zimmer sei. Aber wenn Rodgers komme, werde er sehen und verstehen.

Der General haßte Mysterien, und während der 45minütigen Fahrt hatte er sich alles mögliche vorgestellt, was geschehen sein könnte von einer Ameiseninvasion oder Fledermausplage bis hin zu einer Katastrophe, die Billy angerichtet hatte.

Nichts von alldem kam dem tatsächlich Vorgefallenen nahe, wie sich herausstellen sollte.

Die Striker-Basis befand sich bei der FBI-Akademie in Quantico, Virginia. Die Mitglieder des Teams wohnten in Apartments auf der Basis; Familien hatten freistehende Häuser. Melissa und Billy lebten im größten dieser Häuser, das am nächsten beim Swimmingpool lag. Die Vorschriften besagten, daß sie den Wohnsitz behalten durften, bis ein neuer Kommandeur für Striker gefunden war. Was Rodgers anging, konnten sie dort wohnen bleiben, so lange sie wollten; dann würde der neue Befehlshaber eben woanders einziehen. Um nichts in der Welt würde er Billy aus dessen Freundeskreis reißen, bevor Melissa nicht das Gefühl hatte, daß er dazu bereit war.

Außerdem, dachte Rodgers, während er dem Wachposten am Tor seinen Dienstausweis zeigte, *wird es sowieso bis ins nächste Jahrtausend dauern, bis wir einen neuen Kommandeur gefunden haben, so wie sich die Suche anläßt.* Der Mann, den er sich für den Posten wünschte, Colonel Brett August, hatte ihm schon zweimal abgesagt. Wenn er ihn später am heutigen Tag anrief, würde er sich wahrscheinlich eine dritte Abfuhr einhandeln. Unterdessen war der von der Andrews Air Force Base ausgeliehene Major Shooter vorübergehend Kommandeur. Alle mochten ihn, und er war ein hervorragender Stratege, aber er besaß keine Kampferfahrung. Es bestand kein Grund anzunehmen, daß er im Kampf versagen würde, aber auch keiner zu hoffen, daß das nicht der Fall wäre. Angesichts von Einsätzen wie jenen, die Striker in Nordkorea und Rußland ausgeführt und bei denen jedesmal das Schicksal der Welt auf dem Spiel gestanden hatte, würde Shooter ein Risiko darstellen, das sie nicht eingehen konnten.

Rodgers parkte seinen brandneuen, apfelroten Blazer auf dem Parkplatz und lief die wenigen Meter bis zur Eingangstür. Melissa öffnete, noch bevor er sie erreicht hatte. Sie sah gut aus, ihr Gesichtsausdruck wirkte entspannt, und Rodgers beruhigte sich.

Doch die junge Frau hatte die Angewohnheit, immer auszusehen, als wäre die Welt in Ordnung. Wenn Charlie sich während der Reiterkämpfe im Swimmingpool oder beim Rollhockey aufgeregt oder beim Scrabble das einzige Feld verloren hatte, das ihm noch zu seinem Wort mit sieben Buchstaben gefehlt hatte, war sie stets ein Muster an Gefaßtheit gewesen. Jetzt, da ihr Ehemann tot war, unternahm sie Picknicks und Wanderungen mit anderen Striker-Familien, um das Leben für ihren Sohn weiterhin so normal wie möglich zu gestalten. Rodgers konnte sich die Tränen vorstellen, die sie im Dunkeln weinte. Aber das entscheidende Wort war »vorstellen«. Fast nie zeigte sie ihre Trauer in der Öffentlichkeit.

Er sprang die Stufen hinauf, und sie umarmten sich herzlich.

»Danke, daß Sie gekommen sind, Mike.«

»Sie riechen gut.« Er lächelte. »Aprikosenshampoo?«

Sie nickte.

»Das habe ich vorher nie gerochen.«

»Ich habe beschlossen, ein paar Dinge zu ändern.« Sie blickte auf ihre Füße. »Sie wissen ja.«

Rodgers küßte sie auf die Stirn. »Natürlich.«

Noch immer lächelnd, ging er an ihr vorbei. Es war merkwürdig, am Morgen hierherzukommen, ohne daß der Duft des Feinschmeckerkaffees, den Charlie immer getrunken hatte, in der Luft hing.

»Wo ist Billy?«

»Er nimmt ein Bad. Er wird etwas von seiner überschüssigen Energie in der Badewanne los, damit er in der Schule ruhiger ist.«

Jetzt hörte Rodgers den Jungen oben planschen. Er drehte sich zu Melissa um und fragte: »Hat er sich aufgeführt?«

»Nur in den letzten Tagen. Das ist auch der Grund, warum ich Sie gebeten habe, etwas früher zu kommen.« Melissa durchquerte das kleine Wohnzimmer und bedeutete Rodgers mit dem Finger, ihr zu folgen. Sie betraten das Kinderzimmer, an dessen Wänden Drucke von Kriegsflugzeugen hingen. Auf dem Fernseher stand ein gerahmtes Foto von Charlie mit einem Trauerflor um eine der Ecken. Auf dem Kaminsims und in den Bücherregalen befanden sich weitere Familienfotos.

Rodgers bemühte sich, die Bilder nicht anzuschauen, während Melissa ihn zum Schreibtisch führte. Sie schaltete den Computer ein, und er legte die Comics neben den Drucker.

»Ich hielt es für eine lustige Abwechslung, Billy ins Internet zu bringen«, sagte sie. »Das hier ist ein Gopher.«

»Bitte was?«

»Sie kennen sich nicht damit aus?«

»Nein. Man könnte sagen, ich habe momentan von diesen High-Tech-Spielereien ein wenig die Nase voll – aber das ist eine andere Geschichte.«

Melissa nickte. »Ein Gopher ist ein Menüsystem, das Benutzern einen relativ einfachen Zugang zu Textarchiven im Internet ermöglicht.«

»Wie ein elektronisches Karteisystem in Büchereien.«

»Genau.« Melissa lächelte. »Der Punkt ist, daß es Web Sites Foren gibt, wo sich Kinder, die einen Elternteil verloren haben, miteinander unterhalten können. Es ist alles gesichtslos und ohne Unterscheidung der Rasse. Billy ist online gegangen und hat dort einige großartige Kids kennengelernt, die eine Menge mit ihm gemeinsam haben. Dann hat ihn gestern abend einer von ihnen, ein Zwölfjähriger namens Jim Eagle, auf eine Surf-Expedition mitgenommen, die sie an einen Ort namens Message Center brachte.«

Der Computer surrte. Melissa beugte sich über die Tastatur und brachte sie ins Message Center. Sobald die Verbindung hergestellt war, wußte Rodgers, wie die »Message« lauten würde.

Die beiden ›S‹ im Logo des Message Centers waren die Runen der Nazi-SS. Melissa klickte die FAQ-Liste an, eine Auflistung häufig gestellter Fragen, die als Informationsdatei für Neulinge ausgewiesen war. Rodgers las mit wachsendem Abscheu darin.

Die erste Frage behandelte die »Netiquette«: zu verwendende Ausdrücke für Farbige, Juden, Homosexuelle, Mexikaner und andere Minderheiten. Die zweite Frage enthielt eine Liste mit den zehn größten Figuren der Weltgeschichte sowie einigen ihrer »Errungenschaften«. Ganz oben auf der Liste stand Adolf Hitler, gefolgt von dem ermordeten amerikanischen Naziführer George Lincoln Rockwell, dem Mörder von Martin Luther King, James Earl Ray, dem Kavalleriegeneral der Konföderiertenarmee, Nathan Bedford Forrest, sowie einer erfundenen Figur, dem Sklaventreiber Simon Legree aus »Onkel Toms Hütte«.

»Billy verstand nicht, worum es in der FAQ-Liste ging, also folgte er Jim Eagle einfach blindlings in die Online-Unterhaltung«, sagte Melissa. »Dieser Junge, Jim wenn es ein Kind ist, was ich bezweifle –, hält offenbar nach trauernden, einsamen Kindern Ausschau und versucht, sie an die Bewegung zu binden.«

»Indem er ihnen eine neue Vater- oder Mutterfigur gibt.«

»Richtig.« Melissa brachte Rodgers in die laufende Unterhaltung.

Dort gab es kurze Briefe, die voller Rechtschreibfehler steckten und den Haß einzelner Teilnehmer und Gruppen zum Ausdruck brachten. Andere enthielten neue, haßerfüllte Texte für alte Lieder, und in einem stand sogar eine Anleitung, wie eine schwarze Frau zu töten und zu zerlegen sei.

»Das ist das Schreiben, das Billy gelesen hat«, sagte Melissa leise. Sie deutete auf den Drucker. »Sie haben ihm sogar die dazugehörige Illustration geschickt. Ich habe es dagelassen, um kein allzu großes Aufhebens darum zu machen. Ich wollte ihn nicht erschrecken.«

Rodgers blickte in den Papierschacht des Druckers und sah den farbigen Ausdruck. Es handelte sich um zwei mit Pfeilen und Beschriftungen versehene Fotografien aus Seiten- und Vogelperspektive, die eine Leiche zeigten, deren Skelett entfernt worden war. Nach der Umgebung zu urteilen, waren sie in einem Leichenschauhaus aufgenommen worden. Rodgers war häufiger von Anblicken, denen er auf dem Schlachtfeld ausgesetzt gewesen war, übel geworden, aber das war immer anonym gewesen. Dies hier war persönlich und sadistisch. In seiner Wut hätte er den Ersten Verfassungszusatz am liebsten in kleine Schnipsel zerrissen, aber er faßte sich wieder, als ihm klar wurde, daß er dann etwas mit diesen Bastarden gemein gehabt hätte.

Er nahm das Papier an sich, faltete es zusammen und steckte es in seine Hosentasche.

»Die Techniker im OP-Center sollen sich das mal anschauen. Wir haben dieses Samson-Programm, mit dem wir Software zum Absturz bringen können. Vielleicht können wir sie damit aufhalten.«

»Sie werden es immer wieder versuchen. Übrigens das Schlimmste haben Sie noch gar nicht gesehen.«

Die junge Frau lehnte sich wieder über die Tastatur. Sie rief eine andere Web Site auf, in der alle 15 Sekunden eine kurze Videosequenz wiederholt wurde.

Die Animation zeigte einen Mann mit einer Schlinge in der Hand, der einen farbigen Mann durch einen Wald jagte. Der Verfolger mußte über Leichen springen und sich unter den Füßen gelynchter Schwarzer hinwegducken, um sein Opfer einzuholen. Der Text, der die ablaufende Sequenz überlagerte, lautete: WIR HABEN WAR NEUES FÜR SIE! IN NEUN STUNDEN UND 20 MINUTEN GIBT ES DAS NEUE »HÄNGT IHN HÖHER« VON *WHOA* ZUM HERUNTERLADEN. IN KÜRZE FOLGT MEHR!

Rodgers fragte: »Haben Sie irgendeine Idee, was *WHOA* bedeutet?«

»Ich weiß es«, sagte eine Stimme hinter ihnen. »Jim hat es mir gesagt.«

Rodgers und Melissa drehten sich um und sahen Billy in der Tür stehen. Der kleine Junge kam forsch auf sie zu.

»He, Billy!« Rodgers salutierte, und der Junge erwiderte den militärischen Gruß. Er beugte sich hinunter, und sie umarmten einander.

»Morgen, General Rodgers. *WHOA* steht für *Whites Only Association*. Jim hat gesagt, sie werden es allen anderen zeigen. ›Nur für Weiße – *WHOA*!‹«

»Aha.« Rodgers hockte noch immer vor dem Jungen. »Und was hältst du davon?«

Der Kleine hob die Schultern. »Weiß nicht.«

»Das weißt du nicht?« fragte Melissa.

»Also, als ich gestern abend das Foto von Daddy sah, da dachte ich, daß er ja auch getötet worden ist. Und darüber habe ich mich geärgert.«

»Du verstehst doch, daß diese Leute sehr, sehr böse sind?« fragte Rodgers. »Die meisten Menschen glauben kein Wort von den furchtbaren Dingen, die sie behaupten.«

»Jim hat gesagt, daß die Leute ihnen glauben, es aber nicht zugeben.«

»Das ist nicht wahr«, sagte Rodgers. »Jeder hat irgendwelche Kleinigkeiten, über die er sich aufregt – zum Beispiel bellende Hunde oder Autoalarmanlagen. Manche Menschen hassen auch ein oder zwei andere Menschen, vielleicht ihren Boß oder einen Nachbarn oder …«

»Mein Daddy hat Leute gehaßt, die Pulverkaffee trinken. Er hat gesagt, sie sind Phili-irgendwas.«

»Philister.« Melissa blickte schnell zur Seite und kniff die Lippen zusammen.

Rodgers lächelte den Jungen an. »Ich bin sicher, daß dein Daddy sie nicht gehaßt hat. Wir gehen ziemlich leichtfertig mit manchen Worten um, auch wenn wir es nicht so meinen. Der Punkt ist, daß Jim falsch liegt. Ich kenne eine Menge Leute, aber ich kenne niemanden, der ganze Gruppen von Menschen haßt. Typen wie Jim fühlen sich gut, wenn sie andere fertigmachen können. Sie müssen hassen. Es ist wie eine

Krankheit – eine geistige Krankheit. Wenn sie keine Einwanderer hassen könnten oder Menschen anderer Hautfarbe oder Religion, dann würden sie Menschen mit anderer Haarfarbe hassen oder Menschen, die kleiner sind als sie, oder Leute, die lieber Hamburger als Hot Dogs essen.«

Billy gluckste.

»Was ich damit sagen will: Diese Leute sind schlecht und böse, du solltest ihnen nicht glauben. Ich habe Videofilme und Bücher über Menschen wie Winston Churchill, Frederick Douglass und Mahatma Gandhi.«

»Das ist ein lustiger Name.«

»Er mag sich für dich ein wenig seltsam anhören. Aber Gandhis Ideen sind wirklich gut. All diese Menschen haben wunderbare Dinge zu sagen – ich werde dir beim nächstenmal etwas davon mitbringen. Wir können zusammen in den Büchern schmökern und uns die Filme anschauen.«

»Okay.«

Rodgers stand auf und deutete mit dem Daumen auf den Schreibtisch. Mit einem Mal erschien ihm ein langhaariger Superman gar nicht mehr so schlimm. »Für die Zwischenzeit habe ich dir ein paar Comics mitgebracht. Heute Batman, nächstes Mal Gandhi.«

»Danke!« Billy warf einen verstohlenen Blick auf seine Mutter, die einmal kurz nickte. Dann schoß er hinüber und packte den Stapel Hefte.

»Du kannst sie nach der Schule lesen«, sagte Melissa, während ihr Sohn bereits in den Comics blätterte.

»Genau«, pflichtete Rodgers bei. »Und wenn du dich jetzt anziehst, fahre ich dich in die Schule. Wir können beim Diner's anhalten, etwas Marschverpflegung aufnehmen und vielleicht ein Videospiel spielen. Außerdem darfst du der erste sein, der in meinem neuen Blazer auf meinem Schoß sitzt und lenkt.«

»Ein Videospiel? Im Diner's haben sie ›Die Feuerschlacht‹.«

»Fantastisch«, meinte Rodgers.

Billy salutierte zackig, dankte ihm noch einmal für die Comics und rannte davon.

Während der Junge die Stufen hinaufpolterte, griff Melissa

sanft nach Rodgers' Handgelenk. »Ich bin Ihnen etwas schuldig.« Sie küßte ihn auf die Wange.

Rodgers, der damit nicht gerechnet hatte, errötete. Er wandte den Blick ab, und Melissa ließ seinen Arm los. Dann folgte er Billy.

»Mike.«

Er hielt an und sah zurück.

»Es ist schon in Ordnung«, sagte sie. »Ich fühle mich Ihnen sehr verbunden. Was wir alle durchgemacht haben – Sie können nichts dafür.«

Die Färbung um seinen Kragen herum nahm zu. Er wollte sagen, wie sehr er sie alle einschließlich Charlie liebte, tat es aber nicht. In diesem Moment war er nicht sicher, was er fühlte. »Danke«, sagte er statt dessen, lächelte und schwieg.

Billy kam die Treppe wieder hinuntergerannt, und während er das Wohnzimmer mit dem Ranzen im Schlepptau durchquerte und von seinem jugendlichen Lebenshunger zum Parkplatz getragen wurde, folgte der General in seinem Sog wie ein aufgewirbelter Strohhalm.

»Keinen Zucker, General«, rief Melissa, als die grüne Fliegengittertür hinter ihm zuschlug. »Und sorgen Sie dafür, daß er sich bei dem Videospiel nicht zu sehr aufregt!«

14

Donnerstag, 8 Uhr 02 – Washington, D.C.

Die Senatorin Barbara Fox und ihre zwei Begleiter erreichten die Andrews Air Force Base im Mercedes der Senatorin. Der erste Assistent, Neil Lippes, saß zusammen mit der Senatorin im Fond des Wagens. Der zweite Assistent, Bobby Winter, steuerte die Limousine; auf dem Sitz neben ihm lag ein Aktenkoffer.

Sie seien für ihr Treffen um 8 Uhr 30 zu früh, teilte der Wachposten ihnen freundlich mit, bevor er den Wagen passieren ließ.

»Im Gegenteil«, rief die weißhaarige Senatorin aus dem Fenster, während sie vorbeifuhren. »Wir kommen um ungefähr 25 Millionen Dollar zu spät.«

Das Trio fuhr zu einem unbeschrifteten zweistöckigen Gebäude in der Nähe der Naval-Reserve-Fluglinie auf der Air Force Base. Während des Kalten Krieges hatte der elfenbeinfarbene Bau als Bereitschaftsgebäude für Flugzeugbesatzungen gedient. Im Falle eines nuklearen Angriffs wäre es deren Aufgabe gewesen, Beamte in Schlüsselpositionen aus Washington zu evakuieren.

Jetzt, nach einer 100 Millionen Dollar teuren Restaurierung, war das Gebäude das Hauptquartier des OP-Centers, der Sitz des Nationalen Krisenzentrums NCMC. Die 78 Vollzeitbeschäftigten, die hier arbeiteten, waren die besten Taktiker, Logisten, Soldaten, Diplomaten, Nachrichtenanalysten, Computerspezialisten, Psychologen, Aufklärungsexperten, Umweltschützer, Juristen und Medienverbindungsleute, die die USA aufzubieten hatten. Das NCMC teilte sich weitere 42 Hilfskräfte mit dem Verteidigungsministerium und der CIA; außerdem befehligte es Striker, das Team für taktische Militäroperationen.

Senatorin Fox war eine der Autorinnen der NCMC-Satzung gewesen, wie ihre haushaltsbewußten Senatskollegen nicht versäumt hatten, ihr schnell in Erinnerung zu rufen. Es hatte eine Zeit gegeben, in der sie die Ziele des NCMC unterstützt hatte. Ursprünglich war das OP-Center ins Leben gerufen worden, um mit CIA, Nationalem Sicherheitsrat, Weißem Haus, Außenministerium, Verteidigungsministerium, dem Nachrichtendienst des Verteidigungsministeriums (DIA), dem Nationalen Aufklärungsbüro (NRO) und dem Nachrichten- und Gefahrenanalysezentrum (ITAC) zu interagieren und diese Organisationen zu unterstützen. Aber nachdem eine Geiselnahme in Philadelphia, die das zögerliche FBI dem NCMC überlassen hatte, und ein Sabotageanschlag gegen eine der Raumfähren durch das OP-Center zu einem guten Ende gebracht worden waren, hatte man einen Gleichheitsstatus gewonnen wenn nicht sogar etwas mehr. Was einmal als Informationsauswertungsstelle mit geringer militärischer

Schlagkraft gedacht gewesen war, besaß inzwischen die einzigartige Befähigung, weltweite Operationen zu überwachen, einzuleiten und / oder durchzuführen.

Zusammen mit diesen Handlungsvollmachten war das Op-Center auch zu einem neuen Budget von 61 Millionen Dollar gekommen. Das waren 43 Prozent mehr als im zweiten Jahr, in dem nur acht Prozent mehr als im ersten Jahr bewilligt worden waren. Die 52jährige, viermalige kalifornische Senatorin war nicht länger bereit, dieses Budget zu tolerieren. Nicht jetzt, da die Wahlen bevorstanden und Freunde bei der CIA und beim FBI eine Gleichbehandlung forderten. Paul Hood war zwar ebenfalls ein langjähriger Freund von ihr, und sie hatte ihren Einfluß beim Präsidenten genutzt, um ihm den Posten als Direktor zu verschaffen. Aber er und sein eingebildeter Vize Mike Rodgers würden ihre Aktivitäten zurückschrauben müssen – und zwar mehr, als ihnen lieb wäre.

Winter parkte den Wagen hinter einem Blumenkübel aus Beton, der als zusätzliche Barrikade gegen potentielle Autobombenattentäter diente. Die drei stiegen aus und gingen auf dem Schieferweg über das kurzgeschorene Gras. Als sie die Glastür erreichten, wurden sie von einer Videokamera erfaßt. Einen Augenblick später ertönte aus einem Lautsprecher unter der Kamera eine weibliche Stimme, die sie aufforderte einzutreten. Beim folgenden Summton drückte Winter die Tür auf.

Sie wurden von zwei bewaffneten Wachposten empfangen. Einer stand vor dem Glaskasten, der andere saß hinter der kugelsicheren Scheibe. Die Wache draußen überprüfte die Fotos auf ihren Kongreßausweisen, fuhr mit einem Metalldetektor über den Aktenkoffer und schickte sie dann quer durch die Verwaltungsebene im Erdgeschoß. Am Ende der Halle befand sich ein Aufzug, vor dem eine dritte bewaffnete Wache stand.

»Ich habe eine Idee, wo wir das Budget schon um 50 000 Dollar kürzen können«, sagte die Senatorin zu Neil, als sich die Aufzugtür schloß.

Die Assistenten lachten, während die metallglänzende Aufzugkabine in den unterirdischen Bereich fuhr, in dem die tatsächliche Arbeit des OP-Centers getan wurde.

Eine weitere bewaffnete, weibliche Wache stand vor dem Aufzug. »75 000«, sagte die Senatorin zu ihren Assistenten. Nachdem sie erneut ihre Ausweise gezeigt hatten, führte die Soldatin sie zu einem Warteraum.

Senatorin Fox sah die Frau an. »Wir sind hier, um General Rodgers zu treffen, nicht um darauf zu warten, daß er sich die Ehre gibt.«

»Es tut mir leid, Senatorin, aber er ist nicht hier.«

»Nicht hier?« Die Senatorin blickte auf die Armbanduhr. Sie stieß den Atem durch die Nase aus. »Mein Gott, ich dachte, General Rodgers wohnt hier.« Sie sah die Wächterin an. »Hat er ein Autotelefon?«

»Ja, Madam.«

»Rufen Sie ihn bitte an.«

»Es tut mir leid, aber ich kenne diese Nummer nicht. Mr. Abram hat sie.«

»Dann rufen Sie den an. Sagen Sie Mr. Abram, daß wir ihn sehen möchten. Sagen Sie ihm auch, daß wir nicht in Wartezimmern herumsitzen werden.«

Die Soldatin rief den Assistenten des stellvertretenden Direktors an. Obwohl sein Dienst offiziell um sechs Uhr endete, war er bei Abwesenheit eines Vorgesetzten entscheidungsbefugt. Noch während sie darauf wartete, daß er den Anruf entgegennahm, öffnete sich die Aufzugtür, und Political and Economics Officer Martha Mackall trat heraus. Die gutaussehende, 49jährige farbige Frau trug ihren mürrischen Morgenausdruck. Er verschwand, als sie die Senatorin erblickte.

»Senatorin Fox.« Sie strahlte. »Wie geht es Ihnen?«

»Ich bin genervt.«

Die Frauen schüttelten einander die Hände.

Martha sah von der Senatorin zu der jungen Soldatin hinüber. »Stimmt etwas nicht?«

»Ich wußte nicht, daß Superman Schlaf braucht«, sagte die Senatorin.

»Superman?« fragte Martha.

»General Rodgers.«

»Oh.« Martha lachte. »Ich verstehe. Er sagte, er würde heute morgen bei den Squires vorbeischauen.«

»Um nach dem Jungen zu sehen, wie ich annehme«, sagte die Senatorin.

Die Soldatin blickte unbehaglich zur Seite.

Martha streckte ihren Arm aus. »Warum warten Sie nicht in meinem Büro, Senatorin Fox? Ich werde etwas Kaffee und Croissants bringen lassen.«

»Croissants?« Die Senatorin lächelte. Sie wandte sich an Neil und sagte: »75 000 und ein paar Hunderter.«

Die beiden Männer lächelten, Martha auch. Die Senatorin wußte, daß Martha keine Ahnung hatte, wovon sie sprachen, und nur lächelte, um dazuzugehören. Das war nichts Verwerfliches, mußte Fox zugeben, bis auf die Tatsache, daß dieses Lächeln zwar viele Zähne zeigte, aber nichts über die Person dahinter verriet. In Wahrheit glaubte sie nicht, daß Martha einen Sinn für Humor besaß.

Während sie den mit Teppich ausgelegten Flur entlanggingen, fragte Martha: »Wie läuft's denn so im Kongreßkomitee zur Geheimdienstüberwachung? Ich habe von keinerlei ernsten Nachfragen zur Genehmigung von Strikers Eingreifen in Rußland gehört.«

»Wenn man bedenkt, daß Striker einen Staatsstreich verhindert hat, überrascht mich das nicht«, antwortete Senatorin Fox.

»Mich auch nicht«, fügte Martha hinzu.

»Ich habe gehört«, sagte die Senatorin, »daß Präsident Zhanin seine Helfer im Kreml angewiesen hat, auf der Brücke eine Gedenktafel für Lieutenant Colonel Squires anzubringen, sobald sie wieder aufgebaut ist.«

»Das wäre wunderbar.« Martha lächelte.

Sie hatten die Tür zu ihrem Büro erreicht, und Martha gab ihren Code in das Tastaturfeld am Türpfosten ein. Die Tür öffnete sich mit einem Klicken, und sie ließ die Senatorin und deren Assistenten vor sich eintreten.

Noch bevor Martha der Senatorin einen Stuhl angeboten hatte, kam Bill Abrams hereingeeilt.

»Einen wunderschönen guten Morgen«, wünschte der schnurrbärtige Offizier fröhlich. »Ich wollte Ihnen nur sagen, daß General Rodgers vor einer Minute aus seinem Auto angerufen hat und ausrichten läßt, daß er ein wenig später kommt.«

Das lange Gesicht von Senatorin Fox wurde um eine Spur länger, weil ihr Kinn nach unten fiel und sich ihre Augenbrauen hoben. »Hat er Probleme mit dem Wagen?«

Martha lachte.

»Er steht im Stau«, erwiderte Abrams. »Er sagt, er habe nicht gewußt, daß es um diese Zeit so schlimm sei.«

Senatorin Fox setzte sich in einen der weich gepolsterten Sessel. Ihre Assistenten stellten sich hinter sie. »Hat der General gesagt, warum er zu spät kommt? Er wußte doch von unserer Verabredung.«

»Ja, er hat es nicht vergessen.« Abrams' kleiner Schnurrbart hob sich auf einer Seite. »Aber er, äh ... Er sagte, ich solle Ihnen ausrichten, er sei in einer Kriegssimulation mit Striker-Personal aufgehalten worden.«

Martha warf Abrams einen Blick zu. »Es waren für heute morgen keine Kriegssimulationen geplant.« Der Blick drang tiefer. »Es war doch nicht einer dieser Reiterkämpfe im Pool?«

»Nein«, versicherte Abrams. Geistesabwesend zupfte er an den Enden seiner Fliege. »Es ging um etwas anderes, etwas Ungeplantes.«

Senatorin Fox schüttelte den Kopf. »Ich werde warten.«

Bobby Winter hatte den Aktenkoffer noch in der Hand gehalten. Während die Senatorin sprach, stellte er ihn neben ihrem Sessel ab.

»Ich werde warten«, wiederholte die Senatorin und fuhr dann fort: »Weil das, was ich zu sagen habe, *nicht* warten kann. Aber ich verspreche Ihnen, daß General Rodgers, wenn er eintrifft, ein OP-Center vorfinden wird, das sich ganz erheblich von dem unterscheidet, das er gestern abend verlassen hat.« Sie hob ihre kleine Himmelfahrtsnase und meinte: »Ganz erheblich und auf Dauer.«

15

Donnerstag, 14 Uhr 10 – Hamburg

Paul Hoods Gesellschaft hatte das Restaurant um 13 Uhr 20 verlassen. Nachdem sie Bob Herbert am Hotel abgesetzt hatten, damit er von dort aus in Ruhe weitere Anrufe bezüglich des Überfalls auf den Filmdrehort tätigen konnte, war die Gruppe weiter zu Martin Langs Fabrik gefahren, die sich in einer wunderschönen Landschaft 30 Minuten nordwestlich von Hamburg – in Glückstadt – befand.

Wie Hamburg lag die kleine Stadt ebenfalls an der Elbe. Im Gegensatz zur Hansestadt war sie jedoch malerisch und verkörperte die Alte Welt. Sie war der letzte Ort, an dem Hood eine moderne Produktionsstätte für Mikrochips zu finden erwartet hätte. Das Gebäude sah allerdings nicht aus wie eine Fabrik. Es ähnelte einer auf der Spitze stehenden Pyramide und war von oben bis unten mit dunklen Spiegelglasfenstern verkleidet.

»Ein getarnter Gummitropfen«, witzelte Stoll, während sie näherkamen.

»Kein schlechter Vergleich«, entgegnete Lang. »Der Entwurf sah vor, daß es die Umgebung eher widerspiegeln als verunstalten sollte.«

»Nachdem wir uns genau angesehen hatten, wie die Kommunisten die Luft, das Wasser und die schöne Landschaft Ostdeutschlands zugrunde gerichtet hatten, begannen wir, mehr Gebäude zu bauen, die sich nicht nur in die Umwelt einpassen, sondern auch den Angestellten gefallen sollten«, erklärte Hausen.

Hood mußte zugeben, daß Hausen im Gegensatz zu amerikanischen Politikern nicht in wohlüberlegten Phrasen sprach. In dem dreistöckigen Gebäude trafen sie auf eine helle, ordentliche Arbeitsumgebung. Das Erdgeschoß war in drei Abteilungen untergliedert. Direkt hinter dem Eingang lag ein großer offener Raum mit Nischen, in denen Angestellte an Computern arbeiteten. Auf der rechten Seite schloß sich eine Reihe von Büros an. Die dritte Abteilung hinter den Nischen bestand aus einem offenen, beinahe leeren Raum. Dort arbeiteten hinter einer Glaswand Männer und Frauen in weißen Laborkitteln, Gesichtsmasken und Hauben an dem komplizierten Prozeß der Fotoreduktion, durch den großformatige Blaupausen in Mikrochips und gedruckte Schaltkreise umgewandelt wurden.

Noch immer selbstbewußt, aber bedrückt von der Nachricht des Überfalls auf den Drehort, sagte Lang: »Die Angestellten arbeiten von 8 bis 17 Uhr. Sie haben zwei Pausen – eine halbe Stunde und eine Stunde. Im Keller befinden sich ein Fitneßraum, ein Schwimmbad und kleine Räume mit Liegen und Duschen, falls sich jemand ausruhen oder erfrischen möchte.«

»Liegen und Duschen kann ich mir an unserem Arbeitsplatz in Washington gut vorstellen. Niemand würde noch arbeiten«, meinte Stoll.

Im Anschluß an die Führung seiner Gäste durch das verhältnismäßig kleine Erdgeschoß brachte Lang sie in die erste Etage. Kaum waren sie dort angekommen, als Hausens Handy summte.

»Vielleicht etwas Neues zum Überfall«, meinte der Politiker und begab sich in eine Ecke.

Nachdem Hausen sich entfernt hatte, begann Lang den Amerikanern zu zeigen, wie die Massenfertigung der Chips durch leise Roboter vorgenommen wurde. Stoll schlenderte hinter der Gruppe her, studierte Anzeigetafeln und beobachtete, wie Kameras und Pressen die Arbeit erledigten, die einst von ruhigen Händen, Lötkolben und Laubsägen verrichtet worden war. Er legte seinen Rucksack auf einen Tisch und plauderte mit einer Technikerin, die Englisch sprach und unter einem Mikroskop stichprobenartig die fertigen Chips prüfte. Als Stoll fragte, ob er einen Blick durch das Okular des Mikroskops werfen dürfe, sah sie Lang an, der nickte. Stoll tat einen raschen Blick durch die Apparatur und beglückwünschte die Frau dann zu dem gelungenen Klangdigitalisierungsprozessor.

Nach dem Rundgang durch die erste Etage wartete die Gruppe am Aufzug auf Hausen. Der Staatssekretär stand über sein Telefon gebeugt, preßte einen Finger an das freie Ohr und hörte mehr zu, als daß er sprach.

Unterdessen warf Stoll einen kurzen Blick in seinen Rucksack. Dann nahm er ihn auf und schloß sich der Gruppe an. Er lächelte Hood zu, der zurückzwinkerte.

»Übrigens«, sagte Lang, »die Laboratorien im zweiten Stock, wo sich unsere Forschungs- und Entwicklungsabteilung befindet, kann ich Ihnen leider nicht zeigen. Es hat nichts mit Ihnen persönlich zu tun, das darf ich Ihnen versichern.« Er sah Stoll an. »Aber ich fürchte, daß unsere Aktionäre rebellieren würden. Wir arbeiten nämlich an einer neuen Technologie, die unseren Industriezweig revolutionieren wird.«

»Verstehe«, sagte Stoll. »Hat diese neue Technologie zufällig mit Quantenbits und dem Überlagerungsprinzip der Quantenmechanik zu tun?«

Zum zweitenmal an diesem Tag wurde Lang blaß. Er schien etwas sagen zu wollen, brachte aber keinen Ton hervor.

Stoll strahlte. »Erinnern Sie sich daran, was ich Ihnen über die faulen Äpfel sagte?«

Lang nickte, noch immer sprachlos.

Stoll tätschelte den Rucksack, dessen Griff er fest umschlossen hielt. »Nun, Mr. Lang, ich habe Ihnen soeben einen kleinen Vorgeschmack darauf gegeben, wozu dieses Ding in der Lage ist.«

In der Ecke des Labors schien für Richard Hausen eine Welt zusammenzubrechen. Obwohl er die Stimme aus der Vergangenheit – einer alptraumhaften Vergangenheit – deutlich hörte, konnte er nicht glauben, daß sie wirklich existierte.

»Hallo, *Haussier*«, hatte ihn die Stimme mit breitem französischem Akzent begrüßt. Ihr Besitzer hatte den Spitznamen benutzt, den Hausen als Wirtschaftsstudent an der Sorbonne in Paris gehabt hatte – Haussier, Finanzmagnat. Nur wenige kannten diesen Spitznamen.

»Hallo«, antwortete Hausen argwöhnisch. »Wer ist da?«

Der Anrufer sagte sanft: »Dein Freund und Kommilitone Gérard Dupré.«

Hausens Gesicht nahm eine wächserne Färbung an. Die

Stimme klang weniger zornig, weniger erregt, als er sie in Erinnerung hatte. Aber es *könnte* Dupré sein, dachte er. Für einen Moment war Hausen sprachlos. Sein Kopf füllte sich mit einer nebulösen Collage aus Gesichtern und Bildern.

Der Anrufer drang in die Vision ein. »Ja, ich bin's – Dupré. Der Mann, den du bedroht hast. Der Mann, den du davor gewarnt hast, jemals wiederzukommen. Aber jetzt bin ich zurückgekehrt. Als Gérard Dominique, der Revolutionär.«

»Ich glaube Ihnen nicht, daß Sie Dupré sind«, sagte Hausen schließlich.

»Soll ich dir den Namen des Cafés nenne? Den Namen der Straße?« Die Stimme klang jetzt schärfer. »Die Namen der Mädchen?«

»Nein!« erwiderte Hausen barsch. »Das war deine Tat, nicht meine!«

»Das sagst *du*.«

»Nein! Es ist die Wahrheit.«

Die Stimme wiederholte langsam: »Das sagst *du*.«

Hausen fragte: »Woher hast du diese Nummer?«

»Es gibt nichts, was ich nicht bekommen könnte. Niemanden, den ich nicht erreichen könnte.«

Hausen schüttelte den Kopf. »Warum jetzt? Es ist über 15 Jahre her ...«

»Nur ein Moment in den Augen der Götter.« Der Anrufer lachte. »Übrigens die Götter, die dich richten werden.«

»Mich richten? Wofür? Weil ich die Wahrheit über dein Verbrechen gesagt habe? Weil ich tat, was richtig ...«

»Richtig?« unterbrach ihn der Anrufer. »Du bis ein Arschloch. Loyalität, Haussier. *Das* ist der Schlüssel zu allem. Loyalität in schlechten wie in guten Zeiten. Loyalität im Leben und Loyalität im Moment des Todes. Das ist eine der Eigenschaften, die den Menschen vom Untermenschen unterscheiden. Und in meinem Wunsch, den Untermenschen zu eliminieren, plane ich, mit dir anzufangen, Haussier.«

»Du bist noch immer das gleiche Monster wie früher.« Hausens Handflächen waren feucht. Er umklammerte das Telefon, damit es ihm nicht aus der Hand glitt.

»Nein. Ich bin noch schlimmer. Viel schlimmer. Denn ich

habe nicht mehr nur den Wunsch, meinen Willen durchzusetzen, sondern verfüge mittlerweile auch über die Mittel dazu.«

»Du? Diese Mittel hat dein Vater erworben ...«

»Nein, ich! Ich allein. Alles, was ich besitze, habe ich mir verdient. Papa hat nach dem Krieg Glück gehabt. Jeder, der damals eine Fabrik besaß, wurde reich. Aber er war genauso dumm wie du, Haussier. Allerdings besaß er schließlich die Güte zu sterben.«

Das ist Wahnsinn, dachte Hausen. »Gérard oder soll ich Dominique sagen? Ich weiß nicht, wo du steckst oder was aus dir geworden ist. Aber ich bin auch nicht mehr der, der ich einmal war. Bei weitem nicht. Ich bin nicht mehr der Student, den du kanntest.«

»Oh, ich weiß.« Der Anrufer lachte. »Ich habe jeden deiner Schritte verfolgt. Deinen Aufstieg in die Regierung, deine Kampagne gegen Haßgruppen, deine Heirat, die Geburt deiner Tochter, deine Scheidung ... Ein liebenswertes Mädchen, übrigens, deine Tochter. Wie gefällt es ihr im Ballett?«

Hausen preßte das Telefon fester an sein Ohr. »Wenn du ihr etwas tust, finde ich dich und bringe dich um.«

»Solch drastische Worte von einem so vorsichtigen Politiker? Aber das ist das Schöne an der Elternschaft, nicht wahr? Wenn ein Kind in Gefahr ist, spielt nichts anderes mehr eine Rolle. Weder Geld noch Gesundheit.«

»Wenn du eine Rechnung offen hast, dann mit mir.«

»Das weiß ich, Haussier. *Alors,* um die Wahrheit zu sagen, ich habe versucht, mich von kleinen Mädchen fernzuhalten. Zuviel Ärger, du verstehst?«

Hausen starrte auf den gefliesten Boden, aber er sah den jungen Gérard Dupré vor sich, der wütend und ausfallend seinen Haß herausspie. Es gelang ihm kaum, seinen eigenen Zorn im Zaum zu halten, nicht einmal angesichts der wohlüberlegten Drohung gegen seine Tochter. »Du planst also, mich zu richten.« Hausen zwang sich, Ruhe zu bewahren. »Aber egal, wie tief ich falle – du fällst tiefer.«

»Oh, das glaube ich nicht. Denn, Haussier, anders als du habe ich Schicht um Schicht williger Angestellter zwischen mich und meine Aktivitäten gelegt. Ich habe ein Imperium mit vielen Gefolgsleuten aufgebaut, die alle so denken wie ich. Sogar jemanden, der mir geholfen hat, das Leben und die Arbeit von Richard Hausen zu verfolgen, habe ich angeheuert. Er ist jetzt fort, aber er hat mir sehr viele Informationen über dich hinterlassen.«

»Es gibt immer noch das Gesetz. Man kann auf viele Arten zum Mittäter werden.«

»Du mußt es ja wissen, nicht wahr? Was diese Pariser Geschichte betrifft, so ist die Sache verjährt. Das Gesetz kann weder mir noch dir etwas anhaben. Aber denke daran, was es für dein Image bedeuten würde, wenn etwas darüber bekannt würde. Wenn Fotos aus dieser Nacht veröffentlicht würden.«

Fotos? dachte Hausen. Die Kamera – war es möglich, daß sie Fotos geschossen hatte?

»Ich wollte dir nur mitteilen, daß ich vorhabe, dich zur Stecke zu bringen«, sagte die Stimme. »Ich möchte, daß du darüber nachdenkst, darauf wartest.«

»Nein. Ich werde einen Weg finden, dich zu bekämpfen.«

»Vielleicht. Aber du solltest bedenken, daß es da noch diese schöne 13jährige Ballettänzerin zu berücksichtigen gilt. Denn auch wenn ich selbst mich von Teenagern zurückgezogen habe – es gibt Mitglieder in meiner Organisation, die ...«

Doch Hausen drückte auf die Gesprächstaste und schnitt dem Anrufer das Wort ab. Dann schob er das Telefon in seine Tasche zurück und drehte sich um. Mit einem aufgesetzten, wackligen Lächeln fragte er einen Angestellten, der in seiner Nähe stand, wo sich die Toilette befinde. Dann gab er Lang ein Zeichen, er solle die anderen ohne ihn mit nach unten nehmen. Er mußte nach draußen, darüber nachdenken, was zu tun war.

Als er den Toilettenraum betreten hatte, lehnte er sich über das Waschbecken, schöpfte die hohlen Hände voll Wasser und tauchte sein Gesicht hinein. Langsam ließ er das Wasser durch die Finger tröpfeln. Die leeren Hände behielt er vor dem Gesicht.

Gérard Dupré.

Er hatte gehofft, diesen Namen nie wieder hören, dieses Gesicht nie mehr sehen zu müssen, nicht einmal im Geiste.

Aber Dupré war wieder da, und das brachte Hausen zurück nach Paris, in jene dunkelste Nacht seines Lebens, zurück in den Nebel, den abzuschütteln ihn Jahre gekostet hatte.

Das Gesicht noch immer in den Händen, weinte er Tränen der Angst und der Scham.

16

Donnerstag, 8 Uhr 16 – Washington, D.C.

Nachdem er Billy bei der Schule abgesetzt und sich selbst ein paar Minuten gegönnt hatte, um den Adrenalinschub von zwei Durchgängen »Blazing Combattle« wieder abzubauen, rief Rodgers vom Autotelefon aus Darrel McCaskey an. Der FBI-Verbindungsmann des OP-Centers war bereits auf dem Weg zur Arbeit, doch Rodgers erreichte ihn über dessen Autotelefon. Es hätte den General nicht überrascht, wenn sie während des Gesprächs aneinander vorbeigefahren wären. Er begann zu glauben, daß die moderne Telekommunikationstechnik lediglich auf der Fähigkeit eines geschickten Vertreters beruhte, der den Menschen für Tausende von Dollar Blechdosen mit einer Schnur dazwischen verkaufte.

Ihre Blechdosen allerdings waren natürlich mit Zerhackern ausgestattet, die die hohen und tiefen Töne der Stimme am einen Ende vertauschten, um sie am anderen wieder zusammenzusetzen. Falls die Signale von einem anderen Telefon aus zufällig aufgefangen wurden, waren sie absolut unverständlich.

»Morgen, Darrel.«

»Morgen, General.« McCaskey klang griesgrämig wie jeden Morgen. »Fragen Sie mich nicht nach dem Volleyballspiel von gestern abend. DOD hat uns mächtig in die Pfanne gehauen.«

»Ich frage nicht danach. Hören Sie, ich brauche Sie, um etwas für mich herauszufinden. Eine Gruppe namens *WHOA – Whites Only Association*. Haben Sie schon mal davon gehört?«

»Ja, habe ich. Erzählen Sie mir nicht, daß Sie von der Baltic

Avenue Wind bekommen haben. Das unterliegt nämlich absoluter Geheimhaltung.«

»Nein. Ich wußte nichts davon.«

Baltic Avenue war der aktuelle FBI-Code für eine Aktion gegen einen inländischen Feind. Man hatte den Namen aus der amerikanischen Version von Monopoly entliehen, in der Baltic Avenue das erste Feld hinter »Start« (das im amerikanischen Monopoly »Go« hieß) bezeichnete also den Beginn einer neuen Mission. Die Codes änderten sich wöchentlich, und Rodgers freute sich jedesmal auf Montag morgen, wenn McCaskey ihm die neuen Parolen mitteilte. Während der vergangenen Monate waren seine favorisierten Startcodes folgende gewesen: »Moses«, inspiriert von »Let My People Go«, und »Peppermint Lounge« in Anlehnung an die berühmte »Go-Go«-Diskothek der 60er Jahre.

»Ist *WHOA* Gegenstand einer Baltic Avenue?« fragte Rodgers.

»Nein, nicht direkt ...«

Rodgers drängte McCaskey nicht, ihm weitere Details dieser Unternehmung mitzuteilen. Zwar war die Leitung chiffriert, aber diese Maßnahme funktionierte als effektiver Schutz nur gegen zufällige Zuhörer. Wurden die Gespräche gezielt abgehört, konnten sie entschlüsselt werden, denn einige dieser Gruppen weißer Rassisten verfügten über modernste Technologien.

»Erzählen Sie mir, was Sie über *WHOA* wissen«, bat Rodgers.

»Sie gehören zu den Großen und unterhalten einige paramilitärische Trainingslager im Südosten, Südwesten und Nordwesten der Staaten. Ihr Angebot umfaßt alles mögliche, von Kursen zur Selbstherstellung von Munition bis zur Organisation nachmittäglicher Freizeitaktivitäten für die Kinder. Sie geben ein Schmierblatt mit dem Titel *Phührer* – ausgesprochen wie »Führer« heraus, das Nachrichten- und Verkaufsbüros in New York, L.A. und Chicago unterhält; außerdem treten sie als Sponsoren für eine erfolgreiche Rockband mit dem Namen AWED – All White Electric Dudes – auf.«

»Sie sind auch online.«

»Ich weiß. Seit wann surfen Sie denn im Net?« fragte McCaskey.

»Ich nicht, aber Charlie Squires' Sohn. Er ist an ein Haßspiel geraten, in dem Schwarze gelyncht werden.«

»Scheiße.«

»Das dachte ich auch. Was wissen Sie sonst noch?«

»Komisch, daß Sie fragen. Eben habe ich mit einem deutschen Freund beim Verfassungsschutz in Düsseldorf telefoniert. Sie sind sehr beunruhigt wegen der Chaostage, zu denen sich die Neonazis dort versammeln – die heimlichen offen und die offenen heimlich, wenn Sie mir folgen können.«

»Ich bin nicht ganz sicher.«

McCaskey sagte: »Weil Neonazitum in Deutschland illegal ist, können Hitleranhänger, die sich unverhohlen dazu bekennen, keine öffentlichen Versammlungen abhalten. Sie treffen sich in Scheunen, Wäldern oder auf alten Fabrikgeländen. Diejenigen, die sich als *politische* Aktivisten tarnen, können, auch wenn sie eine naziähnliche Doktrin propagieren, öffentlich auftreten.«

»Verstehe. Aber warum werden die bekennenden Hitleristen nicht überwacht?«

»Das werden sie, falls die Regierung sie findet. Aber selbst wenn sie ausfindig gemacht und einige wie zum Beispiel dieser Richter, der schon eine Gefängnisstrafe hinter sich hat, vor Gericht gestellt werden, dann plädieren sie auf politische Meinungsfreiheit und müssen oft in Ruhe gelassen werden. Die öffentliche Abneigung gegen Skinheads ist sehr groß, aber an eloquente Saubermänner wie Richter kommt man nur schwer heran.«

»Die Regierung kann es sich nicht erlauben, zu viele Wähler zu verärgern.«

»Erstens das, und zweitens dürfen die Neonazis nicht wie Opfer aussehen. Einige dieser Möchtegern-Hitler besitzen Charisma und dreschen Phrasen, daß es Ihnen die Fußnägel aufrollen würde. Diese Typen verstehen es sehr geschickt, die Bedürfnisse des allabendlichen Fernsehpublikums zu bedienen.«

Rodgers gefiel nicht, was er hörte. Das Thema »Medien,

die Kriminellen in die Hände spielen« war ihm seit langem ein Dorn im Auge. Lee Harvey Oswald war wahrscheinlich der letzte Mörder gewesen, der im Fernsehen seine Unschuld beteuert hatte und trotzdem von der öffentlichen Meinung verurteilt worden war – auch wenn sogar *diese* Geschworenen nicht mit einem einstimmigen Urteil aufgewartet hatten. Wenn das Publikum, das Außenseiter in der Regel bevorzugte, das Galgenvogelgesicht eines Verdächtigen neben dem entschlossenen Ausdruck eines Staatsanwaltes sah, tendierte es zu dem Verdächtigen.

»Und was hat es mit diesem deutschen Freund auf sich?«

»Das OPC ist beunruhigt, weil sie dort außer den Chaostagen noch dieses neue Phänomen namens Thule-Netzwerk haben«, antwortete McCaskey. »Es ist eine Ansammlung von ungefähr 100 Mailboxen und Bulletin Boards, über die Neonazigruppen sich austauschen und Bündnisse eingehen. Es gibt keine Möglichkeit, die Korrespondenz bis an den Ausgangspunkt zurückzuverfolgen, so daß die Behörden nicht einschreiten können.«

»Wer oder was ist Thule?«

»Es ist ein Ort – die legendäre nördliche Wiege der europäischen Zivilisation.« McCaskey lachte »Als ich noch ein kleiner Junge war, habe ich viele Fantasy-Romane und Abenteuergeschichten mit Barbaren und so gelesen, die dort spielten. ›Ursus von Ultima Thule‹, so was in der Art.«

»Männlichkeit und europäische Rassenreinheit. Ein unwiderstehliches Symbol.«

»Ja, obwohl ich nie gedacht hätte, daß ein Ort, der mir so voller Wunder erschien, einmal für etwas so Verkommenes herhalten müßte.«

Rodgers fragte: »Ist dieses Thule-Netzwerk auch schon in die Staaten eingedrungen?«

»Als solches nicht. Aber wir haben unsere eigenen, hausgemachten Dämonen. Seit ungefähr zwei Jahren überwachen die Bundespolizei, das Southern Poverty Law Center in Alabama und das Simon Wiesenthal Center das Eindringen von Haßgruppen über die Datenautobahnen. Das Problem liegt wie in Deutschland darin, daß sich die miesesten dieser Typen normalerweise an die Gesetze halten. Außerdem sind sie durch den Ersten Verfassungszusatz geschützt.«

»Der Erste Verfassungszusatz gibt ihnen nicht das Recht, zur Gewalt anzustiften.«

»Das tun sie auch nicht. Sie mögen zum Himmel stinken, aber diese Leute sind vorsichtig.«

»Irgendwo werden sie auflaufen«, sagte Rodgers zuversichtlich. »Und dann werde ich da sein, um sie festzunageln.«

»Bis jetzt ist es nicht dazu gekommen. Das FBI überwacht sämtliche Web Sites der Neonazis – sowohl ihre fünf Internet-Spielplätze als auch ihre acht nationalen Bulletin Boards. Darüber hinaus haben wir ein gegenseitiges Abkommen mit der Bundesrepublik Deutschland, alle Informationen auszutauschen, die sie oder wir online erhalten.«

»Nur mit Deutschland?«

»Mit Deutschland, England, Kanada und Israel. Sonst will niemand schlafende Hunde wecken. Bis jetzt ist nichts Ungesetzliches vorgefallen.«

»Nur Unmoralisches.«

»Sicher. Aber Sie wissen besser als jeder andere, daß wir eine ganze Menge Kriege geführt haben, um allen Amerikanern, einschließlich *WHOA*, das Recht auf freie Meinungsäußerung zu garantieren.«

»Wir haben auch einen Krieg geführt, um zu beweisen, daß Hitler falsch lag. Das galt damals wie heute. Was mich angeht, befinden wir uns noch immer im Krieg mit diesen Dreckskerlen.«

»Da wir gerade vom Krieg reden – ich erhielt einen Anruf von Bob Herbert, bevor ich zu Hause losfuhr. Wie es der Zufall will, bat er um Informationen zu einer Gruppe deutscher Terroristen namens *Feuer*. Haben Sie von dem Überfall heute morgen gehört?«

Rodgers erklärte, er habe keine Nachrichten gesehen, und McCaskey informierte ihn kurz. Die Morde erinnerten Rodgers wieder daran, daß Neonazis genauso gefühllos waren wie die Monster, von denen sie sich inspirieren ließen: Hitler, Heydrich, Mengele und Konsorten. Er konnte nicht glauben, *wollte* nicht glauben, daß die Gründungsväter der Vereinigten Staaten an Leute dieses Schlages gedacht hatten, als sie die Verfassung entworfen hatten.

»Kümmert sich jemand darum, was Bob braucht?« fragte Rodgers.

»Liz hat die meisten Informationen über *Feuer*. Ich treffe mich mit ihr, wenn ich ins Büro komme. Wenn wir alles durchgegangen sind, werde ich das Wichtigste an Bob, die CIA und Interpol weiterleiten. Sie suchen sowohl nach den Attentätern als auch nach dem vermißten Mädchen.«

»Okay. Wenn Sie damit fertig sind, kommen Sie mit Liz und den Daten zu mir, dann sprechen wir darüber. Ich glaube nicht, daß mein Treffen mit Senatorin Fox sehr lange dauern wird.«

»Autsch«, sagte McCaskey. »Wir treffen uns, *nachdem* Sie mit ihr gesprochen haben?«

»Ich werde es schon überleben.«

»Wenn Sie es sagen.«

»Sie glauben mir nicht?«

»Paul ist ein Diplomat, Sie treten die Leute lieber in den Hintern. Ich habe noch keinen Senator getroffen, der auf etwas anderes reagiert hätte als auf Lippen, die seinen Arsch küssen.«

»Darüber haben Paul und ich schon geredet. Er meinte, daß wir dem Kongreß gegenüber eine härtere Linie einschlagen sollten, weil wir unsere Fähigkeiten in Korea und Rußland unter Beweis gestellt haben. Senatorin Fox wird Schwierigkeiten haben, die von uns beantragten Haushaltserhöhungen abzulehnen, wenn sie Strikers Leistungen und Opfer berücksichtigt, da waren wir uns einig.«

»*Erhöhungen?* General, der FBI-Vize Clayton hat mir erzählt, er bekomme neun Prozent seines Etats gestrichen. Dabei hat er noch Glück gehabt. Es kursieren Gerüchte, im Kongreß sei von zwölf bis 15 Prozent Einsparungen bei der CIA die Rede.«

»Ich werde mit der Senatorin darüber reden. Wir brauchen mehr HUMINT da draußen. Bei all den Veränderungen in Europa, im Mittleren Osten und vor allem in der Türkei, benötigen wir mehr Agenten im Feld. Ich denke, daß ich sie davon überzeugen kann.«

»Ich hoffe, Sie behalten recht, General. Ich glaube nicht, daß die Dame einen vernünftigen Gedanken gefaßt hat, seit ihre Tochter ermordet worden ist und ihr Mann sich eine Pistole in den Mund gesteckt hat.«

»Immerhin ist sie in einem Komitee, dessen Aufgabe es ist, das Land zu schützen. Das muß wichtiger sein als alles andere.«

»Sie hat sich auch vor den steuerzahlenden Wählern zu verantworten. Jedenfalls wünsche ich Ihnen viel Glück.«

»Danke.« Rodgers fühlte sich nicht so zuversichtlich, wie er klang. Ihm war auch nicht danach zumute, McCaskey auf die Worte von A.E. Housman über das Glück hinzuweisen: »Das Glück ist eine Möglichkeit, Ärger ist sicher.« Wenn die stachlige Fox beteiligt war, war Ärger in der Tat sicher.

Zwei Minuten später verließ Rodgers den Expressway und fuhr in Richtung Andrews Base. Während er den vertrauten Straßen folgte, rief er Hood über dessen Handy zur üblichen kurzen Morgenbesprechung an. In knappen Worten informierte er ihn über die Geschehnisse um Billy und erzählte ihm, daß er Darrel auf den Fall angesetzt hatte, um herauszufinden, wer hinter dem Spiel steckte. Hood war einverstanden.

Nachdem das Gespräch beendet war, dachte Rodgers über die Haßgruppen nach und fragte sich, ob sie weiter verbreitet waren als zuvor oder ob die Öffentlichkeit lediglich durch die Medien stärker auf sie aufmerksam gemacht wurden.

Vielleicht auch beides, dachte er, während er die Wache am Tor passierte. Die Berichte in den Medien über diese Gruppen inspirierten ähnlich gesinnte Rassisten dazu, eigene Gruppen zu formieren, was die Medien wiederum dazu veranlaßte, sich über das »Phänomen« der Haßgruppen auszulassen. *Eine schmutzige Hand wäscht die andere.*

Rodgers parkte und schritt rasch auf die Eingangstür zu. Das Treffen mit Senatorin Fox war für 8 Uhr 30 angesetzt. Es war 8 Uhr 25. Die Senatorin kam in der Regel zu früh, und sie ärgerte sich normalerweise, wenn ihr Gesprächspartner nicht ebenfalls zu früh anwesend war.

Das wird wahrscheinlich die erste Hürde sein, dachte Rodgers, während er im Aufzug nach unten fuhr. *Die zweite könnte ihre Stimmung sein, falls sie verärgert ist.*

Als der General im Untergeschoß ausstieg, bestätigte ihm der mitfühlende Blick auf dem Gesicht von Anita Mui, der Soldatin vor dem Aufzug, daß es 0:2 gegen ihn stand.

Nun, dachte er, den Flur entlanggehend, *irgendwie werde ich damit zurechtkommen müssen.* Commander kamen mit so etwas zurecht, und Rodgers war gern Commander. Er liebte es, das Striker-Team zu leiten, und er liebte es, das OP-Center zu leiten, wenn Hood unterwegs war. Er liebte es, etwas zum Wohl der Vereinigten Staaten von Amerika zu tun. Auch wenn er nur ein kleines Rädchen in dem großen Getriebe war – es erfüllte ihn mit unbeschreiblichem Stolz.

Und ein Teil davon, dieses Rädchen zu sein, ist es, mit anderen Rädchen zusammenzuarbeiten, sagte er sich. Das schloß auch Politikerinnen ein.

Er blieb stehen, als er an Martha Mackalls Büro vorbeikam. Die Tür stand offen. Senatorin Fox saß darin. An ihrem grimmigen Gesichtsausdruck erkannte er, daß das Spiel bereits verloren war, bevor er das Feld überhaupt betreten hatte.

Er sah auf seine Armbanduhr. Es war 8 Uhr 32. »Entschuldigung«, sagte er.

»Kommen Sie herein, General Rodgers.« Die Stimme der Senatorin klang gepreßt und kurz angebunden. »Miß Makkall war gerade dabei, uns von ihrem Vater zu erzählen. Meine Tochter war ein großer Fan seiner Musik.«

Rodgers trat ein. »Wir alle mochten Macks Songs.« Er schloß die Tür. »In Vietnam nannten wir ihn die ›Seele Saigons‹.«

Martha hatte ihren ernsten, professionellen Gesichtsausdruck aufgesetzt. Rodgers kannte ihn sehr gut. Sie hatte die Angewohnheit, die Einstellung der Menschen anzunehmen, die ihr für ihre Karriere von Nutzen sein konnten. Wenn Senatorin Fox schlecht auf Rodgers zu sprechen wäre, würde sie es auch sein. Sogar mehr als sonst.

Rodgers setzte sich auf den Rand von Marthas Schreibtisch. Wenn Senatorin Fox sich schon den Heimvorteil sichern wollte, dann würde sie zumindest zu ihm aufsehen müssen.

»Unglücklicherweise«, sagte die Senatorin, »bin ich nicht hergekommen, um mich über Musik zu unterhalten, General Rodgers. Ich bin hier, um mit Ihnen über Ihr Budget zu reden. Es hat mich enttäuscht, als der Assistent von Direktor Hood mich gestern anrief, um mir mitzuteilen, daß Mr. Hood heute eine dringendere Verpflichtung habe – Geld auszugeben, das ihm nicht mehr zur Verfügung stehen wird. Aber ich habe mich entschlossen, trotzdem herzukommen.«

»Paul und ich haben den Etat zusammen ausgearbeitet. Ich kann Ihnen alle Fragen beantworten.«

»Ich habe nur eine Frage: Seit wann werden in der Regierungsdruckerei Romane produziert?«

Rodgers verspürte ein Brennen im Magen. McCaskey hatte recht gehabt. Paul hätte sich dieser Situation annehmen sollen.

Die Senatorin legte den Aktenkoffer auf ihren Schoß und ließ die Verschlüsse aufschnappen. »Sie bitten um eine Aufstockung um 18 Prozent zu einer Zeit, in der quer durch alle Regierungsorganisationen drastische Kürzungen vorgenommen werden.« Sie gab Rodgers sein eigenes 300-Seiten-Dokument. »Das ist der Etat, den ich dem Finanzausschuß vorlegen werde. Er enthält meine mit Rotstift markierten Einsparungen, die sich auf 32 Prozent belaufen.«

Rodgers' Augen schossen von den Unterlagen in seinen Händen zu der Senatorin. »Einsparungen?«

»Wir können darüber reden, wie die verbleibenden knapp 70 Prozent aufgeteilt werden«, fuhr Fox fort. »Aber die Kürzungen werden vorgenommen.«

Rodgers wollte der Senatorin das Dokument in den Schoß zurückwerfen. Er wartete einen Moment, bis der Drang nachgelassen hatte. Dann drehte er sich um und legte es auf Marthas Schreibtisch. »Sie haben Mut, Senatorin.«

»Sie ebenfalls, General«, entgegnete Fox ruhig.

»Ich weiß. Ich habe ihn gegen Nordvietnamesen, Iraker und Nordkoreaner unter Beweis gestellt.«

»Wir alle haben Ihre Orden gesehen«, bemerkte sie freundlich. »Aber dies ist keine Frage von Mut.«

»Nein, das ist es nicht«, stimmte Rodgers leise zu. »Es ist ein Todesurteil. Wir besitzen eine Spitzenorganisation, aber trotzdem haben wir Bass Moore in Korea und Charlie Squires in Rußland verloren. Wenn Sie unseren Haushalt kürzen, werde ich meinen Leuten nicht die Unterstützung gewähren können, die sie brauchen.«

»Wofür? Für weitere Abenteuer in Übersee?«

»Nein. Unsere Regierung hat den Schwerpunkt ihrer nachrichtendienstlichen Tätigkeit bisher auf ELINT gelegt, die elektronische Aufklärung durch Spionagesatelliten, Lauschangriffe, Fotoaufklärung und Computer. Das sind zwar nützliche Werkzeuge, aber sie genügen nicht. Vor 30, 40 Jahren waren wir weltweit mit Agenten vor Ort vertreten. HUMINT – Human Intelligence –, Menschen, die fremde Regierungen, Spionageorganisationen und Terroristengruppen infiltrieren konnten und Urteilsvermögen, Initiative, Kreativität und Mut eingesetzt haben, um uns Informationen zu beschaffen. Die beste Kamera der Welt kann keine Blaupausen aus einer Schublade ziehen. Nur ein Mensch kann in einen Computer eindringen, der nicht online ist. Ein Spionagesatellit kann nicht in die Augen eines Terroristen schauen und Ihnen sagen, ob sie oder er wirklich entschlossen ist oder vielleicht umgedreht werden kann. Wir müssen diese Aktivposten wieder aufbauen.«

»Eine nette Rede«, entgegnete die Senatorin. »Aber mit meiner Unterstützung können Sie nicht rechnen. Wir brauchen dieses HUMINT nicht, um amerikanische Interessen zu schützen. Striker hat einen koreanischen Fanatiker davon abgehalten, Tokio zu bombardieren. Man hat die Regierung eines russischen Präsidenten gerettet, die bis jetzt den Beweis dafür schuldig geblieben ist, daß sie unser Verbündeter ist. Warum sollten amerikanische Steuerzahler eine internationale Polizeitruppe unterhalten?«

»Weil sie die einzigen sind, die es können. Wir bekämpfen ein Krebsgeschwür, Senatorin. Wo immer es auftaucht, müssen wir dagegen vorgehen.«

»Ich stimme Senatorin Fox zu«, sagte Martha hinter Rodgers' Rücken. »Es gibt andere Foren, auf denen die Vereinigten Staaten internationale Belange zur Sprache bringen können. Die Vereinten Nationen und der Internationale Gerichtshof sind speziell für diesen Zweck ausgelegt und mit entsprechenden Mitteln ausgestattet. Außerdem gibt es die NATO.«

Ohne sich umzudrehen, sagte Rodgers: »Und wo war die, Martha?«

»Wie bitte?«

»Wo waren die Vereinten Nationen, als die Nodong-Rakete in Nordkorea abhob? *Wir* haben die Japaner davor bewahrt, sich ein Fieber von ungefähr zehn Millionen Grad einzufangen.«

»Ich wiederhole noch einmal: Das war sehr gute Arbeit«, sagte die Senatorin. »Aber sie hätten sich das nicht antun müssen. Die Vereinigten Staaten haben überlebt, während sich die Sowjetunion mit Afghanistan und der Iran mit dem Irak bekriegt haben. Wir werden auch weitere solcher Konflikte überleben.«

»Erzählen Sie das den Familienangehörigen amerikanischer Opfer von Terroranschlägen. Wir bitten hier nicht um Spielzeuge oder Luxusartikel, Senatorin. Wir wollen Sicherheit für amerikanische Bürger.«

»In einer perfekten Welt könnten wir jedes Gebäude, jedes Flugzeug und jedes Leben schützen.« Die Senatorin schloß ihren Aktenkoffer. »Aber wir leben nicht in einer perfekten Welt, und der Etat wird gekürzt, entsprechend meiner Anmerkungen. Es wird dazu weder eine Debatte noch eine Anhörung geben.«

»In Ordnung. Wenn Paul zurückkommt, können Sie damit anfangen, mein Gehalt einzusparen.«

Senatorin Fox schloß die Augen. »Bitte, General. Wir kommen sehr gut ohne diese dramatischen Gesten zurecht.«

»Ich dramatisiere nicht.« Rodgers stand auf und zog am Saum seines Jacketts. »Ich glaube lediglich nicht an Halbherzigkeiten. Sie betreiben eine isolationistische Politik, Senatorin seit der Tragödie in Frankreich.«

»Das hat damit nichts zu tun ...«

»Selbstverständlich hat es das. Ich kann Ihr Gefühl nachempfinden. Die Franzosen haben den Mörder Ihrer Tochter nicht gefaßt, schienen auch nicht besonders interessiert daran zu sein – warum sollte man ihnen also helfen? Aber Sie haben darüber das Gesamtbild aus den Augen verloren, unsere nationalen Interessen.«

»General, ich habe niemanden im Ausland verloren und stimme der Senatorin dennoch zu«, sagte Martha. »Das OP-Center wurde gegründet, um andere *Organisationen* zu unterstützen, nicht andere Länder. Das haben *wir* aus den Augen verloren.«

Rodgers wandte sich um und sah auf Martha herab. »Ihr Vater hat ein Lied mit dem Titel ›The Boy Who Killed the Lights‹ gesungen, das davon erzählt, wie ein weißer Junge die Lichter in einem Club ausschaltet, damit ein schwarzer Sänger dort auftreten kann …«

»Zitieren Sie nicht meinen Vater«, unterbrach ihn Martha. »Sagen Sie mir auch nicht, daß ich Glück habe, in diesem Club mitmachen zu dürfen, General. Mir hat niemand geholfen, diesen Auftritt zu …«

»Wenn Sie mich ausreden lassen, werden Sie erfahren, was ich sagen wollte.« Rodgers blieb ruhig. Er erhob seine Stimme nicht gegenüber Frauen. Das war nicht die Art Erziehung, die Mrs. Rodgers ihrem Sohn hatte angedeihen lassen. »Ich wollte sagen, daß das, was Goschen *splendid isolation* nannte, einfach nicht mehr existiert. Weder in der Welt der Musik noch in der Welt der Politik. Wenn Rußland zusammenbricht, sind China, die baltischen Republiken und Europa davon betroffen. Wenn Japan Schiffbruch erleidet …«

»Die Theorie der Dominosteine habe ich bereits in der Grundschule gelernt«, sagte Martha.

»Ja, das haben wir alle«, bestätigte Senatorin Fox. »Sind Sie wirklich der Meinung, daß General Michael Rodgers und das OP-Center die Säulen darstellen, die die Infrastruktur der Welt aufrechterhalten?«

»Wir tragen unseren Teil dazu bei. Aber wir müssen noch mehr tun.«

»Ich sage, daß wir bereits zuviel tun!« schoß Senatorin Fox zurück. »Während meiner ersten Amtszeit im Senat erhielten US-Kriegsflugzeuge noch nicht einmal die Genehmigung, Frankreich ohne Zwischenlandung zu überfliegen, um Tripolis und Bengasi anzugreifen. Dabei sind die Franzosen angeblich unsere Verbündeten! Damals habe ich im Senat gesagt, daß wir die falsche Hauptstadt bombardiert haben. Das war mein Ernst. Vor einiger Zeit haben russische Terroristen einen Tunnel in New York gesprengt. Hat sich das russische Sicherheitsministerium auf die Fersen dieser Mörder geheftet? Haben Ihre neuen Freunde im russischen OP-Center uns gewarnt? Und heute? Jagen deren Einsatzkräfte russische Gangster vor unseren Küsten? Nein, General, das tun sie nicht.«

»Paul ist nach Rußland geflogen, um eine Zusammenarbeit mit dem dortigen OP-Center aufzubauen. Wir glauben, daß man mit uns kooperieren wird.«

»Ich weiß«, meinte die Senatorin. »Ich habe seinen Bericht gelesen. Wissen Sie, ab wann sie mit uns zusammenarbeiten werden? Nachdem wir etliche Millionen Dollar ausgegeben haben werden, um das russische OP-Center auf den gleichen technischen Stand zu bringen wie unseres. Aber bis dahin wird General Orlov pensioniert sein. Irgend jemand mit antiamerikanischer Einstellung wird seinen Platz einnehmen, und wir werden uns wieder einmal einem Feind gegenübersehen, den wir selbst gestärkt haben.«

»Die amerikanische Geschichte ist voll von eingegangenen Risiken und erlittenen Verlusten. Aber sie ist ebenso voll von Beziehungen, die aufgebaut und unterhalten wurden. Wir dürfen den Optimismus und die Hoffnung nicht aufgeben.«

Die Senatorin stand auf. Sie reichte den Aktenkoffer einem ihrer Assistenten und glättete ihren schwarzen Rock. »General, Ihre Vorliebe für schöne Worte ist allgemein bekannt; außerdem mag ich es nicht, wenn jemand wie ein Schulmeister zu mir spricht. Ich bin optimistisch und voller Hoffnung, daß wir die Probleme Amerikas lösen können. Aber ich werde kein OP-Center als Basis für internationale Friedensstifter unterstützen. Eine Denkfabrik, ja. Ein Informationszentrum für unsere Nachrichtendienste, ja. Ein nationales Krisenmanagementzentrum, ja. Ein internationales Robin-Hood-Team? Nein. Und für die Zwecke, die ich soeben umrissen habe, werden Sie lediglich den Etat benötigen, den ich Ihnen zugestanden habe.«

Die Senatorin nickte Rodgers zu, reichte Martha die Hand und schickte sich an zu gehen.

»Senatorin?« Rodgers' Ton ließ die Senatorin innehalten. Sie wandte sich um, und er ging ein paar Schritte auf sie zu. Sie war beinahe so groß wie er, und ihre klaren blaugrauen Augen hielten seinem Blick stand.

»Darrel McCaskey und Liz Gordon sind für einen gemeinsamen Einsatz eingeplant«, sagte Rodgers. »Ich nehme an, daß Sie von der Terroristengruppe gehört haben, die einen Filmdrehort in Deutschland überfallen hat?«

»Nein. In der *Post* von heute morgen stand nichts darüber.«

»So?« Rodgers wußte, daß alle Regierungsmitglieder ihre Nachrichten aus der *Washington Post* und von CNN bezogen. Er hatte darauf gebaut, daß sie nichts von dem Überfall wußte. »Es passierte vor ungefähr vier Stunden. Mehrere Menschen wurden getötet. Bob Herbert ist geschäftlich drüben und hat um unsere Hilfe gebeten.«

»Sind Sie der Meinung, wir sollten die deutschen Behörden bei ihren Untersuchungen unterstützen? Welche lebenswichtigen amerikanischen Interessen stehen dabei auf dem Spiel? Steht der Aufwand im Verhältnis zu den Kosten? Welche Steuerzahler legen gesteigerten Wert darauf?«

Rodgers wog seine Worte sorgfältig ab. Er hatte die Schlinge ausgelegt, und Fox war hineingetappt. Es würde die Senatorin hart treffen.

»Nur zwei Steuerzahler werden gesteigerten Wert darauf legen«, sagte er. »Die Eltern des 21jährigen amerikanischen Mädchens, das möglicherweise von den Terroristen entführt worden ist.«

Das Eis in den starken blaugrauen Augen der Senatorin schmolz. Sie zitterte leicht, während sie versuchte, ihre aufrechte Haltung zu bewahren. Es dauerte einen Moment, bis sie sprechen konnte.

»General, Sie nehmen keine Gefangenen, nicht wahr?«

»Wenn der Feind sich ergibt schon, Senatorin.«

Sie blickte ihn weiterhin an. Alle Traurigkeit der Welt schien sich in ihren Augen zu sammeln, und Rodgers fühlte sich elend.

»Was erwarten Sie, daß ich sage?« fragte die Senatorin. »Selbstverständlich helfen Sie ihnen, das Mädchen zu retten. Sie ist Amerikanerin.«

»Ich danke Ihnen. Es tut mir leid, aber manchmal liegen die amerikanischen Interessen in den Dingen, die wir tun, versteckt.«

Senatorin Fox sah ihn noch für einen Moment an, bevor sie ihren Blick Martha zuwandte. Nachdem sie ihr einen guten Morgen gewünscht hatte, verließ sie das Büro schnellen Schrittes. Ihre Assistenten folgten ihr dicht auf den Fersen.

Rodgers erinnerte sich nicht daran, sich umgedreht und das Dokument mit dem Etat genommen zu haben, aber er hielt es in den Händen, als er auf die Tür zuging.

17

Donnerstag, 14 Uhr 30 – Hamburg

Henri Toron und Yves Lambesc waren nicht müde. Nicht mehr. Jean-Michels Rückkehr hatte sie aufgeweckt, und der Telefonanruf von M. Dominique hatte die beiden französischen Bären in volle Alarmbereitschaft versetzt.

Verspätete Alarmbereitschaft.

Natürlich war es Jean-Michels Schuld gewesen. Sie waren als seine Leibwächter mitgesandt worden, aber er hatte beschlossen, den Club in St. Pauli allein aufzusuchen. Die drei waren um ein Uhr morgens in Deutschland angekommen, anschließend hatten Henri und Yves bis 2 Uhr 30 Black Jack gespielt. Hätte Jean-Michel sie geweckt, dann hätten sie ihn begleitet – aufmerksam und bereit, ihn vor den barbarischen Deutschen zu beschützen. Aber nein, er hatte sie schlafen lassen. Was habe er denn schon zu befürchten gehabt?

»Warum, denken Sie, hat M. Dominique uns mitgeschickt?« hatte Henri geröhrt, als er Jean-Michel gesehen hatte. »Zum Schlafen, oder um Sie zu beschützen?«

»Ich dachte nicht, daß ich in Gefahr wäre«, hatte Jean-Michel geantwortet.

»Wenn man mit Deutschen zu tun hat, ist man immer in Gefahr«, hatte Henri ernst entgegnet.

M. Dominiques Anruf war gekommen, als Yves ein kleines Handtuch mit Eiswürfeln für Jean-Michels Auge gefüllt hatte. Henri hatte den Anruf entgegengenommen.

Ihr Arbeitgeber hatte seine Stimme nicht erhoben. Das tat er nie. Er gab ihnen lediglich ihre Anweisungen und schickte sie auf den Weg. Die beiden wußten, daß sie für ihr Verschlafen mit einem Monat zusätzlichem Dienst diszipliniert werden würden. Das war die Regel für einen ersten Verstoß. Wer im Dienst der Sache ein zweites Mal versagte, wurde entlassen. Die Schmach, den Chef enttäuscht zu haben, war weitaus schmerzvoller als der Verlust der Fingerkuppe, die sie im Korb von einer von M. Dominiques Guillotinen lassen würden.

Also waren sie nach St. Pauli gefahren. Jetzt lehnten sie an einem Auto, das ein Stück die Straße hinunter, gegenüber vom »Wechsel«, parkte. Die Straßen begannen sich mit Touristen zu füllen, auch wenn der knapp 20 Meter breite Streifen zwischen den Franzosen und dem Nachtclub relativ frei war.

Der bullige, ein Meter 93 große Henri rauchte eine Zigarette, und der noch einmal gut zwei Zentimeter größere, breitschultrige Yves kaute auf einem Kaugummi aus der Heimat. In Yves' Tasche steckte eine Beretta 92F. Henri trug eine belgische GP Double Action. Ihre Aufgabe war einfach: Sie sollten in den Club gehen und M. Richter mit allen erforderlichen Mitteln dazu bringen, einen Anruf zu tätigen.

Seit über zwei Stunden beobachtete Henri die Tür des Clubs durch den aufsteigenden Rauch der Zigaretten, die er unablässig hintereinander rauchte. Als sie sich schließlich öffnete, stieß er Yves kurz an. Rasch überquerten sie die Straße.

Ein hünenhafter Mann kam heraus. Henri und Yves taten, als würden sie an ihm vorbeigehen, dann drehten sie sich plötzlich um. Noch bevor der große Mann ganz aus dem Eingangsbereich herausgetreten war, drückte ihm Henri die Pistole in den Bauch und befahl ihm, wieder hineinzugehen.

»Nein«, sagte der Riese.

Entweder war er seinem Boß gegenüber äußerst loyal, oder er trug eine kugelsichere Weste. Henri wiederholte seine Aufforderung nicht. Unvermittelt trat er dem Mann hart mit dem Absatz auf den Fußspann und zerrte ihn in den Eingangsbereich zurück. Der Hüne taumelte stöhnend rückwärts gegen die Bar. Henri hielt ihm die Pistole an die Stirn. Yves zog seine Waffe ebenfalls und verschwand nach rechts in der Dunkelheit.

»Richter«, sagte Henri zu dem Mann. »*Oû est-il?*«

Der Türsteher des »Wechsel« antwortete ihm auf Deutsch, er solle sich zum Teufel scheren. Henri wußte, was »Teufel« bedeutete. Den Rest schloß er aus dem Tonfall des Mannes. Der Franzose ließ die Pistole bis an das linke Auge seines Gegenübers sinken. »*Le dernier temps*«, sagte er. Zum letztenmal. »Richter! *Tout de suite!*«

Eine Stimme aus der Dunkelheit antwortete auf französisch. »Niemand betritt meinen Club mit einer Waffe und erteilt Befehle. Lassen Sie Ewald gehen.«

Aus dem hinteren Teil des Nachtclubs kamen Schritte in ihre Richtung. Henri behielt die Waffe am Auge des Rausschmeißers.

Ein schemenhafter Umriß tauchte am Ende der Bar auf und setzte sich auf einen Hocker.

»Ich sagte, Sie sollen ihn gehenlassen«, wiederholte Richter. »Sofort.«

Yves näherte sich ihm von rechts. Richter sah ihn nicht an. Henri bewegte sich nicht.

»M. Richter«, sagte Henri. »Mein Begleiter wird über das Telefon auf der Bar eine Nummer anwählen und Ihnen den Apparat dann geben.«

»Nicht, solange Sie meinen Angestellten mit einer Pistole bedrohen.« Richter wirkte entschlossen.

Yves trat dicht hinter ihn. Der Deutsche drehte sich nicht um.

Henri sah Richter durch die Dunkelheit hindurch an. Der

Franzose hatte zwei Möglichkeiten. Die erste war, Ewald gehenzulassen. Damit hätte Richter seinen Willen bekommen, und für den weiteren Verlauf des Nachmittages wäre ein schlechtes Zeichen gesetzt worden. Die andere Möglichkeit bestand darin, Ewald zu erschießen. Das hätte Richter möglicherweise wachgerüttelt, aber wahrscheinlich auch die Polizei auf den Plan gerufen. Außerdem garantierte es nicht, daß Richter dann tun würde, was man von ihm verlangte.

Ihre Aufgabe war eindeutig. M. Dominiques Anweisungen lauteten, Richter ans Telefon zu bringen und danach die andere Sache, die er ihnen aufgetragen hatte, auszuführen. Sie waren nicht hier, um einen Willenswettstreit zu gewinnen.

Henri trat zurück und ließ den Rausschmeißer los. Ewald richtete sich unwillig auf, warf Henri einen kurzen, wütenden Blick zu und stellte sich dann schützend vor Richter.

»Schon gut, Ewald«, sagte Richter. »Diese Männer werden mir nichts tun. Sie sind hier, um mich Dominique zu präsentieren, denke ich.«

»Ich werde nicht gehen, solange sie hier sind, Herr Richter.«

»Wirklich, Ewald, ich bin in Sicherheit. Diese Männer mögen Franzosen sein, aber sie sind nicht dumm. Geh jetzt. Deine Frau wartet, und ich möchte nicht, daß sie sich Sorgen macht.«

Der große Deutsche sah von seinem Arbeitgeber zu Yves. Er funkelte den Franzosen einen Moment lang an. »Gut, Herr Richter. Dann also noch einmal: auf Wiedersehen.«

»Auf Wiedersehen. Wir sehen uns morgen früh.«

Mit einem letzten finsteren Blick auf Yves drehte Ewald sich um und verließ den Club. Im Vorbeigehen rempelte er Henri unsanft an.

Die Tür fiel ins Schloß. In der anschließenden Stille konnte Henri seine Armbanduhr ticken hören. Er nickte in Richtung des schwarzen Telefons am anderen Ende der Bar. »Jetzt«, sagte er zu seinem Partner. »Los geht's.«

Yves nahm den Hörer ab, tippte eine Nummer ein und reichte Richter den Apparat.

Der Deutsche behielt die Hände im Schoß. Er verharrte regungslos.

»Schalte den Lautsprecher ein«, grollte Henri.

Yves drückte auf die Lautsprechtaste und legte den Hörer wieder auf. Das Telefon klingelte über ein Dutzend Mal, bevor jemand abhob.

»Felix?« sagte die Stimme am anderen Ende.

»Ja, Dominique«, antwortete Richter. »Hier bin ich.«

»Wie geht es Ihnen?«

»Gut.« Richter sah auf Henri, der sich an der Glut der alten Zigarette eine neue anzündete. »Bis auf die Anwesenheit Ihrer beiden Handlanger. Warum beleidigen Sie mich durch Androhung von Gewalt, *Monsieur*? Dachten Sie, ich würde Ihren Anruf nicht entgegennehmen?«

»Ganz und gar nicht«, erwiderte Dominique milde. »Das ist nicht der Grund, aus dem ich die beiden geschickt habe. Um Ihnen die Wahrheit zu sagen, Felix – sie sind gekommen, um Ihren Club zu schließen.«

Henri hätte schwören können, daß er *hörte*, wie Richter sich kerzengerade aufrichtete.

»Den Club schließen?« wiederholte Richter. »Weil ich Ihr Lamm, M. Horne, geschoren habe?«

»Nein. Was geschehen ist, war seine Schuld, denn er kam allein. Ich möchte Ihnen nur vor Augen führen, wie sinnlos es ist, mein Angebot abzulehnen.«

»Indem Sie mich bedrohen wie ein gewöhnlicher Krimineller? Ich hatte etwas anderes von Ihnen erwartet.«

»Das, M. Richter, ist Ihr Problem. Im Gegensatz zu Ihnen stelle ich keine besonderen Ansprüche. Ich sichere meinen Einfluß durch alle mir zur Verfügung stehenden Mittel. Wo wir gerade davon reden – machen Sie sich nicht die Mühe, Ihren Begleitservice anzurufen, um nach den Buchungen für den heutigen Abend zu fragen. Sie werden feststellen, daß sich die Mädchen und Jungen entschlossen haben, ihre Dienste einer Konkurrenzagentur zur Verfügung zu stellen.«

»Die Leute meiner Bewegung werden bei so etwas nicht mitmachen. Sie werden sich nicht in die Unterwerfung knüppeln lassen.«

Henri bemerkte eine Veränderung in Richters Stimme; sie

klang nicht mehr so selbstgefällig. Er spürte die Augen des Deutschen auf sich, während er den Rest seiner glühenden Zigarettenkippe auf das aufgeschlagene Gästebuch legte.

»Nein«, stimmte Dominique zu. »Sie werden sich nicht einschüchtern lassen. Aber Ihnen werden sie folgen. Und Sie werden tun, was Ihnen befohlen wird, andernfalls werden Sie mehr verlieren als nur Ihren Lebensunterhalt.«

Innerhalb von Sekunden entwickelte das Gästebuch starken Rauch. Richter stand auf und ging einen Schritt darauf zu. Henri hob die Pistole. Der Deutsche blieb stehen.

»Das ist reine Boshaftigkeit, *Monsieur* – nicht sehr vernünftig. Wem nützt es, wenn wir uns gegenseitig ausbluten lassen? Nur der Opposition.«

»Sie haben das erste Blut vergossen. Hoffen wir, daß es das letzte sein wird.«

Eine Flamme loderte von dem Buch auf und warf einen orangefarbenen Schein auf Richters Gesicht. Seine Augenbrauen zogen sich zusammen, Nase und Mund krümmten sich nach unten.

Dominique fuhr fort: »Sie sind gut genug versichert, um von vorne anzufangen. In der Zwischenzeit werde ich dafür sorgen, daß Ihre Gruppe genügend Geld hat, um weiterzumachen. Die Sache wird nicht beeinträchtigt. Nur Ihr Stolz wird verletzt und das, M. Richter, bereitet mir keine schlaflosen Nächte.«

Während die Seiten sich zu schwarzer Asche kräuselten, trug Henri das Gästebuch zur Theke. Er fütterte die Flammen mit Servietten und legte anschließend eine Spur aus Papier bis an den CO^{2}-Tank der Sodapumpe.

»Ich schlage vor, daß Sie das Lokal jetzt zusammen mit meinen Angestellten verlassen«, sagte Dominique. »Das ist nicht die Art Feuer, mit der Sie sich einlassen sollten. Einen angenehmen Tag noch, Felix.«

Aus dem Lautsprecher drangen ein Klicken und anschließend das monotone Besetztzeichen.

Henri ging zur Tür und winkte die beiden anderen Männer zu sich. »Es wird höchstens zwei Minuten dauern. Besser, wir verschwinden jetzt.«

Yves trat hinter Richter hervor. Er nahm seinen Kaugummi aus dem Mund und klebte ihn unter den Tresen.

Richter bewegte sich nicht.

»M. Richter«, sagte Henri, »damit Sie nicht in Versuchung kommen, das Feuer zu löschen, hat M. Dominique uns angewiesen sicherzustellen, daß auch Sie gehen oder daß Sie es nicht tun. Wie entscheiden Sie sich?«

Als Richter die beiden Männer ansah, spiegelten sich die Flammen in seinen Augen. Dann richtete er den Blick geradeaus und schritt zügig aus dem Club. Die beiden Franzosen gingen hinterher.

Wortlos lief Richter die Straße hinauf und winkte ein Taxi heran. Henri und Yves machten sich in die andere Richtung davon, dem tiefen Blau der Elbe entgegen.

Sie drehten sich nicht um, als sie die Explosion und den Lärm der zusammenstürzenden Mauern hörten, die Schreie der Menschen, die verletzt wurden oder aus Angst um Hilfe riefen.

Der Taxifahrer hörte den Knall und hielt an. Er blickte zurück, fluchte und sprang aus dem Wagen, um zu sehen, ob er helfen konnte.

Felix Richter schloß sich ihm nicht an. Er blieb sitzen und starrte nach vorn. Da er nicht wußte, wie Dominique aussah, hatte er kein Gesicht vor Augen. Er sah nur leuchtend roten Haß. Plötzlich begann er zu schreien. Er schrie aus dem Bauch heraus, bis er leer war, schrie aus tiefster Seele, bis auch sie erschöpft war, und schrie, daß ihm Kehle und Ohren schmerzten. Als alle Luft aus ihm heraus war, füllte er seine Lunge erneut und schrie wieder. Er mußte seinem Haß und seiner Frustration über seine Stimme ein Ventil verschaffen.

Nachdem er auch diesen zweiten Atemzug verbraucht hatte, schwieg er. Auf seiner Stirn hatten sich Schweißperlen gebildet. Sie rannen in seine Augenwinkel. Er atmete heftig, war jetzt jedoch stumm und konzentriert. Er starrte auf die Menschenmenge vor sich, die zusammenlief, um das Feuer zu begaffen. Einige der Passanten starrten ihn an, und er glotzte zurück, ohne Scham und ohne Angst.

Beim Anblick der Menschen dachte er: *Die Massen. Sie waren die Leute des Führers. Sie waren das Blut, das sein Herz durchs Land gepumpt hatte. Die Massen …*

Nun war es vollkommen ausgeschlossen, daß er sich Dominique anschloß. Er weigerte sich, dessen Schachfigur oder Trophäe zu sein. Es war ebenfalls ausgeschlossen, daß Dominique mit diesem Frevel davonkam.

Aber ich darf ihn nicht zerstören, dachte Richter. Der Franzose mußte gedemütigt werden. Er mußte ihn in einem Moment der Unachtsamkeit erwischen.

Die Massen. Die Menschen. Das Blut einer Nation. Sie gehorchen einem starken Herzen, dachte er. *Und die Regierung, der Körper, muß sich ihren Wünschen beugen.*

Er warf einen Blick in den Rückspiegel auf die Flammen, die seinen Nachtclub verschlangen. Plötzlich wußte er, was zu tun war.

Er stieg aus dem Taxi und entfernte sich zögernd von der wachsenden Menschenmenge. Zwei Querstraßen weiter bestieg er ein anderes Taxi und fuhr zu seiner Wohnung. Er wollte einen Anruf tätigen – einen Anruf, der, wie er hoffte, den Lauf der Geschichte Deutschlands und der Welt verändern würde.

18

Donnerstag, 8 Uhr 34 – New York/USA

Das zweistöckige Gebäude aus braunem Sandstein in der Christopher Street im West Village war im Jahre 1844 erbaut worden. Die Tür, die Fenstersimse und das oberhalb von zwei Stufen liegende Eingangsportal waren unverändert geblieben. Die Verzierungen an der Fassade sahen noch ganz passabel aus, obwohl die jahrzehntealte Farbschicht davon abblätterte. Aber weil sich das Gebäude so nahe an den sich bewegenden Bodenschichten der Hudson River-Umgebung befand, hatten sich die Decken im Laufe der Jahre leicht verzogen, und viele der ungestrichenen Steine saßen nicht mehr an ihren ursprünglichen Positionen. Dadurch waren an der Hauswand wellenförmige, symmetrische Linien entstanden. Den Mörtel hatte man an den Stellen, wo er abgebröckelt und herausgefallen war, ersetzt.

Das Gebäude wurde von einem Blumenladen, der direkt an der nächsten Straßenecke lag, und von einem Süßwarengeschäft eingerahmt. Seit sie in den 80er Jahren des 20. Jahrhunderts nach Amerika gekommen waren, hatten sich die Dae-jungs – das koreanische Paar, dem der Blumenladen gehörte – nicht um die Frauen und Männer gekümmert, die in dem anderthalb Jahrhunderte alten Nachbarhaus ein- und ausgingen. Auch Daniel Tetter und Matty Stevens, die beiden Männer in mittlerem Alter, denen der Voltaire's Candied Shop auf der anderen Seite des Gebäudes gehörte, hatten sich nie dafür interessiert. In den 27 Jahren ihrer Geschäftstätigkeit hatten Tetter und Stevens den auswärtigen Eigentümer aus Pittsburgh nur ein paarmal zu Gesicht bekommen.

Dann, vor drei Monaten, waren Douglas DiMondo, ein 32jähriger Special Agent vom New Yorker FBI-Büro, und Peter Arden, ein 43jähriger Abteilungsleiter der New Yorker Polizei, auf einen Besuch zu den Dae-jungs und zu Tetter und Stevens nach Hause gekommen. Die Ladenbesitzer waren informiert worden, daß FBI und NYPD vor vier Monaten eine Sonderkommission gegründet hätten, die sich mit Ermittlungen zu den Bewohnern des braunen Sandsteingebäudes befasse. Man hatte den Floristen und den Süßwarenherstellern erzählt, daß es sich bei dessen Pächter Earl Gurney um einen weißen Rassisten handle, der im Verdacht stehe, Gewaltakte gegen Farbige und Homosexuelle in Detroit und Chicago inszeniert zu haben.

Verschwiegen worden war den Kaufleuten die Tatsache, daß die paramilitärische Gruppe *Pure Nation*, zu der Gurney gehörte, ein Jahr zuvor durch einen FBI-Agenten infiltriert worden war. In codierten Briefen an seine »Mutter« in Grenda Hills, Kalifornien, hatte »John Wooley« von dem Trainingslager, das *Pure Nation* in den Mohawk-Bergen von Arizona unterhielt, und von den Plänen der Gruppe, sich als militärischer

Arm für andere weiße Rassistenorganisationen und Milizen zu verdingen, berichtet. Der Agent wußte, daß irgendeine Operation in New York geplant war – etwas wesentlich Größeres als die Hinterhalte, die in Detroit drei Schwarze das Leben gekostet hatten, und die Überfälle, bei denen in Chicago fünf Lesbierinnen vergewaltigt worden waren. Unglücklicherweise war der Agent nicht mit dem Einsatzkommando nach Manhattan geschickt worden und konnte daher keine genauen Angaben zum Plan von *Pure Nation* machen. Das hätte nur der Anführer der Aktion, Gurney, gekonnt.

Nach Monaten der Überwachung von der Straße und von geparkten Autos aus und nach der Überprüfung zahlloser Fingerabdrücke auf Flaschen und Dosen, die sie aus Mülltonnen gefischt hatten, waren DiMondo und Arden sicher, daß sie mit einer Gruppe der gefährlichsten Mitglieder von *Pure Nation* konfrontiert waren. Sechs der sieben Männer und eine der beiden Frauen, die in dem Gebäude wohnten, besaßen Vorstrafenregister mit vielen Gewaltverbrechen. Die Sonderkommission wußte allerdings nicht, was Gurney plante. Telefonabhöranlagen fingen nur Gespräche über das Wetter, die Arbeit und Familienangelegenheiten auf, Faxe wurden nicht verschickt. Auch eine Genehmigung zur Durchsuchung von Postsendungen und Paketzustellungen hatte nichts zum Vorschein gebracht. Die Bewohner schienen mit großer Wahrscheinlichkeit davon auszugehen, daß sie überwacht und belauscht wurden – ein stilles Indiz dafür, daß sie etwas im Schilde führten.

Dann, während der zwei Wochen, bevor man sich an die Dae-jungs sowie Tetter und Stevens gewandt hatte, war dem Observierungsteam etwas aufgefallen, das es notwendig hatte erscheinen lassen, die Initiative zu ergreifen. Es war beobachtet worden, daß die neun Personen, die in dem braunen Sandsteingebäude lebten, begannen, mehr und mehr Kartons, große Stofftaschen und Koffer in ihre Wohnungen zu schaffen. Sie kamen für gewöhnlich zu zweit, wobei eine Person nichts trug und beide Hände tief in den Jackentaschen versteckte. Das Observierungsteam zweifelte nicht daran, daß sich in diesen Taschen genau wie in den Kartons, Stofftaschen und Koffern Waffen befanden. Aber DiMondo und Arden beabsichtigten nicht, sich mit einem einzelnen Karton Waffen zufriedenzugeben. Falls sich dort oben ein Waffenlager befand, wollte die Sonderkommission es vollständig ausheben.

Die Idee, das Gebäude mit einem Durchsuchungsbefehl auf den Kopf zu stellen, war verworfen worden. Bis ein Team die zweite Etage erreicht hätte – Hauptquartiere befanden sich in der Regel im obersten Stockwerk –, wären längst alle belastenden Dokumente oder Computerdisketten zerstört worden. Außerdem planten DiMondo und Arden nicht, mit diesen Kreaturen allzu sanft umzuspringen. FBI-Chef Moe Gera war der gleichen Ansicht und hatte eingewilligt, leise und unauffällig eine Eingreiftruppe in Position zu bringen.

Die Floristen und Konditoren hatten ihre Läden bereitwillig als Basis für den geplanten Zugriff zur Verfügung gestellt. Zwar fürchteten sie sich sowohl vor der Aktion selbst als auch vor möglichen negativen Konsequenzen, aber schließlich waren sie im Sommer 1995 alle bei dem Protestmarsch gegen Gewalt durch Skinheads mit durch das Village marschiert; sie sagten, daß sie nicht mit der Bürde leben könnten, falls jemand anderes aufgrund ihrer Passivität sterben müsse. DiMondo hatte versprochen, daß das NYPD ihnen sowohl zu Hause als auch bei der Arbeit Schutz gewähre.

Das Team war in Stellung gebracht worden. Der koreanisch-amerikanische FBI-Agent Park hatte einen Job im Geschäft der Dae-jungs erhalten. Tetter und Stevens hatten Johns eingestellt, einen farbigen »Verkäufer«, der im richtigen Beruf Kriminalbeamter des NYPD war. Beide Angestellten verbrachten viel Zeit vor den Läden, wo sie Zigaretten rauchten und von den Leuten, die das überwachte Haus betraten oder verließen, gesehen wurden. Nach zwei Wochen waren jeweils drei weitere Assistenten eingeschleust worden, so daß sich mittlerweile insgesamt acht zusätzliche Beamte vor Ort befanden. Sie arbeiteten alle tagsüber, also zu der Zeit, wenn in dem braunen Sandsteingebäude die größte Aktivität herrschte. Die wirklichen Angestellten beider Läden wurden dafür bezahlt, zu Hause zu bleiben.

Jeder neue Mitarbeiter hatte dafür gesorgt, daß er von den Personen, die in dem Observierungsobjekt verkehrten, bemerkt wurde – so oft bemerkt, daß er mit der Zeit unsichtbar geworden war.

Der dem Gebiet zugeteilte Streifenpolizist hatte zeitweilig eine andere Route erhalten und wurde durch Detective Arden vertreten. Seine Bodybuilder-Figur unter übergroßer Kleidung verbergend, tarnte sich DiMondo als Obdachloser, der durch die Straßen strich und hin und wieder auf dem Treppenabsatz vor der Tür zu dem Sandsteingebäude schlief, von wo er dann fortgejagt werden mußte. Gurney selbst hatte sich einmal bei Arden über den »nutzlosen Scheißhaufen« beschwert, den er gefälligst von seinem Haus fernzuhalten habe. Arden hatte erwidert, er werde sein Bestes tun.

Das FBI war vom Eigentümer mit den Plänen des Gebäudes ausgestattet worden – er hatte angenommen, sie einem Kaufinteressenten zu präsentieren. Die Matrizen hatte man in einen Computer des New Yorker Büros eingescannt, daraus eine dreidimensionale Innenansicht erstellt und anschließend einen Angriffsplan entworfen. Endlich waren ein Tag und eine frühe Morgenstunde festgelegt worden, zu der sich am wenigsten Menschen in der engen Einbahnstraße befänden. Die Anwohner würden bereits zur Arbeit gegangen sein, und Touristen wären um diese Uhrzeit in Greenwich Village noch nicht anzutreffen.

Ganz früh an diesem besagten Morgen, als es noch dunkel gewesen war, hatten sich getarnte Beamte in die beiden Läden begeben. In jedem Geschäft waren nun fünf Polizisten postiert, deren Aufgabe darin bestand, Festnahmen vorzunehmen, sobald das Ungeziefer herausgespült wurde.

Die Haupttruppe in den beiden Läden hatte die Anweisung, in Aktion zu treten, wenn DiMondo »Hey« rief. Dies würde entweder geschehen, wenn ihn jemand schubste oder trat, oder wenn Arden versuchte, ihn vom Eingang fortzuscheuchen. Kurz nachdem sich die Haupttruppe in Marsch gesetzt hätte, würde eine Verstärkung aus zwölf Beamten den Lieferwagen verlassen, der um die Ecke auf der Bleecker Street parkte. Sechs von ihnen würden nur in das Gebäude eindringen, wenn sie Schüsse hörten. Mit Beginn des Einsatzes würde die Polizei die Straße absperren und sicherstellen, daß niemand seine Wohnung verließ. Falls es den Neonazis gelänge, das Haus zu verlassen, befänden sich die sechs Verstärkungsleute auf der Straße in Position, um sie in Empfang zu nehmen. Für den Fall, daß er gebraucht würde, stand ein Krankenwagen auf der Bleecker Street bereit.

Die Aktion begann um 8 Uhr 34, als sich DiMondo mit einem Becher Kaffee und einem Donut auf die oberste Stufe vor der Eingangstür setzte. Während der vergangenen Wochen hatten die ersten beiden Personen das Gebäude in der Regel zwischen 10 Uhr und 10 Uhr 30 verlassen, um den PATH-Zug zur 33. Straße zu nehmen, und waren von dort zu Fuß in ein Büro in der Sechsten Avenue gegangen, das nach außen nicht verbarg, was es beherbergte: die kleine Redaktion und Anzeigenabteilung der rassistischen Zeitschrift *Phührer*. Mit der ominösen Fracht, die sie dann in die Wohnungen trugen, verließen sie das Büro wieder. Das FBI hatte Kisten untersucht, die an die Zeitschrift verschickt worden waren, aber keine Waffen gefunden; man konnte nur annehmen, daß die Mitarbeiter Waffen, Munition und Messer auf der Straße kauften und sie über dieses Zwischenlager an *Pure Nation* oder andere, die Verwendung dafür hatten, verteilten.

Die Tür zu dem braunen Sandsteingebäude öffnete sich um 8 Uhr 44. In diesem Moment warf DiMondo seinen Kaffeebecher nach rechts vor den Süßwarenladen und fiel nach hinten in den Eingang zurück. Arden, der in dem Laden gewartet hatte, trat nach draußen, als er den fliegenden Becher sah.

Eine junge Frau mit blondgefärbten Haaren und harten Gesichtszügen stieg über DiMondo.

»Officer!« sagte sie. »Schaffen Sie diesen Kerl hier weg!«

Ein großer Mann mit Schnurrbart zog den wesentlich kleineren DiMondo an dessen Hemd in die Höhe und machte Anstalten, ihn auf den Gehweg zu befördern.

»Hey!« schrie DiMondo.

Ein Agent trat aus dem Blumenladen und stellte sich hinter die Frau. Als sie DiMondo einen Stoß versetzen wollte, sprang der Agent dazwischen und schob die Blondine rückwärts vor den Blumenladen. Sie schrie ihn an, während ein zweiter Agent herauslief, um ihr mitzuteilen, daß sie festgenommen sei. Weil sie sich widersetzte, legten zwei Beamte ihr Handschellen an und zogen sie in das Hinterzimmer des Blumengeschäftes.

Unterdessen hatte Arden das Treppenhaus des braunen Sandsteingebäudes betreten.

»Was zum Teufel tun Sie da?« schnauzte der schnurrbärtige Neonazi ihn an, während er im Handgemenge mit dem rauflustigen DiMondo auf die Straße taumelte. Dort nahmen ihn zwei Beamte in Empfang, die ihn in den Süßwarenladen zerrten.

»Kein Grund zur Aufregung, Sir«, rief Arden. »Ich werde dafür sorgen, daß der Kerl Sie nicht weiter belästigt.« Das galt eventuellen Zuhörern von oben. Arden hatte bereits seine mattglänzende 9mm Sig Sauer P226 gezogen und stand mit dem Rücken zur Wand links von der Treppe.

DiMondo kam auf der rechten Seite nach drinnen, in der Hand seine 45er Colt Automatic. Es folgten paarweise die anderen acht Agenten. Die beiden ersten sicherten die Wohnung im Erdgeschoß, direkt unterhalb der Treppe. Einer von ihnen ging neben der Tür in die Hocke, der andere hielt sich dicht bei den Stufen, mit Blick auf den ersten Treppenabsatz. Das zweite Agentenpaar schob sich zwischen DiMondo und Arden hindurch und bezog auf dem ersten Treppenabsatz Position. Sie bewegten sich vorsichtig, traten in die Mitte jeder Stufe und hielten ihre Oberkörper aufrecht. Durch das Zentrieren ihres Körpergewichts bewegten sie sich nicht nur effizienter, sondern verursachten auch weniger knarrende Geräusche auf den alten Stufen.

Die nächsten beiden Agenten kamen herein und hielten auf halbem Weg zwischen dem ersten Treppenabsatz und der ersten Etage inne. Das vierte Paar stieg hinauf und bezog im ersten Stock Posten. Ein Agent bewachte die Tür, der andere die Treppe. Das Agentenpaar auf der Treppe zwischen erstem Treppenabsatz und erstem Stock schob sich vorsichtig an den anderen vorbei bis zum Treppenabsatz zwischen der ersten und der zweiten Etage. Dann huschten DiMondo und

Arden bis zum zweiten Stock vor. DiMondo stellte sich vor die Tür, während Arden rechts von der Tür neben den Stufen in Position ging. Seine Waffe war nach oben gerichtet, die Augen lagen auf seinem Partner. Er würde sich nach DiMondo richten. Falls der FBI-Mann hineinging, würde er ihm folgen. Sollte er nach hinten ausbrechen, bestünde Ardens Aufgabe darin, seinen Rückzug zu decken, bevor er ihm folgte.

DiMondo griff in die Tasche seiner zerlumpten Jacke und zog ein kleines Gerät hervor, das wie eine Spritze für subkutane Injektionen aussah und am hinteren Ende ein Gefäß in Form dreier aufeinandergestapelter Zehn-Cent-Münzen aufwies. Er kniete nieder, die Pistole in der rechten Hand, dann führte er die dünne Spitze des Geräts vorsichtig in das Schlüsselloch ein und legte ein Auge an den rückwärtigen Teil.

Die FOALSAC – Fiber-Optic Available Light Scope and Camera – ermöglichte dem Benutzer einen Blick mit Fischaugenperspektive in einen Raum, ohne dabei Licht oder Geräusche zu produzieren. Der kleine Behälter am Ende enthielt eine Cadmium-Batterie und einen Film, mit dem alles aufgenommen wurde, was die Kamera sah. DiMondo schwenkte das Gerät vorsichtig von links nach rechts und tippte jedesmal auf den Boden des Filmbehälters, wenn er eine Aufnahme machen wollte. Falls diese Bastarde vor Gericht gestellt wurden, wären Fotobeweise wichtig. Insbesondere, weil die FOALSAC Stapel von Maschinengewehren, einen M79-Granatwerfer und ein paar mit den Läufen aneinandergestellte FMK- Maschinenpistolen zeigte. In dem Raum befanden sich drei Personen. Ein Mann und eine Frau nahmen an einem Tisch rechts ihr Frühstück ein, und eine dritte Person – Gurney – saß mit dem Gesicht zur Tür hinter einem Schreibtisch und arbeitete an einem Laptop. Das bedeutete, daß sich die vier anderen Neonazis in den Apartments in den unteren Stockwerken aufhielten.

DiMondo hielt drei Finger in die Höhe und zeigte auf die Tür. Arden blickte die Treppe hinunter, hielt ebenfalls drei Finger in die Höhe und wies auf die Wohnungstür. Dann wartete er, bis die anderen Agenten die restlichen Apartments überprüft hatten. Nachdem er die Meldung erhalten hatte, daß die anderen Mitglieder von *Pure Nation* gezählt worden waren – zwei in jedem Raum –, gab DiMondo mit erhobenem Daumen das Zeichen, den nächsten vereinbarten Schritt einzuleiten.

Die Männer arbeiteten schnell, falls drinnen jemand auf den Gedanken käme, eine Zeitung zu holen oder einen Spaziergang zu unternehmen.

DiMondo steckte die FOALSAC ein. Da die Türen wahrscheinlich mit Metallstreben verstärkt worden waren, unternahmen die Beamten nicht den Versuch, sie einzutreten. Sie brachten statt dessen links von den Türgriffen Plastiksprengstoff an. Die Ladungen waren stark genug, um die Schlösser und Riegel aufzusprengen. Über jeder Ladung wurden ein kleiner Metallschild angebracht, der die Explosion in die gewünschte Richtung lenken sollte, und eine Uhr von der Größe einer Vierteldollarmünze. Oben auf jeder Uhr befand sich eine Plastiklasche: Sobald sie abgezogen würde, startete ein Countdown von zehn Sekunden. Nach Ablauf des Countdowns brächte ein Stromstoß von der Uhr durch den Metallschild hindurch den Plastiksprengstoff zur Explosion.

DiMondo warf den Kopf zurück. Der Mann auf dem Treppenabsatz beobachtete ihn. Als DiMondo nickte, tat der Mann das gleiche. Auch der nächste Mann auf den Stufen darunter wiederholte das Kopfnicken.

Nachdem sie mit DiMondos Kopfbewegungen bis drei gezählt hatten, zogen die Agenten die Plastikschlaufen von den Uhren.

Während der stumme Countdown lief, teilten sich die vier Beamten, die auf den Treppenabsätzen zwischen den Etagen gehockt hatten, vor die Wohnungstüren auf. Bei der Einsatzplanung waren sie alle möglichen Verteilungen der Neonazis auf die einzelnen Zimmer durchgegangen. Jetzt richteten sie sich nach der tatsächlichen Raumbelegung. Für diese Konstellation war vorgesehen, daß die Agenten Park und Johns nach oben gingen. Park baute sich hinter DiMondo auf, und Johns blieb auf den Stufen neben Arden. Von den beiden übrigen Agenten nahm einer die Position neben seinen Kollegen auf der ersten Etage, der andere die im Erdgeschoß ein.

DiMondo war nach links ausgewichen, um nicht von dem Türknauf getroffen zu werden, wenn er abgesprengt werden würde. Er deutete auf sich selbst, dann nacheinander auf Park und Johns. Wenn sie hineinstürmten, war dies die Reihenfolge , in der sie die Gangster von links nach rechts aufs Korn nähmen. Arden war der Ersatzmann, falls einer von ihnen Hilfe bräuchte.

Die Uhr vollendete den Countdown, und der Plastiksprengstoff detonierte. Es gab einen Knall wie von einer zerplatzenden Papiertüte. Während der Knauf fortflog, schwang die Tür nach innen auf.

DiMondo stürzte zuerst hinein, gefolgt von Park, Johns und Arden. Die Männer sprangen durch den Rauch, der sich vom Explosionsherd nach innen ausbreitete, und schwärmten auf einer Linie aus. »Keine Bewegung!« schrien sie laut und rauh, um den größtmöglichen Einschüchterungseffekt zu erzielen.

Zwei der weißen Rassisten, die Frau und der Mann am Frühstückstisch, waren bei der Explosion aufgesprungen, blieben jetzt aber stehen. Nicht so Gurney. Er kam auf die Füße, warf den Laptop nach Park und griff mit der Rechten unter den Tisch.

Park ließ seine Waffe sinken und fing den Computer auf. »Übernehmen Sie ihn!« rief er Arden zu.

Arden war vor ihm. Er schwang seine 9mm herum, während Gurney eine 45er Sokolovsky Automatic aus einem Halfter unter der Tischplatte zog. Die 45er spie zuerst, und das erste Projektil streifte den Rand von Ardens kugelsicherer Kevlar-Weste. Seine Schulter wurde zerschmettert, aber die Wucht des Aufpralls warf ihn aus der Fluglinie der übrigen Geschosse. In dem Moment, als sie in die Wand hinter ihm einschlugen, feuerte Arden ebenfalls eine Salve ab. Auch Park, der in die Hocke gegangen war und den Computer abgelegt hatte, feuerte.

Eine von Ardens Kugeln traf den Neonazi in die linke Hüfte, eine andere in den rechten Fuß. Park durchlöcherte Gurneys rechten Unterarm.

Vor Schmerz aufheulend, ließ der Neonazi die 45er fallen

und kippte nach links. Park sprang vor und setzte ihm die Waffe an die Schläfe. Während der vier Sekunden des Schußwechsels hatten sich weder die Frau noch der andere Mann bewegt.

Aus den unteren Stockwerken waren keine Schüsse zu hören, dennoch war die Verstärkungsmannschaft nach den Schüssen in der obersten Etage in das Gebäude gestürmt. Sie rannten die Treppe hinauf, während Park dem blutenden Gurney Handschellen anlegte. DiMondo und Johns hatten ihre Gefangenen mit den Gesichtern zur Wand gedreht, die Hände auf den Rücken. Als ihnen Handschellen angelegt wurden, schrie die Frau DiMondo an, er sei ein Verräter an seiner eigenen Rasse, und der Mann drohte ihm Vergeltung an seiner Familie an. Beide ignorierten Johns.

Drei Mitglieder des Verstärkungsteams erreichten die Wohnung und kamen in Zwei-eins-Formation hereingestürzt – die beiden männlichen Agenten übernahmen jeweils eine Seite des Zimmers, während ihre Kollegin sich auf den Bauch warf und ihnen von der Tür her Rückendeckung gab. Sie erblickten Arden und den weißen Rassisten, die auf dem Hartholzboden lagen, dann die beiden anderen Neonazis in Handschellen, und riefen nach den Sanitätern.

Das Verstärkungsteam nahm sich der Gefangenen an, und DiMondo eilte an Ardens Seite.

»Ich kann das nicht glauben«, keuchte Arden.

»Nicht sprechen.« DiMondo kniete sich neben Ardens Kopf. »Falls was gebrochen ist, sollten Sie es nicht noch mehr verschieben.«

»Natürlich ist was gebrochen.« Arden stöhnte. »Meine verdammte Schulter. 20 Jahre im Dienst, und nie hat es mich erwischt. Mann, ich galt als unverwundbar, bis diese miese Ratte mir eins verpaßt hat. Und dann auch noch auf so eine lausige Tour. Der alte Trick mit der Knarre unter dem Tisch.«

Trotz seiner Verletzungen sagte Gurney: »Du stirbst. Ihr werdet alle sterben.«

DiMondo sah zu ihm hinüber, während Gurney auf eine Trage verfrachtet wurde. »Irgendwann schon«, meinte er.

»Bis dahin werden wir weiter auf den Busch klopfen und Schlangen wie dich aufscheuchen.«

Gurney lachte. »Ihr braucht uns nicht aufzuscheuchen.« Er hustete und stieß die Wörter zwischen den zusammengebissenen Zähnen hervor: »Wir kommen, um euch zu beißen.«

19

Donnerstag, 14 Uhr 45 – Hamburg

Hood und Martin Lang waren beide erschrocken, als Hausen mit der Ankündigung zurückgekommen war, er müsse gehen.

»Wir sehen uns später in meinem Büro«, hatte er gesagt, während er Hoods Hand geschüttelt hatte. Mit einer leichten Verbeugung in Richtung von Stoll und Lang hatte er sie verlassen. Weder Hood noch Lang hatten Lust verspürt zu fragen, was nicht stimmte, sondern nur schweigend zugesehen, wie er rasch zum Parkplatz geschritten war, wo er seinen Wagen abgestellt hatte.

Während er davonfuhr, sagte Stoll: »Ist er Superman oder so was? Sein Job scheint etwas für den ›Übermenschen‹ zu sein.«

»So habe ich ihn noch nie erlebt«, wunderte sich Lang. »Er sah sehr verwirrt aus. Haben Sie seine Augen bemerkt?«

»Was meinen Sie?« fragte Hood.

»Sie waren gerötet. Er wirkte, als hätte er geweint.«

»Vielleicht ein Todesfall«, meinte Hood.

»Möglich. Aber das hätte er uns gesagt. Er hätte unser Treffen verschoben.« Nachdenklich schüttelte Lang den Kopf. »Sehr merkwürdig.«

Hood war beunruhigt, ohne zu wissen, warum. Obwohl er Hausen kaum kannte, hatte er den Eindruck, daß der Staatssekretär des Auswärtigen Amtes ein Mann von ungewöhnlicher Kraft und großem Mitgefühl war. Er schien ein Politiker zu sein, der für seine Überzeugungen einstand, weil er das

Beste für sein Land wollte. Aus der Besprechungsunterlage, die Liz Gordon vorbereitet hatte, hatte Hood entnommen, daß Hausen vor Jahren während der ersten Chaostage Neonazis niedergeschrien und später eine Reihe unpopulärer Zeitungsartikel verfaßt hatte, in denen er die Veröffentlichung der »Todeslisten von Auschwitz« gefordert hatte – jener Listen, die die Gestapo über Personen geführt hatte, welche in den Konzentrationslagern ums Leben gekommen waren. Es schien nicht zu Hausens Charakter zu passen, vor irgend etwas davonzulaufen.

Aber die Männer hatten zu arbeiten, und Lang war bemüht, zur Tagesordnung überzugehen, während er sie zu seinem Büro führte.

Er wandte sich an Stoll. »Was brauchen Sie für Ihre Vorführung?«

»Nur eine ebene Fläche. Ein Tisch oder der Fußboden reichen schon.«

Das fensterlose Büro war überraschend klein. Es wurde von abgeschirmten Leuchtstofflampen erhellt, und die spärliche Möblierung bestand lediglich aus zwei weißen Ledersofas an gegenüberliegenden Seiten. Eine lange Glasplatte, die auf einem Paar weißer Marmorsockel lag, bildete Langs Schreibtisch. Die Wände waren weiß, der Fußboden weiß gefliest.

»Sie scheinen weiß zu mögen«, sagte Stoll.

»Es soll einen therapeutischen Wert für die Psyche haben«, erwiderte Lang.

Stoll hielt den Rucksack auf. »Wo kann ich das aufstellen?«

»Auf dem Tisch. Er ist ziemlich robust und außerdem kratzfest.«

Stoll stellte die Tasche neben das weiße Telefon. »Therapeutischen Wert für die Psyche Sie meinen, es ist nicht so deprimierend wie schwarz oder so traurig wie blau oder so etwas?«

»Genau.«

»Ich kann mir lebhaft vorstellen, wie Senatorin Fox darauf reagieren würde, wenn ich sie um Geld bäte, damit wir das OP-Center weiß streichen können«, sagte Hood.

»Sie sähe rot«, meinte Stoll. »Aber die grünen Scheinchen bekämen Sie nie.«

Hood schnitt eine Grimasse. Lang beobachtete gespannt, wie Stoll die Tasche auspackte.

Das erste Gerät, das er hervorzog, war ein silberner Kasten von der Größe eines Schuhkartons. Auf der Vorderseite befand sich ein irisähnlicher Verschluß, auf der Rückseite ein Okular. »Festkörperlaser mit Sucher«, erklärte Stoll freundlich. Das zweite Objekt glich einem tragbaren Faxgerät. »Bilderzeuger mit optischen und elektronischen Abtastern.« Als letztes zog er einen weißen Kunststoffkasten mit Kabeln heraus; dieses Teil war etwas kleiner als die beiden anderen. »Stromversorgung. Man weiß ja nie, ob man das Ding vielleicht einmal in der Wildnis anwerfen muß.« Er grinste. »Oder auf einem Labortisch.«

»Was anwerfen?« fragte Lang.

Stoll sagte: »In diesem kleinen Kasten verbirgt sich unser sogenannter ›T-Bird‹. Damit läßt sich ein Laserstrahl mit hoher Geschwindigkeit auf einen Festkörper senden, wodurch Laserimpulse entstehen. Diese Impulse dauern nur ungefähr 100 Femtosekunden – das ist der zehnte Teil einer Billionstelsekunde.« Er betätigte einen quadratischen roten Knopf auf der Rückseite der Stromversorgung. »Sie erhalten Terahertzoszillationen, die sich im Spektrum zwischen Infrarot- und Radiowellen bewegen. Damit können Sie erkennen, was sich in oder hinter einer dünnen Materialschicht befindet, sei es Papier, Holz, Plastik – so gut wie alles. Danach untersucht man nur noch die Veränderung der Wellenform, um zu wissen, was es ist. Mit Hilfe dieses Babys« er tätschelte den Bilderzeuger »sieht man es dann.«

»Ein Röntgenapparat«, meinte Lang.

»Aber ohne Röntgenstrahlen. Man kann sogar die chemische Zusammensetzung von Dingen bestimmen – zum Beispiel den Fettgehalt einer Schinkenscheibe. Außerdem ist es wesentlich handlicher.« Stoll ging zu Lang und streckte seine Hand aus. »Würden Sie mir Ihre Geldbörse für einen Moment leihen?«

Lang griff in die Brusttasche seines Jacketts und händigte

dem Wissenschaftler seine Brieftasche aus. Stoll legte sie an das Ende des Schreibtischs. Dann ging er zu seinem Gerät zurück und drückte auf einen grünen Knopf, der sich neben einem weißen Schalter befand.

Der silberner Kasten summte kurz, bevor aus dem faxähnlichen Gerät ein Papierstreifen herauszulaufen begann.

»Schön leise«, sagte Stoll. »Ich konnte das in Ihrem Labor tun, ohne daß die Technikerin neben mir etwas bemerkt hat.«

Als die Seite fertig aus dem Gerät gekommen war, riß Stoll sie ab, warf einen kurzen Blick darauf und reichte sie Lang. »Sind das Ihre Frau und Ihre Kinder?«

Lang betrachtete das ein wenig unscharfe Schwarzweißbild seiner Familie. »Bemerkenswert. Wirklich ganz erstaunlich.«

»Stellen Sie sich vor, was man daraus machen kann, wenn man es mit einem Computer bearbeitet«, sagte Stoll. »Durch eine Randverschärfung lassen sich die Details noch viel deutlicher hervorheben.«

»Wir stießen auf diese Technologie, als wir herauszufinden versuchten, welche Gase und Flüssigkeiten sich in bestimmten Bomben befanden«, erläuterte Hood. »Damit können wir sie neutralisieren, ohne ihnen zu nahe zu kommen. Das Problem bestand darin, daß wir einen Empfänger auf der anderen Seite des Objekts benötigten, um die T-Strahlen beim Austreten analysieren zu können. Dann fand unser Team aus der Forschungs- und Entwicklungsabteilung einen Weg, sie am Ausgangspunkt zu untersuchen. Dadurch wurde der T-Bird zu einem Überwachungswerkzeug.«

»Wie groß ist seine Reichweite?« fragte Lang.

»Bis zum Mond. Zumindest haben wir es bis dorthin getestet. Wir konnten in die Landefähre von Apollo 11 hineinsehen. Armstrong und Aldrin waren ziemlich ordentliche Typen. Theoretisch müßte es so weit funktionieren, wie der Laserstrahl reicht.«

»Mein Gott«, sagte Lang. »Das ist wunderbar.«

Hood hatte etwas abseits in einer Ecke gestanden und kam jetzt näher. »Der T-Bird wird eine wichtige Komponente des Regionalen OP-Centers werden. Aber wir wollen ihn noch verkleinern und auch die Auflösung verbessern, so daß der

Benutzer ihn nahezu überall einsetzen kann. Außerdem arbeiten wir daran, nicht dazugehörige Bilder herauszufiltern – zum Beispiel Balken in Wänden.«

»Dabei könnten Ihre Mikrochips sehr gute Dienste leisten«, meinte Stoll. »Wir wollen ein Gerät, mit dem man unauffällig vor einer Botschaft stehen und die Post drinnen lesen kann.«

»Es läuft auf einen Technologietausch hinaus«, fuhr Hood fort. »Sie bekommen das, was wir in diesem Kasten haben und wir bekommen Ihren Chip.«

»Es ist verblüffend«, sagte Lang. »Gibt es etwas, durch das der T-Bird nicht sehen kann?«

»Metall ist ein Problem«, gab Stoll zu. »Aber wir arbeiten daran.«

»Wirklich erstaunlich«, wiederholte Lang und starrte wieder auf die Fotografie.

»Und das beste ...« sagte Stoll. »Denken Sie an das Geld, das wir mit folienbeschichteten Geldbörsen verdienen können, bis wir alle verbliebenen Probleme behoben haben.«

20

Donnerstag, 8 Uhr 47 – Washington, D.C.

»Sie sind ein Chauvinist, wie er im Buche steht.«

Martha Mackalls bitterer Ausspruch hing für einige Sekunden im Raum, bevor Mike Rodgers antwortete. Er stand ein paar Schritte vom Eingang entfernt. Als er sprach, lag in seiner Stimme Zurückhaltung. So sehr er die Tatsache auch haßte – Menschen schienen einander nicht einfach nur als Menschen behandeln zu können. Martha war in einer Auseinandersetzung von Angesicht zu Angesicht mehr als seinesgleichen. Für einen weißen Mann, der mit einer farbigen Frau auf Konfrontationskurs ging, waren juristische Konflikte vorprogrammiert. Den unvermeidlichen, wenn auch notwendigen Anstoß dazu hatte das Vermächtnis von Mißgeburten wie *WHOA* gegeben. Es versetzte ihn jedesmal in Wut.

»Es tut mir sehr leid, daß Sie dieser Meinung sind«, sagte er. »Falls es etwas nützt – ich bedauere es, die Senatorin verärgert zu haben.«

»Ehrlich gesagt: Das schlägt dem Faß den Boden aus. Sie haben den Tod ihrer Tochter benutzt, um sie aus der Fassung zu bringen. Dann haben Sie sie auch noch einen Feind genannt. Und jetzt besitzen Sie die Dreistigkeit zu sagen, es tue ihnen leid?«

»Das ist richtig. Nur ist es keine Dreistigkeit, Martha, sondern Ausdruck des Bedauerns. Ich bedauere, daß es sein mußte.«

»Wirklich?«

Rodgers wollte gehen, aber Martha stand auf. Sie trat zwischen ihn und die Tür, reckte sich in die Höhe und brachte ihr Gesicht bis auf zwei Handbreit vor seines.

»Sagen Sie mir, Mike, hätten Sie die gleiche Nummer mit Jack Chan oder Jed Lee oder einem der anderen männlichen Senatoren, mit denen wir zu tun haben, abgezogen? Wären Sie zu denen auch so eiskalt gewesen?«

Ihr Ton vermittelte Rodgers das Gefühl, er stünde vor Gericht. Er dachte daran, sie zurechtzuweisen, entschied sich aber anders. »Wahrscheinlich nicht.«

»Verdammt richtig, wahrscheinlich nicht. Der Club der alten Kameraden behütet seine Mitglieder.«

»Nicht deswegen. Ich hätte die Senatoren Chan und Lee anders behandelt, weil sie nicht versucht hätten, mir beide Beine unterhalb der Knie abzusägen.«

»Aha, dann denken Sie also, das war gegen *Sie* gerichtet? Die Senatorin macht sich an unser Budget heran, weil sie etwas gegen Mike Rodgers hat?«

»Teilweise. Nicht, weil ich ein Mann bin oder weil sie etwas gegen mich persönlich hat, sondern weil ich glaube, daß die einzige verbliebene Supermacht, die Vereinigten Staaten, die Verantwortung hat einzugreifen, wenn es irgendwo erforderlich ist. Und dabei spielt das OP-Center als schnelle Eingreiftruppe nun mal eine entscheidende Rolle. Martha, glauben Sie tatsächlich, ich hätte hier eine Promotionshow für *mich* abgezogen?«

»Ja, das glaube ich. Denn genau so hat es geklungen.«

»Ich habe nicht mich promotet, sondern uns – Sie, mich, Paul, Ann, Liz und das Vermächtnis von Charlie Squires. Ich habe das OP-Center und Striker verteidigt. Wieviel Geld, wie viele Leben hätte ein neuer Koreakrieg gekostet? Oder das Wettrüsten mit einer neuen Sowjetunion? Was wir hier geleistet haben, hat dem Land Milliarden von Dollar erspart.«

Während er sprach, bemerkte er, daß Martha langsam nachgab. Sehr langsam.

»Warum haben Sie dann nicht mit ihr geredet, wie Sie mit mir reden?«

»Weil ich vor eine vollendete Tatsache gestellt worden bin. Sie hätte keines meiner Argumente gelten lassen.«

»Von Paul haben Sie schon Schlimmeres einstecken müssen.«

»Ich bin sein Untergebener.«

»Ach, ist das OP-Center nicht den Senatoren Fox, Chan, Lee und den anderen Mitgliedern des Kongreßkomitees zur Geheimdienstüberwachung unterstellt?«

»Bis zu einem gewissen Grad«, gab Rodgers zu. »Aber das entscheidende Wort ist hierbei *Komitee*. Die Senatoren Chan und Lee sind keine kompromißlosen Isolationisten. Sie hätten mit Paul oder mir über die Kürzungen geredet, uns die Chance gegeben, mit ihnen darüber zu diskutieren.«

Martha hob eine Faust auf Gesichtshöhe und schüttelte sie. »Ja, nur herein in die guten, rauchgeschwängerten Hinterstuben.«

»Dort ist schon einiges geleistet worden.«

»Von Männern. Gott bewahre, daß eine Frau eine Entscheidung fällt und einen Mann damit beauftragt, sie umzusetzen. Denn wenn sie das tut, drehen Sie sich um und knallen ihr eine.«

»Genauso hart, wie sie mir eine geknallt hat. Sie halten mich also für einen Chauvinisten? Wer erinnert denn immer wieder an die Gleichberechtigung?«

Martha schwieg.

Rodgers senkte den Blick. »Ich glaube, wir sind bereits zu weit gegangen. Wir haben andere Probleme. Irgendwelche Mistkerle sind im Begriff, mit Videospielen online zu gehen, in denen Weiße Schwarze lynchen. Ich werde mich nachher mit Darrell und Liz treffen, um zu sehen, ob wir sie noch irgendwie aus dem Gleis werfen können. Ihre Meinung dazu wäre mir wichtig.«

Martha nickte.

Rodgers sah sie an. Er fühlte sich elend. »Hören Sie, Martha, ich mag es nicht, wenn jemand eine Bunkermentalität entwickelt. Besonders dann nicht, wenn ich selbst das bin. Ich denke, das hängt mit Territorialansprüchen zusammen. Soldaten halten zu Soldaten, Marines zu Marines ...«

»... Frauen zu Frauen«, sagte sie sanft.

Rodgers lächelte. »Touché. Wahrscheinlich sind wir alle in unserem Innersten noch immer territoriale Fleischfresser.«

»Auch eine Art, sich zu rechtfertigen.«

»Dann ist hier noch eine andere: ›Ich werde autokratisch sein, das ist meine Aufgabe. Der liebe Gott wird mir vergeben, das ist seine.‹ Eine Frau hat das gesagt: Katharina die Große. Also, Martha, manchmal bin ich autokratisch. In so einem Fall kann ich nur hoffen, daß Sie mir vergeben.«

Martha zog die Augen zu Schlitzen zusammen. Sie sah aus, als wollte sie ärgerlich bleiben, was ihr aber offenbar nicht gelang. »Ebenfalls touché«, sagte sie grinsend.

Rodgers lächelte erneut, dann blickte er auf seine Uhr. »Ich muß einen Anruf erledigen. Schließen Sie sich doch schon mal mit Liz und Darrell kurz, um die Sache in Gang zu bringen. Wir sehen uns dann später.«

Marthas Schultern entspannten sich. Sie trat zur Seite.

»Mike?« sagte sie, als er vorbeiging.

Er blieb stehen. »Ja?«

»Das war ein ziemlich harter Schlag, den Sie der Senatorin verpaßt haben. Tun Sie mir den Gefallen und rufen Sie sie später an. Nur um sicherzugehen, daß sie in Ordnung ist.«

»Das habe ich vor«, sagte Rodgers, während er die Tür öffnete. »Auch ich kann vergeben.«

21

Donnerstag, 14 Uhr 55 – Hamburg

Bob Herbert hatte mehr als eine frustrierende Stunde am Telefon verbracht.

In seinem Rollstuhl sitzend, hatte er die Hälfte der Zeit über die Privatleitung mit seinem Assistenten im OP-Center, Alberto Grimotes, telefoniert. Alberto war frisch von der John Hopkins-Universität zu ihnen gekommen, ein kluger, promovierter Psychologe mit guten Ideen. Er war noch sehr jung und ohne allzu große Lebenserfahrung, aber er arbeitete hart, und Herbert behandelte ihn wie einen jüngeren Bruder.

Die erste Frage, hatte Herbert das Gespräch eröffnet, sei, welche der verbündeten Geheimdienste sie anzapfen könnten, um neueste Informationen über deutsche Terroristen zu erhalten. Sie gingen beide davon aus, daß die einzigen, die diese Gruppen genau beobachteten, die Israelis, die Briten und die Polen waren. Es gab keine anderen Nationen, die eine auch nur annähernd so tiefsitzende, permanente Angst vor den Deutschen hatten.

Herbert hatte am Telefon gewartet, während Alberto die HUMINT-Datenbank gecheckt hatte. Die Informationen über Agenten im Feld befanden sich in der FUR-Datei – Foreign Undercover Resources, Ausländische Geheimagenten. Aufgrund der Abkürzung »FUR« nannte Herbert diese Datei »Pelz«.

Herbert schämte sich jedesmal, wegen ein paar Brocken von Informationen betteln gehen zu müssen, aber seine Möglichkeiten hier in Deutschland waren dünn gesät. Vor der Vereinigung von West- und Ostdeutschland hatten die Vereinigten Staaten Westdeutschland oft beim Aufspüren von Terroristengruppen, die aus dem Osten eindrangen, geholfen. Aber seit der Wiedervereinigung hatte sich der US-Geheimdienst fast vollständig aus dem Land zurückgezogen. Die deutschen Gruppen waren ein europäisches Problem, kein amerikanisches. Bei den tiefen Haushaltseinschnitten, die CIA, Nationales Aufklärungsbüro (NRO) und andere Informationssammelstellen hinnehmen mußten, hatten sie alle

Hände voll zu tun, um über China, Rußland und die westliche Hemisphäre auf dem laufenden zu bleiben.

Womit wir bezüglich des nächsten großen Krisenherdes schon mal einen Blick in die Kristallkugel geworfen hätten, dachte Herbert bitter.

Natürlich garantierte die Annahme, andere Regierungen verfügten in Deutschland über HUMINT, nicht, daß die entsprechenden Stellen auch bereit waren, ihre Informationen zu teilen. Seit in den 80er Jahren Geheimdienstinformationen durch Lecks im Sicherheitsapparat an die Öffentlichkeit gedrungen waren, hielten sich andere Nationen mit der Preisgabe ihres Wissens zurück. Sie wollten verhindern, daß ihre eigenen Agenten in Schwierigkeiten gerieten.

»Hub und Shlomo haben vier beziehungsweise zehn Leute im Feld«, sagte Alberto schließlich und bezog sich dabei auf Commander Hubbard vom britischen Geheimdienst und Uri Shlomo Zohar vom israelischen Mossad.

Da es sich um eine ungesicherte Leitung handelte, fragte Herbert nicht nach Einzelheiten. Aber er wußte, daß die meisten von Hubbards Agenten in Deutschland damit beschäftigt waren, den Fluß von Waffen aus Rußland zu stoppen, während die Israelis Waffenlieferungen an die Araber beobachteten.

»Es sieht so aus, als wären Bogs Leute noch immer damit beschäftigt, das russische Chaos zu beheben.« Damit meinte Alberto General Bogdan Lothe vom polnischen Geheimdienst und den Vorfall, der um ein Haar zum Ausbruch eines Krieges mit Rußland geführt hätte. »Wollen Sie mal lachen?«

»Das täte zur Abwechslung ganz gut.«

»Wenn ich mir die Liste so anschaue, scheint Bernard der einzige zu sein, der uns eventuell helfen könnte.«

Wenn die Situation nicht so ernst gewesen wäre, hätte Herbert tatsächlich gelacht. »Hilfe von denen? Das gibt's nicht. Niemals.«

»Möglicherweise doch. Lassen Sie mich eben diesen Bericht von Darrell durchlesen.«

Herbert trommelte »Alabama Bound« auf der Armlehne seines Stuhles, während er wartete.

Bernard war Colonel Bernard Benjamin Ballon von der französischen Groupe d'Intervention de la Gendarmerie Nationale. Aus historischer Sicht war diese Organisation von Gesetzeshütern Haßverbrechen gegenüber taub und blind, speziell wenn sie gegen Juden und Einwanderer verübt wurden. Außerdem hatte die Gendarmerie eine Übereinkunft mit den Deutschen getroffen: Wenn sich französische Agenten aus Deutschland fernhielten, würde Deutschland die Namen Tausender französischer Kollaborateure nicht veröffentlichen, die den Nazis während des Krieges geholfen hatten. Einige dieser Männer und Frauen waren jetzt hochgestellte Persönlichkeiten in der Geschäftswelt und der Politik und bauten darauf, daß die französischen Geheimdienstorganisationen genug mit ihren eigenen Angelegenheiten zu tun hatten.

Ballon, Mitte 40, war einer der größten Gerechtigkeitsfanatiker, die Herbert jemals getroffen hatte. Er war ständig bemüht, die sich wehrende und Zeter und Mordio schreiende Gendarmerie aus dem Sumpf der eigenen Apathie zu zerren.

Aber Ballon unterstand einer Regierung, die nicht besonders viel von den Vereinigten Staaten hielt. Man befand sich in den Anfängen eines erneut aufflammenden Nationalismus, der sogar soweit reichte, daß englische Wörter aus dem Vokabular, amerikanische Gerichte von den Speisekarten und Hollywood-Filme aus den Kinos und von den Fernsehschirmen verbannt wurden. Der Gedanke, die Franzosen wären in der Lage, den USA zu helfen, beunruhigte Herbert. Daß er sich eventuell an diese Amerikahasser wenden mußte, ließ ihn beinahe resignieren. Absurd zu glauben, sie würden den USA helfen.

»Bernard hat ein Problem zu Hause«, sagte Alberto jetzt. »Er sucht nach einer möglichen Verbindung zwischen feindlichen Elementen in Frankreich und Deutschland. Deswegen hat er sich im vergangenen Monat an ›Big I‹ gewandt. Die wiederum haben sich mit Darrell in Verbindung gesetzt, und Darrell hat Bernard geholfen, an einige der Informationen zu gelangen, die er brauchte.«

›Big I‹ war der allgemein bekannte Spitzname für Interpol. Darrell war nicht nur OP-Centers Verbindungsmann zum

FBI, sondern fungierte auch als Schnittstelle zu Interpol und anderen internationalen Organisationen zur Verbrechensbekämpfung.

»Was wollte Bernard wissen?« fragte Herbert, der noch immer ununterbrochen auf der Armlehne herumtrommelte. Alles in ihm sträubte sich bei dem Gedanken, die Franzosen fragen zu müssen.

»Steht nicht in der Datei. Es ist eine streng vertrauliche Information. Ich müßte zu Darrell gehen.«

»Tun Sie's, und rufen Sie mich an, sobald Sie etwas wissen.«

»Okay. Haben Sie Zugang zu einer gesicherten Leitung?«

»Dafür ist keine Zeit. Sie müssen das Risiko eingehen und mich über das Stuhltelefon anrufen. Informieren Sie auch General Rodgers.«

»Selbstverständlich. Er wird mich fragen, wo Sie sind. Was soll ich ihm antworten?«

»Sagen Sie ihm, daß ich ein paar Chaostheorien überprüfe.«

»Aha. Dafür ist ja genau die richtige Jahreszeit, nicht wahr?«

»Genau. Die Jahreshauptversammlung der krankhaft Gestörten. Womit ich zu Frage zwei komme: Haben Sie etwas darüber, wo sich für gewöhnlich das Zentrum dieser Chaostage befindet?«

»Sie meinen so etwas wie ein Gästehaus?«

»Das ist nicht witzig.«

»Sorry. Ich suche schon danach.« Herbert hörte das Klappern der Computertastatur. »Hier. In den beiden vergangenen Jahren hat sich das Gros der Teilnehmer um 18 Uhr zu einem Eröffnungsumtrunk in der ›Bierhalle‹ in Hannover getroffen.«

»Warum überrascht mich das nicht?« murmelte Herbert. Mit dem berüchtigten Bierhallenputsch von 1923 war Hitlers erster Versuch fehlgeschlagen, die Macht in Deutschland an sich zu reißen. Allerdings schienen die Männer in Hannover mit mehr Erfolg dort, wo Hitler gescheitert war, anknüpfen zu wollen.

Die restliche Zeit seiner Telefonstunde hatte Herbert mit der Suche nach einem Fahrzeug mit per Hand bedienbarem

Gas- und Bremshebel verbracht. Verschiedene Firmen vermieteten behindertengerechte Wagen mit Chauffeuren, aber das wollte er nicht. Er beabsichtigte, im Herzen der Chaostage nachrichtendienstlich verwertbares Material zu suchen und wollte keinen Fahrer einem Risiko aussetzen.

Schließlich hatte er eine Autovermietung mit einem entsprechenden Fahrzeug gefunden, das allerdings nicht über kugelsichere Scheiben und einen Schleudersitz verfügte – er mache nur Spaß, versicherte er dem humorlosen Verleiher schnell. Sie brachten den Wagen zu seinem Hotel. Er entschied sich für etwas weniger elegante Kleidung, entledigte sich seines weißen Hemdes und seiner Krawatte und streifte das Sweatshirt mit der Aufschrift MEIN NAME IST HERBERT, BOB HERBERT, das ihm seine Schwester geschenkt hatte, über. Dann zog er seinen Blazer an und machte sich auf den Weg nach unten. Mit Hilfe des Portiers gelang es ihm, seinen Rollstuhl in der eigens dafür vorgesehenen Vorrichtung hinter den Vordersitzen unterzubringen, ohne ihn zusammenklappen zu müssen. Neben sich auf dem Beifahrersitz eine Landkarte sowie das vom Rollstuhl abnehmbare Telefon und Matt Stolls elektronischen Übersetzer, lenkte Herbert seinen Mercedes auf die Straße.

Es war ironisch, dachte er traurig und ironisch –, daß ein in seiner Bewegungsfreiheit eingeschränkter Mann die komplette amerikanische HUMINT in Deutschland verkörperte. Andererseits besaß er große Erfahrung, verfügte über einen eisernen Willen und wußte eine starke Organisation hinter sich. Es waren schon Leute mit weniger ins Feld gezogen. Viel weniger. Er fand sich nicht besonders unauffällig, aber er hielt sich an die ungeschriebene Geheimdienstregel: »Unterschätze niemals, was jemand wissen könnte; und unterschätze niemals, was jemand sagen könnte, wenn er unachtsam, dumm oder betrunken ist.« In der Bierhalle würde er mit großer Wahrscheinlichkeit eine gesunde Mischung von allem finden.

Mehr als die Bewegungsfreiheit hatte ihn die Tatsache erregt, wieder im Einsatz zu sein. Endlich hatte er gewußt, wie sich Mike Rodgers gefühlt haben mußte, als er in Korea in den Sattel zurückgestiegen war. Die Fahrt vom Hotel aus dauerte weniger als zwei Stunden; er fuhr auf der A 1 nach Süden. Obwohl eine Richtgeschwindigkeit von 100 bis 130 Stundenkilometern empfohlen war, wurde jeder, der langsamer als 130 fuhr, für einen Grufti oder eine lahme Ente gehalten – langsam, obrigkeitshörig und scheintot.

Herbert sauste die Autobahn mit ungefähr 140 Stundenkilometern entlang. Er hatte die vorderen Fenster heruntergelassen, um den erfrischenden Fahrtwind zu genießen. Selbst bei dieser Geschwindigkeit entging ihm nichts von der Schönheit der grünen Landschaft Niedersachsens. Er empfand es als deprimierend, sich vorzustellen, daß die herrlichen Wälder und die jahrhundertealten Dörfer die Heimat einer der bösartigsten Haßgruppen in der Geschichte der Zivilisation waren.

So ist nun mal das Paradies, hatte er gedacht. *In jedem Baum ein oder zwei Schlangen.*

Als er vor vielen Jahren zusammen mit seiner Frau zum erstenmal im Libanon angekommen war, hatte er noch anders über Menschen und Schönheit gedacht. Der Himmel war von einem prächtigen Blau gewesen, er hatte uralte Bauwerke gesehen, schlichte Häuser und prunkvolle Villen. Fromme Christen und Moslems hatten einträchtig nebeneinander gelebt. Nachdem sich die Franzosen 1946 zurückgezogen hatten, war unter den religiösen »Brüdern« ein grausamer Krieg entbrannt. 1958 hatten US-Marines mitgeholfen, die Feindseligkeiten beizulegen, aber 1970 waren sie erneut ausgebrochen. Die USA waren zurückgekehrt. Auch 1983 waren der Himmel blau und die Gebäude ehrfurchtgebietend gewesen, als ein moslemischer Selbstmordattentäter die amerikanische Botschaft in Beirut in die Luft gesprengt hatte. 50 Menschen waren ums Leben gekommen, viele verletzt worden. Seitdem hatte Schönheit auf Herbert nie wieder unschuldig oder reizvoll gewirkt. Sogar das Leben selbst, das einst so reich und vielversprechend gewesen war, war zu einem reinen Zeitvertreib geworden, bis er wieder mit seiner Frau vereint sein würde.

Hannover bot einen bemerkenswerten Kontrast zu der umliegenden Landschaft und in sich selbst. Wie Hamburg war es im Zweiten Weltkrieg schwer bombardiert worden.

Zwischen den modernen Gebäuden und den breiten Verkehrsadern lagen Einschlüsse von Gebäuden aus dem 16. Jahrhundert, Holzhäuser an engen Gassen, alte, barocke Gärten. Die Stadt entsprach nicht unbedingt Herberts Geschmack; er bevorzugte die unverfälschte Natur, in der er aufgewachsen war, mit Teichen, Mücken und Fröschen und einem Tante-Emma-Laden an der Ecke. Während er durch die Straßen fuhr, verblüfften ihn die beiden gegensätzlichen Gesichter Hannovers immer wieder.

Aber es paßt, dachte er, in Richtung Rathenauplatz fahrend. *Diese Stadt hat zwei sehr unterschiedliche menschliche Gesichter.*

Ironischerweise befanden sich in den malerischen Teilen der Stadt die meisten Bars und Lokale. Der äußerliche Charme verbarg die Vipern. Er gelangte ins Zentrum, indem er drei Skinheads auf Motorrädern folgte, die er kurz zuvor bemerkt hatte. Nicht für einen Moment hatte er in Erwägung gezogen, daß sie ins Viertel um das Museum für moderne Kunst fahren würden.

Zehn Minuten später erreichte er die Bierhalle, die nicht zu übersehen war. Sie lag zwischen einer Reihe von Cafés und Bars, von denen die meisten geschlossen hatten. An der weißen Backsteinfassade der Gaststätte hing ein einfaches Schild, auf dem der Name in schwarzen Blockbuchstaben auf rotem Grund prangte.

»Natürlich«, murmelte Herbert im Vorbeifahren. Das waren die Farben von Nazideutschland gewesen. Darstellungen von Hakenkreuzen waren in Deutschland verboten, aber diese Leute riefen die Assoziation hervor, ohne das Gesetz zu brechen. Wie Hausen während des Mittagessens erwähnt hatte: Offizielles Neonazitum war illegal, aber diese Gruppen umgingen das Verbot, indem sie sich sämtlicher Euphemismen bedienten, die ihnen einfielen – *Söhne des Wolfs* oder *Nationalsozialisten des 21. Jahrhunderts*.

Zwar stellte die Bierhalle keine Überraschung dar, die davor versammelte Menschenmenge aber um so mehr.

Die zehn runden Gartentische vor dem Lokal boten keinen ausreichenden Platz für die ständig wachsende Versammlung. Herbert beobachtete an die 300 zumeist junge Männer, die auf dem Bürgersteig, der Bordsteinkante oder der Straße standen oder saßen oder an parkenden Autos lehnten, deren Besitzer es versäumt hatten, sie rechtzeitig wegzufahren, so daß die Fahrzeuge bis nach der dreitägigen Veranstaltung dort stehenbleiben mußten. Die wenigen Passanten auf der Straße bewegten sich rasch durch die Menge. Weiter vorn regelten vier Polizeibeamte den Verkehr. Autos manövrierten vorsichtig um die wogende und trinkende Menge am Bordstein vor der Bierhalle herum.

Herbert hatte eine Armee von Skinheads und Braunhemden erwartet – kahlrasierte Schädel und Tätowierungen oder glattgebügelte Pseudonaziuniformen mit Armbinden. Vereinzelt standen auch kleine Gruppen von sechs bis zwölf Punks herum, aber die meisten der Männer und die wenigen Frauen, die er sah, trugen modische Freizeitkleidung und saubere, wenn nicht konservative Frisuren. Sie lachten und unterhielten sich ungezwungen, ähnlich jungen Börsenmaklern oder Anwälten, die zu einer Tagung nach Hannover gekommen waren. Die Szene war beängstigend in ihrer Alltäglichkeit. Dies hätte Herberts geliebte Heimatstadt sein können.

Mit geschultem Auge teilte er den Anblick in leicht zu verarbeitende Ausschnitte und merkte sich jedes der Bilder als Ganzes, anstatt bestimmte Personen zu fixieren. Später würde er, falls erforderlich, wichtige Einzelheiten aus dem Gedächtnis abrufen können.

Während er sich zentimeterweise vorwärtsbewegte, lauschte er den Gesprächen durch das offene Wagenfenster. Sein Deutsch war nicht perfekt, aber er verstand, worum es ging. Die Leute unterhielten sich über Politik, Computer und *Kochen*. Um Himmels willen. Er hatte sich das völlig anders vorgestellt – junge Männer, die alte deutsche Trinkweisen zum besten gaben. Kein Wunder, daß sich die Behörden von den Chaostagen fernhielten. Falls sie hier eingreifen würden, müßten sie einige der führenden Doktoren, Rechtsanwälte, Börsenmakler, Journalisten, Diplomaten oder Gott weiß wen einsperren. Der Herr sei mit ihnen, wenn diese Leute jemals motiviert würden, sich gegen die Regierung zu erheben. Noch waren sie weder stark noch vereint genug. Aber wenn sie es wären, würde die deutsche Ordnung schnell zerfallen. Sie könnte zu einem neuen Geflecht verwoben werden, das zu fürchten die Welt allen Grund hätte.

Seine Därme krampften sich zusammen. Ein Teil seines Inneren schrie: *Sie haben kein Recht dazu, diese jungen Bastarde!* Aber ein anderer Teil von ihm wußte, daß sie jedes Recht der Welt besaßen. Ironischerweise hatte die Niederlage Hitlers ihnen das Recht verschafft, eine ganze Menge zu sagen oder zu tun, so lange darin keine rassistische oder religiöse Aufhetzung oder die öffentliche Verleugnung des Holocausts bestand.

Beinahe am Ende der Straße befand sich ein Einschreibungstisch mit einem halben Dutzend Männern und Frauen dahinter. Die davor wartende Schlange wuchs beständig, ohne daß jemand gedrängelt oder sich beschwert hätte oder daß die Atmosphäre allgemeiner Kameradschaft gestört worden wäre. Herbert fuhr noch langsamer und beobachtete, wie die Organisatoren Geld einnahmen und dafür Reiserouten, schwarz-rote Autoaufkleber und Anstecknadeln aushändigten.

Sie betreiben eine gottverdammte Heimindustrie hier, dachte er verwirrt. *Raffiniert, widerwärtig und legal.* Darin bestand das Problem. Anders als die Skinheads, die als Neonazis niederer Klasse galten und von Leuten wie diesen hier verachtet wurden, waren diese Männer und die wenigen Frauen schlau genug, sich im Rahmen der Gesetze zu bewegen. Herbert zweifelte nicht daran, daß sie die Gesetze ändern würden, sobald sie zahlreich genug wären, um eigene Kandidaten aufzustellen und sie zu wählen. So, wie es ihre Vorgänger im März 1933 getan hatten, als das Ermächtigungsgesetz Hitler diktatorische Gewalt über das Land verliehen hatte.

Einer der Organisatoren, ein großer junger Mann mit sandblondem Haar, stand stocksteif hinter dem Tisch. Er schüttelte jedem Neuankömmling die Hand. Bei den verwahrlosten Skinheads schien ihm dies unangenehmer zu sein als bei den adrett aussehenden Yuppies.

Sogar unter dem Ungeziefer gibt es Kasten, dachte Herbert. Befremdet nahm er zur Kenntnis, wie einer der schmuddeligen Punks nach dem Händedruck seinen rechten Arm zum traditionellen Nazigruß in die Höhe warf. Es war eine isolierte, nostalgische Geste. Den anderen schien sie unangenehm zu sein. Die Szene wirkte, als wäre ein Betrunkener zur Spendentheke einer gemeinnützigen Veranstaltung gekommen. Sie tolerierten den Gruß, erwiderten ihn jedoch nicht. Offensichtlich bestanden im neuen »Reich« in demselben Maße Schismen wie im alten Spaltungen, die von außenstehenden Kräften manipuliert werden konnten.

Hinter Herbert stauten sich die Autos. Er löste die Handbremse, drückte mit der Handfläche kräftig aufs Gas und schoß die Straße entlang. Er war wütend – wütend über diese aalglatten Monster, die die Thronfolger des Krieges und des Genozids waren, und wütend über das System, das ihnen erlaubte zu existieren.

Als Herbert um die Ecke bog, sah er, daß die Nebenstraßen gesperrt worden waren, um Parkmöglichkeiten zu schaffen. Er war froh, daß er niemanden sah, der mit einer Kelle die Fahrzeuge in die Parkplätze einwies. Damit hätte alles zu sehr einem gottverdammten Volksfest geähnelt.

Er fand einen Platz in einer der Nebengassen. Nachdem er eingeparkt hatte, drückte er auf den Knopf neben dem Radio, mit dem die linke Hintertür geöffnet und die Vorrichtung, in der sich der Rollstuhl befand, seitlich hinausgeschwungen wurde. Der Stuhl wurde automatisch auf dem Boden abgesetzt. Herbert griff nach hinten und zog ihn heran. Er überlegte, ob er bei den Leuten der Verleihfirma anregen sollte, solche Autos in die Vereinigten Staaten zu exportieren. Sie erleichterten einem das Leben ganz erheblich.

Er glitt in den Rollstuhl und kauerte sich wie ein Scharfschütze in den Sitz. Dann betätigte er einen Schalter in der Tür, worauf die Vorrichtung in den Wagen zurückbefördert wurde. Er verschloß alle Türen und begann, die Straße hinunter in Richtung der Bierhalle zu rollen.

22

Donnerstag, 15 Uhr 28 – Toulouse

Dominique konnte den Sieg fühlen – sein Gewicht, seine Anwesenheit und seine Nähe. Seine unmittelbare Nähe.

Er fühlte ihn stärker, jetzt, da sein New Yorker Anwalt angerufen hatte, um ihm mitzuteilen, daß NYPD und FBI den Köder geschluckt hätten. Sie hatten die Gruppe von *Pure Nation* festgenommen, die Dominique so viele Monate lang unterstützt hatte. Gurney und seine Leute würden ihre Verhaftung und das Gerichtsverfahren wie echte Nazis tragen: stolz und furchtlos. Sie würden das FBI zu Waffen- und Literaturdepots führen und den Mann ausliefern, der die Lesben in Chicago vergewaltigt hatte. Das FBI würde über seine Erfolge frohlocken.

Aber was für Erfolge. Dominique grinste. *Die Erfolge einer Aasfresserjagd.* Einer Jagd, die Zeit und Personal erforderte und die obersten Gesetzeshüter in die falsche Richtung lenkte.

Es erstaunte Dominique, wie einfach es gewesen war, das FBI an der Nase herumzuführen. Sie hatten einen verdeckten Ermittler geschickt. Das taten sie immer. Er war zusammen mit anderen Mitgliedern aufgenommen worden. Aber weil der eingeschleuste Agent John Wooley bereits Ende 20 und vorher noch nie Mitglied in einer Organisation gewesen war, hatten zwei Mitglieder von *Pure Nation* die Reise nach Kalifornien unternommen, um seine »Mutter« zu besuchen, der er so häufig schrieb. Obwohl das FBI ein Haus für sie gemietet und sie mit einer Tarnung versehen hatte, ging sie zwei- bis dreimal täglich zum öffentlichen Telefon des Lebensmittelladens in der Nachbarschaft, um von dort aus Anrufe zu tätigen. Über versteckte Videokameras hatten die Leute von *Pure Nation* herausgefunden, daß die Nummern, die sie wählte, zum FBI-Büro in Phoenix gehörten. Der Anführer von *Pure Nation*, Ric Myers, vermutete, daß Mrs. Wooley selbst eine ehemalige Agentin war. Man ließ John Wooley weiterhin Mitglied von *Pure Nation* bleiben, um das FBI über ihn mit falschen Informationen füttern zu können.

Genau zu diesem Zeitpunkt war Dominique auf den Plan getreten. Er hatte nach amerikanischen Neonazis gesucht, die für ihn aktiv werden könnten. Jean-Michel hatte *Pure Nation* ausfindig gemacht, und die Anwesenheit von Wooley hatte vorzüglich in Dominiques Pläne gepaßt.

Mrs. Wooley und ihrem »Sohn« wird man sich später widmen, dachte Dominique. In ein paar Wochen, wenn die Vereinigten Staaten ins Chaos gestürzt wären, würden die Wooleys die ersten Opfer sein. Die ältere Frau würde in ihrem gemieteten Haus vergewaltigt und geblendet, der eingeschleuste Agent kastriert und ebenfalls am Leben gelassen werden. Sie würden als Abschreckung für andere Möchtegern-Helden dienen.

Dominique stand vor einem Spiegelfenster und blickte in den Konferenzraum neben seinem Büro. Nach unten sah man in seine unterirdische Fabrik. Dort, in den Kellerräumen, die während des Kreuzzuges gegen die Albigenser im 13. Jahrhundert als Produktionsstätte für Rüstungen und Waffen benutzt worden waren, verpackten Arbeiter auf CD-ROM gepreßte Videospiele in Kartons. In einem abgetrennten Bereich auf der gut isolierten Flußseite der Gewölbe speisten Techniker Demoversionen der Spiele in Datennetze ein und verschickten sie rund um die Welt. Die Konsumenten konnten die Spiele in sämtlichen Formaten bestellen.

Die meisten Spiele, die Dominique bei Demain fertigen ließ, dienten der allgemeinen Unterhaltung. Die Grafiken, Klänge und Animationen waren von so hoher Qualität, daß Demain seit 1980, als die Firma ihr erstes Spiel »Eine unvergeßliche Nacht« veröffentlicht hatte, zu einem der erfolgreichsten Softwarehäuser der Welt aufgestiegen war.

Allerdings lagen Dominique die anderen Spiele viel mehr am Herzen. Sie waren die wahre Zukunft seiner Organisation, genaugenommen der Schlüssel zur Zukunft der Welt.

Meiner Welt, dachte er. Einer Welt, die er aus dem Schatten regieren würde.

»Stripsy, die Zigeunerin« war das erste wichtige seiner neuen Spiele gewesen. Es war vor neun Monaten erschienen und handelte von einer Zigeunerin mit geringer Moral. Ziel des Spiels war es, Informationen aus Dorfbewohnern herauszuprügeln, die Schlampe aufzuspüren und dann Kleidungsstücke einzusammeln, die sie in der Gegend verteilt hatte. Demain hatte weltweit 10 000 Exemplare verkauft. Sämtliche Verkäufe erfolgten auf dem Postweg über eine mexikanische Adresse, wo man die örtlichen Behörden bestochen hatte, seinen Aktivitäten nicht nachzugehen, gleichgültig, welche Art Spiele er vertrieb. Die Werbung lief über das Web und über Anzeigen in Magazinen von und für weiße Rassisten.

Nach »Stripsy, die Zigeunerin« waren »Die Gettoschlächter« gefolgt, das im Warschau des Zweiten Weltkrieges spielte, »Krüppelbach«, in dem Behinderte an einen bestimmten Ort geführt und dort ertränkt werden mußten, »Umerziehung«, ein Grafikspiel, in dem asiatische Gesichter in westliche umzugestalten waren, und »Früchteschießen«, in dem die Spieler aufgefordert waren, homosexuelle Männer, die in einer Parade vorbeizogen, niederzuschießen.

Aber Dominiques Favoriten waren die neuesten Spiele. »Konzentrationslager« und »Hängt ihn höher« waren technisch weiterentwickelt. »Konzentrationslager« barg teuflische erzieherische Qualitäten, und »Hängt ihn höher« ermöglichte es den Spielern, ihre eigenen Gesichter in die Figuren der Männer und Frauen einzusetzen, die auf Schwarzenjagd gingen. »Hängt ihn höher« war bereits als Demoversion online in den USA erhältlich, und für die Vollversion gingen Bestellungen in Rekordhöhe ein. Eine Demoversion von »Konzentrationslager« würde in Frankreich, Polen und Deutschland vorgestellt werden – in Deutschland zu einem ganz besonderen Anlaß.

Diese Spiele würden dazu beitragen, die Botschaft der Intoleranz zu verbreiten, aber sie waren nur der Anfang. Vier Wochen nach ihrer Veröffentlichung würde Dominique sein ehrgeizigstes Projekt starten. Es stellte die Krönung seines Lebenswerks dar und begann mit der kostenlosen Verteilung eines Spiels an Onliner, dessen Titel »R.I.O.T.S. – Rache ist nur der Anfang« lautete. Es sollte helfen, eine Krise vom Zaun zu brechen, wie sie die USA in ihren schlimmsten Alpträumen noch nicht erlebt hatten. Während Amerika abgelenkt und Deutschland mit seinen eigenen aktiven Neonazis beschäftigt war, könnten Dominique und seine Partner ihr Firmenimperium erweitern.

Erweitern? dachte er. *Nein. Wir werden übernehmen, was schon immer uns gehört haben sollte.*

Während der 80er Jahre, als Präsident Mitterand auf die Erhöhung der Regierungseinnahmen angewiesen gewesen war, waren viele französische Unternehmen verstaatlicht worden. In den 90ern waren diese Unternehmen aufgrund der hohen Sozialbeiträge für die Beschäftigten, die es gewohnt waren, von der Wiege bis zum Grab umhätschelt zu werden, allmählich in den Bankrott getrieben worden. Die Unternehmen hatten zahlreiche Banken mit in die Pleite gerissen, und so war die Arbeitslosenrate 1995 in Frankreich auf alarmierende 11,5 Prozent gestiegen und hatte mittlerweile 15 Prozent erreicht – sogar unter optimal ausgebildeten Berufstätigen betrug sie noch die Hälfte. Die Nationalversammlung unternahm nichts. Nichts, außer ihren Gummistempel unter alles zu setzen, was der Präsident und seine Eliteberater vorschlugen.

Dominique würde damit anfangen, die Dinge zu ändern, indem er viele dieser Unternehmen aufkaufte und privatisierte. Einige der Sozialleistungen für Arbeitnehmer würden gekürzt werden oder wegfallen, aber die Arbeitslosen hätten wieder Arbeit, und Beschäftigung bedeutete Sicherheit. Außerdem plante er, eine Aktienmehrheit an einer französischen Bank zu erwerben. Mit dem Geld von Demain würde er die Bank aufpäppeln und über deren internationale Niederlassungen in zahlreiche Operationen im Ausland investieren. Gelder könnten hin und her geschoben, Steuern umgangen und Währungen unter Ausnutzung aller Vorteile gehandelt werden. Er stand bereits in Übernahmeverhandlungen mit einem britischen Filmstudio, einem chinesischen Zigarettenhersteller, einem kanadischen Pharmakonzern und einer deutschen Versicherung. Wichtige Unternehmen in fremden Ländern zu kontrollieren bedeutete, einen Fuß auf der Kehle der Regierungen dieser Länder zu haben.

Einzelpersonen und kleine Unternehmen konnten nicht derart manövrieren, internationale Konglomerate schon. Wie sein Vater ihm einst gesagt hatte – »Es ist nicht leicht, 100 000

Francs in eine Million Francs zu verwandeln. Aber 100 Millionen Francs in 200 Millionen Francs zu verwandeln ist unausweichlich.«

Was Japan in den 80er Jahren des 20. Jahrhunderts versucht und nicht geschafft hatte – die führende Wirtschaftsmacht der Welt zu werden –, würde Frankreich im 21. Jahrhundert erreichen. Und Dominique würde der Regent hinter dem Thron sein.

»Deutschland«, murmelte er verächtlich. Deutschland war als ein unterworfenes Volk auf den Plan der Geschichte getreten, geschlagen von Julius Cäsar im Jahr 55 vor Christus. Charlemagne – Karl der Große, ein Franke – hatte sie befreien müssen.

Dominique hatte bereits einen französischen Sänger damit beauftragt, ein Lied aufzunehmen, das er vor ein paar Wochen geschrieben hatte: den »Hitla Rap«. Zu einem stumpfsinnigen Tarantella-Rhythmus wurden die Deutschen darin als das entlarvt, was sie waren – eine Nation humorloser Bauerntölpel. Sobald er seine Ziele bezüglich Frankreichs verwirklicht hatte, plante Dominique, die Barbaren an ihren Platz zurückzuweisen. Doch dem kleinen Vorgeschmack, den er für Hausen vorgesehen hatte, konnte er nicht widerstehen.

Henri hatte angerufen, um von seiner erfolgreichen Mission zu berichten. In allen deutschen Nachrichtensendungen war über den Brand berichtet worden. Ein halber historischer Häuserblock St. Paulis war den Flammen zum Opfer gefallen, bevor Feuerwehrleute die Katastrophe unter Kontrolle bekommen hatten. Das war gut. Dominique war neugierig, was der hochmütige M. Richter als Antwort parat hatte. Würde er im Verlauf der Veranstaltung heute abend Jean-Michel umbringen? Würde er eine der Demain-Vertriebsstellen in Deutschland angreifen? Dominique bezweifelte es. Dadurch entstünde eine dramatische Zuspitzung der Situation, obwohl ihm keine der beiden Aktionen ernsthaft schaden würde. Oder kapitulierte und spurte Richter? Auch das bezweifelte er. Richter besaß zu viel Stolz, um klein beizugeben. Könnte er der Presse etwas über Dominiques geheime Aktivitäten erzählen? Das war unwahrscheinlich. Richter wußte zuwenig, und abgesehen davon – wer würde ihm glauben? Er war ein Neonazi und Sexlieferant. Zu Dominique führten keine Spuren, die man verfolgen könnte.

Aber irgend etwas würde Richter unternehmen. Das verlangte seine Ehre.

Dominique wandte sich vom Fenster ab und schlenderte in sein Büro zurück. Spekulationen waren zwar immer unterhaltsam, aber letztendlich nutzlos. Nur eines wußte er sicher: Er war froh, in seiner Position zu sein, und nicht in der Richters.

23

Donnerstag, 15 Uhr 23 – An der Leine/Deutschland

Karin Doring gestattete sich eines ihrer seltenen Lächeln, als sie aus der Baumgruppe herausfuhren und sie nach vorn schaute.

Das Lager bot einen der schönsten Anblicke, die sie je gesehen hatte. Der Fleck an der Leine war von Manfreds Familie vor mehr als zehn Jahren gekauft worden – etwas mehr als zehn Hektar duftenden Waldlandes, das im Osten vom Fluß und im Westen, direkt hinter ihnen, von einem hohen Hügel begrenzt wurde. Nach Norden schützte sie eine tiefe Schlucht, und die Bäume verbargen sie vor spionierenden Blicken aus der Luft. Das Lager, das ihre Anhänger errichtet hatten, bestand aus vier Reihen zu je fünf Zelten für jeweils zwei Personen. Die Dächer waren mit Laub bedeckt, so daß sie von der Luft aus nicht gesehen werden konnten, falls die Behörden nach dem gestohlenen Requisitenwagen suchten. Die Fahrzeuge, mit denen sie gekommen waren, hatten sie im Süden in Reihen geparkt und ebenfalls getarnt.

Die nächste größere Stadt war Garbsen, das knapp 30 Kilometer südlich lag. Die Bodensuchaktion nach den Terroristen, die den Filmdrehort überfallen hatten, würde dort beginnen und sich bis nach Hannover erstrecken, wo die Chaostage stattfanden. Das lag weit genug südöstlich von ihnen. Hier, mitten in dieser Grimmschen Märchenlandschaft, würde sie niemand vermuten. Im übrigen standen den Behörden auch nicht genügend Kräfte zur Verfügung. Zumindest nicht während der kommenden drei Tage; und nach dem Ende der Chaostage wären Karin und ihre Gefolgsleute fort. Selbst falls die Polizei annahm, daß der Überfall ihre Handschrift trug, und das Lager sogar finden sollte, würde es den Behörden nie gelingen, sie und ihre Anhänger festzunehmen. Die Wachposten würden sie rechtzeitig warnen und die Kampfhunde die Polizisten aufhalten, während die Devotionalien in den Fluß geworfen oder verbrannt werden würden. Dies wäre eine traurige, aber notwendige Vorkehrung, denn es durften keine Beweismittel übrigbleiben, die sie mit dem Überfall in Verbindung bringen konnten.

Sollen sie nur versuchen, uns zu finden, dachte Karin Doring herausfordernd. Falls nötig, würden sie bis zum letzten Soldaten kämpfen. Die deutsche Regierung mochte ihre kleinlauten Gesetze verabschieden, ihre Vergangenheit leugnen und sich den USA sowie dem Rest Europas anbiedern. Karin Doring und ihre Anhänger würden sich niemandem beugen. Es wäre nur eine Frage der Zeit, bis der Rest Deutschlands das Erbe dankbar annähme, das sie zu erhalten halfen.

Die 40 Mitglieder von *Feuer*, die hierhergekommen waren, gehörten zu Karins treuester Gefolgschaft. Hochrufe ertönten, als sich der Lieferwagen ihnen näherte. Nachdem Rolf neben der Reihe von Autos südlich des Lagers geparkt hatte, begannen sich die »Feuermenschen«, wie Karin sie nannte, im Halbkreis um den Wagen herum aufzustellen. Sie streckten ihre rechten Arme diagonal in die Luft, die Daumenseiten der Fäuste nach oben gekehrt, und riefen immer wieder: »Sieger *Feuer*!«

Wortlos stieg Karin aus. Sie ging zur Rückseite des Wagens, zog die Tür auf und griff nach einem Stahlhelm. Er wies vereinzelte Rostflecken auf, und der schwarze Kinnriemen aus Leder war spröde und rissig. Aber das rot-weiß-schwarze Wappen auf der rechten Seite und der silberweiße Wehrmachtsadler mit dem Hakenkreuz auf dem schwarzem Wappen auf der linken Seite waren noch deutlich zu erkennen.

Karin hielt den Helm mit ausgestreckten Armen in Gesichtshöhe vor sich, als beabsichtigte sie, einen König zu krönen.

»Krieger unserer Sache«, sagte sie, »heute haben wir einen großen Sieg errungen. Wir konnten diese prachtvollen Andenken an das Reich aus den Händen der Kuriositätensammler, der Professoren und der pensionierten Soldaten retten. Sie gehören jetzt wieder Kämpfern. Endlich sind sie wieder im Besitz von Patrioten!«

Die »Feuermenschen« schrien unisono: »Sieger *Feuer*!«

Karin reichte den Helm einem jungen Mann in ihrer unmittelbaren Nähe. Er küßte ihn zitternd, setzte ihn auf und streckte erwartungsvoll die Hände aus, um weitere der Relikte zu erhalten, die Karin jetzt an die Gruppe verteilte. Einen SA-Dolch behielt sie für sich.

»Haltet sie in Ehren«, sagte sie. »Heute abend kommen sie wieder zum Einsatz. Heute abend werden sie wieder Werkzeuge des Krieges sein.«

Während sie mit Hilfe von Rolf weitere Stücke verteilte, kam Manfred um das Fahrerhaus herum. »Da ist ein Anruf für dich.«

Sie sah ihn an, als wollte sie fragen: *Wer?*

»Felix Richter.«

Karins Gesichtsausdruck änderte sich – wie üblich – nicht. Doch sie war erstaunt. Sie hatte nicht erwartet, am Abend auf der Kundgebung in Hannover mit ihm zu sprechen, noch viel weniger vorher.

Sie gab Manfred das Gewehr, das sie eben hielt. Schweigend ging sie zur Fahrerkabine des Wagens, kletterte hinein und schloß die Tür. Manfred hatte das Telefon auf dem Beifahrersitz liegengelassen. Sie nahm es, zögerte.

Karin mochte Richter nicht. Ihre Aversion lag nicht nur in der alten Rivalität begründet, die zwischen seiner politischen und ihrer militärischen Bewegung herrschte. Sie arbeiteten beide für dasselbe Ziel, für die Realisierung des Traumes, der erwacht war, als Hitler 1933 zum deutschen Reichskanzler ernannt worden war: die Schaffung einer arischen Welt. Beide wußten, daß dieses Ziel nur mit einem strengen Patriotismus und dem daraus resultierenden wirtschaftlichen »Blitzkrieg« gegen ausländische Investitionen und Kulturen zu erreichen war. Sie wußten auch, daß sie dafür bessere Organisationen und eine größere Verbreitung benötigten, als jeder von ihnen momentan besaß.

Was sie an Richter störte, war die Tatsache, daß sie niemals von seiner bedingungslosen Hingabe an das Nazitum überzeugt gewesen war. Er schien nur daran interessiert zu sein, Felix Richter zu einem Diktator von irgend etwas, egal was, zu machen. Karin selbst liebte Deutschland mehr als ihr Leben, doch bei Richter hatte sie das Gefühl, daß er sich auch damit zufriedengeben würde, Burma, Uganda oder den Irak zu regieren.

Sie drückte auf die Stummtaste. »Guten Tag, Felix.«

»Karin, guten Tag. Hast du schon davon gehört?«

»Wovon?«

»Scheinbar nicht, sonst würdest du nicht fragen. Wir wurden angegriffen. Deutschland wurde angegriffen. Die Bewegung.«

»Wovon redest du? Von wem wurden wir angegriffen?«

»Von den Franzosen.«

Dieses Wort genügte, um Karin den Tag zu verderben. Ihr Großvater, ein Oberstleutnant in einem Sanitätskorps im besetzten Frankreich, war als Arzt in einem Feldlazarett eingesetzt gewesen. Während er sich um deutsche Soldaten gekümmert hatte, die beim Fall von St. Sauveur verwundet worden waren, war er von einem Franzosen getötet worden. Als Heranwachsende hatte sie, im Bett liegend, zugehört, wie sich ihre Eltern und Freunde der Familie Geschichten über die Feigheit der Franzosen und deren Verrat am eigenen Land erzählt hatten.

»Sprich weiter«, forderte sie.

»Heute morgen traf ich mich mit Dominiques Abgesandtem für die Chaostage. Er verlangte, daß ich meine Organisation in seine integriere. Weil ich ablehnte, wurde mein Club zerstört. Niedergebrannt.«

Das kümmerte Karin nicht. Richters Club war für Abartige gewesen, und sie war froh, daß es ihn nicht mehr gab. »Wo warst du?«

»Ich wurde mit vorgehaltener Waffe auf die Straße gezwungen.«

Karin betrachtete den Zug ihrer »Feuermenschen«, die durch den Wald marschierten. Jeder Soldat trug ein Symbol des Reichs. Nicht einer von ihnen wäre vor einem Franzosen davongelaufen, Waffe oder nicht. »Wo bist du jetzt?«

»Ich bin eben in meine Wohnung zurückgekehrt. Karin, diese Leute beabsichtigen, ein Netzwerk von Organisationen aufzubauen, die ihnen dienen sollen. Sie glauben, daß wir nur eine weitere Stimme in ihrem Chor sein werden.«

»Das sollen sie nur glauben. Auch der Führer hat anderen Regierungen erlaubt zu glauben, was sie wollten. Dann hat er ihnen seinen Willen aufgezwungen.«

»Wie?«

»Was meinst du? Mit seiner Willenskraft natürlich. Mit seinen Armeen.«

»Nein. Die Öffentlichkeit hat ihm dabei geholfen. Verstehst du nicht? Mit der Aktion von 1923 hat er versucht, die Bayerische Regierung zu stürzen. Aber weil ihm die Unterstützung fehlte, wurde er verhaftet. Im Gefängnis schrieb er dann »Mein Kampf«, worin er seinen Plan für ein neues Deutschland darlegte. Zehn Jahre später stand er an der Spitze der Nation. Er war derselbe Mann und sagte dieselben Dinge, aber »Mein Kampf« hat ihm geholfen, die Massen für sich zu gewinnen. Erst nachdem er sie unter seiner Kontrolle hatte, konnte er die Macht im Land übernehmen. *Danach* war es egal, was andere Länder dachten oder taten.«

Karin war verwirrt. »Felix, ich brauche keine Nachhilfestunde in Geschichte.«

»Das ist nicht Geschichte, sondern die Zukunft. Wir müssen das Volk hinter uns bringen, und es ist hier, Karin – jetzt. Ich habe einen Plan, der den heutigen Abend in einen Abend verwandeln wird, an den sich die Geschichte erinnern wird.«

Karin Doring lag nichts an Richter. Er war ein eingebildeter, egoistischer Geck, der die Arroganz des Führers besaß, ein paar seiner Visionen, aber kaum etwas von seinem Mut.

Oder vielleicht doch? dachte sie. Hatte der Brand ihn verändert?

»Also gut, Felix. Ich höre. Was schlägst du vor?«

Er erzählte es ihr. Sie hörte aufmerksam zu, und ihr Respekt für ihn wuchs.

Jeder seiner Gedanken, jedes Wort war von der Glorifizierung Deutschlands *und* Felix Richters durchdrungen. Doch seine Ausführungen ergaben einen Sinn. Obwohl Karin jede ihrer 39 Missionen nach einem ausgeklügelten Plan und mit einem klaren Ziel im Kopf angegangen war, mußte sie zugeben, daß ein Teil von ihr auf die leidenschaftlich vorgetragene Idee Richters ansprach. Was er vorhatte, würde völlig unerwartet kommen. Es war gewagt – und wahrhaft historisch.

Karin betrachtete die Zelte ihrer Soldaten und die Devotionalien, die sie trugen. Sie liebte das, mehr brauchte sie nicht. Aber Richters Vorschlag eröffnete ihr die Möglichkeit, dies zu haben und gleichzeitig die Franzosen zu treffen. Die Franzosen und den Rest der Welt.

»Also gut, Felix. Ich bin einverstanden. Komm vor der Kundgebung zu meinem Lager, damit wir die notwendigen Vorkehrungen treffen können. Heute abend werden die Franzosen lernen, daß sie *Feuer* nicht mit Feuer bekämpfen können.«

»Das gefällt mir. Das gefällt mir sehr. Aber einer wird das noch vorher lernen, Karin. Ganz bestimmt.«

Richter legte auf.

Karin saß im Wagen und lauschte dem Besetztzeichen, als Manfred herüberkam.

»Ist alles in Ordnung?« fragte er.

»Wann ist schon alles in Ordnung?« gab sie bitter zurück. Sie reichte ihm das Telefon, und er steckte es in seine Windjacke. Dann stieg sie aus dem Wagen und nahm die Arbeit, die ihr soviel Freude bereitete, wieder auf: Sie legte Waffen in die Hände ihrer Anhänger und Feuer in ihren Herzen.

24

Donnerstag, 15 Uhr 45 – Hamburg

Hood und Stoll hatten den frühen Nachmittag damit verbracht, Martin Lang ihren technischen Bedarf und den finanziellen Rahmen zu umreißen. Später hatte Lang einige seiner führenden technischen Berater dazugeholt, um zu überprüfen, welche der Vorstellungen des OP-Centers realisierbar waren. Hood war von der Tatsache angetan – wenn auch nicht überrascht – gewesen, daß sich ein erheblicher Teil der Technologie, die sie benötigten, bereits in der Planung befand. Ohne das Apollo-Raumfahrtprogramm zur Unterstützung von Forschung und Entwicklung, das gleichzeitig positive Nebeneffekte produzierte, hätte die private Industrie in Europa die Last allein tragen müssen. Diese Unternehmungen waren kostspielig, aber Erfolge konnten Profite in Milliardenhöhe bedeuten. Die ersten Unternehmen, die wichtige neue Technologien zum Patent anmeldeten, würden Apple Computers oder Microsoft sein.

Anschließend hatten sie die Kostenplanung für die technische Ausstattung des Regionalen OP-Centers abschließen wollen, als ein dröhnender Gong durch die Fabrik hallte. Hood und Stoll schreckten zusammen.

Lang legte eine Hand auf Hoods Handgelenk und sagte: »Ich hätte Sie warnen sollen. Das ist unser digitaler Glockenturm. Er läutet um 10, um 12 und um 15 Uhr und kündigt die Pausen an.«

»Sehr nett«, entgegnete Hood mit rasendem Herzen.

»Wir sind der Meinung, daß dadurch eine angenehme Arbeitsatmosphäre entsteht«, fuhr Lang fort. »Um ein Gemeinschaftsgefühl zu vermitteln, ertönt das Signal in all unseren Fabriken in Deutschland zur gleichen Zeit. Sie sind über Lichtwellenleiter miteinander verbunden.«

»Verstehe«, meinte Stoll. »Das ist sozusagen ihr kleiner Quasimodem, der Glöckner.«

Hood hatte über diese Bemerkung nur die Stirn runzeln können.

Nach dem Treffen und der halbstündigen Rückfahrt nach Hamburg fuhren Hood, Stoll und Lang noch einmal knapp sechs Kilometer nach Nordosten in die Nordstadt. Auf dem beinahe elliptischen Überseering befanden sich mehr als 20 öffentliche und private Verwaltungen. Die schnittigen Gebäude beherbergten von den Hamburger Elektrizitätswerken bis zu internationalen Computerfirmen, Läden, Restaurants und einem Hotel alles nur Erdenkliche. An jedem Werktag pendelten mehr als 20 000 Menschen zur Arbeit und zum Vergnügen in diesen Bezirk.

Bei ihrer Ankunft führte Richard Hausens äußerst gepflegter Assistent Reiner sie sofort in das Büro des Staatssekretärs des Auswärtigen Amtes. Stoll hielt einen Moment vor einem gerahmten Stereogram an der Bürowand des Assistenten inne.

»Dirigenten«, sagte er. »Sehr schön. Das kenne ich noch nicht.«

»Ich habe es selbst entworfen«, entgegnete Reiner stolz.

Hausens Hamburger Büro befand sich im obersten Stock eines Komplexes auf der Südostseite mit Blick auf den 180 Hektar großen Stadtpark. Als sie eintraten, telefonierte der Staatssekretär gerade. Während sich Stoll setzte, um einen Blick auf Hausens Computeranlage zu werfen – wobei ihm Lang über die Schulter sah, trat Hood an das riesige Panoramafenster. Im tiefgoldenen Licht des späten Nachmittags sah er unter sich ein Schwimmbad, Sportplätze, ein Freilufttheater und die berühmte Vogelwarte.

Soweit Hood es nach dem äußeren Anschein beurteilen konnte, hatte Hausen zu seiner offenen, freimütigen Art zurückgefunden. Was immer ihn vorher bedrückt haben mochte, war entweder erledigt worden, oder er hatte es verdrängt.

Traurig dachte Hood: *Wenn ich es nur auch so machen könnte.* Im Büro gelang es ihm, den Schmerz in einem erträglichen Maß zu halten. Er ließ Charlies Tod nicht an sich heran, weil er den anderen Angestellten gegenüber stark sein mußte. Zwar hatte er sich ziemlich schlecht gefühlt, als Rodgers ihm von dem Haßspiel auf Billy Squires' Computer berichtet hatte, aber in Los Angeles war er mit so viel Haß konfrontiert gewesen, daß es ihn nicht mehr allzu sehr hatte schockieren können.

Diese Dinge konnte er irgendwie unter Kontrolle halten, aber der Vorfall in der Hotelhalle ließ ihn nicht mehr los. All die noblen Gedanken über Sharon, Ann Farris und Treue waren nur das eine: Gedanken. Ein Haufen Mist und leere Worte.

Nach ein paar Wochen hatte er Squires' Tod akzeptiert. Aber nach mehr als 20 Jahren war *sie* noch immer bei ihm. Die Orientierungslosigkeit, die fast panikartige Erregung, die er im Gespräch mit dem Portier gefühlt hatte, verblüfften ihn.

Großer Gott, dachte er. So sehr er sich auch wünschte, sie verachten zu können – er konnte es nicht. Wie in all den Jahren endete dieser Versuch auch jetzt damit, daß er sich selbst haßte. Wie damals fühlte er auch jetzt, daß *er* es vermasselt hatte.

Du wirst es niemals mit Sicherheit wissen, redete er sich ein. Das war fast so schlimm wie das Geschehene selbst – nicht zu wissen, *warum* es geschehen war.

Geistesabwesend fuhr er mit der Hand über die Innentasche seines Sportjacketts, wo sich seine Brieftasche befand. Die Brieftasche mit den Eintrittskarten. Die Karten mit den Erinnerungen.

Während sein Blick aus dem Fenster über den Park schweifte, fragte er sich: *Was hättest du getan, wenn sie es tatsächlich gewesen wäre? Sie gefragt: »Na, wie ist es dir ergangen? Bist du glücklich? Ach, übrigens, Liebes ... Warum hast du mir keine Kugel ins Herz gejagt, um die Sache endgültig zu Ende zu bringen?«*

»Eine schöne Aussicht, nicht wahr?« fragte Hausen.

Hood war nicht darauf vorbereitet gewesen. Abrupt kehrte er in die Realität zurück. »Eine großartige Aussicht. In meinem Büro habe ich nicht einmal ein Fenster.«

Hausen lächelte. »Unsere Arbeit unterscheidet sich, Mr. Hood. Ich muß die Leute sehen, denen ich diene. Ich muß junge Paare sehen, die Kinderwagen schieben. Ich muß ältere Paare sehen, die Hand in Hand gehen. Ich muß spielende Kinder sehen.«

»Ich beneide Sie darum«, sagte Hood. »Ich verbringe meine Tage damit, computererstellte Landkarten zu betrachten und die Vorzüge von Clusterbomben gegenüber Containerwaffensystemen abzuwägen.«

»Ihr Aufgabe ist es, Korruption und Tyrannei auszumerzen. Mein Feld ist« – Hausen hielt inne, griff in die Luft, als pflückte er einen Apfel von einem Baum und zöge ein Wort herunter – »das Gegenteil davon. Ich bemühe mich, Wachstum und Zusammenarbeit zu fördern.«

»Zusammen hätten wir einen verdammt guten biblischen Patriarchen abgegeben.«

Hausen strahlte. »Sie meinen einen Richter.«

Hood sah ihn an. »Wie bitte?«

»Einen Richter«, wiederholte der Politiker. »Ich bitte um Verzeihung. Das soll keine Verbesserung sein. Aber die Bibel ist eines meiner Hobbys. Eigentlich eine Leidenschaft. Ich war nämlich in einem katholischen Internat. Das Alte Testament hat es mir besonders angetan. Kennen Sie die Richter der Bibel?«

Hood mußte zugeben, daß er zwar schon von ihnen gehört hatte, sich aber nicht besonders gut auskannte. Er vermutete, daß sie zeitgenössischen Richtern ähnlich gewesen waren, äußerte sich aber nicht. Als er Bürgermeister von L.A. gewesen war, hatte er ein Schild an die Wand seines Büros gehängt, auf dem stand: WENN DU DIR NICHT SICHER BIST, DANN HALT DEN MUND. Mit dieser Einstellung war er im Verlauf seiner Karriere gut gefahren.

»Die Richter«, sagte Hausen, »waren Männer, die aus den Reihen der Hebräer aufgestiegen und zu Helden geworden waren. Man könnte sagen, sie waren spontane Herrscher, weil sie keine Verbindungen zu vorherigen Herrschern besaßen. Aber wenn sie einmal das Kommando übernommen hatten, hatten sie die moralische Autorität, um sämtliche Konflikte beizulegen.«

Hausen sah wieder aus dem Fenster. Seine Stimmung schien sich leicht einzutrüben. Hood fühlte sich unwillkürlich zu diesem Mann hingezogen, der die Neonazis haßte, die hebräische Geschichte kannte und wirkte, »als hätte er ein

Geheimnis«, wie es der alte Talkmaster Garry Moore vielleicht formuliert hätte.

»Es gab eine Zeit in meiner Jugend, Mr. Hood, da war ich der festen Überzeugung, daß ein Richter die bestmögliche und richtige Form eines Führers wäre. Ich dachte sogar: ›Hitler verstand das. Er war ein Richter. Vielleicht hatte er einen Auftrag von Gott‹.«

Hood sah ihn an. »Sie dachten, daß Hitler Gottes Werk verrichtete, indem er Menschen umbrachte und Kriege führte?«

»Richter töteten viele Menschen und führten viele Kriege. Sie müssen verstehen, Mr. Hood, daß Hitler uns nach einer Niederlage in einem Weltkrieg aufrichtete. Er half, eine Depression zu beenden und Länder zurückzuerobern, die viele Menschen als unseren rechtmäßigen Besitz betrachteten. Außerdem griff er Völker an, die von vielen Deutschen gehaßt wurden. Warum, glauben Sie, ist die Nazibewegung heute wieder so stark? Weil viele Deutsche noch immer der Meinung sind, daß er im Recht war.«

»Aber Sie bekämpfen diese Leute jetzt. Was hat Sie zu der Einsicht gebracht, daß Hitler falsch lag?«

Hausen sprach in harten, unglücklichen Halbtönen. »Ich möchte nicht unhöflich erscheinen, Mr. Hood. Aber das ist ein Thema, über das ich noch nie gesprochen habe. Ich möchte keinen neuen Freund damit belasten.«

»Warum nicht? Neue Freunde bringen neue Perspektiven.«

»Nicht in diesem Fall.«

Hausen hatte den letzten Satz mit Nachdruck gesprochen. Jetzt senkten sich seine Lider unmerklich, und Hood sah, daß er den Park oder die Menschen darin nicht mehr wahrnahm. Er befand sich an einem anderen, beklemmenden Ort. Hood wußte, daß er unrecht gehabt hatte – sie waren weder Patriarch noch Richter, sondern zwei Männer, die von viele Jahre zurückliegenden Ereignissen gejagt wurden.

»Aber Sie sind ein einfühlsamer Mann«, sagte Hausen. »Darum will ich einen Gedanken mit Ihnen teilen.«

In ihrem Rücken sagte Stoll: »Einen Moment, Sportsfreunde. Was haben wir denn hier?«

Hood sah sich um. Hausen legte eine Hand auf seine Schulter, um ihn zurückzuhalten.

»In Jakobus 2, 10 heißt es: ›Denn so jemand das ganze Gesetz hält und sündigt an *einem,* der ist's ganz schuldig.‹« Hausen nahm seine Hand fort. »Ich glaube an die Bibel, aber mehr als an alles andere glaube ich *daran.*«

»Gentlemen«, sagte Stoll, »würden Sie bitte hierherkommen.«

Hoods Interesse an Hausen stieg weiter, aber er erkannte an Stolls Tonfall, daß etwas nicht stimmte. Außerdem bemerkte er, daß Lang die Hand über den Mund gelegt hatte, als wäre er soeben Zeuge eines Autounfalls geworden.

Hood versetzte dem stoischen Hausen einen aufmunternden Klaps auf das Schulterblatt, dann wandte er sich um und eilte zum Computer.

25

Donnerstag, 9 Uhr 50 – Washington, D.C.

»Ich danke dir, General. Ich danke dir sehr herzlich. Aber die Antwort ist nein.«

Mike Rodgers saß in seinem Büro und lehnte sich auf seinem Stuhl zurück. Er wußte sehr genau, daß die Stimme am anderen Ende der abhörsicheren Leitung es ernst meinte. Er wußte auch, daß der Besitzer dieser kräftigen Stimme selten etwas revidierte, was er einmal gesagt hatte. So war Brett August, seit er sechs Jahre alt gewesen war.

Aber Rodgers meinte es ebenfalls ernst. Er hatte die Absicht, den Colonel für Striker zu gewinnen. Auch Rodgers war nicht der Typ, der eine Idee aufgab – speziell dann nicht, wenn er deren Schwachpunkte und Stärken kannte.

August war seit zehn Jahren beim Special Operations Kommando der Air Force und ein Freund von Rodgers seit gemeinsamen Kindheitstagen, und er liebte Flugzeuge mehr als Rodgers Actionfilme. Als Jungen waren die beiden an

Wochenenden oft mit ihren Fahrrädern die fünf Meilen entlang der Route 22 nach Bradley Field in Hartford, Connecticut, gefahren. Dort hatten sie einfach in einem der endlosen Felder gesessen und zugesehen, wie die Flugzeuge abhoben und landeten. Sie waren alt genug, um sich daran zu erinnern, wie die Propellermaschinen durch Düsenjets ersetzt worden waren, und Rodgers hatte noch lebhaft vor Augen, wie er jedesmal aufgesprungen war, wenn eine der neuen 707 über sie hinwegdröhnte. August lief gewöhnlich Amok.

Nach der Schule hatten die Jungen jeden Tag zusammen Hausaufgaben gemacht, wobei sie sich unterschiedlicher mathematischer oder wissenschaftlicher Aufgaben angenommen hatten, so daß sie schneller fertig wurden. Anschließend bauten sie gemeinsam Flugzeugmodelle. Ihr Hauptaugenmerk lag darauf dabei, daß die Bemalungen akkurat ausgeführt und die Aufkleber an den exakt richtigen Positionen angebracht wurden. Bei der einzigen handfesten Auseinandersetzung, die sie je miteinander hatten, ging es darum, wo der weiße Stern auf einer FH-1 Phantom anzubringen wäre. Die Abbildung auf dem Karton zeigte ihn direkt unter dem Heckaufbau, aber Rodgers hielt das für falsch. Nach dem Kampf hinkten sie in die Bücherei, um herauszufinden, wer recht hatte. Rodgers lag richtig. Der Stern gehörte in die Mitte zwischen Heckflosse und Flügel. August entschuldigte sich wie ein richtiger Mann.

August bewunderte auch die Astronauten und hatte jeden Rückschlag und Triumph des US-Raumfahrtprogramms verfolgt. Rodgers konnte sich nicht erinnern, August jemals glücklicher gesehen zu haben als an jenem Tag, da Ham, der erste amerikanische Weltraumaffe, im Rahmen einer Werbeveranstaltung nach Hartford gekommen war. Verzückt hatte August den *echten Raumfahrer* angestarrt. Nicht einmal später, als er Rodgers als Heranwachsender erzählt hatte, daß er es endlich geschafft habe, Barb Mathias ins Bett zu bekommen, war er so zufrieden gewesen.

Als die Zeit des Wehrdienstes gekommen war, trat Rodgers der Army bei, August der Air Force. Beide Männer verschlug es nach Vietnam. Während Rodgers seinen Dienst am

Boden verrichtete, flog August als Aufklärer über den Norden. Bei einem dieser Flüge wurde seine Maschine nordwestlich von Hue abgeschossen, er selbst gefangengenommen. Über ein Jahr verbrachte er in einem Kriegsgefangenenlager, bevor er 1970 zusammen mit einem anderen Soldaten fliehen konnte. Drei Monate lang schlug er sich nach Süden durch, bis er schließlich von einer Marines-Patrouille aufgelesen wurde.

Diese Erfahrung hatte August nicht verbittert. Im Gegenteil, der Mut, den er bei den amerikanischen Kriegsgefangenen gesehen hatte, hielt ihn aufrecht. Er kehrte in die Vereinigten Staaten zurück, erholte sich und ging anschließend wieder nach Vietnam, um dort ein Spionagenetz zur Suche nach US-Kriegsgefangenen aufzubauen. Nach dem Rückzug der USA blieb er für ein weiteres Jahr als Geheimagent dort und verbrachte dann drei Jahre auf den Philippinen, wo er Präsident Ferdinand Marcos in dessen Kampf gegen die Moro-Sezessionisten unterstützte. Dann arbeitete er als Verbindungsmann zur Air Force für die NASA. Er war für die Sicherheit von Missionen, bei denen Spionagesatelliten zum Einsatz kamen, verantwortlich. Schließlich trat er dem SOC als Spezialist für Terrorismusbekämpfung bei.

Obwohl sich Rodgers und August in den Jahren seit Vietnam nur sporadisch gesehen hatten, hatten sie jedesmal, wenn sie sich trafen oder miteinander sprachen, den Eindruck, als wäre kaum Zeit vergangen. Der eine brachte das Modellflugzeug mit, der andere die Farbe und den Kleber, und dann amüsierten sie sich köstlich.

Als Colonel August nun also sagte, er danke seinem Freund herzlich, glaubte Rodgers ihm. Was er nicht glaubte, war der Teil, der das »Nein« beinhaltete.

»Sieh mal, Brett. In den vergangenen 25 Jahren hast du dich mehr außer Landes als zu Hause aufgehalten. Vietnam, die Philippinen, Cape Canaveral ...«

»Das ist lustig.«

»... jetzt Italien. Und dann auch noch auf einer NATO-Basis, die nicht im entferntesten dem aktuellen Stand der Technik entspricht.«

»Um Punkt 16 Uhr werde ich mich auf die luxuriöse Eisenhower begeben, um mit ein paar wichtigen Franzosen und Italienern zu parlieren. Du hast Glück, daß du mich erwischt hast.«

»Habe ich dich erwischt?«

»Du weißt, was ich meine, General.«

»Laß den ›General‹ weg, Brett.«

»Mike, ich bin gerne hier drüben.«

»Aber denk doch nur an die fantastische Zeit, die wir hätten, wenn du wieder nach Hause kämest«, drängte Rodgers. »Verdammt, ich erzähle dir sogar von der Überraschung, die ich mir bis zu diesem Moment aufgehoben habe.«

»Außer dem Bausatz für die Revell Messerschmitt Bf 109, den wir nie finden konnten, gibt es nichts, das du mir anbieten ...«

»Wie steht's mit Barb Mathias?«

Am anderen Ende der Leitung herrschte eine Stille wie in einem tiefen Ozean.

»Ich habe sie gefunden«, fuhr Rodgers fort. »Sie ist geschieden, kinderlos und lebt in Enfield, Connecticut. Sie verkauft Anzeigen für eine Zeitung und hat gesagt, sie würde dich gern wiedersehen.«

»Du weißt noch immer ganz genau, wie man ein Kartenspiel richtig mischt, General.«

»Zum Teufel, Brett, komm wenigstens rüber, damit wir unter vier Augen darüber reden können. Oder muß ich jemanden zu dir schicken, der dir einen *schriftlichen* Befehl überbringt?«

»Es wäre mir eine Ehre, ein Team wie Striker zu führen. Aber ich wäre die meiste Zeit in Quantico am Boden festgenagelt, und das würde mich verrückt machen. Jetzt komme ich wenigstens in Europa rum und kann zu einigen Projekten meinen Senf abgeben.«

»Senf?« fragte Rodgers. »Brett, du hast gottverdammten Kaviar in deinem Kopf, und ich will, daß er für mich arbeitet. Wie oft kommt es vor, daß dir da drüben überhaupt jemand zuhört?«

»Selten«, gab August zu.

»Verdammt richtig. Du verstehst mehr von Taktik und Strategie als 90 Prozent aller Uniformierten. Man *sollte* dir zuhören.«

»Vielleicht, aber so ist es nun mal in der Air Force. Außerdem bin ich 40. Ich weiß nicht, ob ich noch dafür tauge, durch die Diamond Mountains von Nordkorea zu klettern, um Nodong-Raketen abzuknallen, oder einen Zug durch Sibirien zu jagen.«

»Erzähl mir nichts. Ich wette, daß du noch immer deine einarmigen Liegestützen machst, die du ununterbrochen geübt hast, während wir in Bradley auf die Flugzeuge gewartet haben – dein privates kleines Astronauten-Trainingsprogramm.«

»Ich kann sie noch immer. Nur nicht mehr so viele hintereinander.«

»Vielleicht nicht, aber trotzdem etliche mehr, als ich je schaffen werde. Wahrscheinlich auch einige mehr, als die Jungs von Striker machen.« Rodgers lehnte sich über seinen Schreibtisch nach vorne. »Brett, komm zurück und laß uns reden. Ich brauche dich hier. Verdammt, seit dem Tag unserer Einschreibung haben wir nicht mehr zusammengearbeitet.«

»Vor zwei Jahren haben wir das Modell der F-14A Tomcat gebaut.«

»Du weißt, was ich meine. Ich würde dich nicht fragen, wenn ich nicht der Meinung wäre, daß wir ein gutes Team abgäben. Sieh mal, du wolltest doch immer dieses Buch über Vietnam schreiben. Ich werde dir die Zeit dazu geben. Außerdem wolltest du Klavierspielen lernen. Wann gedenkst du, das zu tun?«

»Irgendwann, ich bin erst 40.«

Rodgers legte die Stirn in Falten. »Sensationell, wie du dein Alter aus zwei Perspektiven betrachten kannst.«

»Nicht wahr?«

Rodgers trommelte auf seinem Schreibtisch herum. Er hatte nur noch einen Trumpf in der Hand, und er beabsichtigte, den Stich damit zu machen. »Du hast Heimweh«, sagte er. »Du hast es mir erzählt, als du letztes Mal hier warst. Wie wäre es, wenn ich dir verspreche, daß du nicht am Boden festgenagelt sein wirst? Ich plane schon seit geraumer Zeit, Striker zusammen mit anderen Spezialeinheiten zu Manövern rund um die Welt zu schicken. Laß es uns in Angriff nehmen, Brett. Wir arbeiten auch an der Einrichtung von Regionalen OP-Centern. Wenn das einmal läuft, werden wir dich und Striker ständig mobil halten. Du kannst einen Monat in Italien mit deinen italienischen Kumpels verbringen, dann in Deutschland, in Norwegen ...«

»Genau das tue ich jetzt.«

»Aber für das falsche Team. Komm nur für ein paar Tage zurück. Laß uns darüber reden. Sieh dir das Team an. Du bringst den Kleber mit und ich das Flugzeug.«

August schwieg. »Na gut«, sagte er nach einer langen Pause. »Ich werde mit General DiFate einen Termin absprechen. Aber ich komme nur, um mit dir zu reden und das Modell zu bauen. Keine Versprechungen.«

»Keine Versprechungen«, willigte Rodgers ein.

»Sieh zu, daß du ein Abendessen mit Barb arrangierst. Ich überlasse es dir, wie du sie nach Washington bringst.«

»Geht in Ordnung.«

August dankte ihm und legte auf.

Rodgers ließ sich in seinen Stuhl zurückfallen. Er lächelte ein breites, zufriedenes Lächeln. Nach dem Zusammenstoß mit Senatorin Fox und Martha war er drauf und dran gewesen, den Job als Kommandant von Striker selbst zu übernehmen. Alles wäre ihm recht gewesen, um aus diesem Gebäude herauszukommen, den ganzen politischen Mist hinter sich zu lassen und etwas anderes zu tun als nur auf seinem Hintern zu hocken. Die Aussicht, mit August zusammenzuarbeiten, beflügelte ihn. Rodgers wußte nicht, ob er sich freuen oder sich schämen sollte, wie einfach es war, den kleinen Jungen in sich hervorzubringen.

Das Telefon summte.

Er entschied, daß es keine Rolle spielte, ob er sich wie fünf oder wie 45 fühlte, solange er glücklich war und seine Arbeit erledigte. Denn als er zum Telefonhörer griff, war ihm bewußt, daß dieses Glück nicht von langer Dauer sein würde.

26

Donnerstag, 15 Uhr 51 – Hannover

Es kostete Bob Herbert einige Mühe, sich von seinem Wagen fortzurollen.

Sein Rollstuhl besaß keinen Motor und würde auch nie einen besitzen. Wenn Herbert 90 und gebrechlich wäre und sich nicht mehr selbst fortbewegen könnte, würde er eben zu Hause bleiben. Er war der Meinung, daß die Unfähigkeit zu gehen nicht gleichbedeutend war mit der Unfähigkeit zu arbeiten. Zwar war er zu alt, um Wheelies zu vollführen, wie es einige der Jugendlichen im Rehabilitationszentrum vor vielen Jahren getan hatten, aber die Idee herumzutuckern, solange er sich noch mit eigener Kraft fortbewegen konnte, gefiel ihm nicht. Liz Gordon hatte einmal zu ihm gesagt, daß er sich auf diese Art dafür bestrafe, daß er überlebt habe und seine Frau gestorben sei. Aber Herbert hatte ihr das nicht abgekauft. Er zog es vor, sich selbst zu rollen, und er liebte den Endorphin-Schub, den ihm das Drehen seiner mühlsteinschweren Räder versetzte. Bis 1983, vor der Explosion, hatte er sich so gut wie nie sportlich betätigt, und die seitdem zur Gewohnheit gewordene Anstrengung hatte mit Sicherheit all die Weckamine aus seinem Körper gepumpt, die sie im Libanon in Krisenzeiten geschluckt hatten, um wachzubleiben. Was in Beirut so gut wie ständig der Fall gewesen war.

Während er die leicht ansteigende Straße hinaufrollte, entschied er sich gegen den Versuch, sich am Anmeldetisch registrieren zu lassen. Er kannte die deutschen Gesetze nicht besonders gut, aber er nahm an, daß er nicht das Recht hatte, diese Leute zu provozieren. Doch er hatte das Recht, sich in einer Gaststätte etwas zu trinken zu bestellen, und genau das würde er tun. Gleichzeitig wollte er so viel wie möglich über den Verbleib von Karin Doring herausfinden. Er erwartete nicht, daß er irgend jemandem Informationen abringen könnte, aber einen Fisch fing man bekanntlich am Maul. Außenstehende waren immer überrascht, wie viele Informationen man durch bloßes Zuhören sammeln konnte.

Natürlich, dachte er, *mußt du zuerst die Angelrute auswerfen, bevor du einen Fisch fangen kannst.* Die Menge vor ihm würde vielleicht versuchen, ihn aufzuhalten. Nicht, weil er in einem Rollstuhl saß – schließlich war er nicht auf diese Art zur Welt gekommen, sondern hatte seine Behinderung dem Dienst an seinem Land zu verdanken –, sondern weil er kein Deutscher und kein Nazi war. Aber so sehr diese Heißsporne sich auch wünschen mochten, daß es anders wäre – noch war Deutschland ein freies Land. Wenn sie ihn nicht in die Bierhalle ließen, gäbe es einen internationalen Zwischenfall.

Der Intelligence Chief rollte die Straße hinter der Bierhalle hinauf und näherte sich dem Haupteingang von der anderen Seite. Auf diese Weise würde er nicht an dem Einschreibungsareal vorbeikommen; er war nicht erpicht darauf, weitere steifarmige Salute mitanzusehen.

Er umrundete die Bierhalle und rollte dann auf die Gruppe von ungefähr 200 Männern zu, die trinkend und palavernd vor dem Eingang herumlungerten. Der Neonazi, der ihm am nächsten stand, drehte sich um und sah ihn. Kurze, heimliche Rippenstöße brachten andere Köpfe in seine Richtung, und aus dem Meer jugendlicher Teufel drangen ihm geringschätzige Blicke und rauhes Gelächter entgegen.

»Freunde, seht mal, wer hier ist! Franklin D. Roosevelt auf der Suche nach Jalta.«

Von wegen, niemand wird einen Kommentar zu meiner Behinderung abgeben, dachte Herbert. Andererseits gab es in jeder Gruppe einen Clown. Weitaus mehr verwirrte ihn die Tatsache, daß der Mann englisch gesprochen hatte. Dann fiel ihm der Aufdruck auf seinem Sweatshirt ein.

Ein anderer Neonazi hob seinen Bierkrug. »Mr. Roosevelt, Sie kommen gerade rechtzeitig. Der neue Krieg hat begonnen!«

»Ja«, bestätigte der erste Mann. »Aber diesmal wird er anders ausgehen.«

Herbert rollte weiter auf sie zu. Um die Bierhalle zu erreichen, mußte er durch die geschniegelten Hitlerjungen hindurch. Weniger als 20 Meter trennten ihn von dem ersten Mann.

Er warf einen Blick nach links. Der nächste Polizist stand in ungefähr 200 Meter Entfernung hinter der Gruppe mitten auf der Straße und war damit beschäftigt, den Verkehrsfluß aufrechtzuerhalten. Er sah in die andere Richtung.

Ob er wohl hört, was diese Volltrottel sagen? fragte sich Herbert. *Oder ist er genauso angestrengt damit beschäftigt, sich aus allem herauszuhalten?*

Viele der Männer vor ihm hatten ihn noch nicht bemerkt, aber als Herbert jetzt nur noch fünf Schritte entfernt war, drehten auch sie sich um und sahen ihn an. Noch zwei Schritte. Noch einen. Manche der Neonazis waren schon betrunken. Ihre Körpersprache zeigte, daß sie die Sicherheit, die ihnen das Rudel bot, genossen. Herbert schätzte, daß höchstens ein Viertel der Gesichter, in die er blickte, die Intensität von Leuten mit Überzeugung besaß; die restlichen waren Gesichter von Mitläufern. Das hätte ihm kein Spionagesatellit mitteilen können.

Die Meute aus jungen Männern bewegte sich nicht. Herbert rollte bis auf wenige Zentimeter an ihre Slipper und teuren Halbschuhe heran, dann blieb er stehen. Bei Konfrontationen im Libanon und an anderen Brennpunkten hatte er sich stets zurückhaltend benommen. Kritische Situationen, die vorzeitig zu einem Ende gebracht wurden, beinhalteten eine Dynamik der garantierten gegenseitigen Zerstörung: Man stürmte ein Flugzeug und überwältigte die Entführer, verlor aber eventuell einige der Geiseln. Dagegen konnte niemand eine Geisel auf unbegrenzte Zeit halten – oder einem anderen Menschen für immer im Weg herumstehen. Man mußte nur lange genug warten, dann ließ sich in der Regel ein Kompromiß finden.

»Entschuldigen Sie«, sagte Herbert.

Einer der Männer sah auf ihn herab. »Nein«, entgegnete er. »Diese Straße ist gesperrt. Das ist eine private Veranstaltung.«

Herbert roch den Alkohol in seinem Atem. Mit diesem Kerl war nicht vernünftig zu reden. Er sah einen anderen Mann an. »Ich habe gesehen, daß Leute hier vorbeigegangen sind. Würden Sie mich bitte durchlassen?«

Der erste Mann sagte: »Sie haben richtig gesehen. Hier sind Leute vorbeigegangen. Sie *gehen* aber nicht, also kommen Sie nicht vorbei.«

Herbert unterdrückte den Wunsch, dem Rowdy über den Fuß zu fahren. Damit hätte er nur einen Regen von Fäusten und Bierkrügen auf sich provoziert. »Ich will keinen Ärger«, sagte er. »Ich habe nur Durst und würde mir gerne etwas zu trinken holen.«

Einige der Männer lachten. Herbert fühlte sich wie Hilfssheriff Festus Higgins, der versuchte, in Marshall Matt Dillons Abwesenheit dem Gesetz Achtung zu verschaffen.

Ein Neonazi mit einem Bierkrug drängte sich durch die anderen Männer nach vorne. Er trat in die erste Reihe und hielt seinen Krug mit ausgestrecktem Arm über Herberts Kopf.

»Sie haben Durst?« fragte er. »Wollen Sie einen Schluck von meinem Bier?«

»Nein, danke«, antwortete Herbert. »Ich trinke keinen Alkohol.«

»Dann sind Sie kein Mann.«

»Sehr mutig gesprochen.« Herbert hörte seine eigene Stimme und war überrascht, wie ruhig sie klang. Dieser Kerl war ein Feigling mit einer Armee von 200 oder 300 Mann hinter sich. Er würde versuchen, ihn zu einem Duell herauszufordern, wie es sein Vater zu Hause in Mississippi einmal getan hatte, als ihn jemand beleidigt hatte.

Die Deutschen blickten noch immer auf ihn herab. Der Mann mit dem Bierkrug lächelte, schien sich aber in seiner Haut nicht wohlzufühlen. Herbert sah es in seinen Augen.

Du hast soeben erkannt, daß du nicht viel damit gewinnst, wenn du ihn über mich ausschüttest, dachte Herbert. *Du hast ja schon gesagt, daß ich kein Mann bin. Es ist unter deiner Würde, mich anzugreifen.* Andererseits hatte dieser Mann eine vom Alkoholkonsum angestachelte Aufdringlichkeit an sich, die es ebenso möglich erscheinen ließ, daß er ihm den Krug auf den Kopf schlagen würde. Die Gestapo hatte Juden für Untermenschen gehalten; trotzdem hatte sie jüdische Männer auf der Straße angehalten und ihnen die Bärte mit Zangen ausgerissen.

Nach einem Moment hob der Mann den Bierkrug an die Lippen. Er nahm einen Schluck und behielt die Flüssigkeit im Mund, als überlegte er, ob er Herbert anspucken sollte oder nicht. Dann schluckte er.

Der Neonazi trat rechts an den Rollstuhl heran. Er stützte sich mit einer Hand schwer auf die Armlehne mit dem Telefon. »Sie haben doch gehört, daß dies eine private Veranstaltung ist. Sie sind nicht eingeladen.«

Herbert hatte genug. Er war hierhergekommen, um Erkundigungen einzuziehen und nachrichtendienstliche Informationen zu sammeln, wie es seinem Job entsprach. Aber diese Typen hatten ihn mit dem »Unerwarteten« konfrontiert, das oft ein Teil der HUMINT-Operationen war. Jetzt stand er vor der Wahl: Gab er auf, bedeutete das, daß er seine Arbeit nicht erledigen konnte und seine Selbstachtung verlor. Blieb er, riskierte er es, zusammengeschlagen zu werden. Aber vielleicht – *vielleicht* – würde er einige dieser Idioten lehren können, daß die Kräfte, die den Faschismus schon einmal besiegt hatten, noch am Leben und hellwach waren.

Er entschied sich zu bleiben.

Herbert fixierte die Augen des Mannes. »Wissen Sie, ich würde an Ihrer Veranstaltung nicht teilnehmen, selbst wenn Sie mich eingeladen hätten. Ich habe lieber mit Führern als mit Mitläufern zu tun.«

Der Deutsche stützte sich noch immer mit einer Hand auf die Armlehne, in der anderen hielt er den Bierkrug. Aber Herbert erkannte in den blaugrauen Augen des Mannes, daß die Selbstherrlichkeit wie Luft aus einem Ballon aus ihm entwich.

Er wußte, was folgen würde, und legte seine rechte Hand unter die Armlehne. Die einzige Waffe, die der Deutsche besaß, war das Bier. Mit einem verächtlichen Blick drehte er den Krug um und goß den Inhalt langsam in Herberts Schoß.

Herbert ertrug die Schmach. Es war wichtig zu zeigen, daß er dazu in der Lage war. Als der Neonazi fertig war und sich aufrichtete, um einen spärlichen Applaus zu ernten, riß Herbert seinen abgesägten Besenstiel unter der Armlehne hervor. Mit einer Drehung des Handgelenks richtete er den Stock auf den Neonazi und stieß ihn ihm in den Unterleib. Der Deutsche schrie auf, krümmte sich und stolperte rückwärts gegen seine Kumpane. Reflexartig umklammerte er seinen Bierkrug wie einen Fetisch.

Lärmend drängte die Menge vorwärts, drohte sich in einen Mob zu verwandeln. Herbert hatte in anderen Ländern vor amerikanischen Botschaften Ähnliches erlebt, und es war jedesmal ein beängstigender Anblick gewesen. Eine mikrokosmische Zivilisation schien sich aufzulösen, und die Menschen wurden wieder zu territorialen Fleischfressern. Er rollte ein Stück nach hinten. Wenn er an eine Wand gelangen und seine Flanke schützen könnte, würde er auf diese Philister einschlagen wie Samson, der dazu den Kieferknochen eines Esels benutzt hatte.

Plötzlich wurde sein Rollstuhl mit einem Ruck nach hinten gerissen.

»Halt!« rief eine rauhe Stimme in seinem Rücken.

Herbert drehte sich um. Der schmächtige Polizist von ungefähr 50 Jahren, der den Verkehr geregelt hatte, war herbeigeeilt. Er stand hinter ihm und umklammerte heftig atmend die Griffe des Rollstuhls. Die braunen Augen des Mannes wirkten stark, auch wenn der Rest einen eher wackligen Eindruck erweckte.

Aus der Menge drangen Rufe, die der Polizist beantwortete. Dem Klang der Stimmen und den wenigen Worten, die Herbert verstand, nach zu urteilen, beschuldigten sie ihn, den Fremden, und forderten den Polizisten auf, sich um seine eigenen Angelegenheiten zu kümmern. Der Polizist entgegnete, daß genau das seine Angelegenheit sei: für Ordnung zu sorgen, auf der Straße genauso wie auf den Bürgersteigen.

Er wurde verhöhnt und bedroht.

Nach dem kurzen Wortwechsel fragte der Beamte Herbert auf englisch: »Haben Sie ein Auto?«

Herbert bejahte.

»Wo steht es?«

Er sagte es ihm.

Der Polizist zog den Rollstuhl weiter zurück, aber Herbert legte seine Hände auf die Räder und stoppte sie.

»Warum soll ich fort?« fragte er. »*Ich* wurde doch angegriffen!«

»Weil es meine Aufgabe ist, die öffentliche Ordnung zu wahren«, antwortete der Polizist. »Ich kann nur auf diese Art dafür garantieren. Wir sind momentan sehr spärlich besetzt; unsere Leute sind auf Kundgebungen in Bonn, Berlin und Hamburg im Einsatz. Es tut mir sehr leid, aber ich habe nicht die Zeit, um mich für die Sache eines einzelnen einzusetzen. Ich bringe Sie zu Ihrem Wagen zurück, damit Sie dieses Stadtviertel verlassen können.«

»Aber die Bastarde haben doch mich angegriffen!« Herbert bemerkte, daß er noch immer den Stock in den Händen hielt. Rasch brachte er ihn wieder unter der Armlehne an, bevor der Polizist auf den Gedanken käme, ihn ihm wegzunehmen. »Wenn ich nun Anzeige gegen sie erstatten möchte, wenn ich die ganze verdammte Bande vor Gericht bringen will?«

»Dann werden Sie den kürzeren ziehen«, entgegnete der Polizist. Er drehte Herbert um, von der Menge fort. »Die Leute behaupten, der Mann habe Ihnen helfen wollen, in die Bierhalle zu gelangen, woraufhin Sie ihn geschlagen hätten.«

»Na klar.«

»Sie sagen, Sie seien schuld gewesen, daß er sein Bier verschüttet habe, und sie hätten nur verlangt, daß Sie dafür bezahlen.«

»Und Sie glauben ihnen?«

»Es spielt keine Rolle, was ich glaube«, antwortete der Polizist. »Als ich mich umdrehte, war der Mann verletzt, und Sie hielten einen Stock in der Hand. Das habe ich gesehen, und so müßte ich es in meinen Bericht schreiben.«

»Verstehe. Sie sahen einen älteren Mann in einem Rollstuhl, der 200 gesunden jungen Neonazis gegenüberstand, und Sie folgerten, daß er der Böse sein müßte.«

»Juristisch betrachtet ist das korrekt.«

Herbert hörte die Worte und begriff ihre Bedeutung. In den Vereinigten Staaten hatte er so etwas oft genug im Zusammenhang mit anderen wahnwitzigen Kriminellen erlebt. Trotzdem verwunderte es ihn noch immer. Sie wußten beide, daß diese Bastarde logen, aber dennoch würde die Gruppe ungeschoren davonkommen. Und solange kein Gesetzeshüter oder Regierungsvertreter seine eigene Sicherheit gefährden wollte, würden sie auch weiterhin davonkommen.

Zumindest zog Herbert etwas Genugtuung aus der Tatsache, daß auch er davonkam. Das Gefühl, mit den Eiern dieses Scheißkerls Billard gespielt zu haben, war beinahe das Bierbad wert, das er genommen hatte.

Während er davongerollt wurde, begann ein Hupkonzert in dem Stau, der entstanden war, weil der Polizist seinen Posten verlassen hatte. Der Lärm spiegelte den Aufruhr in seiner eigenen Seele wider, seine Empörung und seine Wut. Er ging, aber er schwor sich, daß er es diesen Schlägern heimzahlen würde. Nicht hier und jetzt, aber an einem anderen Ort und sehr bald.

Einer der Männer hatte sich aus der Menge gelöst. Er ging in die Bierhalle, schlenderte durch die Küche und schlüpfte durch die Hintertür hinaus. Dann stieg er auf eine Mülltonne, um über den rückwärtigen Holzzaun zu klettern, und gelangte durch eine schmale Gasse auf dieselbe Straße, in der sich Herbert und der Polizist befanden.

Sie waren bereits weiter vorne und gingen in Richtung der Nebenstraße, in der Herbert seinen Wagen geparkt hatte.

Der junge Mann folgte ihnen. Er war einer von Karin Dorings engsten Vertrauten und hatte die strikte Anweisung, jeden zu beobachten, der möglicherweise hinter ihr her war. Dadurch unterschieden sie sich von denen, die keiner organisierten Gruppe angehörten und eine solche Möglichkeit gar nicht erst in Betracht zogen. Er hielt sich in ausreichendem Abstand und beobachtete, wie der Polizist Herbert in den Wagen half, den Rollstuhl darin verstaute und dann wartete, bis Herbert davongefahren war.

Der Mann zog einen Kugelschreiber und ein Funktelefon aus der Innentasche seiner Jacke. Er gab die Nummer und den Typ von Herberts Mietwagen durch. Als der Polizist sich abwandte und mit raschen Schritten auf seinen Posten zurückkehrte, drehte sich der Neonazi ebenfalls um und ging wieder zur Bierhalle.

Kurz darauf schoß ein Lieferwagen aus einem Parkplatz drei Querstraßen von Bob Herbert entfernt.

27

Donnerstag, 16 Uhr – Hamburg

»Wo liegt das Problem?« fragte Hood, als er neben Stoll trat.

Lang wirkte blaß und beunruhigt, und Stoll hämmerte wie verrückt auf der Tastatur herum.

»Da läuft eine richtige Sauerei«, sagte Stoll. »Ich zeige es Ihnen sofort – ich habe ein Analyseprogramm aktiviert, um herauszufinden, wie es hier reingelangt ist.«

Hausen stellte sich neben Hood. »Wie was hier reingelangt ist?« fragte er.

Stoll erwiderte: »Sie werden es gleich sehen. Ich möchte es Ihnen lieber nicht beschreiben.«

Hood fühlte sich allmählich wie Alice im Wunderland, nachdem sie den Spiegel durchschritten hatte: Jedesmal, wenn er sich umdrehte, sahen die Menschen und die Ereignisse merkwürdiger aus.

»Ich habe nur den Cache-Speicher überprüft«, sagte Stoll. »Dabei bin ich auf eine Datei gestoßen, die heute mittag um 13 Uhr 12 erstellt wurde.«

»13 Uhr 12?« sagte Hood. »Das war zu der Zeit, als wir beim Mittagessen waren.«

»Richtig.«

Hausen meinte: »Aber es war niemand hier, außer Reiner.«

»Ich weiß«, sagte Stoll. »Übrigens – jetzt ist er fort.«

Hausen sah Stoll befremdet an. »Fort?«

»Gegangen.« Stoll deutete auf den Empfangsbereich. »Kaum hatte ich mich hergesetzt, nahm er seine Schultertasche und sein italienisches Jackett und verduftete. Seitdem hat Ihr Computer alle Anrufe entgegengenommen.«

Hausens Augen wanderten von Stoll zu dem Computer.

Mit flacher Stimme fragte er: »Was haben Sie gefunden?«

»Erstens hat Reiner Ihnen einen kleinen Liebesbrief hinterlassen, den ich Ihnen gleich zeigen werde. Aber vorher möchte ich, daß Sie das hier sehen.«

Stolls Zeigefinger hackten Befehle in den Computer, und der 17-Zoll-Bildschirm änderte seine Farbe von blau in schwarz. Weiße Streifen zuckten waagerecht über den Monitor. Sie verwandelten sich in Stacheldrahtstränge und begannen, das Wort KONZENTRATIONSLAGER zu bilden. Zuletzt wurden die Buchstaben rot und verflüssigten sich zu Blut, das den Bildschirm allmählich ausfüllte.

Eine Art Einleitungssequenz folgte. Zuerst erschien als Standbild das Eingangstor des Konzentrationslagers Auschwitz mit der Inschrift ARBEIT MACHT FREI.

Lang übersetzte, die Hand vor den Mund gelegt, für die Amerikaner.

Dann lief eine Folge detaillierter Computeranimationen ab: Eine Menschenmenge aus Männern, Frauen und Kindern ging durch das Tor; Männer in gestreifter Lagerkleidung, die mit den Gesichtern vor einer Wand standen, wurden von Aufsehern mit Reitpeitschen geschlagen; Häftlinge wurden kahlgeschoren; im Austausch für ein Paar Schuhe erhielt ein Mitglied der SS-Totenkopfeinheit einen Ehering ausgehändigt; von Wachtürmen aus durchschnitten Suchscheinwerfer die frühmorgendliche Finsternis, während ein SS-Aufseher brüllte: »Arbeitskommandos ausrücken!«

Wieder übersetzte Lang. Seine Hand zitterte jetzt.

Gefangene griffen nach Schaufeln und Spitzhacken. Sie traten aus dem Tor und nahmen ihre Kappen ab, um in Anlehnung an den Slogan unter Schlägen und Tritten der Wärter die Arbeit an einem Straßenabschnitt aufzunehmen.

Plötzlich ließ ein großer Teil der Männer die Schaufeln fallen und flüchtete in die Dunkelheit. Damit begann das Spiel. Über ein Menü wurde der Spieler dazu aufgefordert, eine Sprache auszuwählen. Stoll wählte Englisch.

Ein SS-Aufseher erschien in Nahaufnahme und wandte sich an den Spieler. Sein Gesicht bestand aus einem animierten Porträt Hausens. Dahinter lag eine idyllische Landschaft mit Bäumen, Flüssen und einer nur teilweise sichtbaren Burg aus roten Ziegelsteinen.

»25 Häftlinge sind in die Wälder geflüchtet«, sagte der Aufseher. »Es ist Ihre Aufgabe, Ihre Kräfte so einzuteilen, daß Sie die Flüchtigen finden, gleichzeitig aber die Produktivität Ihres Lagers aufrechterhalten und mit der Verarbeitung der Leichen der Untermenschen fortfahren können.«

Anschließend wechselten sich realitätsnahe Szenen ab, in denen vom Spieler gesteuerte Aufseher die Flüchtenden mit Hunden durch den Wald jagten, während andere in den Krematorien Leichen aufschichteten. Stoll wählte die Option für den Selbstlauf des Spiels, da er es, wie er sagte, nicht fertigbringe, die Leichen zur Verbrennung auf die Laderoste zu stapeln.

»Der Brief«, sagte Hausen, während sie das Programm beobachteten. »Was steht in Reiners Brief?«

Stoll drückte die Tastenkombination »Strg/Alt/Entf« und beendete das Spiel. Er gab einige Befehle ein, mit denen er Reiners Brief aufrief. »Der Typ hat nicht viel geredet, oder?« fragte er, während er die Tasten bearbeitete.

»Nein«, bestätigte Hausen. »Warum fragen Sie?«

»Ich habe zwar keine Ahnung, was er geschrieben hat, aber es war jedenfalls nicht viel.«

Der Brief erschien, und Lang beugte sich näher heran, um ihn für die Amerikaner zu übersetzen. Das Schreiben lautete: SEHR GEEHRTER RETTER DER MENSCHHEIT! ICH HOFFE, DASS SIE FREUDE AN DIESEM SPIEL HABEN WERDEN, SOLANGE ES NOCH EIN SPIEL IST. REINER.

Hood beobachtete Hausen genau, dessen Rücken sich straffte und dessen Mundwinkel sich nach unten krümmten. Er schien fast in Tränen auszubrechen.

»Vier Jahre«, sagte Hausen. »Vier Jahre waren wir zusammen. Wir haben uns in Zeitungen, mit Megaphonen bei Open-Air-Veranstaltungen und im Fernsehen für die Menschenrechte eingesetzt.«

»Es sieht so aus, als hätte er Sie nur ausspionieren sollen«, sagte Hood.

Hausen wandte sich von dem Computer ab. »Ich kann das

nicht glauben«, sagte er düster. »Ich habe bei ihm zu Hause mit seinen Eltern zu Abend gegessen. Er hat mich sogar gefragt, was ich von seiner Verlobten halte. Es ist unfaßbar.«

»Das sind genau die Dinge, mit denen Maulwürfe Vertrauen aufbauen«, erklärte Hood.

Hausen sah ihn an. »Aber vier Jahre! Warum hat er bis jetzt gewartet?«

»Die Chaostage«, meinte Lang und ließ die Hand fallen. »Das ist seine perverse Art, einen Standpunkt zu beziehen.«

»Das würde mich sehr überraschen«, widersprach Hood.

Lang blickte ihn an. »Wie meinen Sie das? Ist das denn nicht eindeutig?«

»Nein«, entgegnete Hood. »Das ist ein Spiel in professioneller Qualität. Ich gehe davon aus, daß Reiner es nicht selbst hergestellt hat. Er hat es für jemanden plaziert, der ihn hier nicht mehr länger braucht.«

Die drei anderen Männer waren schockiert, als Hausen die Hände vor sein Gesicht schlug und aufstöhnte.

»Jesus Christus«, murmelte er. Er ließ die Hände wieder sinken, ballte sie zu Fäusten und schüttelte sie in Hüfthöhe. »Reiner gehörte zu der mächtigen Gruppe, von der er gesprochen hat.«

Hood sah ihn an. »Von der *wer* gesprochen hat?«

»Dominique. Gérard Dominique.«

»Wer ist Dominique?« wollte Lang wissen. »Ich habe diesen Namen noch nie gehört.«

»Da haben Sie nichts versäumt.« Hausen schüttelte den Kopf. »Dominique rief mich an, um seine Rückkehr anzukündigen. Aber jetzt frage ich mich, ob er überhaupt jemals fort war. Ich glaube, er war die ganze Zeit über irgendwie anwesend, und seine Seele ist langsam verfault, während er gewartet hat.«

»Richard, bitte erzählen Sie mir von ihm«, bat Lang. »Wer ist dieser Mensch?«

»Er ist kein Mensch«, entgegnete Hausen. »Er ist Luzifer. Der Teufel.« Er schüttelte den Kopf, als wollte er sich von etwas darin befreien. »Gentlemen, es tut mir leid, aber ich kann jetzt nicht darüber reden.«

»Dann lassen Sie's«, sagte Hood und legte ihm eine Hand auf die Schulter. Er sah Stoll an. »Matt, können Sie das Spiel ins OP-Center rüberschicken?«

Stoll nickte.

»Gut. Mr. Hausen, haben Sie erkannt, um welches Foto es sich handelt?«

»Nein, tut mir leid.«

»Das macht nichts«, sagte Hood. »Matt, haben Sie irgendwas in Ihrem Arsenal, womit Sie herausfinden können, woher es stammt?«

Stoll schüttelte den Kopf. »Dazu bräuchte ich wesentlich mehr Rechenleistung als mein Matchbook bringt. Mit dem Miniprogramm, das ich hier auf Diskette habe, lassen sich höchstens bereits vorhandene Bilder wiederfinden – so nach Art einer Wortsuche.«

»Verstehe«, sagte Hood.

»Ich muß es zu Hause durch unsere Fotodatenbank jagen. Damit läßt sich vielleicht eruieren, woher es stammt.«

»Die Landschaft hinter Mr. Hausen ist auch ein Foto«, sagte Hood.

»Noch dazu ein sehr deutliches«, stimmte Stoll zu. »Wahrscheinlich nicht aus einer Zeitung. Ich kann mein Büro anweisen, es durch den Geologen laufen zu lassen. Mal sehen, was dabei herauskommt.«

Der Geologe war eine komplette Oberflächenansicht der Erde, die durch Satellitenaufnahmen zusammengesetzt worden war. Per Computer ließ sich die Erde Hektar für Hektar und aus jedem einstellbaren Winkel absuchen. Es würde vielleicht ein paar Tage dauern, aber wenn an dem Foto nicht herumgebastelt worden war, würde ihnen der Geologe sagen, wo es aufgenommen worden war.

Hood befahl Stoll, alles Notwendige zu veranlassen. Der Operations Support Officer rief seinen Assistenten Eddie Medina an und gab ihm Bescheid, daß die Sendung eintreffen würde.

Hood drückte Hausens Schulter. »Lassen Sie uns ein wenig spazierengehen.«

»Vielen Dank, nein«, erwiderte Hausen.

»*Ich* brauche eine kleine Entspannung«, sagte Hood. »Es war auch für mich ein – denkwürdiger Morgen.«

Hausen brachte ein ungeschicktes Lächeln zustande. »Na schön.«

»Gut. Matt, rufen Sie mich auf dem Handy an, falls Sie etwas hereinbekommen.«

»Ihr Wunsch ist mir Befehl«, gab der unschlagbare High-Tech-Zauberer zurück.

»Mr. Lang«, sagte Hood, »Matt braucht vielleicht ein wenig Hilfe mit der Sprache.«

»In Ordnung, ich bleibe hier.«

Hood lächelte dankbar. »Vielen Dank. Wir kommen bald zurück.«

Die Hand noch immer auf Hausens Schulter, geleitete Hood den Deutschen durch den Empfangsbereich zum Aufzug.

Hausen log, natürlich. Hood war schon oft Menschen wie ihm begegnet. Der Staatssekretär wünschte sich sehr, über sein Problem sprechen zu können, aber sein Stolz und seine Würde erlaubten es ihm nicht. Hood würde seinen Widerstand brechen. Es war mehr als ein Zufall, daß sie in dem Büro soeben Zeugen eines Vorfalls geworden waren, der Ähnlichkeit mit dem auf Billy Squires' Computer aufwies, von dem Mike Rodgers ihm ein paar Stunden zuvor berichtet hatte. Wenn etwas Derartiges gleichzeitig auf zwei Kontinenten geschah, dann mußte das OP-Center herausfinden, weshalb.

Und zwar schnell.

28

Donnerstag, 10 Uhr 02 – Washington, D.C.

Nach seinem ermutigenden Gespräch mit Brett August verging der Morgen für Mike Rodgers wie im Flug. Matt Stolls Assistent Eddie hatte ihn über die Geschehnisse in Deutschland informiert und gesagt, er habe eine Anfrage mit der Bitte um Amtshilfe an das Büro von Bernard Ballon von der Gendarmerie Nationale gestartet. Ballon befand sich jedoch auf einem Antiterroreinsatz gegen die *Neuen Jakobiner* und hatte den Anruf bis jetzt nicht beantwortet.

Rodgers machte sich mehr Sorgen um Herbert, der auf eigene Faust in Sachen Chaostage ermittelte. Der General war nicht beunruhigt, weil Herbert in einem Rollstuhl saß; schließlich war er nicht wehrlos. Aber Rodgers hatte ein ungutes Gefühl, weil er wußte, daß Herbert wie ein Hund sein konnte, der einen Knochen in Beschlag genommen hatte. Es fiel ihm schwer, sich von Dingen zu trennen, besonders von ungelösten Fällen. Im Moment konnte das OP-Center wenig tun, um ihm zu helfen. Anders als in den Vereinigten Staaten, wo sie Telekommunikationseinrichtungen durch das FBI, die CIA oder örtliche Polizeistellen abhören lassen konnten, war es in Übersee schwierig, kurzfristig ein breites Überwachungssystem zu installieren. Satelliten konnten sich auf einzelne Funktelefone konzentrieren oder kleinere Regionen überwachen, aber sie fingen dabei auch viel Schrott auf. Genau das hatte er zuvor Senatorin Fox vermitteln wollen: Ohne Agenten im Feld waren chirurgische Operationen nur schwer durchzuführen.

Es tat gut, Herbert vor Ort zu wissen. Einerseits fragte sich Rodgers besorgt, was Herbert ohne den besänftigenden Einfluß Paul Hoods anstellte, andererseits erregte ihn die Aussicht auf einen entfesselten Bob Herbert. Falls irgendwer den Beweis dafür liefern könnte, daß Geld in ein sonst weitgehend nutzloses HUMINT-Programm gesteckt werden mußte, dann Herbert.

Liz Gordon kam kurz nach Eddies Anruf. Sie brachte den General auf den aktuellen Stand bezüglich des mentalen Zustands des Striker-Teams. Major Shooter habe seinen »89th-MAW-Charme« – »um genau zu sein«, sagte sie, »den *Mangel* daran« – nach Quantico mitgebracht und drille die Einheit exakt nach den Vorschriften.

»Aber das ist ganz gut so«, sagte sie. »Lieutenant Colonel Squires hatte einen Hang dazu, die Zügel etwas schleifen zu lassen. Unter Shooters Regiment werden sie lernen zu akzeptieren, daß jetzt ein anderer Wind weht. Es schmerzt sie noch immer höllisch, und viele von ihnen bestrafen sich selbst, indem sie besonders hart trainieren.«

»Sie bestrafen sich selbst, weil sie glauben, sie hätten Charlie im Stich gelassen?« fragte Rodgers.

»Deswegen, und wegen eines anderen Schuldgefühls: das Überlebenden-Syndrom. Sie leben noch, er nicht.«

»Und wie kann man sie davon überzeugen, daß sie ihr Bestes gegeben haben?«

»Gar nicht. Sie brauchen Zeit und eine Perspektive. So ein Verhalten ist in solchen Situationen völlig normal.«

»Normal«, wiederholte Rodgers traurig, »aber für die Menschen, die damit umgehen müssen, ist es neu.«

»Auch das ist richtig«, stimmte Liz zu.

»Eine praktische Frage: Sind sie einsatzbereit, wenn wir sie brauchen?«

Liz dachte einen Moment lang nach. »Ich habe ihnen heute morgen ein wenig beim Training zugesehen. Niemand schien gedanklich abzuschweifen, und bis auf eine ausgeprägte, zornige Energie schienen sie in Ordnung zu sein. Aber das muß ich noch auswerten. Die Übungen von heute morgen waren rein mechanische, repetitive Übungen. Ich kann nicht dafür garantieren, wie sie unter Beschuß reagieren.«

»Liz«, sagte Rodgers mit einem leichten Anflug von Verärgerung in der Stimme, »genau diese Garantie brauche ich.«

»Tut mir leid. Die Ironie dabei ist: Ich mache mir weniger Sorgen darüber, ob die Strikers Angst davor haben, in Aktion zu treten. Im Gegenteil, ich fürchte, daß sie überreagieren könnten; das ist ein klassisches Syndrom der Schuldabwehrreaktion. Sie würden sich selbst in Gefahr bringen, um sicherzustellen, daß niemand anderes verletzt wird. Was in Rußland geschehen ist, soll nicht noch einmal passieren.«

»Gibt es jemanden, um den Sie sich spezielle Sorgen machen?«

»Sondra DeVonne und Walter Pupshaw scheinen mir am ehesten gefährdet zu sein«, antwortete Liz.

Rodgers pochte mit einem Finger auf die Schreibtischplatte. »Für unsere Einsatzpläne brauchen wir Eliteteams von jeweils sieben Leuten. Habe ich sieben Leute, Liz?«

»Vielleicht. Wahrscheinlich haben Sie sogar mehr als sieben.«

»Das hilft mir noch immer nicht weiter.«

»Ich weiß. Aber im Moment kann ich Ihnen keine Garantien geben. Ich werde heute nachmittag noch einige Einzelsitzungen mit verschiedenen Mitgliedern der Striker-Truppe abhalten. Danach kann ich Ihnen mehr sagen.«

Darrell McCaskey klopfte an und wurde aufgefordert hereinzukommen. Er nahm Platz und öffnete sein Powerbook.

»Okay«, sagte Rodgers zu Liz. »Wenn Sie bei irgendwem unsicher sind, geben Sie ihr oder ihm Urlaub. Ich werde Shooter anrufen und ihm sagen, er soll vier oder fünf Ersatzleute von Andrews anfordern. Er kann sie für einige der Schlüsselpositionen auf Vordermann bringen und sie dazunehmen, falls es nötig wird.«

»Ich würde sie jetzt noch nicht zur Basis bringen lassen«, riet Liz. »Sonst demoralisieren Sie die anderen, die noch damit kämpfen, ihren Schmerz und ihren Kummer zu überwinden.«

Rodgers liebte und respektierte seine Strikers, aber er war nicht davon überzeugt, daß Liz' Weg der richtige war. Als er in den 60er Jahren in Vietnam gewesen war, hatte niemand einen Pfifferling um Trauer oder Syndrome oder um Gottweiß-was gegeben. Starb ein Kumpel in einem Hinterhalt, brachte man sein Platoon so schnell wie möglich raus, nahm einen Happen zu sich und eine Mütze voll Schlaf, weinte – und am nächsten Morgen war man wieder auf Patrouille. Vielleicht weinte man immer noch, und man war ein bißchen vorsichtiger oder ein bißchen wütender oder brannte darauf, dem Feind Schaden zuzufügen, aber, zum Teufel noch mal, man war da draußen, mit dem M16 bei der Arbeit.

»Na gut«, sagte Rodgers scharf. »Die Ersatzleute trainieren in Quantico.«

»Noch eines«, sagte Liz. »Es ist möglicherweise keine gute Idee, jemandem Urlaub zu geben. Ein Bericht, in dem wegen eines relativ alltäglichen Trauerfalls wie diesem Urlaub verordnet wird, kann ziemlich stigmatisierend sein. Es wäre besser, wenn Doktor Masur einen physischen Defekt bei ihnen fände. Etwas, das sie selbst nicht nachprüfen können, zum Beispiel Anämie. Vielleicht auch einen Bazillus, den sich einige von ihnen in Rußland eingefangen haben.«

»Allmächtiger«, sagte Rodgers, »was befehlige ich hier eigentlich? Einen Kindergarten?«

»In gewisser Hinsicht treffen Sie damit den Nagel auf den Kopf«, entgegnete Liz gereizt. »Ich möchte es nicht allzu kompliziert machen, aber ein großer Teil unseres Erwachsenenlebens hängt mit Verlusten oder Schmerzen zusammen, die wir in unserer Kindheit erlitten haben. Darum kommt in Zeiten von Streß oder Trauer das einsame Kind in uns hoch. Würden Sie einen Fünfjährigen nach Rußland schicken, Mike? Oder nach Korea?«

Rodgers rieb sich mit den Handballen die Augen. Zuerst wurden sie verhätschelt, und jetzt mußte er seine Leute sogar belügen und Spielchen mit ihnen treiben. Aber Liz war die Psychologin, nicht er. Außerdem wollte er das Beste für sein Team, nicht für Mike Rodgers. Wenn er ehrlich war, mußte er allerdings zugeben, daß er einem Fünfjährigen, der nicht gehorchen wollte, den Hintern versohlt hätte, damit er lernte. Aber diese Erziehungsmethoden waren wohl ebenfalls in den 60ern aus der Mode gekommen.

»Wie Sie meinen, Liz«, gab er nach und wandte sich McCaskey zu. »Sagen Sie mir was Aufmunterndes, Darrell.«

McCaskey erwiderte: »Das FBI ist happy.«

»Baltic Avenue?« fragte Rodgers.

McCaskey nickte. »Hat ganz gut geklappt. Sie haben die *Pure-Nation*-Leute und deren Computer. Es stehen Namen, Adressen, Bankkonten, Mitgliederlisten von rechtsradikalen Gruppen, Waffenlager und einiges mehr drin.«

»Zum Beispiel?« hakte Rodgers nach.

»Der größte Fang waren die Angriffspläne auf das Treffen der *Chaka-Zulu*-Gesellschaft nächste Woche in Harlem. Zehn Leute hätten dort Geiseln nehmen und einen eigenen Staat für Afroamerikaner fordern sollen.«

Liz schnaubte verächtlich.

»Stimmt was nicht?« fragte Rodgers.

»Daran glaube ich nicht. Gruppen wie *Pure Nation* sind

keine politischen Aktivisten. Das sind fanatische Rassisten. Sie fordern keine Staaten für ethnische Minderheiten, sie löschen sie aus.«

McCaskey sagte: »Das FBI ist sich dessen bewußt und glaubt, daß *Pure Nation* versucht, sein Image zu verbessern, um dadurch größere Akzeptanz unter Weißen zu finden.«

»Durch Geiselnahmen?«

»Im Computer gab es eine Datei mit dem Entwurf einer Pressemitteilung«, erklärte McCaskey. Er rief ein Verzeichnis in seinem Powerbook auf und las vom Bildschirm ab. »Ein Auszug lautet: ›78% der weißen Amerikaner wollen keine Schwarzen in ihrer Mitte. Um die weiße Welt nicht durch Tote auf beiden Seiten in das Chaos abgleiten zu sehen, appellieren wir an diese überwältigende Mehrheit, in Washington eine Petition einzureichen, mit der unserer Forderung nach einem neuen Afrika Nachdruck verliehen wird. Es soll hier ein Ort entstehen, an dem weiße Bürger nicht länger Opfer von Rap-Lärm, unverständlichem Kauderwelsch, Clown-Kleidung und Heiligenbildern schwarzer Jesusfiguren sind.‹« McCaskey sah Liz an. »Das klingt in meinen Ohren noch immer ziemlich fanatisch.«

Liz legte ihre Beine übereinander und wippte mit dem Fuß. »Ich weiß nicht. Irgendwas stimmt daran nicht.«

»Was meinen Sie damit?« fragte Rodgers.

»Haß ist seiner Natur nach extrem«, erwiderte Liz. »Er ist die schärfste Form von Intoleranz. Er sucht nicht nach einer Übereinkunft mit dem Objekt, auf das er sich richtet – er will es zerstören. Diese Pressemitteilung klingt einfach zu – fair.«

»Sie nennen die vollständige Exilierung einer Menschenrasse ›fair‹?« fragte McCaskey.

»Nein, das nicht«, gab sie zurück. »Aber nach den Maßstäben von *Pure Nation* ist das geradezu anständig. Darum kaufe ich es ihnen nicht ab.«

»Aber Liz«, wandte McCaskey ein, »Gruppen können sich ändern und tun das auch. Die Führung ändert sich, die Ziele ändern sich.«

Sie schüttelte den Kopf. »Nur die Gesichter in der Öffentlichkeit ändern sich, und das ist eine rein kosmetische Änderung. Damit wollen sie erreichen, daß aufrichtige Bürger ihnen das Ende eines Seiles reichen, an denen sie die Objekte ihres Hasses aufknüpfen können.«

»Ich stimme Ihnen zu, Liz. Einige der *Pure-Nation*-Leute wollen Schwarze tot sehen. Aber andere wollen sie einfach nur nicht in ihrer Nähe haben.«

»Diese Gruppe steht in dem Verdacht, 1994 ein schwarzes Mädchen vergewaltigt und gelyncht zu haben. Ich würde sagen, daß sie mehr wollen, als Schwarze nicht in ihrer Nähe zu haben.«

McCaskey meinte: »Selbst innerhalb von Haßgruppen muß sich eine Politik zuerst entwickeln. Vielleicht hat es eine Abspaltung gegeben. In solchen Gruppen kommt es ständig zu Verschiebungen und Spaltungen. Wir haben es schließlich nicht mit den beständigsten Menschen dieses Planeten zu tun.«

»Da irren Sie sich«, erwiderte Liz. »Einige dieser Menschen sind so beständig, daß es zum Fürchten ist.«

»Erklären Sie uns das«, bat Rodgers.

»Sie können sich über Monate hinweg an eine Person oder eine Gruppe heranpirschen und dabei eine sture Zielkonzentration an den Tag legen, die Sie schockieren würde. Als ich noch Schülerin war, hatten wir in einer staatlichen Schule in Connecticut einen Lehrer, der sich als Neonazi entpuppte. Er hatte zu beiden Seiten sämtlicher Flure Drähte verlegt, die er unter die Fußleisten geschoben hatte, während er so getan hatte, als kratzte er Kaugummi vom Boden ab. Zwei Tage, bevor er die Schule in die Luft sprengen wollte, wurde er entdeckt. Später gab er zu, daß er die Kabel in Stücken von jeweils 30 Zentimetern pro Tag angebracht hatte.«

»Und wie lang waren die Drähte insgesamt?« fragte Rodgers.

»297 Meter.«

Rodgers hatte während der Diskussion nicht Partei ergriffen, aber er war schon immer der Meinung gewesen, daß es günstiger war, die Stärke eines Feindes zu überschätzen, als ihn zu unterschätzen. Ob Liz Gordon nun recht hatte oder nicht, ihm gefiel die harte Gangart, die sie diesen Monstern gegenüber an den Tag legte. »Nehmen wir einmal an, daß Sie richtig liegen, Liz«, sagte er. »Was steckt dahinter? Warum sollte *Pure Nation* eine solche Pressemitteilung verfassen?«

»Um uns an der Nase herumzuführen. Das sagt mir zumindest mein Gefühl.«

»Spinnen Sie den Faden mal weiter«, bat Rodgers.

»Okay. Sie haben ein Büro in der Christopher Street eingerichtet. In der Gegend wohnen viele Schwule. Sie haben eine Gruppe von Schwarzen ausgewählt, aus der Geiseln genommen werden sollen. Das FBI verhaftet sie, es gibt eine ordentliche Verhandlung, und Schwule und Schwarze bringen öffentlich ihre Empörung zum Ausdruck.«

»Die Aufmerksamkeit würde auf die Haßgruppen gelenkt«, wandte McCaskey ein. »Warum zum Teufel sollten sie das wollen?«

»Die Aufmerksamkeit würde auf *diese* Haßgruppe gelenkt«, verbesserte Liz.

McCaskey schüttelte den Kopf. »Sie kennen doch die Medien. Sie entdecken eine Schlange und wollen ein Weißbuch über das Nest schreiben. Sie finden ein Nest und wollen weitere Nester aufstöbern.«

»Okay, Sie haben recht«, gab Liz zu. »Die Medien zeigen uns also weitere Nester: *Pure Nation*, *Whites Only Association*, die Bruderschaft amerikanischer Arier ... Wir werden mit einer ganzen Parade von Psychopathen konfrontiert. Und was passiert dann?«

»Dann«, sagte McCaskey, «entrüstet sich der durchschnittliche Amerikaner, und die Regierung zerschlägt die Haßgruppen. Ende der Story.«

Liz schüttelte den Kopf. »Nein, nicht Ende der Story. Sehen Sie, die Gruppen werden nicht gänzlich zerschlagen. Teile von ihnen überleben und gehen in den Untergrund zurück. Und was noch schlimmer ist, es bleibt etwas hängen. Historisch betrachtet fördert Unterdrückung die Widerstandskräfte. Die Nachwirkungen dieser unterbundenen Attacke durch *Pure Nation* – falls es die wirklich gegeben hätte, was wir nicht mit Sicherheit sagen können – werden sich in einer erhöhten Militanzbereitschaft der Schwarzen, der Schwulen und der Juden äußern. Denken Sie an den Slogan der *Jewish Defense League* aus den 60er Jahren: ›Nie wieder!‹ Jede Gruppe wird dies in irgendeiner Form übernehmen. Und wenn diese extreme Polarisierung die Infrastruktur, die Gemeinschaft bedroht, wird sich der durchschnittliche Amerikaner fürchten. Nur wird die Regierung dann ironischerweise nicht dazu in der Lage sein zu helfen, weil sie nicht gegen Minderheiten vorgehen darf. Wenn sie etwas gegen Schwarze unternimmt, schreien die Schwarzen ›Foul‹. Wenn sie etwas gegen Schwule oder Juden unternimmt, geschieht dasselbe. Wenn sie etwas gegen *alle* unternimmt, haben wir einen Bürgerkrieg.«

»Also fühlt sich der durchschnittliche Amerikaner – für gewöhnlich ein guter und anständiger Mensch – zu den Radikalen hingezogen. *Pure Nation, WHOA* und die anderen erscheinen wie die Retter der Gesellschaft«, sagte Rodgers.

»Genau«, bestätigte Liz. »Was hat dieser Milizführer in Michigan vor ein paar Jahren noch gesagt? Etwas in der Art wie: ›Die natürliche Dynamik der Rache und Vergeltung wird sich entfalten.‹ Genau das wird passieren, wenn sich die Nachricht von *Pure Nation* und ihrem Plan verbreitet.«

»*Pure Nation* trägt die ganze Bürde«, sagte Rodgers. »Die Mitglieder der Gruppe werden gejagt, verhaftet, aufgelöst und geächtet. Sie werden zu Märtyrern für die Sache der Weißen.«

»Und sie genießen es«, fügte Liz hinzu.

McCaskey schnitt eine Grimasse. »Das kommt mir vor wie eines dieser surrealistischen Häuser von Escher.« Seine Stimme kippte in einen leiernden Singsang um. »Die weißen Rassisten schicken eine Gruppe, die gefangen und gekreuzigt wird, dadurch wird die Reaktion der Minderheiten ausgelöst, die Weißen werden eingeschüchtert, und das bildet den Ausgangspunkt für die breite Unterstützung anderer Gruppen von weißen Rassisten.« Er schüttelte energisch den Kopf. »Ich glaube, daß Sie beide diesen Spinnern ein bißchen zuviel strategische Voraussicht zutrauen. Sie hatten einen Plan, der vereitelt wurde, und damit basta.«

Rodgers Telefon summte. »Ich bin nicht sicher, ob ich jede

von Liz' Ansichten teile«, sagte er zu McCaskey. »Aber wir sollten sie zumindest in Erwägung ziehen.«

»Denken Sie an den Schaden, den *Pure Nation* als Köder anrichten könnte«, warnte Liz.

Rodgers überlief ein Schauder. In der Tat konnte die Gruppe es darauf angelegt haben, das stolze, siegreiche FBI in eine vollkommen falsche Richtung zu lenken. Vor den Medien, die jede Entwicklung aus allernächster Nähe verfolgten, würde das FBI nicht einmal zugeben können, daß es für dumm verkauft worden war.

Er nahm den Hörer ab. »Ja?«

Bob Herbert war am anderen Ende.

»Bob«, sagte Rodgers, »Alberto hat mich vor ein paar Minuten informiert. Wo sind Sie?«

Am anderen Ende der Leitung sagte Herbert ruhig: »Auf einer Straße. Ich bin von ein paar fröhlichen deutschen Saufkumpanen umzingelt und brauche etwas.«

»Was?«

»Entweder rasche Hilfe oder ein kurzes Gebet«, antwortete Herbert.

29

Donnerstag, 16 Uhr 11 – Hamburg

Hamburg strahlt am späten Nachmittag einen charakteristischen, sehr verführerischen Glanz aus. Die Sonne wirft ihre Strahlen auf die Oberflächen der beiden Seen und erzeugt ein Glühen wie von zahllosen Irrlichtern.

Paul Hood kam es vor, als hätte jemand unter der Stadt ein helles Licht angezündet. Weiter vorn hoben sich die Bäume im Park und die Gebäude zu dessen Seiten schillernd vom dunkler werdenden Blau des Himmels ab.

Auch die Luft in Hamburg unterscheidet sich von der in anderen Städten. Sie setzt sich aus einer sonderbaren Mischung aus Natur und Industrie zusammen. Von der Nordsee wird über die Elbe der Geruch nach Salz herangetragen; darunter liegt das Gemisch aus Diesel und Rauch der zahllosen Schiffe, die den Fluß befahren; und schließlich riecht man die unzähligen Pflanzen und Bäume, die in der Stadt gedeihen. *Die Luft ist nicht so schädlich wie in manchen anderen Städten*, dachte Hood. *Aber sie ist auch sonst anders.*

Hoods Reflexionen über die Umwelt waren nur von kurzer Dauer. Kaum hatten sie das Gebäude verlassen und begonnen, in Richtung des Parks zu gehen, als Hausen zu sprechen anfing.

»Warum war dies für Sie ein denkwürdiger Tag?« fragte er.

Im Grunde wollte Hood nicht wirklich über sich selbst reden. Aber er hoffte, dadurch Hausens Zunge ein wenig lösen zu können. Geben und nehmen, nehmen und geben – das war das Spiel, mit dem jeder, der in Washington lebte und arbeitete, vertraut war. Nun hatte es sich ergeben, daß das Spiel persönlicher und wichtiger war, als bei den meisten anderen Anlässen.

Hood antwortete: »Während Matt, Bob und ich in der Hotelhalle auf Sie warteten, dachte ich – nein, hätte ich *schwören* können –, daß ich eine Frau sah, die ich von früher kenne. Ich lief ihr wie ein Besessener nach.«

»War sie es?«

»Ich weiß es nicht.« Allein der Gedanke an den Vorfall brachte Hood erneut in Wallung. Es ärgerte ihn, daß er niemals erfahren würde, ob es Nancy gewesen war, und es ärgerte ihn, daß diese Frau noch immer eine so große Macht über ihn besaß. »Sie stieg in ein Taxi, bevor ich sie erreichen konnte. Aber die Art, wie sie ihren Kopf zurückwarf, ihr Haar – wenn es nicht Nancy war, dann war es ihre Tochter.«

»Hat sie denn eine?«

Hood zuckte die Schultern, sagte aber nichts. Jedesmal, wenn er über Nancy Jo nachdachte, beunruhigte ihn der Gedanke, daß sie Kinder oder einen Ehemann haben könnte und sich vielleicht ein Familienleben aufgebaut hatte – ohne ihn.

Also, warum zum Teufel denkst du wieder darüber nach? fragte er sich. *Weil du Hausen zum Reden bringen willst,* lautete die Antwort.

Er nahm einen tiefen Atemzug und blies die Luft wieder aus. Seine Hände steckten tief in seinen Taschen. Er betrachtete das Gras. Zögernd ließ er seine Gedanken beinahe 20 Jahre zurückschweifen, nach Los Angeles. »Ich war in dieses Mädchen verliebt. Ihr Name ist Nancy Jo Bosworth. Wir trafen uns in einem Computerkurs an der USC in unserem letzten Jahr an der Uni. Sie war ein zarter, lebhafter Engel mit Haaren, die wie Fasern goldener Flügel wirkten.« Er grinste und errötete. »Es klingt kitschig, ich weiß, aber mir fällt nichts ein, womit ich sie sonst vergleichen könnte. Ihr Haar war einfach himmlisch, weich und voll, und in ihren Augen funkelte das Leben selbst. Ich nannte sie meine kleine goldene Lady, und sie nannte mich ihren großen silbernen Ritter. Mein Gott, hatte es mich erwischt.«

»Offensichtlich«, meinte Hausen.

Zum erstenmal lächelte der Deutsche. Hood war froh, daß er zu ihm durchgedrungen war. Die Erinnerung war quälend.

»Wir verlobten uns, nachdem wir die Schule verlassen hatten«, fuhr er trotzdem fort. »Ich schenkte ihr einen Smaragdring, den wir zusammen ausgesucht hatten. Ich bekam einen Job als Assistent des Bürgermeisters von Los Angeles, und Nancy arbeitete als Softwaredesignerin für ein Unternehmen, das Videospiele herstellte. Zweimal pro Woche flog sie von Sunnyvale herauf, damit wir nicht so lange von einander getrennt waren. Dann, eines Nachts im April 1979, am 21., um genau zu sein – diesen Tag riß ich noch Jahre später aus meinem Terminkalender –, wartete ich vor einem Kino auf sie, aber sie kam nicht. Ich rief in ihrer Wohnung an, aber es war niemand zu Hause. Also fuhr ich hin. Ich erinnere mich, daß ich wie ein Irrer gerast bin. Ich hatte einen Schlüssel, also ging ich hinein – und fand eine Nachricht.«

Hoods Erzähltempo verlangsamte sich. Er zog die Hände aus den Taschen und legte die Fingerspitzen an die Schläfen. Er konnte das Apartment wieder riechen, fühlte die Tränen und den Kloß, der sich damals in seinem Hals gebildet hatte; sogar an das Lied, das in der Nachbarwohnung gelaufen war, erinnerte er sich: »The Worst That Could Happen« von The Brooklyn Bridge.

»Es war eine hingekritzelte Notiz, nicht Nancys normale, sorgfältige Handschrift. Da stand, daß sie fortgehen müsse, daß sie nicht wiederkomme und daß ich nicht nach ihr suchen solle. Sie hatte ein paar Kleidungsstücke mitgenommen, aber sonst alles dagelassen: Schallplatten, Bücher, Pflanzen, Fotoalben, Diplomzeugnis, alles. Ach ja, und den Verlobungsring, den ich ihr geschenkt hatte, den hatte sie auch mitgenommen. Oder sie hatte ihn weggeworfen.«

»Wußte denn niemand, wo sie war?« fragte Hausen überrascht.

»Niemand. Nicht einmal das FBI, das am nächsten Morgen zu mir kam und mich über sie ausfragte, ohne zu sagen, was sie angestellt hatte. Ich konnte ihnen nicht viel erzählen, aber ich hoffte, daß sie sie finden würden. Was immer sie getan hatte, ich wollte ihr helfen. Die nächsten Tage und Nächte verbrachte ich damit, sie zu suchen. Ich ging zu gemeinsamen Professoren, zu Freunden, und ich redete mit ihren Kollegen, die alle sehr besorgt waren. Auch ihren Vater rief ich an. Sie hatten nie ein besonders enges Verhältnis gehabt, und es überraschte mich nicht, daß er nichts von ihr gehört hatte. Schließlich glaubte ich, daß ich etwas falsch gemacht hatte. Oder sie hatte einen anderen getroffen und war mit ihm durchgebrannt.«

»Mein Gott ... Und danach haben Sie nie wieder von ihr gehört?«

Hood schüttelte langsam den Kopf. »Nichts. Ich wünschte es mir, weil ich neugierig war. Aber ich habe nicht weiter nachgeforscht, weil es mir gleichzeitig unerträglich gewesen wäre. Für eines muß ich ihr allerdings dankbar sein: Ich stürzte mich in die Arbeit, und es gelang mir, sehr gute Kontakte zu knüpfen, was wir damals ›ein Netzwerk aufbauen‹ nannten.« Er lächelte. »Später kandidierte ich sogar für das Amt des Bürgermeisters und gewann. Ich war der jüngste Bürgermeister in der Geschichte von Los Angeles.«

Hausen bemerkte Hoods Ehering. »Sie haben geheiratet.«

»Ja.« Hood streifte den goldenen Ring mit einem Blick.

»Ich bin verheiratet, ich habe eine wunderbare Familie, und ich führe ein angenehmes Leben.« Er hatte die Hände zwischenzeitlich wieder in die Hosentaschen gesteckt und zog jetzt die linke heraus, um über die Stelle seiner Jacke zu streichen, unter der sich seine Brieftasche befand. Von den beiden Kinokarten darin wußte nicht einmal seine Frau. »Aber ich denke noch immer manchmal an Nancy. Vielleicht ist es gut, daß sie nicht die Frau im Hotel war.«

»Sie wissen nicht, ob sie es war«, erinnerte Hausen ihn.

»Nein, das weiß ich nicht«, gab Hood zu.

»Aber selbst wenn sie es war«, sagte Hausen, »gehörte Ihre Nancy zu einer anderen Zeit, zu einem anderen Paul Hood. Wenn Sie sie wiedersähen, würden Sie damit umgehen können, denke ich.«

»Vielleicht. Aber ich bin nicht sicher, daß der Paul Hood von heute so anders ist als der von damals. Nancy liebte den kleinen Jungen in mir, den Jungen, der abenteuerlustig im Leben und forsch in der Liebe war. Nur weil ich später Vater wurde, Bürgermeister und schließlich nach Washington gezogen bin, hat sich daran nichts geändert. Im Inneren bin ich noch immer ein Kind, das gerne »Risiko« spielt, sich an Godzilla-Filmen erfreut und Adam West für den einzig wahren Batman und George Reeves für den einzig wahren Superman hält. Irgendwo im Inneren bin ich noch immer der junge Mann, der sich als Ritter und Nancy als Lady gesehen hat. Ich weiß wirklich nicht, wie ich reagieren würde, wenn ich ihr plötzlich gegenüberstünde.«

Er steckte die Hand in die Tasche zurück. Unter seinem Oberarm fühlte er die Brieftasche, und er fragte sich: *Wem versuchst du eigentlich etwas vorzumachen?* Er wußte verdammt genau, daß er sich, wenn er Nancy gegenüberstünde, wieder Hals über Kopf in sie verlieben würde.

»Das ist also meine Geschichte«, sagte er. Sein Gesicht war nach vorne gerichtet, aber aus den Augenwinkeln beobachtete er den links von ihm gehenden Hausen. »Jetzt sind Sie dran«, forderte er. »Hatte der Anruf in Langs Fabrik auch etwas mit einer verlorenen Liebe oder mit einem mysteriösen Verschwinden zu tun?«

Hausen schritt für eine Weile in würdigem Schweigen weiter, dann sagte er ernst: »Mit einem mysteriösen Verschwinden, ja. Mit Liebe – nein, nicht im geringsten.« Er blieb stehen und sah Hood an. Ein sanfter Wind erhob sich, brachte sein Haar durcheinander und blies die Enden seines Mantels in die Höhe. »Mr. Hood, ich vertraue Ihnen. Die Aufrichtigkeit Ihres Schmerzes, Ihrer Gefühle – Sie sind ein sehr empfindsamer Mensch und obendrein noch ehrlich. Also will ich auch ehrlich zu Ihnen sein.« Er sah nach links und rechts, dann zu Boden. »Wahrscheinlich bin ich verrückt, Ihnen das zu erzählen. Ich habe noch nie mit jemandem darüber geredet, weder mit meiner Schwester noch mit Freunden.«

»Haben Politiker Freunde?« fragte Hood.

Hausen lächelte. »Manche schon. *Ich* habe welche. Jedoch würde ich sie mit dieser Sache nicht belasten wollen. Aber jetzt, da er zurückgekehrt ist, muß ich jemanden einweihen. Für den Fall, daß mir etwas zustößt, muß jemand Bescheid wissen.«

Wieder sah Hausen Hood an. Eine Qual wie die in seinen Augen hatte Hood noch nie zuvor gesehen. Sie schockierte ihn, und während seine Neugier wuchs, löste sich sein eigener Schmerz auf.

»Vor 25 Jahren«, begann Hausen, »studierte ich Politikwissenschaft an der Sorbonne in Paris. Mein bester Freund war ein Kommilitone namens Gérard Dupré. Gérards Vater war ein wohlhabender Industrieller, Gérard ein Radikaler. Ich weiß nicht, ob es an den Einwanderern lag, die den Franzosen die Arbeitsplätze wegnahmen, oder ob es einfach in seiner dunklen Natur begründet war – jedenfalls haßte Dupré Amerikaner und Asiaten. Ganz besonders haßte er Juden, Schwarze und Katholiken. Mein Gott, er war regelrecht vom Haß zerfressen.« Hausen fuhr sich mit der Zunge über die Lippen und blickte wieder zu Boden.

Hood erkannte, daß der schweigsame Mann genauso hart mit dem Prozeß des Geständnisses kämpfte wie mit der Erinnerung an das, was er getan hatte – was auch immer das war.

Hausen schluckte, bevor er fortfuhr. »Eines Abends aßen wir in einem Café – im L'Exchange in der Rue Mouffetard am linken Seine-Ufer, einen kurzen Fußweg von der Universität entfernt. Das Lokal war nicht teuer, eine typische Studentenkneipe eben, und die Atmosphäre war stets mit dem Aroma von starkem Kaffee und mit heftigen Diskussionen erfüllt. Es war kurz nachdem unser erstes Semester begonnen hatte. An diesem Abend störte Gérard einfach alles: Der Kellner war zu langsam, der Schnaps warm, die Nacht zu kühl, und ein Band mit Trotzkis Reden umfaßte nur die, die er in Rußland gehalten hatte; es stand nichts über Mexiko darin, und Gérard empfand das als ein ungeheuerliches Versäumnis. Nachdem er die Rechnung bezahlt hatte – er zahlte immer, weil er als einziger von uns Geld hatte –, unternahmen wir einen Spaziergang an der Seine entlang.

Es war dunkel, und wir trafen auf zwei amerikanische Studentinnen, die soeben in Paris angekommen waren. Sie hatten sich an einen abgelegenen Ort am Flußufer unter eine Brücke begeben, um dort ein paar Fotos zu machen. Die Sonne war untergegangen, und sie konnten den Weg zum Wohnheim nicht mehr finden, also gab ich ihnen ein paar Erklärungen. Aber Gérard fiel mir ins Wort und sagte, er habe immer gedacht, Amerikaner wüßten alles. Er wurde immer wütender, bis er die beiden Mädchen schließlich anschrie. Er behauptete, es sei die Art von Amerikanern, in ein Land einzufallen, um dort die Herrschaft an sich zu reißen, wieso die beiden also nicht wüßten, wo sie sich befänden?«

Hoods Eingeweide zogen sich zusammen. Er ahnte, wie die Geschichte enden würde.

»Die Mädchen dachten, er mache Spaß«, fuhr Hausen fort. »Eine von ihnen legte ihre Hand auf Gérards Arm und sagte etwas – ich erinnere mich nicht mehr, was es war –, aber Gérard fuhr sie an, wie sie es wagen könne, auf eine so arrogante Art mit ihm zu reden, und stieß sie fort. Sie stolperte und fiel in den Fluß, der an dieser Stelle nicht sehr tief war, aber natürlich wußte das arme Mädchen das nicht. Sie schrie. Mein Gott, wie sie schrie. Ihre Freundin ließ ihren Fotoapparat fallen und wollte ihr zu Hilfe eilen, aber Gérard packte sie. Er nahm sie in den Schwitzkasten, bis sie kaum noch Luft bekam. Das Mädchen im Wasser schrie, und ich stand da wie gelähmt. Noch nie zuvor war mir etwas Derartiges passiert. Endlich lief ich zum Fluß, um dem Mädchen im Wasser zu helfen. Sie hatte Wasser geschluckt und hustete. Ich hatte Mühe, sie dazu zu bringen, ruhig stehenzubleiben, es gelang mir aber nicht, sie herauszuziehen. Gérard war wütend, weil ich helfen wollte, und während er mich anschrie, würgte er das Mädchen immer heftiger …«

Hausen hielt inne. Die Pein in seinen Augen hatte sich über das ganze Gesicht ausgebreitet. Seine Stirn war blaß, und seine Mundwinkel hingen schlaff herunter. Seine Hände zitterten, und er ballte sie zu Fäusten, um sie ruhigzuhalten.

Hood trat einen Schritt auf ihn zu. »Sie müssen nicht weitererzählen …«

»Doch«, erwiderte Hausen. »Jetzt, da Gérard zurück ist, muß die Geschichte erzählt werden. Vielleicht stürze ich darüber, aber er muß ebenfalls zur Strecke gebracht werden.« Er preßte die Lippen aufeinander und verharrte einen Moment, um sich zu sammeln. Dann fuhr er fort: »Gérard ließ das Mädchen zu Boden fallen. Sie war bewußtlos. Dann kam er zum Fluß, sprang hinein und drückte das andere Mädchen unter Wasser. Ich versuchte, ihn aufzuhalten, verlor aber das Gleichgewicht und ging unter. Gérard hielt sie unten« – Hausen ahmte mit beiden Händen die nach unten drückende Bewegung nach, mit der Gérard das Mädchen untergetaucht hatte – »und schrie immer wieder, Amerikanerinnen seien Huren. Als ich wieder hochkam, war es zu spät. Das Mädchen trieb auf dem Fluß, ihr braunes Haar floß um sie herum. Gérard stieg ans Ufer und zog das andere Mädchen ins Wasser. Dann befahl er mir mitzukommen. Ich war wie betäubt. Ich torkelte in der Dunkelheit herum, griff nach meinen Sachen und ging mit ihm. Gott möge mir verzeihen, aber ich wußte nicht einmal, ob das Mädchen, das er gewürgt hatte, tot war oder nicht. Ich ging einfach mit ihm fort.«

»Hatte Sie niemand gesehen?« fragte Hood. »Hatte niemand etwas gehört und kam, um nachzusehen, was los war?«

»Vielleicht hatte jemand etwas gehört, aber niemand kümmerte sich darum. Die Studenten schrien immer wegen irgendwas herum, manchmal sogar wegen der Ratten am Wasser. Vielleicht dachten sie auch, daß die Mädchen mit ihren Liebhabern am Wasser wären. Die Geräusche – es hätte gut sein können.«

»Was taten Sie, nachdem Sie gegangen waren?«

»Wir fuhren zum Anwesen von Gérards Vater in Südfrankreich und blieben mehrere Wochen dort. Gérard bat mich, bei ihnen zu bleiben und in ihr Geschäft einzusteigen. Er mochte mich wirklich. Zwar kamen wir aus unterschiedlichen sozialen Schichten, aber er respektierte meine Ansichten. Ich war der einzige, der ihm sagte, daß er ein Heuchler sei, weil er im Luxus lebe und das Geld seiner Familie in Anspruch nehme, während er gleichzeitig Trotzki und Marx bewundere. Er mochte die Art und Weise, in der ich ihn herausforderte. Aber ich konnte dort nicht bleiben. Es ging einfach nicht. Also kehrte ich nach Deutschland zurück. Aber auch hier fand ich keinen Frieden, und deshalb ...« Er hielt inne und sah auf seine Fäuste hinunter. Sie zitterten erneut, und er öffnete sie. »Deshalb suchte ich in Deutschland die französische Botschaft auf«, fuhr er fort. »Ich erzählte alles, was passiert war, und man sagte, man werde Gérard befragen. Ich hinterließ meine Adresse und wäre sogar ins Gefängnis gegangen, um meine Schuld zu sühnen.«

»Was geschah dann?«

»Die französische Polizei ist anders als die Polizei in anderen Ländern«, meinte Hausen bitter. »Sie sind darum bemüht, Fälle beizulegen, nicht, sie zu lösen – besonders wenn Ausländer beteiligt sind. Für sie handelte es sich um ungelöste Mordfälle, und so sollte es auch bleiben.«

»Hat man Gérard überhaupt befragt?«

»Das weiß ich nicht. Aber falls ja – stellen Sie es sich doch vor: Das Wort eines französischen Milliardärssohnes gegen das eines armen deutschen Jungen.«

»Er hätte erklären müssen, warum er die Universität so plötzlich verließ ...«

»Mr. Hood«, sagte Hausen, »Gérard war die Art von Mensch, der Sie davon überzeugt hätte – *tatsächlich* davon überzeugt hätte –, daß er die Universität verlassen hatte, weil Trotzkis mexikanische Reden in einem Buch fehlten.«

»Was war mit den Eltern der Mädchen? Ich kann nicht glauben, daß sie alles auf sich beruhen ließen.«

»Was hätten sie tun können?« fragte Hausen zurück. »Sie kamen nach Frankreich und forderten Gerechtigkeit. Sie reichten Anträge bei der französischen Botschaft in Washington und bei der amerikanischen Botschaft in Paris ein. Sie setzten eine Belohnung aus. Aber die Leichen der Mädchen wurden nach Amerika überführt, die Franzosen kümmerten sich nicht mehr um die Familien, und das war's – mehr oder weniger.«

»Mehr oder weniger?«

In Hausens Augen standen Tränen. »Gérard schrieb mir einige Wochen später. Er drohte, daß er eines Tages zurückkehren werde, um mir eine Lektion über Feigheit und Verrat zu erteilen.«

»Sonst haben Sie nichts mehr von ihm gehört?«

»Nicht bis zu dem heutigen Anruf. Ich habe damals hier in Deutschland weiterstudiert und seitdem ständig meine Scham und meine Schuldkomplexe mit mir herumgeschleppt.«

»Aber Sie hatten doch nichts getan«, sagte Hood. »Sie haben versucht, Gérard aufzuhalten.«

»Mein Verbrechen bestand darin, daß ich mich in der Zeit unmittelbar danach ruhig verhielt. Wie so viele, die die Feuer in Auschwitz rochen, habe auch ich geschwiegen.«

»Das ist eine Frage der Relation, finden Sie nicht?«

Hausen schüttelte den Kopf. »Schweigen ist Schweigen. Ein Mörder läuft frei herum, weil ich geschwiegen habe. Jetzt nennt er sich Gérard Dominique und bedroht mich und meine 13jährige Tochter.«

»Ich wußte nicht, daß Sie Kinder haben«, sagte Hood. »Wo ist sie?«

»Sie lebt mit ihrer Mutter in Berlin. Ich werde sie schützen lassen. Aber Gérard ist schwer zu fassen und mächtig. Er kann Leute bestechen, denen meine Arbeit nicht gefällt.« Wieder schüttelte Hausen den Kopf. »Hätte ich in jener Nacht nach der Polizei gerufen, Gérard festgehalten, irgend etwas getan – hätte ich in all den Jahren Frieden gefunden. Aber ich tat nichts. Und es gab keine andere Art der Wiedergutmachung, als den Haß zu bekämpfen, der Gérard dazu getrieben hatte, diese Mädchen umzubringen.«

»Sie hatten keinen Kontakt zu Gérard, aber haben Sie vielleicht im Laufe der Jahre etwas über ihn gehört?«

»Nein, er verschwand. Genau wie Ihre Nancy. Es gab Gerüchte, daß er in das Geschäft seines Vaters eingestiegen sei. Aber nachdem der alte Mann gestorben war, schloß Gérard die Airbus-Fabrik, die über viele Jahre sehr erfolgreich gewesen war. Andere Gerüchte besagten, daß er zur treibenden Kraft hinter den Aufsichtsräten geworden sei, ohne jemals direktes Mitglied zu werden, aber mit Bestimmtheit weiß ich das alles nicht.«

Hood kamen andere Fragen in den Sinn, Fragen über das Unternehmen des älteren Dupré, über die Identität der Mädchen und darüber, was das OP-Center tun könnte, um Hausen in dieser Angelegenheit – einem Fall von Erpressung , zu helfen. Aber seine Aufmerksamkeit wurde durch eine sanfte Stimme in seinem Rücken abgelenkt.

»Paul?«

Hood drehte sich um, und der Glanz Hamburgs schien sich zu verdüstern. Hausen, die Bäume, die Stadt und sogar die Jahre lösten sich auf, als der große schlanke Engel anmutig auf ihn zukam. Hood sah sich vor einem Kino auf Nancy warten. Er wartete auf die junge Frau, die jetzt endlich kam.

30

Donnerstag, 16 Uhr 22 – Hannover

Als der weiße Lieferwagen Bob Herbert zum erstenmal aufgefallen war, hatte er Mike Rodgers noch nicht angerufen.

Der Wagen war in seinem Rückspiegel aufgetaucht, während er ziellos durch die Stadt gefahren war und überlegt hatte, was er unternehmen sollte. Er hatte dem Fahrzeug kaum Aufmerksamkeit geschenkt, weil er über eine Möglichkeit nachgedacht hatte, wie er an Informationen über das entführte Mädchen gelangen könnte. Auch wenn der erste, direkte Versuch fehlgeschlagen war, hatte er nicht aufgegeben wollen und überlegt, ob es möglicherweise über Bestechung funktionieren könnte.

Von der Herrenhauser Straße war er in eine Nebenstraße abgebogen, und der Lieferwagen war ihm gefolgt; da hatte er ihn sich genauer angesehen. Vorne und hinten in dem Wagen hockten mit Skimasken vermummte Gestalten. Um sicherzugehen, hatte er nach einem kurzen Blick auf den Stadtplan noch einmal beschleunigt und war um ein paar Ecken gebogen. Der Lieferwagen war ihm gefolgt. Jemand mußte ihn beobachtet und ihm einen Schlägertrupp auf den Hals gehetzt haben. Während über Hannover die Dämmerung hereingebrochen war, hatte Herbert das OP-Center angerufen, und Alberto hatte ihn zu Mike Rodgers durchgestellt.

Das war der Zeitpunkt, als Herbert um rasche Hilfe oder um ein kurzes Gebet nachgefragt hatte.

»Was ist los?« hatte Rodgers gefragt.

»Ich hatte eine Auseinandersetzung mit ein paar Neonazis vor der Bierhalle. Sie sind hinter mir her.«

»Wo sind Sie?«

»Ich bin nicht sicher.« Herbert sah sich um. »Ich sehe Linden, eine Menge Gärten und einen See.« Ein großes Schild huschte vorbei. »Danke, lieber Gott – ich bin an einem Ort namens Welfengarten.«

»Bob, Darrell ist hier. Er hat die Nummer der örtlichen Polizei. Können Sie sie aufschreiben und dort anrufen?«

Herbert griff in die Brusttasche seines Hemdes. Er kritzelte auf dem Armaturenbrett herum, um die Tinte des Kugelschreibers in Fluß zu bringen. »Schießen Sie los.«

Aber bevor er etwas aufschreiben konnte, stieß der Lieferwagen von hinten gegen seine Stoßstange. Sein Wagen machte einen Satz nach vorne, und der Sicherheitsgurt schnitt ihm in die Brust. Herbert unternahm ein Ausweichmanöver, um nicht auf den Wagen vor ihm aufzufahren.

»Scheiße!« schrie er, überholte den vorausfahrenden Wagen und gab Gas. »Hören Sie, General, ich habe Ärger.«

»Was ist los?«

»Die Typen rammen mich. Ich halte an, bevor ich einen Fußgänger zu Brei fahre. Rufen Sie die Polizei an, und sagen Sie ihnen, daß ich in einem weißen Mercedes unterwegs bin.«

»Nein, Bob, halten Sie nicht an!« schrie Rodgers zurück. »Wenn die Sie kidnappen, stecken wir im Schlamassel!«

»Die wollen mich nicht kidnappen. Die wollen mich umbringen!«

Der Lieferwagen rammte ihn erneut von links hinten. Das Heck des Mercedes wurde auf den Gehweg katapultiert, und Herbert hätte um Haaresbreite einen Mann überfahren, der seinen Hund spazierenführte. Es gelang ihm, auf die Straße zurückzulenken, wobei er mit der vorderen Stoßstange ein parkendes Auto streifte. Durch die Kollision wurde der Stoßfänger auf einer Seite abgerissen und schleifte scheppernd über den Asphalt.

Er hielt an. Aus Angst, das Blech könnte seinen Vorderreifen zerfetzen, warf er den Rückwärtsgang hinein und versuchte, die Stoßstange vollständig abzureißen. Mit einem gedehnten Ächzen und lautem Kreischen löste sie sich und fiel lärmend auf die Straße.

Herbert warf einen Blick in den Seitenspiegel, um zu prüfen, ob er wieder losfahren konnte. Die Szene erschien ihm unwirklich. Fußgänger hetzten durcheinander, und Autos rasten an ihm vorbei. Bevor er sich gefahrlos in den mittlerweile chaotischen Verkehrsfluß einfädeln konnte, kam der Lieferwagen links neben ihm zum Stehen. Die Gestalt auf dem Beifahrersitz starrte ihn durch die Sehschlitze der Skimaske hindurch an. Sie schob eine Maschinenpistole aus dem offenen Fenster und legte auf ihn an.

Der Vermummte feuerte.

31

Donnerstag, 16 Uhr 33 – Hamburg

Nancy trug einen kurzen schwarzen Rock, ein schwarzes Jackett und eine weiße Bluse. Um ihren Hals hing eine Perlenkette. Sie sah aus, als träte sie aus einer Fata Morgana – nebelhaft, langsam und schwebend.

Vielleicht wirkte sie nur so wegen der Tränen in Hoods Augen.

Er zuckte zusammen und schüttelte den Kopf. Dann ballte er die Fäuste. Tausende von Fragen durchrasten ihn mit jedem Schritt, den sie näherkam.

Du bist es, war die erste.

Danach: *Warum hast du mir das angetan, verdammt noch mal?*

Dann: *Du siehst atemberaubender aus, als ich dich in Erinnerung hatte.*

Und: *Was ist mit Sharon? Ich sollte weglaufen, aber ich kann es nicht.*

Schließlich: *Laß mich in Ruhe, ich brauche das hier nicht.*

Er brauchte es sehr wohl. Während sie auf ihn zutrieb, sogen seine Augen sie in sich. Er gestattete seinem Herzen, sich mit der alten Liebe zu füllen, seinen Lenden, in der alten Leidenschaft zu pulsieren, und seinen Gedanken, in den kostbaren Erinnerungen zu schwelgen.

»Mr. Hood?« fragte Hausen.

Die Stimme klang gedämpft und weich, als käme sie aus einem Loch sehr tief unter ihm.

»Fühlen Sie sich nicht wohl?«

»Ich bin nicht sicher«, antwortete Hood. Seine eigene Stimme schien ebenfalls aus dem Loch zu kommen.

Er konnte seinen Blick nicht von Nancy abwenden. Sie winkte nicht, sie sprach nicht, sie sah nicht fort. Und sie hielt in ihrem schwebenden, sinnlichen Gang nicht inne.

»Es ist Nancy«, sagte Hood schließlich zu seinem Begleiter.

»Was? Wie hat sie Sie hier gefunden?« fragte Hausen verwundert.

Die Frau erreichte sie. Hood hatte keine Vorstellung davon, wie er auf sie wirkte. Er stand unter Schock, mit offenem Mund, die Augen voller Tränen, und sein Kopf schwang langsam von einer Seite zur anderen. Er war kein silberner Ritter, soviel war sicher.

Auf Nancys Gesicht lag der Ausdruck vager Belustigung – ihr rechter Mundwinkel war leicht nach oben gezogen –, aber er verwandelte sich schnell in jenes breite, betörende Lächeln, das er so gut kannte.

»Hallo«, sagte sie leise.

Die Stimme war gereift, genau wie das Gesicht. Da waren Fältchen zu beiden Seiten der blauen Augen, auf ihrer einst glatten Stirn, entlang der Oberlippe – dieser schönen, geschwungenen Oberlippe, die auf einer kaum merklich geschwollenen Unterlippe ruhte. Aber die Fältchen taten ihr keinen Abbruch. Im Gegenteil, Hood empfand sie als beinahe unerträglich sexy. Sie erzählten davon, daß sie gelebt, geliebt, gekämpft und überlebt hatte und daß sie noch immer kraftvoll, ungebeugt und lebensfroh war.

Sie wirkte auch sportlicher denn je. Ihr knapp einen Meter 70 großer Körper erschien wie gemeißelt, und Hood konnte sich vorstellen, daß sie Aerobic betrieb, joggte oder schwamm. Sie schien im richtigen Maß Sport zu treiben, um aus ihrer Figur exakt das zu machen, was sie wollte. Sie besaß eine eiserne Disziplin, Willen.

Offensichtlich, dachte er mit einem Anflug von Bitterkeit. *Schließlich hat sie es auch geschafft, mich zu verlassen.*

Nancy schien nicht mehr den kirschroten Lippenstift zu benutzen, an den er sich so gut erinnerte. Sie hatte ein sanfteres Wassermelonenrot aufgelegt, außerdem einen Hauch von himmelblauem Lidschatten – das war neu –, und sie trug kleine Diamantohrringe. Er kämpfte einen fast aussichtslosen Kampf gegen den Drang, sie in die Arme zu schließen, sie von den Wangen bis zu den Oberschenkeln an sich zu pressen.

Aber er entschied sich für: »Hallo, Nancy.« Diese Begrüßung schien ihm zwar nach all der Zeit unangemessen zu sein, doch sie war besser als die Beschimpfungen und Vorwürfe, die ihm in den Sinn kamen. Außerdem empfand er –

der Märtyrer der Liebe – den frommen Minimalismus der Worte als ansprechend.

Nancy sah von Hood nach rechts. Sie bot Hausen ihre Hand.

»Nancy Jo Bosworth«, sagte sie.

»Richard Hausen«, erwiderte er.

»Ich weiß. Ich habe Sie erkannt.«

Hood hörte den Rest des kurzen Gesprächs nicht. *Nancy Jo Bosworth,* wiederholte er im stillen. Nancy war die Art von Frau, die einen Doppelnamen angenommen hätte. *Sie ist also nicht verheiratet.* Er fühlte, wie seine Seele vor Freude zu glühen begann, dann überkam ihn ein brennendes Schuldgefühl. Er sagte sich: *Aber du bist es.*

Ruckartig warf er seinen Kopf zu Hausen herum. Er war sich der Tatsache bewußt, daß die Bewegung abrupt geschah, aber langsam hätte sich sein Kopf nicht von der Stelle bewegt. In Hausens Blick lag ein Mitgefühl, das an Traurigkeit zu grenzen schien. Er empfand mit Hood, und der Direktor des OP-Centers war dankbar für dieses Einfühlungsvermögen. Wenn er nicht vorsichtig wäre, würde er hier eine ganze Reihe von Leben zerstören.

»Ob Sie uns wohl für einen Augenblick entschuldigen würden?« fragte Hood Hausen.

»Selbstverständlich. Wir sehen uns dann in meinem Büro.«

Hood nickte. »Wir werden unser Gespräch von eben noch fortsetzen. Ich glaube, daß ich Ihnen in dieser Angelegenheit behilflich sein kann.«

»Vielen Dank.« Nach einer kurzen Verbeugung in Nancys Richtung ging der Deutsche davon.

Hood blickte von Hausen zu Nancy. Er wußte nicht, was sie in seinen Augen sah, aber was er in ihren sah, war tödlich. Noch immer lagen Sanftheit und Verlangen darin, und diese Kombination elektrisierte ihn wie damals. Sie war noch immer unwiderstehlich.

»Es tut mir leid«, sagte sie.

»Schon gut. Wir waren sowieso fast fertig.«

Sie lächelte. »Nicht deswegen.«

Hood errötete vom Hals bis über die Wangen. Er kam sich wie ein Trottel vor.

Nancy berührte sein Gesicht mit der Hand. »Es gab einen Grund dafür, daß ich auf diese Art fortgegangen bin.«

»Da bin ich mir sicher.« Hood erholte sich nur langsam. »Du hattest immer Gründe für alles, was du getan hast.« Er legte seine Hand auf ihre und schob sie zurück. »Wie hast du mich gefunden?«

»Ich mußte noch mal ins Hotel, um ein paar Unterlagen hinzubringen, und der Portier sagte mir, ein ›Paul‹ habe nach mir gefragt. Er sagte auch, du seist mit dem Staatssekretär des Auswärtigen Amtes, Hausen, zusammengewesen. Ich rief in Hausens Büro an und kam dann hierher.«

»Warum?«

Sie lachte. »Mein Gott, Paul, es gibt ein Dutzend Gründe dafür. Um dich zu sehen, um mich zu entschuldigen, um dir alles zu erklären – aber hauptsächlich, um dich zu sehen. Ich habe dich schrecklich vermißt. Soweit es mir möglich war, habe ich deine Karriere in Los Angeles verfolgt. Ich war sehr stolz auf dich.«

»Ich fühlte mich getrieben.«

»Das war mir klar. Aber es ist lustig – ich hätte nie gedacht, daß du so ehrgeizig sein könntest.«

»Ich wurde nicht vom Ehrgeiz getrieben, sondern von der Verzweiflung. Ich mußte mich beschäftigen, damit ich nicht zu einem Eremiten wurde, der in seiner Höhle sitzt und darauf wartet zu sterben. Was du mir angetan hattest, Nancy ... Du hast mich krank und verwirrt zurückgelassen, und trotzdem war mein einziger Gedanke, dich zu finden und alles, was schiefgelaufen war, wieder in Ordnung zu bringen. Ich liebte dich so sehr, daß ich, falls du mit einem anderen Mann davongerannt bist, diesen Mann damals nicht gehaßt, sondern beneidet hätte.«

»Es gab keinen anderen Mann.«

»Das spielt jetzt keine Rolle mehr. Aber kannst du die Dimensionen meiner Verzweiflung nachvollziehen?«

Nancy errötete leicht. »Ja, weil es mir genauso erging. Aber ich steckte in furchtbaren Schwierigkeiten. Wenn ich geblieben wäre oder dir gesagt hätte, wohin ich gehe ...«

»Was dann?« wollte Hood wissen. »Was wäre geschehen?

Was hätte schlimmer sein können als das, was geschah?« Seine Stimme versagte, und er mußte ein Schluchzen unterdrücken. Er wandte sich halb von ihr ab.

»Es tut mir leid«, sagte Nancy mit mehr Nachdruck.

Sie kam näher und streichelte erneut über seine Wange. Diesmal schob er ihre Hand nicht fort. »Paul, ich habe die Entwürfe für einen Chip gestohlen, den mein Unternehmen herstellen wollte, und sie an eine Firma in Übersee verkauft. Als Gegenleistung für die Pläne bekam ich einen Koffer voller Geld. Wir hätten heiraten können, wir wären reich gewesen, und du hättest ein sehr erfolgreicher Politiker sein können.«

»Glaubst du, daß ich das gewollt hätte?« fragte Hood. »Glaubst du, ich hätte meinen Erfolg auf anderer Leute Arbeit gründen wollen?«

Sie schüttelte den Kopf. »Du hättest es niemals erfahren. Ich wollte nur, daß du kandidieren könntest, ohne dir Gedanken über Geld machen zu müssen. Ich war der Meinung, daß du Großes vollbringen könntest, Paul, wenn du dich nicht um Interessensgruppen und Wahlkampfhilfen kümmern müßtest. Glaub mir, damals konnte man mit so etwas davonkommen.«

»Ich kann nicht glauben, daß du das getan hast.«

»Ich weiß. Darum habe ich es dir nicht erzählt. Das war auch einer der Gründe dafür, daß ich es dir nicht gestehen konnte, nachdem alles aufgeflogen war. Ich wollte dich nicht verlieren und darüber hinaus noch von dir verachtet werden. Du hast damals alles, was illegal war, sehr strikt verurteilt, sogar Kleinigkeiten. Erinnerst du dich daran, wie sehr du dich über den Strafzettel aufgeregt hast, den ich vor dem Cinerama Dome bekam, als wir uns ›Rollerball‹ angesehen haben? Der Strafzettel, vor dem du mich gewarnt hattest?«

»Ich erinnere mich.« *Natürlich erinnere ich mich, Nancy. Ich erinnere mich an jede Einzelheit, die wir …*

Sie ließ ihre Hand sinken und wandte sich ab. »Egal, jedenfalls wurde der Diebstahl entdeckt. Eine Freundin – du erinnerst dich an Jessica?«

Hood nickte. Er sah die Perlenkette vor sich, die Jessica immer getragen hatte, und er roch ihr Chanel, als stünde sie direkt neben ihm.

»Jess hatte Überstunden gemacht«, sagte Nancy. »Während ich mich anzog, um dich vor dem Kino zu treffen, rief sie an und erzählte mir, daß zwei FBI-Agenten in der Firma gewesen seien. Sie sagte, die Männer seien unterwegs, um mich zu befragen. Ich hatte gerade noch genug Zeit, um meinen Paß, ein paar Kleidungsstücke und meine Kreditkarte zusammenzusuchen. Dann schrieb ich dir die kurze Nachricht und machte mich aus dem Staub.« Sie blickte zu Boden. »Ich verließ das Land.«

»Du hast mein Leben verlassen«, sagte Hood und preßte die Lippen aufeinander. Er war sich nicht sicher, ob er wollte, daß Nancy mit ihrem Bericht fortfuhr. Jedes ihrer Worte verursachte ihm Qualen, folterte ihn mit der enttäuschten Hoffnung eines 20jährigen verliebten Mannes.

»Es gab noch einen anderen Grund, aus dem ich mich nicht bei dir gemeldet habe.« Nancy sah wieder auf. »Ich nahm an, daß du befragt oder überwacht wurdest oder daß dein Telefon angezapft war. Wenn ich dich angerufen oder dir geschrieben hätte, hätte das FBI mich gefunden.«

»Das stimmt. Das FBI kam in meine Wohnung. Sie befragten mich, ohne mir zu sagen, was du getan hattest, und ich versprach, mich bei ihnen zu melden, wenn ich von dir hören würde.«

»Das hättest du getan?« Sie wirkte überrascht. »Du hättest mich ihnen ausgeliefert?«

»Ja. Aber ich hätte dich niemals verlassen.«

»Du hättest keine Wahl gehabt. Es hätte einen Prozeß gegeben, und ich wäre ins Gefängnis gekommen ...«

»Auch das stimmt. Aber ich hätte gewartet.«

»20 Jahre?«

»Wenn es so lange gedauert hätte, ja. Aber das hätte es nicht. Industriespionage, verübt von einer jungen, verliebten Frau – mit einem umfassenden Geständnis und einer Kronzeugenaussage wärst du innerhalb von fünf Jahren wieder frei gewesen.«

»Fünf Jahre. Und danach hättest du eine Kriminelle geheiratet?«

»Nein, dich.«

»Also gut, eine Exstrafgefangene. Niemand hätte mir oder dir noch vertraut, sobald es um irgend etwas Heikleres gegangen wäre. Deine Träume von einer politischen Karriere wären zu Ende gewesen.«

»Na und? So fühlte ich mich, als wäre mein Leben zu Ende.«

Nancy schwieg für einen Moment. Sie lächelte wieder. »Armer Paul«, sagte sie dann. »Das klingt alles sehr romantisch und ein klein wenig dramatisch. Das war eine der Eigenschaften, die ich so an dir mochte. Aber in Wahrheit war dein Leben nicht zu Ende, nachdem ich fortgegangen war. Du hast jemand anderen getroffen, jemanden sehr Nettes. Du hast geheiratet, die Kinder bekommen, die du wolltest, und dich niedergelassen.«

Ich habe mich eingerichtet, dachte er, bevor er sich daran hindern konnte. Er haßte sich für den Gedanken und entschuldigte sich im stillen bei Sharon.

»Was hast du getan, nachdem du gegangen warst?« fragte Hood, der lieber reden als denken wollte.

»Ich bin nach Paris gezogen und habe versucht, einen Job als Softwaredesignerin zu bekommen. Aber es gab in diesem Bereich dort kaum Bedarf. Der Markt war klein, und durch den Protektionismus wurden die Amerikaner daran gehindert, französische Arbeitsplätze zu belegen. Nachdem ich mein Blutgeld durchgebracht hatte – das Leben in Paris ist teuer, besonders wenn du Beamte bestechen mußt, weil du kein Visum bekommen kannst und weil dein Name nicht bei der amerikanischen Botschaft auftauchen darf –, zog ich nach Toulouse und begann, für die Firma zu arbeiten.«

»Für die Firma?«

»Die Firma, an die ich die Entwürfe verkauft hatte. Ich möchte dir den Namen nicht sagen, weil ich nicht will, daß du aus deinem Racheengelgroll heraus etwas gegen sie unternimmst. Du weißt, daß du es tun würdest.«

Nancy hatte recht. Hood wäre nach Washington zurückgekehrt und hätte ein Dutzend Gründe und Wege für die US-Regierung gefunden, diese Firma zu belangen.

»Leider«, sagte Nancy, »konnte ich mich des Verdachtes nicht erwehren, daß mich der Kerl verraten hat, an den ich die Pläne verkauft hatte, um mich zu zwingen, rüberzukommen und für ihn zu arbeiten. Nicht weil ich so gut war, wohlgemerkt – schließlich war es ja meine eigene beste Idee gewesen, die ich gestohlen hatte, nicht wahr? –, sondern weil er dachte, daß ich ihm nicht gefährlich werden könnte, wenn ich von ihm abhängig wäre. Ich wollte nicht zu ihm gehen, weil ich mich für meine Tat schämte, aber ich brauchte Arbeit.« Sie lächelte unglücklich. »Zu allem Überfluß habe ich dann auch noch des öfteren in der Liebe versagt, weil ich jeden Mann mit dir verglichen habe.«

»O je. Ich kann dir gar nicht sagen, um wieviel besser ich mich deshalb fühle.«

»Bitte nicht, Paul. Sei nicht so. Ich liebte dich immer noch. Ich kaufte an einem internationalen Zeitungsstand regelmäßig die *Los Angeles Times*, nur um über deine Aktivitäten informiert zu sein. Es gab Zeiten, sehr oft sogar, in denen ich dir schreiben oder dich anrufen wollte. Aber jedesmal dachte ich, daß es besser wäre, es nicht zu tun.«

»Warum hast du dann beschlossen, mich jetzt zu treffen?« Hood fühlte wieder den Schmerz, fühlte sich hin- und hergerissen zwischen der Qual und der Traurigkeit. »Dachtest du, daß es jetzt weniger schmerzhaft wäre?«

»Ich konnte nichts dagegen tun«, gab sie zu. »Als ich hörte, daß du in Hamburg bist, mußte ich dich sehen. Und ich dachte, daß du mich auch sehen wolltest.«

»Ja, ich bin dir in der Hotelhalle hinterhergerannt. Ich wollte dich sehen. Ich *mußte* dich sehen.« Er schüttelte den Kopf. »Mein Gott, Nancy, ich kann noch immer nicht glauben, daß du es bist.«

»Ich bin's.«

Hood sah in die Augen der Frau, mit der er so viele Tage und Nächte verbracht hatte. Die Anziehungskraft, die von ihr ausging, war gleichzeitig außergewöhnlich und furchtbar, ein Traum und ein Alptraum. Seine Kraft, ihr zu widerstehen, schwand von Sekunde zu Sekunde mehr.

Mit der Dämmerung kam eine kühle Brise auf, und er fröstelte dort, wo der Schweiß an seinen Beine und seinem Rücken hinunterlief. Er wollte sie hassen, wollte sich abwenden und fortgehen. Aber mehr als alles andere wollte er die Zeit zurückdrehen und sie davon abhalten, ihn zu verlassen.

Ihre Augen hielten ihn gefangen, als sie ihre Hände um seine legte. Die Berührung elektrisierte ihn und wurde dann zu einem Prickeln, das sich von seiner Brust bis in die Zehenspitzen ausbreitete. Er wußte, daß er sich von ihr lösen mußte.

Er trat einen Schritt zurück, und der Stromfluß riß ab. »Ich kann das nicht tun«, sagte er.

»Was kannst du nicht tun? Ehrlich sein?« Sie fügte eine kleine Spitze hinzu, was sie auch früher so gern und so gut getan hatte. »Was hat die Politik aus dir gemacht?«

»Du weißt, was ich meine, Nancy. Ich kann nicht hier mit dir zusammenbleiben.«

»Nicht mal für eine Stunde? Auf einen Kaffee, um über alte Zeiten zu reden?«

»Nein. Das ist mein letztes Wort.«

Sie lächelte. »Das ist alles andere als ein letztes Wort, Paul.«

Sie hatte recht. Ihre Augen, ihre Intelligenz, ihr Gang, ihre Anwesenheit – alles an ihr hatte neues Leben in ein Gefühl in ihm gehaucht, das niemals ganz gestorben war. Hood wollte schreien.

Er trat neben sie und blickte Richtung Norden, während sie nach Süden sah. »Mein Gott, Nancy, ich werde mich deswegen nicht schuldig fühlen. Du hast mich verlassen, nicht ich dich. Du bist ohne Erklärung davongelaufen, und ich habe jemand anderen getroffen – jemanden, der bereit war, sein Schicksal mit mir zu teilen, der mir sein Leben und sein Herz anvertraut hat. Um nichts in der Welt würde ich das aufs Spiel setzen.«

»Darum habe ich dich nicht gebeten«, sagte Nancy. »Ein Kaffee ist kein Betrug.«

»Wenn ich daran denke, wie wir ihn immer getrunken haben, dann schon.«

Nancy lächelte. Sie blickte wieder auf ihre Füße hinunter. »Ich verstehe. Es tut mir leid. Alles tut mir leid, mehr als ich dir sagen kann, und ich bin sehr traurig. Aber ich verstehe dich.« Sie sah ihn an. »Ich wohne im Ambassador und werde bis heute abend dortbleiben. Falls du deine Meinung änderst, weißt du, wo du mich finden kannst.«

»Ich werde meine Meinung nicht ändern.« Er sah sie an. »So gern ich es auch tun würde.«

Sie drückte seine Hand. Erneut fühlte er die Spannung.

»Die Politik hat dich also nicht korrumpiert. Das überrascht mich nicht. Es enttäuscht mich nur ein bißchen.«

»Du wirst darüber hinwegkommen. Schließlich bist du ja auch über mich hinweggekommen.«

Nancys Gesichtsausdruck änderte sich. Zum erstenmal bemerkte Hood die Traurigkeit, die unter ihrem Lächeln versteckt gewesen war, und die Sehnsucht in ihren Augen. »Glaubst du das wirklich?« fragte sie.

»Ja. Sonst hättest du nicht fortbleiben können.«

»Männer verstehen die Liebe nicht wirklich, oder doch? Nicht einmal in den besten Zeiten habe ich einen Anwärter auf den Thron von Paul Hood gefunden, jemanden, der so klug, so gefühlvoll und so zärtlich gewesen wäre wie du.« Sie beugte sich zu ihm und küßte ihn auf die Schulter. »Es tut mir leid, wieder in dein Leben getreten zu sein und Unruhe hineingebracht zu haben, aber du sollst wissen, daß ich nie über dich hinweggekommen bin, Paul, und daß ich es niemals werde.«

Nancy drehte sich um und ging zum Rand des Parks zurück, aus dem sie gekommen war. Sie sah sich nicht mehr um. Hood blickte ihr hinterher. Wieder stand er allein auf der Straße, zwei Kinokarten in der Brieftasche, und sehnte sich nach der Frau, die er liebte.

32

Donnerstag, 16 Uhr 35 – Hannover

In dem Augenblick, als Bob Herbert die Maschinenpistole gesehen hatte, hatte er den Rückwärtsgang eingelegt und das handbetriebene Gaspedal seines Wagens nach unten gerissen. Durch die plötzliche Rückwärtsbeschleunigung wurde er so abrupt nach vorne geworfen, daß ihm ein Schmerzensschrei entfuhr, als der Gurt erneut in seine Brust schnitt. Aber die Kugeln aus dem Lieferwagen verfehlten den Fahrersitz und schrammten über die Motorhaube und am linken vorderen Kotflügel vorbei. Herbert ging nicht vom Gas, auch nicht als sein Wagen mit der rechten Heckseite gegen einen Laternenpfahl prallte und von dort aus wieder auf die Straße rutschte. Herankommende Fahrzeuge bremsten scharf oder wichen aus, um einen Zusammenstoß zu vermeiden. Die Fahrer schimpften lautstark und hupten.

Herbert ignorierte sie. Er sah nach vorne und bemerkte, daß sich der Beifahrer des Lieferwagens seitlich aus dem Fenster beugte und wieder mit der Maschinenpistole auf ihn zielte.

»Die Hurensöhne geben nicht auf!« schrie Herbert. Es kostete ihn viel Zeit, alle Funktionen seines Wagens per Hand zu bedienen. Mit Gewalt zwängte er den Vorwärtsgang hinein, riß bei weiterhin voll durchgedrücktem Gashebel das Lenkrad nach links und umklammerte es mit dem linken Arm. Innerhalb weniger Augenblicke legte er die fünf Meter, die ihn von dem Lieferwagen trennten, zurück und rammte dessen Stoßstange auf der linken hinteren Seite. Metall kreischte auf, der Lieferwagen hüpfte nach vorne, und Herbert brachte seinen Mercedes schlingernd auf die Straße zurück. Mit durchdrehenden Rädern raste er auf der Fahrerseite an dem Wagen seiner Verfolger vorbei.

Der Verkehr war unterdessen in einiger Entfernung hinter ihnen zum Erliegen gekommen. Fußgänger flüchteten in alle Richtungen.

Dann fiel Herbert das Funktelefon wieder ein. Er nahm es. »Mike, sind Sie noch da?«

»Um Gottes willen! Haben Sie mich nicht rufen gehört?«

»Nein, verdammt noch mal. Jetzt sind zwei Kontinente wütend auf mich.«

»Bob, was ist ...«

Den Rest hörte Herbert nicht mehr. Fluchend ließ er das Telefon in seinen Schoß fallen, als eine Trambahn vor ihm in die Straße einbog. Mit quietschenden Reifen umkurvte er die Bahn und brachte sie zwischen sich und seine Verfolger. Er hoffte, daß der Bewaffnete nicht aus purer Frustration und Böswilligkeit auf die Fahrgäste schießen würde.

Wieder nahm er das Telefon auf. »Entschuldigung, General, ich habe Sie nicht gehört.«

»Ich fragte, was los ist.«

»Mike, hier sind ein paar Verrückte mit einer Maschinenpistole hinter mir her, und wir veranstalten unseren privaten Grand Prix von Hannover.«

»Wissen Sie, wo Sie sind?« fragte Rodgers.

Herbert sah im Rückspiegel, wie der Lieferwagen die Straßenbahn überholte. »Einen Moment.«

Er warf das Telefon auf den Beifahrersitz und umklammerte das Steuer mit beiden Händen. Der Lieferwagen holte rasch auf. Hannover verschwamm vor Herberts Augen, während er in die Lange Laube einbog, ein paar scharfe Kurven nahm und sich unvermittelt auf der Goethestraße wiederfand. Glücklicherweise war der Verkehr weniger dicht, als er um diese Uhrzeit erwartet hätte, weil offenbar viele Leute der Stadt wegen der Chaostage ferngeblieben waren.

Von weit her vernahm er Mike Rodgers' Stimme. Herbert rief: »Scheiße!« Mitten in der halsbrecherischen Fahrt riß er das Telefon wieder an sein Ohr. »Tut mir leid, Mike. Da bin ich wieder.«

»Wo genau sind Sie?«

»Ich habe keine Ahnung.«

»Sehen Sie irgendwelche Schilder?«

»Nein. Moment, doch.« Aus den Augenwinkeln las er ein Straßenschild ab, das an ihm vorbeiflog. »Georgstraße. Ich bin auf der Georgstraße.«

»Warten Sie. Wir rufen einen Stadtplan im Computer auf.«

»Ich warte. Mann, ich habe keine Ahnung, wo ich hinfahren soll.«

Der Lieferwagen bog schleudernd in die Goethestraße ein, rammte dabei einen anderen Wagen und beschleunigte sofort wieder. Herbert wußte nicht, ob diese Verrückten eine Art gesetzlicher Immunität besaßen, ob ihnen das Gehirn amputiert worden war oder ob sie einfach nur wahnsinnig waren – jedenfalls gaben sie offensichtlich nicht auf. Er vermutete, daß sie vor Wut kochten, weil er Amerikaner und dazu noch behindert war, es aber trotzdem wagte, sich gegen sie aufzulehnen. Ein solches Verhalten konnten sie nicht tolerieren.

Natürlich, dachte er, *ist wieder einmal kein Polizist in Sicht.* Aber der Beamte vor der Bierhalle hatte ihm ja gesagt, daß ein großer Teil der Polizeikräfte an anderen Kundgebungsorten im Einsatz war. Außerdem rechnete sicherlich niemand mit einer Verfolgungsjagd mitten durch die Stadt.

Rodgers meldete sich wieder. »Bob, wir haben Sie jetzt. Bleiben Sie auf der Georgstraße, und fahren Sie nach Osten, wenn es geht. Biegen Sie dann in die Rathenaustraße nach Süden ein. Wir versuchen, dort Hilfe für Sie zu organisieren.«

»Scheiße!« schrie Herbert wieder und ließ das Telefon fallen, denn der Lieferwagen kam näher, und der Mann mit der Maschinenpistole lehnte sich wieder aus dem Fenster. Er zielte nach unten, auf die Reifen. Herbert hatte keine andere Wahl, als auf die weniger befahrene, ins Stadtzentrum zurückführende Gegenfahrbahn auszuweichen. Rasch brachte er sich aus der Schußlinie.

Die entgegenkommenden Fahrer wichen entsetzt aus, während er stur weiterraste. Plötzlich wurde er jäh durchgerüttelt und verlor für einen Moment die Orientierung, als er mit hoher Geschwindigkeit über eine Bodenwelle fuhr. Auf zwei Rädern in die Richtung des herankommenden Lieferwagens herumschleudernd, tippte er die Bremse kurz an und gewann die Kontrolle über das Fahrzeug zurück. Der Wagen seiner Verfolger schoß an ihm vorbei, während er selbst mit nach Westen zeigender Motorhaube zum Stehen kam. Er blickte in die Richtung, aus der er gekommen war, zurück.

Ungefähr 50 Meter hinter ihm, kam auch der Lieferwagen mit kreischenden Reifen zum Stehen.

Herbert befand sich in Schußweite. Er griff nach dem Telefon und drückte mit der anderen Hand den Gashebel durch.

»Mike, wir fahren jetzt wieder in die andere Richtung, die Georgstraße zurück.«

»Verstanden. Darrell hört auch mit. Bleiben Sie ruhig, Bob.«

»Ich bin ruhig.« Herbert warf einen Blick über die Schulter auf die herannahenden Verfolger. »Sorgen Sie nur dafür, daß ich nicht für immer ruhiggestellt werde.«

Im Rückspiegel beobachtete er, wie der Schütze seine Waffe nachlud. Sie gaben nicht auf, und früher oder später würde ihn sein Glück verlassen. Sein Blick fiel im Rückspiegel auf den Rollstuhl. Ihm kam die Idee, sich dicht vor den Lieferwagen zu setzen und dann den Schalter zu betätigen, um die Vorrichtung mit dem Stuhl herauszufahren und ihn den Verfolgern vor die Räder zu werfen. Wahrscheinlich würde es sie nicht endgültig aufhalten, aber mit Sicherheit einigen Schaden verursachen. Falls er überlebte, würde es ihm Freude machen, ein Antragsformular für einen neuen Rollstuhl auszufüllen.

Grund für Verlust, dachte er in Erinnerung an das einzige Kommentarfeld auf dem Antragsformular L-5: *Aus einem fahrenden Wagen geworfen, um eine Horde wildgewordener Neonazis zu stoppen.*

Herbert verlangsamte die Geschwindigkeit und ließ den Lieferwagen näher herankommen, dann betätigte er den Schalter auf dem Armaturenbrett.

Die hintere Tür öffnete sich nicht. Eine freundliche weibliche Stimme aus dem Bordlautsprecher informierte ihn: »Dieses Gerät kann erst in Betrieb genommen werden, wenn das Fahrzeug zum vollständigen Stillstand gekommen ist.«

Herbert knallte seine Handfläche auf den Gashebel und gab wieder Vollgas. Angestrengt beobachtete er den Lieferwagen im Rückspiegel. Er versuchte, vor ihm im toten Winkel zu bleiben, um dem Schützen im Beifahrerfenster ein möglichst schwer anzuvisierendes Ziel zu bieten.

Dann sah er, wie der Mann einen Fuß von innen an die Windschutzscheibe legte und sie herausdrückte. Die Glasscheibe flog in hohem Bogen nach oben davon und zerplatzte auf der Straße in Myriaden scharfkantiger kleiner Scherben. Der Schütze schob die Waffe nach draußen und zielte auf Herberts Mercedes, hatte im peitschenden Fahrtwind aber Mühe, die Maschinenpistole ruhig zu halten. Der Anblick des Schützen, der wie im Spielautomaten eines Vergnügungscenters auf dem Beifahrersitz herumturnte, die Waffe im Anschlag, glich einem Alptraum.

Herbert blieb nur ein Moment, um zu reagieren. Er schlug mit der Faust auf die Bremse, der Mercedes sank tief in die vorderen Stoßdämpfer, und der Lieferwagen fuhr heftig auf ihn auf. Der Kofferraum faltete sich wie ein Blatt Papier zusammen. Herbert sah, wie der Schütze nach vorne geschleudert wurde und am unteren Fensterrahmen in der Hüfte einknickte. Die Maschinenpistole flog ihm aus den Händen, prallte auf die Motorhaube des Lieferwagens und rutschte dann zur Seite. Der Fahrer wurde ebenfalls nach vorne geschleudert; hart schlug er mit der Brust gegen das Lenkrad und verlor die Kontrolle über den Wagen. Der Lieferwagen kam zum Stehen, als der Fuß des Fahrers vom Gaspedal rutschte.

Herberts einzige Verletzung bestand in einem weiteren unangenehmen Striemen über seiner Brust, die durch den Sicherheitsgurt verursacht worden war.

Für einen Moment herrschte Stille, die nur vom Hupen weit entfernter Autos und von den Rufen langsam herankommender Menschen unterbrochen wurde. Die Passanten forderten sich gegenseitig auf, endlich Hilfe zu holen.

Herbert war nicht sicher, ob er den Wagen – beziehungsweise dessen Besatzung – außer Gefecht gesetzt hatte, deshalb gab er wieder Gas, um sich in Sicherheit zu bringen. Der Mercedes bewegte sich nicht von der Stelle. Er fühlte, wie die Räder durchdrehten, weil sich die Stoßstangen der beiden Fahrzeuge ineinander verhakt hatten.

Für einen Augenblick saß Herbert still und realisierte zum erstenmal, wie schnell sein Herz schlug. Er erwog, seine

Flucht draußen mit dem Rollstuhl fortzusetzen, als der Motor des Lieferwagens plötzlich aufbrüllte. Herbert erhielt einen unsanften Stoß und sah im Rückspiegel, daß ein anderer Mann den Platz des Fahrers eingenommen hatte. Der Lieferwagen stieß zurück, dann wieder nach vorn, erneut zurück und noch einmal vor.

Er will mich abschütteln, dachte Herbert in dem Moment, als sich die beiden Fahrzeuge voneinander lösten.

Ohne noch einmal anzuhalten, raste der Lieferwagen zurück, bog um eine Ecke und war verschwunden. Der Intelligence Officer hielt das Lenkrad umklammert und überlegte. In der Ferne hörte er das Martinshorn, das die Neonazis in die Flucht geschlagen hatte – eine jener lauten Sirenen, durch die sich die Opel der deutschen Polizei anhörten wie Buicks. Besorgte Passanten kamen an Herberts Fenster und redeten vorsichtig auf ihn ein.

»Danke«, sagte er. »Es geht mit gut. Ja, ich bin unverletzt.«

Unverletzt, dachte er. Er stellte sich vor, wie die Polizei ihn ausfragen würde. Deutsche Polizisten waren nicht unbedingt für ihre Freundlichkeit bekannt. Im günstigsten Fall würde er objektiv behandelt werden, im ungünstigsten Fall ...

Im ungünstigsten Fall, dachte er, *gibt es in der Polizeiinspektion ein paar Sympathisanten der Neonazis. Dann stecken sie mich ins Gefängnis, und mitten in der Nacht kommt jemand mit einem Messer oder einer Drahtschlinge ...*

»Verdammt«, murmelte er. Er bedankte sich noch einmal bei den Schaulustigen und bat sie dann höflich, aus dem Weg zu treten. Er legte den Gang ein, griff zum Telefon und folgte dem Lieferwagen.

33

Donnerstag, 11 Uhr – Washington, D.C.

Sein Spitzname war »Krake« – nach dem sagenumwobenen, vielarmigen Seeungeheuer.

Eingerichtet hatte das mächtige Computersystem, das mit Datenbanken rund um den Globus vernetzt war, Matt Stoll, kurz nachdem er als einer der ersten Mitarbeiter des OP-Centers angestellt worden war. Das System hatte Zugang zu Fotoarchiven, FBI-Fingerabdruckdateien, Büchern aus der Kongreßbibliothek, Zeitungsarchiven in allen größeren Städten der Vereinigten Staaten, Börsennotierungen, Flug- und Eisenbahnfahrplänen, weltweiten Telefonverzeichnissen sowie Truppen- und Polizeistärken und deren Verteilung in den meisten Städten im In- und Ausland.

Matt Stoll und sein kleines Team hatten sogar ein Programm entworfen, das die Daten nicht nur zur Verfügung stellte, sondern sie auch analysierte. Ein von Stoll geschriebenes Suchprogramm ermöglichte es Benutzern, auf einem Bild die Nase, ein Auge oder den Mund eines Terroristen zu markieren und dieses Gesicht dann in internationalen Polizeiakten oder Zeitungsartikeln wiederzufinden. Landschaften konnten auf die gleiche Weise identifiziert werden: Man markierte einen Bergumriß, einen Horizont oder eine Küstenlinie und verglich dann. Jeweils zwei Vollzeitbeschäftigte waren Tag und Nacht in diesem Archiv im Einsatz, in dem mehr als 30 verschiedene Operationen gleichzeitig durchgeführt werden konnten.

Der Krake fand das Foto des Staatssekretärs des Auswärtigen Amtes, Hausen, in weniger als 15 Minuten. Es war von einem Fotografen von Reuters aufgenommen und vor fünf Monaten in einer Berliner Zeitung veröffentlicht worden, als Hausen anläßlich eines Abendessens mit Holocaust-Überlebenden in der neuen Hauptstadt eine Rede gehalten hatte. Nachdem er diese Informationen erhalten hatte, konnte Eddie nicht umhin, sich über die Grausamkeit zu ärgern, daß ausgerechnet dieses Foto in das Spiel montiert worden war.

Etwas länger dauerte es, bis die Landschaft hinter Hausen identifiziert wurde, und die Programmmierer hatten noch Glück. Statt eine weltweite Abfrage zu starten, hatten Deirdre Donahue und Natt Mendelsohn mit Deutschland begonnen und anschließend mit Österreich, Polen und Frankreich weitergemacht. Nach 47 Minuten hatte der Computer den Ort gefunden. Er lag in Südfrankreich. Deirdre fand eine umfangreiche historische Beschreibung der Landschaft, schrieb eine ergänzende Zusammenfassung und fügte beides der Bilddatei hinzu.

Eddie faxte die Informationen an Matt. Dann ruhten die mächtigen Tentakel des Ungeheuers, nachdem es sich in sein geheimes Versteck zurückgezogen und wieder auf die Lauer gelegt hatte.

34

Donnerstag, 17 Uhr 02 – Hamburg

Auf dem Weg zurück zu dem Bürogebäude wurde Paul Hood von Erinnerungen überflutet – lebendige, ausführliche Erinnerungen an die begrabenen, aber unvergessenen Dinge, die Nancy Jo und er vor fast 20 Jahren miteinander getan und zueinander gesagt hatten.

Er erinnerte sich, wie sie in einem mexikanischen Restaurant in Studio City gesessen und darüber diskutiert hatten, ob sie Kinder haben wollten. Er war dafür gewesen, sie hatte sich definitiv dagegen ausgesprochen. Sie hatten Tacos gegessen und starken Kaffee getrunken, während sie das Für und Wider des Elterndaseins bis in die frühen Morgenstunden diskutiert hatten.

Er erinnerte sich, wie sie in einem Kino in Westwood darauf gewartet hatten, daß der Film mit Paul Newman anfing, und währenddessen angeregt über die Debatte des parlamentarischen Gerichtskomitees darüber diskutiert hatten, ob Präsident Nixon abgesetzt werden solle oder nicht. Er konnte noch Nancys Popcorn riechen und seine Kartoffelchips schmecken.

Er erinnerte sich, wie sie eine ganze Nacht hindurch die Zukunft der Technologie erörtert hatten, nachdem sie zum erstenmal das Schwarzweiß-Videospiel »Pong« gespielt hatten. Schon damals hatte sie ihm keine Chance gelassen. Daran hätte er erkennen müssen, daß sie dazu berufen war, dieses Feld zu erobern.

Seit Jahren hatte er nicht mehr an diese Ereignisse gedacht, dennoch fielen ihm jetzt viele der genauen Worte wieder ein, die Gerüche und Bilder, Nancy Jos Mimik und ihre Kleidung. Alles war so lebendig. Genau wie ihre Energie. Er war davon beeindruckt, sogar ein wenig eingeschüchtert gewesen. Sie war die Art von Frau, die unter jeden Stein sah, jede neue Welt erforschte, jedes neue Feld eroberte. Und wenn dieser liebenswerte Derwisch nicht gearbeitet hatte, hatte sie sich mit Hood in Discos und im Bett vergnügt, sich bei einem Spiel der Lakers, Rams oder Kings heisergeschrien oder ihrer Frustration und ihrer Begeisterung hinter einem Scrabble-Brett oder am Joystick vor einem Videospiel freien Lauf gelassen; oder sie war durch den Griffith Park geradelt oder in den Bronson Caverns herumgewandert, auf der Suche nach dem Ort, wo »Robot Monster« gedreht worden war. Nancy konnte sich kaum einen Film ansehen, ohne einen Block hervorzuziehen und sich Notizen zu machen – Notizen, die sie später kaum noch lesen konnte, weil sie im Dunkeln hingekritzelt worden waren. Aber das spielte keine Rolle. Es war der Prozeß des Denkens, des Kreierens, des Schaffens gewesen, der sie immer fasziniert hatte. Und es waren ihre Energie, ihr Enthusiasmus, ihre Aktivität und ihre Attraktivität gewesen, die Hood fasziniert hatten. Sie war wie eine griechische Muse, wie Terpsichore gewesen – ihr Geist und ihr Körper hatten hier und dort getanzt, während Hood ihr hypnotisiert gefolgt war.

Verdammt noch mal, dachte er, *du bist noch immer hypnotisiert.*

Er wollte nicht wahrnehmen, was er wieder fühlte – die Sehnsucht, das Verlangen, seine Arme um diesen Wirbelwind zu schlingen und wie von Sinnen mit ihr in die Zukunft davonzufliegen. Er wollte nicht erkennen, daß er sie am liebsten verzweifelt festgehalten hätte, um all die Zeit nachzuholen, die sie verloren hatten. Doch ein großer Teil von ihm fühlte so.

Herrgott, schrie er sich in Gedanken an, *werde endlich erwachsen!*

Aber es ging nicht nur darum, erwachsen zu werden. Die Vernunft würde ihm nur erklären, warum es geschah, nicht, wie er damit umgehen sollte.

Und *wie* geschah es? Wie hatte Nancy es geschafft, die zwei Jahrzehnte seiner Wut und das neue Leben, das er sich aufgebaut hatte, innerhalb von wenigen Augenblicken zu überwinden?

Er konnte jeden Schritt, der ihn dorthingebracht hatte, wo er sich jetzt befand, nachvollziehen, als handelte es sich um eine Treppe, die er erstiegen hatte. Nancy war verschwunden. Er war in Verzweiflung verfallen. Er hatte Sharon in einem Geschäft für Bilderrahmen getroffen. Sie hatte ihr Kochkursdiplom rahmen lassen wollen, er sein signiertes Foto des Gouverneurs. Sie waren ins Gespräch gekommen. Sie hatten die Telefonnummern ausgetauscht. Er hatte angerufen. Sie war attraktiv, intelligent und *beständig* gewesen.

Außerhalb ihrer geliebten Küche war sie nicht kreativ, und sie strahlte nicht auf dieselbe übernatürliche Art, wie Nancy gestrahlt hatte. Falls es so etwas wie ein früheres Leben gab, hätte Hood sich vorstellen können, daß durch Nancys Adern ein Dutzend oder mehr Seelen geflossen waren. In Sharon war niemand anderes zu sehen als Sharon.

Aber das ist gut so, sagte er zu sich selbst. *Du wolltest dich niederlassen und mit einer Frau Kinder großziehen, die dazu in der Lage war, ein solches Leben zu leben. Mit Nancy wäre das nicht möglich gewesen.*

Zwar war das Leben jetzt nicht perfekt, aber auch wenn er sich mit Sharon nicht immer wie im siebten Himmel fühlte – er war glücklich, in Washington zu leben, mit einer Frau und einer Familie, die ihn liebte und respektierte und die nicht davonrennen würde. Hatte Nancy ihn wirklich jemals respektiert? Was hatte sie in ihm gesehen? In den Monaten nach ihrem Verschwinden, als er ihre Beziehung analysiert hatte und seine Liebe zu Asche zerfallen war, hatte er nie wirklich verstanden, was *er* in die Beziehung eingebracht hatte.

Hood erreichte die Eingangshalle des Gebäudes und betrat den Aufzug. Als der Expreßlift in Hausens Etage hielt, überkam ihn das Gefühl, manipuliert zu werden. Nancy hatte ihn verlassen, war etliche Jahre später wieder aufgetaucht und hatte sich ihm präsentiert – sich ihm *angeboten*. Warum? Aus einem Schuldgefühl heraus? Nicht Nancy. Die hatte das Bewußtsein eines Zirkusclowns: Eine Torte ins Gesicht, Juckpulver in den Kragen, *hoppla*! Großes Gelächter, und alles war vergessen, zumindest für sie. Und die Menschen akzeptierten das, weil sie zwar eigensinnig, aber gutmütig war und niemals jemandem etwas Böses wollte. Einsamkeit? Sie war nie einsam gewesen. Selbst wenn sie allein war, hatte sie immer jemanden gehabt, der ihr Unterhaltung verschaffte. Eine Herausforderung? Vielleicht. Er konnte sich vorstellen, wie sie sich gefragt hatte: *Kannst du es noch, Nancy, altes Mädchen?*

Nicht daß es wirklich von Bedeutung gewesen wäre. Er stand längst wieder mit beiden Beinen im Leben. Er war 40 und keine 20 mehr, und er lebte mit seinen wertvollen kleinen Planeten statt mit einem wilden, rauschenden Kometen. Nancy war gekommen und wieder gegangen, und wenigstens wußte er jetzt, was ihr widerfahren war.

Vielleicht, dachte er plötzlich überrascht, *kannst du jetzt endlich aufhören, Sharon vorzuwerfen, daß sie nicht Nancy ist.* Fühlte ein bedauernder Teil tief in seinem Inneren das? Die mit Spinnweben verhangenen Korridore, zu denen ihn seine Treppe geführt hatte, ängstigten ihn.

Um seinen emotionalen Cocktail zu vervollständigen, fühlte er sich auch noch schuldig, weil er den armen Hausen mit entblößter Seele, einen dunklen Teil seiner Vergangenheit auf den Lippen, unterbrochen hatte. Er hatte ihn fortgeschickt, ohne ihm eine Schulter zu bieten, an die er sich hätte anlehnen können, oder die Hilfe des Mannes, dem er sich soeben anvertraut hatte.

Er würde sich entschuldigen, und Hausen als der Gentleman, der er war, würde die Entschuldigung wahrscheinlich annehmen. Schließlich hatte Hood seine eigene Seele offengelegt, und Männer verstanden einander auf diese Art. Wo es um Herzensangelegenheiten oder Jugendsünden ging, erteilten sie sich freimütig die Absolution.

Hausen stand im Hauptbüro, links neben Stoll, Lang noch immer zur Rechten des Op-Technikers.

Hausen begegnete Hood mit besorgtem Blick. »Haben Sie bekommen, was Sie brauchten?« fragte er.

»Ja, danke.« Hood lächelte ermutigend. »Ist hier auch alles in Ordnung?«

Hausen sagte: »Ich bin froh, daß wir miteinander gesprochen haben.« Er brachte ebenfalls ein Lächeln zustande.

Stoll tippte eifrig Befehle ein. »Boß, Mr. Hausen wollte uns nicht sagen, wo Sie hingegangen sind.« Er sah nicht vom Bildschirm auf. »Aber ich finde es seltsam, daß Paul Hood und Superman nie zur gleichen Zeit anwesend sind.«

»Keine Scherze, Matt«, warnte Hood.

»Jawohl, Boß«, gab Stoll zurück. »Entschuldigung.«

Jetzt fühlte Hood sich schuldig, weil er sich auf *Stoll* stürzte. »Keine Ursache«, versetzte er in milderem Ton. »Es war ein ziemlich verflixter Nachmittag. Was haben Sie herausgefunden?«

Stoll brachte den Titel des Spiels wieder auf den Bildschirm. »Nun, wie ich den Gentlemen Hausen und Lang soeben erklärte, wurde das Spiel vom Assistenten des Staatssekretärs, diesem – Reiner? , installiert und mit einem zeitversetzten Befehl gestartet.«

»Reiner scheint sich in Luft aufgelöst zu haben«, ergänzte Lang. »Wir haben es bei ihm zu Hause versucht und in seinem Fitneßclub – keine Spur von ihm.«

»Seine E-mail-Adresse nimmt auch nichts an«, sagte Stoll. »Er ist wohl tatsächlich auf der Flucht. Wie dem auch sei, das Foto von Mr. Hausen wurde während einer Rede aufgenommen, die er vor Holocaust-Überlebenden gehalten hat, und die Landschaft liegt hier ...« Er wählte den Befehl »Wiederherstellen«, verließ die Titelanzeige und brachte das Foto, das er vom Kraken des OP-Centers heruntergeladen hatte, auf den Monitor.

Hood beugte sich vor und las die Bildunterschrift. »›Der Bergsee bei Montauban, Le Vieux Pont.‹« Er richtete sich auf. »Frankreich oder Kanada?« fragte er.

»Südfrankreich«, erwiderte Stoll. »Als Sie kamen, war ich gerade dabei, Deirdres Bericht über den Ort herunterzuladen.« Über die Tastatur öffnete er die Datei. »Hier steht: ›Die *route nationale,* blabla, verläuft nach Norden und Nordwesten entlang des Flusses Garonne und stößt auf den Bergsee bei Montauban, Einwohnerzahl: 51 000. Die Stadt besteht aus soundso vielen ...‹« Er übersprang die demografischen Angaben durch Anklicken der Bildlaufleiste. »Aha, hier haben wir es: ›Das Gebäude ist eine Festung, die im Jahr 1144 erbaut und historisch mit separatistischen Tendenzen des Südens in Verbindung gebracht wurde. Die Burg half während der Religionskriege, die Angriffe der Katholiken abzuwehren, und gilt den Einheimischen noch heute als Symbol des Widerstandes.‹« Stoll scrollte die Anzeige weiter.

»Steht irgendwas über den Besitzer drin?« fragte Hood.

»Bin schon dabei.« Stoll gab das Wort ›Besitzer‹ ein und befahl die Wortsuche. Einige Absätze wurden übersprungen, dann erschien das Wort hervorgehoben. Stoll las: »›Im vergangenen Jahr verkauft an eine Firma zur Herstellung von Software, mit der Auflage, daß der Besitzer keine Änderungen am ...‹ blabla, blabla. Hier: ›Besitzer ist ein französisches Privatunternehmen namens Demain, gegründet im Mai 1977 in Toulouse.‹«

Hood warf Stoll einen Blick zu, dann beugte er sich noch näher an den Bildschirm heran. »Einen Moment.« Er studierte das Datum. »Sagen Sie Deirdre oder Nat, daß sie mir mehr Informationen über dieses Unternehmen besorgen sollen. Schnell.«

Stoll nickte. Er schloß den Text, wählte die »Krakenwächter«, wie er sie nannte, an und schickte eine E-mail, in der er um mehr Informationen über Demain bat. Dann lehnte er sich zurück, verschränkte die Arme und wartete.

Das Warten war nicht von langer Dauer. Deirdre schickte einen kurzen Artikel aus der Zeitschrift *Videogaming Illustrated* vom Juni 1980 herüber. Darin stand:

»Spiele von Morgen

Haben Sie genug von ›Asteroids‹?
Langweilt Sie ›Space Invader‹ zu Tode?
Selbst wenn Sie noch auf die Hits von gestern stehen – ein

neuer Stern ist am Firmament der Videospiele aufgegangen: Die französische Firma Demain – was soviel heißt wie ›Morgen‹ – hat eine neue Art von Cartridge entwickelt, die Sie auf Ihren Atari-, Intellivision- und Odyssey-Heimsystemen abspielen können. Die erste Kassette, das Suchspiel ›Eine unvergeßliche Nacht‹, kommt in diesem Monat in den Handel. Es ist das erste Spiel, das für alle drei führenden Videospielsysteme erhältlich sein wird. In einer Pressemitteilung sagte der Leiter der Forschungs- und Entwicklungsabteilung des Unternehmens, Jean-Michel Horne: ›Dank eines revolutionären, leistungsstarken neuen Chips, den wir entwickelt haben, ist die Grafikauflösung deutlich verbessert worden, und das Spielen wird wesentlich mehr Spaß bereiten als mit irgendeinem früheren Spiel.‹
›Eine unvergeßliche Nacht‹ wird für 34 Dollar im Handel erhältlich sein und einen Rabattgutschein für das nächste Spiel der Firma enthalten: das Superhelden-Spiel ›Übermensch‹.«

Hood betrachtete den Artikel einen Moment lang und wog die Kernaussage ab; sie half ihm, einige Stücke des Puzzles zusammenzusetzen:

Nancy hatte Pläne für einen neuen Chip gestohlen und sie an eine französische Firma in Toulouse verkauft, vielleicht – nein, wahrscheinlich – an Demain. Gérard, der Rassist, hatte ein Vermögen mit der Herstellung von Videospielen verdient und heimlich Geld in die Produktion von Haßspielen gesteckt.

Aber warum? Ein Hobby? Bestimmt nicht. Kleine Dosen von Haß wie diese wären zu gering und unbefriedigend für einen Mann wie den, den Richard Hausen beschrieben hatte.

Nimm einmal an, daß er doch Haßspiele hergestellt hat, dachte Hood. Charlie Squires' Sohn war in eines hineingesurft. Wenn es nun von Dominique stammte? Benutzte Gérard möglicherweise das Internet, um sie rund um die Welt zu verschicken?

Nimm an, dachte Hood, *daß auch das stimmt.* Warum hätte

er das tun sollen? Nicht nur, um Geld zu verdienen. Nach allem, was Hausen erzählt hatte, besaß Dominique davon genug.

Er müßte etwas Größeres im Schilde führen, dachte Hood. Haßspiele im Internet, ernstzunehmende Drohungen gegen Hausen – war das alles zeitlich so geplant, daß es mit den Chaostagen zusammenfiel?

Nichts schien zusammenzupassen. Zu viele Teile fehlten. Es gab nur eine Person, die vielleicht in der Lage war, ihm zu sagen, wie alles zusammenhing – aber war sie auch willens?

»Mr. Hausen«, sagte Hood, »dürfte ich mir Ihren Fahrer ausleihen?«

»Selbstverständlich. Brauchen Sie sonst noch etwas?«

»Nein, im Moment nicht, danke. Matt, bitte senden Sie diesen Artikel an General Rodgers. Sagen Sie ihm, daß Dominique möglicherweise unser Haßspiel-Dealer ist. Falls es noch irgendwelche weiteren Hintergrundinformationen darüber gibt ...«

»... dann besorgen wir sie«, vollendete Stoll. »Ihr Wunsch ist mir Befehl.«

»Herzlichen Dank.« Hood klopfte Stoll auf die Schulter und war schon auf dem Weg zur Tür.

Matt Stoll beobachtete, wie Hood den Empfangsbereich durchquerte, und verschränkte erneut die Arme. »Es besteht kein Zweifel mehr: Mein Boß *ist* Superman.«

35

Donnerstag, 17 Uhr 17 – Hannover

»Bob«, sagte Herberts Assistent Alberto, »ich habe gute Neuigkeiten.«

Herbert war froh, das zu hören. Ihm tat die Brust an den Stellen weh, wo der Sicherheitsgurt eingeschnitten hatte, außerdem ließ ihn der Gedanke daran, daß seine Angreifer entkommen könnten, vor Wut kochen. Er hatte den Lieferwagen nicht wiedergefunden, also war er in einer Nebenstraße an die Seite gefahren und hatte über sein Funktelefon das OP-Center angerufen. Er hatte Alberto erzählt, was passiert war, und ihn gebeten, den Lieferwagen mit Hilfe des NRO für ihn ausfindig zu machen. Falls das gelänge, würde Herbert hinfahren, sicherstellen, daß es sich tatsächlich um denselben Wagen und die Leute, die ihn angegriffen hatten, handelte und dann die Polizei rufen. Sollte diese sich weigern zu kommen, würde er Hausen anrufen. Auf die eine oder andere Art würden diese Verbrecher der Gerechtigkeit zugeführt werden.

Herbert war überrascht, als das Telefon nur sechs Minuten, nachdem er angerufen hatte, summte. In der Regel dauerte es fünfmal so lange, bis eine Satellitenüberwachungskamera von einer Position auf eine andere eingerichtet worden war.

Alberto sagte: »Sie haben Glück. Das NRO hat dieselbe Gegend schon für Larry abgesucht, weil er mit der Entführung der Filmmitarbeiterin befaßt ist. Er will diesmal unbedingt besser als Griff abschneiden.«

Larry Rachlin war der Direktor der CIA, Griff Egenes der Direktor des FBI. Die Rivalität der beiden war legendär und unbarmherzig. Wie das OP-Center hatten ihre Organisationen Zugang zu Daten des NRO. Allerdings hortete Egenes Informationen wie Eichhörnchen Nüsse.

»Was hat das NRO?« wollte Herbert wissen. Er fühlte sich nicht wohl bei dem Gedanken, mit Alberto über eine ungesicherte Leitung zu sprechen, aber sie hatten keine andere Wahl. Er konnte nur hoffen, daß niemand sie belauschte.

»Für Larry nichts. Keine Spur von dem Wohnmobil, keine Hinweise auf das Mädchen. Darrell sagt, Griff hat auch nichts. Es scheinen keine regulären Polizeikräfte in der Gegend zu sein.«

»Das überrascht mich nicht. Sie sind alle ausgeschwärmt und veranstalten eine Treibjagd auf Neonazis.«

»Besser das, als daß sie gemeinsame Sache mit ihnen machen.«

»Allerdings. Aber jetzt zu dem Lieferwagen, Alberto. Spielen Sie auf Zeit oder was?«

»Um ehrlich zu sein, ja, Boß. Sie sind ein einzelner Mann ohne Rückendeckung. Sie sollten nicht …«

»Wo ist er?« forderte Herbert.

Alberto seufzte. »Stephen hat ihn gefunden, die Übereinstimmung ist hundertprozentig. Der Wagen ist an genau den Stellen beschädigt, die Sie uns angegeben haben. Er fährt auf einer Autobahn nach Westen, aber allein anhand des Fotos kann ich Ihnen nicht sagen, auf welcher.«

»Schon okay. Ich werde sie auf der Karte finden.«

»Ich weiß, daß ich meine Zeit verschwende, wenn ich versuche, es Ihnen auszured…«

»Richtig erkannt, mein Sohn.«

»Dann werde ich also General Rodgers verständigen und ihm berichten, was Sie unternehmen. Brauchen Sie sonst noch etwas?«

»Ja. Rufen Sie mich an, wenn der Lieferwagen die Autobahn verläßt.«

»Geht in Ordnung. Stephen kennt Sie, Bob. Er hat gesagt, daß seine Leute Sie im Auge behalten werden.«

»Danken Sie ihm von mir, und sagen Sie ihm, daß er meine Stimme für den diesjährigen *Conrad* kriegt. Obwohl, wenn ich es mir recht überlege – besser nicht. Sonst macht er sich nur unnötige Hoffnungen.«

»Die macht er sich doch immer«, sagte Alberto und hängte ein.

Auch Herbert legte auf. Er grinste. Nach dem, was er vor wenigen Minuten durchgemacht hatte, tat es gut zu lächeln. Während er auf dem Stadtplan die Straßen suchte, die zu der von Osten nach Westen verlaufenden Autobahn führten, dachte er über den *Conrad* nach, und sein Lächeln wurde breiter. Der *Conrad* war die spöttische, inoffizielle Auszeichnung, die jedes Jahr während einer privaten Abendveranstaltung unter Amerikas führenden Geheimdienstlern vergeben wurde. Die dolchähnliche Trophäe ehrte den besten Agenten der Regierung und war nach Joseph Conrad benannt. Ein Roman des Autors von 1907, »Der Geheimagent«, war eine der ersten großen Spionagegeschichten gewesen; sie handelte von einem Lockspitzel, der in den dunklen Nebengassen

Londons gearbeitet hatte. Die diesjährige Party fand in fünf Wochen statt. Sie war jedesmal ein Riesenerfolg, nicht zuletzt wegen des armen Stephen Viens.

Herbert markierte die Route, die er zu fahren hatte, und zwang sein verwundetes Streitroß vorwärts. Der Mercedes setzte sich in Bewegung, wenn auch mit einigem Quietschen und Scheppern, das vorher nicht zu hören gewesen waren.

Viens war Matt Stolls bester Freund im College gewesen und im gleichen Maße ernst wie sein Klassenkamerad ausgeflippt. Seit seiner Ernennung zum stellvertretenden Direktor und später zum Direktor des NRO waren Viens' erstaunliche technische Fähigkeiten für die wachsende Effektivität und Wichtigkeit der Einrichtung verantwortlich gewesen. In den vergangenen vier Jahren hatten die 100 Satelliten, die unter seiner Verantwortung standen, detaillierte Schwarzweißfotos der Erde in jeder gewünschten Vergrößerung geliefert. Viens war stolz darauf, behaupten zu dürfen: »Ich kann Ihnen ein Foto liefern, das mehrere Straßenblöcke zeigt, oder eines, auf dem Sie die Buchstaben auf dem Notizblock eines Kindes lesen können.«

Weil Viens das ernst meinte, nahm er auch die *Conrad*-Wahlen so ernst. Er wollte unbedingt einen, das wußte jeder; genau deshalb sprach sich das Wahlkomitee Jahr für Jahr ab, ihm die Ehrung um eine Stimme vorzuenthalten. Herbert fühlte sich jedesmal mies wegen des Betruges, aber wie der CIA-Chef und Vorsitzende des *Conrad*-Ausschusses richtig sagte: »Zum Teufel, schließlich sind wir Geheimagenten.«

Doch tatsächlich hatte Herbert vor, Larry zu hintergehen und in diesem Jahr für Viens zu stimmen. Nicht wegen dessen Arbeit, sondern wegen dessen Integrität. Seit dem Ansteigen des Terrorismus in den Vereinigten Staaten hatte das Pentagon vier Satelliten zu jeweils 100 Millionen Dollar unter dem Codenamen »Ricochet« ins All geschossen. Sie waren in knapp 36 000 Kilometern Höhe über Nordamerika positioniert und dienten der Überwachung des eigenen Landes. Falls die Öffentlichkeit davon gewußt hätte, würden von der äußersten Linken bis zur extremen Rechten alle ihre Bedenken gegen die Augen des Großen Bruders, die sie vom Himmel aus beobachteten, vorbringen. Aber weil diese Augen unter Viens' Befehl standen, befürchtete niemand, der davon wußte, daß sie zu persönlichen oder zu politischen Zwecken mißbraucht würden.

Herbert gelangte wieder auf die Autobahn, obwohl sein Wagen nicht mehr so sanft dahinglitt wie zuvor. Er schaffte kaum mehr als 80 Stundenkilometer – »langsamer als Schlamm«, wie seine Großmutter Shel aus Mississippi immer gesagt hatte.

Wieder summte das Telefon. So kurz nach Albertos Anruf nahm Herbert an, daß es Paul Hood sein würde, der ihn zurückpfeifen wollte. Aber er hatte beschlossen, nicht umzukehren – jedenfalls nicht ohne Jagdtrophäe.

Herbert nahm den Anruf an. »Ja?«

»Bob, ich bin's, Alberto. Ich habe gerade ein neues Foto bekommen, ein 2MD von der gesamten Region.«

Ein 2MD war eine Ansicht von zwei Meilen Durchmesser mit – in diesem Fall – dem Lieferwagen im Zentrum. Die Satelliten waren so programmiert, daß sie mit einfachen Befehlen in Intervallen von Viertelmeilen vergrößern oder verkleinern konnten. Andere Zwischenstufen erforderten kompliziertere Befehlsfolgen.

Alberto fuhr fort: »Die Brüder sind von der Autobahn runtergefahren.«

»Wo? Geben Sie mir einen Anhaltspunkt.«

»Es gibt nur einen Anhaltspunkt, Bob – eine kleine Waldregion mit einer zweispurigen Straße, die nach Nordwesten führt.«

Herbert ließ seinen Blick am Horizont entlangschweifen. »Hier draußen gibt's 'ne Menge Bäume und Wälder, Alberto. Haben Sie sonst nichts?«

»Polizei. Ungefähr ein Dutzend Polizisten stehen um die Überreste eines ausgebrannten Fahrzeugs herum.«

Herbert fixierte einen unsichtbaren Punkt vor seinen Augen. Er dachte nur an eines. »Das Wohnmobil des Filmteams?« fragte er.

»Einen Moment, Stephen lädt gerade ein anderes Foto.«

Herbert preßte die Lippen zusammen. Die Verbindung

des OP-Centers mit dem NRO ermöglichte es Alberto, das Foto gleichzeitig mit Viens' Leuten zu betrachten. Die CIA hatte den gleichen Zugriff, aber ohne Beamte hier vor Ort keine Möglichkeit, Herbert Hilfe zu schicken, weder als offizielle noch als verdeckte Ermittler.

»Ich habe jetzt eine Viertelmeilenansicht.« Außer Albertos waren andere Stimmen zu vernehmen. »Levy und Warren sehen mir über die Schulter.«

»Ich höre sie.«

Marsha Levy und Jim Warren waren die Analyseexperten für Fotoaufklärung des OP-Centers. Sie bildeten ein perfektes Team; Levy besaß ein mikroskopisches Auge, während Warrens Talent darin lag, die Bedeutung von Details aus einem Gesamtbild herauszulesen. Zusammen konnten die beiden ein Foto betrachten und nicht nur sagen, was es zeigte, sondern auch, was sich darunter oder daneben befand und wie es dorthin gekommen war.

»Die beiden meinen, daß sich in dem ausgebrannten Fahrzeug Überreste von Holzmöbeln wie denen, die das Filmteam im Wohnmobil transportiert haben könnte, befinden«, sagte Alberto. »Der Vergrößerung durch den Computer nach zu urteilen, läßt die Maserung des Holzes auf Lerche schließen, meint Marsha.«

»Das ergibt Sinn«, bestätigte Herbert. »Billig und haltbar – genau das Material, das man ständig herumtransportieren kann.«

»Richtig. Jimmy denkt, daß das Feuer rechts hinten ausbrach, dort, wo sich wahrscheinlich der Benzintank befand.«

»Eine Lunte. Dadurch gewannen sie Zeit, um abzuhauen.«

»Ja, das hat Jimmy auch gesagt. Warten Sie, Bob – hier kommt noch was rein.«

Herbert suchte nach einer Ausfahrt vor sich. Der Lieferwagen hatte nicht übermäßig viel Vorsprung gehabt; sie müßte bald kommen. Er fragte sich, ob seine Angreifer zufällig oder mit Absicht in diese Richtung gefahren waren.

»Bob!« Alberto klang aufgeregt. »Wir haben jetzt eine Viertelmeilenansicht von dem Gebiet östlich des Wracks. Marsha sagt, daß sie Teile eines Feldwegs erkennt und etwas, das wie eine Person aussieht, die auf einen Baum gestiegen ist.«

»Ist das möglich?«

Marsha kam in die Leitung. Herbert konnte sich vorstellen, wie die resolute kleine Brünette Alberto den Hörer aus der Hand wand.

»Ja, Bob, das ist möglich«, sagte sie. »Unter den Blättern befindet sich ein dunkler Schatten. Es ist kein Ast, und er ist zu groß, um ein Bienenstock oder ein Vogelnest zu sein.«

»Ein verängstigtes junges Mädchen könnte schon auf die Idee kommen, sich in einem Baum zu verstecken«, meinte Herbert.

»Oder ein *vorsichtiges* Mädchen«, sagte Marsha.

»Sehr gut bemerkt. Wo ist der weiße Lieferwagen jetzt?«

»Er war auf dem gleichen Bild wie das Wohnmobil. Keiner der Polizisten schien sich darum zu kümmern.«

Das schlüge dem Faß den Boden aus, dachte Herbert. *Die örtliche Polizei, die mit der Neonazimiliz unter einer Decke steckt.*

Auf der rechten Seite kam eine Ausfahrt in Sicht. Dahinter sah Herbert ein Waldstück, den Anfang eines Landstrichs von beeindruckender Schönheit. »Ich glaube, hier bin ich richtig«, sagte er. »Gibt es eine Möglichkeit, zu dem Baum zu gelangen, ohne von der Polizei gesehen zu werden?«

Am anderen Ende der Leitung fand hinter abgedeckter Sprechmuschel eine kurze Konferenz statt.

Dann war wieder Alberto zu hören. »Ja, Bob. Fahren Sie von der Autobahn ab und biegen Sie dann rechts von der Landstraße in den Feldweg ein.«

»Das geht nicht. Falls die Entführer sich im Wald versteckt haben, anstatt hinauszufahren, möchte ich nicht auf sie stoßen oder von ihnen überrascht werden.«

»In Ordnung. Dann umgehen Sie sie, indem Sie – Moment, südöstlich, hm, ungefähr einen halben Kilometer bis zu einem Bach fahren. Biegen Sie dort nach Osten ab, ungefähr 400 Meter bis – Mist, da ist kein Anhaltspunkt.«

»Ich finde es.«

»Boß …«

»Ich sagte, ich finde es. Was noch?«

»Halten Sie sich dann in Richtung Nordosten, ungefähr 75 Meter, bis Sie an eine knorrige Was-auch-immer kommen. Marsha sagt, es ist eine Eiche. Aber dort ist das Gelände ziemlich unwegsam.«

»Ich bin schon mal die Stufen des Washington Monument hinaufgeklettert. Nach oben kam ich auf meinem Hintern, nach unten auf dem Bauch.«

»Ich weiß. Aber das war vor elf Jahren und hier bei uns zu Hause.«

»Wird schon schiefgehen«, meinte Herbert. »Wenn man den Gehaltsscheck entgegennimmt, muß man die unangenehme Arbeit genauso erledigen wie die leichten Jobs.«

»Das ist keine ›unangenehme Arbeit‹, Boß. Hier geht es um einen Mann im Rollstuhl, der versucht, Felsen zu erklettern und Bäche zu überqueren.«

Herbert fühlte einen Anflug des Zweifels, aber er wischte ihn fort. Er wollte es tun, nein, er *mußte* es tun. Und im Inneren wußte er, daß er es konnte.

»Hören Sie«, sagte er, »wir können die Polizei nicht rufen, weil wir nicht wissen, ob sie nicht mit diesen Gorillas unter einer Decke steckt. Und wie lange, glauben Sie, wird es dauern, bis das Mädchen sich entschließt aufzugeben, weil es hungrig oder müde ist? Wir haben keine andere Wahl.«

»Es gibt eine Möglichkeit«, sagte Alberto. »Larrys Leute ziehen möglicherweise dieselben Schlüsse aus diesen Fotos wie wir. Lassen Sie mich anrufen und fragen, was sie vorhaben.«

»Nichts da«, erwiderte Herbert. »Ich werde nicht auf meinem Hintern sitzen und warten, während das Leben eines Menschen in Gefahr ist.«

»Aber Sie werden *beide* in Gefahr ...«

»Mein Sohn, ich war schon in Gefahr, nur weil ich heute in meinem verdammten Auto gesessen habe.« Herbert verließ die Autobahn. »Ich werde vorsichtig sein und sie finden, ich verspreche es. Ich nehme das Handy mit. Das Vibrationssignal wird eingeschaltet bleiben, aber wenn ich das Gefühl habe, daß mich jemand hören könnte, gehe ich nicht dran.«

»Selbstverständlich«, sagte Alberto. »Ich bin noch immer dagegen«, fügte er hinzu. »Aber trotzdem – viel Glück, Boß.«

»Danke.« Herbert bog von der zweispurigen Landstraße ab. Er befand sich an einer Raststation mit einer Tankstelle, Restaurant und Gästezimmern. BELEGT stand auf dem Schild des Gästehauses, was bedeutete, daß es entweder voller Neonazis war oder daß die Eigentümer nichts mit ihnen zu tun haben wollten. Herbert parkte hinter dem modernen einstöckigen Gebäude; dann kreuzte er seine Finger und drückte auf den Knopf, um seinen Stuhl herauszufahren. Er hatte befürchtet, daß die Verfolgungsjagd den Mechanismus des Mercedes beschädigt haben könnte, aber er hatte Glück. Fünf Minuten später rollte er eine leichte Steigung hinauf und in das blau-orangefarbene Licht der hereinbrechenden Dämmerung hinein.

36

Donnerstag, 17 Uhr 30 – Hamburg

Pünktlich zur halben Stunde hielt die lange Limousine vor Jean-Michels Hotel.

Die Nachmittagsnachrichten waren voller Berichte über das Feuer in St. Pauli und Vorwürfen gegen den Clubbesitzer gewesen. Die Feministinnen freuten sich, die Kommunisten freuten sich, und die Presse tat, als wäre sie bestätigt worden. Richter schien, so kam es Jean-Michel vor, gleichermaßen für seine Karriere im Begleitservicegeschäft und als Nachtclubbesitzer bestraft zu werden wie für seine politischen Überzeugungen. Alte Interviews wurden gesendet, in denen er sich verteidigte und behauptete, er sei in der »Befriedungsbranche« tätig – die Begleitung von Frauen beruhige Männer, so daß sie große Herausforderungen meistern könnten. Seine Dienstleistung ermögliche dies.

Richter ist kein Trottel, hatte Jean-Michel gedacht, während er die Sendungen verfolgte. Die Verurteilungen durch die Feministinnen, die Kommunisten und die Presse – alle wenig beliebt beim deutschen Durchschnittsbürger – trugen lediglich dazu bei, daß die Leute sich weiter zu Richters *Nationalsozialisten des 21. Jahrhunderts* hingezogen fühlten.

Jean-Michel hatte das Hotel um 17 Uhr 25 verlassen und unter der Markise gewartet. Er war sich nicht sicher gewesen, ob Richter kommen würde. Und ob er – falls er käme – nicht eine Wagenladung bewaffneter Milizionäre mitbrächte, um sich für die Brandstiftung zu rächen.

Aber das entsprach nicht Richters Stil. Nach allem, was sie gehört hatten, wäre das eher Karin Dorings Art gewesen. Richter besaß Stolz.

Nachdem die Limousine zum Stehen gekommen war und der Portier die Tür geöffnet hatte, blickte Jean-Michel links neben sich und nickte. Dominique hatte darauf bestanden, daß Henri und Yves mit ihm gingen, darum stiegen sie jetzt zu beiden Seiten von Jean-Michel ein. Sie nahmen, mit den Rücken an die Fahrerkabine gelehnt, Platz, die Gesichter gegen die Fahrtrichtung nach hinten gerichtet. Yves zog die Tür zu. Die drei Männer erschienen in dem gedämpften Licht, das durch die dunkel getönten Scheiben fiel, in einem ungesunden Grau.

Jean-Michel war nicht überrascht, Richter in wesentlich gedämpfterer Stimmung als am Morgen anzutreffen. Der Deutsche saß allein auf dem Rücksitz, ihnen gegenüber. Er bewegte sich kaum, sah sie an, sprach aber nicht. Selbst als Jean-Michel ihn begrüßte, nickte er zwar einmal kurz, sagte aber kein Wort. Der Wagen setzte sich in Bewegung, und Richter ließ Jean-Michel und dessen Leibwächter nicht aus den Augen. Er beobachtete sie aus dem Schatten heraus, die Hände im Schoß seiner rehbraunen Anzughose, die Schultern erhoben.

Jean-Michel hatte nicht erwartet, daß der Deutsche redselig wäre. Aber wie Don Quichote gesagt hatte – es lag in der Verantwortung des Siegers, die Wunden des Besiegten zu pflegen. Außerdem gab es Dinge, die besprochen werden mußten.

»M. Richter«, begann er sanft, »es war nicht M. Dominiques Wunsch, daß die Dinge so eskalieren.«

Richters Augen hatten auf Henri geruht. Wie kleine Maschinen schwenkten sie zu Jean-Michel herum.

»Ist das eine Entschuldigung?« fragte er.

Jean-Michel schüttelte den Kopf. »Nehmen Sie es als einen Ölzweig. Einen, den Sie hoffentlich akzeptieren werden.«

Richter erwiderte kalt: »Ich spucke darauf, und ich spucke auf Sie.«

Jean-Michel war leicht schockiert. Henri begann ungehalten zu murmeln.

»M. Richter«, sagte Jean-Michel, »Sie müssen einsehen, daß Sie nicht gegen uns ankommen.«

Richter lächelte. »Das sind die gleichen Worte, die Hauptkommissar Rosenlocher von der Hamburger Polizei jahrelang benutzt hat. Trotzdem bin ich noch hier. Übrigens, vielen Dank für das Feuer. Der Hauptkommissar ist so damit beschäftigt herauszufinden, wer mich tot sehen wollte, daß er und seine unbestechlichen Mitarbeiter gar nicht bemerkt haben, wie ich mich davongemacht habe.«

»M. Dominique ist kein Polizist«, entgegnete Jean-Michel. »Er hat sich als sehr großzügiger Gönner erwiesen. Ihre politischen Büros wurden nicht angetastet, und M. Dominique hat Geld zur Verfügung gestellt, mit dem Sie beruflich wieder auf die Beine kommen können.«

»Zu welchem Preis?«

»Gegenseitigen Respekt.«

»Respekt?« blaffte Richter. »Sie meinen Unterwerfung! Wenn ich tue, was Dominique will, gestattet er mir zu überleben.«

»Sie verstehen nicht ...« insistierte Jean-Michel.

»Nein?« fuhr Richter dazwischen.

Der Deutsche griff in seine Brusttasche, und Henri und Yves zuckten nach vorne. Richter ignorierte sie. Er nahm ein Zigarettenetui heraus, steckte sich eine Zigarette in den Mund und schob das Etui zurück. In der Bewegung erstarrend, fixierte er Jean-Michel.

»Ich verstehe Sie sehr gut«, sagte er. »Ich habe den ganzen Nachmittag darüber nachgedacht, warum es für Sie so wichtig ist, mich kleinzuhalten.«

Er zog seine Hand unter der Jacke hervor, und bevor Jean-Michel sah, daß er kein Feuerzeug darin hielt, war es zu spät. Die gedrungene FN Baby Browning spuckte zweimal, einmal auf die linke Seite Jean-Michels, einmal auf die rechte. Der Knall war laut und erstickte die dumpfen Geräusche, mit denen die Kugeln die Stirnen der Leibwächter durchschlugen.

Der Wagen ging in eine Rechtskurve, und die beiden toten Körper kippten auf die Fahrerseite hinüber. In Jean-Michels Ohren dröhnte es, und sein Gesicht wurde vor Angst lang, als Henri gegen ihn sank. Braunrotes Blut sammelte sich in der kleinen dunklen Wunde, trat daraus hervor und floß über die Nasenwurzel des toten Leibwächters. Halb schreiend, halb stöhnend, stieß Jean-Michel die Leiche von sich gegen die Tür. Dann blickte er auf den toten Yves, dem das Blut in einem spinnwebartigen Netz über das Gesicht lief. Schließlich starrte er mit vor Schreck geweiteten Augen auf Richter.

»Ich werde sie im Wald begraben lassen, wenn wir ankommen«, sagte Richter. Er spuckte die Zigarette auf den Boden. »Übrigens, ich rauche nicht.«

Die Waffe noch in der Hand, beugte er sich nach vorn. Er nahm die Pistolen aus Henris und Yves' Schulterhalftern und legte eine davon rechts neben sich auf den Sitz. Die andere untersuchte er.

»Eine F1 Target«, sagte er. »Eine Pistole, Armeeausführung. Waren das ehemalige Soldaten?«

Jean-Michel nickte.

»Das erklärt ihre unglaublich schlechten Reflexe. Das französische Militär hat noch nie gewußt, wie man Soldaten ausbildet – ganz im Gegensatz zu den Deutschen.«

Er legte die Pistole ebenfalls neben sich und klopfte Jean-Michels Brust und Taschen ab, um sicherzugehen, daß er keine Waffe trug; dann lehnte er sich zurück.

»Einzelheiten«, sagte Richter. »Wenn Sie die sehen, riechen, hören und sich daran erinnern – dann werden Sie im schlimmsten Fall überleben und im günstigsten Fall erfolgreich sein. Vertrauen«, fuhr er düster fort, »sollten Sie niemandem. Ich habe den Fehler begangen, offen mit Ihnen zu sein, und dafür habe ich bezahlt.«

»Sie haben mich gefoltert!« Jean-Michel schrie fast. Die Nähe der beiden Toten zerrte an seinen Nerven, aber noch mehr erschütterte ihn die Kavaliermanier, in der Richter die beiden Männer eliminiert hatte. Der Franzose kämpfte gegen den Drang, die Tür zu öffnen und sich aus der Limousine zu stürzen. Er war M. Dominiques Stellvertreter. Er mußte seine Haltung, seine Würde bewahren.

»Meinen Sie wirklich, daß das der Grund war, weshalb Dominique mich angegriffen hat?« Richter lächelte zum erstenmal, wirkte jetzt beinahe väterlich. »Seien Sie nicht naiv. Dominique hat mich gedemütigt, um mir meinen Platz zu zeigen. Es ist ihm gelungen. Er hat mich daran erinnert, daß ich ganz oben auf die Leiter gehöre, nicht in die Mitte.«

»Nach oben?« Die Dreistigkeit des Deutschen verblüffte Jean-Michel. Seine Entrüstung half ihm, Angst und Verwundbarkeit zu vergessen. »Sie befinden sich ganz oben auf zwei Leichen.« Er fuchtelte mit den Händen seitlich von sich herum. »Man wird Sie dafür zur Verantwortung ziehen.«

»Sie irren sich«, entgegnete Richter ruhig. »Ich besitze noch immer mein Vermögen, und ich leite die größte Neonazigruppe der Welt.«

»Das ist eine Lüge, Ihre Gruppe ist nicht ...«

»... was sie einmal war« unterbrach ihn Richter, der jetzt ein mysteriöses Lächeln aufgesetzt hatte.

Jean-Michel war verwirrt und noch immer voller Angst.

Richter ließ sich in den weichen Ledersitz zurücksinken. »Dieser Nachmittag war ein Wink des Schicksals für mich, M. Horne. Sehen Sie, wir alle werden so von Geschäften, Zielen und anderen Verstrickungen in Anspruch genommen, daß wir den Bezug zu unseren eigenen Stärken verlieren. Nachdem ich meines Lebensunterhalts beraubt war, mußte ich mich fragen: ›Was *sind* eigentlich meine Stärken? Was sind meine Ziele?‹ Ich erkannte, daß ich sie aus den Augen verloren hatte. Ich habe den Rest des Nachmittags nicht damit verbracht, über das Geschehene zu jammern. Ich rief meine Anhänger an und forderte sie auf, heute abend um 20 Uhr nach Hannover zu kommen. Ich habe ihnen gesagt, daß ich dort eine Ankündigung aussprechen werde – eine Ankündigung, die die politische Landschaft Deutschlands und Europas verändern wird.«

Jean-Michel sah ihn abwartend an.

Richter fuhr fort: »Vor zwei Stunden sind Karin Doring und ich übereingekommen, *Feuer* und die *Nationalsozialisten des 21. Jahrhunderts* zu vereinen. Wir werden den Zusammenschluß heute abend in Hannover bekanntgeben.«

Jean-Michel beugte sich abrupt nach vorne. »Sie beide? Aber heute morgen haben Sie noch gesagt, Karin Doring sei keine Führerin, sie sei ...«

»Ich sagte, sie sei keine *Visionärin*«, hob Richter hervor. »Darum werde *ich* die neue Union anführen, und sie wird meine Feldherrin sein. Unsere Partei wird *Das Nationale Feuer* heißen. Karin und ich treffen uns bei ihrem Lager. Wir werden ihre Gruppe nach Hannover führen, und zusammen mit meinen Gefolgsleuten und den ungefähr 1000 Anhängern, die bereits dort sind, werden wir einen Spontanmarsch starten, wie Deutschland ihn seit vielen Jahren nicht gesehen hat. Und die Behörden werden nichts tun, um uns aufzuhalten. Selbst wenn sie den Verdacht hegen sollten, daß Karin für den heutigen Überfall auf das Filmteam verantwortlich ist, werden sie nicht den Mut haben, sie zu verhaften. Heute abend, M. Horne, werden Sie die Geburt einer neuen Bewegung in Deutschland erleben – angeführt von dem Mann, den Sie heute nachmittag demütigen wollten.«

Jean-Michel hörte zu und wurde von der lähmenden Erkenntnis erfaßt, daß er das genaue Gegenteil von dem bewirkt hatte, was ihm von M. Dominique aufgetragen worden war. Für einen Moment vergaß der Franzose seine Angst. Ruhig sagte er: »M. Richter, Dominique hat eigene Pläne. Große Pläne, die besser finanziert und wesentlich weiter gediehen sind als Ihre. Wenn er die Vereinigten Staaten ins Chaos stürzen kann – und das kann er, das wird er –, dann kann er mit Sicherheit auch Sie bekämpfen.«

»Ich erwarte sogar, daß er das tun wird. Aber Deutschland kann er mir nicht nehmen. Wie denn? Mit Geld? Einige Deutsche sind vielleicht käuflich, aber nicht alle – wir sind keine Franzosen. Mit Gewalt? Wenn er mich angreift, erschafft er einen Helden. Wenn er mich umbringt, bekommt er es mit Karin Doring zu tun, die ihn finden wird, das verspreche ich Ihnen. Erinnern Sie sich daran, wie effektiv die Algerier Paris 1995 durch ihre Bomben in der Metro und durch ihre Drohung, den Eiffelturm in die Luft zu sprengen, lahmgelegt haben? Falls Dominique sich gegen uns wendet, wird sich *Das Nationale Feuer* gegen Frankreich wenden. Dominiques Organisation ist groß, ein leicht zu treffendes Ziel. Unsere Strukturen sind kleiner, und wir sind viel mobiler. Er kann heute ein Geschäft oder morgen ein Büro zerstören, aber ich werde einfach den Standort wechseln; und jedesmal muß er aus seinem Elefantenversteck heraus einen höheren Preis bezahlen.«

Die Limousine fuhr von Hamburg aus in Richtung Süden, während der Tag rasch zur Nacht wurde. Die Welt draußen vor den dunklen Scheiben reflektierte das düstere Gefühl in Jean-Michels Seele.

Richter nahm einen tiefen Atemzug, dann sagte er kaum hörbar: »In wenigen Jahren wird dieses Land mir gehören. Ich werde es wieder aufbauen, genau wie Hitler das Reich auf den Trümmern der Weimarer Republik aufgebaut hat. Und die Ironie liegt darin, daß Sie, M. Horne, der Architekt waren. Sie haben mir gezeigt, daß ich mich einem Feind gegenübersah, den ich nicht erwartet hatte.«

»M. Richter, Sie sollten M. Dominique nicht als Ihren Feind betrachten«, sagte Jean-Michel. »Er kann Ihnen noch immer helfen.«

Richter schnaubte verächtlich. »Sie sind der perfekte Diplomat, M. Horne. Ein Mann brennt mein Geschäft nieder, und Sie *sagen* mir nicht nur, daß er mein Verbündeter ist, Sie *glauben* es auch noch. Nein, ich denke, es steht fest, daß sich meine Ziele von denen Dominiques unterscheiden.«

»Sie irren sich, M. Richter.« In seinem Wunsch, Dominique nicht zu enttäuschen, faßte Jean-Michel Mut. »Sie träumen davon, Deutschlands Stolz wiederherzustellen. M. Dominique unterstützt dieses Ziel. Ein stärkeres Deutschland stärkt ganz Europa. Die Feinde sind nicht hier, sondern in Asien und jenseits des Atlantiks. Diese Allianz bedeutet ihm viel.

Sie kennen seine Vorliebe für die Geschichte, für die Wiederaufnahme alter Bündnisse …«

»Genug.« Richter hielt seine Hand in die Höhe. »Heute nachmittag habe ich gesehen, was unsere Allianz bedeutet. Sie bedeutet, daß er befiehlt und ich gehorche.«

»Nur, weil er einen Gesamtplan hat!«

Richter packte der Zorn; er explodierte förmlich in seinem Sitz. »Gesamtplan!« brüllte er. »Als ich heute vor Wut zitternd in meinem Büro saß und meine Anhänger zusammenrief, um meine Würde wiederherzustellen, fragte ich mich: Wenn Dominique nicht für meine Sache eintritt, wie er vorgegeben hat, wofür steht er dann? Da erkannte ich, daß er wie ein Imker ist. Er züchtet uns hier in Deutschland, in Amerika und in Großbritannien, damit wir in den Zentren der Macht herumschwirren, zustechen und Unruhe stiften. Warum? Weil das jeweilige Rückgrat dieser Nationen, die Wirtschaft und die Industrie, ihr Kapital und ihre Zukunft in den einzigen beständigen Ort im Westen investieren soll: in Frankreich.« Richter beruhigte sich, aber seine Augen blieben wild. »Ich bin davon überzeugt, daß Dominique eine industrielle Oligarchie schaffen will, mit sich selbst an deren Spitze.«

»M. Dominique möchte seine wirtschaftliche Macht ausweiten, das ist richtig. Aber er will es nicht für sich selbst oder für Frankreich – er will es für Europa.«

Richter kicherte. »Lassen Sie mich in Ruhe.« Er winkte ab und lehnte sich zurück, die Pistolen dicht neben sich. Dann griff er in die Bar zwischen den Sitzen, trank aus einer Mineralwasserflasche und schloß die Augen.

Ihn in Ruhe lassen, dachte Jean-Michel. Es war verrückt. *Richter* war verrückt. Im Wagen lagen zwei Leichen, die Welt stand vor dem Umsturz und einer grundlegenden Reorganisation, und dieser Irre machte ein Nickerchen.

»M. Richter«, beschwor Jean-Michel ihn, »ich bitte Sie dringend, mit M. Dominique zusammenzuarbeiten. Er kann und wird ihnen helfen, das verspreche ich Ihnen.«

Ohne die Augen zu öffnen, entgegnete der Deutsche: »M. Horne, ich wünsche, jetzt nicht mehr gestört zu werden. Es war ein langer, anstrengender Tag, und wir werden in frühestens zwei Stunden unser Ziel erreichen. Einige der Landstraßen sind ein wenig unbequem. Sie sollten ebenfalls die Augen schließen. Sie scheinen etwas mitgenommen zu sein.«

»M. Richter, bitte«, flehte Jean-Michel, »hören Sie mir doch wenigstens zu.«

Richter schüttelte den Kopf. »Nein. Wir werden jetzt schweigen, und später werden *Sie* zuhören. Dann können Sie Dominique Bericht erstatten. Oder vielleicht entschließen Sie sich hierzubleiben. Denn Sie werden sehen, warum ich so zuversichtlich bin, daß Felix Richter und nicht Gérard Dominique der nächste Führer Europas sein wird.«

37

Donnerstag, 17 Uhr 47 – Hamburg

Das Hotel Ambassador befand sich im Heidenkampsweg auf der anderen Seite Hamburgs. Hood hatte kaum wahrgenommen, wie er durch die überfüllten Straßen und über die malerischen, kreuz und quer verlaufenden Kanäle und Bassins chauffiert worden war. Als der Wagen jetzt hielt, sprang er eilig hinaus und lief zu den Haustelefonen. Er fragte in der Telefonzentrale nach Mrs. Bosworth. Während der folgenden, furchtbaren Stille rechnete er damit, daß ihm mitgeteilt würde, sie habe das Hotel bereits verlassen oder es gebe hier niemanden dieses Namens. Dann hätte sich die Angabe über ihre Unterkunft als Lüge erwiesen.

»Einen Moment noch, bitte«, meldete sich der Telefonist auf englisch wieder. »Ich rufe für Sie auf dem Zimmer an.«

Hood bedankte sich und wartete. Sein Herz raste. Seine Gedanken kreisten um alles und nichts. Er dachte an Gérard Dominique und an Haßspiele, aber immer wieder kam er auf Nancy zurück. Was sie zusammen gehabt hatten. Was Nancy getan hatte. Was sie beide verloren hatten. Er ärgerte sich über sich selbst, weil sein Herz erneut außer Kontrolle geraten war.

Wieder verzehrte er sich nach Nancy Jo. Auch wenn sein Verlangen zu nichts führen durfte, zu nichts führen *würde*.

»Hallo?«

Hood stützte sich mit dem Unterarm gegen die Wand. »Hallo«, sagte er.

»Paul? Bist du's?« Nancy klang überrascht und erfreut.

»Ja, Nancy. Ich bin in der Hotelhalle. Können wir reden?«

»Natürlich! Komm rauf.«

»Vielleicht wäre es besser, wenn du runterkämst.«

»Warum? Hast du Angst, daß ich über dich herfalle wie früher?«

»Nein.« Hood fühlte sich unwohl angesichts seiner Gedanken. Er verspürte nicht die geringste Angst, verdammt.

»Dann komm rauf und hilf mir beim Packen. Fünfter Stock, rechter Flur, letzte Tür auf der linken Seite.«

Sie legte auf, und Hood stand für einen Moment da und lauschte dem Besetztton. Schließlich gab er seinem Herzen einen Ruck.

Was tust du hier, du Vollidiot? fragte er sich. Dann, nach einem Moment des Selbstmitleids, beantwortete er sich die Frage: *Du bist auf der Suche nach Informationen über Gérard Dominique und Haßspiele. Du willst wissen, was in Toulouse vor sich geht. Und dann wirst du wieder in Hausens Büro zurückkehren und darüber berichten, was du herausgefunden hast.*

Er hängte den Hörer in die Halterung zurück, ging zu den Aufzügen und fuhr in den fünften Stock hinauf.

Nancy öffnete die Tür in engen Jeans und einem rosa Polohemd. Das Hemd war in den Hosenbund gesteckt und betonte ihre zierlichen Schultern, und der tiefe Ausschnitt brachte ihren langen Hals zur Geltung. Sie hatte das Haar zu einem Pferdeschwanz zusammengebunden, wie sie es immer getan hatte, wenn sie Fahrrad gefahren waren.

Sie lächelte ihr perfektes Lächeln, drehte sich um und ging zum Bett zurück. Auf der Tagesdecke lag ein offener Koffer. Während sie ihre letzten Toilettenartikel einpackte, folgte Hood ihr.

»Ich bin ziemlich überrascht, dich zu sehen«, sagte Nancy. »Ich dachte, unser Abschied wäre endgültig gewesen.«

»Bei welchem Mal?«

Nancy sah auf. Er stand am Fuß des Bettes und beobachtete sie. »Touché«, sagte sie mit einem angedeuteten Lächeln. Sie packte zu Ende, schloß den Koffer und stellte ihn auf den Fußboden. Dann setzte sie sich langsam und graziös darauf wie eine Lady auf einen Damensattel. »Also, Paul«, sagte sie, während das Lächeln allmählich aus ihrem Gesicht wich. »Warum bist du gekommen?«

»Wenn ich ehrlich bin: weil ich dir ein paar Fragen über deine Arbeit stellen möchte.«

Nancy starrte ihn an. »Ist das dein Ernst?«

Er schloß die Augen und nickte.

»Ich glaube, es wäre mir lieber gewesen, wenn du etwas weniger ehrlich gewesen wärst, Paul.« Sie stand auf und wandte sich ab. »Du hast dich nicht verändert, nicht wahr? Im Schlafzimmer romantisch wie Scaramouche, im Beruf keusch wie der heilige Franziskus.«

»Das stimmt nicht. Das hier ist ein Schlafzimmer, und ich bin keusch.«

Sie sah ihn an, und er lächelte. Sie begann zu lachen. »2:0 für dich, St. Paulus«, sagte sie.

»Mittlerweile heißt es Papst Paul«, verbesserte er sie. »Zumindest nennen sie mich in Washington so.«

»Das überrascht mich nicht.« Sie kam auf ihn zu. »Ich wette, daß dieser Spitzname von einer frustrierten Verehrerin geprägt wurde.«

»In der Tat.« Hood errötete.

Nancy trat vor ihn. Er wollte sich abwenden, aber sie legte ihre Hände auf seine Hüften, hakte ihre Finger in seine Gürtelschlaufen und hielt ihn fest. Sie legte den Kopf in den Nacken und sah ihm in die Augen.

»Also gut, Papst Paul. Was wolltest du über meine Arbeit wissen?«

Er blickte auf sie herab. Weil er nicht wußte, was er mit seinen Armen anfangen sollte, legte er sie auf seinen Rücken, den linken Unterarm in die rechte Hand. Sie schob eines ihrer Knie zwischen seine Beine.

Was, zum Teufel, dachtest du denn, würde passieren? fragte er sich. *Du wußtest, daß es nicht leicht werden würde.* Weit mehr störte ihn jedoch, daß ein großer Teil von ihm genau das gewollt hatte. Gott stehe ihm bei, aber so war es.

»Das ist albern«, sagte er. »Wie soll ich so mit dir reden?«

»Du hast es gerade getan«, gab sie sanft zurück. »Also hör nicht auf damit.«

Hoods Stirn glühte, sein Herz hämmerte, sein Blut schoß überallhin. Er roch das Aprikosenshampoo in ihrem Haar, fühlte ihre Wärme und sah in diese Augen, in die er so oft im Dunkeln geblickt hatte ...

»Nancy, nein.« Entschlossen nahm er ihre Handgelenke und hielt sie fest, während er zurücktrat. »Wir können das nicht tun. Es geht nicht.«

Sie sah zu Boden, und ihre großartige, sinnliche Haltung sank in sich zusammen.

»Deine Arbeit«, sagte er heftig atmend. »Du mußt mir – ich meine ...« Allmählich beruhigte er sich. »Ich möchte, daß du mir sagst, woran du gerade arbeitest.«

Sie warf ihm einen angewiderten Blick zu. »Du bist nicht du selbst, weißt du das?« Die Arme verschränkend, wandte sie sich halb von ihm ab.

»Nancy ...«

»Du verschmähst mich und willst, daß ich dir trotzdem helfe. Das bereitet mir ein klitzekleines Problem, Paul.«

»Wie ich bereits sagte, ich habe dich nie verschmäht, ganz im Gegenteil.«

»Warum stehe ich dann hier und du da drüben?«

Er griff in seine Jackentasche und zog seine Brieftasche hervor. »Weil du mich nicht wolltest.«

Er nahm die beiden Kinokarten heraus und ließ sie auf das Bett flattern. Nancy folgte ihnen mit den Augen.

»Du wolltest mich nicht«, sagte er, »und ich habe mir ein neues Leben aufgebaut. Ich werde das nicht gefährden. Ich kann es nicht.«

Sie hob die Kinokarten auf, rieb sie sanft zwischen Daumen und Zeigefinger und riß sie plötzlich mittendurch. Zwei der Hälften gab sie Hood zurück, das andere Paar schob sie in die Gesäßtasche ihrer Jeans.

»Ich wollte dich«, sagte sie leise. »Kein Tag ist vergangen, an dem ich mir nicht gewünscht hätte, daß ich dich gepackt und mitgenommen hätte. Denn ich habe in dir die Überzeugung eines gottverdammten Ritters gesehen. Du warst der einzige Mensch, den ich kannte, der keinen Silvesterabend brauchte, um Vorsätze zu fassen. Du hast immer getan, was du für richtig hieltst, und bist dann bei deinen Entscheidungen geblieben.«

Hood legte die Hälften der Karten in seine Brieftasche. »Falls es dir in irgendeiner Weise hilft – ich hätte mir, zum Teufel noch mal, gewünscht, daß du mich gepackt und mitgenommen hättest.« Er grinste. »Obwohl ich mir nicht ganz sicher bin, wie ich mich als Paul und Nancy in der Bonnie-und-Clyde-Version des Jetsets gemacht hätte.«

»Hundsmiserabel«, sagte sie. »Du hättest mich wahrscheinlich dazu gebracht, mich zu stellen.«

Hood nahm sie in die Arme und zog ihren Kopf an seine Brust. Sie schmiegte sich an ihn, preßte ihren Körper fest gegen seinen. Aber diesmal war es unschuldig. Ein Teil von ihm war unsäglich traurig.

»Nance ...«

»Ich weiß.« Noch immer kuschelte sie sich in seine Arme. »Du willst etwas über meine Arbeit wissen.«

»Im Internet geschieht etwas Schreckliches.«

»Hier geschieht geht etwas sehr Schönes. Ich fühle mich so geborgen. Darf ich es noch ein wenig genießen?«

Hood stand bewegungslos da und lauschte dem Ticken seiner Uhr. Den dunkler werdenden Himmel vor dem Fenster betrachtend, versuchte er, an etwas anderes zu denken als an den Traum in seinen Armen und in seiner Erinnerung. Er überlegte: *Normalerweise verläßt man ein Hotel nicht um diese Uhrzeit; sie ist hiergeblieben, weil sie mich sehen wollte, weil sie mehr erwartet.*

Aber aus diesem Grund war er nicht hier. Er mußte einen Schlußstrich ziehen.

»Nance«, flüsterte er in ihr Ohr, »ich muß dich etwas fragen.«

»Ja?« fragte sie hoffnungsvoll.

»Hast du jemals von einem Mann namens Gérard Dominique gehört?«

Nancy erstarrte in seinen Armen, dann stieß sie sich von seiner Brust ab. »Noch romantischer konntest du nicht sein?«

Sein Gesicht flog zur Seite, als hätte sie ihn mit der Frage geohrfeigt. »Es tut mir leid«, sagte er leise. »Du weißt ...« Er hielt inne und sah ihr in die Augen. »Du weißt, daß ich es sein *kann*. Du solltest auch wissen, daß ich es gerne sein würde. Aber ich bin nicht wegen einer Romanze hierhergekommen, Nancy.«

Ihre Augen brannten. Sie sah auf ihre Armbanduhr. »Es geht ein Flugzeug, das ich noch erwischen kann, und ich glaube, ich werde es nehmen.« Sie sah von ihrer Uhr zum Bett und zu ihrem Koffer. »Du brauchst mich nicht hinzubringen. Danke, du kannst gehen.«

Hood bewegte sich nicht. Als hätten sich zwei Jahrzehnte in nichts aufgelöst, stand er wieder in ihrer Wohnung, mitten in einer dieser Auseinandersetzungen, die immer mit einer Flocke begonnen hatten und plötzlich zu einem Schneesturm geworden waren. Es war merkwürdig, wie unbedeutend die Erinnerung diese Konflikte hatte erscheinen lassen, aber es hatte viele von ihnen gegeben.

»Nancy, wir glauben, daß Gérard Dominique hinter den Videohaßspielen stecken könnte, die zur Zeit online in Amerika auftauchen. Eines dieser Spiele fanden wir heute nachmittag auf Hausens Computer, und Hausens Bild tauchte darin auf.«

»Videospiele sind leicht herzustellen.« Nancy ging zum Schrank, nahm ihr elegantes hellgraues Jackett und zog es über ihre Schultern. «Das Bild von jemandem einzuscannen ist auch nicht schwer. Jeder Jugendliche, der über die entsprechende Ausrüstung verfügt, kann das.«

»Aber Dominique hat Hausen heute morgen angerufen und ihn bedroht.«

»Regierungsbeamte werden ständig bedroht. Vielleicht hat er es ja verdient. Hausen geht vielen Leuten auf die Nerven.«

»Geht seine 13jährige Tochter den Leuten auch auf die Nerven?«

Nancy preßte die Lippen aufeinander. »Tut mir leid.«

»Natürlich. Die Frage ist, ob du mir helfen kannst. Arbeitest du für diesen Mann?«

Nancy wandte sich ab. »Du denkst, weil ich einmal einen Arbeitgeber hintergangen habe, würde ich es wieder tun?«

»Es ist diesmal nicht dasselbe, oder?«

Nancy seufzte. Sie ließ die Schultern sinken. Hood fühlte, wie der Sturm abebbte.

»Es ist genau dasselbe. Paul Hood braucht etwas, und wieder einmal bin ich bereit, mein Leben die Toilette hinunterzuspülen, damit er es kriegt.«

»Das stimmt nicht. Beim erstenmal habe ich nicht darum gebeten. Es war ganz allein deine Idee.«

»Laß mich in den Wellen deines Mitgefühls baden«, sagte sie.

»Es tut mir leid. Es tut mir leid für das halsstarrige Mädchen von damals. Aber deine Tat hat sich auf viele Leben ausgewirkt: auf deines, meines, auf das meiner Frau – auf alle, mit denen du zu tun hattest, und auf alle, mit denen wir vielleicht einmal zusammengekommen wären …«

»Deine Kinder«, sagte sie bitter. »Unsere Kinder. Die Kinder, die wir nie hatten.«

Nancy kam wieder zu ihm und legte ihre Arme um ihn. Sie begann zu weinen. Er hielt sie fest und fühlte, wie sich ihre Schulterblätter unter seinen Handflächen heftig hoben und senkten. *Welch eine Verschwendung,* dachte er. *Welch eine tragische, gottverdammte Verschwendung, das alles …*

»Du weißt nicht, wie viele Nächte ich allein im Bett gelegen habe«, sagte sie. »Ich habe mich selbst für meine Tat verflucht. Ich wollte dich so sehr, daß ich zurück gegangen wäre und mich gestellt hätte. Aber als ich Jessica anrief, um sie zu fragen, wie es dir ging, sagte sie mir, daß du eine neue Freundin hättest. Was hätte es also für einen Sinn gehabt?«

»Ich wünschte, du wärst zurückgekommen. Ich wünschte, ich hätte das damals alles gewußt.«

Nancy nickte. »Ich war dumm, unsicher und verängstigt. Und ich war wütend, weil du jemand anderen meinen Platz hattest einnehmen lassen. Ich war viele Dinge, glaube ich, und ich bin es noch immer. In vielerlei Hinsicht hat die Zeit für mich vor 20 Jahren angehalten und sich erst heute nachmittag wieder in Bewegung gesetzt.«

Nancy löste sich von ihm, ging zum Frisiertisch und nahm ein Papiertaschentuch aus der Schachtel. Sie schneuzte sich und wischte sich die Augen trocken. »Da stehen wir also, beide voller Bedauern, und zumindest einer von uns fühlt, daß es für ihn keinen Weg zurück gibt. Und dieser eine bin nicht ich.«

»Es tut mir leid.«

»Mir auch.« Sie nahm einen tiefen Atemzug, richtete sich auf und sah ihm in die Augen. »Ja, ich arbeite für Gérard Dominique. Aber ich bin weder in seine Unternehmenspolitik noch in sein Privatleben eingeweiht, darum glaube ich nicht, daß ich dir weiterhelfen kann.«

»Gibt es irgend etwas, das du mir sagen kannst? Woran arbeitest du?«

»An Plänen von amerikanischen Städten.«

»Du meinst, normale Stadtpläne?«

Sie schüttelte den Kopf. »Es sind sogenannte Standortpläne. Der Benutzer gibt die Straßenkoordinaten ein, und auf dem Bildschirm erscheint genau das, was man von dort aus sieht. Dann gibt man ein, wohin man gehen will – um die nächste Straßenecke, zur nächsten Bushaltestelle oder zur nächsten U-Bahnstation –, und der Computer simuliert den Gang dorthin, immer aus dem Blickwinkel des Benutzers. Man kann auch einen Ausdruck von einer Draufsicht erstellen, wenn man will. Diese Art Karten helfen den Menschen zu planen, was sie sich ansehen und wie sie sich in einer fremden Stadt bewegen wollen.«

»Hat Dominique vorher schon Reiseführer hergestellt?«

»Nicht daß ich wüßte. Ich glaube, es ist das erste Mal.«

»Weißt du etwas über das Marketing?«

»Nein, aber das ist nicht ungewöhnlich. Es gehört nicht zu meinem Aufgabengebiet. Allerdings hat es mich überrascht, daß wir keine Pressemitteilungen über diese Programme herausgegeben haben. Für gewöhnlich kommen nämlich die PR-Leute und fragen mich, was an dem jeweiligen Programm besonders ist oder warum die Leute es unbedingt haben müssen. Das geschieht normalerweise schon sehr früh im Laufe des Entwicklungsprozesses, damit die Verkäufer auf den Messen möglichst viele Bestellungen aufnehmen können. Aber diesmal ist nichts in dieser Richtung geschehen.«

»Nancy, ich muß das jetzt fragen, und ich entschuldige mich dafür; es wird auch niemand außer mir und meinen engsten Mitarbeitern davon erfahren ...«

»Von mir aus kannst du eine Annonce in der *Newsweek* aufgeben. Du weißt, daß ich dir nicht widerstehen kann, wenn du deinen Job so verdammt ernsthaft erledigst.«

»Nancy, vielleicht stehen dabei Leben auf dem Spiel ...«

»Du mußt dich nicht rechtfertigen. Deine Ritterlichkeit war schon immer eine der Eigenschaften, die ich am meisten an dir geliebt habe.«

Hood errötete. »Danke.« Er versuchte sich zu konzentrieren. »Sag mir nur, ob Demain an einer neuen Technologie arbeitet, etwas, das gewöhnliche Videospieler unwiderstehlich fänden.«

»Ständig. Wir stehen kurz vor der Vermarktung eines Siliconchips, der die Nervenzellen stimuliert. Er wurde für Amputierte entwickelt, die damit künstliche Gliedmaße leichter bewegen können. Er dient auch zur Verbesserung eingeschränkter Wirbelsäulenfunktionen.« Sie grinste. »Ich bin nicht ganz sicher, ob wir ihn selbst entwickelt haben, oder ob er auf die gleiche Art zu Demain gelangte wie mein damaliger Chip. Jedenfalls haben wir ihn etwas verändert. Wenn man ihn in einen Joystick einbaut, erzeugt der Chip leichte Impulse, die bei dem Spieler eine subtile Befriedigung auslösen, oder stärkere, die Gefahr suggerieren. Ich habe es ausprobiert; es ist alles ziemlich unterschwellig, man wird sich der Reize kaum bewußt – so ähnlich wie bei Nikotin.«

Hood war bestürzt. Ein Chip, mit dem sich Gefühle beeinflussen ließen, vermarktet unter der Regie eines Fanatikers; Haßspiele online in den Vereinigten Staaten – es klang nach Science-fiction, aber er wußte, daß die entsprechende Technologie existierte. Er wußte, daß auch die Bosheit, sie einzusetzen, existierte.

»Könnte man Haßspiele mit diesem Chip, der die Gefühle beeinflußt, kombinieren?« fragte er.

»Sicher, warum nicht?«

»Glaubst du, daß Dominique so etwas tun würde?«

»Wie ich schon sagte, ich gehöre nicht zum Kreis seiner Vertrauten. Ich weiß es nicht. Ich wußte nicht mal, daß er möglicherweise Haßspiele vertreibt.«

»Du sagst das, als würde es dich überraschen, wenn es so wäre«, bemerkte Hood.

»Allerdings. Wenn man mit jemandem zusammenarbeitet, bekommt man einen bestimmten Eindruck von ihm. Dominique ist ein Patriot – aber ein Radikaler?«

Hood hatte Hausen sein Wort gegeben, daß er nichts über Duprés Vergangenheit verlauten lassen würde. Er bezweifelte auch, daß Nancy ihm geglaubt hätte. »Hattest du jemals etwas mit Fotos aus Toulouse zu tun?« fragte er.

»Sicher. Wir haben unsere schöne kleine Burg als Hintergrundbild für einige Werbeprogramme benutzt.«

»Hast du jemals das fertige Produkt zu Gesicht bekommen?«

Nancy schüttelte den Kopf.

»Ich glaube, ich schon. Auf dem Hintergrundbild des Spiels in Hausens Computer war eine Burg zu sehen.« Er sah sie ernst an. »Nancy, nur noch eine Sache: Könnten diese Pläne, die du erstellt hast, in Spielen verwendet werden?«

»Selbstverständlich.«

»Mit darübergelagerten Figuren?«

»Ja. Man könnte Fotos oder vom Computer generierte Bilder integrieren, genau wie in Filmen.«

Vor Hoods geistigem Auge entstand ein Bild, das ihm nicht gefiel. Langsam ging er zum Telefon, setzte sich auf das Bett und nahm den Hörer ab.

»Ich rufe mein Büro an«, sagte er. »Allmählich mache ich mir ernsthafte Sorgen über das, was da vorgeht.«

Nancy nickte. »Da das Schicksal der Welt auf dem Spiel steht, brauchst du dir um die Gebühren keine Sorgen zu machen.«

Hood sah sie an. Sie lächelte. *Gott sei Dank,* dachte er. Sie war noch genauso anfällig für plötzliche Stimmungsumschwünge wie früher.

»Es ist sehr gut möglich«, sagte er, während er die Nummer von Mike Rodgers eintippte, »daß tatsächlich das Schicksal der Welt oder eines großen Teils davon auf dem Spiel steht. Und du bist möglicherweise die einzige, die sie retten kann.«

38

Donnerstag, 12 Uhr 02 – Washington, D.C.

Nachdem Rodgers sich die Informationen, die Hood benötigte, notiert hatte, leitete er den Auftrag an Ann, Liz und Darrell weiter. Normalerweise wurden solche Anfragen direkt an die Abteilungen für Überwachung, Personendossiers, Dekodierung und so weiter gerichtet. Aber Hood benötigte eine Menge verschiedener Informationen; Rodgers darum zu bitten war bequemer und gleichzeitig auch ein praktischer Weg, den Vize auf den aktuellen Stand der Dinge zu bringen.

Rodgers versicherte Hood, daß er ihn so schnell wie möglich zurückrufen werde.

Wenige Augenblicke später rief Alberto an, um Mike Rodgers mitzuteilen, was Bob Herbert vorhatte. Rodgers dankte ihm und sagte, daß er nicht beabsichtige, Herbert durch einen Rückruf eventuell in Schwierigkeiten zu bringen. Auch wenn das akustische Signal ausgeschaltet sei, könne ihn das Vibrationssignal ablenken. Außerdem wisse der Intelligence Officer, daß sein Kollege hinter ihm stehe. Als einzige kampferprobte Krieger unter den leitenden Angestellten des OP-Centers fühlten sich die beiden durch eine sehr spezielle gemeinsame Erfahrung miteinander verbunden.

Rodgers legte auf. Er empfand in gleichem Maße Stolz auf Herbert wie Sorge um ihn. Seine Gedanken wurden von Darrell McCaskey unterbrochen, der mit gequältem Blick hereinkam, einen Stoß der typischen weißen FBI-Ordner auf dem

Arm. Auf der Frontklappe der Akten befand sich das Siegel des Bureaus, darunter der aufgestempelte Vermerk STRENG VERTRAULICH.

»Das ging ja schnell«, meinte Rodgers.

McCaskey ließ sich schwer in einen Sessel fallen. »Ja, weil wir über diesen Dominique nur das haben, was Larry Rachlin ›Peanuts‹ nennen würde. Meine Güte, der Mann führt wirklich ein zurückgezogenes Leben. Ich habe zwar noch ein paar andere Sachen für Sie, aber alles in allem war es ein kräftiger Schlag ins Wasser.«

»Gehen wir's trotzdem mal durch.«

McCaskey schlug den obersten Ordner auf. »Sein Name war ursprünglich Gérard Dupré. Sein Vater leitete eine erfolgreiche Fabrik zur Herstellung von Airbus-Ersatzteilen in Toulouse. Als die französische Wirtschaft in den 80er Jahren zusammenbrach, hatte Gérard die Familiengeschäfte bereits auf Videospiele und Computer umgestellt. Seine Firma Demain ist im Privatbesitz und ungefähr eine Milliarde Dollar wert.«

»Das sind alles andere als – wie sagten Sie?«

»Peanuts. Ja, da haben Sie recht. Aber seine Weste scheint so weiß zu sein wie Lady Godivas Pferd. Ein einziger dunkler Fleck in seiner Vergangenheit hängt mit einer Geldwäsche zusammen, die er vor einigen Jahren über den Nauru Phosphate Investment Trust Fund abgewickelt hat, und dafür hat man ihm schon auf die Finger geklopft.«

»Erzählen Sie mir davon«, verlangte Rodgers. Nauru kam ihm irgendwie bekannt vor, aber er konnte nicht sagen, warum.

McCaskey las in dem Ordner. »Laut diesem Bericht zahlten Dominique und ein paar andere französische Geschäftsleute 1992 dort Geld bei einer nicht existierenden Bank ein, der International Exchange Bank of Antigua. In Wahrheit gelangte das Geld über eine ganze Kette von Banken in die Schweiz.«

»Und von dort?«

»Von dort wurde es auf 59 verschiedene Konten in ganz Europa verteilt.«

»So daß die Gelder von diesen 59 Konten überallhin weiterversandt werden konnten.«

»Genau. Dominique wurde in Frankreich zu einer Geldstrafe wegen Vermögenssteuerhinterziehung verurteilt. Er bezahlte, und damit war die Sache erledigt. Weil sich einige der zwischengeschalteten Banken in den Vereinigten Staaten befanden, hat das FBI damals eine Akte über ihn angelegt.«

»Nauru liegt im Pazifik, nicht wahr?«

McCaskey las weiter in dem Ordner. »Die Insel liegt nördlich der Solomon-Inseln und ist ungefähr zwölf Quadratkilometer groß. Es gibt dort einen Präsidenten, keine Steuern, das höchste Pro-Kopf-Einkommen der Welt und eine einzige Industrie: den Phosphatbergbau. Daraus werden Düngemittel hergestellt.«

Das war es, was er gehört hatte, dachte Rodgers. Während er über Herbert nachgedacht hatte, war er in sich zusammengesunken, jetzt saß er wieder aufrecht. »Ja, Nauru«, sagte er. »Die Japaner haben es während des Zweiten Weltkrieges besetzt und die Eingeborenen versklavt. Vorher war es einige Zeit von den Deutschen besetzt gewesen.«

»Wenn Sie es sagen.«

»Was ist mit seinem Namen?« fragte Rodgers. »Er hat ihn von Dupré in Dominique geändert. Warum? Schämte er sich seiner Familie?«

»Liz hat sich deswegen auch gewundert, als wir daran arbeiteten und die Daten reinkamen. Es gibt nur ein paar Anhaltspunkte, keine Beweise. Er wurde streng römisch-katholisch erzogen, und Liz meint, daß er den Namen in Anlehnung an den heiligen Dominik angenommen haben könnte. In der FBI-Akte steht, daß er viel Geld für Wohltätigkeitseinrichtungen der Dominikaner und für eine Schule, die nach dem berühmten Dominikaner Thomas von Aquin benannt wurde, spendet. Liz denkt, daß es zu Duprés Verständnis von Orthodoxie und Herrschaftsanspruch gehört haben könnte, Mitglied der sogenannten *Domini Canes*, der *Hunde Gottes*, zu sein.«

»Wenn ich mich richtig erinnere, hatte der heilige Dominik auch den Ruf eines Inquisitors. Einige Historiker sehen in ihm den Drahtzieher hinter dem blutigen Massaker an den Albigensern von Languedoc.«

»Auch da bin ich nicht in meinem Element. Aber jetzt, da Sie es erwähnen, eröffnet sich hier eine interessante mögliche Verbindung.« McCaskey blätterte in dem zweiten Aktenordner, der mit HASSGRUPPEN beschriftet war. »Haben Sie jemals von den Jakobinern gehört?«

Rodgers nickte. »Das waren französische Dominikanermönche im 13. Jahrhundert. Weil sie ihr Hauptquartier in der Rue St. Jacques aufschlugen, nannte man sie Jakobiner. Während der Französischen Revolution wurden Gegner der Monarchie, die sich in einem früheren Jakobinerkloster trafen, ebenfalls Jakobiner genannt. Sie waren ein gewalttätiger, sehr radikaler Faktor in der Revolution. Robespierre, Danton und Marat waren alle Jakobiner.«

McCaskey runzelte die Stirn. »Ich weiß nicht, warum ich versuche, Ihnen etwas über Geschichte zu erzählen. Also gut. Haben Sie denn auch schon von den *Neuen Jakobinern* gehört?«

»Ironischerweise ja. Heute, um genau zu sein. Alberto erzählte, daß ein Colonel der Gendarmerie Nationale hinter ihnen her sei.«

»Das müßte Colonel Ballon sein. Er ist ein merkwürdiger Typ, und diese Leute sind sein ganz spezielles Steckenpferd. Seit 17 Jahren greifen die *Neuen Jakobiner* Ausländer in Frankreich an, meistens algerische und marokkanische Einwanderer. Sie sind das genaue Gegenteil der aufmerksamkeitsgeilen Mistkerle, die bei jedem Kidnapping und bei jeder Flugzeugentführung anrufen und die Verantwortung übernehmen. Sie schlagen hart und schnell zu und verschwinden dann.«

»17 Jahre«, sagte Rodgers nachdenklich. »Wann hat Dominique seinen Namen geändert?«

McCaskey lächelte. »Bingo.«

Rodgers starrte vor sich hin, während er den Faden weiterspannte: »Also gehört Gérard Dominique möglicherweise zu einer Gruppe französischer Terroristen, führt sie vielleicht sogar an. Nun, wenn sogar wir das wissen, dann wissen es auch die Franzosen.«

»Wir müssen abwarten und hören, was Ballon sagt. Man hat mir mitgeteilt, er befinde sich im Einsatz und sei nicht in der Stimmung, Anrufe entgegenzunehmen.«

»Ist es so schwierig?«

»Anscheinend. Dominique lebt so abgeschieden, wie es Milliardäre nun einmal gern tun.«

»Aber die Abgeschiedenheit macht ihn nicht unverwundbar. Falls man nicht durch einen Frontalangriff an ihn herankommt, gibt es immer ein Flankenmanöver. Was ist mit dem Geld, das Dominique über Nauru geschleust hat? Vielleicht kommen wir so an ihn heran. Es könnte der Ast eines riesigen Baumes sein.«

»Zweifellos. Jemand wie Dominique könnte Hunderte, wenn nicht sogar Tausende von Banken benutzen, um Gruppen dieser Art auf der ganzen Welt zu finanzieren.«

»Okay, aber warum? Er hat eine weltweite Front aufgebaut, und es muß irgendeinen Grund dafür geben. Ist er machthungrig? So hört es sich nicht an. Er ist ein französischer Patriot. Warum sollte er sich also darum kümmern, was in England, Südafrika oder sonstwo passiert? Warum sollte er sich so ausbreiten?«

»Weil er auch ein internationaler Geschäftsmann ist. Durch Terrorismus geht als erstes das Vertrauen in das System flöten. Nach einer Flugzeugentführung verlieren wir das Vertrauen in die Flughafensicherheit; viele fliegen für eine Weile nicht. Nach der Bombardierung eines Tunnels nehmen wir Brücken oder bleiben zu Hause.«

»Aber die Infrastruktur erholt sich ...«

»Das war bis jetzt immer so. Aber was geschieht, wenn mehrere Systeme gleichzeitig geschwächt werden? Oder wenn es das gleiche System mehrmals hintereinander erwischt? Denken Sie an Italien: 1978 entführten die Roten Brigaden den Premierminister Aldo Moro und hielten das Land über Monate in Atem; 1991 überschwemmten albanische Flüchtlinge Italien, weil bei ihnen zu Hause politisches Chaos herrschte – wieder wurde Italien von einer Welle der Auseinandersetzungen geschüttelt. Es waren fast auf die Woche genau 13 Jahre vergangen, und doch hatte die internationale

Geschäftswelt so etwas wie ein *Déjà vu*. Für sie war Italien wieder außer Kontrolle geraten. Es bestand kein Vertrauen mehr in die Regierung. Beinahe augenblicklich sanken die ausländischen Investitionen. Was wäre geschehen, wenn der Terrorismus angedauert oder gar noch zugenommen hätte? Der finanzielle Schaden wäre ins Unermeßliche gestiegen. Sehen Sie sich Hollywood an, Mike.«

»Was ist damit?«

»Glauben Sie, daß die Studios Produktionsstätten in Florida eröffnet haben, weil es dort sonniger ist oder weil die Immobilien billiger sind? Nein. Sie befürchteten, daß die Filmindustrie in Los Angeles durch Erdbeben oder Rassenunruhen in Mitleidenschaft gezogen werden könnte.«

Rodgers versuchte, das zu verdauen, was McCaskey gesagt hatte. Nach dem Gesichtsausdruck des FBI-Verbindungsmannes zu urteilen, erging es diesem nicht anders.

»Darrel«, sagte der General schließlich nachdenklich, »wie viele Gruppen weißer Rassisten gibt es Ihrer Ansicht nach in den Vereinigten Staaten?«

»Da muß ich nicht schätzen.« McCaskey durchblätterte den zweiten Aktenordner in seinem Schoß, den mit der Aufschrift HASSGRUPPEN. »Dem letzten Weißbuch des FBI zufolge gibt es bei uns 77 verschiedene Gruppen weißer Neonazis, Skinheads und anderer Rassisten mit einer Gesamtmitgliederzahl von ungefähr 37 000. Davon gehören fast 6 000 bewaffneten Milizen an.«

»Wie ist die räumliche Verteilung?«

»Landesweit? Im großen und ganzen sind sie in jedem Bundesstaat, einschließlich Hawaii, und in jeder größeren Stadt vertreten. Einige haben es auf Schwarze abgesehen, andere auf Asiaten, manche auf Juden, einige auf Mexikaner und ein paar auf alle. Aber sie sind überall.«

»Das überrascht mich nicht.« Rodgers war wütend, aber nicht entmutigt. Aufgrund seiner ausgiebigen Lektüre der amerikanischen Geschichte wußte er, daß selbst die Gründungsväter bitter enttäuscht gewesen waren, weil die Unabhängigkeit nicht das Ende von Ungleichheit und Haß bedeutet hatte. Er erinnerte sich an ein Zitat aus einem Brief von

Thomas Jefferson an John Adams zu diesem Thema: »Flüsse von Blut müssen noch fließen und Jahre der Verwüstung vergehen; aber das Ziel ist Flüsse von Blut und Jahre der Verwüstung wert.« Rodgers würde weder sich selbst noch jemandem, der neben ihm diente, erlauben, unter der Last nachzugeben.

»Was denken Sie?«

»Wie gerne ich ein paar verdammte Idioten im Namen Thomas Jeffersons in den Arsch treten würde.« Rodgers ignorierte McCaskeys verwirrten Blick. Er räusperte sich. »Hat der Computer sonst noch was zu *Pure Nation* gefunden?«

McCaskey nahm den dritten und letzten Ordner zur Hand. »Nein. Wir sind alle ziemlich überrascht, wie wenig Informationen er hatte.«

»Pech? Oder hatten sie Zeit, das meiste zu löschen?«

»Ich bin nicht sicher. Alle im Bureau haben Angst, diesem geschenkten Gaul ins Maul zu schauen. Es sieht nach guter Werbung für das FBI aus, besonders unter den schwarzen Mitbürgern. Niemand wurde verletzt, und wir haben eine Reihe mieser Typen hinter Gitter gebracht ...«

»Aber es ging alles etwas zu einfach«, merkte Rodgers an.

»Ja, verdammt noch mal, so kommt es mir auch vor. Und ich glaube, daß das Bureau ähnlich denkt. Die kniffligste Frage ist: Warum wurde eine externe Gruppe geschickt, um die Leute von *Chaka Zulu* anzugreifen? Eine der radikalsten Haßgruppen des Landes, die *Koalition,* hat ihre Basis in Queens, gleich auf der anderen Seite vom East River; das ist näher, als *Pure Nation* sogar innerhalb von New York dran war. Trotzdem scheint es keinerlei Kontakt zwischen diesen beiden Gruppen gegeben zu haben.«

»Ich frage mich, ob das alles Ähnlichkeit mit dem hat, was die Achsenmächte früher zu tun pflegten.«

»Was – Falschinformationen streuen?«

Rodgers nickte. »Bob und ich haben eine Akte darüber. Lesen Sie mal drin, wenn Sie Zeit haben – ›Der Köder‹. Die Quintessenz ist: Wenn du einen Gegner in die Irre führen willst, laß ihn eine Einheit gefangennehmen, deren Soldaten mit falschen Informationen gefüttert wurden. Falls der Feind ihnen ihre Aussagen abkauft, können zehn oder zwölf Leute sehr effektiv eine Division oder sogar eine ganze Armee binden, die dann auf eine nie eintretende Invasion wartet oder am falschen Ort in Stellung geht. Die Alliierten verzichteten wegen der rauhen Behandlung, die Kriegsgefangene erwartete, darauf, aber die Deutschen und die Japaner taten es ständig. Wenn die gefangenen Soldaten tatsächlich nicht *wußten*, daß sie logen, gab es keine Möglichkeit, Informationen mit Drogen aus ihnen herauszuholen. Man mußte seine Leute ins Feld schicken und nachforschen. Wie viele Beamte hatte das FBI auf diesen Fall angesetzt?«

»Ungefähr 30.«

»Und jetzt? Wie viele Leute verfolgen die Spuren oder stellen weitere Nachforschungen über *Pure Nation* an?«

»70 bis 80, übers ganze Land verteilt.«

»Und zwar die Topexperten für weiße Haßgruppen. Eine Handvoll Extremisten von *Pure Nation* wird gefaßt, und was passiert? Die besten Agenten des FBI für den Einsatz gegen weiße Rassisten sind alle bis über beide Ohren beschäftigt.«

McCaskey dachte einen Moment lang nach, dann schüttelte er den Kopf. »Als taktische Variante ergäbe das zwar einen Sinn, aber für die Typen von *Pure Nation* wäre es nicht machohaft genug. Die glauben an die Macht der Waffen, nicht an ausgeklügelte Tricks. Die würden lieber kämpfend untergehen.«

»Warum tun sie es dann nicht?«

»Oh, die Bastarde haben sich ganz schön gewehrt. Sie hätten einen unserer Leute fast umgebracht ...«

»Aber nur ihr Anführer. Die anderen haben sich kampflos schnappen lassen.«

»Sie wurden überwältigt. Das FBI ist schließlich auch nicht von Pappe.« McCaskey nahm eine verteidigende Haltung ein.

»Ich weiß. Aber wenn die Kerle tatsächlich solche Machos sind – wieso haben sie sich dann ergeben? Hätte es nicht ihrer Sache gedient, wenn sie zu Märtyrern geworden wären und das FBI als überhart und brutal dagestanden hätte?«

»Das sind keine Kamikaze. Sie sind zwar dreist und rücksichtslos, aber leben wollen sie auch.«

»Leben, genau. Diese Typen werden kaum bestraft werden. Was erwartet sie schlimmstenfalls? Sie haben auf Bundesbeamte geschossen, ein Verbrechen geplant und Waffen gelagert. Wenn sie vor Gericht einen vernünftigen Deal aushandeln, verbringt jeder von ihnen höchstens sieben bis zehn Jahre im Knast; das bedeutet sieben bis zehn Jahre Kabelfernsehen und Fitneßstudio. Mit 35 oder 40 Jahren sind sie wieder draußen. Dann werden ihre Leute sie als Helden bejubeln, was den meisten dieser ruhmsüchtigen Gehirnamputierten gefallen wird.«

»Möglicherweise. Aber es paßt in keines der Schemata, die wir kennen. Aufgeben, um Falschinformationen zu verbreiten, und dann im Gefängnis hocken? Nein. Ich behaupte noch immer, daß sich diese Mistkerle damit nicht zufriedengeben.«

»Und ich behaupte, daß wir es mit einer neuen Art von weißen Rassisten zu tun haben – mit einer Art, die es eventuell meisterlich beherrscht, Spiele zu spielen.«

McCaskey sah ihn an. Er wollte etwas sagen, hielt jedoch inne.

»Ich weiß, was Sie denken«, sagte Rodgers. »Sie glauben, daß wir denen zuviel Voraussicht zutrauen.«

»Daß Sie denen überhaupt Voraussicht zutrauen, wundert mich. Ich will den Feind nicht unterschätzen, aber diese Typen werden von einer Bunkermentalität und blinder Wut beherrscht. Alles andere wäre eine rein zufällige Variante.«

»Es sind auch passionierte Gefolgsleute. Wenn jemand die richtige Belohnung schwenkt, kann er sie dazu bringen, alles zu tun, was er von ihnen will. Denken Sie darüber nach. Welche Art von Belohnung würde weiße Rassisten dazu bringen, zu tun, was man von ihnen verlangt?«

»Narrenfreiheit. Die Möglichkeit, alles anzugreifen, was sie hassen.«

»Sehr gut möglich. Aber was gibt einem Menschen das moralische Recht, jemand anderen anzugreifen?«

»Wenn er zuerst angegriffen wird.«

»Okay.« Ein Gefühl versetzte Rodgers in Alarmbereitschaft. McCaskey mochte anderer Meinung sein, aber er spürte, daß er auf der richtigen Spur war. »Nehmen Sie an, Sie wollen eine Gruppe dazu bringen, daß sie Sie angreift. Sie machen sie sich zum Feind. Sie sorgen dafür, daß sie sich bedroht fühlt …«

Das Telefon summte.

»Die Haßspiele«, sagte McCaskey.

»Das genügt nicht.«

In McCaskeys Augen trat der Ausdruck von plötzlicher Angst und von Verständnis. »Die Spiele und die Ankündigung, daß man plant, sie anzugreifen. Man läßt eine schwarze Gruppe wissen, daß sie als Ziel auf der Liste steht, und dadurch werden *alle* Schwarzen mobilisiert. Mein Gott, Mike, damit haben wir den Anreiz für die *Pure-Nation*-Leute, sich einsperren zu lassen. Die *Chaka Zulus* sollten erfahren, daß sie ein Ziel sind, auch wenn's gar nicht stimmt, und ehe wir's uns versehen, stehen alle Schwarzen hinter der militanten *Zulu*-Gruppe. Das wiederum läßt vielen Weißen keine andere Wahl, als sich gegen die Schwarzen zu erheben.«

Rodgers nickte heftig, während das Telefon erneut summte. Er warf einen Blick darauf. Die LED auf der Konsole zeigte Ann Farris' Nummer an.

»Genau das ist in den 60er Jahren passiert«, fuhr McCaskey fort, »als die *Black Panthers* zu Verbündeten einer ganzen Reihe von Bürgerrechtsbewegungen wurden.«

»Wenn das alles tatsächlich zusammenpaßt – Dominique, sein Geld, die Haßgruppen und die Destabilisierung Europas und der Vereinigten Staaten –, dann stehen wir vor einer weltweiten Katastrophe.« Rodgers legte den Anruf auf den Lautsprecher. »Tut mir leid, daß Sie warten mußten, Ann.«

»Mike«, sagte sie, »Darrell meinte, daß Sie eine Überprüfung der Pressemitteilungen von Demain brauchen. Ich habe D'Alton & D'Alton, deren Pressestelle in New York, angerufen und die neuesten Sachen per Fax gekriegt.«

»Und?«

»Es ist immer das gleiche schwülstige Gelaber über Spiele, bis auf eine Meldung. Sie betrifft einen neuen Joystick.«

»Was steht drin?«

»Es geht um diesen neuartigen Enjoystick. Man spielt das Spiel nicht nur – man fühlt es.«

Rodgers richtete sich in seinem Stuhl auf. »Weiter«, verlangte er. Das paßte genau zu den Haßspielen. Er spürte ein Frösteln im Rücken.

Ann sagte: »Es ist eine neue Technologie, die die Nervenzellen über eine patentierte, durch Fingerabdruck ausgelöste biochemische Verbindung stimuliert. Sie hat bereits die notwendige Zulassung. Ich denke, die Sache mit dem Fingerabdruck soll dazu dienen, daß die Verbindung nur zur Hand, nicht zu anderen Körperteilen hergestellt werden kann. Hier steht, daß man mit einem Enjoystick alle Gefühle und Spannungen nachempfinden kann, die die Figur auf dem Bildschirm des Videospiels durchlebt.«

»Das heißt: den Haß, die Liebe und alles dazwischen«, sagte Rodgers.

»Davon steht hier nichts«, gab Ann zurück. »Ich kann mir auch nicht vorstellen, daß so etwas wirklich möglich ist. Es kommt mir vor wie aus einem Science-fiction-Film.«

»Von wegen«, meinte Rodgers. »Eine Menge Leute haben die Möglichkeiten dieser neuen Technologie noch nicht begriffen, aber es gibt sie tatsächlich. Danke, Ann, Sie waren eine große Hilfe.«

»Ich stehe Ihnen jederzeit zur Verfügung, Mike.«

Rodgers legte auf. Trotz – oder wegen? – des Drucks, die Teile dieses *Pure-Nation*-Puzzles zusammensetzen zu müssen, erfüllte ihn der kurze, angenehme Wortwechsel mit Genugtuung. Ann und er waren nie eingetragene Mitglieder ihrer unterschiedlichen Fanclubs gewesen. Sie machte kein Geheimnis aus ihrer Vernarrtheit in Paul Hood und der damit einhergehenden subjektiven Verteidigung seiner Positionen. Dadurch waren sie und Rodgers des öfteren aneinandergeraten, weil sein Verständnis von Krisenmanagement auf weniger Diplomatie beruhte als das von Hood. Aber Rodgers arbeitete an sich, und Ann war angestrengt bemüht zu akzeptieren, daß es noch andere Wege gab, die Dinge zu tun, als den von Hood.

Vielleicht kann daraus die gesamte Menschheit ihre Lehren zie-

hen, dachte Rodgers. Unglücklicherweise war jetzt nicht der Zeitpunkt, um die lila Robe anzulegen und eine öffentliche Predigt zur Mehrung seiner Anhängerschaft zu halten.

Rodgers sah McCaskey an, der sich auf dem Deckel eines der Aktenordner in Kurzschrift mit der Geschwindigkeit von 140 Wörtern pro Minute Notizen machte.

»Es steht alles hier drin, Mike«, sagte er aufgeregt. »Verdammt noch mal, es ist alles da.«

»Gehen wir's noch mal durch.«

McCaskey beendete sein Stenogramm und sah auf. »Nehmen wir an, daß Dominique Bankkonten wie das in Nauru verwendet, um Gelder in weiße Rassistengruppen hineinzuschleusen. Er bringt uns von der Fährte ab, indem er uns *Pure Nation* als Knäuel vor die Füße wirft, während er gleichzeitig im stillen die Räder anderer Gruppen schmiert. Außerdem beginnt er damit, online Haßspiele zu vertreiben, die mit den neuartigen Enjoysticks gespielt werden können. Die Leute fühlen sich auch noch gut dabei, wenn sie sich auf Minderheiten stürzen können.« Er sah Rodgers an. »Ich stimme Ann zu – das klingt alles ein wenig zu sehr nach ›Akte X – Die unheimlichen Fälle des FBI‹ –, aber nehmen wir es für den Moment ruhig mal mit in den Cocktail hinein. Es macht keinen entscheidenden Unterschied.«

»Einverstanden.«

»Die Schwarzen sind über die Spiele empört. Die Zeitungen sind empört. Überall sind aufrechte Bürger außer sich. Unterdessen bemüht sich *Pure Nation* nicht um Ausflüchte, wie Sie gesagt haben. Sie werden vor Gericht gestellt und erreichen damit die Öffentlichkeit, wie sie es wollten. Es kommt schnell zur Verhandlung, weil die Beweislast erdrükkend ist und das FBI die Gerichte drängt, freie Termine zu schaffen, und weil *Pure Nation* keine Einwände gegen die Geschworenen der Anklage erhebt. Ihre Machogelüste werden dadurch befriedigt, daß sie die Opferlämmer spielen dürfen. Sie bringen ihre Sache laut und deutlich vor, und wenn sie gut sind – was viele dieser Leute sind –, dann klingen sie durchaus *rational.*«

»Ich stimme Ihnen zu. Ein harter Kern von Weißen wird

insgeheim einer Meinung mit ihnen sein – Weiße, die den Schwarzen die hohen Sozialhilfe- und Arbeitslosigkeitsabgaben und -zahlen anlasten.«

»Exakt. Die Empörung unter den schwarzen Aktivisten wird im Verlauf des Prozesses wachsen, bis irgend jemand – es spielt keine Rolle, von welcher Seite – einen Akt der Provokation unternimmt. Das Ergebnis sind öffentliche Unruhen. Dominiques Handlanger sorgen dafür, daß sie sich ausweiten und daß es in New York, Los Angeles, Chicago, Philadelphia, Detroit und Dallas zu Krawallen kommt – und schon stehen die Vereinigten Staaten in Flammen.«

»Nicht nur die Vereinigten Staaten. Bob Herbert bekämpft gerade das gleiche Problem in Deutschland.«

»Da haben Sie's. Dominique schürt Unruhen in der ganzen Welt, außer in Frankreich. Darum arbeiten die *Neuen Jakobiner* so still, effizient und unter Ausschluß der Öffentlichkeit.« McCaskey öffnete den Aktenordner über Dominique und blätterte darin. »Diese Typen sind einzigartig unter den Terroristen, weil sie im wahrsten Sinne des Wortes *terrorisieren*. Es gibt wenige Berichte von tatsächlichen Zwischenfällen, denn meistens *drohen* sie den Leuten nur mit Gewalt. Sie erteilen die Anweisung: Entweder diese oder jene Gruppe von Personen verläßt diese oder jene Stadt, oder die Drohung wird in die Tat umgesetzt. Es handelt sich nicht um umfangreiche Forderungen wie: ›Alle Briten raus aus Irland‹. Sie befehlen immer etwas Machbares.«

»Chirurgische Schläge, die für wenig Aufhebens in der Presse sorgen.«

»Besser keine Presse, dann kümmern sich die Franzosen auch nicht darum. Und während es überall sonst rundgeht, erscheint Frankreich als relativ stabil. Dominique umwirbt schon jetzt Banken, Industrielle und Investoren, so daß er bald zu einem ernstzunehmenden Global Player wird; vielleicht zum ernstzunehmendsten der ganzen Welt.«

»Und falls jemand versuchen sollte, ihn mit Terrorismus in Verbindung zu bringen, findet er keinen Ansatzpunkt.«

»Oder er erhält einen nächtlichen Besuch der *Neuen Jakobiner*, weil er es versucht hat.« McCaskey las weiter in der Akte.

»Diese Typen weisen sämtliche Charakteristika der alten Mafia auf: Gewaltanwendung, gedungene Mörder, Exekutionen, der ganze Kram.«

Rodgers lehnte sich zurück. »Paul sollte jetzt wieder in Richard Hausens Büro in Hamburg sein.« Er sah auf einen Notizblock auf seinem Schreibtisch. »Die Schnellwahl ist RH3-Stern. Bringen Sie ihn auf den aktuellen Stand, und sagen Sie ihm, daß ich versuche, zu Colonel Ballon durchzukommen. Falls wir mit unseren Annahmen nicht vollkommen danebenliegen, ist Dominique unser Mann. Und Ballon scheint der einzige zu sein, der an ihn herankommen kann.«

»Viel Glück. Er ist ziemlich stachlig.«

»Ich ziehe mir Handschuhe an. Wenn ich mich nicht irre, habe ich ihm etwas anzubieten, das er in Frankreich nicht finden kann.«

McCaskey stand auf. »Was denn?« Vorsichtig streckte er seinen schmerzenden Rücken.

»Hilfe«, antwortete Rodgers.

39

Donnerstag, 18 Uhr 25 – Wunstorf

Physisch war dies die anstrengendste, frustrierendste und schwierigste Stunde in Bob Herberts Leben gewesen.

Das Gelände, das er durchquert hatte, war mit Stöcken, verrottetem Laub, Baumstümpfen, Felsen und breiten Schlammpfützen übersät gewesen. Auch einen kleinen Bach von zwar höchstens 30 Zentimetern Tiefe hatte es gegeben, der ihn aber zusätzlich aufgehalten hatte. Manchmal war der Boden so steil angestiegen, daß er aus seinem Rollstuhl hatte klettern und ihn hinter sich her hatte schleifen müssen, während er die Schrägen hinaufgerobbt war. Ein paar Minuten nach sechs war die Dunkelheit in der für dichte Wälder typischen Art schwer und schattenlos hereingebrochen. Zwar befanden sich links und rechts neben den Fußstützen seines

Rollstuhls starke Scheinwerfer, aber er war nicht in der Lage gewesen, weiter als jeweils einen Raddurchmesser nach vorne zu sehen. Dadurch war er noch langsamer vorwärts gekommen; schließlich hatte er nicht in einen Graben fallen und enden wollen wie der vor 5000 Jahren erfrorene Jäger, den man irgendwo auf einem Berg gefunden hatte.

Weiß der liebe Himmel, was sie in 5000 Jahren mit mir anstellen würden, überlegte Herbert. Auch wenn er jetzt, da er darüber nachdachte, zugeben mußte, daß er den Gedanken belustigend fand, eine Gruppe muffiger Akademiker könnte im Jahre 7000 n. Chr. verwundert vor seinen Überresten stehen. Er versuchte, sich vorzustellen, wie sie die Micky-Maus-Tätowierung auf seinem linken Bizeps interpretieren würden.

Der ganze Körper tat ihm weh. Er war von Ästen zerkratzt und zerstochen, seine Muskeln schmerzten, und auf der Brust spürte er noch immer, wo der Sicherheitsgurt während der Verfolgungsjagd durch Hannover eingeschnitten hatte.

Er bahnte sich seinen Weg durch den Wald, geführt von seinem 30 Jahre alten Pfadfinder-Taschenkompaß, der mit ihm rund um die Welt gereist war. Die zurückgelegte Entfernung schätzte er ab, indem er die Umdrehungen seiner Räder zählte. Jede vollständige Umdrehung entsprach einem Meter. Er dachte auch darüber nach, warum die Neonazis ausgerechnet hierher gekommen waren. Handelte es sich bei den Polizisten im Wald um ihre Verbündeten, die sie nicht um Hilfe hatten anfunken können, weil andere Beamte es mitbekommen hätten? Aber *warum* brauchten sie Hilfe? Er konnte sich nur vorstellen, daß sie auf Hilfe angewiesen waren, um ihn zu finden. Das erschien unglaublich, er wußte es, aber es ergab Sinn. Die Neonazis waren vor der Sirene geflohen und hatten dann plötzlich Angst bekommen, daß er sie identifizieren könnte, falls er Anzeige erstattete. Sie wollten ihn aufspüren, und ein Polizeibeamter würde wissen, wer er war und wo er sich aufhielt.

Herbert schüttelte den Kopf. Es wäre eine Ironie des Schicksals, wenn er die junge Frau hier fände. Er war nach Hannover gefahren, um etwas über sie herauszufinden, und diese Volltrottel hatten ihn direkt zu ihr geführt, ohne es auch nur zu ahnen.

Er lächelte. Wer hätte gedacht, daß ein Tag, der in einem bequemen Flugzeugsessel der Business class begonnen hatte, so enden würde – mit einem Bob Herbert, der sich auf der Suche nach einer verschwundenen Amerikanerin durch die Wildnis schlug, verfolgt von einer Horde Neonazis?

Nach ein paar weiteren Minuten erreichte er den von Alberto angegebenen Baum, in dem das Mädchen sich möglicherweise versteckt hielt. Der Baum war unverwechselbar – groß, knorrig, undurchdringlich – und mindestens 300 Jahre alt. Herbert konnte sich des Gedankens nicht erwehren, daß er schon etliche Tyrannen hatte kommen und gehen sehen. Er fühlte einen Anflug von Scham, als er daran dachte, wie lächerlich diesem erhabenen Leben ihre Spielchen vorkommen mußten.

Mit einem Griff nach unten löste er einen der Scheinwerfer von der Fußstütze und leuchtete damit in den Baum hinauf.

»Jody, sind Sie da oben?«

Er kam sich lächerlich vor, nach einem jungen Mädchen in einen Baum hinaufzurufen. Aber er starrte nach oben auf das Blattwerk und lauschte. Nichts war zu hören.

»Jody, mein Name ist Bob Herbert. Ich bin Amerikaner. Falls Sie dort oben sind, kommen Sie bitte herunter. Ich will Ihnen helfen.«

Er wartete. Noch immer hörte er kein Geräusch. Nach einer Minute entschloß er sich, den Baum zu umrunden und auf der anderen Seite nachzusehen. Aber bevor er sich bewegt hatte, hörte er hinter sich einen Ast knacken. In der Annahme, es wäre Jody, drehte er sich um und erschrak, als er einen sehr großen Schatten neben einem Baum wahrnahm.

»Jody?« fragte er, obwohl er an der Größe des Umrisses erkannte, daß sie es nicht war.

»Nehmen Sie die Hände hoch«, sagte eine tiefe, sehr männliche Stimme.

Herbert gehorchte. Er hob seine Hände langsam in Gesichtshöhe, während der Mann durch die Dunkelheit auf ihn zukam. Als er in den Lichtkegel der Scheinwerfer trat, konnte

Herbert sehen, daß der Mann ein Polizist war; er trug einen blauen Mantel und eine Uniformmütze.

Dann fiel es ihm wie Schuppen von den Augen. Die Sirene, das plötzliche Ende der Verfolgungsjagd, die Fahrt hierher: Die ganze Sache war ein abgekartetes Spiel gewesen. »Sehr schön«, sagte er.

Der Polizist hielt einen guten Meter Abstand von ihm – zu weit, selbst wenn Herbert seinen Stock unter der Armlehne hätte hervorziehen können. Breitbeinig stand der Mann vor ihm, das Gesicht im Schatten unter dem Schirm seiner Mütze verborgen. Unter seinem offenstehenden Mantel bemerkte Herbert ein Funktelefon, das an einem schwarzen Ledergürtel hing.

Der Intelligence Officer sah reglos zu ihm auf und sagte: »Die haben Sie vom Lieferwagen aus angerufen, als sie noch in der Stadt waren, nicht wahr? Dann taten sie, als flüchteten sie vor Ihrer Sirene, weil sie wußten, daß ich ihnen folgen würde. Und dann sind *Sie* mir gefolgt.«

Der Polizist gab vor, nicht zu verstehen. Es spielte keine Rolle. Herbert ärgerte sich über sich selbst. Für die Polizei war es sicherlich nicht schwer gewesen herauszufinden, wer den Wagen gemietet hatte. Er hätte sich ohrfeigen können, weil er seine verdammte firmeneigene Kreditkarte benutzt hatte. Darauf stand NATIONAL CRISIS MANAGEMENT CENTER, USA, der offizielle Name des OP-Centers. Zusammen mit seinem dramatischen Auftreten in Hannover hatte sie diese Bezeichnung wahrscheinlich darauf gebracht, daß er nach etwas suchte. Nachdem er Jodys Namen gerufen hatte, wußten sie auch, was er suchte. Er hätte es ihnen nur dann noch leichter gemacht, wenn er Kopien der NRO-Fotos verteilt hätte.

Zumindest war er froh, daß der Satellit nicht Jody in dem Baum ausgemacht hatte. Falls sie dort gewesen wäre, hätten auch sie nur Sekunden vom Tod getrennt, so wie ihn jetzt.

Aber Herbert würde diesen Mann nicht um sein Leben anflehen. Zwar wollte er nicht sterben, aber er hätte auch nicht in dem Bewußtsein weiterleben können, diesen Scheißkerl um irgend etwas gebeten zu haben. Er war nachlässig geworden, und das war der Preis dafür. Wenigstens, so sagte er sich, würde er sich nicht den ganzen Weg zum Auto zurückschleppen müssen.

Ob ich wohl den Knall der Pistole höre, bevor mich die Kugel trifft? dachte er. Er war nah genug. Es würde schnell gehen.

»Auf Wiedersehen«, sagte der Deutsche.

40

Donnerstag, 18 Uhr 26 – Toulouse

Die Rue St. Rome war eine Einkaufsstraße in der Altstadt von Toulouse und lag unweit von dem berühmten Place Du Capitole und der Garonne entfernt. Viele der zwei- und dreistöckigen, mittelalterlichen Gebäude dort waren mit der Zeit ein wenig schief und baufällig geworden, Decken und Böden wiesen aufgrund der Nähe zum Fluß Risse auf. Aber die Gebäude stürzten nicht ein. Es war, als wollten sie den grellen, neuen, vollkommen deplaziert wirkenden Werbetafeln für Seiko-Uhren oder Motorräder und den ehemals neuen Fernsehantennen und den noch neuen Satellitenschüsseln sagen: »Nein, wir treten diese Straße nicht an euch ab.« Nach Jahrhunderten, während derer Schutzwälle errichtet und eingerissen worden waren, blickten die Fassaden als stumme Zeugen der Zeit, von unzähligen Leben und Träumen unbeirrt, auf das verwinkelte Netzwerk aus engen Straßen und dahineilenden Menschen herab.

In einem Raum im zweiten Stock eines dieser Gebäude – einem angemieteten, zerfallenden Lagerhaus namens Magasin Vert – beobachtete Colonel Bernard Ballon von der Gendarmerie Nationale auf vier kleinen Monitoren die Live-Bilder aus der Umgebung der Demain-Fabrik. Die Anlage befand sich ungefähr 30 Kilometer nördlich des Stadtzentrums. Aber nach den Informationen zu urteilen, die er erhielt, hätte sie auch 30 Kilometer nördlich vom Erdmittelpunkt gelegen haben können.

Ballons Leute hatten versteckte Kameras auf allen vier Seiten des uralten Gebäudes in der ebenso alten Stadt Montauban in Position gebracht. Sie zeichneten jeden Wagen und jeden Angestellten auf, der in die Fabrik hineinfuhr oder aus ihr herauskam. Sie mußten nur ein bekanntes Mitglieder der *Neuen Jakobiner* entdecken, dann wären Ballon und seine taktische Eingreiftruppe innerhalb von 20 Minuten drin. Ihre Fahrzeuge waren in der Nähe abgestellt, die Männer saßen um Funkgeräte und weitere Monitore herum, und die Waffen lagen in Segeltuchtaschen in der Ecke bereit. Auch die Durchsuchungsbefehle waren in Ordnung, wenn sie *raisons de suspicion*, ausreichende Verdachtsmomente, wie die Richter es nannten, hatten – Verdachtsmomente, die den Anfechtungen der Verteidigung vor Gericht standhalten würden.

Aber obwohl Dominiques großer Coup unmittelbar bevorzustehen schien, wurde der scheue Industriemagnat nicht unvorsichtig. Ballon war fest davon überzeugt, daß eine umfangreiche Aktion kurz vor der Ausführung stand. Nach 17 langen und frustrierenden Jahren, in denen er dem schwer zu fassenden Milliardär ständig auf den Fersen gewesen war, nach 17 Jahren der Verfolgungen, Verhaftungen und ständigen Versuche, Mitglieder der *Neuen Jakobiner* festzunageln, nach 17 Jahren, in denen er sein Ziel zu einer Besessenheit hatte werden sehen, war Ballon jetzt endlich sicher, daß Dominique im Begriff war, etwas in die Tat umzusetzen, das über die angekündigte Veröffentlichung seiner neuen Videospiele hinausging. Er hatte schon früher neue Spiele auf den Markt gebracht, aber dazu waren nie so viele Arbeitskräfte erforderlich gewesen.

Oder so viel eigenes Engagement, dachte Ballon.

Dominique verbrachte mehr und mehr Nächte in seiner Fabrik, anstatt in seine Villa am Stadtrand von Montauban heimzufahren. Die Angestellten machten Überstunden, nicht nur die Programmierer der Spiele des Unternehmens, sondern auch die Techniker, die an Internet-Projekten und an der Hardware arbeiteten. Er beobachtete ihr Kommen und Gehen auf den Monitoren.

Jean Goddard ... Marie Page ... Emile Tourneur.

Der Franzose kannte sie alle vom Sehen. Er kannte ihre Lebensläufe. Er kannte die Namen von Familienmitgliedern und Freunden. Er hatte unter jeden Stein geschaut, den er hatte finden können, um mehr über Dominique und dessen Firma zu erfahren. Denn er war felsenfest davon überzeugt, daß dieser Mann vor 20 Jahren, als er selbst noch ein Neuling im Pariser Polizeidienst gewesen war, ungestraft als Mörder davongekommen war.

Der 44jährige Offizier rutschte steif auf seinem hölzernen Klappstuhl hin und her. Er streckte seine kurzen Beine und sah sich geistesabwesend in der provisorischen Einsatzzentrale um. Seine braunen Augen waren blutunterlaufen, die gegerbte Haut seiner Wangen mit Stoppeln übersät, und die Winkel seines kleinen Mundes hingen schlaff herunter. Wie die sieben anderen Männer im Raum trug er Jeans und ein Arbeitshemd aus Flanell. Schließlich waren sie Arbeiter in Toulouse, die den Auftrag hatten, das Gebäude zu restaurieren. Unten waren drei weitere Männer damit beschäftigt, Holz zu sägen, das sie niemals brauchen würden.

Es war äußerst schwierig gewesen, seine Vorgesetzten davon zu überzeugen, ihn diese monatelange Observierung durchführen zu lassen. Die Gendarmerie Nationale sollte eine vollkommen unabhängige, kastenlose nationale Polizeitruppe sein. Aber sie war sich der juristischen Kräfte und der tödlichen Publicity bewußt, die Dominique im Ernstfall gegen sie aufbringen könnte.

»Und wozu?« hatte Commandante Caton ihn gefragt. »Weil Sie ihn eines Verbrechens verdächtigen, das zwei Jahrzehnte zurückliegt. Wir können ihn deswegen noch nicht einmal anklagen!«

Das war richtig. Zuviel Zeit war vergangen. Aber wurde das Verbrechen oder die Person, die es begangen hatte, dadurch weniger monströs? Als er in jener Nacht den Tatort untersucht hatte, erfuhr Ballon, daß der wohlhabende Gérard Dupré zusammen mit einem anderen Mann in der Gegend gesehen worden war. Er fand heraus, daß die beiden Paris nach den Morden mit dem Ziel Toulouse verlassen hatten. Die Polizei machte sich nicht die Mühe, sie zu verfolgen. *Sie hat sich nicht die Mühe gemacht, Dupré zu verfolgen,* dachte Ballon bitter, *das Schwein aus der Oberschicht.* Resultat: Höchstwahrscheinlich war er unbehelligt mit zwei Morden davongekommen.

Angewidert hatte Ballon den Polizeidienst quittiert. Dann war er der Gendarmerie beigetreten und hatte sich auf die Spur der Familie Dupré geheftet. Im Verlauf der Jahre war aus seinem Hobby eine Leidenschaft geworden. Er hatte von geheimen Akten in den Verwaltungsarchiven von Toulouse erfahren, die den alten Dupré als Kollaborateur im Zweiten Weltkrieg entlarvten – er hatte den französischen Widerstand infiltriert und viele der Mitglieder verraten. Mindestens 30 Todesfälle innerhalb von vier Jahren gingen auf das Konto dieses Bastards. Nach dem Krieg hatte Dupré senior ein erfolgreiches Unternehmen zur Herstellung von Ersatzteilen für den Aerospatiale Airbus gegründet. Seine Firma war mit Geldern aus den Vereinigten Staaten aufgebaut worden – Gelder, die für den Wiederaufbau Europas gedacht gewesen waren.

Unterdessen schien Gérard einen Groll auf alles entwickelt zu haben, mit dem sein Vater zu tun gehabt hatte. Der alte Dupré hatte Informationen an die Deutschen verkauft, um den Krieg zu überleben; also umgab sich Gérard mit jungen deutschen Studenten, die sein Geld brauchten, um über die Runden zu kommen. Der alte Dupré hatte nach dem Krieg Gelder der Amerikaner veruntreut; also entwarf Gérard Software nach den Bedürfnissen der Amerikaner, damit sie ihm ihr Geld freiwillig und gerne gaben. Der alte Dupré hatte Kommunisten gehaßt; darum fühlte sich Gérard als Student zu den Roten hingezogen. Jede seiner Taten war ein Akt der Auflehnung gegen seinen Vater.

Aber dann vollzog sich in dem jungen Dupré eine Wandlung. Nachdem er die Sorbonne verlassen hatte, begann er, historische Dokumente zu sammeln. Ballon hatte mit einigen der Unterschriftenhändler geredet, bei denen Gérard Dupré eingekauft hatte. Offenbar faszinierte es Dupré, Briefe zu besitzen, die von den Großen der Vergangenheit geschrieben worden waren.

»Gérard schien sich zu fühlen, als sähe er über die Schultern großer Männer«, erzählte ein Händler dem Offizier der Gendarmerie. »Wenn er sah, wie sich die Geschichte vor ihm entfaltete, trat ein Feuer in seine Augen.« Dupré kaufte Dokumente, Kleidungsstücke, Waffen und andere Memorabilien aus der Zeit der Französischen Revolution und religiöse Briefe, die noch älter waren. Sogar Guillotinen erstand er.

Ballon sprach mit einem Gendarmerie-Psychologen. Der sagte: »Es ist nicht ungewöhnlich, daß sich Menschen, die von der wirklichen Welt enttäuscht sind, abkapseln, um sich mit Briefen oder Erinnerungen eine scheinbare Realität zu schaffen.«

»Könnten sie das ausbauen wollen?« fragte Ballon.

»Das ist gut möglich«, antwortete der Psychologe. »Die so verstandene Zuflucht könnte durchaus weiter ausgebaut werden.«

Als Dupré seinen Namen in Dominique änderte, bestand für Ballon kein Zweifel mehr daran, daß er sich selbst als einen modernen Heiligen sah – als den Schutzheiligen Frankreichs. Oder er war verrückt geworden. Vielleicht auch beides. Als die *Neuen Jakobiner* zur gleichen Zeit damit begannen, Ausländer zu terrorisieren, stand für Ballon fest, daß sie die Soldaten waren, die Dominiques geistiges Fort schützten – ein Frankreich, das so rein und keusch sein sollte, wie es sich die ursprünglichen Jakobiner in ihrer Vision ausgemalt hatten.

Die Gendarmerie weigerte sich, eine offizielle Untersuchung über Dominique anzustellen. Nicht nur, weil er ein mächtiger Mann war, sondern auch, weil – wie Ballon schnell herausfand – die Gendarmerie kaum weniger fremdenfeindlich als Dominique war. Nur aus einem Grund hatte er den Dienst nicht erneut quittiert: Er wollte die Idee am Leben erhalten, daß das Gesetz die Aufgabe hatte, die Öffentlichkeit zu schützen – die *gesamte* Öffentlichkeit, unabhängig von nationaler Abstammung oder Religion. Als Sohn einer belgisch-jüdischen Mutter, die enterbt worden war, als sie seinen armen, französisch-katholischen Vater geheiratet hatte, wußte Ballon, was Haß bewirken konnte. Wenn er den Dienst quittiert hätte, hätten die Fanatiker triumphiert.

Aber während er jetzt die Bilder der Fabrik auf den Monitoren betrachtete, war er nicht sicher, ob sie nicht längst gewonnen hatten.

Ballon rieb sich mit seinen kräftigen Fingern das Kinn. Er genoß die sandpapierhafte Rauheit seines Gesichtes. Das war die Männlichkeit, die er sonst nirgendwo in seinem Leben fühlte. Wie hätte er sich auch männlich fühlen sollen, während er tatenlos in diesem staubigen alten Raum hockte, während sie immer wieder ihr Vorgehen absprachen, falls sie jemals hineingelangen sollten? Codewörter: »Blau« für »Angriff«, »Rot« für »Bleib, wo du bist«, »Gelb« für »Rückzug«, »Weiß« für »Zivilisten in Gefahr«; leise Töne über das Funkgerät für den Fall, daß längere Gespräche den Sprecher verraten könnten: ein Ton für »Anrücken«, zwei für »Bleib, wo du bist«, drei für »Rückzug«. Er fragte sich, ob Dominique von der Observierung wußte und mit Absicht nichts unternahm, um Ballon zu paralysieren und seine Operation allmählich auszutrocknen.

Oder bist du schon paranoid?

Ballon hatte gehört, daß bei jedem Einsatz von solcher Dauer unausweichlich irgendwann die Paranoia einsetzte. Einmal hatte er einen von Dominiques Leuten beschatten lassen, einen Mitarbeiter der ersten Stunde namens Jean-Michel Horne. Pfeifend war Horne zu einem Treffen gegangen, und Ballons erster Gedanke war gewesen, daß er pfiff, um Ballon zu entnerven.

Er massierte sein Kinn kräftiger. *Es funktioniert nicht,* dachte er und sprang angewidert von seinem Stuhl auf. Mit Mühe kontrollierte er den Drang, ein Fenster einzutreten, das aus zehn kleinen Scheiben bestand und älter war als er selbst.

Die anderen Männer im Zimmer schraken auf.

»Sagen Sie es mir, Sergeant!« befahl Ballon. »Sagen Sie mir, warum wir den Laden nicht einfach stürmen! Wir knallen Dominique ab, und die Sache ist erledigt!«

»Ich weiß es wirklich nicht«, antwortete Sergeant Maurice Ste. Marie, der neben ihm gesessen hatte. »Ich würde auch lieber im Kampf fallen, als vor Langeweile zu sterben.«

»Ich *will* ihn«, sagte Ballon, seinen Untergebenen ignorierend. Er ballte eine Faust und schüttelte sie in Richtung eines Monitors. Seine ganze Körperkraft lag in der Bewegung der Faust. »Er ist ein wahnsinniger, abgedrehter Irrer, der die Welt korrumpieren und auf den Kopf stellen will.«

»Nicht wie wir«, sagte Sergeant Ste. Marie.

Ballon sah ihn funkelnd an. »Nicht wie wir? Was meinen Sie damit?«

»Wir sind Besessene, die die Freiheit der Welt erhalten wollen, damit sie noch mehr Verrückte wie Dominique hervorbringen kann. Wie man es auch dreht, es ist ein heilloses Durcheinander.«

»Nur, wenn man die Hoffnung aufgibt.« Ballon griff nach seinem Stuhl, zerrte ihn in die ursprüngliche Position zurück und ließ sich schwer daraufsacken. »Manchmal verliere ich sie aus den Augen, aber sie ist noch immer da. Meine Mutter hat immer gehofft, daß ihre Familie ihr verzeihen würde, meinen Vater geheiratet zu haben. Diese Hoffnung legte sie in jede Geburtstagskarte, die sie an die Familie schrieb.«

»Hat sie ihr jemals verziehen?« fragte Sergeant Ste. Marie.

Ballon starrte ihn an. »Nein. Aber die Hoffnung hat meine Mutter davor bewahrt, deshalb in Depressionen zu verfallen. Die Hoffnung und die Liebe, die sie für meinen Vater und mich empfand, haben die Leere ausgefüllt.« Er wandte sich wieder den Monitoren zu. »Die Hoffnung und der Haß, den ich auf Dominique habe, halten mich davon ab, depressiv zu werden. Ich *will* ihn.«

Das Telefon klingelte, und ein junger Beamter nahm den Hörer ab. An den Apparat war ein Zerhacker angeschlossen, der hohe und tiefe Töne am einen Ende der Leitung vertauschte und am anderen wieder zusammensetzte.

»Chef, da ist wieder ein Anruf aus Amerika.«

Ballon brüllte: »Ich habe ihnen doch gesagt, daß sie niemanden durchstellen sollen. Entweder ist es ein verdammter Opportunist, der die Früchte unserer Arbeit ernten will, oder ein Saboteur, der uns aufhalten will. Was auch immer er ist, sagen Sie ihm, er soll sich zum Teufel scheren!«

»Jawohl.«

»Jetzt wollen sie mir helfen. *Jetzt!*« murmelte Ballon. »Wo waren sie die letzten 17 Jahre?«

Vorsichtig sagte Sergeant Ste. Marie: »Vielleicht ist es anders, als Sie denken.«

»Wie stehen die Chancen dafür?« fragte Ballon. »Dominique hat überall auf der Welt Leute, die für ihn arbeiten. Es ist besser, wenn wir isoliert bleiben, unkontaminiert.«

»Inzestuös«, fügte Ste. Marie hinzu.

Der Colonel betrachtete das grobkörnige, farbige Fernsehbild der Blätter, die langsam neben der Wand der alten Festung, die jetzt eine Fabrik war, zu Boden fielen. Ste. Marie hatte nicht ganz unrecht. Die vier Tage, die sie hier verbracht hatten, waren absolut unproduktiv gewesen.

»Warten Sie!« bellte Ballon.

Der Soldat wiederholte den Befehl in das Telefon. Sein Gesicht blieb ausdruckslos, während er den Colonel ansah.

Ballon rieb sich das Kinn. Er würde die Antwort erst kennen, wenn er den Anruf entgegengenommen hätte. *Was ist wichtiger?* fragte er sich. *Dein Stolz oder Dominiques Verhaftung?*

»Ich nehme ihn an«, sagte er.

Mit ausgestrecktem Arm ging er zielstrebig zum Telefon hinüber, während Sergeant Ste. Marie ihn erfreut beobachtete.

»Glotzen Sie nicht so zufrieden«, sagte Ballon, als er an ihm vorbeiging. »Es war meine eigene Entscheidung. Sie hatten nichts damit zu tun.«

»Selbstverständlich nicht«, gab Ste. Marie zurück, der noch immer amüsiert dreinblickte.

Ballon nahm den Hörer. »Hier ist Ballon. Was gibt's?«

»Colonel«, sagte der Telefonist, »ich habe hier ein Gespräch von General Michael Rodgers vom National Crisis Management ...«

»Colonel Ballon«, schaltete sich Rodgers dazwischen, »verzeihen Sie die Störung, aber ich muß mit Ihnen sprechen.«

»*C'est évident.*«

»Sprechen Sie Englisch?« fragte Rodgers. »Wenn nicht, geben Sie mir eine Minute, um einen Dolmetscher ...«

»Ich spreche Englisch«, sagte Ballon zögernd. »Worum geht's, General Rodgers?«

»Ich bin darüber informiert, daß Sie versuchen, einen gemeinsamen Feind zu fassen.«

»Versuche ich, ja.«

»Wir glauben«, sagte Rodgers, »daß er plant, Computersoftware über das Internet zu verbreiten, wodurch Unruhen in der ganzen Welt geschürt werden sollen. Wir vermuten, daß er diese Unruhen dazu nutzen will, um wichtige amerikanische und europäische Länder in ein wirtschaftliches Chaos zu stürzen.«

Ballon fühlte, wie sein Mund austrocknete. Dieser Mann war ihm entweder vom Himmel geschickt worden oder ein Handlanger des Satans höchstpersönlich. »Woher wissen Sie das?«

»Wenn wir es nicht wüßten, bekämen wir längst kein Geld mehr von unserer Regierung.«

Auch das gefiel Ballon. »Wie steht es mit seinen Terroristeneinheiten? Was wissen Sie darüber?« Er hoffte auf ein paar neue Informationen – *irgendwelche* neuen Informationen.

»Nichts«, gab Rodgers zu. »Aber wir verdächtigen ihn der engen Zusammenarbeit mit verschiedenen Neonazigruppen in Amerika und im Ausland.«

Ballon schwieg für einen Moment. Er vertraute dem Anrufer noch nicht vollkommen. »Ihre Informationen sind interessant, aber nicht sehr nützlich. Ich brauche Beweise. Ich muß herausfinden, was in seiner Festung vor sich geht.«

Rodgers sagte eifrig: »Wenn das das Problem ist, kann ich helfen. Ich rufe an, Colonel Ballon, um Ihnen die Unterstützung eines NATO-Befehlshabers in Italien anzubieten. Sein Name ist Colonel Brett August, und er ist spezialisiert auf ...«

»Ich habe Weißbücher von Colonel August gelesen. Er ist ein hervorragender Antiterrorspezialist.«

»Und ein Jugendfreund von mir. Er wird Ihnen helfen, wenn ich ihn darum bitte. Aber ich habe auch Ausrüstung in Deutschland, die ich Ihnen zur Verfügung stellen kann.«

»Welche Art von Ausrüstung?« Ballon wurde wieder mißtrauisch. Dieser Mann versprach einfach zuviel Gutes, dem er nicht würde widerstehen können. Möglicherweise erhielt er seine Einsatzpläne von Dominique, und das Ganze stellte sich als Falle heraus.

»Es handelt sich um ein neuartiges Röntgengerät. Mein Techniker kann damit vielleicht ein paar kleine Wunder vollbringen.«

»Ein neuartiges Röntgengerät«, wiederholte Ballon zweifelnd. »Das wird mir nichts nützen. Ich muß nicht wissen, wo sich die Leute aufhalten ...«

»Es kann eventuell Dokumente für Sie lesen oder Gespräche belauschen.«

Ballon hörte aufmerksam zu, blieb aber vorsichtig. »General Michael Rodgers, wie kann ich sichergehen, daß Sie nicht mit Dominique unter einer Decke stecken?«

»Weil wir von zwei Morden wissen, die er vor 20 Jahren begangen hat. Wir wissen davon, weil wir die Person kennen, die damals bei ihm war. Mehr kann ich Ihnen im Augenblick nicht darüber sagen – nur daß wir Dominique der Gerechtigkeit zuführen wollen.«

Ballon sah seine Männer an, die ihn alle beobachteten. »Achtet auf die Monitore!« brüllte er.

Sie gehorchten. Ballon konnte es kaum erwarten, hinauszukommen und in Aktion zu treten.

»Also gut«, sagte er. »Wie komme ich mit Ihrem Wunderwirker in Kontakt?«

»Bleiben Sie, wo Sie sind. Ich werde veranlassen, daß er Sie anruft.«

Ballon willigte ein und legte auf. Dann befahl er Ste. Marie, drei Männer mit nach draußen zu nehmen und das Gebäude zu überprüfen. Falls sie den Eindruck hätten, jemand beobachte sie oder benehme sich verdächtig, sollten sie ihn sofort anfunken.

Aber Ballon hatte ein Gefühl in seinem Bauch, daß General Rodgers zu den Guten gehörte, genau wie er im Bauch gefühlt hatte, daß Dominique einer der Bösen war.

Ich hoffe nur, daß mein Bauch mich diesmal nicht täuscht,

dachte er, während Ste. Marie und die Männer den Raum verließen.

Dann wartete er auf den Anruf.

41

Donnerstag, 9 Uhr 34 – Studio City, Kalifornien/USA

Er nannte sich »Streetcorna«, und er verkaufte Musikkassetten aus einem Pantherfell-Rucksack. Seit über einem Jahr verließ der junge Mann jeden Morgen um ungefähr sieben Uhr seinen alten, lädierten Volkswagen auf dem Parkplatz hinter der Ladenkette unterhalb des Laurel Canyon in Studio City und ging zu Fuß zum Ventura Boulevard. Beim Gehen schlurften seine schwarzen Ledersandalen für gewöhnlich ohne Eile über den Gehweg, angetrieben von den langen schlanken Beinen, die unter den getrockneten Blättern seines sudanesischen *Payne* zu sehen waren. Der Rock wurde von Trägern aus Leopardenfell gehalten. Unter den Trägern befand sich ein schweißgetränktes schwarzes T-Shirt, auf dem in weißen Buchstaben STREETCORNA RAP stand. Sein Haar war unten am Kopf abrasiert, so daß in der Mitte nur ein großer Klumpen übrigblieb, der mit Holzstückchen zu einem kegelförmigen Gitter verwoben war. Seine Augen waren hinter der dunklen Sonnenbrille mit den Seitenklappen nicht zu erkennen. Die kleinen Diamantstecker in seinen Nasenlöchern und seiner Zunge glänzten von Schweiß und Speichel.

Streetcorna nahm sich stets Zeit, wenn er zu seinem Platz ging. Im Gehen lächelte er vor sich hin und zog an einem Joint, um sich für den täglichen Straßenhandel und die Performance in Stimmung zu bringen. Vom Marihuana beschwingt, schlenkerte er seine dürren Arme und die knochigen Hände im Rhythmus der Musik in seinem Kopf. Seine Schenkel bewegten sich im Takt des Beats, er schloß die Augen und klatschte zwischen den Schritten in die Hände.

Jeden Tag hatte er einen neuen Liedtext, den er dazu sang.

Heute lautete er: *»IgotIgotIgot I got I got what I need if I got my weed. Smokin' gives me creed ›gainst the slick man's greed. Ana greed like his seed ›s everywhere while I bleed. I'm not freed no indeed brother heed foll' my lead.«*[1]

Streetcorna hielt an der Straßenecke, sein Körper blieb aber in Bewegung. Er legte seinen Rucksack ab, ohne den Beat zu verlieren, öffnete den Reißverschluß und brachte so die bespielten Kassetten zum Vorschein. Dann schaltete er einen kleinen Recorder ein und fuhr mit seiner Performance fort. Normalerweise verkaufte er fünf bis sechs Kassetten pro Tag auf der Basis freiwilliger Spenden. Weil er zu beschäftigt war, um innezuhalten, wies eine kleine Notiz auf einem Stück Karton potentielle Käufer an, einen Betrag zu hinterlassen, den sie für angemessen hielten. Die meisten gaben fünf Dollar, einige einen oder zwei, manche zehn. Im Schnitt erzielte er 30 Dollar am Tag, genug für Marihuana, Benzin und Lebensmittel.

»AllIallI allI all I need ...«

Seinen größten Erfolg hatte er an dem Tag errungen, an dem man ihn zu den Studios auf der anderen Seite der Radford Avenue gebracht hatte. Er war während einer abendlichen Comedy-Serie in einer Straßenszene zu sehen gewesen und hatte genug Geld verdient, um einige seiner Lieder aufzunehmen. Davor war immer alles live auf der Straße aufgenommen worden, während er es sang. Jeder, der früher eine Kassette von Streetcorna gekauft hatte, besaß ein Original. Jetzt hatten die Kunden die Wahl.

Streetcorna beendete seinen Tag für gewöhnlich zwischen acht und neun Uhr abends, wenn der Videoverleih ein Stück die Straße herunter die meisten Bänder, die dort angeboten wurden, ausgeliehen hatte, der Drugstore und der Buchladen geschlossen hatten und der Verkehr nachließ. Dann ging er zu seinem Wagen zurück, fuhr in eine Seitenstraße oder auf

[1] amerik. Slang, dt. etwa: »Ich hab' ich hab' ich hab' ich habe ich habe, was ich brauch', wenn ich mein Gras rauch'. Rauchen gibt mir Kraft gegen die Gier der Raffinierten. Und die Gier, die sie säen, ist überall, während ich blute. Ich bin nicht frei nein, Bruder gib acht und folge mir.«

den Parkplatz eines Supermarktes und las im Schein einer Straßenlaterne oder einer Kerze im Auto.

Am letzten Tag seines Lebens hatte Streetcorna seinen Platz um 7 Uhr 10 morgens erreicht. Während der nächsten zwei Stunden verkaufte er eine Kassette für zehn Dollar. Um 9 Uhr 15 zündete er sich einen Joint an und versank anschließend in seinen Rap: *»I'm a dissin' the Districk, the ho's in Deecee.«*

Als zwei junge Männer den Laurel Canyon überquerten, rappte er mit geschlossenen Augen vor sich hin. Sie waren blond, groß und schlenderten langsam, auf Pita-Sandwiches kauend, über die Straße. Beide trugen weiße Tennisshorts und hatten Sporttaschen bei sich. Auf Streetcornas Höhe angelangt, stellten sie sich zu beiden Seiten schräg hinter ihn. Unbeachtet von vorbeieilenden Passanten, die in der Mehrzahl die Fußgängerampel noch bei Grün zu überqueren versuchten, zogen sie in aller Ruhe kurze Stemmeisen aus ihren Sporttaschen. Damit schlugen sie dem Rapper auf die Kniescheiben.

Aufheulend stürzte Streetcorna vornüber. Seine Sonnenbrille zersplitterte, als sein Gesicht auf den Gehsteig schlug. Die vorbeihastenden Menschen hielten inne und beobachteten, wie der junge Mann sich schreiend in embryonaler Haltung zusammenkrümmte. Bevor er sich umdrehen und seine Angreifer sehen konnte, hoben die Männer die Stemmeisen und schlugen sie ihm brutal seitlich auf den Kopf. Sein Schädel brach schon beim ersten Schlag, und das Blut spritzte über den Beton, aber die beiden weißen Männer brachten jeder noch zwei weitere Schläge an. Bei jedem Hieb zuckte Streetcorna zusammen, dann starb er.

»Um Gottes willen!« schrie eine junge Frau, nachdem sich die furchtbare Realität des Vorfalls wie eine Schlange durch die Menge gewunden hatte. »O mein Gott!« schrie sie wieder, im Gesicht jetzt kreidebleich. »Was habt ihr getan?«

Einer der Männer richtete sich auf, der andere tastete das Opfer ab.

»Den Scheißhaufen zum Schweigen gebracht«, sagte der Mann, der sich aufgerichtet hatte.

Eine alte schwarze Frau, die sich auf einen abgenutzten Spazierstock stützte, schrie: »Polizei! So hilf doch jemand!«

Einer der jungen Männer sah sie an, dann ging er auf sie zu. Sie stand vor einem Drugstore. Die Leute gaben den Weg frei. Die alte Frau beugte sich zurück, aber ihr Gesichtsausdruck blieb herausfordernd.

»He!« rief ein Weißer mittleren Alters und trat zwischen die beiden. »Lassen Sie ...«

Der Schläger trat dem Mann mit dem rechten Absatz hart auf den linken Spann. Der Mann krümmte sich vor Schmerz. Die schwarze Frau war vor das Schaufenster des Drugstores zurückgewichen.

Der primitive Jugendliche brachte sein Gesicht unmittelbar vor ihres und zischte: »Mach dein stinkendes Maul zu.«

»Nicht, solange ich amerikanische Luft atme«, gab sie zurück.

Mit einem spöttischen Grinsen rammte der Jugendliche ihr das Stemmeisen in den Mund. Sie knickte ein, und er drückte ihren Oberkörper mühelos nach unten. Dann sprang er mit seinen Schuhen auf sie.

»Hab' sie«, rief der andere und zog Streetcornas Schlüssel aus dessen Tasche. Er stand auf.

Der Mann ließ die Frau liegen und kam lässig zu seinem Komplizen zurück, als bereitete er sich auf den nächsten Aufschlag vor, nachdem er den ersten ins Netz geschlagen hatte. Die beiden Männer standen nebeneinander, während sich um sie herum ein loser, bedrohlicher Kreis aus Menschen bildete.

»Sie können uns nicht alle auf einmal kriegen!« rief jemand.

Der Mann mit den Schlüsseln griff in seine Sporttasche und zog eine 45er hervor. »Das wollen wir doch mal sehen.«

Die Menge zerfiel mehr, als daß sie sich teilte. Die beiden Mörder gingen hindurch, ohne sich um die Blicke der Passanten und die Rufe in ihrem Rücken zu kümmern. Sie fanden Streetcornas Auto, denn sie kannten es, weil sie den Rapper tagelang beobachtet hatten. Sie stiegen ein, und nachdem sie in den Laurel Canyon eingebogen waren, fuhren sie in die Hollywood Hills hinauf, ohne daß jemand sie verfolgt hätte. Bald wurden sie vom dichten Verkehr in Richtung Hollywood verschluckt.

Knapp sieben Minuten später traf die Polizei am Tatort ein, und es wurde eine Suchaktion per Helikopter angeordnet. Der Hubschrauber fand den Wagen in der Nähe der Kreuzung von Coldwater Canyon und Mulholland Drive. Er war verlassen und sauber. Angestellte der Brandwache auf dem Gipfel des Hügels erinnerten sich, daß sie ein anderes Fahrzeug am Straßenrand hatten stehen sehen, aber niemand konnte Auskunft über den Wagentyp oder den Fahrer geben. Niemand hatte den Volkswagen ankommen oder den wartenden Wagen davonfahren sehen.

Als die Polizei Streetcornas Rucksack öffnete, fanden sich darin keine Kassetten mehr, aber 400 Dollar und etwas Kleingeld.

42

Donnerstag, 18 Uhr 41 – Hamburg, Deutschland

Paul Hood betrat Hausens Büro zusammen mit Nancy, die wenige Schritte hinter ihm ging. Sie kam zögernd herein, als wäre sie nicht sicher, ob sie auf Freunde oder Feinde treffen würde. Sie traf auf Menschen, die im Augenblick vollständig von eigenen Angelegenheiten in Anspruch genommen wurden.

Hausen telefonierte über ein Funktelefon im Empfangsbereich. Er hatte offensichtlich entschieden, daß die Sicherheit seiner Bürotelefone nicht mehr ohne weiteres gewährleistet war. Zwar war auch das Funktelefon nicht abhörsicher, aber wenigstens reduzierte es seine Sorge, der Feind könnte jedes Wort mithören.

Lang stand gegen den Schreibtischrand gelehnt, die Lippen fest zusammengepreßt, und sah auf Hausen hinab. Matt Stoll saß noch immer vor Hausens Computer im Hauptbüro.

Hausen redete eindringlich auf jemanden namens Erwin ein. Die deutsche Sprache hatte für Hood schon immer ziemlich hart geklungen, aber bei diesem Gespräch kam sie ihm besonders schneidend vor. Hausen wirkte unzufrieden.

Lang kam zu ihnen herüber. Hood stellte ihm Nancy vor. »Das ist Nancy Jo Bosworth. Sie arbeitet für Demain.« Obwohl er hörte, daß er die Worte aussprach, konnte er nicht glauben, daß sie aus seinem Mund kamen. Er mußte verrückt gewesen sein, zu ihr zurückzugehen. Vollkommen und endgültig verrückt.

»Ich verstehe«, sagte Lang mit freundlichem, vorsichtigem Lächeln.

»Ich bin keine Freundin Dominiques«, fügte Nancy hinzu. »Ich kenne ihn nicht einmal.«

»Mir scheint, daß sehr wenige Menschen ihn kennen.« Lang lächelte noch immer zurückhaltend.

Hood entschuldigte sich und brachte Nancy zu Stoll, um sie ihm vorzustellen. Er ließ die beiden zusammen zurück und ging in das vordere Büro.

»Was macht Hausen?« fragte er Lang.

»Er spricht mit dem französischen Botschafter in Berlin und versucht, eine sofortige Reise nach Frankreich zu organisieren, damit dieses Haßspiel und dessen Hersteller dort überprüft werden können. Hausen will diesem Dominique in Gegenwart der französischen Behörden gegenübertreten.« Lang beugte sich näher zu ihm. »Er hat versucht, Dominique direkt anzurufen, ist aber nicht durchgekommen. Das alles scheint ihn sehr aufzuregen. Er nimmt diese Art von Verbrechen sehr persönlich.«

»Wie reagiert der Botschafter?« fragte Hood.

»Es sieht nicht sehr gut aus. Dominique hat dort drüben offenbar sehr großen Einfluß. Er kontrolliert Banken, mehrere Industrien und eine erschreckend hohe Zahl von Politikern.«

Hood warf Hausen einen kurzen, mitfühlenden Blick zu, dann ging er wieder in das Hauptbüro. Er wußte, wie schwierig sich seine Verhandlungen mit der Regierung in Washington häufig gestalteten. Kaum vorstellbar, welche Barrieren zwischen verschiedenen Nationen bestehen mußten; insbesondere zwischen zweien, die auf eine so lange Tradition gegenseitiger Ablehnung zurückblickten.

Er trat neben Nancy. Sie sah Stoll über die Schulter, der versuchte, computeranimierte Hunde durch einen Sumpf zu lenken. Der Techniker hatte Probleme, sich auf das Spiel zu konzentrieren.

»Wie läuft's, Matt?« fragte Hood.

Stoll drückte »P« für Pause. Mit hochgezogenen Augenbrauen wandte er sich um. »Das ist ein fieses Spiel, Boß. Was diese Figuren ihren Opfern mit Stricken, Messern und Hunden zufügen, sprengt jegliche Vorstellungskraft. Sie werden es später selbst sehen. Ich habe den Videorecorder angeschlossen und nehme eine Partie auf. Später schaue ich sie mir in Zeitlupe an, um zu sehen, ob unterschwellige Botschaften eingebaut wurden oder ob mir irgendwas anderes entgangen ist.«

Nancy fragte: »Ich vermute, das ist das Spiel, das auf Hausens Computer installiert wurde?«

»Ja.« Stoll setzte das Spiel fort. Einen Augenblick später fiel einer der Hunde in ein Treibsandloch und begann, darin zu versinken.

»Mist!« rief er. »Als ich allein war, ging's ganz gut ...«

»Machen sie weiter«, sagte Nancy. Sie lehnte sich über ihn und drückte den Bild-unten-Pfeil der Tastatur.

»He, was tun Sie? Lassen Sie mein Spiel ...«

»Ihnen ist etwas entgangen«, sagte Nancy.

»Was?«

Sie hielt die Pfeiltaste gedrückt. Der Hund sank durch den Treibsand und gelangte in eine unterirdische Höhle. Mit der Position-1- und der Ende-Taste sammelte sie Nazimemorabilien ein und schraubte die Punktzahl in die Höhe.

Hood beugte sich näher heran. »Woher wußtest du, wie das geht?«

»Das ist eine Variation des Spiels ›Das Sumpfmonster‹, das ich entworfen habe. Dieselben Tafeln, derselbe Hintergrund, dieselben Vordergrundelemente, dieselben Fallen. Nur die Figuren und das Szenario sind anders. Bei mir floh ein Sumpfmonster vor seinem Schöpfer und den aufgebrachten Dorfbewohnern. Hierbei geht es offensichtlich um etwas anderes.«

»Aber es ist bestimmt dein Spiel?« vergewisserte sich Hood.

»Mit absoluter Sicherheit.« Sie überließ die Steuerungen wieder Stoll. »Sie kommen raus, wenn Sie links in das Abflußrohr kriechen.«

»Danke.« Mit gequälter Miene setzte Stoll das Spiel fort.

Hood trat zurück. Er unterdrückte den Wunsch, Nancy bei der Hand zu nehmen und sie fortzuziehen. Aber er hatte Stolls Blicke während ihrer kurzen Unterhaltung bemerkt. Trotz aller eingebauter Sicherheitsstufen unterschied sich das OP-Center, was den Klatsch anging, im Inneren nicht sehr von anderen Büros. Seine Leute mochten Staatsgeheimnisse hüten, aber der Ausdruck »persönliche Geheimnisse« kam einem Paradoxon gleich.

Nancy folgte ihm von sich aus in eine Ecke des Büros. Hood bemerkte die Besorgnis, die Liebe und die schwelende Enttäuschung in ihren Augen.

»Paul«, sagte sie sanft, »ich weiß, daß ich in der Vergangenheit Fehler gemacht habe, aber das hier ist nicht von mir. Es gibt eine ganze Reihe von Personen, die diese Veränderungen vorgenommen haben könnten.«

»Du meinst, Leute aus dem inneren Kreis um Dominique?«

Sie nickte.

»Ich glaube dir«, sagte er. »Die Frage ist: Was tun wir jetzt?«

Hoods Handy summte, und er bat um Entschuldigung. »Hallo?« meldete er sich.

»Paul, ich bin's, Darrell. Können Sie reden?«

Hood bejahte.

McCaskey sagte: »Ich habe mich mit Liz und Mike getroffen, und wir haben alle den Eindruck, als wäre dieser Kerl, nach dem Sie sich erkundigt haben, Luzifer persönlich. Außerdem könnte er mächtig genug sein, um einer Verhaftung zu entgehen.«

»Erklären Sie mir das.«

»Er scheint ein Netzwerk von Banken für die Geldwäsche und zur Finanzierung weltweiter Haßgruppen zu benutzen. Die Behörden sind ihm ständig auf den Fersen, kriegen ihn aber nicht zu fassen. Darüber hinaus sieht es so aus, als bereitete er die Einführung eines neuartigen Joysticks vor, mit dem Spieler das, was sie auf dem Bildschirm sehen, als besonders realistisch empfinden.«

»Ich nehme an, daß dieser Joystick mit den Haßspielen kompatibel ist?«

»Selbstverständlich«, gab McCaskey zurück. »Aber das ist noch nicht mal unser dringlichstes Problem. Die Typen von *Pure Nation,* die heute morgen festgenommen wurden, sollten möglicherweise nur als Köder dienen. Sie und die Haßspiele könnten Teil eines größeren Plans sein, mit dem in Städten der Vereinigten Staaten Rassenunruhen provoziert werden sollen. Auch dafür haben wir keine zwingenden Beweise – nur ein paar dürftige Indizien und ein verdammt schlechtes Gefühl im Bauch.«

»Bisher haben wir noch jedesmal richtig gelegen, wenn wir auf unsere Bäuche gehört haben«, sagte Hood. »Sieht es nach einer Art Zeitplan aus?«

»Schwer zu sagen. Die Medien hocken wie die Fliegen auf *Pure Nation,* und wir gehen davon aus, daß die dieses Forum melken werden.«

»Natürlich tun sie das.«

»Die Spiele stehen in den Startlöchern. Wenn das tatsächlich alles Teile eines Gesamtplans sind, wird der Organisator nicht warten, bis sich die Angst wieder legt. Ein paar gezielte Schläge gegen Schwarze und öffentliche Einrichtungen würden nicht nur eine Lunte anzünden, sondern unmittelbare Explosionen auslösen. Ich habe eben mit meinen Leuten beim FBI gesprochen, und wir sind alle der Meinung, daß die Ereignisse schlimmstenfalls innerhalb weniger Tage, wenn nicht sogar binnen Stunden eskalieren könnten.«

Hood verkniff sich die Frage, wie ein einzelner ausländischer Geschäftsmann dazu in der Lage gewesen war, so viel von dem, was Rodgers »schlechte Nachrichten« nannte, vorzubereiten, ohne entdeckt zu werden. Er kannte die Antwort. Mit nichts weiter als Geld und Geduld war es der japanischen Aum-Shinrikyo-Sekte zwischen 1987 und 1995 gelungen, von einer Computerausrüstung über ein Lasersystem, mit dem sich Plutonium messen ließ, bis hin zu mehreren Tonnen Stahl zur Herstellung von Messern alles nur Erdenkliche zu erwerben. Die Einkäufe hatten dazu beitragen sollen, einen Krieg zwischen Japan und den Vereinigten Staaten vom Zaun zu brechen. Auch wenn es mittlerweile unwahrscheinlich erschien, daß es tatsächlich zu einem Krieg gekommen wäre – die nukleare Zerstörung einer amerikanischen Stadt hatte immerhin im Bereich des Möglichen gelegen. Der Untersuchungsausschuß des Senats, der mit der CIA und dem FBI zusammengearbeitet hatte, war nicht in der Lage gewesen, diese *Sekte des Jüngsten Gerichts* zu infiltrieren und deren Mitglieder festzunehmen.

»Wie beurteilen Sie die Aussichten, daß wir die Sache stoppen können?« fragte Hood.

»Solange wir nicht die genauen Absichten oder speziellen Ziele dieses Mannes kennen, ist das schwer zu sagen.«

»Aber Sie glauben – Sie fühlen –, das all dies von einem einzelnen Mann ausgeht?«

»So stellt es sich für uns dar.«

»Wenn wir also an diesen einen Mann herankämen, dann könnten wir die Bremse vielleicht noch rechtzeitig ziehen?«

»Möglicherweise. Es deutet alles darauf hin.«

»Lassen Sie uns daran arbeiten«, sagte Hood. »Übrigens, hat jemand etwas von Bob gehört?«

»Eigentlich – ja.«

Hood gefiel McCaskeys Ton nicht. »Was tut er?«

McCaskey berichtete, und während Hood zuhörte, beschlich ihn ein furchtbares Schuldgefühl, weil er Herbert allein hatte aufbrechen lassen. Ein Mann in einem Rollstuhl, der einen Wagen voller Neonazis durch den Wald jagte – es war absurd. Dann wurde er zornig. Das OP-Center hatte Bass Moore in Korea und Lieutenant Colonel Charlie Squires in Rußland verloren. Herbert mußte klar sein, daß der Kongreß die gesamte Operation an einen Schreibtisch ketten würde, falls ihm etwas zustieß. Doch schließlich empfand er einen Anflug von Stolz. Herbert tat etwas, das Amerikaner von den meisten anderen Nationalitäten unterschied: Er bekämpfte die Ungerechtigkeit, gleichgültig, gegen wen sie gerichtet war.

Aber ob im Recht oder nicht – von Herbert ging eine Gefahr aus wie von einer schlecht befestigten Bombe. Als Beamter der amerikanischen Regierung jagte er Neonazis in Deutschland; falls er ein Gesetz überträte oder auch nur entdeckt würde, mußte man davon ausgehen, daß die Neonazis es so drehen würden, als wären sie die Verfolgten und die ungerecht Behandelten. Ein Sturm der Kritik würde über das OP-Center, über Washington und über Hausen hereinbrechen. Außerdem bestand natürlich die Gefahr, daß die Neonazis Herbert eliminierten. Womöglich wußten die Männer in dem Lieferwagen nicht, wer er war. Und auch falls sie es wußten – nicht alle Radikalen waren lediglich auf Publicity aus. Manche wollten ihre Feinde einfach nur tot sehen.

Wenn er der Ansicht gewesen wäre, daß Herbert auf ihn hören würde, hätte Hood ihm befohlen, zum Hotel zurückzukehren. Und hätten nicht zwei weitere große »Wenns« dazwischengestanden, wäre er sogar so weit gegangen, Hausen zu bitten, dem Intelligence Officer ein paar Leute zur Unterstützung zu schicken: Wenn er Hausens Sicherheitssystem vertraut hätte, was nicht mehr der Fall war, und wenn er nicht befürchtet hätte, in eine kontrollierte Überwachungsaktion zu pfuschen und dadurch eine gefährliche Situation erst heraufzubeschwören.

»Beobachtet Viens Herbert?« fragte Hood.

»Unglücklicherweise nicht«, gab McCaskey zurück. »Steve hat nur ein Satellitenauge in der Region, und er kann es nicht die ganze Zeit für ihn abstellen. Er mußte Larry schon einmal warten lassen, weil Bob ein paar Informationen brauchte.«

»Danken Sie ihm an meiner Stelle.« Hood meinte das ernst, auch wenn er im stillen fluchte. Das war's dann. Er konnte die Sache nur weiterlaufen lassen und hoffen, daß Herbert sich bedeckt und in Sicherheit hielt.

»Paul, warten Sie einen Moment«, sagte McCaskey. »Da kommt ein Anruf der Dringlichkeitsstufe eins.«

Hood wartete. In der Leitung lief CNN. Ein Reporter berichtete vom Tod einer prominenten Person in Atlanta. Hood bekam nur ein paar Worte mit, bevor McCaskey sich wieder meldete.

»Paul«, sagte er, »Mike ist in der Leitung. Möglicherweise haben wir einen Zwischenfall.«

»Was ist passiert?« fragte Hood.

»Unser Kontaktmann beim FBI, Don Worby, sagt, daß sie soeben von fünf Morden durch Weiße an Schwarzen in Kenntnis gesetzt wurden, die alle zur gleichen Zeit in fünf verschiedenen Städten verübt wurden: New York, Los Angeles, New Orleans, Baltimore und Atlanta. In allen fünf Fällen haben zwei bis vier junge männliche Weiße schwarze Rap-Sänger überfallen. In Atlanta haben sie Sweet T, die berühmte Rapperin erwischt, als sie aus ihrem Apartment kam …«

»Das muß das sein, was ich gerade gehört habe.«

»Wo?«

»Auf CNN.«

»Diese Bastarde. Vielleicht sollten wir ihnen ein paar HUMINT-Kräfte abwerben.«

Rodgers schaltete sich in das Gespräch ein und sagte finster: »Ist euch klar, was hier soeben vorgefallen ist? Diese Überfälle sind eine moderne Form der Kristallnacht.«

Die Assoziation war Hood nicht gekommen, aber Rodgers hatte recht. Die Angriffe wiesen eine Ähnlichkeit mit der Nacht auf, in der die Gestapo Vandalismusakte gegen jüdische Gebetshäuser, Friedhöfe, Krankenhäuser, Schulen, Wohnungen und Geschäfte in ganz Deutschland inszeniert hatte. Außerdem waren damals 30 000 Juden verhaftet worden. Damit hatte die jüdische Internierung in Konzentrationslagern wie Dachau, Sachsenhausen und Buchenwald begonnen.

Die Überfälle weisen zwar Ähnlichkeiten auf, dachte er, *aber es gibt einen Unterschied …*

»Nein.« Hood war plötzlich alarmiert. »Das war keine weitere Kristallnacht. Das war nur ein Vorspiel.«

»Wie das?« wollte Rodgers wissen.

»Die Neonazis haben Rapper ermordet«, erwiderte Hood. »Das wird die sogenannten ›Gangstas‹ und ihr Hardcore-Publikum auf die Barrikaden bringen. Sie werden sich an den Weißen rächen wollen, von denen viele sowieso keinen Rap mögen, und damit sind weitere Zwischenfälle und Rassenunruhen vorprogrammiert. Sollten die Dinge eskalieren, stehen im Nu amerikanische Städte in Flammen. Und *dann* kommen die Neonazis zurück: Wenn das weiße Amerika es satt hat, die Unruhestifter zu beschwichtigen, anstatt zurückzuschlagen; wenn zu wenig Verhaftungen vorgenommen werden; wenn in den Medien schwarze Radikale gezeigt werden, die weißes Blut fordern. Dann stehen uns die wahren neuen Kristallnächte bevor. Es könnte zu gut organisierten bewaffneten Übergriffen kommen.«

»Aber welche Vorteile soll das den Neonazis bringen?« fragte Rodgers. »Sie können nicht zuerst die Gesetze brechen und dann für öffentliche Ämter kandidieren.«

»Die, die sich im Hintergrund halten, schon«, meinte Hood. »Die Leute, die sich zwar von den Gesetzesbrechern distanzieren, aber nicht von der Intoleranz, die sie motiviert.«

Der Gedanke ergab Sinn, und je länger Hood darüber nachdachte, desto ausgeklügelter erschien er ihm in seiner Einfachheit. Er dachte an seine eigene Tochter, Harleigh, deren Musikgeschmack unter anderem Rap beinhaltete. Hood befürwortete die freie Meinungsäußerung, aber er bestand darauf, jedes Album zu hören, das einen Aufkleber mit einer Warnung an die Eltern enthielt – nicht, um es zu zensieren, sondern um darüber zu diskutieren. Einige der Texte waren äußerst brutal, und insgeheim mußte er zugeben, daß er nichts dagegen gehabt hätte, wenn einige der Rapper sich ein anderes Betätigungsfeld gesucht hätten. Dabei war er ein ehemaliger liberaler Politiker. Aus Unterhaltungen mit Eltern in der Schule und in der Kirche wußte er, daß viele von ihnen wesentlich striktere Ansichten vertraten. Falls Schwarze die toten Rapper rächten, befürchtete er, daß weiße Sympathisanten aus der Mittelschicht sich auf die Seite der weißen Mörder schlagen könnten, die dann eventuell behaupten würden, sie hätten lediglich Präventivschläge geführt. Vergeltungsschläge durch Schwarze würden solchen Behauptungen nur Vorschub leisten. In der Folge käme es zu Unruhen, die Polizei müßte sich bis zu einem gewissen Grad zurückhalten, und die Neonazis würden zu gewalttätigen Racheengeln der Weißen – wenn nicht sogar zu den zukünftigen Gewinnern von Wahlen.

Nicht einmal 55 Jahre nach Hitlers Tod könnten die Monster tatsächlich zu einer politischen Kraft in den Vereinigten Staaten werden, dachte Hood. »Zerbrochene Träume von Harmonie statt zerbrochener Fensterscheiben«, sagte er. »Es ist ein Alptraum.«

»Wir können die Sache noch immer stoppen, Paul«, meinte Rodgers. »Wenn wir Dominiques Operation an die Öffentlichkeit bringen, wird man sehen, wie er versucht, die Menschen zu manipulieren.«

»Wenn Sie mir sagen, wie ich an ihn herankommen kann, werde ich es mit Freuden tun.«

»Es gibt vielleicht einen Weg. Ich habe eben mit Colonel Ballon von der französischen Groupe d'Intervention de la Gendarmerie Nationale gesprochen. Er ist in Toulouse, und er verfolgt dasselbe Ziel wie wir, wenn auch aus anderen Motiven.«

»Welche anderen Motive?« fragte Hood im gleichen Moment, in dem Hausen das innere Büro betrat. Der Deutsche wirkte aufgewühlt.

Rodgers erwiderte: »Ballon glaubt, daß Gérard Dominique der Kopf einer französischen Terroristengruppe ist, die unter dem Namen *Neue Jakobiner* auftritt. Ihre Aktivitäten gegen Einwanderer passen genau in das Bild, das wir von Dominique haben.«

»Und was hat der Colonel mit Dominique vor?« Hood bemerkte, wie sich Hausens Augen an Nancy vorbei auf ihn hefteten, als er den Namen Dominique erwähnte.

»Darüber haben wir nicht gesprochen«, entgegnete Rodgers. »Ich nehme an, daß er den offiziellen Auftrag hat, ihn und seinen Haufen einzusperren. Aber angesichts Dominiques Geld und Einfluß befürchtet Ballon offensichtlich, daß er davonkommen könnte.«

»Nicht ganz zu unrecht.« Hood sah Hausen noch immer an. Er dachte an die Morde an den zwei Mädchen. »Wie sieht es inoffiziell aus?«

»Ich hatte während des Gesprächs mit Ballon den Eindruck, daß er nichts dagegen hätte, wenn sein Opfer rein zufällig eine Betontreppe hinunterstürzen würde.«

»Das alles hört sich für mich so an, als hätten Sie eine Idee, wie wir in dieser Sache mit ihm zusammenarbeiten könnten, Mike.«

»In der Tat. Er braucht genaue Informationen, die ihm die Satellitenaufklärung nicht liefern kann.«

»Sie müssen nicht mehr sagen.« Hood warf einen Blick auf Matt Stolls so unschuldig wirkenden Rucksack. »Wie erreiche ich Colonel Ballon?«

Während Hood die Telefonnummer notierte, beobachtete er Hausen. Er hatte den Deutschen schon früher an diesem Tag erregt erlebt, aber jetzt verriet sein Gesicht noch mehr. Es schien, als wäre der Putz von 20 Jahren plötzlich davon abgebröckelt und hätte nur noch nackten, unkontrollierten Haß zurückgelassen. Hood teilte Rodgers mit, daß er ihn auf dem laufenden halten werde, und erinnerte McCaskey daran, der möge ihm die neuesten Informationen bezüglich Herbert mitteilen. Dann legte er auf und wandte sich Hausen zu.

»Wie ist's gelaufen«, fragte er.

»Miserabel. Der französische Botschafter will mich ›wissen lassen', wann wir einreisen dürfen. In diplomatischen Worten heißt das soviel wie: Scher dich zum Teufel.« Hausen durchbohrte Hood förmlich mit seinem Blick. »Was hatte das eben mit Dominique zu bedeuten?«

»Es gibt einen Offizier der Gendarmerie Nationale in Toulouse, der darauf brennt, M. Dominique dessen Kopf unter den Arm zu klemmen.« Er sah Nancy an. »Entschuldigung, aber so ist's nun mal.«

Sie verzog unglücklich den Mund. »Ich kann ihn verstehen. Aber ich glaube, es ist besser, wenn ich jetzt gehe.«

Sie wandte sich zum Gehen. Hood holte sie ein und ergriff ihre Hand.

»Nancy, geh nicht dorthin zurück.«

»Warum nicht? Denkst du, daß ich Schutz brauche, um eine Schlammschlacht zu überleben?«

Hausen wandte sich Stoll und Lang zu und bat sie, ihm mehr über das Spiel zu sagen.

Hood führte Nancy ein paar Schritte in den hinteren Teil des Büros. »Bei *dieser* Schlammschlacht schon. Wenn Ballon reinkommt, wird jeder Angestellte von Demain überprüft werden, und zwar soweit zurück wie möglich.«

»Es gibt Verjährungsfristen.«

»Das ist richtig. Du wirst keine gesetzlichen Konsequenzen zu tragen haben. Aber denk einmal an die schwarzen Listen. Welches Unternehmen würde jemanden einstellen, der Industriespionage betrieben, etwas unterschlagen hat oder in Insider-Geschäfte verwickelt war?«

»Ein Unternehmen wie Demain«, gab sie zurück.

Hood trat einen Schritt auf sie zu. Er hielt noch immer ihre Hand, und sein Griff wurde sanfter. Jetzt hielt er die Hand einer Frau, nicht die einer Gefangenen. »Es gibt nicht viele Unternehmen wie Demain – Gott sei Dank. Was sie tun, ist falsch. Was auch immer geschieht, du mußt nicht dorthin zurückgehen.«

»In jedem großen Unternehmen gibt es ein paar schwarze Schafe.«

»Nicht von dieser Art. Wenn diese Büchse der Pandora geöffnet wird, werden Hunderte, vielleicht Tausende von Menschen sterben. Die Welt wird sich ändern, und zwar nicht zum Besseren.«

Obwohl in ihre Augen zugleich Trotz und Traurigkeit traten, blieb ihre Berührung freiwillig. Hood wollte sie küssen, sie beschützen, sie lieben. Er fragte sich: *Mit welchem Recht erzähle ich ihr von Unmoral?*

»Du willst also nicht, daß ich zurückgehe«, sagte sie. »Und du willst, daß ich dir helfe, Dominique vor Gericht zu bringen.«

Seine Hand in ihrer, seine Augen auf ihren, sagte er leise: »Ja, das will ich.«

Die sehnsüchtige, zärtliche Art, in der er gesprochen hatte, trafen sie fast so hart wie die Wahl der Worte. Sie drückte seine Hand. Er erwiderte die Bewegung.

»Selbst wenn du ihn fassen kannst, wird Dominique die Gerechtigkeit der Reichen zuteil werden«, sagte Nancy. »Jene Gerechtigkeit, die die französische Regierung so liebt, weil sich mit ihr Ferienhäuser für Beamte finanzieren lassen.«

»Dominique wird sich nicht von allem, was er getan hat, freikaufen können.«

»Was ist mit mir? Wohin geht eine Verräterin?«

»Wenn alles vorbei ist, werde ich dir helfen. Ich sorge dafür, daß du Arbeit findest.«

»Vielen Dank«, sagte sie. »Hast du noch immer nicht kapiert, daß es nicht *das* ist, was ich von dir brauche, Paul?«

Sie wandte sich halb von ihm ab, blickte zu Boden und fuhr sich mit der Zunge über die Oberlippe. Hood hielt weiter ihre Hand. Es gab nichts, was er hätte sagen können, nichts, das keine falschen Hoffnungen in ihr geweckt hätte.

Nach einem Moment sah sie ihn wieder an. »Selbstverständlich werde ich dir helfen. Ich tue alles, was du von mir verlangst.«

»Danke«, sagte Hood.

»Nicht der Rede wert. Wozu sind Exverlobte denn sonst da?«

Hood berührte ihre Wange, dann ging er zu dem Notizblock, auf den er Ballons Nummer geschrieben hatte. Er drehte sich nicht zu Nancy um, während er die Ziffern eingab. Die Sehnsucht in seinen Augen hätte ihr die Antwort gegeben – eine Antwort, die es keinem von ihnen leichter gemacht hätte.

43

Donnerstag, 18 Uhr 44 – Wunstorf

Der Knall, den Bob Herbert gehört hatte, war nicht von der Pistole gekommen. Er wußte es, weil die Kugel sein Gehirn erreicht und ausgeschaltet hätte, bevor das Geräusch des Schusses an sein Ohr gedrungen wäre.

Außerdem nahm er wahr, daß das Geräusch von *oben* kam.

Schwer krachte der Ast durch die Bäume. Obwohl der Polizeibeamte zur Seite sprang, gelang es ihm nicht, der jungen Frau auszuweichen, die einen Augenblick später von dem Baum fiel. Sie landete auf ihm, und beide gingen zu Boden. Aber da sie oben gelegen hatte, kam sie zuerst wieder auf die

Füße. Er hatte die Waffe festgehalten, und die Frau trat ihm auf das Handgelenk, um sie ihm zu entwinden.

»Hier!« Sie schob Herbert die Pistole zu.

Er nahm sie auf und richtete sie auf den Kopf des Polizisten. Da der Mann sich nicht rührte, sah Herbert die junge Frau an. Unentschlossen stand sie links neben ihm, offensichtlich von dem Sturz benommen.

»Jody Thompson?« fragte er.

Sie nickte zweimal, noch immer heftig keuchend. Wahrscheinlich hämmerte das Herz des armen Kindes vor Angst.

»Mein Name ist Herbert. Bob Herbert. Ich arbeite für die amerikanische Regierung. Erlauben Sie mir, daß ich Ihnen für Ihre mutige Tat danke.«

Außer Atem, kam ihre Antwort in Bruchstücken: »Es ist nicht – das erste Mal, daß ich – auf einen Mann fliege.«

Er lächelte. Sie wirkte vor Angst aufgedreht, vielleicht auch vor Anstrengung. »Ich nehme an, daß Sie nicht grundlos von dem Baum fielen …«

»Nein. Ich hatte mich verlaufen und bin dort oben eingeschlafen. Als ich Sie hörte, wachte ich auf und sah, was er vorhatte.«

»Ich bin froh, daß Sie einen leichten Schlaf haben. Wir sollten jetzt aufpassen, daß unser Sportsfreund …«

»Vorsicht!« schrie Jody.

Herbert hatte dem Polizisten nicht den Rücken zugewandt, aber er hatte den Fehler begangen, das Mädchen anzuschauen. Der Deutsche stieß sich vom Boden ab, bevor der Amerikaner feuern konnte, und griff nach der Pistole. Der Rollstuhl kippte mit den beiden Männern nach hinten um, und vier Hände scharrten nach der Waffe.

Herbert verlor die Pistole im Kampf und gab die Suche danach auf. Auf dem Rücken liegend, den Polizisten auf sich, griff er unter die rechte Armlehne und zog seinen Urban Skinner aus der Scheide. Jody sprang den Polizisten von hinten an und riß an seinem Mantel, während sich Herberts Finger um das der Handfläche angepaßte Heft des Messers schlossen. Die fünf Zentimeter kurze Klinge stach zwischen Zeigefinger und Mittelfinger seiner rechten Faust hervor.

Der Polizist tastete noch immer suchend den Boden um Herbert und den Rollstuhl herum ab. Während Jody weiter schreiend an dem Deutschen zerrte, schoß Herberts linke Hand nach oben. Er bekam eine Handvoll schwarzes Haar zu packen und brachte den Kopf des Deutschen in Position. Dann stieß er das Messer ruckartig nach oben, in das weiche Fleisch unter dem Kinn des Polizisten. Er schnitt zum Herzen hin und durchtrennte sowohl die innere als auch die äußere Halsschlagader. Der Trapezmuskel außen am Hals verhinderte, daß das Messer austrat.

Der Deutsche hörte auf, nach der Waffe zu suchen, bewegte sich aber noch für einen Moment weiter. Er versuchte, das Messer von seinem Hals fortzudrücken, doch Herbert, der ihm weiterhin den Kopf mit einer Hand nach unten zog und mit der anderen die Klinge nach oben drückte, ließ das nicht zu. Er wollte verhindern, daß der Mann den Mund öffnete und schrie. Und er wollte verhindern, daß Jody, die noch immer über ihnen stand, sein Gesicht oder die Wunde sah.

Nach wenigen Sekunden bekam der Polizist Schwierigkeiten mit der Atmung. Er versuchte, von Herbert herunterzurollen, während sich sein Mund mit Blut füllte, das langsam zwischen den Zähnen hervorsickerte. Aber Herbert ließ ihn nicht aus der tödlichen Umklammerung.

Schmerzerfüllt und im Schock starrte der Deutsche auf den Boden, auf dem sich sein Blut ausbreitete. Er unternahm schwache, strampelnde Versuche, nach Herbert zu schlagen, dann spie er einen Blutschwall aus und sackte schlaff auf Herberts Brust zusammen.

Herbert wußte, daß der Mann diesmal nicht mehr aufstehen würde. Der Deutsche rührte sich nicht mehr, und Herbert befahl Jody, zurückzutreten und sich umzudrehen.

»Sind Sie sicher?« fragte sie.

»Ich bin sicher.«

Sie erhob sich zögernd. Sobald sie ein paar Schritte zurückgetreten war, schob Herbert den Deutschen von sich. Dann rollte er sich zur Seite, ganz aus seinem Stuhl heraus und von der Leiche fort. Er säuberte das Messer am Mantel des Polizisten und schob es in die Scheide zurück.

»Sind Sie in Ordnung, Jody?«

Sie nickte. »Ist er tot?«

»Ja. Es tut mir leid.«

Erneut nickte sie heftig.

Er wartete einen Moment, bevor er sagte: »Wenn Sie mir in meinen Stuhl zurückhelfen, können wir verschwinden.«

Jody bemühte sich, ihm aufzuhelfen. »Mr. Herbert ...«

»Bob.«

»Bob, was wissen Sie über die Leute, die mich umbringen wollten?«

Herbert rief sich die Satellitenaufnahmen der Gegend in Erinnerung. »Ich glaube, daß sie nördlich von hier an einem See sind.«

»Wie weit nördlich?«

»Ein paar Kilometer.« Er nahm sein Telefon. »Ich werde meine Vorgesetzten darüber informieren, daß ich Sie gefunden habe, Sie nach Hamburg bringe und von dort aus in ein Flugzeug nach Hause setze.«

»Ich will noch nicht nach Hause.«

»Warum nicht? Sind Sie müde oder verletzt? Haben Sie Hunger? Ich habe nichts zu essen ...«

»Nein, nichts dergleichen. Während ich auf dem Baum saß, konnte ich nur daran denken, wie sehr ich sie hasse.«

»Mir geht es genauso. Menschen dieses Schlages haben mir meine Beine und meine Frau genommen, ohne daß die Gründe dafür heute noch von Bedeutung wären.«

»Ich dachte auch, daß ich vielleicht aus einem bestimmten Grund überlebt habe.«

»Ganz sicher. Sie sollen zu Ihrer Familie heimkehren.«

»Wenn das stimmt, dann werde ich auch zu ihr zurückkehren. Aber erst später. Ich will an diesen Zuständen etwas ändern.«

»Sehr gut. Verkaufen Sie die Filmrechte an Ihrer Geschichte, wenn Sie wieder in den Staaten sind. Ich meine es ernst. Berichten Sie den Leuten davon, was in der Welt vorgeht. Aber sorgen Sie dafür, daß ich von Tom Selleck gespielt werde, okay? Außerdem dürfen Sie die kreative Leitung nicht aus den Händen geben. Sonst wird alles verdreht und verfälscht.«

»Ich habe Film studiert. Wir hatten bis jetzt noch keinen Höhepunkt.«

Herbert schnitt eine Grimasse. »Unsinn.« Er spreizte seine Finger in Schlagzeilenbreite und zog sie quer durch die Luft. »›Mädchen aus Long Island hilft Regierungsbeamtem, deutschen Neonazipolizisten zu töten.‹ Das scheint mir ein verdammt gelungener Höhepunkt zu sein.«

»Nein. Ein besserer wäre: ›Amerikanisches Mädchen erfüllt Großvater mit Stolz durch ihren Kampf gegen die alten Feinde.‹ Mehr Substanz, weniger Sensation.«

»Sie sind verrückt.« Herbert tippte bereits eine Nummer in sein Telefon. »Wie wir in Beirut zu sagen pflegten: ›Mutig, aber übergeschnappt.‹«

»Manchmal muß man tun, was man tun muß.« Jody ging zu dem Polizisten hinüber. Sie nahm die Pistole an sich und wischte den Schmutz daran an ihrer Jeans ab.

»Legen Sie sie hin«, sagte Herbert. »Sonst geht sie noch zufällig los und ruft Verstärkung herbei.«

Jody untersuchte die Waffe. »Wir haben in unserem Film auch eine P38 wie die hier verwendet. Der Requisiteur hat mir gezeigt, wie man damit umgeht.«

»Welch großes Glück für ihn. Haben Sie sie abgefeuert?«

Sie nickte. »Ich traf einen Baumstumpf aus zehn Schritten Entfernung.«

»Sehr schön. Aber zwei Dinge müssen Sie wissen: Erstens ist das eine P5, keine P1, wie der offizielle Name der Walther P38 lautet, die Sie benutzt haben – die Waffen ähneln sich ziemlich und sind beide Kaliber 9 mal 19 Millimeter –, und zweitens schießen Baumstümpfe nicht zurück. Das können Menschen um einiges besser.«

Herbert hatte die Nummer eingegeben und wartete. Jody preßte die Lippen aufeinander und kam zu ihm herüber. Sie berührte die Gesprächstaste und unterbrach damit die Verbindung.

»He! Nehmen Sie die Finger da weg.«

»Vielen Dank für Ihre Hilfe, Mr. Herbert – Bob, aber ich gehe jetzt.«

»Nein, das werden Sie nicht. Da draußen sind möglicherweise Hunderte verrückter Neonazis, und Sie wissen nicht, was Sie erwartet.«

»Ich glaube schon.«

»Nein, verdammt noch mal! Die Frau, die Sie gefangengenommen hat, war Karin Doring. Wissen Sie, warum sie Sie nicht umgebracht hat? Aus reiner Höflichkeit von Frau zu Frau.«

»Ich weiß. Sie hat es mir gesagt.«

»Sie wird diesen Fehler kein zweites Mal begehen, und die Stiefellecker, die für sie arbeiten, werden den Fehler kein *einziges* Mal begehen. Verdammt, Sie kommen wahrscheinlich nicht mal an den Wachen vorbei.«

»Ich finde einen Weg. Ich kann mich sehr gut anschleichen.«

»Okay, gehen wir mal davon aus. Oder gehen wir davon aus, daß die Wachen dämlich genug sind oder schlafen oder beides – was tun Sie, wenn Sie dort sind? Wollen Sie Karin Doring umbringen?«

»Nein. Damit würde ich mich auf eine Stufe mit ihr stellen. Ich will nur, daß sie mich sieht. Sie soll kapieren, daß ich überlebt habe und mich nicht vor ihr fürchte. Sie hat mir in dem Wohnmobil absolut nichts gelassen – keine Hoffnung, keine Würde, nichts. Ich muß etwas davon wiedergewinnen.«

»Aber das haben Sie doch schon!«

»Sie meinen das, was Sie jetzt sehen? Das ist kein Stolz, das ist Beschämung. Die Angst vor der Entwürdigung. Die Angst, daß ich zu feige sein könnte, ihr noch mal zu begegnen. Ich muß ihr ein Ohr abbeißen.«

Herbert war perplex. »Wie bitte?«

»Das hat mein Großvater einmal getan. Wenn es mir nicht gelingt, werde ich nie mehr in einen dunklen Raum hinein- oder eine einsame Straße entlanggehen können, ohne mich zu fürchten. Mein Großvater sagte auch, daß Hitler die Menschen mit Hilfe der Angst beherrschte. Diese Leute sollen wissen, daß sie mich nicht eingeschüchtert haben. Das geht nur, wenn ich in ihr Lager eindringe.«

Herbert rollte eine halbe Umdrehung an sie heran. »Darin

liegt ein Körnchen Wahrheit, aber dadurch, daß Sie dort hingehen, erreichen Sie gar nichts. Sie werden zehn Sekunden lang Erleichterung verspüren, bevor man Sie in den Staub tritt.«

»Nicht wenn Sie mir helfen.« Jody beugte sich zu ihm herunter. »Ich will ihnen mein Gesicht zeigen, das ist alles. Wenn ich jetzt nicht fortlaufe, werde ich vor nichts mehr davonlaufen. Aber wenn ich fortlaufe, dann hat diese Hexe gesiegt. Dann hat sie einen wichtigen Teil von mir getötet.«

Herbert hatte dem kein Argument mehr entgegenzusetzen. Wenn er an Jodys Stelle gewesen wäre, hätte er genau das gleiche tun wollen und wahrscheinlich sogar noch eins draufgesetzt. Aber das hieß nicht, daß er sie einfach gehen lassen würde.

»Haben Sie mal überlegt, wie ich wieder mit mir ins reine kommen soll, falls Ihnen etwas zustößt?« fragte er. »Außerdem – denken Sie mal scharf nach: Sie sind ruhig geblieben, Sie haben zurückgeschlagen, und Sie haben mein Leben gerettet – es gibt nichts mehr, das Sie noch beweisen müßten.«

»Etwas von mir ist noch da draußen. Ich werde gehen, und Sie können mich nicht daran hindern. Ich bin schneller als Sie.«

»Lassen Sie sich nicht von dem Rollstuhl täuschen, Jody Joyner-Kersee. Wenn ich will, kann ich fliegen.« Herbert schob ihre Hand fort und begann erneut zu wählen. »Außerdem kann ich Sie nicht sterben lassen. Wir brauchen Sie bei einer Gerichtsverhandlung. Ich habe heute morgen einen deutschen Regierungsbeamten getroffen, den Staatssekretär des Auswärtigen Amtes Richard Hausen. Er hat sich der Zerschlagung dieser Gruppen verschrieben. Holen Sie sich Ihre Rache auf diese Art.«

»Er hat sich ihrer Zerschlagung verschrieben«, wiederholte Jody. »Aber wahrscheinlich haben die sich genauso seiner Zerschlagung verschrieben. Hunderte gegen einen – wer, glauben Sie, wird gewinnen?«

»Das kommt darauf an, wer dieser eine ist.«

»Ganz genau.«

Herbert sah sie an. »Touché. Aber Sie gehen trotzdem nicht.«

Jody verzog den Mund. Sie richtete sich auf und ging davon. »Scheiße. Scheiße. Scheiße.«

»Jody, seien Sie still!« zischte Herbert. »Kommen Sie zurück – Jody!«

Aber Jody schüttelte den Kopf und ging weiter. Fluchend steckte Herbert das Telefon in die Halterung zurück und nahm die Verfolgung auf. Er rollte zwischen einer Baumgruppe hindurch einen kleinen Lehmhügel hinauf – und hörte plötzlich hinter sich Äste knacken. Er blieb stehen, horchte und fluchte erneut.

Irgend jemand kam. Entweder hatten sie Jody und ihn gehört, oder sie kamen, um nach dem Polizisten zu suchen. Aber der Grund spielte keine Rolle. Jody war ungefähr 20 Schritte entfernt und bewegte sich immer weiter fort. Er konnte nicht nach ihr rufen, ohne sich zu verraten. Es gab nur eine Möglichkeit.

Unter den Blättern herrschte bleiernes Grau. Langsam und leise rollte Herbert hinter einen der Bäume. Er lauschte.

Zwei Paar Schritte näherten sich. Ungefähr an der Stelle, an der die Leiche lag, hielten sie an. Die Frage war, ob sie sich zurückziehen oder ihren Weg fortsetzen würden.

Nach einer kurzen Weile bewegten sich die Schritte in seine Richtung weiter. Er zog seinen Stock unter der Armlehne hervor und wartete. Jody entfernte sich nach rechts. Er ärgerte sich, weil er sie nicht rufen und auffordern konnte stehenzubleiben.

Er versuchte, mit Hilfe der Zwerchfellatmung ruhiger zu werden. »Buddha-Bauch« hatten sie diese Atemtechnik im Rehabilitationszentrum genannt. Dort hatte man ihm auch beigebracht, daß ein Mann nicht daran gemessen wurde, ob er laufen konnte, sondern daran, ob er fähig war zu handeln …

Zwei Männer gingen vorbei. Er erkannte ihre blaugrauen Windjacken wieder – die Männer aus dem Lieferwagen. Herbert wartete, bis sie vorbei waren. Dann rollte er rasch hinter den zweiten Mann, schwang seinen Stock seitwärts und traf ihn hart auf den Oberschenkel. Der Mann kippte zur Seite.

Als sich sein Komplize umdrehte, die Maschinenpistole im Anschlag, riß Herbert den Stock hoch und schlug ihn ihm auf die linke Kniescheibe. Der Mann stürzte kopfüber auf Herbert zu, der ihm einen zweiten Schlag auf den Kopf versetzte. Als der erste Neonazi stöhnend versuchte, wieder auf die Beine zu gelangen, hieb Herbert ihm den Knüppel in den Nakken. Bewußtlos brach er zusammen. Herbert schnaubte verächtlich und sah auf die beiden hinunter.

Ich sollte sie umbringen, dachte er, während er mit einer Hand nach dem Urban Skinner tastete. Aber er wußte, daß er sich dann auf eine Stufe mit ihnen gestellt hätte. Statt dessen schob er seinen Stock unter die Armlehne zurück und raste hinter Jody her.

Obwohl er, so schnell er konnte, durch die blauschwarze Dunkelheit des Waldes rollte, wußte er, daß sie wahrscheinlich einen zu großen Vorsprung hatte, als daß er sie noch hätte einholen können. Für einen Moment dachte er daran, Hausen anzurufen und ihn um Hilfe zu bitten – aber konnte er Hausen trauen? Paul zufolge hatte der Politiker nicht einmal gewußt, daß sein persönlicher Assistent ein Neonazi war. Die Polizei zu rufen kam auch nicht in Frage. Er hatte einen Mann getötet, und man würde ihn wahrscheinlich abtransportieren, bevor er eine Chance hätte, Jody zu befreien. Selbst wenn die Polizei auf der Seite des Gesetzes stünde – welche unterbesetzten Ordnungshüter würden auf dem Höhepunkt der Chaostage in ein entlegenes Lager von militanten Radikalen einmarschieren? Besonders dann, wenn diese Radikalen kaltblütig Mitglieder eines Filmteams ermordet hatten?

Wie er es in seinen frühen Tagen beim Geheimdienst gelernt hatte, resümierte Herbert kurz alles, was er definitiv wußte. Erstens: In dieser Situation konnte er sich nur auf sich selbst verlassen. Zweitens: Falls Jody das Lager vor ihm erreichte, würde sie getötet werden. Drittens: Wahrscheinlich würde sie das Lager vor ihm erreichen.

Er hob die kurze Maschinenpistole – eine tschechische Skorpion – auf, legte sie in seinen Schoß und rollte ihr hinterher.

44

Donnerstag, 18 Uhr 53 – Toulouse

Während Colonel Ballon die Monitore beobachtete, dachte er darüber nach, wie wenig ihn – so ging es den meisten Franzosen – die Amerikaner interessierten. Ballon hatte zwei jüngere Schwestern, die in Quebec lebten und ständig davon erzählten, wie anmaßend, herrschsüchtig, eingebildet und *zu verdammt nah* die Amerikaner seien. Seine eigenen Erfahrungen mit Touristen in Paris, wo er stationiert gewesen war, belegten auf für ihn eindeutige Weise, worin das Problem bestand: Die Amerikaner wollten Franzosen sein. Sie tranken, rauchten und kleideten sich wie Franzosen – sie ahmten sogar deren Kunstsinn und Unbekümmertheit nach. Aber sie weigerten sich, wie Franzosen zu sprechen. Sogar in Frankreich erwarteten sie von jedem, daß er Englisch sprach.

Dann gab es da noch das Militär. Wegen des gescheiterten Rußlandfeldzuges Napoleons und des Zweiten Weltkrieges nahmen sie an, daß Mitglieder der französischen Streitkräfte nicht mit amerikanischen Soldaten zu vergleichen wären und nicht mehr als die Knochen verdienten, die jene ihnen zuwarfen.

Aber Bonaparte und die Maginot-Linie waren Ausrutscher in einer ansonsten stolzen Militärgeschichte, sagte Ballon sich. Ohne die Hilfe französischer Armeen für George Washington würden die Vereinigten Staaten nicht existieren. Aber das würden die Amerikaner niemals zugeben. Genausowenig wie sie den Lumière-Brüdern zugestanden, die bewegten Bilder vor Edison erfunden zu haben. Oder daß die Montgolfier-Brüder und nicht die Brüder Wright den Menschen das Fliegen beigebracht hatten. Das einzig Positive an den Amerikanern war, daß sie es ihm ermöglichten, neben den Deutschen noch ein anderes Volk zu hassen.

Sein Telefon summte, und er starrte für einen Moment darauf. Das würde er sein. Paul Hood. Ballon wollte nicht wirklich mit diesem Mr. Hood sprechen, aber noch weniger wollte er Dominique entkommen lassen. Nachdem auch dieses

Problem – schnell wie immer – gelöst worden war, riß er den Hörer an sein Ohr.

»Oui?«

»Colonel Ballon?«

»Oui.«

Der Anrufer sagte, ohne zu zögern: *»Je suis Paul Hood. Vous avez besoin d'assistance?«*

Ballon war perplex. *»Oui«*, antwortete er. *»Ah – vous parlez la langue?«*

»Je la parle un peu.«

Hood sprach also ein wenig Französisch. »Dann unterhalten wir uns auf englisch«, sagte Ballon. »Ich möchte nicht Zeuge werden, wie Sie meine Sprache vergewaltigen. In dieser Hinsicht bin ich sehr eigen.«

»Ich verstehe«, sagte Hood. »Sechs Jahre Französisch in der High School und auf dem College haben mich leider nicht zu einem Sprachgenie gemacht.«

»In der Schule lernen wir gar nichts. Das Leben macht uns zu dem, was wir sind. Aber reden ist nicht leben, und in einem Zimmer herumzusitzen auch nicht. Mr. Hood, ich will Dominique. Man hat mir gesagt, daß Sie über Ausrüstung verfügen, mit der es für mich einfacher wird, ihn zu kriegen.«

»Das ist richtig.«

»Wo sind Sie?«

»In Hamburg.«

»Sehr gut. Sie können mit einem der Airbusse, auf denen Dominiques Vater sein Vermögen begründet hat, herfliegen. Wenn Sie sich beeilen, sind Sie in ungefähr zwei Stunden hier.«

»Wir kommen.«

»Wir?« Ballon fühlte, wie sein Eifer erlosch. »Wer ist noch bei Ihnen?«

»Der Staatssekretär des Auswärtigen Amtes Richard Hausen und zwei meiner Begleiter.«

Ballon hatte finster dreingeblickt. Jetzt fiel seine Laune auf den Nullpunkt. *Muß es auch noch ein Deutscher sein?* dachte er. *Und ausgerechnet* dieser *Deutsche. Gott liebt mich nicht mehr.*

»Colonel Ballon, sind Sie noch dran?«

»Ja«, erwiderte er mürrisch. »Jetzt kann ich also nicht einfach nur zwei Stunden hier herumsitzen und warten, sondern ich muß mich mit meiner Regierung herumschlagen, um einen mediengeilen deutschen Regierungsbeamten zu einem inoffiziellen Besuch nach Frankreich einzuschleusen.«

»Ich habe einen anderen Eindruck von ihm«, sagte Hood. »Aufmerksamkeit kann uneigennützig sein, wenn die Sache sie verdient.«

»Belehren Sie mich nicht über Selbstlosigkeit. Er ist ein General. Ich kämpfe in den Schützengräben.« Rasch fügte Ballon hinzu: »Aber darüber müssen wir nicht diskutieren. Ich brauche Sie, Sie wollen ihn – damit ist das Thema erledigt. Ich werde ein paar Anrufe tätigen und Sie um acht Uhr am Aerodrôme de Lasbordes erwarten.«

»Warten Sie. Nachdem Sie Ihre Fragen gestellt haben, würde ich gerne meinerseits etwas wissen.«

»Schießen Sie los.«

»Wir gehen davon aus, daß Dominique eine Online-Kampagne vorbereitet, mit der Haßspiele verbreitet, Ausschreitungen angezettelt und Regierungen destabilisiert werden sollen.«

»Ihr Mitarbeiter General Rodgers hat mir alles über dieses Chaos-Projekt erzählt.«

»Gut. Hat er Ihnen auch erzählt, daß wir ihn stoppen wollen, nicht einschüchtern?«

»Nicht mit so vielen Worten. Aber ich halte Dominique für einen Terroristen. Wenn Sie mir helfen können, das zu beweisen, werde ich in seine Fabrik gehen und ihn stoppen.«

»Man hat mir erzählt, daß er sich schon früher der Verhaftung entziehen konnte.«

»Das ist richtig. Aber ich beabsichtige, mehr zu tun, als ihn nur zu verhaften. Gestatten Sie mir, Ihnen einen kurzen Überblick zu geben, der alle Ihre Fragen beantworten wird: Wir Franzosen stehen sehr fest hinter unseren Unternehmern. Sie haben den Winter unserer Wirtschaft überdauert und sich entwickelt, obwohl ihnen die Regierung Handfesseln angelegt hat. Ich muß mit einigem Bedauern zugeben, daß viele Franzosen die Taten der *Neuen Jakobiner* gutheißen. Niemand hier mag Einwanderer, und die *Neuen Jakobiner* attackieren sie wie ein Rudel Wildhunde. Wenn die Leute wüßten, daß Dominique hinter diesen Angriffen steckt, würde er wie ein Held gefeiert werden.«

Ballons Blick brannte sich durch den Bildschirm eines der Computer. Vor seinem geistigen Auge sah er Dominique, wie er selbstgefällig und entspannt in seinem Büro saß. »Aber auch wenn wir Franzosen ein gefühlsbetontes Volk sind, so streben doch die meisten von uns nach Eintracht. Wir glauben, daß fast alle Wunden heilen. Wir glauben an die Harmonie. Ihr Amerikaner haltet das für Kapitulation, ich betrachte es als zivilisiertes Handeln. Dominique ist nicht zivilisiert. Er verstößt gegen Gottes Gesetze und gegen die Gesetze Frankreichs. Wie sein Vater besitzt er ein Bewußtsein aus Diamant – nichts kann seine Oberfläche zerkratzen. Es ist meine fest Absicht, ihn für seine Verbrechen zur Rechenschaft zu ziehen.«

»Ich glaube an moralische Kreuzzüge«, sagte Hood, »und ich unterstütze den ihren mit allen Ressourcen meiner Organisation. Aber Sie haben mir noch immer nicht gesagt, wohin dieser Kreuzzug führen soll.«

»Nach Paris.«

»Ich höre.«

»Ich beabsichtige, Dominique zu verhaften, seine Unterlagen und Software zu konfiszieren und anschließend aus der Gendarmerie auszutreten. Dominiques Anwalt wird darum bemüht sein, einen Prozeß zu verhindern. Während das Verfahren in der Schwebe hängt, werde ich mich mit einem Katalog seiner Verbrechen an die Medien wenden. Ich werde die Morde und Vergewaltigungen, die er begangen oder angeordnet hat, seine Steuerhinterziehungen, seine Unterschlagungen und Veruntreuungen und vieles mehr, das ich als Regierungsangestellter nicht enthüllen darf, ans Licht der Öffentlichkeit zerren.«

»Das ist eine dramatische Geste. Aber wenn die französischen Gesetze nur im entferntesten mit den amerikanischen zu vergleichen sind, werden Sie öffentlich gegeißelt und gevierteilt werden.«

»Das ist richtig. Aber mein Prozeß wird Dominiques Prozeß sein. Wenn alles vorbei ist, wird er geächtet und erledigt sein.«

»Genau wie Sie.«

»Nur, was diese Karriere betrifft. Ich werde eine andere ehrenwerte Arbeit finden.«

»Sind Ihre Mitarbeiter der gleichen Ansicht wie Sie?«

»Nicht alle«, gab Ballon zu. »Ihr Engagement bleibt im Rahmen der – wie heißt das Wort? Grenzen? Limits?«

»Parameter«, sagte Hood.

»Genau.« Ballon schnippte mit den Fingern. »Im Rahmen der Parameter der Mission stehen meine Mitarbeiter hinter mir. Mehr verlange ich auch von Ihnen nicht. Wenn Sie mir helfen zu beweisen, was Demain tut, wenn Sie mir einen Grund geben, dort einzudringen, dann können wir Dominique zur Strecke bringen. Heute noch.«

»Das genügt mir. Auf die eine oder andere Weise werden wir hineingelangen.« Hood fügte hinzu: *»Et merci.«*

Ballon antwortete ebenfalls mit einem schroffen »Danke«, dann drückte er mit einem Finger die Gabel herunter.

»Gute Neuigkeiten?« fragte Sergeant Ste. Marie.

»Sehr gute Neuigkeiten«, antwortete Ballon ohne Begeisterung. »Wir haben Hilfe. Unglücklicherweise sind es ein Amerikaner *und* ein Deutscher. Richard Hausen.«

Ste. Marie stöhnte. »Wir können alle nach Hause gehen. Der Hunne wird Dominique im Alleingang erledigen.«

»Wir werden sehen, wie lange sein Mut hält, wenn keine Reporter in der Nähe sind, um ihn zu bewundern.« Ballon gab sich einem kurzen nachträglichen Wutanfall hin und wiederholte: »Ein Amerikaner *und* ein Deutscher.« Dann rief er einen alten Freund im CDT, dem Comité Departemental de Tourisme, an und fragte, ob man dort in die andere Richtung sehen könne, wenn das Flugzeug lande, oder ob er sich mit den territorialen Fleischfressern in Paris anlegen müsse ...

45

Donnerstag, 18 Uhr 59 – Hamburg

Martin Lang sprach in sein Funktelefon, während Hood Matt Stoll dabei half, die Ausrüstung zusammenzupacken. Lang telefonierte mit dem Flughafen am Stadtrand von Hamburg und erteilte Anweisung, den firmeneigenen Jet startklar zu machen. Als Stoll den Reißverschluß seines Rucksacks zuzog, wirkte er besorgt.

»Vielleicht habe ich etwas nicht mitbekommen, als Sie es Mr. Lang erklärten«, sagte er, »aber könnten Sie mir noch mal sagen, warum ich nach Frankreich muß?«

»Sie werden die Demain-Fabrik in Toulouse mit dem T-Bird durchleuchten«, erklärte Hood.

»Diesen Teil habe ich noch verstanden. Aber jemand anderes wird reingehen, nicht wahr? Arbeiten die auch professionell?«

Hood sah von Stoll zu Hausen. Der Deutsche stand im Gang zwischen den beiden Büros und telefonierte, um die Starterlaubnis für Langs Learjet 36A zu erhalten. Das Flugzeug war für zwei Besatzungsmitglieder und sechs Passagiere ausgelegt und besaß eine Reichweite von knapp 5000 Kilometern. Bei einer durchschnittlichen Geschwindigkeit von ungefähr 800 Stundenkilometern würden sie planmäßig ankommen.

»Fertig«, sagte Lang und legte auf. Er blickte auf seine Armbanduhr. »Das Flugzeug wartet um halb acht auf uns.«

Hood beobachtete Hausen noch immer. Plötzlich schoß ihm ein Gedanke durch den Kopf – ein Gedanke, der ihm zuerst einen Schauder über den Rücken jagte und ihn dann beinahe rasend machte. Hausens Mitarbeiter hatte ihn hintergangen. Was wäre, wenn das ganze Büro abgehört wurde?

Er nahm Stoll beiseite. »Matt, ich fange an, nachlässig zu werden. Dieser Junge, der für Hausen gearbeitet hat, Reiner … Er hätte eine Wanze hierlassen können.«

Stoll nickte. »Eine wie diese, meinen Sie?« Er griff in seine Hemdtasche und zog ein zusammengefaltetes Stück Zellophanpapier heraus. Darin befand sich ein Objekt mit der Form eines Gummipropfens, wenig größer als ein Stecknadelkopf. »Ich habe den Raum gecheckt, während Sie fort waren. Im Eifer des Gefechts, mit dem Haßspiel auf dem Bildschirm und all dem anderen, habe ich vergessen, es Ihnen zu sagen.«

Hood seufzte und drückte Stolls Schulter. »Wenn wir Sie nicht hätten, Matt.«

»Heißt das, daß ich dableiben kann?«

Hood schüttelte den Kopf.

»Man wird ja mal fragen dürfen«, meinte Stoll freudlos.

Hood wandte sich ab und ärgerte sich über sich selbst, weil er etwas derart Wichtiges übersehen hatte. Er blickte Nancy an, die zu ihm herübergekommen war. Sie traten jetzt in eine potentiell gefährliche Phase ein, in der ein Fehler die Mission, eine Karriere oder ein Leben kosten konnte.

Du mußt dich auf deine Arbeit konzentrieren, erinnerte er sich selbst. *Du darfst dich nicht von Nancy und all diesen Was-hätte-sein-können-Szenarien ablenken lassen.*

»Stimmt was nicht?« fragte Nancy.

»Nein.«

»Du machst dir Vorwürfe.« Sie lächelte. »Ich erinnere mich noch genau an diesen Gesichtsausdruck.«

Hood errötete. Er sah sich um, um sich zu vergewissern, daß Stoll sie nicht beobachtete.

»Schon gut«, sagte Nancy.

»Was?« fragte er ungeduldig. Er wollte endlich nach draußen, um diese verführerische Nähe zu brechen.

»Es ist menschlich, hin und wieder einen Fehler zu begehen oder etwas zu wollen, das einem nicht gehört. Manchmal will man sogar etwas zurück, das einem einmal gehört hat.«

Hood suchte mit den Augen nach Hausen, wollte dabei aber den Eindruck vermeiden, er würde sich von Nancy abwenden, auch wenn das der Grund war. Sie schien es zu spüren, denn sie trat zwischen die beiden Männer.

»Mein Gott, Paul, warum bürdest du dir diese Last auf? Diese Last, so perfekt zu sein?«

»Nancy, jetzt ist nicht die Zeit und der Ort ...«

»Warum nicht? Denkst du, wir werden noch eine weitere Gelegenheit haben?«

»Nein, das werden wir wahrscheinlich nicht«, antwortete er offen.

»Vergiß mich für einen Moment. Denk an dich selbst. Als wir jünger waren, hast du hart gearbeitet, um nach oben zu kommen. Jetzt *bist* du oben und quälst dich noch immer. Wofür? Willst du ein Zeichen für deine Kinder oder für deine Untergebenen setzen?«

»Weder noch«, gab er mit leichter Schärfe zurück. Warum trampelten nur immer alle Menschen wegen seiner Moral, seiner Arbeit oder aus anderen Gründen auf ihm herum? »Ich versuche nur zu tun, was richtig ist. Persönlich, beruflich – das, was richtig ist. Wenn das für andere zu simpel oder zu allgemein ist, dann ist das nicht mein Problem.«

»Wir können gehen.« Hausen steckte das Telefon in seine Jackentasche und kam rasch auf Hood zu. Er war freudig erregt und sich der Tatsache offenbar nicht bewußt, daß er ein Gespräch unterbrach. »Die Regierung hat uns die sofortige Starterlaubnis erteilt.« Er wandte sich an Lang. »Ist alles bereit, Martin?«

»Das Flugzeug steht zu Ihrer Verfügung«, gab Lang zurück. »Ich komme nicht mit. Ich wäre nur im Weg.«

»Verstehe«, meinte Hausen. »Dann sollten wir anderen jetzt besser aufbrechen.«

Stoll kämpfte sich in die Träger seines Rucksacks mit dem T-Bird. »Na klar«, murmelte er verdrießlich. »Warum sollte ich auch ins Hotel gehen, um ein heißes Bad zu nehmen und den Zimmerservice anzurufen, wenn ich nach Frankreich fliegen und dort Terroristen jagen kann?«

Hausen streckte einen Arm in Richtung der Tür aus. Er hatte die übereifrige, ungeduldige Art eines Mannes an sich, der seine abendlichen Gäste in die Nacht hinausscheucht. Den ganzen Tag lang hatte Hood ihn nicht so agil erlebt. War dieser Mann – wie er vermutete – Ahab, der sich endlich dem weißen Wal näherte, oder war er – wie Ballon glaubte – ein Politiker, der kurz davor stand, einen unerwarteten Publicity-Erfolg zu landen?

Hood nahm Nancys Hand und wollte mit ihr zur Tür gehen, doch sie widersetzte sich. Er blieb stehen und drehte sich um. Sie war nicht länger die selbstbewußte Frau, die vor dem Park auf ihn zugekommen war. Jetzt stand eine traurige und einsame Frau vor ihm, verführerisch in ihrer Einsamkeit.

Er wußte, was sie dachte. Daß sie sich ihnen hätte entgegenstellen sollen, ihnen nicht hätte helfen sollen zu zerstören, was von ihrem Leben übriggeblieben war. Als er sie so dastehen sah, spielte er mit dem Gedanken, ihr zu sagen, was sie hören wollte, sie anzulügen und zu behaupten, daß sie es noch einmal versuchen könnten. Es war seine Aufgabe, die Nation zu schützen, und dafür brauchte er ihre Hilfe.

Wenn du zu dieser Lüge einmal fähig gewesen bist, dachte er, *dann kannst du auch Mike, deine Mitarbeiter, den Kongreß und sogar Sharon belügen.*

»Nancy, du wirst Arbeit haben«, sagte er zu ihr. »Ich habe versprochen, daß ich dir helfen werde, und dazu stehe ich.« Er wollte sie wieder daran erinnern, wer wen verlassen hatte, aber welchen Sinn hätte das gehabt? Frauen waren nicht logisch oder fair.

»Das ist mein Problem, nicht deines.« Es war, als hätte sie seine Gedanken erraten und wäre entschlossen, ihm das Gegenteil zu beweisen. »Du sagst, daß du meine Hilfe brauchst, wenn ihr im Gebäude seid. Na schön. Ein zweites Mal werde ich dich nicht im Stich lassen.«

Sie warf ihren Kopf zurück, wie sie es in der Hotelhalle getan hatte, und ging auf Hausen zu. Das lange blonde Haar flog zur Seite, als wischte sie damit Zweifel und Ärger fort.

Hausen bedankte sich bei ihr und den anderen, während sie zu fünft den Aufzug für die kurze, schnelle Fahrt nach unten in die Eingangshalle betraten.

Hood stand neben Nancy. Er wollte ihr ebenfalls danken, aber Worte allein schienen nicht zu genügen. Ohne sie anzusehen, drückte er ihre Hand und ließ sie dann rasch wieder los. Aus den Augenwinkeln sah er, wie Nancy mehrmals blinzelte. Sonst änderte sich an ihrem stoischen Gesichtsausdruck nichts.

Er konnte sich nicht daran erinnern, wann er sich einem Menschen zuletzt so nahe und gleichzeitig so fern gefühlt hatte. Es war frustrierend, sich weder in die eine noch in die andere Richtung bewegen zu können, und er hatte nur den Hauch einer Ahnung davon, um wieviel schlechter sich Nancy fühlen mußte.

Da teilte sie sich ihm mit, indem sie seine Hand nahm und sie nicht mehr losließ, während Tränen in ihre Augen stiegen. Der leise elektronische Ton, mit dem der Aufzug in der Halle hielt, brach ihre Berührung, aber nicht den Bann zwischen ihnen. Sie ließ seine Hand los, und sie gingen mit geradeaus gerichteten Blicken auf den wartenden Wagen zu.

46

Donnerstag, 13 Uhr 40 – Washington, D.C.

Als Darrell McCaskey ein Kind in seiner Heimatstadt Houston, Texas, gewesen war, hatte er sich seine eigene Smith & Wesson Automatik aus Balsaholz geschnitzt und sie im Hosenbund ständig bei sich getragen, wie es – so hatte er gelesen – die echten FBI-Agenten taten. Vorne an die Waffe hatte er eine Öse geschraubt und dann ein Gummiband an diesem »Visier« befestigt. Wenn das Gummiband unter den Hammer geklemmt und anschließend gelöst wurde, konnte er kleine Kartonstücke wie Kugeln abfeuern. Er bewahrte die Kartonstücke in seiner Hemdtasche auf, wo sie schnell greifbar und sicher waren.

Darrell trug die Pistole vom Beginn der sechsten Klasse an, unter seinem zugeknöpften Hemd versteckt. Sie verlieh ihm einen John-Wayne-Gang, und deswegen verspotteten ihn die anderen Kinder, aber Darrell machte sich nichts daraus. Sie verstanden nicht, daß es in der Verantwortung jedes einzelnen lag und eine Vollzeitaufgabe war, das Gesetz zu hüten. Er war als Kind sehr klein gewesen. Angesichts der überall aus dem Boden schießenden Hippies und Yippies, der ständigen Demonstrationen und Sit-ins hatte er sich mit diesem Schutz am Gürtel einfach besser gefühlt.

Darrell erschoß den ersten Lehrer, der ihm die Pistole wegnehmen wollte. Nachdem er einen Aufsatz geschrieben hatte, für den er ausführlich die Verfassung und das verbriefte Recht, Waffen zur tragen, studiert hatte, war ihm gestattet worden, die Pistole zu behalten – vorausgesetzt, er benutzte sie zu keinem anderen Zweck als zur Selbstverteidigung gegen Radikale.

Als er in den FBI-Dienst eingetreten war, hatte McCaskey mit Begeisterung Observationen und Ermittlungen durchgeführt. Noch besser hatte ihm die Unabhängigkeit gefallen, die er später als Assistant Special Agent genossen hatte. Nach seinem Aufstieg zum verantwortlichen und in der Folge zum leitenden Special Agent war er in eine gewisse Frustration verfallen, weil es weniger Gelegenheit gegeben hatte, in den Straßen unterwegs zu sein.

Als ihm der Posten des Chefs der Einheit von Dallas angeboten worden war, hatte er die Beförderung hauptsächlich seiner Frau und seinen drei Kindern zuliebe angenommen. Die Bezahlung war besser gewesen, der Job sicherer, und seine Familie hatte ihn häufiger zu Gesicht bekommen. Aber während er hinter seinem Schreibtisch gesessen und die Aktionen anderer koordiniert hatte, war ihm immer deutlicher bewußt geworden, wie sehr er die Observationen und die Ermittlungen vermißte. Während er zwei Jahre lang mit mexikanischen Behörden zusammenarbeitete, reifte in ihm die Idee, offizielle Bündnisse mit ausländischen Polizeikräften einzugehen. Der FBI-Direktor befürwortete seinen Plan, das FIAT – Federal International Alliance Treaty, das Bundesbüro für internationale Allianzen – zu gründen und zu leiten. Nachdem anschließend der Kongreß und elf ausländische Regierungen ebenfalls zustimmten, begann McCaskey, mit FIAT an Fällen in Mexiko City, London, Tel Aviv und anderen interessanten Städten der Welt zu arbeiten. Seine Familie war nach Washington gezogen, und er stieg bald zum stellvertretenden Assistant Director auf. Er war der einzige gewesen, den Paul Hood gebeten hatte, für das OP-Center die Rolle des Verbindungsgliedes zwischen den einzelnen Institutionen zu übernehmen. McCaskey war relative Autonomie zugesichert und erteilt worden, und er hatte begonnen, eng mit der CIA, dem Secret Service, seinen alten Freunden vom FBI und mehr ausländischen Geheimdiensten und Polizeibehörden als zuvor zusammenzuarbeiten.

Aber er saß noch immer hinter einem Schreibtisch. Dank Glasfasern und Computern war es nicht mehr notwendig, das Büro zu verlassen wie noch zu jenen Zeiten, als er FIAT auf Touren gebracht hatte. Weil es Disketten und E-mail gab, brauchte er nicht einmal mehr zum Kopierer gehen oder sich zum Postausgangskorb hinüberbeugen. So wünschte er sich, in der Zeit seiner Kindheitshelden, des G-man Melvin Purvis und des Steuerfahnders Eliot Ness, gelebt zu haben. Er spürte förmlich die Freude, die es ihm bereitet hätte, Maschinengewehr-Kelly durch den Mittleren Westen oder Al Capones Bande über baufällige Treppen und dunkle Dächer durch Chicago zu jagen.

Als er jetzt die Tasten seines Telefons drückte, legte er die Stirn in Falten. *Statt dessen gebe ich einen dreistelligen Code ein, um das NRO anzurufen.* Er wußte, daß er sich deswegen nicht schämen mußte, auch wenn er sich selbst nicht mehr als einen Mann sah, der Kinder dazu inspirieren konnte, sich ihre eigenen Telefone aus Balsaholz zu schnitzen.

Er wurde sofort mit Stephen Viens verbunden. Das NRO hatte Satellitenbilder der Demain-Fabrik in Toulouse übertragen, aber sie reichten nicht aus. Mike Rodgers hatte gesagt, er wolle nicht, daß Ballon und seine Leute blind hineingehen müßten, falls sie tatsächlich eindringen würden. Trotz allem, was Rodgers Ballon erzählt hatte, wußte niemand in Matt Stolls Technikerteam, inwieweit die T-Strahlen die Fabrik durchdringen könnten oder wieviel sie ihnen über den Aufbau und die Verteilung von Kräften darin verraten würden.

Stoll hatte den Earth Audio Receiver Satellite (EARS) – jenen Satelliten des NRO, der Geräusche von der Erde übertrug – benutzt, um die Demain-Fabrik abzuhören. Mit Hilfe eines Laserstrahls tastete der Satellit die Wände von Gebäuden ab wie ein CD-Player Compact Discs. Dabei lasen die

Weltraumohren allerdings keine Dateneinkerbungen in CDs, sondern Schwingungen in Wänden. Die Deutlichkeit der Ergebnisse hing von der Zusammensetzung und der Dicke der Wände ab. Bei günstigen Voraussetzungen und Materialien wie Metallen, die mit größerer Klangtreue und Resonanz vibrierten als poröses Gestein, ließen sich Gespräche, die innerhalb eines Gebäudes stattfanden, mittels Computeraufbereitung rekonstruieren. Fenster gaben nicht viel her; sie vibrierten nicht ausreichend, um abgelesen werden zu können.

»Das Gebäude ist aus Backstein«, sagte Viens mit belegter Stimme.

McCaskeys Kopf sank nach vorne.

»Ich war eben im Begriff, Sie anzurufen, um es Ihnen zu sagen, aber ich wollte zuerst ganz sicher gehen, daß wir tatsächlich nichts auffangen können«, fuhr Viens fort. »Drinnen gibt es neuere Materialien, vielleicht Steinplatten und Aluminium, aber die Ziegelsteine saugen alles auf, was davon abstrahlt.«

»Wie sieht's mit Autos aus?« fragte McCaskey.

»Wir können sie nicht genau genug anpeilen – zu viele Bäume, Hügel und Brücken.«

»Alles in allem also ein Schlag ins Wasser.«

»Im großen und ganzen ja.«

McCaskey fühlte sich, als befehligte er das fortschrittlichste Schlachtschiff der Welt im Trockendock. Rodgers, Herbert und er hatten immer das Fehlen von Agenten vor Ort beklagt, und hier hatten sie erneut ein perfektes Beispiel dafür, warum sie so dringend gebraucht wurden. »Milliarden für modernste Hardware, aber nichts für Mata Hari«, wie Herbert es einmal ausgedrückt hatte.

McCaskey dankte Viens und legte auf. Sehnlichst wünschte er sich, bei dieser Operation als Akteur im Feld zu sein, ein Achsennagel, von dem alles abhing. Er beneidete Matt Stoll, in dessen Händen sämtliche Informationsfäden zusammenliefen. Zu schade, daß Stoll diese Aufgabe wahrscheinlich gar nicht zu schätzen wußte. Der Computerfreak war ein Genie, aber unter Druck funktionierte er nicht hundertprozentig.

McCaskey wandte sich wieder seinem Computer zu, speicherte die Fotografien ab und lud die Situationssimulation SITSIM des Pentagons für einen European Landmark Tactical Strike, kurz ELTS: einen taktischen Schlag gegen ein europäisches Landziel. Der politische Fallout nach der Zerstörung eines nationalen Kulturgutes war außerordentlich belastend. Deshalb achtete das Militär der Vereinigten Staaten darauf, keine historischen Gebäude zu beschädigen, auch wenn dies bedeutete, daß Verluste in Kauf genommen werden mußten. Im Falle der Demain-Fabrik zählten zu den akzeptablen »Verletzungen«, wie sie es nannten – als handelte es sich bei den Bauten um Lebewesen –, leichte Beschädigungen oder Verfärbungen im Mauerwerk, das aber vollständig restauriert werden konnte. Mit anderen Worten: Wenn man eine Wand mit Kugeln durchlöcherte, steckte man in ernsten Schwierigkeiten. Wenn man sie mit Blut beschmutzte, trug man besser einen Eimer und einen Schrubber mit sich.

Aus der Datenbank für französische Architektur lud McCaskey einen Grundrißplan der Burg, in die sie eindringen wollten, auf seinen Bildschirm. Das Diagramm war nutzlos. Es zeigte, wie der Ort 1777 ausgesehen hatte, als die angrenzende Brücke, Vieux Pont, gebaut worden war. Dominique hatte seitdem einige Veränderungen vorgenommen. Sofern er dazu Genehmigungen eingeholt hatte, waren sie nirgendwo aktenkundig. Falls er Pläne eingereicht hatte, lagen auch diese nicht vor. Es war leichter gewesen, an Pläne der Eremitage in St. Petersburg zu kommen, bevor die Striker-Truppe dort eingedrungen war. Dieser Dominique hatte im Verlauf der Jahre offensichtlich eine ganze Reihe von Zahnrädern geschmiert.

McCaskey rief wieder die NRO-Fotos auf, die ihm aber noch immer nichts zeigten. Zwar beneidete er Stoll, aber er mußte zugeben, daß Matt ausreichend Grund hatte, nervös zu sein. Selbst mit Ballons Hilfe würden sie ernste Problem bekommen, falls die Situation eskalierte. Ihre Informationen waren einfach zu dürftig. Die Datei über die *Neuen Jakobiner* war ebenfalls wenig ergiebig, aber die spärlichen Daten, die sie enthielt, hatten ihn entsetzt: detaillierte Schilderungen, wie die Mitglieder Opfern aufgelauert und sie getötet hatten, Foltermethoden, die sie erfunden hatten, um einzuschüchtern oder Informationen zu erpressen. Er würde diese Datei ebenfalls an Hood weiterleiten müssen, falls sie eindrängen. Dann würde er Hood auch darauf hinweisen, daß sich sogar Melvin Purvis und Eliot Ness diese Aktion zweimal überlegt hätten.

Wir haben keine Zeit, um Striker in Position zu bringen, dachte er, *und der einzige Taktiker, der sich in der Nähe des Geschehens aufhält, Bob Herbert, ist momentan nicht ansprechbar.*

Er tippte Mike Rodgers' Nummer ein, um ihm die schlechten Neuigkeiten bezüglich der Burg mitzuteilen und sich mit ihm darüber zu beratschlagen, ob sie irgend etwas tun könnten, was ihre mutige, aber im Feld unerfahrene Truppe möglicherweise davor bewahrte, abgeschlachtet zu werden.

47

Donnerstag, 20 Uhr 17 – Wunstorf

Während der Rehabilitationszeit hatte Bob Herbert zwei Phasen durchlaufen: Während der ersten war er davon ausgegangen, daß er sich von seiner Verletzung nicht unterkriegen lassen würde – er würde die Experten verblüffen und wieder laufen lernen. Während der zweiten Phase – nachdem er aus dem Krankenhaus entlassen und seine Behandlung zu einer Ganztagstherapie geworden war – hatte er das schreckliche Gefühl gehabt, daß er nie mehr in der Lage wäre, überhaupt etwas zu tun.

Als er damit angefangen hatte, seine Arme, seinen unteren Rücken und seinen Bauch zu trainieren, hatten seine Muskeln geschmerzt, als bohrte der Teufel persönlich seinen Dreizack hinein. Er hatte aufgeben, sich von der Regierung eine Erwerbsunfähigkeitsrente auszahlen lassen und nur noch fernsehen wollen, ohne sich noch einmal aus seinem Haus zu bewegen. Aber zwei aufopferungsvolle Krankenschwestern hatten sich darin abgewechselt, ihn anzuspornen und durch die Rehabilitation zu treiben. Eine von ihnen hatte ihm in einem weniger keuschen Moment sogar bewiesen, daß er noch immer ein befriedigendes Sexualleben führen konnte. Danach hatte Herbert nie wieder irgend etwas aufgeben wollen.

Bis jetzt.

Weil er nicht wollte, daß sein Kommen im Lager bemerkt wurde, konnte er die kleinen starken Scheinwerfer, die der Chefelektroniker des OP-Centers, Einar Kinlock, in seinen Rollstuhl eingebaut hatte, nicht einschalten. Der Boden war tief und uneben. An manchen Stellen stieg er steil an, dann endete er abrupt vor klaffenden Gräben. In der Dunkelheit verfing sich der Stuhl ständig im Gestrüpp. Herbert mußte alle Kräfte aufbieten, um sich daraus zu befreien. Zweimal fand er sich auf dem Boden liegend wieder. Noch nie hatte ihn etwas so angestrengt, wie den Stuhl wieder aufzurichten und hineinzuklettern. Nach dem zweiten Mal fühlte er sich restlos ausgepumpt. Als er endlich wieder in dem Ledersitz saß, war sein Hemd von kaltem Schweiß durchtränkt, und er war so erschöpft, daß er am ganzen Leib zitterte.

Er wollte stehenbleiben und um Hilfe rufen. Aber er wußte, daß er niemandem trauen konnte. Diese Angst paßte besser zum alten Nazideutschland als alles, was er bisher erlebt hatte.

Immer wieder sah er auf den phosphoreszierenden Taschenkompaß, den er bei sich trug. Mehr als eine Stunde hatte er sich mittlerweile vorwärtsgeschoben, als er plötzlich südwestlich von sich, in knapp 200 Metern Entfernung, ein Scheinwerferpaar entdeckte. Er hielt an und beobachtete, wohin das Fahrzeug fuhr. Es bewegte sich langsam den Feldweg entlang, den Alberto ihm beschrieben hatte. Herbert wartete, bis es vorbeigefahren war. Auch wenn die Bremslichter nur schwach aufleuchteten, waren sie dennoch deutlich auszumachen. Die Innenbeleuchtung sprang an, dunkle Schatten entfernten sich von dem Wagen, dann kehrten die Schwärze und die Stille zurück.

Offensichtlich war der Ort, den er erreichen mußte, nicht mehr weit weg.

Er bewegte sich über das holprige Gelände in Richtung des Wagens. Den Feldweg vermied er für den Fall, daß noch jemand käme. Von der Anstrengung, das letzte Stück durch den Wald zurückzulegen, wurden seine Arme schwer wie Blei. Er hoffte nur, daß Jody ihn nicht mit einem Neonazi verwechselte und sich von einem Baum auf ihn fallen ließ.

Als er das Fahrzeug, eine Limousine, erreichte, rollte er sich nur noch zentimeterweise vorwärts. Die Skorpion lag in seinem Schoß. Er klemmte sie sich unter ein Bein, damit sie nicht zu augenfällig wäre; im Notfall könnte er sie schnell hervorziehen. Allmählich zeichneten sich Zeltspitzen und dahinter aufsteigender Rauch von Lagerfeuern ab. Er bemerkte junge Männer, die zwischen den Zelten standen und in Richtung der Feuer blickten. Dann sah er eine große Gruppe von mindesten 200 bis 300 Menschen, die auf einer Lichtung um eine Frau und einen Mann herum ausharrten.

Der Mann sprach. Herbert verbarg sich hinter einem Baum und lauschte. Das meiste konnte er verstehen.

»... wird dieser Tag die Ära des Kampfes mit entgegengesetzten Zielen beendet. Von heute abend an werden unsere beiden Gruppen zusammengehören, vereint durch ein gemeinsames Ziel und einen gemeinsamen Namen: *Das Nationale Feuer*.«

Der Mann rief den Namen nicht nur, um die anderen zu informieren – er rief, um gehört zu werden. Als die Menge in Jubel ausbrach, fühlte Herbert, wie seine Kräfte zusammen mit seiner Wut zurückkehrten. Die Zuhörer schrien und rissen beide Arme in die Höhe wie Fußballfans, deren Mannschaft soeben die Weltmeisterschaft gewonnen hatte. Es überraschte Herbert nicht, daß sie den Nazigruß und Sieg-heil-Schreie vermieden. Auch wenn sie sich mit Sicherheit Sieg und Heil wünschten – und obwohl sich unter ihnen Gewalttäter und Mörder befanden –, waren sie nicht die Nazis Adolf Hitlers. Sie waren weitaus gefährlicher, denn sie hatten den Vorteil, aus dessen Fehlern gelernt zu haben. Trotzdem hielt fast jeder von ihnen ein Andenken an Hitler in die Höhe, entweder einen Dolch, eine Medaille oder auch nur ein Paar Stiefel. Wahrscheinlich handelte es sich um die Memorabilien, die aus dem Wohnmobil des Filmteams entwendet worden waren. Also war Hitler bei dieser neuen Nürnberger Kundgebung nicht gänzlich abwesend.

Herbert wandte sich von den Feuern ab, um seine Augen wieder an die Dunkelheit zu gewöhnen. Dann sah er sich nach Jody um.

Durch die allmählich verstummenden Jubelschreie hörte er hinter sich eine Stimme flüstern: »Ich habe auf Sie gewartet.«

Er drehte sich um und erblickte Jody. Sie wirkte nervös.

»Sie hätten da hinten auf mich warten sollen«, flüsterte er zurück und zeigte in die Richtung, aus der sie gekommen waren. »Ich hätte Ihre Hilfe brauchen können.« Er nahm ihre Hand. »Jody, lassen Sie uns zurückgehen, bitte. Das hier ist Wahnsinn.«

Sie entzog ihm ihre Hand vorsichtig. »Ich habe zwar Angst, aber jetzt muß ich sie mehr denn je bekämpfen.«

»Sie fürchten sich, und Sie sind von etwas besessen. Ihre Fixation auf ein imaginäres Ziel hat eine Eigendynamik entwickelt. Glauben Sie mir, Jody, da rüberzugehen ist nicht so großartig, wie Sie es darstellen.«

Seine Stimme wurde übertönt, als der Redner fortfuhr. Herbert wünschte sich, er hätte diese Stimme, die auch ohne Megaphon klar und kräftig zu ihnen herüberdrang, nicht hören müssen. Erneut nahm er Jodys Hand und zog daran. Sie gab nicht nach.

Der Deutsche sagte: »Die Frau neben mir, unsere stellvertretende Führerin Karin Doring ...«

Die Menge brach in spontanen Beifall auf, so daß der Mann innehielt. Die Frau senkte ihren Kopf, sprach aber nicht.

»Karin hat Abgesandte nach Hannover geschickt«, rief der Mann, als der Applaus abebbte. »In wenigen Minuten werden wir uns alle zur Bierhalle in die Stadt begeben, um der Welt unsere neue Verbindung zu verkünden. Wir werden unsere Brüder einladen, der Bewegung beizutreten, und gemeinsam werden wir der Zivilisation ihre Zukunft aufzeigen. Eine Zukunft, in der Schweiß und Arbeit belohnt werden ...«

Wieder kamen Beifall und Jubelrufe auf.

»... in der abartige Kulturen, Glaubensgemeinschaften und Völker vom Herzblut der Gesellschaft ausgesondert werden ...«

Der Applaus und der Jubel wuchsen an, blieben dann konstant laut.

»... in der Scheinwerfer unsere Symbole und unsere Errungenschaften anstrahlen.«

Der Jubel wurde zum Orkan, und Herbert nutzte das Getöse, um Jody anzuschreien: »Kommen Sie!« Wieder zog er an ihrer Hand. »Diese Verrückten werden über Sie herfallen wie ein Rudel räudiger Hunde.«

Jody sah zu dem Lager hinüber. Herbert konnte ihren Gesichtsausdruck im Dunkeln nicht erkennen. Er verspürte den Drang, ihr in den Fuß zu schießen, sie über seinen Schoß zu legen und mit ihr davonzurollen.

Der Redner schrie: »Und wenn die Obrigkeit in Hannover sich gegen uns wendet, dann soll sie nur! Man kann uns nichts anhaben. Seit über einem Jahr versucht Hauptkommissar Rosenlocher von der Hamburger Polizei, mir etwas anzuhängen. Fahre ich zu schnell, stellt er mir nach. Drehe ich die Musik zu laut, taucht er sofort auf. Treffe ich mich mit meinen Leuten – ist er auch da. Aber er kann mir nichts anhaben. Sollen sie uns einzeln oder zusammen bekämpfen! Sie werden erkennen müssen, daß unsere Bewegung organisiert ist und daß wir uns ihnen nicht beugen!«

Jody starrte zu der Kundgebung hinüber. »Ich will nicht sterben, aber ich will auch nicht wie ein kläglicher Feigling weiterleben.«

»Jody, Sie werden nicht ...«

Sie entwand Herbert ihre Hand. Er versuchte nicht, sie erneut zu ergreifen. Während er ihr hinterherrollte verfluchte er seine Sturheit, die ihn davon abgehalten hatte, sich einen gottverdammten Motor einbauen zu lassen. Dann verfluchte er dieses junge Mädchen, das er verstehen konnte und respektieren mußte, auch wenn sie keinem vernünftigen Argument zugänglich war – genausowenig wie er.

Wieder ließ der Applaus nach. Herbert kamen Jodys Fußschritte überlaut vor. Dem am nächsten zu ihnen stehenden Wachposten ging es ähnlich. Er drehte sich um, erblickte sie im Schein der Feuer und rief die jungen Frauen und Männer in seiner Nähe an. Einen Augenblick später setzte sich der Posten in Bewegung. Die anderen bildeten eine Reihe hinter ihm. Unmißverständlich brachten sie ihre Entschlossenheit zum Ausdruck, Jody und Herbert weder an die Menge noch an Karin Doring, Jodys Ziel, heranzulassen.

Herbert blieb stehen. Jody nicht. Wutschnaubend fuhr er ihr nach.

48

Donnerstag, 20 Uhr 36 – südwestlich von Vichy/Frankreich

»Es bestand niemals ein Zweifel daran, daß ich fliegen lernen würde.«

Paul Hood stand hinter Richard Hausen, der den Learjet durch den Himmel über Frankreich steuerte. Der Deutsche sprach laut, um die beiden starken Turbopropeller zu übertönen. Langs festangestellte Pilotin, Elisabeth Stroh, saß neben ihm. Sie war eine hübsche, brünette junge Frau von ungefähr 27 Jahren, die tadellos Französisch und Englisch sprach. Lang hatte sie angewiesen, mit ihnen zu kommen, beim Flugzeug zu warten und anschließend wieder mit ihnen zurückzufliegen. Sie hatte sich auf die Kommunikation mit der Flugaufsicht in Hamburg und jetzt in Toulouse beschränkt und während des Fluges einige Sätze bezüglich der Route an die Passagiere gerichtet. Falls sie an Hausens Ausführungen interessiert war, zeigte sie es nicht.

Hood hatte zusammen mit Nancy und Stoll in der Kabine gesessen und sich schließlich von beiden zurückziehen müssen, nachdem sie beinahe 90 Minuten in der Luft gewesen waren – Stoll hatte ununterbrochen geredet, und Nancy hatte sich geweigert, eine Unterhaltung zu beginnen.

Stoll, der in einem der Plüschsofas saß, die die Kabinenwände säumten, hatte ausgeführt, daß er sich selbst nie als Teamarbeiter empfunden habe. Er sei zum OP-Center gekommen, eben *weil* er ein Einzelgänger sei, weil man dort jemanden gebraucht habe, der gern an einem Schreibtisch sitze, Software entwerfe und Hardware repariere. Er hatte erklärt, er sei kein Striker und fühle sich nicht verpflichtet, ins Feld zu ziehen. Er tue dies nur aus Respekt für Hood, nicht um seinen Mut zu beweisen. Die restliche Zeit hatte er über mögliche Schwachstellen des T-Bird geklagt. Er könne keine Garantien abgeben, hatte er betont, worauf Hood erwidert hatte, das habe er verstanden.

Nancy dagegen war die längste Zeit damit beschäftigt gewesen, aus dem Fenster zu sehen. Hood hatte sie gefragt, woran sie denke, aber sie hatte es ihm nicht sagen wollen. Natürlich war es ihm nicht schwergefallen, es sich auszumalen. Er hatte den Wunsch verspürt, sie zu trösten.

Immerhin war Nancy bereit gewesen, ihnen einige Informationen über den Aufbau der Demain-Fabrik zu gegeben. Pflichtbewußt verglich Stoll ihre Angaben mit dem Grundrißplan, den er mittels eines selbst programmierten Softwarepaketes für den Fernzugriff vom OP-Center aus heruntergeladen hatte. Dank der Ultrapipeline-Technologie des NRO-Satelliten Hermit waren die Mainframe-Computer im OP-Center dazu in der Lage, kabellos mit Computern im Feld zu kommunizieren. Stolls patentierte Software ermöglichte den Datentransfer über die Hermit-Verbindung in Blöcken von zwei bis fünf Kilobit pro Sekunde unter Verwendung einer Kombination von Elementen des Z-Modem-Protokolls mit der Spread-Spectrum-Funkübertragung im Bereich zwischen 2,4 und 2,483 Gigahertz.

Nicht, daß die Verbindung von großem Nutzen gewesen wäre. Nancy konnte ihnen nicht allzuviel sagen. Sie kannte den Aufbau der Produktions- und Programmierbereiche, wußte aber nichts über die Räumlichkeiten der leitenden Angestellten oder gar über Dominiques private Gemächer.

Hood hatte Nancy mit ihren Gedanken und Stoll mit einem Online-Spiel für mehrere Teilnehmer, bei dem er zur Entspannung mitmachte, zurückgelassen. An den Türrahmen des Cockpits gelehnt, hörte er dem freudig erregten, beinahe heiteren Hausen zu, der aus seiner Jugend erzählte.

Hausens Vater Maximilian war Pilot bei der Luftwaffe gewesen. Er hatte sich auf Nachtflüge spezialisiert und den ersten betriebstauglichen Prototypen der Heinkel He 219 geflogen, mit dem es ihm gelungen war, fünf Lancaster-Maschinen abzuschießen. Wie so viele Deutsche sprach Hausen nicht entschuldigend von den Kriegstaten seines Vaters. Der Militärdienst war unumgänglich gewesen und minderte nicht Hausens Liebe zu seinem Vater oder den Respekt, den er für ihn empfand. Dennoch konnte sich Hood, während der Deutsche über die Verdienste des alten Maximilian sprach, seiner Gedanken an die Familien der jungen Besatzungen in den abgeschossenen Lancasters nicht erwehren.

»Hat Ihr Vater gedient?« fragte Hausen – vielleicht, weil er Hoods Unbehagen spürte.

»Mein Vater war Arzt und in Fort McClellan, Alabama, stationiert. Er behandelte Knochenbrüche und Fälle von« – er warf Elisabeth einen Blick zu – »hm, verschiedenen Krankheiten.«

»Ich verstehe«, sagte Hausen.

»Ich auch«, meinte Elisabeth.

Sie schenkte ihm ein schüchternes Lächeln. Hood erwiderte es. Er kam sich vor wie daheim im OP-Center, wo er ständig auf dem Drahtseil zwischen politischer Höflichkeit und sexueller Diskriminierung balancierte.

»Wollten Sie nie Arzt werden?« fragte Hausen.

»Nein. Ich wollte Menschen helfen und war der Ansicht, daß die Politik der am besten geeignete Weg dazu wäre. Einige meiner Altersgenossen hielten Revolution für die richtige Antwort, aber ich entschied mich dafür, mit dem sogenannten Establishment zusammenzuarbeiten.«

»Das war weise«, sagte Hausen. »Eine Revolution ist kaum die richtige Antwort.«

»Wie war es bei Ihnen?« fragte Hood. »Wollten Sie schon immer in die Politik?«

Der Staatssekretär schüttelte den Kopf. »Seit ich laufen

kann, wollte ich fliegen. Als ich sieben war, brachte mir mein Vater auf unserem Gut am Rhein in Westfalen bei, eine Fokker Spider von 1913, die er restauriert hatte, zu fliegen. Mit zehn, als ich in Bonn das Internat besuchte, stieg ich auf eine Bucker um, einen zweisitzigen Doppeldecker, den ich auf einem nahegelegenen Feld startete und landete.« Hausen lächelte. »Aber ich habe gesehen, wie sich die Schönheit aus der Luft am Boden in Elend verwandelte. Deshalb entschloß ich mich, als ich älter wurde, genau wie Sie, den Menschen zu helfen.«

»Ihre Eltern müssen sehr stolz auf Sie gewesen sein«, meinte Hood.

Hausens Gesichtsausdruck verfinsterte sich. » Nicht wirklich. Es war eine sehr komplizierte Situation. Mein Vater hatte sehr konkrete Vorstellungen, auch davon, womit sein Sohn den Lebensunterhalt verdienen sollte.«

»Er wollte, daß Sie fliegen«, vermutete Hood.

»Er wollte mich in seiner Nähe haben, ja.«

»Warum? Es war ja nicht so, als hätten Sie einem Familienbetrieb den Rücken gekehrt.«

»Nein, es war schlimmer. Ich kehrte den Wünschen meines Vaters den Rücken.«

»Ich verstehe. Nehmen Ihre Eltern Ihnen das noch immer übel?«

»Mein Vater starb vor zwei Jahren. Kurz vor seinem Tod hatten wir Gelegenheit, noch einmal miteinander zu reden, aber vieles blieb unausgesprochen. Meine Mutter und ich unterhalten uns regelmäßig, aber seit seinem Tod ist sie nicht mehr wie früher.«

Während er zuhörte, konnte Hood nicht umhin, an Ballons Bemerkung zu denken, daß Hausen ein mediengeiler Politiker sei. Da er selbst Politiker gewesen war, wußte Hood, daß eine gute Presse sehr wichtig war. Aber er wollte auch glauben, daß dieser Mann aufrichtig war. Außerdem würde es in Frankreich sowieso keine Berichterstattung geben.

Die guten und die schlechten Seiten eines Politikerdaseins, dachte er sarkastisch. *Niemand, der an unserem Triumph teilhat, wenn wir erfolgreich sind, aber auch niemand, der von unserer Niederlage und unserer Demütigung erfährt, wenn wir versagen.*

Hood war ohnehin im Begriff, in die Kabine zurückzukehren, als er einen dringenden Ruf von Stoll vernahm.

»Boß, kommen Sie schnell! Hier geht was auf dem Computer vor.«

In der Stimme des technischen Genies des OP-Centers schwang nicht länger ein ängstliches Tremolo mit. Matt Stolls Stimme klang fest und besorgt. Eilig ging Hood über den weichen weißen Teppich.

»Was ist los?« fragte er.

»Sehen Sie, was sich gerade einen Weg in das Spiel gehackt hat.«

Hood setzte sich rechts neben ihn. Nancy kam von ihrem Sitz auf der gegenüberliegenden Seite der Kabine herüber und nahm zur Linken von Stoll Platz. Der Techniker zog die Jalousie vor das Fenster, damit sie besser sahen. Alle drei starrten auf die Anzeige.

Auf dem Bildschirm befand sich die grafische Darstellung einer pergamentartigen Rolle mit gotischen Schriftzeichen. Eine weiße Hand hielt das Schriftstück am oberen Rand offen, eine andere unten.

HÖRT IHR BÜRGER! STAND DARAUF. WIR BETEN, DASS IHR UNS DIESE STÖRUNG VERZEIHEN MÖGET. WUSSTET IHR, DASS LAUT DEM »STRAFMASSPROJEKT«, EINEM GEMEINNÜTZIGEN VEREIN, EIN DRITTEL ALLER MÄNNLICHEN SCHWARZEN ZWISCHEN 20 UND 29 JAHREN IM GEFÄNGNIS SITZEN, ZUR BEWÄHRUNG AUF FREIEM FUSS SIND ODER NUR UNTER STRENGEN AUFLAGEN ENTLASSEN WURDEN? WUSSTET IHR, DASS DIESE ZAHL EINEN ANSTIEG VON 10% INNERHALB DER VERGANGENEN FÜNF JAHRE BEDEUTET? WUSSTET IHR, DASS DIESE SCHWARZEN DAS LAND ÜBER SECHS MILLIARDEN DOLLAR JÄHRLICH KOSTEN? ACHTET AUF WEITERE NACHRICHTEN IN 83 MINUTEN.

»Woher kam das, Matt?« fragte Hood.

»Ich habe nicht die geringste Ahnung.«

»Erfolgen solche Einbrüche nicht für gewöhnlich über interaktive Terminals oder über Schnittstellen für die Datenübertragung?« erkundigte sich Nancy.

»Oder über E-mail-Anschlüsse, ja«, bestätigte Stoll. »Aber das hier kam nicht übers OP-Center rein. Diese Schriftrolle stammt von irgendwo anders, höchstwahrscheinlich von einem sehr gut versteckten Ort.«

»Was meinen Sie damit?« fragte Hood.

»Technisch ausgereifte Einbrüche wie dieser erfolgen normalerweise über eine ganze Reihe von Computern.«

»Sie können die Spur also nicht zurückverfolgen?«

Stoll schüttelte den Kopf. »Es ist zwar richtig, daß diese Schwachköpfe ihre Computer dazu benutzen, um in einen anderen einzudringen und von dort aus wieder in einen anderen und so weiter, aber man kann ihnen nicht einfach von einem zum nächsten Knoten folgen. Jeder Rechner bietet Tausende potentieller Wege – er ist wie ein Bahnhof mit Hunderten von Gleisen, die alle in andere Richtungen führen.«

Auf der Anzeige erschien eine zweite Rolle.

WUSSTET IHR, DASS DIE ARBEITSLOSENRATE UNTER SCHWARZEN DOPPELT SO HOCH IST WIE UNTER WEISSEN? WUSSTET IHR, DASS IM JAHR DURCHSCHNITTLICH NEUN DER ZEHN TOP-TEN-HITS IN DIESEM LAND VON SCHWARZEN DARGEBOTEN WERDEN? UND DASS EURE WEISSEN TÖCHTER UND FREUNDINNEN ÜBER 60% DIESER SOGENANNTEN »MUSIK« KAUFEN? WUSSTET IHR, DASS NUR 5% DER BÜCHER IN DIESEM LAND VON SCHWARZEN ERWORBEN WERDEN? ACHTET AUF WEITERE NACHRICHTEN IN 82 MINUTEN.

»Erscheint das noch woanders?« fragte Hood.

Stolls Finger flogen bereits über die Tastatur. »Ich checke es gerade durch.« Er gab »listserv@cfrvm.stc.ufs.stn« ein. »Das ist ein Forum, in dem Actionfilme aus Hongkong diskutiert werden. Es ist die obskurste E-mail-Adresse, die ich kenne.«

Einen Augenblick später veränderte sich die Anzeige.

ICH BIN DER MEINUNG, DASS JACKIE CHANS PORTRÄT VON WONG FEI HONG DIE GELUNGENSTE INTERPRETATION IST. AUCH WENN JACKIES EIGENE PERSÖNLICHKEIT IN DER CHARAKTERISIERUNG DURCHSCHEINT – ER BRINGT SIE DENNOCH ZUM FUNKTIONIEREN.

»Ich glaube, wir können davon ausgehen, daß die Hacker

es ausschließlich auf Computerspieler abgesehen haben«, sagte Stoll.

»Das ergibt Sinn«, meinte Nancy. »Schließlich ist das der Markt, auf dem sie die Spiele absetzen wollen.«

»Aber sie können sie nicht offen anbieten«, sagte Hood. »Ich meine, man wird ihre Annoncen kaum in den Gelben Seiten des Internets finden.«

»Nein«, pflichtete Stoll bei. »Aber die Kunde verbreitet sich rasch. Jeder, der so ein Spiel will, wird auch erfahren, wo er es finden kann.«

»Und mit dem Enjoystick als Extrakick«, fügte Hood hinzu, »würden Kids, die nichts Besseres zu tun haben, bestimmt ganz wild auf die Spiele werden.«

»Wie ist denn die gesetzliche Situation?« fragte Nancy. »Ich dachte, es gäbe Einschränkungen bezüglich dessen, was man durchs Internet schicken darf.«

»Die gibt es.« Stoll wandte sich wieder den Rollen in dem Multi-User-Spiel zu und lehnte sich zurück. Seine Ängste schienen für den Moment verdrängt zu sein. »Es sind die gleichen Gesetze, die für andere Märkte auch gelten. Kinderpornografie wird verfolgt und hart bestraft, Werbung für Auftragsmorde ist illegal. Aber das Abspulen von Fakten, die man in jedem besseren Almanach finden kann, ist nicht verboten. Auch wenn die Absicht, die dahintersteckt, eindeutig rassistisch ist. Das einzige Verbrechen, dessen sich diese Kerle schuldig machen, ist das unaufgeforderte Eindringen in anderer Menschen Wohnung. Aber ich garantiere Ihnen, daß diese Nachrichten innerhalb weniger Stunden wieder verschwinden, noch bevor Offizielle der Netzwerküberwachung ihren Ursprung auch nur annähernd lokalisiert haben.«

Nancy sah Hood an. »Du bist offenbar der Meinung, daß das Dominiques Werk ist.«

»Er hat die technischen Möglichkeiten dazu, nicht wahr?«

»Dadurch wird er noch nicht zu einem Kriminellen.«

»Nein. Aber durch Mord und Diebstahl schon.«

Ihr Blick hielt seinem für einen Moment stand, dann senkte sie ihn.

Stoll, der die beiden anderen nicht mehr wahrzunehmen

schien, sagte: »Hier sind einige Punkte auf dem Bildschirm, die mich an das Spiel in Hausens Büro erinnern.« Er beugte sich nach vorne und berührte den Schirm. »Die Schattierung am unteren Ende der Rolle ist blau, nicht schwarz. Jemand, der sich in der Werbebranche auskennt, könnte das aus Gewohnheit getan haben. Bei der Farbtrennung treten dunkelblaue Schatten deutlicher hervor als schwarze. Und die Farbgebung des Pergaments, die es hier so fest aussehen läßt« – er berührte den eingerollten Teil am oberen Rand – »hat Ähnlichkeit mit der Struktur der Hirschhäute im Wald des anderen Spiels.«

Nancy lehnte sich zurück. »Sie kommen der Sache näher.«

Stoll schüttelte den Kopf. »Sie sollten die Schnörkel, die Programmierer in ihre Spiele einbauen, am besten kennen. Vielleicht erinnern Sie sich noch an die Anfänge der Videospiele. Damals konnte man ein Activision-Spiel von einem Imagic-Spiel und von einem Atari-Spiel unterscheiden, weil die Designer jeweils ihren eigenen Stil hatten. Verdammt, man konnte sogar ein Spiel von David Crane vom Rest der Activision-Spiele unterscheiden. Die Programmierer haben überall auf dem Bildschirm ihre Fingerabdrücke hinterlassen.«

»Ich kann mich an diese Zeiten besser erinnern, als Sie glauben, Matt«, sagte Nancy. »Aber ich sage Ihnen, daß Demain anders ist. Wenn ich ein Spiel für Dominique programmiere, bleibt die persönliche Einstellung an der Tür zurück. Unsere Aufgabe besteht darin, so viele Farben und realistische Grafiken wie möglich in ein Spiel zu packen.«

»Das heißt nicht, daß Demain *nicht* hinter dem Spiel steckt«, entgegnete Hood. »Dominique würde wohl kaum Haßspiele produzieren, die wie seine regulären Spiele aussehen.«

»Aber ich kenne die Arbeitsweisen der Leute, die dort arbeiten«, meinte Nancy. »Ich zerbreche mir schon die ganze Zeit den Kopf über ihre Grafiken. Keiner von ihnen arbeitet so.«

»Was ist mit freiberuflichen Softwaredesignern?« fragte Hood.

»An irgendeinem Punkt müßten auch sie in das System eintreten«, entgegnete sie. »Testen, überarbeiten, verschicken – es sind Dutzende von Schritten.«

»Und wenn der gesamte Prozeß außer Haus durchgeführt würde?« bohrte Hood nach.

Stoll schnippte mit den Fingern. »Dieser Junge, Reiner, Hausens Assistent. Er sagte, daß er Programme für Stereogramme entwerfe. Er kennt sich mit Computern aus.«

»Richtig«, stimmte Hood zu. »Nancy, falls wirklich jemand ein Spiel extern entwerfen würde – wie viele Mitarbeiter von Demain bekämen die Diskette mindestens zu sehen?«

»Zunächst mal käme etwas derart Gefährliches nicht auf Disketten rein.«

»Warum nicht?«

»Weil es ein rauchender Colt wäre. Ein zeitcodiertes Programm auf einer Demain-Diskette würde vor Gericht als Beweis dafür gelten, daß Dominique mit Haßspielen handelt.«

»Es sei denn, sie löschen es, sobald der Upload beendet ist«, wandte Stoll ein.

»Sie würden es so lange aufbewahren, bis sie sicher wären, daß alles wie geplant vonstatten gegangen ist«, sagte Nancy. »So arbeitet man dort. Aber wie dem auch sei, ein solches Programm von außerhalb würde direkt an einen Arbeitsplatzrechner ohne Festplatte und Diskettenlaufwerk geschickt.«

»Solche haben wir auch, Boß«, sagte Stoll. »Man benutzt sie für heikle Daten, die nicht vom Server – dem Datenverteiler – auf andere Festplatten oder Disketten herunterkopiert werden sollen.«

Hood war am Rande seines technischen Verständnisses angelangt, aber er begriff den Kern von Stolls Aussage.

»Bei Demain verfügen nur die Vizepräsidenten, die Zugang zu Informationen über neue Spiele oder Geschäftsstrategien haben, über Arbeitsplatzrechner ohne Festplatten«, erklärte Nancy.

Stoll schloß das Programm auf seinem Laptop. »Geben Sie mir die Namen von einigen dieser Mitarbeiter an der Firmenspitze, die über genügend technisches Know-how verfügen, um Spiele zu programmieren.«

»Das ganze Verfahren? Dazu sind nur zwei in der Lage: Etienne Escarbot und Jean-Michel Horne«, sagte Nancy.

Stoll gab die Namen ein und schickte sie mit der Bitte um Hintergrundinformationen an das OP-Center. Während sie warteten, widmete sich Hood einem Thema, das ihm im Kopf herumgegangen war, seit er mit Ballon gesprochen hatte. Der Colonel war alles andere als begeistert darüber gewesen, daß Hausen an dem Einsatz teilnahm. Er hatte ihn »mediengeil« genannt.

Was ist, wenn er sich als etwas noch Schlimmeres als das erweist? überlegte Hood. Er wollte nicht schlecht über jemanden denken, der ein ehrenwerter Mann zu sein schien, aber es gehörte zu seinem Job. Man mußte sich immer die Frage stellen: Was ist, wenn ...? Jetzt, nachdem er Hausen über seinen Vater bei der Luftwaffe hatte reden hören, fragte er sich: *Was ist, wenn Hausen und Dominique gar keine Feinde sind?* Er hatte nur Hausens Aussage für die Geschehnisse von vor ungefähr 20 Jahren. *Was ist, wenn die beiden unter einer Decke stecken?* Zum Teufel, Ballon hatte gesagt, daß Dominiques Vater sein Vermögen mit der Herstellung von Airbussen verdient hatte. Flugzeuge! Und Hausen war ein gottverdammter Pilot.

Hood erlaubte seinen Gedanken ein paar weitere Schritte. *Was ist, wenn Reiner nur die Befehle seines Chefs ausgeführt hat?* Sollte Hausen wie das Opfer eines Haßspiels aussehen, damit das OP-Center, Ballon und die deutsche Regierung sich dazu verleiten ließen, eine erfolglose und damit beschämende Firmendurchsuchung durchzuführen? Wer würde sich ein zweites Mal an Dominique heranwagen, wenn bei der ersten Durchsuchung nichts zutage gefördert werden würde?

»Aha! Da haben wir schon ein paar potentielle faule Äpfel«, sagte Stoll. »In Lowell Coffeys Polizeiakten steht, daß M. Escarbot 1981 von einer Pariser Firma verklagt wurde, weil er angeblich Geschäftsgeheimnisse von IBM über das Verfahren zur Darstellung von bit-verpackten Grafiken stahl. Demain zahlte, um den Fall beizulegen. Gegen M. Horne wurde vor 21 Jahren auch eine Anklage erhoben und später wieder fallengelassen. Es sieht so aus, als hätte er ein französisches Patent für einen fortschrittlichen 4-Bit-Chip erhalten, von dem ein amerikanisches Unternehmen behauptete, daß er ihn gestohlen habe. Man konnte es Horne allerdings nicht nachweisen. Man konnte auch die Person nicht finden, die den vermutlichen Diebstahl ...«

Stoll hörte auf zu lesen. Sein blasses Gesicht wandte sich langsam Hood zu, dann Nancy.

»Nein«, sagte sie, »es gibt keine zweite Nancy Jo Bosworth. Das war ich.«

»Das ist schon in Ordnung«, sagte Hood zu Matt. »Ich wußte davon.«

Stoll nickte mechanisch. Er sah Nancy an. »Verzeihen Sie mir, aber als Softwaredesigner muß ich dazu sagen, daß das nicht besonders cool war.«

»Ich weiß«, gab Nancy zu.

»Das genügt, Matt«, wie Hood ihn streng zurecht.

»Sicher.« Stoll lehnte sich zurück, zog den Sicherheitsgurt fest, den er seit dem Start nicht geöffnet hatte, und drehte sich um, so daß er aus dem Fenster sehen konnte.

Hood dachte: *Verdammt noch mal.* Da saß er und tadelte Stoll, obwohl er sich eigentlich hätte wundern sollen, warum Nancy ausgerechnet heute dort vor dem Park aufgetaucht war – genau in dem Moment, als er mit Richard Hausen zusammen gewesen war. Zufall? Oder war es möglich, daß *beide* mit Dominique gemeinsame Sache machten? Er fühlte sich plötzlich verunsichert und sehr dumm. Weil sich die Ereignisse überstürzt hatten und er vor Eifer, Dominique davon abzuhalten, seine Botschaften und seine Spiele nach Amerika zu übertragen, blind gewesen war, hatte er alle Sicherheitsvorkehrungen und seine Wachsamkeit über Bord geworfen. Noch schlimmer war, daß er die Trennung seiner Gruppe zugelassen hatte. Sein Sicherheitsexperte Bob Herbert wanderte irgendwo durch die deutsche Landschaft.

Vielleicht machte er aus einer Mücke einen Elefanten. Sein Gefühl sagte ihm, daß es so war. Aber sein Verstand forderte Aufklärung von ihm – wenn möglich, bevor sie Demain erreichten.

Hood blieb neben Stoll, während Nancy auf die andere Seite der Kabine zurückkehrte. Sie war unglücklich und versuchte nicht, es zu verbergen. Stoll war angewidert und versuchte ebenfalls nicht, es zu verbergen. Nur Hood mußte seine Gefühle für sich behalten, wenn auch nicht für lange.

Als Elisabeth über den Lautsprecher ankündigte, daß sie sich im Anflug auf Toulouse befänden, borgte er sich beiläufig Stolls Laptop.

»Soll ich ›Solitär‹ für Sie laden?« fragte Stoll – Hoods Lieblingsspiel.

»Nein.« Hood schaltete das Gerät ein. »Ich hätte mehr Lust auf ›Tetris‹.« Während er sprach, tippte er eine Mitteilung auf den Bildschirm: MATT, SAGEN SIE NICHTS. STELLEN SIE NUR EINE VERBINDUNG ZU DARRELL FÜR MICH HER.

Stoll griff sich wie zufällig an die Nase, dann lehnte er sich hinüber und gab sein Paßwort zusammen mit der Nummer des OP-Centers ein. Die Festplatte summte, und auf der Anzeige erschien: WIRD AUSGEFÜHRT ...

Stoll lehnte sich zurück, als die Meldung BEREIT erschien. Er wandte seinen Kopf dem Fenster zu, blieb mit den Augen aber auf dem Bildschirm.

Rasch gab Hood seinen persönlichen Übertragungscode ein. Dann schrieb er:

DARRELL: ICH BRAUCHE JEDE EINZELHEIT, DIE SIE ÜBER DAS LEBEN DES DEUTSCHEN STAATSSEKRETÄRS DES AUSWÄRTIGEN AMTES RICHARD HAUSEN IN ERFAHRUNG BRINGEN KÖNNEN. ÜBERPRÜFEN SIE DIE STEUERAKTEN AUS DEN 70ER JAHREN. WIR SUCHEN NACH EINER ANSTELLUNG IN DER AIRBUS-INDUSTRIE ODER BEI EINEM MANN NAMENS DUPRÉ ODER DOMINIQUE AUS TOULOUSE. AUSSERDEM MÖCHTE ICH DETAILS ÜBER DAS LEBEN UND DIE AKTIVITÄTEN VON MAXIMILIAN HAUSEN, EHEMALIGER PILOT DER LUFTWAFFE, NACH DEM KRIEG. RUFEN SIE MICH AN, WENN SIE ETWAS HABEN – SPÄTESTENS HEUTE 16 UHR IHRER ZEIT.

Hood lehnte sich zurück. »Das Spiel ist langweilig. Was mache ich jetzt damit?«

Stoll griff herüber und schickte die E-mail ab. »Wollen Sie es speichern?«

»Nein.«

Stoll schrieb : –) und löschte anschließend den Bildschirm.

»Um ehrlich zu sein«, sagte Hood, während er den Computer ausschaltete, »ich möchte, daß Sie diese Maschine nehmen und aus dem Fenster werfen.«

»Du solltest niemals Computerspiele spielen, wenn du angespannt bist«, riet Nancy. Sie sah ihn von der anderen Seite der Kabine aus an. »Es ist wie mit Sport oder Sex. Man muß dabei locker sein.«

Hood reichte Stoll den Computer. Dann ging er zu Nancy hinüber und schnallte sich neben ihr an. »Es tut mir leid, daß ich dich in all das hineingezogen habe«, sagte er.

»Was meinst du mit ›all das‹? Diese kleine Razzia oder das ganze verdammte, stinkende Geschäft?«

»Die Razzia. Ich hatte kein Recht, dich dazu zu drängen nur wegen unserer« – er hielt inne und suchte nach dem treffenden Wort, dann entschied er sich zögernd – »Freundschaft.«

»Das ist schon okay – wirklich, Paul. Eigentlich bin ich es leid, ständig davonzulaufen und von Demain abhängig zu sein. Um so ein Leben in der Verbannung noch lebenswert zu finden, muß man sich schon sehr dazu hingezogen fühlen. Wie sagt Sydney Carton in ›Eine Geschichte von zwei Städten‹ von Charles Dickens auf dem Weg zum Schafott? ›Was ich jetzt tue, ist viel, viel besser als alles, was ich jemals getan habe.‹ Das hier ist viel, viel besser als alles, was *ich* bisher in meinem Leben getan habe.«

Hood lächelte warm. Er wollte ihr sagen, daß sie sich keine Sorgen wegen des Schafotts machen müsse. Aber er konnte für ihr Schicksal nicht mehr garantieren – genausowenig wie er sich auf ihre Loyalität verlassen konnte.

Als das Flugzeug sanft auf französischem Boden landete, hoffte er, daß die Sorge in ihrem Gesicht ihrer Zukunft und nicht seiner galt.

49

Donnerstag, 14 Uhr 59 – Washington, D.C.

Hoods kabellose Übertragung war von Darrell McCaskeys Verwaltungsassistenten Sharri Jurmain empfangen worden. Der Absolvent der FBI-Akademie leitete die Nachricht per E-mail an McCaskeys persönlichen Computer weiter sowie an Dr. John Benn vom Rapid Information Search Center, der an das OP-Center angegliederten Abteilung für schnelle Informationssuche.

Das RI-Search-Center bestand aus lediglich zwei kleinen, miteinander verbundenen Büros, in denen zwei festangestellte Mitarbeiter unter der Leitung von Dr. Benn 22 Computer bedienten. Der unverheiratete, in Großbritannien geborene ehemalige Bibliothekar der Kongreßbücherei Dr. Benn hatte für zwei Jahre an der britischen Botschaft in Katar geforscht, als das arabische Land 1971 seine Unabhängigkeit von Großbritannien erklärte. Er blieb für weitere sieben Jahre dort, bevor er zu seiner Schwester nach Washington übersiedelte, nachdem deren Mann, der im diplomatischen Dienst gestanden hatte, verstorben war. Von Washington und den Amerikanern höchst angetan, war Benn in den Vereinigten Staaten geblieben, obwohl seine Schwester kurze Zeit später nach England zurückkehrte. 1988 hatte er die amerikanische Staatsbürgerschaft erhalten.

Benns ganzer Stolz war eine außergewöhnliche Fähigkeit, die er sich während der ansonsten wenig ereignisreichen Jahre in Katar angeeignet hatte: Er rezitierte obskure Zeilen aus Dialogen der englischen Literatur. Trotz der Hilfe von Usenet-Foren war es bis jetzt niemandem im OP-Center gelungen, sämtliche der von Benn interpretierten Charaktere zu identifizieren.

Benn nahm einen frühen Tee zu sich und spielte eben, Mr. Boffin aus Dickens' »Unser gemeinsamer Freund« zu sein, als die E-mail mit Hoods Anfrage hereinkam. Sie wurde von einer künstlich erzeugten, elektronischen Stimme mit der Exklamation angekündigt: »Ich will nun auf und gehen«, einem

Vers aus Yeats' »Innisfree, die Insel im See«. Danach folgte die Identifikationsnummer der anfragenden Person.

»Auf ein Neues in die Bresche, liebe Freunde, auf ein Neues!« exklamierte Benn schwülstig, während er sich mit seinen Assistenten Sylvester Neuman und Alfred Smythe dem Bildschirm Nummer eins zuwandte. Sie erkannten in dem :-) sofort Stolls ›Gruß‹ – das auf der Seite liegende Smiley-Gesicht. In einem seiner Anflüge von Paranoia hatte Stoll mit ihnen vereinbart, daß er, falls er jemals dazu gezwungen werden sollte, Daten zu übertragen, die drei Zeichen :-(eingeben würde, also ein trauriges Gesicht.

Sofort machte sich das Team konzentriert und effizient auf die Informationssuche.

Um eine Biografie des Staatssekretärs Richard Hausen und Informationen über dessen Vater zu erhalten, ging Smythe online und führte FTPs – File Transfer Protocols – aus, mit denen er auf Datenbanken verschiedener Institutionen zugreifen konnte: ECRC München, Deutsche Elektronen Synchrotron, DKFZ Heidelberg, Gesellschaft für wissenschaftliche Datenverarbeitung GmbH, Konrad Zuse Zentrum für Informationstechnik Berlin und TeX Archiv-Netzwerk Heidelberg. Neuman verwendete drei Computer, mit denen er verschiedene Gopher-Systeme im Internet abfragte: Deutsches Klimarechenzentrum Hamburg, EUnet Deutschland, Deutsches Netzwerk Informationszentrum und ZIB Berlin. Mit der Hilfe eines Mitarbeiters von Matt Stoll, dem Assistant Director of Operations, Grady Reynolds, hackte er sich in Steuer–, Beschäftigungs- und Ausbildungsdateien der Bundesrepublik Deutschland und der früheren Deutschen Demokratischen Republik hinein. Die Unterlagen über viele Deutsche, besonders die aus der ehemaligen DDR, lagen nur als Papierakten vor; die Ausbildung und der berufliche Werdegang von Politikern mußten jedoch auf den Computern verschiedener Regierungsbehörden gespeichert sein. Außerdem waren viele große Unternehmen dazu übergegangen, ihre Bücher in Rechner einzuscannen – zumindest diese wären ebenfalls zugänglich.

Darrell McCaskeys Büro, das für die Kontakte zu anderen

Einrichtungen zuständig war, stellte Online-Verbindungen zu FBI, Interpol und verschiedenen deutschen Polizeibehörden für sie her: Bundeskriminalamt, Landeskriminalämter und Bundesgrenzschutz. Besonders der Bundesgrenzschutz wartete oft mit Daten auf, die den anderen entgangen waren.

Während die beiden Assistenten per Wortsuche Dateien durchforsteten und Informationsblöcke über die Hausens abriefen, verfaßte Dr. Benn jeweils kurze, leicht verdauliche Zusammenfassungen. Da Hood einen Anruf verlangt hatte, würde Benn sie ihm am Telefon vorlesen. Dennoch wurden die Daten gespeichert, um ein späteres Übertragen oder Ausdrucken zu ermöglichen.

Während er die hereinkommenden Informationen las und mit der Anfrage verglich, fragte sich Dr. Benn, ob Hood alles richtig durchgegeben hatte. Es schien einige Verwirrung darüber zu herrschen, welcher Hausen im Verlauf seiner Karriere was getan hatte.

Dennoch setzte der Wissenschaftler seine Arbeit zügig fort, um den von seinem Boß gesetzten Termin einzuhalten.

50

Donnerstag, 15 Uhr 01 – Washington, D.C.

Alle Informationsanfragen an die RI-Search-Abteilung wurden vom Computer automatisch mit einer Anfragenummer und einem Eingangsstempel versehen. Den Auftragsnummern ging ein dreistelliger Ziffern- und Zahlencode voraus, der die anfragende Person identifizierte. Weil die Anfragen für gewöhnlich dann gestellt wurden, wenn sich jemand in einer heiklen Situation befand, wurden automatisch weitere Personen benachrichtigt, wenn solche Anfragen eingingen. Falls dem Feldagenten etwas zustieß, mußte Verstärkung einspringen und die Operation zu Ende führen.

Als Hood die Daten bei der RI-Search abfragte, wurde Mike Rodgers durch ein akustisches Signal seines Computers alarmiert. Wäre er nicht in seinem Büro gewesen, hätte sich das Signal minütlich wiederholt.

Aber er war anwesend – er verzehrte sein Mittagessen an seinem Schreibtisch. Auf einem in der Mikrowelle erhitzten Hamburger aus der Kantine kauend, überflog er die Anfrage. Sie beunruhigte ihn.

Rodgers und Hood unterschieden sich in vielerlei Hinsicht voneinander. Der größte Unterschied bestand in ihren Weltanschauungen. Hood glaubte an das Gute im Menschen, während Rodgers davon überzeugt war, daß die Menschheit im wesentlichen aus selbstsüchtigen, territorialen Fleischfressern bestand. Er fand, die Beweise dafür wären offensichtlich. Andernfalls wären Tausende von Soldaten wie er arbeitslos gewesen.

Er fühlte, daß Grund zu ernster Sorge bestand, wenn Paul Hood Zweifel an der Integrität des Hausen-Clans äußerte.

»Er geht zu einem Einsatz gegen Terroristen nach Frankreich und hat als Verstärkung Matt Stoll dabei«, sagte der General zu seinem leeren Büro. Er betrachtete seinen Computer und wünschte sich, er könnte »R-O-C« eingeben und hätte damit das Regionale OP-Center – komplett ausgerüstet und mit einsatzbereitem Striker-Personal – vor Ort in Toulouse eingerichtet. Statt dessen gab er »MAPEURO« ein.

Eine farbige Landkarte von Europa erschien. Er legte ein Raster darüber und studierte die Karte für einen Augenblick. »870 Kilometer«, sagte er dann, während seine Augen den Weg von Norditalien nach Südfrankreich überflogen.

Er drückte »ESC« und schrieb »NATOITALY«.

Innerhalb von fünf Sekunden erschien ein zweispaltiges Menü auf dem Bildschirm, das Optionen von TRUPPENVERTEILUNG über TRANSPORT und BEWAFFNUNG bis zu KRIEGSSIMULATIONSPROGRAMME enthielt.

Er bewegte den Cursor auf TRANSPORT, drückte die Eingabetaste, und ein zweites Menü erschien. Er wählte LUFTTRANSPORT. Ein drittes Menü enthielt die Listen verschiedener Flugzeugtypen und Flugplätze. Eine Sikorsky CH-53E war frei. Der dreimotorige Hubschrauber hatte eine Reichweite von mehr als 1900 Kilometern und bot genügend Platz für sein Vorhaben. Aber mit einer Fluggeschwindigkeit von 315 Stundenkilometern war er nicht schnell genug. Rodgers ging die Liste weiter nach unten – und hielt an.

Der V-22 Osprey. Ein Senkrechtstarter von Bell und Boeing mit einer Reichweite von fast 2250 Kilometern bei einer Fluggeschwindigkeit von 553 Stundenkilometern. Am besten gefiel ihm die Tatsache, daß der Prototyp zu Testzwecken an die Sechste Flotte in Neapel überstellt worden war.

Rodgers lächelte, verließ das Menü und rief sein Telefonverzeichnis auf. Er bewegte den Cursor auf NATO-DIREKTVERBINDUNGEN und wählte den NATO-Oberbefehlshaber in Europa, General Vincenzo DiFate, an.

Innerhalb von drei Minuten hatte er den General aus einer Abendgesellschaft in der spanischen Botschaft in London rufen lassen und erklärte ihm, wozu er die Maschine und zehn französische Soldaten brauche.

51

Donnerstag, 21 Uhr 02 – Wunstorf

»Blöder Krüppel!«

Herbert hatte in seinem Leben schon einige schlimme Beschimpfungen gehört. Er war dabeigewesen, als sie Schwarzen in Mississippi, Juden in der ehemaligen Sowjetunion und Amerikanern in Beirut entgegengeschleudert worden waren. Aber der Ausspruch des jungen Wachpostens, der auf Jody zuging, gehörte zum Dümmsten, was ihm jemals untergekommen war. Trotz ihrer Harmlosigkeit brachte ihn die Beleidigung in Wut.

Er nahm einen der Scheinwerfer von seinem Stuhl ab und ließ sich einen Moment Zeit, um damit auf der Fahrerseite in das Auto zu leuchten, das er vorhin kommen gesehen hatte. Dann rollte er schnell zur Seite, falls jemand auf die Idee käme, auf das Licht in seinen Händen zu schießen. Aus der Dunkelheit beobachtete er, wie der Posten Jody erreichte und sie endlich stehenblieb. Dann zog er die Skorpion unter seinem Bein hervor.

Jody und der Wachposten waren ungefähr zehn Schritte von Herbert und 25 Schritte von der nachfolgenden Reihe Neonazis entfernt. Dahinter lief die Kundgebung ungestört weiter.

Jody stand genau zwischen Herbert und dem Wachposten.

Der junge Mann fragte etwas auf Deutsch, und Jody antwortete, daß sie ihn nicht verstehe. Er rief jemandem hinter sich eine Frage zu, um sich weitere Anweisungen geben zu lassen. Dabei trat er leicht nach links. Herbert zielte mit der Skorpion auf sein rechtes Schienbein und feuerte.

Der stämmige junge Mann ging mit einem Aufschrei zu Boden.

»Jetzt sind wir beide Krüppel«, murmelte Herbert, indem er die Waffe in die abgenutzte Ledertasche an der Seite seines Stuhles steckte. Dann rollte er schnell auf die Beifahrerseite des Wagens zu.

Die Menge verstummte, und die Neonazis hinter dem Verwundeten warfen sich zu Boden. Eine Bodenerhebung zwischen ihnen machte es unmöglich für sie, aus ihrer Position zu schießen – aber Herbert wußte, daß sie dort nicht lange ausharren würden.

Während er um den Wagen herumfuhr, schrie er Jody zu: »Tun Sie, was Sie tun müssen, und dann lassen Sie uns verschwinden!«

Das Mädchen sah zu ihm herüber, dann blickte sie zu den am Boden Liegenden und zu der Menge dahinter. »Ihr habt mich nicht gekriegt«, rief sie mit kräftiger Stimme. »Und das wird euch auch jetzt nicht gelingen.«

Herbert öffnete die Beifahrertür. »Jody!«

Sie sah auf den verwundeten Jungen herab, dann lief sie zurück.

»Setzen Sie sich hinters Steuer!« forderte Herbert sie auf, während er sich selbst in den Wagen stemmte. »Der Zündschlüssel steckt.«

Einige der Versammlungsteilnehmer begannen zu rufen. Eine Frau aus der Reihe der am Boden liegenden Neonazis war aufgestanden. Sie hielt eine Waffe und zielte damit auf Jody.

»Verdammter Mist«, rief Herbert und feuerte durch die Scheibe. Jody schrie auf und hielt sich die Ohren zu. Herberts Schuß traf die Deutsche in den Oberschenkel und warf sie hinter einer aufspritzenden Blutfontäne zurück.

Herbert kletterte wieder aus dem Wagen in seinen Rollstuhl und sicherte aus der Deckung der offenstehenden Beifahrertür ihren Rückzug. Jody sprang ins Auto, startete den Motor und ließ ihn aufheulen. Die junge Frau hatte ihre Fassung jetzt vollständig verloren. Sie zitterte am ganzen Körper und atmete rasch und ruckartig, ein deutliches Anzeichen für einen bevorstehenden Nervenzusammenbruch.

Herbert konnte nicht auf sie verzichten. »Jody, jetzt hören Sie mir genau zu.«

Sie begann zu weinen.

»Jody!«

»*Was*!« schrie sie. »Was, was, *was*?«

»Fahren Sie den Wagen ganz langsam rückwärts.«

Sie umklammerte das Lenkrad und starrte auf den Boden. In dem Mob hinter der auf der Erde liegenden Frontlinie wimmelte es wie in einem Ameisenhaufen. Aus der Entfernung sah Herbert, wie der Redner mit einer Frau sprach. Es war nur eine Frage der Zeit, vielleicht von Sekunden, bevor sie angegriffen würden.

»Jody«, sagte er ruhig, »bitte legen Sie den Rückwärtsgang ein, und stoßen Sie langsam zurück.«

Herbert wußte, daß er nicht in der Lage sein würde, in den Wagen zu steigen, ohne die Waffe beiseite zu legen, doch sobald er die Skorpion senken würde, würden sie attackiert werden. Er sah sich rasch um. Soweit er es in der Dunkelheit erkennen konnte, war das Gelände hinter ihnen auf mehreren 100 Metern eben. Er hatte vor, sich mitsamt dem Rollstuhl von der Beifahrertür rückwärts schieben zu lassen, so daß er während ihres Rückzugs die Waffe im Anschlag lassen konnte. Wenn sie weit genug entfernt wären, würde er sich auf den Beifahrersitz ziehen, und sie könnten davonfahren.

Soweit der Plan.

»Jody, hören Sie mich?«

Sie nickte, schniefte und hörte auf zu weinen.

»Können Sie langsam rückwärts fahren?«

Quälend langsam und unsicher legte Jody ihre Hand auf den Schaltknüppel. Wieder begann sie zu weinen.

»Jody«, sagte Herbert ruhig, »wir müssen jetzt fahren.«

In dem Augenblick, als sie den Gang einlegte, explodierten die Vorderreifen.

Der Wagen wurde von der aus den zerfetzten Reifen entweichenden Luft vorne in die Höhe gehoben. Der Feuerstoß war von irgendwoher vor ihnen gekommen. Die offene Tür schlug nach hinten und stieß Herbert bis zum Heck des Autos zurück. Einen Augenblick später schlug eine Salve aus einer Halbautomatik in die offenstehende Tür. Die Kundgebungsmenge hatte sich geteilt, und aus ihrer Mitte trat eine Frau mit einer Waffe im Anschlag hervor. Wie Lang – war es erst heute morgen gewesen? – gesagt hatte: *Das kann nur Karin Doring sein.*

Herbert rollte an die hintere Wagentür und öffnete sie. Aus der Deckung dahinter feuerte er eine Salve ab, mit der er die am Boden Liegenden in Schach hielt, aber die Frau ließ sich nicht aufhalten. Sie kam unaufhaltsam wie der Winter.

Jody weinte. Herbert bemerkte, daß auf dem Rücksitz Pistolen lagen. Er entdeckte auch etwas anderes dort – etwas, das ihm nützlich sein könnte.

Er feuerte ein paar weitere Salven in Richtung der Menge, dann sagte er: »Jody, Sie müssen mir Feuerschutz geben.«

Sie schüttelte den Kopf. Er wußte, daß sie keinen Schimmer hatte, wovon er sprach.

Wieder schlugen Kugeln in die vordere Tür ein. *Noch ein paar Salven, dann sind sie durch,* dachte er. Danach würden sie seine Tür durchschlagen und schließlich ihn.

»Jody! Greifen Sie nach hinten, und nehmen Sie die Waffen vom Rücksitz. Schießen Sie. *Schießen Sie,* Jody, oder wir sind tot!«

Die junge Frau umklammerte wieder das Lenkrad.

»Jody!«

Sie hörte nicht auf zu weinen.

Voller Verzweiflung lehnte sich Herbert in den Wagen hinein und gab eine Salve in den Sitz neben ihr ab. Sie schrie auf und fuhr zusammen, während Flocken der Polsterung aufflogen und dann langsam zu Boden fielen.

»Jody«, wiederholte er. »Nehmen Sie die Waffen und schießen Sie auf Karin Doring, oder sie wird Sie, verdammt noch mal, doch kriegen!«

Mit weit aufgerissenen Augen drehte Jody sich um und starrte ihn an. *Das* hatte sie offensichtlich verstanden. Entschlossen beugte sie sich zwischen den Sitzen hindurch nach hinten und ergriff die beiden Pistolen.

»Legen Sie die Sicherheitsbügel um«, sagte Herbert. »Die kleinen Hebel an der ...«

»Hab' sie schon.«

Er sah, wie sie ihre Tränen niederkämpfte. Dann beobachtete er, wie sie zwei Schüsse durch die Windschutzscheibe abgab, sich in den Sitz zurücklehnte und mit einem Schrei die übriggebliebenen Glasreste aus dem Rahmen trat.

»Faszinierend«, murmelte er. »Feuern Sie vorsichtig«, warnte er. »Sparen Sie Munition.«

Er behielt die vordere Linie der Neonazis im Auge, während er die sechs Mineralwasserflaschen vom Rücksitz in seinem Lederbeutel am Rollstuhl verstaute. Als Karin Doring nach wie vor unbeirrt weiterging, wurde die Menge mutiger, und einer der Männer sprang auf.

»Bastard!« schrie Jody und schoß auf ihn.

Der Schuß ging weit vorbei, aber der Deutsche warf sich wieder zu Boden.

Herbert schüttelte den Kopf. *Ich habe mir eine richtige kleine Killerin herangezogen,* dachte er, während er zwei der Deckel von den Flaschen drehte und den Inhalt auf die Erde schüttete. Als sie leer waren, rollte er einen Meter zurück und benutzte seinen Urban Skinner, um ein Stück Rohr aus dem linken Handlauf seines Rollstuhls herauszuschneiden. Selbst Karin Doring konnte nicht durch eine Wand aus Feuer schreiten.

Geschosse schrammten über die Kühlerhaube des Wagens und pfiffen als Querschläger davon. Jody warf sich nach links, prallte gegen die Tür und ließ sich dann zur anderen

Seite fallen. Sekundenbruchteile später schwirrten Kugeln durch das Wageninnere und schlugen in die Rückbank.

»Jody, drücken Sie den Zigarettenanzünder rein!«

Sie gehorchte, dann duckte sie sich wieder auf den Beifahrersitz. Herbert wußte, daß sie sich nicht noch einmal aufrichten würde.

Karin Doring war keine 100 Meter mehr von ihnen entfernt. Die anderen Deutschen wiegten sich inzwischen offenbar in Sicherheit, denn auch sie rückten jetzt langsam vor.

Unterdessen hatte Herbert den Tank geöffnet und sog Benzin durch das Rohr, mit dem er die Flaschen füllte. Der Wagen wurde jetzt häufiger von Kugeln getroffen. An verschiedenen Stellen in der Menge blitzte Mündungsfeuer auf. In weniger als einer halben Minute wären Jody und er Mrs. und Mr. Frankenstein in den Händen aufgebrachter Dorfbewohner.

Er hörte das Klicken des Zigarettenanzünders. Jody würde ihm nicht helfen können. Rasch rollte er vorwärts, wobei ihm auffiel, daß viel zu viel Feuerschein durch die Löcher in der vorderen Tür drang. Er zog ein paar Büschel der Polsterung aus dem beschädigten Beifahrersitz, stellte eine der Flaschen auf den Boden und stopfte etwas von dem wolleartigen Material in die andere. Dann riß er den Zigarettenanzünder aus dem Armaturenbrett, hielt ihn an die Fasern und beobachtete – wie nichts passierte.

Entsetzt begriff er, daß das verdammte Zeug nicht brennbar war.

Fluchend drückte er die Wattierung halbwegs hinein. Dann schob er den Anzünder daran vorbei in die Flasche und warf sie mit ausgestrecktem Arm in hohem Bogen über die Tür. Er betete, daß die Polsterung ganz hineinrutschte.

Das geschah. Der Molotowcocktail explodierte im Flug und begrub die vordere Reihe der Neonazis unter einem feurigen Regen aus Tropfen und Glasscherben. Dort, wo das brennende Benzin auf Haut oder Augen traf, gellten Schreie auf.

Jody sah vom Vordersitz auf. Ihre Angst wich Erstaunen. Sie sah von dem Feuerwerk auf Herbert.

»Ich habe keine Bomben mehr«, sagte er und zog sich nach drinnen. »Ich schlage vor, wir verschwinden von hier.«

Er zog die ramponierte Tür so gut es ging hinter sich zu, während Jody den Wagen langsam rückwärts fuhr. Vor ihnen drängte sich Karin Doring durch die Menge und schoß hinter dem Wagen her. Andere Schüsse erklangen.

»Autsch ...«

Herbert sah nach links zu der aufstöhnenden Jody. Sie kippte gegen ihn. Der Wagen wurde langsamer und blieb schließlich stehen.

Als er sich vorbeugte, sah er, daß sie in die Schulter getroffen worden war. Offenbar war die Kugel außerhalb der Rippen, dicht unter dem Schlüsselbein, steckengeblieben.

Sie rang nach Luft und kniff die Augen zusammen. Er versuchte, sich so zurechtzurücken, daß er sie mit der Schulter abstützen konnte, ohne Druck auf die Wunde auszuüben. Während er sie und sich bewegte, fiel sein Blick auf das Zigarettenpäckchen in der Brusttasche ihrer Bluse. Rasch zog er es heraus. Sein Herz hüpfte vor Freude, als er die Streichhölzer bemerkte, die unter der Zellophanhülle steckten.

Während er nach rechts rutschte, ließ er Jody vorsichtig auf den Sitz sinken, dann nahm er die zweite Flasche vom Boden und klemmte sie sich zwischen die Oberschenkel. Karin Doring, die die Menge hinter sich gelassen hatte, lud ihre Halbautomatik nach. Herbert zog sein Taschentuch hervor, stopfte es in die Flasche und riß ein Streichholz an. Er hielt es an das Tuch, das aufflammte und schneller verbrannte, als er erwartet hatte.

»Entweder das Zeug brennt nicht, oder es sorgt dafür, daß du geröstet wirst«, sagte er halblaut, während er sich aus der Türöffnung lehnte und die Flasche in Karin Dorings Richtung schleuderte.

Das Glas zersplitterte hörbar, und das Benzin ergoß sich über die Erde. Eine Flamme leckte auf, breite sich aus und stach mit einem dumpfen Knall in den Himmel. *Wie Orgelmusik,* dachte Herbert.

Sogleich wandte er sich wieder Jody zu, die sich die Schulter hielt. Er wußte, daß der Bereich um die Wunde herum taub geworden sein mußte und daß sie die meisten Schmerzen verspürte, wenn sie sich bewegte.

Er zog seinen Rollstuhl so weit wie möglich in den Wagen, damit er das Telefon hätte, falls er es brauchte. Er war nicht sicher, ob das Autotelefon den Schußwechsel überstanden hatte. Dann half er Jody auf.

»Jody«, flüsterte er, »Sie müssen etwas für mich tun Können Sie mich hören?«

Sie nickte schwach.

»Ich kann nicht aufs Gaspedal treten. Sie müssen es für mich tun. Glauben Sie, daß das geht?«

Sie nickte wieder.

Vorsichtig zwängte er sich hinter sie und griff nach dem Lenkrad. Vor sich nahm er schemenhaft wahr, wie ein Mann Karin davon abhielt, durch die Feuerwand zu laufen.

»Jody? Wir haben nicht viel Zeit. Ich kümmere mich um Sie, aber zuerst müssen wir hier raus.«

Sie nickte erneut, befeuchtete sich die Lippen und ächzte, als sie ihr Bein ausstreckte. Ihre Augen waren geschlossen, aber Herbert sah, wie sie mit dem Fuß nach dem Gaspedal tastete.

»Jetzt«, sagte er. »Das ist es. Drücken Sie.«

Jody trat das Pedal vorsichtig nieder, und der Wagen setzte sich rückwärts in Bewegung. Eine Hand auf der Sitzlehne, die andere am Lenkrad, drehte sich Herbert um und steuerte über den holprigen Weg zwischen den Bäumen hindurch. Der orangefarbene Schein des Feuers spiegelte sich in der hinteren Scheibe.

Noch immer wurde der Wagen vorne von Kugeln getroffen, die jetzt aber weniger Durchschlagskraft besaßen. Die Neonazis schossen blindlings durch das Feuer, während jemand rief, man solle sich wieder beruhigen.

Chaos an den Chaostagen, dachte Herbert mit leichter Genugtuung. *Feuer durch Feuer gestoppt.*

Die Ironie wäre köstlich gewesen, wenn er die Zeit gehabt hätte, sie zu genießen.

Der Wagen fuhr weiter rückwärts. Wegen der zerstörten Vorderreifen bereitete die Lenkung Schwierigkeiten, und so prallten sie auf ihrem Rückzug gegen den einen oder anderen Baum. Bald war das Lager nur noch ein entfernter Feuerschein, der sich in den tiefhängenden Wolken des Abendhimmels widerspiegelte. Schon glaubte Herbert daran, daß sie tatsächlich lebend aus dem Wald hinausgelangen könnten.

Da starb der Motor ab.

52

Donnerstag, 21 Uhr 14 – Wunstorf

Lässig strich Karin Doring die brennenden Benzinperlen ab, die auf sie herabgeregnet waren. Das feige Verhalten ihrer Anhänger bestürzte sie, aber sie wollte sich davon nicht in ihrer Konzentration stören lassen. Wie ein Raubtier folgte sie ihrer Beute mit den Augen. Durch die Flammen, den Rauch und die rennende und taumelnde Masse ihrer Anhänger hindurch beobachtete sie, wie der Wagen rückwärts davonfuhr.

Ein schlauer Mann, dachte sie bitter. Keine Lichter – er fuhr im schwachen Schein der Bremsleuchten. Dann plötzlich waren auch die nicht mehr zu erkennen. Von ihrem Gürtel baumelte der SA-Dolch an einer Metallschlaufe. Die Maschinenpistole unter ihrem Arm für den Mann, der Dolch für das Mädchen.

Manfred packte sie von hinten an der Schulter. »Karin! Wir haben Verwundete. Richter braucht deine Hilfe …«

»Ich will die beiden«, stieß sie hervor. »Soll Richter sich um das Tollhaus hier kümmern. Er wollte doch der Anführer sein. Jetzt ist er es.«

»Er kann unsere Leute nicht anführen. Sie akzeptieren ihn noch nicht.«

»Dann wirst du's tun.«

»Du weißt, daß sie nur für dich durch die Hölle gehen würden.«

Karin schüttelte Manfreds Hand von ihrer Schulter ab. Mit wilder Entschlossenheit im Gesicht drehte sie sich zu ihm um. »Durch die Hölle gehen? Sie sind wie Kakerlaken durcheinandergelaufen, weil der Amerikaner ein paar Schüsse abgefeuert hat. Sie haben sich von einem Mann im Rollstuhl und einem hysterischen Mädchen zurückschlagen lassen. Das war beschämend.«

»Ein Grund mehr, weshalb wir den Zwischenfall so schnell wie möglich vergessen sollten. Es war ein unglücklicher Zufall. Wir haben die Wachen vernachlässigt.«

»Ich will mich rächen. Ich will Blut.«

»Nein«, bat Manfred. »Das war die alte Art, die falsche Art. Das ist ein Rückschlag, keine Niederlage ...«

»Worte! Nichts als leere Worte!«

»Karin, hör mir doch zu! Du kannst die Leidenschaft auf andere Weise wieder entfachen. Hilf Richter, uns alle nach Hannover zu führen.«

Karin wandte sich von ihm ab. Sie starrte durch die Flammen nach vorne. »Ich habe kein Recht, irgend jemanden zu führen, solange diese beiden leben. Ich war neben Richter und habe zugesehen, wie meine Leute, meine Soldaten, tatenlos herumstanden.« Sie entdeckte einen Durchbruch in der allmählich zusammenfallenden Feuerwand und ging vorsichtig in den vor ihr aufsteigenden Rauch hinein. Manfred stolperte hinter ihr her.

»Du kannst kein Auto einholen«, sagte er.

»Er fährt ohne Scheinwerfer rückwärts einen Feldweg hoch.« Sie begann zu laufen. »Entweder ich hole ihn ein, oder ich finde seine Spur. Es wird nicht schwer sein.«

Manfred folgte ihr. »Du denkst nicht nach. Woher willst du wissen, daß er dir nicht auflauert?«

»Das weiß ich nicht.«

»Was soll ich denn ohne dich tun?« schrie Manfred.

»Schließ dich Richter an, wie du es vorhattest.«

»Das meine ich nicht. Karin, laß uns wenigstens reden ...«

Sie lief schneller.

»Karin!«

Sie genoß das Gefühl der Energie, die sich in ihr ausbreitete, und begann, in kurzen Sprüngen und im Zickzack zwischen den Bäumen hindurch das unwegsame Gelände zu durchqueren.

»Karin!«

Sie wollte nichts mehr hören. Sie war nicht sicher, ob ihre Anhänger sie im Stich gelassen hatten oder ob es umgekehrt gewesen war. Ihr einziger Gedanke war, daß sie ihre Hände in Blut waschen mußte, um ihre Rolle in diesem Debakel zu sühnen und sich wieder unbefleckt zu fühlen.

Und das würde sie tun. Auf die eine oder andere Weise, heute oder morgen, in Deutschland oder in Amerika – das würde sie tun.

53

Donnerstag, 21 Uhr 32 – Toulouse

Hood sah aus dem Fenster, während Hausen den Jet vorsichtig und weich auf der Landepiste aufsetzte. Er wußte sofort, wohin sie rollen würden. Ein heller Scheinwerfer auf dem kleinen Flughafengebäude beleuchtete eine Gruppe von elf Männern in Jeans und Arbeitshemden. Ein zwölfter Mann trug einen Geschäftsanzug.

An der Art, wie der junge Mann mehrmals auf seine Armbanduhr blickte oder sich durch das braune Haar fuhr, erkannte Hood, daß er kein Gesetzeshüter war. Er besaß nicht die Geduld dafür. Hood ahnte, welcher der Männer Ballon war – der Mann mit dem Bulldoggengesicht, der aussah, als wollte er im nächsten Moment zubeißen.

Ballon eilte herüber, bevor das Flugzeug zum Stillstand gekommen war. Der Mann im Anzug lief hinter ihm her.

»Wir haben keine Erdnüsse dabei«, sagte Matt Stoll, während er seinen Sicherheitsgurt öffnete und sich auf die Knie schlug.

Hood beobachtete, wie Ballon – tatsächlich, wie er angenommen hatte, der Mann mit dem Bulldoggengesicht – seine Männer anwies, die Treppe an das Flugzeug zu rollen. Als die Kopilotin schließlich die Tür öffnete, stand die Treppe bereits davor.

Hood trat hinaus, Nancy, Stoll und Hausen folgten. Ballon

sah sie der Reihe nach an, dann verweilte sein Blick für einen Moment streng auf Hausen. Er wandte sich Hood zu, als dieser das Rollfeld erreichte.

»Guten abend, ich bin Paul Hood.« Hood streckte seine Hand aus.

Ballon schüttelte sie. *»Bon soir,* ich bin Colonel Ballon.« Er deutete mit dem Daumen auf den Mann im Anzug. »Das ist M. Marais vom Zoll. Ich soll Ihnen von ihm ausrichten, daß dies kein internationaler Flughafen ist und daß Sie nur hier sind, weil er damit mir und der Eingreiftruppe der Gendarmerie Nationale einen Gefallen erweist.«

»Vive la France«, flüsterte Stoll.

»Les passeports«, sagte Marais zu Ballon.

»Er will Ihre Pässe sehen«, übersetzte Ballon. »Dann können wir uns hoffentlich auf den Weg machen.«

»Falls ich meinen vergessen haben sollte – hieße das, daß ich nach Hause fliegen kann?« fragte Stoll Ballon.

Ballon sah ihn an. »Sind Sie der Mann mit der Maschine?«

Stoll nickte.

»Dann nicht. Selbst wenn ich Marais erschießen müßte – Sie kommen mit uns.«

Stoll griff in seine Jackentasche und zog seinen Paß heraus. Die anderen zeigten ihre ebenfalls.

Marais musterte sie der Reihe nach und verglich ihre Gesichter mit den Fotos in den Pässen. Dann gab er die Pässe Ballon, der sie Hood aushändigte.

»Continuez«, sagte Marais ungeduldig.

»Ich soll Ihnen außerdem mitteilen, daß Sie Frankreich offiziell nicht betreten haben. Außerdem müssen Sie das Land innerhalb von 24 Stunden wieder verlassen«, sagte Ballon.

»Wir existieren nicht, aber wir leben«, meinte Stoll. »Das hätte Aristoteles gefallen.«

Nancy stand hinter ihm. »Wieso Aristoteles?«

»Weil er an Abiogenese glaubte. Das ist die Theorie, nach der Lebewesen aus toter Materie entstehen können. Francesco Redi hat sie im 17. Jahrhundert widerlegt. Und jetzt haben wir Redi widerlegt.«

Hood hatte allen die Pässe zurückgegeben und blickte jetzt

Marais an. An dessen Gesichtsausdruck erkannte er, daß noch immer etwas nicht stimmte. Einen Augenblick später nahm Marais Ballon zur Seite. Sie wechselten leise ein paar Sätze. Dann kam Ballon herüber. Sein Gesicht wirkte noch unglücklicher als zuvor.

»Was ist los?« wollte Hood wissen.

»Er ist besorgt.« Ballon sah Hausen an. »Er möchte nicht, daß diese sehr außergewöhnliche Situation an die Öffentlichkeit dringt.«

»Ich kann es ihm nicht verübeln«, sagte Hausen leichthin. »Wer möchte schon darauf aufmerksam machen, einen Landsmann wie Dominique zu haben?«

»Niemand«, gab Ballon zurück, »außer vielleicht der Nation, die uns einen Hitler geschenkt hat.«

Bei Konfrontationen dieser Art war Hoods erster Impuls zu schlichten. Aber er beschloß, sich diesmal herauszuhalten. Beide Männer waren über das Ziel hinausgeschossen, und er fühlte, daß er sich durch eine Einmischung nur Feinde schaffen würde.

»Ich bin hierhergekommen, um den nächsten Hitler zu verhindern, nicht um Witze über den letzten zu reißen«, sagte Nancy. »Möchte sich jemand daran beteiligen?«

Sie drängte sich an Ballon, Marais und den anderen Männern der Gendarmerie vorbei und ging in Richtung des Flughafengebäudes.

Hausen sah Hood an, dann Ballon. »Sie hat recht. Ich entschuldige mich hiermit bei Ihnen beiden.«

Ballon knirschte mit den Zähnen, als wäre er noch nicht bereit, die Sache auf sich beruhen zu lassen. Doch dann entspannte er sich und wandte sich Marais zu, der zutiefst verwirrt schien.

»*A demain*«, sagte er streng und bedeutete seinen Männern, sich in Bewegung zu setzen. Hood, Stoll und Hausen folgten.

Während sie rasch das Flughafengebäude durchquerten, fragte sich Hood, ob Ballon die Verabschiedung »à demain«, »Bis morgen«, unabsichtlich verwendet hatte, denn er zeigte auch ihr heutiges Ziel an.

Ballon führte die Gruppe zu zwei wartenden Kleintransportern. Ohne vorzugeben, etwas ungeschehen machen zu wollen, vergewisserte er sich, daß Stoll zwischen Nancy und Hood bequem saß. Er selbst stieg vorne, neben dem Fahrer ein. Auf der hintersten Bank saßen drei weitere Männer. Niemand trug Waffen. Die befanden sich im zweiten Transporter, in dem auch Hausen mitfuhr.

»Ich fühle mich wie der Botaniker auf der HMS Bounty«, bemerkte Stoll zu Hood, als sie unterwegs waren. »Er sollte den Brotbaum umpflanzen, hinter dem sie her waren, und Kapitän Bligh paßte wirklich sehr gut auf ihn auf.«

»Was bedeutet das für den Rest von uns?« fragte Nancy mit finsterem Blick.

»Daß wir nach Tahiti segeln«, gab Hood zurück.

Nancy lächelte nicht. Sie sah ihn nicht einmal an. Hood hatte den Eindruck, daß er sich auf einem Narrenschiff befand, nicht auf der Bounty. Ohne die romantische Verklärung der Erinnerung fiel ihm jetzt wieder ein, daß Nancy regelmäßig Launen unterworfen gewesen war. Ihre Stimmung konnte von Traurigkeit über Niedergeschlagenheit in helle Wut umschlagen, als würde sie einen rutschigen Abhang hinuntergleiten. Die Launen hielten nie lange an, aber wenn sie über sie kamen, konnte es ungemütlich werden. Er wußte nicht, was ihn mehr ängstigte: Die Tatsache, daß er ihre Launenhaftigkeit verdrängt hatte, oder die Tatsache, daß sie jetzt in schlechter Stimmung war.

Ballon drehte sich um. »Ich habe meinen Kredit an Gefallen, die man mir noch schuldete, damit aufgezehrt, Sie nach Frankreich einzuschleusen. Das meiste davon war sowieso schon verbraucht, nachdem ich den Durchsuchungsbefehl für Demain erhalten hatte. Er gilt noch genau bis Mitternacht, und ich möchte ihn nicht ungenutzt verfallen lassen. Wir haben die Anlage tagelang mit Kameras überwacht in der Hoffnung, etwas zu sehen, das uns einen Grund gäbe hineinzugehen. Aber bis jetzt liegt nichts vor.«

»Was hoffen Sie, mit unserer Hilfe zu finden?« fragte Hood.

»Idealerweise?« fragte Ballon. »Gesichter von bekannten Terroristen. Mitglieder von Dominiques grausamen, paramilitärischen *Neuen Jakobinern*, der Neuauflage jener Verbindung, die nicht davor zurückschreckte, alte Frauen und Kinder zu ermordeten, wenn sie der Oberschicht angehörten.«

Der Colonel öffnete mit einem Schlüssel, den er am Handgelenk trug, das Handschuhfach. Er reichte Hood einen Ordner, in dem sich über ein Dutzend Zeichnungen und unscharfe Fotografien befanden.

»Das sind öffentlich bekannte Jakobiner«, sagte Ballon. »Ich brauche eine Übereinstimmung mit mindestens einem von Ihnen, um reingehen zu können.«

Hood zeigte Stoll die Akte. »Werden Sie Gesichter deutlich genug erkennen können, um eine positive Identifizierung zu ermöglichen?«

Stoll blätterte durch die Fotos. »Vielleicht. Es kommt darauf an, hinter welchem Material die Leute stehen, ob sie sich bewegen oder nicht und wieviel Zeit ich habe ...«

»Das sind eine ganze Menge Bedingungen«, sagte Ballon zornig. »Ich muß unzweifelhaft beweisen, daß sich eines dieser Monster in der Fabrik befindet.«

»Läßt der Durchsuchungsbefehl keine andere Möglichkeit offen?« fragte Hood.

»Keine«, entgegnete Ballon ärgerlich. »Trotzdem werde ich nicht die Unschärfe eines Fotos zum Vorwand nehmen, um einen Unschuldigen zu verdächtigen, nur damit wir reingehen können.«

»Meine Güte«, sagte Stoll. »Finden Sie nicht, daß mich das ein wenig zu sehr unter Druck setzt?« Er gab Ballon den Ordner zurück.

»Gute Arbeit in jeder Situation zu leisten unterscheidet Profis von Amateuren«, stellte Ballon fest.

Nancy sah Ballon an. »Ein Profi hätte nicht zugelassen, daß diese Terroristen hineinkommen. Dominique hat gestohlen, eventuell sogar getötet und ist im Begriff, Kriege vom Zaun zu brechen, und das alles erledigt er mit großer Präzision. Macht ihn das zum Profi?«

Ballon gab ruhig zurück: »Männer wie Dominique halten sich nicht an die Gesetze. Diesen Luxus können wir uns nicht leisten.«

»Das ist blanker Unsinn«, entgegnete sie. »Ich lebe in Paris.

Die meisten Amerikaner dort werden von den Franzosen wie Abschaum behandelt, angefangen von Vermietern bis hin zu Gendarmen. Die Gesetze schützen uns nicht.«

»Aber Sie halten sich an die Gesetze, nicht wahr?« fragte er.

»Selbstverständlich.«

»Solange sich nur eine Seite außerhalb der Gesetze bewegt, ist diese Seite lediglich eine negative Kraft«, sagte Ballon. »Wenn sich beide Seiten außerhalb der Gesetze bewegen, herrscht Chaos.«

Hood beschloß, sich diesmal einzumischen, indem er das Thema wechselte. »Wie lange dauert es, bis wir bei der Fabrik sind?«

»Ungefähr 15 Minuten.« Ballon sah noch immer Nancy an, die sich abgewandt hatte. »Mlle. Bosworth, Ihre Argumente klingen vernünftig, und ich bedauere, in diesem Ton mit M. Stoll gesprochen zu haben. Aber es steht eine Menge auf dem Spiel.« Er blickte sie der Reihe nach an. »Haben Sie die Risiken eines Erfolges bedacht?«

Hood beugte sich vor. »Nein, haben wir nicht. Was meinen Sie damit?«

»Falls wir chirurgisch vorgehen und nur Dominique fällt, werden sein Unternehmen und die Holdings überleben. Aber wenn auch sie fallen, dann gehen viele Milliarden Dollar verloren. Die französische Wirtschaft und die Regierung würden ernstlich erschüttert. Dadurch entstünde ein Vakuum, ähnlich denen, die wir in der Vergangenheit erlebt haben.« Er sah an ihnen vorbei auf den Transporter, der hinter ihnen fuhr. »Ein Vakuum, in dem in der Vergangenheit zum Beispiel der deutsche Nationalismus aufblühen konnte, in dem deutsche Politiker das Blut der Menschen zum Kochen brachten.« Seine Augen richteten sich auf Hood. »In dem sie gierige Blicke auf Österreich, das Sudetenland und Elsaß-Lothringen warfen. Mlle. Bosworth, Messieurs Hood und Stoll – wir befinden uns auf einem Drahtseil. Vorsicht ist unsere Balancestange und das Gesetz unser Netz. Damit werden wir die andere Seite erreichen.«

Nancy wandte sich ab und sah aus dem Fenster. Hood wußte, daß sie sich nicht entschuldigen würde. Aber bei

Nancy bedeutete die Tatsache, daß sie aufhörte zu diskutieren, das gleiche.

»Ich vertraue ebenfalls auf die Gesetze und auf die Systeme, die wir geschaffen haben, um sie zu schützen«, entgegnete Hood. »Wir werden ihnen helfen, auf die andere Seite des Drahtseiles zu gelangen, Colonel.«

Ballon dankte ihm mit einem kurzen Nicken, dem ersten Anzeichen von Wohlwollen, das er seit ihrer Ankunft gezeigt hatte.

»Vielen Dank, Boß.« Stoll seufzte. »Aber wie ich schon sagte: Finden Sie nicht, daß mich das ein wenig zu sehr unter Druck setzt?«

54

Donnerstag, 21 Uhr 33 – Wunstorf

Als der Motor abgestorben war, hatte Jody den Fuß vom Gaspedal gehoben, den Hinterkopf an die Kopfstütze zurückgelehnt und die Augen geschlossen.

»Ich kann mich nicht mehr bewegen«, keuchte sie.

Herbert schaltete die Innenbeleuchtung ein und beugte sich zu ihr. »Sie müssen, mein Liebe.«

»Nein.«

Er begann, Stücke der weichen Polsterung aus dem Sitz zu ziehen. »Der Wagen läuft nicht mehr. Sie werden uns einholen, wenn wir nicht aussteigen und machen, daß wir fortkommen.«

»Ich kann nicht.«

Herbert schob den Kragen ihrer Bluse zur Seite und tupfte vorsichtig das Blut von ihrer Wunde. Das Loch war nicht groß. Es hätte ihn nicht gewundert, wenn die Kugel aus einer 22er stammte, die einer der Jugendlichen aus der Menge sich zu Hause zusammengebastelt hatte.

Mistkerle, dachte er. *Beim Anblick ihres eigenen verdammten Blutes würden sie wahrscheinlich in Ohnmacht fallen.*

»Ich habe Angst«, sagte Jody plötzlich und begann zu wimmern. »Ich habe mich getäuscht, ich habe *doch* noch Angst.«

»Das ist schon okay. Sie verlangen einfach zuviel von sich.«

Herbert fühlte mit dem Mädchen, aber er durfte sie jetzt nicht verlieren. Er zweifelte keinen Moment daran, daß Karin Doring ihnen allein oder mit ihrer Gruppe folgen würde. Die Abzeichen der Nazis mußten ins Blut der Besiegten getaucht werden, um als Machtsymbole zu taugen.

»Hören Sie, Jody. Wir sind nahe an unserem Ausgangspunkt, ungefähr anderthalb Kilometer von der Hauptstraße entfernt. Wenn wir es bis dorthin schaffen, sind wir außer Gefahr.«

Herbert öffnete das Handschuhfach. Er fand eine Schachtel Aspirin und reichte Jody zwei Tabletten. Dann griff er hinter sich, nahm eine der Wasserflaschen vom Rücksitz und gab ihr zu trinken. Als sie fertig war, ließ er seine Hände hinter die Sitzlehne gleiten. »Jody, wir müssen fort von hier.« Er fand, wonach er gesucht hatte. »Kleines, ich muß die Wunde behandeln.«

Sie öffnete die Augen. »Wie?« Als sie sich bewegte, schrie sie vor Schmerz kurz auf.

»Ich muß die Kugel entfernen. Aber wir haben kein Verbandszeug und auch nichts zum Nähen. Ich werde die Wunde hinterher ausbrennen müssen.«

Mit einem Mal war sie wieder hellwach. »Sie wollen sie *ausbrennen*?«

»Ich tue das nicht zum erstenmal. Wir müssen hier raus, und ich kann Sie nicht tragen. Was ich jetzt tun werde, wird Ihnen weh tun, aber Sie haben sowieso Schmerzen. Wir müssen etwas dagegen unternehmen.«

Sie ließ ihren Kopf zurückfallen.

»Jody? Wir dürfen keine Zeit verlieren.«

»Okay«, krächzte sie. »Tun Sie's.«

Seine Hände hinter dem Sitz verbergend, zündete er ein Streichholz an und hielt es an die Spitze seines Urban Skinner. Nach ein paar Sekunden blies er die Flamme aus, dann zog er die Ränder der Wunde vorsichtig mit den Fingerspitzen auseinander. Die Rückseite des Projektils glitzerte im gelben Licht der Innenbeleuchtung. Mit einem tiefen Atemzug legte er seine linke Hand über ihren Mund. »Beißen Sie mich, wenn es sein muß.« Er hob das Messer.

Jody stöhnte.

Das Ziel bei der Behandlung einer Schußverletzung bestand darin, beim Entfernen der Kugel nicht mehr Schaden anzurichten, als durch das Eindringen verursacht worden war. Aber sie mußte entfernt werden, weil durch die Bewegungen während der Flucht das Gewebe verletzt oder das Projektil gar in mehrere Teile aufbrechen könnte.

Im Idealfall benutzte der Chirurg eine spitze Zange oder eine Pinzette, um das Metallstück zu greifen. Herbert hatte nur das Messer. Das bedeutete, daß er unter die Kugel gehen und sie rasch herausdrücken müßte, bevor die Klinge hin- und hergeschoben wurde, weil Jody sich vor Schmerzen wand.

Ein Moment lang betrachtete er die Wunde, dann legte er die Spitze an die Öffnung. Die Kugel war in einem leichten Winkel von links nach rechts eingedrungen. Er würde dem Schußkanal folgen. Mit angehaltenem Atem und ruhiger Hand schob er das Messer langsam hinein.

Jody schrie in seine Hand. Sie kämpfte gegen ihn an, aber er hielt sie mit seinem linken Unterarm fest. Es gab kein besseres Training für den Oberkörper, als einen Rollstuhl, in dem man selbst saß, zu bewegen.

Er drückte die Klinge an der Kugel vorbei. Als er deren vorderes Ende fühlte, neigte er die Messerspitze darunter und benutzte den Skinner als Hebel, um das Projektil herauszuschieben. Langsam trat es aus und kullerte an ihrem Körper hinunter.

Herbert schob das Messer in seinen Gürtel und ließ Jody los. Er griff nach den Streichhölzern.

»Ich brauche nur vier oder fünf Sekunden, um die Wunde zu versiegeln«, sagte er. »Geben Sie mir die?«

Mit zusammengepreßten Lippen und fest geschlossenen Augen nickte sie heftig.

Er riß ein Streichholz an und setzte damit den Rest des Heftchens in Brand. Die Hölzer würden heißer sein und es ginge schneller, als wenn er das Messer erhitzte und die Wunde damit schloß. Jede Sekunde zählte.

Wieder drückte er seine Hand auf ihren Mund, dann legte er die Streichholzköpfe in die blutende Wunde.

Jody schüttelte sich in einem Krampf und biß in seine Hand. Er kannte den Schmerz und wußte, daß er schlimmer werden würde, wenn die Feuchtigkeit in ihrer Haut verdampfte. Als sie ihre Zähne in seine Hand grub, unterdrückte er seinen eigenen Schmerz und beugte sich an ihr Ohr. »Haben Sie jemals Kenneth Branagh in ›Henry V.‹ gesehen?«

Eine Sekunde. Das Blut begann zu kochen. Jodys Hände schossen an Herberts Handgelenk.

»Erinnern Sie sich daran, was Henry zu seinen Soldaten sagte?«

Zwei Sekunden. Das Fleisch verbrannte. Jodys Zähne drangen in seine Handfläche.

»Er sagte, daß sie eines Tages auf ihre Narben zeigen und ihren Kindern erzählen würden, daß sie harte Kerle gewesen seien.«

Drei Sekunden. Die Wunde zischte. Jodys Kräfte schienen zu erlahmen. Ihre Augäpfel rollten nach oben.

»Genau das werden Sie auch tun. Nur, daß es für Sie die plastische Chirurgie gibt.«

Vier Sekunden. Die Ränder der Wunde vereinigten sich unter der Hitze. Jodys Hände fielen herab.

»Niemand wird es für möglich halten, daß Sie jemals angeschossen wurden oder daß Sie mit König Bob Herbert auf Kreuzzug waren.«

Fünf Sekunden. Er zog die Streichhölzer zurück. Sie lösten sich mit einem kurzen Ruck von dem versengten Fleisch. Er ließ das Heft fallen und wischte die glimmenden Reste von ihrer Haut. Es war eine kurze, häßliche Aufgabe gewesen, aber wenigstens war die Wunde nun geschlossen.

Er nahm die Hand von Jodys Mund. Seine Handfläche blutete.

»Wir werden beide unsere Narben zeigen können«, murmelte er, während er schon zur Beifahrertür hinübergriff. »Glauben Sie, daß Sie jetzt gehen können?«

Jody sah ihn an. Sie schwitzte, und ihr Gesicht glänzte im Schein der kleinen Lampe über dem vorderen Fenster.

»Es wird schon gehen.« Sie sah nicht auf die Wunde, als sie ihre Bluse darüberzog. »Ist Ihre Hand verletzt?«

»Falls Sie nicht die Tollwut haben, fehlt mir nichts.« Er öffnete die Tür. »Wenn Sie mir jetzt mit dem Rollstuhl helfen, können wir machen, daß wir hier rauskommen.«

Jody bewegte sich langsam, noch schwach auf den Beinen, als sie um den Wagen herumging. Mit jedem Schritt wurde sie sicherer, und als sie die Beifahrerseite erreicht hatte, schien sie wieder die alte zu sein. Sie hatte Mühe, Herberts Stuhl aus dem Wagen zu bugsieren, aber schließlich klappte sie ihn auf.

Er drückte sich vom Sitz ab und sprang hinein.

»Los jetzt«, sagte er. »Richtung Osten. Nach links.«

»Aber das ist nicht der Weg, den ich gekommen bin.«

»Ich weiß. Gehen Sie nur.«

Sie begann, ihn zu schieben. Der Rollstuhl schien an jeder hervorstehenden Wurzel und an jedem heruntergefallenen Ast hängenzubleiben. Ein Stück hinter sich hörten sie Schritte in der ansonsten lautlosen Nacht.

»Wir werden es nicht schaffen«, jammerte Jody.

»Doch, wenn Sie nur weiter in diese Richtung schieben.«

Jody lehnte sich gegen den Stuhl, und während sie sich langsam durch die Dunkelheit kämpften, sagte Herbert ihr, was sie noch für ihn tun müsse.

55

Donnerstag, 21 Uhr 56 – Toulouse

Ballon, Hood, Stoll, Hausen und Nancy ließen die Transporter hinter sich und überquerten den Fluß Tarn zu Fuß über die Brücke aus rotem Sandstein. Die im Abstand von jeweils knapp 20 Metern aufgestellten Straßenlaternen warfen genügend Licht, so daß sie sehen konnten – und, wie Hood wußte, gesehen werden konnten.

Nicht daß es eine Rolle gespielt hätte. Dominique würde in jedem Fall annehmen, daß er überwacht wurde. Ihr Kommen würde ihn wahrscheinlich nicht dazu veranlassen, irgendwelche zusätzlichen Sicherheitsvorkehrungen zu treffen.

Als sie die ehemalige Festung erreichten, hielt die Gruppe an. Sie setzten sich neben einer Baumgruppe auf den schmalen, zum Fluß hin abfallenden Grasstreifen.

Stoll, der die ganze Zeit über vor sich hingemurmelt hatte, vertraute Nancy seinen Computer an, während er den T-Bird auspackte.

»Sind Sie sicher, daß wir nichts Illegales tun?« fragte er. »Ich möchte nicht unbedingt die Hauptrolle in ›Midnight Express II' spielen und mit dem Rohrstock verprügelt werden.«

»Das ist in Frankreich nicht üblich«, sagte Ballon. »Außerdem tun wir nichts Ungesetzliches.«

»Ich hätte den Durchsuchungsbefehl im Wagen lesen sollen«, meinte Stoll. »Aber ich kann kein Französisch, es macht also keinen Unterschied.«

Der Computertechniker verband das schuhkartongroße Gerät mit dem faxähnlichen Bilderzeuger. Er richtete die Vorderseite auf das Gebäude und drückte einen Knopf auf dem Ablichtungsgerät, mit dem der Laserstrahlscanner aktiviert wurde. Der Scanner würde das Bild bereinigen, indem er Unschärfen entfernte, die möglicherweise durch Staubpartikel in der Luft verursacht werden würden.

»Colonel, haben Sie eine Ahnung, wie dick die Wände sind?« fragte Stoll.

»Etwa 15 Zentimeter an den meisten Stellen.«

»Dann müßte es funktionieren.« Stoll hockte sich hin und schaltete den Terahertzgenerator ein. Nach weniger als zehn Sekunden gab die Maschine einen Ton von sich. »Aber in einer halben Minute werden wir es genau wissen.«

Noch immer hockend, beugte sich Stoll vor und wartete darauf, daß das Farbbild aus dem Bilderzeuger kam. Es wurde mit der Geschwindigkeit einer langsamen Faxübertragung herausgeschoben. Gespannt beobachtete Ballon, wie das glänzende Blatt ausgeworfen wurde.

Als das Gerät anhielt, riß Stoll das Papier ab und reichte es

Ballon. Der Colonel überprüfte es im Licht einer kleinen Taschenlampe. Die anderen kamen näher.

Hood war enttäuscht. Mit der Schärfe dieses Bildes würden sie keinen Blumentopf gewinnen.

»Was ist das?« fragte Ballon. »Es sieht aus wie ein Swimmingpool.«

Stolls Kniegelenke knackten, als er sich erhob. Er betrachtete das Bild. »Das ist das Bild einer Wand, die um einiges dicker als 15 Zentimeter ist.« Er las die Ausgabedaten am unteren Rand des Papiers. »Der Strahl drang bis in eine Tiefe von 15 Zentimetern in die Wand ein und wurde dann aufgehalten. Das heißt, daß die Wand entweder dicker ist, als Sie gedacht haben, oder daß sich etwas auf der anderen Seite befindet.«

Hood sah Nancy an, die die Stirn runzelte. Dann blickte er an dem vierstöckigen Gebäude empor. Es gab Fenster, aber sie waren mit Läden verschlossen. Er war sicher, daß sich auf der anderen Seite der Mauern funkstrahlenabweisende Materialien befanden.

Ballon warf das Papier verärgert zu Boden. »Sind wir deswegen hergekommen?«

»Sie kaufen ein Los und versuchen Ihr Glück.« Stoll war offensichtlich erleichtert. »Ich schätze, wir hätten von vornherein wissen müssen, daß es nicht so leicht werden würde wie sich in einen Regierungscomputer zu hacken.«

Einen Augenblick, nachdem er das gesagt hatte, schien Stoll zu erkennen, daß er einen Fehler begangen hatte. Ballon leuchtete ihm mit der Taschenlampe ins Gesicht. Auch Hood blickte den Computerzauberer an.

»Sie können in Computer eindringen?« fragte Ballon.

Stoll sah Hood an. »Ja. Ich meine, ich habe es bereits getan. Aber das ist in höchstem Maße illegal, besonders …«

»Wir haben versucht, in Demains Computer zu gelangen«, erklärte Ballon. »Aber Dominique war nirgendwo online, wo wir ihn hätten finden können. Ich hatte einige meiner besten Leute darauf angesetzt.«

»Wahrscheinlich haben Sie nichts gefunden, weil Sie nicht wußten, wonach Sie suchen sollten«, schaltete sich Nancy ein. »Haben Sie seine Spiele gefunden?«

»Selbstverständlich.«

»Dann hätten Sie sich darin genauer umsehen sollen. Oft verstecken sie sich in MUDs – Multi-User Dungeons.«

»He«, sagte Stoll. »Im Flugzeug habe ich mit so einem Ding rumgespielt.«

»Ich weiß«, sagte Nancy. »Ich habe die Befehle gesehen, die Sie eingaben, und auch die E-mail, die Sie abgeschickt haben.«

Hood spürte, wie ihm vor Scham siedendheiß wurde.

»Es ist wie Lippen ablesen«, erklärte Nancy. »Mit etwas Übung kann man auch die Fingerbewegungen auf der Tastatur ablesen. Jedenfalls bauen wir immer Geheimtüren zu anderen Spielen ein, wenn wir ein Spiel programmieren. Ich habe zum Beispiel eine Version von ›Tetris‹ in ›Ironjaw‹ versteckt, als ich es für Demain programmierte.«

»Das war von Ihnen?« fragte Stoll. »Ich bin beeindruckt.«

»Allerdings. Leider liest niemand den Abspann der Spiele. Wenn Sie es getan hätten, hätten Sie ›Tetris‹ finden können. Sie hätten nur die richtigen Buchstaben innerhalb der Namen Ted Roberts und Trish Fallo markieren müssen.«

»Wie, zum Teufel, soll jemand auf diesen Gedanken kommen?« fragte Hood.

»Man kommt nicht darauf. Darum macht es ja so riesigen Spaß. Wir lassen die Informationen über Fanzeitschriften und online über Bulletin Boards durchsickern.«

»Niemand käme jemals auf den Gedanken, in einem harmlosen Abenteuerspiel nach einem Aktivierungscode zu suchen«, vermutete Hood.

»Richtig. Aber genau das ist es: ein einfacher Aktivierungscode. Ein Programm im Computer eines Users in Jerkwater Township, USA, kann ein Haßspiel über das gesamte Internet verbreiten.«

»Warum hast du uns nichts davon gesagt?« fragte Hood.

»Um ehrlich zu sein – es ist mir bis jetzt nicht in den Sinn gekommen«, gab sie gereizt zurück. »Ich hätte nicht gedacht, daß jemand Strategiespiele dazu verwendet, um Haßspiele in die Welt zu setzen. Warum hat Matt nicht daran gedacht? Er ist doch dein Computerfachmann.«

»Sie hat recht«, gab Stoll zu. »Ich hätte darauf kommen können. Wie der alte Witz besagt: Man geht auf Elefantenjagd und vergißt manchmal, vorher im Kühlschrank nachzusehen.«

Hood kannte den alten Witz nicht und wollte ihn jetzt auch nicht hören. Er sagte: »Die Haßspiele sind also versteckt. Und wo suchen wir nach ihnen?«

»Ja, und selbst wenn wir sie finden«, fügte Hausen hinzu, »können wir sie dann bis zu Demain zurückverfolgen?«

»Es ist schwer zu sagen, wo wir suchen sollen«, entgegnete Stoll. »Sie könnten das Programm durch die Gegend passen wie einen Fußball – von ›Der Skorpion sticht‹ zu ›Phönix aus dem All‹ und weiter zu ›Die Klauen des Tigermannes‹.«

»Bleibt das Haßspielprogramm in dem anderen Programm von Demain?« fragte Hood.

»Nein«, erwiderte Stoll. »Es wird zeitcodiert, und wenn es einmal auf die Reise geschickt ist, verbreitet es sich wie ein Virus.«

»Es gibt also keine Spuren«, stellte Hood fest.

»Richtig«, bestätigte Stoll. »Selbst wenn man verhindern könnte, daß das Programm freigesetzt wird – was im übrigen nicht viel nützen würde, da er mit Sicherheit irgendwo eine Kopie angelegt hat –, fände man keine Fingerabdrücke darauf.«

»Das hilft mir um keinen Deut weiter«, sagte Ballon erzürnt.

Hood blickte auf seine Uhr. »Er dürfte jetzt online gehen. Nancy, bist du sicher, daß du nichts mehr weißt? Über seine Kunden, über die Programmierer oder über deren Arbeitsweisen?«

»Wenn ich es wüßte, Paul, hätte ich es dir gesagt.«

»Ich weiß. Ich dachte nur, daß dir vielleicht etwas entfallen sein könnte.«

»Nein. Außerdem nehmen andere Leute den letzten Schliff an den Programmen vor. Ich schreibe die Parameter, die Umrisse, und andere Leute füllen sie aus. Sie werden sehr gut bezahlt und umhätschelt und sind darum dem Boß gegenüber äußerst loyal. Wenn ein anderes Spiel in einem Abspann versteckt wird, dann ist das mehr oder weniger eine Nachbearbeitung. Es gehört nicht mehr zu meinem Aufgabenbereich.«

Für einen Moment waren alle still. Dann klatschte Stoll in die Hände und ließ sich ins Gras fallen. »Ich weiß, wie ich es machen kann. Ich weiß, wie ich an den verdammten Bastard herankomme!«

Ballon kauerte sich neben ihn. »Wie?«

Die anderen scharten sich um sie, während Stoll die Kabel seines tragbaren Computers auspackte. Er schloß das Gerät an den T-Bird an. »Die Programmierer arbeiten wie Maler. Wie wir in Mr. Hausens Büro gesehen haben, verwenden sie die Landschaften um sich herum und bauen sie in die Spiele ein. Jetzt ist es dunkel, darum können wir mit bloßem Auge nichts erkennen. Aber wenn ich Terahertzbilder von den Bäumen, den Hügeln und allem anderen mache, dann erscheinen die chemischen Zusammensetzungen als visuelle Daten. Dadurch erhalten wir Umrisse vom den Blättern bis hin zu Geröllbrocken. Wenn ich die in den Computer eingebe ...«

»... dann können Sie ein Programm für einen Bildvergleich ablaufen lassen, um zu sehen, ob einige der Bilder übereinstimmen«, sagte Nancy. »Matt, das ist brillant!«

»Verdammt richtig«, meinte er. »Mit etwas Glück kann ich das alles von hier aus bewerkstelligen. Falls ich mehr Saft brauche, lade ich ihn mir vom OP-Center runter.«

Während Stoll arbeitete, beobachtete Hood ihn verwundert. Aber er hatte volles Vertrauen in seinen Mitarbeiter.

Als sein Telefon summte, ging er bis zum Flußufer hinunter.

»Ja?« meldete er sich.

»Paul?« fragte der Anrufer. »Hier ist John Benn. Können Sie reden?«

Hood bejahte.

»Ich habe einen umfassenden Bericht für Sie, aber hier ist zunächst mal das Wesentliche: Maximilian Hausen, der Vater von Richard Hausen, arbeitete von 1966 bis 1979 für Pierre Dupré. Er war zuerst Pilot und später Chefpilot.«

»Sagten Sie 1966?«

»Ja.«

Also bevor Richard Hausen und Gérard Dupré zusammen die Universität in Paris besucht hatten. In diesem Fall war es unwahrscheinlich, daß sie sich erst an der Sorbonne kennengelernt hatten, wie Hausen behauptet hatte. Mit an Sicherheit grenzender Wahrscheinlichkeit hatten sie sich bereits vorher gekannt. Hood warf einen Blick auf Hausen zurück, der Stoll zusah. Mehr als die Frage, wann sie sich getroffen hatten, beschäftigte Hood die Frage, ob sie jetzt noch immer in Kontakt standen – nicht als Feinde, sondern als Verbündete.

»Da ist noch was«, sagte Benn. »Hausen senior war offenbar ein überzeugter Nazi, der sich nach dem Krieg weiterhin insgeheim mit ehemaligen Nazis getroffen hat. Er gehörte den *Weißen Wölfen* an, einer Gruppe, die die Gründung des Vierten Reichs plante.«

Hood wandte der Gruppe den Rücken zu und fragte leise: »War Richard auch Mitglied?«

»Es gibt keine Beweise, weder dafür noch dagegen.«

Hood war froh, zumindest das zu hören. »Sonst noch etwas, John?«

»Im Moment nicht.«

»Vielen Dank. Sie haben mir sehr geholfen.«

»Keine Ursache. Ich wünsche Ihnen eine gute Nacht.«

Hood schaltete das Telefon aus und starrte für einen Moment in das dunkle Wasser der Tarn. »Hoffentlich wird es eine gute Nacht«, murmelte er, bevor er sich umdrehte und zu den anderen zurückging.

56

Donnerstag, 22 Uhr 05 – Wunstorf

Jody bewegte sich so schnell, wie es ihre bleischweren Beine und die schmerzende Schulter erlaubten. Es war seltsam, dachte sie, wie viele Dinge sie immer als selbstverständlich hingenommen hatte – einen gesunden Körper zum Beispiel oder einen Spaziergang im Wald … Einen Rollstuhl mit jemandem darin zu schieben oder manchmal zu ziehen verlieh letzterem eine vollkommen andere Dimension.

Die Tatsache, daß jemand sie jagte – jemand, den sie hören, aber nicht sehen konnte –, rückte die Erfahrung in die Nähe eines Alptraums.

Sie stolperte, rappelte sich wieder auf, schob, stöhnte – und stemmte sich erneut gegen den Rollstuhl. Sie brauchte ihn beinahe genauso wie umgekehrt.

Dann hörte sie plötzlich die Stimme der Frau hinter sich.

»Keinen Schritt weiter!«

Jody blieb stehen.

»Hände hoch.«

Jody gehorchte.

»Gehen Sie zwei Schritte nach links, und drehen Sie sich nicht um.«

Jody tat, wie ihr befohlen wurde. Sie hörte, wie Karin Doring näherkam. Die Deutsche atmete schwer. Jody fuhr zusammen, als die Frau drei Kugeln in die Rückenlehne des Rollstuhls abfeuerte. Leblos sackte der Körper darin in sich zusammen.

»Großer Gott!« keuchte Jody.

Karin umrundete das Mädchen. Selbst in der Dunkelheit konnte die zu Tode erschrockene junge Frau ihren zornigen Gesichtsausdruck erkennen. Auch den SA-Dolch sah sie.

»Sie haben es gewagt, in mein Lager zu kommen«, schrie Karin Doring sie an. Ihre Stimme klang wütender als heute morgen. Sie versetzte dem Rollstuhl einen Tritt. »Sie haben es gewagt, mich herauszufordern und zu beleidigen.«

»Es tut mir leid.« Jody zitterte. »Sie – Sie hätten dasselbe getan, nicht wahr?«

»Sie sind nicht ich!« brüllte Doring. »Sie haben den Mitgliedsbeitrag nicht bezahlt.«

Unvermittelt blitzten aus einem Baum drei Schüsse auf. Karin torkelte, hielt sich aber auf den Beinen, als sie in kurzer Abfolge getroffen wurde. Sie blickte nach oben und sah Bob Herbert, der sich in den unteren Ästen bewegte. Dann fiel sie auf die Knie. Aus den Wunden sickerte Blut.

Herbert warf seine Waffe zu Boden, anschließend ließ er

sich von dem Ast herab. Er hing an seinen kräftigen Armen. »Ich wette, sie ist jetzt sehr froh, daß sie nicht Sie ist, Karin.«

Die Terroristin hatte Mühe, die Augen offenzuhalten. Langsam schüttelte sie den Kopf und versuchte, die Waffe zu heben. Die Maschinenpistole fiel zu Boden, einen Moment später folgte sie ihr.

Jody konnte Karin nicht ansehen. Sie versetzte der Leiche des toten Polizisten, den sie in den Rollstuhl gesetzt hatten, einen Stoß, so daß er vornüber auf die Erde fiel. Dann lief sie mit dem Stuhl zu Herbert hinüber, der sich in den Sitz fallen ließ. Jody lehnte sich an den Baum.

»Sie mußten es tun, und Sie haben es wie ein Profi getan«, sagte Herbert. »Ich bin stolz auf Sie.« Er steckte die Skorpion in den Lederbeutel. »Machen wir, daß wir hier fort…«

Bevor er den Satz beenden konnte, wurde er vom Gebrüll einer hünenhaften Gestalt unterbrochen, die sich aus der Dunkelheit auf ihn stürzte. In blinder Wut stieß Manfred Piper sein Messer von hoch oben gegen Herberts Brust hinab.

57

Donnerstag, 22 Uhr 06 – Toulouse

Nachdem er das Telefon in seine Jacke zurückgesteckt hatte, ging Hood die Grasböschung wieder hinauf. Während sich die übrigen noch neben der Baumgruppe aufhielten, hatte sich Stoll ein paar Schritte in Richtung der Brücke entfernt. Von dort aus hatte er einen freien Blick über den Fluß und auf das gegenüberliegende Ufer.

Im Näherkommen hörte Hood, wie Ballon auf Nancy einsprach.

»… und wenn sie uns sehen, sollen sie sich zum Teufel scheren. Was kümmert es mich? So war es auch, als ich meine Frau mit ihrem Liebhaber überraschte. Nur weil einem das, was man sieht, nicht gefällt, verschwindet es nicht.«

»Danach habe ich nicht gefragt«, sagte Nancy. »Ich fragte

nur, ob Sie *wollen,* daß uns jemand von Demain sieht, und was Ihrer Meinung nach passieren wird, *falls* sie uns sehen.«

»Wir befinden uns auf öffentlichem Grund und Boden. Auch wenn sie uns sehen, können sie nichts unternehmen. Ich glaube, daß Dominique es in keinem Fall auf eine Auseinandersetzung ankommen lassen wird. Besonders dann nicht, wenn er gerade dabei ist, seine Spiele hochzuladen.«

Hood blieb neben Hausen stehen. Er wollte ihn eben zur Seite nehmen, als Ballon herüberkam.

»Ist alles in Ordnung?« fragte der Colonel.

»Ich bin nicht sicher«, entgegnete Hood. »Matt, haben Sie alles im Griff?«

»Mehr oder weniger.« Stoll saß mit ausgestreckten Beinen auf dem Boden. Der Computer lag auf seinen Knien, und Matt hatte sich wild tippend darübergebeugt. »Wie lautet ein anderes Wort für ›präzise‹?«

Ballon antwortete: »*Fidele,* wenn es um das Verhalten geht ...«

»Okay, das kann ich akzeptieren«, meinte Stoll. »Unser Junge ist mit Sicherheit *fidele.* Das erste Spiel hat er um exakt zehn Uhr hochgeladen, pünktlich auf die Sekunde. Ich habe es auf der Festplatte gespeichert. Der T-Bird deckt mit jedem Bild etwa 38 Grad ab, das heißt, daß ich in knapp zehn Minuten einen vollständigen Rundblick haben werde.«

»Und dann?« wollte Hood wissen.

»Dann werde ich anfangen, das Spiel zu spielen und dabei zu verschiedenen Bildschirmen und somit zu verschiedenen Landschaften gelangen.«

»Warum übertragen Sie es nicht ans OP-Center?«

»Weil die dort auch nichts anderes tun können als ich hier. Ich schreibe eine kleine Veränderung für das Matchbook-Programm, so daß ich damit Bilder des T-Bird einlesen kann. Danach ist alles in den Händen der Götter. Die Hintergrundbilder huschen vorbei, und ich erhalte ein akustisches Signal, wenn es eine Übereinstimmung gibt.« Stoll hörte auf zu schreiben und holte tief Luft. Er lud das Spiel. »Ich glaube nicht, daß ich daran besonderen Spaß haben werde. Es ist wieder der Lynchmob.«

Unterdessen war Nancy zu ihm getreten. Sie kniete sich hinter ihn und legte ihm sanft die Hände auf die Schultern. »Ich helfe Ihnen, Matt. Mit den Dingern kenne ich mich ganz gut aus.«

Hood betrachtete sie einen Moment lang. Die Art, in der sie Matt berührte, erweckte Eifersucht in ihm. Die Art, in der ihre Hände sich wie Blütenblätter auf ihn herabgesenkt hatten, erfüllte ihn mit Verlangen. Und die Art seiner Gefühle verursachte ihm Ekel.

Dann, genau im richtigen Augenblick, drehte sich Nancy wie in Zeitlupe um und sah ihn an. Sie bewegte sich langsam genug, so daß er sich hätte abwenden können, wenn er gewollt hätte. Aber er tat es nicht. Ihre Blicke verhakten sich ineinander, und er taumelte geradewegs in ihre Augen hinein.

Erst der Gedanke an Hausen befreite Hood aus Nancys Bann. Die ungeklärten Fragen bezüglich des Deutschen waren dringender.

»Mr. Hausen«, sagte er, »können wir miteinander sprechen?«

Hausen blickte ihn erwartungsvoll, beinahe gespannt an. »Natürlich.« Die ganze Situation hatte den Deutschen offensichtlich erregt. Aber für welche Seite fieberte er?

Hood legte ihm eine Hand auf die Schulter und führte ihn zum Fluß hinunter. Ballon folgte ihnen mit einigen Schritten Abstand. Aber das war in Ordnung, denn es betraf auch ihn.

»Der Anruf, den ich eben erhielt«, sagte Hood, »kam vom OP-Center. Es gibt keine Möglichkeit, Ihnen die folgende Frage durch die Blume zu stellen, also frage ich Sie direkt: Warum haben Sie uns nicht erzählt, daß Ihr Vater für Dupré gearbeitet hat?«

Hausen blieb stehen. »Woher wissen Sie das?«

»Ich habe meine Leute gebeten, deutsche Steuerakten zu überprüfen. Ihr Vater arbeitete von 1966 bis 1979 als Pilot für Pierre Dupré.«

Hausen legte eine lange Pause ein, bevor er antwortete. »Es stimmt. Genau das war einer der Punkte, über die Gérard und ich in jener Nacht in Paris stritten. Mein Vater brachte ihm das Fliegen bei. Er behandelte ihn wie einen Sohn und half ihm, hassen zu lernen.«

Ballon blieb neben den beiden Männern stehen. Sein Gesicht war nur Zentimeter von dem Hausens entfernt. »Ihr Vater hat für dieses Monster gearbeitet?« fragte er. »Wo ist er jetzt?«

»Er starb vor zwei Jahren.«

»Da ist noch etwas«, sagte Hood. »Erzählen Sie uns von den politischen Verbindungen Ihres Vaters.«

Hausen atmete tief durch. »Sie waren im höchsten Maß verwerflich. Er gehörte zu den *Weißen Wölfen*, einer Bewegung, die die Ideale der Nazis nach dem Krieg aufrechterhielt. Er traf sich regelmäßig mit den anderen Mitgliedern. Er ...« Hausen stockte.

»Er *was*?« zischte Ballon.

Hausen sammelte sich erneut. »Er glaubte an Hitler und an die Ziele des Reichs. Er betrachtete den Ausgang des Krieges als Rückschlag, nicht als Niederlage; auf seine Art setzte er ihn auch fort. Als ich elf war« – er atmete erneut tief durch, bevor er fortfuhr – »waren mein Vater und zwei seiner Freunde zusammen mit mir auf dem Heimweg vom Kino. Sie schlugen den Sohn eines Rabbis zusammen, der eben aus der Synagoge kam und nach Hause gehen wollte. Danach schickte mich meine Mutter nach Berlin ins Internat. Ich sah meinen Vater erst Jahre später wieder, nachdem ich Gérard an der Sorbonne kennengelernt hatte.«

»Wollen Sie damit andeuten, daß Gérard nur nach Paris gekommen ist, um sich mit Ihnen anzufreunden und Sie zurückzubringen?« fragte Hood.

»Sie müssen verstehen, daß ich von klein auf eine Kraft war, mit der gerechnet werden mußte. Die Tat meines Vaters hatte mich gegen ihn aufgebracht. Ich höre noch heute, wie er mich aufforderte mitzumachen, als ginge es um ein Freizeitvergnügen, das ich nicht verpassen sollte. Noch heute höre ich das Stöhnen des jungen Mannes, die Tritte der Angreifer, das Scharren der Schuhe auf dem Asphalt, während sie um ihn herumsprangen. Es war widerwärtig. Meine Mutter liebte meinen Vater und mich, und sie schickte mich in dieser

Nacht fort, damit wir uns nicht gegenseitig zerfleischten. Ich kam zu einem Vetter nach Berlin.

Dort baute ich eine antifaschistische Gruppe auf. Mit 16 hatte ich eine eigene Radiosendung, einen Monat darauf Polizeischutz. Einer der Gründe, weshalb ich das Land verließ, um die Pariser Universität zu besuchen, waren die ständigen Morddrohungen gegen mich. Ich habe niemals an meinen Überzeugungen gezweifelt.« Er warf Ballon einen Blick zu. »*Niemals*, verstehen Sie?«

»Und Gérard?« fragte Hood.

»Was ich Ihnen heute nachmittag erzählt habe, war beinahe die ganze Wahrheit«, antwortete Hausen. »Gérard war ein reicher, verwöhnter junger Mann, der durch meinen Vater von mir gehört hatte. Er betrachtete mich als Herausforderung, denke ich. Den *Weißen Wölfen* war es nicht gelungen, mich durch Einschüchterung aufzuhalten. Gérard wollte mich mit Argumenten und durch seinen Intellekt auf ihre Seite ziehen. In jener Nacht, als er die beiden Mädchen tötete, wollte er mir demonstrieren, daß sich nur Idioten und Feiglinge im Rahmen der Gesetze bewegten. Noch auf unserer Flucht sagte er mir, daß jene, die die Welt verändern wollten, nach ihren eigenen Regeln operierten und andere dazu brächten, ebenfalls danach zu leben.«

Hausen sah zu Boden. Hood blickte Ballon an. Der Franzose war wütend.

»Sie waren in diese Morde verwickelt«, sagte der Colonel. »Trotzdem haben Sie nichts getan, außer davonzurennen und sich zu verstecken. Auf welcher Seite stehen Sie, M. Hausen?«

»Ich habe einen Fehler begangen und seitdem unablässig dafür bezahlt. Ich würde alles dafür geben, wenn ich in diese Nacht zurückkehren und Gérard der Polizei übergeben könnte. Aber damals tat ich es nicht. Ich hatte Angst, war verwirrt und lief davon. Dafür habe ich gebüßt, M. Ballon. Noch heute büße ich jeden Tag und jede Nacht dafür.«

Hood schaltete sich ein. »Erzählen Sie mir von Ihrem Vater.«

»Ich sah meinen Vater nach jener Nacht, in der sie den jüdischen Jungen angegriffen hatten, noch zweimal. Das erste Mal war bei den Duprés zu Hause, als Gérard und ich dorthin flohen. Er forderte mich auf, ich solle mich ihnen anschließen. Er behauptete, das sei der einzige Weg, mich zu retten. Als ich mich weigerte, nannte er mich einen Verräter. Das zweite Mal war in der Nacht seines Todes. Ich war bei ihm in Bonn, und noch mit seinem letzten Atemzug nannte er mich wieder einen Verräter. Auch auf seinem Sterbebett habe ich ihm die verlangte Zustimmung nicht gegeben. Meine Mutter war dabei. Wenn Sie wollen, können Sie sie über Mr. Hoods Telefon anrufen.«

Ballon sah Hood an. Dessen Blick ruhte auf Hausen. Er fühlte das gleiche wie im Flugzeug. Er wollte ihm glauben, aber es standen Menschenleben auf dem Spiel, und trotz allem, was Hausen gesagt hatte, blieb der Anflug eines Zweifels.

Hood nahm das Telefon aus seiner Jacke. Er tippte eine Nummer ein. John Benn meldete sich.

»John«, sagte Hood, »ich möchte wissen, wann Maximilian Hausen starb.«

»Der plötzlich allgegenwärtige Nazi«, sagte Benn. »Das wird eine Minute oder zwei dauern. Wollen Sie dranbleiben?«

»Ja.«

Benn legte den Anruf auf die Warteleitung. Hood sah Hausen an. »Es tut mir leid, aber das bin ich Matt und Nancy schuldig.«

»Ich würde dasselbe tun. Aber ich sage Ihnen nochmals: Ich verachte Gérard Dominique, die *Neuen Jakobiner*, die Neonazis und alles, was sie repräsentieren. Wenn es nicht den Beigeschmack von Denunziantentum gehabt hätte, hätte ich meinen Vater ausgeliefert.«

»Sie hatten einige schwierige Entscheidungen zu treffen«, meinte Hood.

»Das stimmt. Sehen Sie, Gérard lag falsch. Man muß ein Feigling sein, um *außerhalb* der Gesetze zu operieren.«

John Benn meldete sich wieder. »Paul? Der ältere Hausen starb vor knapp zwei Jahren. Es gab einen kurzen Nachruf in einer Bonner Zeitung – ehemaliger Luftwaffenflieger, Privatpilot et cetera.«

»Danke«, sagte Hood. »Vielen Dank.« Er legte auf. »Noch einmal, Mr. Hausen – es tut mir leid.«

»Mr. Hood, dazu besteht wirklich kein Anlaß …«

»Paul!«

Hood und Hausen drehten sich zu Stoll um. Ballon rannte bereits hinüber.

»Was haben Sie?« rief Hood, während er Ballon folgte.

»Peanuts«, gab Stoll zurück. »Ich meine, wie ich es auch drehe und wende, meine Maschine ist einfach nicht schnell genug, um eine Analyse vor dem Jahr 2010 fertigzustellen. Ich wollte schon im OP-Center um Hilfe nachfragen, doch Nancy hat was Besseres gefunden.«

Nancy erhob sich und erklärte, zu Ballon gewandt: »In anderen Demain-Spielen kann man von einer Ebene zur nächsten gelangen, indem man das Spiel anhält und die Bildlaufpfeile der Tastatur in einer bestimmten Reihenfolge drückt: nach unten, nach oben, nach oben, nach unten, nach links, nach rechts, nach links, nach rechts.«

»Und?«

»Wir sind bei diesem Spiel schon auf Ebene zwei, ohne die erste Ebene gespielt zu haben.«

»Wäre Dominique wirklich dumm genug, die gleichen Mogelcodes in eines dieser Spiele einzubauen?« fragte Hood.

»Offensichtlich schon«, gab Nancy zurück. »Der Code ist bereits vorher installiert. Man muß ihn entfernen, nicht eingeben. Irgendwo im Laufe des Prozesses hat jemand vergessen, ihn zu löschen.«

Ballon stand hoch aufgerichtet und blickte in Richtung der Fabrik.

»Was meinen Sie?« fragte Hood den Colonel. »Reicht Ihnen das?«

Ballon zog das Funkgerät aus seinem Gürtel. Er sah Matt an. »Haben Sie das Spiel auf Ihrem Computer gespeichert?«

»Der Übergang von Ebene eins auf Ebene zwei wurde kopiert und gespeichert.«

Ballon schaltete das Funkgerät ein und hob es vor seinen Mund. »Sergeant Ste. Marie? *Allons!*«

58

Donnerstag, 22 Uhr 12 – Wunstorf

Manfred hatte das Messer von oben auf den im Rollstuhl sitzenden Herbert heruntergestoßen.

Für jemanden, der aufstehen kann, ist es relativ einfach, sich gegen einen Messerangriff zu verteidigen. Er benutzt seinen Unterarm wie ein Kantholz, hält ihn ausgestreckt schräg nach oben oder unten und blockt zunächst den Unterarm des Angreifers ab. Dann dreht er den eigenen Unterarm und lenkt so den Schwung des Angreifers um: nach oben, nach innen oder nach unten. Gleichzeitig weicht er aus und gewinnt auf diese Weise Zeit, um sich auf den nächsten Hieb oder Stich vorzubereiten. Noch besser ist es, zum Gegenangriff überzugehen, sofern durch das Ausweichmanöver die Seite oder der Rücken des Gegners bloßgelegt wird – man kann ihm dann rasch ein paar gezielte Schläge versetzen.

Für den Fall, daß man sich dicht vor oder unter dem Angreifer befindet, verwendet man ebenfalls den Unterarm zur Verteidigung. Allerdings sollte der Arm in dieser Situation am Ellbogen angewinkelt werden, so daß er ein umgekehrtes »V« bildet. Der angreifende Arm wird auch hierbei mit dem Unterarm abgefangen. Man lenkt den Unterarm des Angreifers, gegen den der eigene Unterarm drückt, nach oben, nach unten oder zur Seite ab – genau wie bei der Verteidigung mit ausgestrecktem Arm. Der einzige Unterschied besteht darin, daß man darauf achten muß, den Zusammenprall näher am Handgelenk als am Ellbogen erfolgen zu lassen. Ansonsten kann das Messer den eigenen Unterarm entlanggleiten, über den Ellbogen rutschen und eine Stichverletzung verursachen.

Als Manfred also das Messer mit dem vollen Gewicht seines Körpers dahinter herunterstieß, beugte Bob Herbert seinen Arm, um ihn abzublocken. Er hob den linken Arm in die Höhe, den Unterarm vor die emporgerichtete Stirn, und schloß zur Verstärkung die Faust. Im selben Moment, als der angreifende Arm gegen seinen Unterarm traf, versetzte er Manfred eine harte Rechte an den freiliegenden Kinnwinkel.

Der Deutsche schien von dem Schlag jedoch kaum beeindruckt zu sein. Er zog den Messerarm zurück, riß ihn nach rechts und stieß dann quer nach links zu, wieder in Richtung von Herberts Brust.

Der Intelligence Officer ließ seinen linken Unterarm fallen, bildete noch immer ein umgekehrtes »V« und blockte erneut. Hinter sich hörte er Jody schreien, aber er war zu sehr damit beschäftigt, den Angriff abzuwehren, als daß er ihr hätte zurufen können, sie solle davonlaufen. Zu viele Soldaten waren im Nahkampf gefallen, weil sie sich hatten ablenken lassen, nicht weil sie nicht gewußt hätten, was sie tun mußten.

Diesmal ließ sich Manfred nicht aufhalten. Obwohl sein Arm blockiert war, beugte er sein Handgelenk. Seine Hand bewegte sich, als wäre sie vom Rest des Körpers unabhängig. Er richtete die Klinge gegen Herbert, und die Schneide drückte sich in dessen Unterarm. Herberts Handgelenk war nur eine Sekunde davon entfernt, aufgeschlitzt zu werden.

Er verschaffte sich eine weitere Sekunde, indem er seinen linken Arm gegen Manfred stieß und so den Druck verringerte. Während der Hüne versuchte, das Messer wieder in Position zu bringen, griff Herbert mit seiner freien rechten Hand über die abblockende Linke und packte die Messerhand. Er grub seinen Daumen zwischen Manfreds Daumen und Zeigefinger und schlang seine restlichen Finger um die bewaffnete Faust. Indem er den schützenden Unterarm ganz nach unten fallenließ, um ihn aus dem Weg zu bringen, drehte er Manfreds Faust rasch und kräftig im Uhrzeigersinn.

Das Handgelenk des Deutschen knackte hörbar, und das Messer fiel zu Boden. Aber Manfred beugte sich sofort hinunter und nahm es, vor Wut aufheulend, in die linke Hand und überraschte Herbert durch einen Tritt mit dem Knie in den Bauch. Der Amerikaner kippte in seinem Rollstuhl nach vorne. Als er wieder hochkam, stürzte sich der schwere Neonazi auf ihn. Er preßte Herbert mit seinem Körper an die Rückenlehne des Stuhls, hob das Messer und rammte es von hinten in die Lehne. Die Klinge schnitt mit einem lauten Geräusch durch das Leder. Jody schrie den Deutschen an, er solle aufhören, doch Manfred grunzte nur und stach erneut zu. Dann noch einmal. Dann ertönte ein dumpfer Knall, und er erstarrte in der Bewegung und griff sich an die Kehle.

In seinem Hals klaffte ein tiefer Riß von der Kugel, die Jody aus Karins Waffe abgefeuert hatte. Aus den beiden offenen Enden seiner Halsschlagader direkt unterhalb des Kiefers trat pulsierend das Blut aus. Das Messer glitt ihm aus der Hand, dann rutschte Manfred von dem Rollstuhl. Er zuckte noch für einen Moment, dann lag er still.

Herbert wandte sich um und sah auf die Silhouette der jungen Frau, die sich gegen den dunkleren Himmel abzeichnete.

»O mein Gott«, sagte sie. »O mein Gott.«

»Sind Sie in Ordnung?« fragte Herbert.

»Ich habe ihn getötet.«

»Sie hatten keine andere Wahl.«

Sie begann zu wimmern. »Ich habe einen Menschen getötet. Ich habe jemanden umgebracht.«

»Nein.« Herbert rollte herum und kam auf sie zu. »Sie haben jemandem das Leben *gerettet* – und zwar mir.«

»Aber ich – ich habe ihn erschossen.«

»Sie mußten es tun, so wie schon andere Leute im Krieg töten mußten.«

»Im Krieg?«

»Das hier ist nichts anderes als Krieg. Er hat Ihnen keine andere Wahl gelassen. Hören Sie mich, Jody? Sie haben nichts Unrechtes getan. Nichts.«

Jody stand schluchzend da.

»Jody?«

»Es tut mir leid«, sagte sie zu dem leblosen Körper. »Es tut mir so leid.«

»Jody, bitte tun Sie mir zuerst einen Gefallen.«

»Welchen?«

»Bitte nehmen Sie die Waffe herunter.«

Langsam gehorchte sie. Dann öffnete sie ihre Hand und ließ die Halbautomatik fallen. Sie blickte Herbert an, als sähe sie ihn zum erstenmal. »Sie sind unverletzt«, murmelte sie. »Wie konnte er Sie verfehlen?«

»Sitz und Rückenlehne meines Stuhls sind mit Kevlar verstärkt. Die Idee dazu hatte ich beim Präsidenten. Der Stuhl im Oval Office ist auch damit gepolstert.«

Jody schien ihn nicht mehr zu hören. Sie schwankte kurz, dann fiel sie neben der Waffe zu Boden. Herbert rollte an ihre Seite. Er nahm ihre Hand und zog leicht daran. Sie sah zu ihm auf.

»Sie haben viel durchgemacht, Jody.« Er half ihr auf die Knie. Dann zog er ein wenig stärker an ihrer Hand, und sie versuchte, auf die Beine zu kommen. »Aber jetzt haben wir es bald geschafft. Wir sind auf der Zielgeraden, von hier bis zur Autobahn sind es keine zwei Kilometer mehr. Wir müssen nur …«

Herbert hielt inne. In einiger Entfernung hörte er Schritte.

Jody sah ihn an. »Stimmt was nicht?«

Herbert lauschte für einen weiteren Moment. »Verdammter Mist! Sie müssen aufstehen, Jody. Schnell!«

Sie reagierte auf die Dringlichkeit in seiner Stimme. »Was ist denn?«

»Sie müssen von hier verschwinden.«

»Warum?«

»Weil sie kommen – wahrscheinlich, um nach den anderen zu sehen.« Er schob sie von sich. »Gehen Sie!«

»Was wird aus Ihnen?«

»Ich komme später nach. Aber jetzt muß jemand den Rückzug sichern.«

»Nein! Ich gehe nicht allein.«

»Mein Kind, das ist die Arbeit, für die ich bezahlt werde, nicht Sie. Denken Sie an Ihre Eltern. Ich würde Sie nur aufhalten. Es ist besser, wenn ich mich hier eingrabe und eine Verteidigungsstellung beziehe.«

»Nein!« schrie sie. »Ich gehe nicht allein!«

Herbert erkannte, daß mit der jungen Frau nicht zu diskutieren war. Jody hatte Angst, sie war erschöpft und wahrscheinlich genauso hungrig wie er. »Also gut«, willigte er ein. »Dann gehen wir eben zusammen.«

Er befahl ihr, die Skorpion zu holen, die er in dem Baum benutzt hatte. Während das Mädchen sie suchte, rollte er neben Karins Leiche. Er hob ihre Waffe auf und suchte mit seiner Lampe nach dem SA-Dolch, den sie bei sich gehabt hatte. Er schob ihn unter sein linkes Bein, um schnell danach greifen zu können, und überprüfte, wieviel Munition in Karins Halbautomatik verblieben war. Dann rollte er zu dem toten Manfred hinüber. Er nahm auch dessen Messer an sich und tastete ihn nach weiteren Waffen ab, fand aber keine. Nachdem er den Inhalt der Jackentaschen des Deutschen unter seiner Lampe in Augenschein genommen hatte, schloß er zu Jody auf, die ein paar Schritte entfernt wartete.

Bob Herbert kam sich gern wie eine Figur aus der TV-Zeichentrickserie »Wheelie and the Chopper Bunch«, die er in der Rehabilitationsklinik so gerne gesehen hatte. Darin ging es um einen freiheitsliebenden Helden, der ein frisiertes Schaustellermotorrad fuhr. Aber jetzt fühlte er sich zum erstenmal, seit er seine Beine nicht mehr gebrauchen konnte, wie Rambo – ein unbeirrbarer Mann mit einer Mission und dem unbeugsamen Willen, sie zu erfüllen.

Vor über einem halben Jahrhundert hatte ein Farbiger namens Jesse Owens Hitler dadurch bloßgestellt, daß er dessen arischen Athleten während der Olympischen Spiele davongelaufen war. Heute abend hatte Karins wütende Verfolgung gezeigt, wie sehr Jodys Überleben ihre Autorität untergraben hatte. Wenn es nun sogar einem Mann im Rollstuhl gelänge, diesen harten Männern zu entkommen, dann fände der Mythos des Nazi-Übermenschen vielleicht ein Ende – mit Sicherheit für diese Gruppe.

59

Donnerstag, 22 Uhr 41 – Toulouse

Hood wußte nicht genau, was er erwarten sollte, als sie auf die zur Fabrik umgebaute Burg zugingen. Während seine kleine Gruppe hinter Ballon und dessen Männern die uralte Auffahrt entlangschritt, sinnierte er, wie viele belagernde Armeen im Laufe der Jahrhunderte diesen Weg gekommen sein mochten. Wie viele von ihnen hatten den Erfolg ausgekostet, und wie viele waren in verheerende Niederlagen geraten?

Es hatte kaum Diskussionen darüber gegeben, was zu tun war, sobald sie drin wären. Ballon hatte deutlich gemacht, daß es schon immer seine Absicht gewesen war, Dominik mit den *Neuen Jakobinern* in Verbindung zu bringen, um ihn dann unverzüglich festzunehmen. Seine Männer waren speziell für solche Aufgaben ausgebildet. Dennoch hatten Hausen und Hood ihn dazu überredet, Nancy und Matt zunächst einen Blick in die Computer des Unternehmens werfen zu lassen, um dort nach Mitgliedslisten der *Neuen Jakobiner* oder Namen von Sympathisanten zu suchen und so eventuell weitere Beweise zu finden, die Demain mit den Haßspielen in Verbindung brachten. Dies würde Dominique endgültig zu Fall bringen.

Diskussionen darüber, was Dominique eventuell unternehmen würde, um das alles zu verhindern, hatte es ebenfalls nicht gegeben. Nicht nur befehligte er eine Armee von Terroristen, er hatte auch selbst bereits getötet und wäre wahrscheinlich zu allem bereit, um seine Macht zu erhalten.

Warum auch nicht? fragte sich Hood, während sie sich dem Haupteingang näherten. Möglicherweise befand sich Dominique in einem rechtsfreien Raum. Seit dem lähmenden Eisenbahnerstreik von 1995 hatte Frankreich unter Arbeitskämpfen im öffentlichen Dienst und unter einer exorbitanten Arbeitslosigkeit gelitten. Wer würde sich an einen großen Arbeitgeber wie Dominique heranwagen? Insbesondere dann, wenn er behauptete, daß man ihn zu Unrecht verfolge? Sogar Ballons Vorgesetzte würden zugeben müssen, daß ihr Colonel ein Fanatiker war. *Und auch das nur dann, wenn sie sich vorsichtig ausdrücken,* dachte Hood.

In die Außenmauer der Festung war ein eisernes Tor eingelassen worden. Der einzige Hinweis auf die Moderne bestand in kleinen schwarzen Überwachungskameras, die von den Arabesken über ihnen herabblickten. Hinter dem Tor befand sich ein kleines Haus aus roten Backsteinen, das dem Stil des gesamten Gebäudes nachempfunden war. Als die Gruppe sich näherte, traten daraus zwei Männer hervor – ein uniformierter Wächter und ein junger Mann in einem Geschäftsanzug. Keiner von beiden schien von der Ankunft Ballons und seiner Leute überrascht zu sein.

»Colonel Bernard Benjamin Ballon von der Groupe d'Intervention de la Gendarmerie Nationale«, stellte sich Ballon auf französisch vor, nachdem sie das Tor erreicht hatten. Er zog eine lederne Brieftasche hervor, entfaltete ein Dokument und hielt es den beiden entgegen. »Das ist ein Durchsuchungsbefehl, ausgestellt von Richter Christophe Labique in Paris und gegengezeichnet von meinem Befehlsherrn, General François Charrier.«

Der Mann im Anzug streckte eine manikürte Hand durch das Gitter. »Ich bin M. Vaudran von der Kanzlei Vaudran, Vaudran und Boisnard. Wir vertreten Demain. Geben Sie mir Ihren Durchsuchungsbefehl.«

»Sie dürften sich der Tatsache bewußt sein, daß ich lediglich dazu verpflichtet bin, Ihnen das Dokument zu *zeigen* und den Zweck meines Erscheinens zu *erklären*«, sagte Ballon.

»Ich werde es nehmen und lesen, erst dann erhalten Sie Zugang.«

»Laut Gesetz können Sie es lesen, während wir die Durchsuchung vornehmen«, informierte ihn Ballon. »Sie kennen doch die Gesetze? Sie können das Papier als Andenken behalten, sobald wir drinnen sind.«

»Ich muß es meinem Klienten zeigen, bevor ich Sie hereinlasse«, erwiderte Vaudran.

Ballon starrte ihn für einen Moment an, dann hielt er den Durchsuchungsbefehl vor die Kamera über dem Tor. »Ihr Klient sieht es. Dies ist ein *Befehl,* kein Antrag. Öffnen Sie das Tor.«

»Es tut mir leid«, gab der Anwalt zurück. »Aber Sie brauchen mehr als ein Stück Papier. Sie brauchen einen Grund.«

»Den haben wir. Wir haben identische Elemente des Eigentumsnachweises sowohl in Demain-Computerspielen als auch in einem Haßspiel im Internet gefunden. Das Spiel heißt ›Hängt ihn höher‹.«

»Welche Art von Elementen?«

»Ein Auswahlcode für die Spielebenen. Wir haben ihn auf

unseren Computern gespeichert. Sie sind berechtigt, sich vor einer Gerichtsverhandlung davon zu überzeugen, nicht vor einer Durchsuchung. Dies steht auch alles in dem Durchsuchungsbefehl. Öffnen Sie die Tür, M. Vaudran.«

Der Anwalt sah Ballon einen Augenblick lang an, dann gab er seinem Begleiter ein Zeichen, in das Wachhaus zurückzukehren. Der Posten entfernte sich, zog die Holztür hinter sich zu und nahm den Telefonhörer ab.

»Sie haben genau 60 Sekunden Zeit!« schrie Ballon ihm nach. Er sah auf seine Uhr. »Sergeant Ste. Marie!«

»Ja, Sir!«

»Verfügen Sie über ausreichende Feuerkraft, um das Tor aufzusprengen?«

»Ja, Sir.«

»Bereiten Sie sie vor.«

»Ja, Sir.«

»Sind Sie sich im klaren darüber, was Sie tun?« fragte der Anwalt.

Ballon hob den Blick nicht von seiner Uhr.

»Es wurden schon Karrieren aufgrund geringerer Fehler ruiniert«, warnte Vaudran.

»Hier ist nur eine Karriere gefährdet.« Ballon sah dem Anwalt ins Gesicht. »Nein, zwei.« Er blickte wieder auf die Uhr.

Hausen hatte den Wortwechsel für Nancy, Stoll und Hood übersetzt. Hood fragte sich, was sie mit dieser Operation erreichten. Mit Sicherheit hatte Dominique sie gesehen und längst sämtliche Beweise vernichtet. Wahrscheinlich nutzte er diese letzten Sekunden, um sicherzustellen, daß er nichts vergessen hatte.

Weniger als eine Minute, nachdem er in das Wachhaus gegangen war, gab der Posten im Inneren des Häuschens nun einen Code in einen Ziffernblock ein. Ballon ließ seine Männer vor dem sich öffnenden Tor Aufstellung nehmen. Einen Augenblick später war der Anwalt durch einen Nebeneingang im Hauptgebäude verschwunden, und die französischen Beamten drangen ein. Sie marschierten eine Treppe hinauf, vor eine vergoldete Tür. Der Posten, der ihnen gefolgt war, öffnete die Tür, indem er einen Code in ein Tastenfeld am Türpfosten eintippte. Ballon reichte ihm den Durchsuchungsbefehl, bevor sie hineingingen.

Sobald Ballons Männer im Inneren waren, bezogen sie hinter der Eingangstür in bequemer Haltung Aufstellung. Ballon erklärte ihnen, daß er sie rufen werde, falls man drinnen Material finde, das beschlagnahmt werden würde, damit sie es einsammelten und zu den Transportern trugen. Hood vermutete, daß sie ähnliche Operationen bereits so oft durchgeführt hatten, daß es ihnen mittlerweile mit verbundenen Augen von der Hand ginge. Für die Zwischenzeit wurden sie angewiesen, die Ausgänge zu besetzen, so daß niemand entkommen konnte.

Dann drangen Ballon und die anderen weiter in die Fabrik vor. Sie durchquerten einen prächtigen Gang, in dem Hood, wäre dies eine Besichtigung und er ein Tourist gewesen, gerne länger geblieben wäre, um die fantastischen Bögen und aufwendigen, aus den Wänden gehauenen Reliefs zu betrachten.

Ballons Stimme erinnerte ihn an den Grund, weshalb sie hier waren.

»Hier entlang«, sagte der Colonel leise, aber eindringlich, als sie das Ende des langen Korridors erreicht hatten.

Das Quintett ignorierte die Blicke weiterer Wachposten, die offensichtlich ebenfalls Anweisung hatten, sie passieren zu lassen, und durchschritt einen schmalen Durchgang. In den beiden Türen, die zum Programmierbereich der Demain-Fabrik führten, befanden sich kleine vergitterte Fenster.

Hood hatte zwar nicht erwartet, daß sich hier bei Nacht Angestellte aufhielten, aber es war nicht einmal Reinigungspersonal zu sehen – nur die allgegenwärtigen Wachen, die sich aber nicht um sie kümmerten.

Trotz der neumodischen Lampen, Alarmanlagen, Kameras und Fußbodenbeläge hatte das Gebäude seinen altertümlichen Charakter bewahrt – jedenfalls galt das bis zu dem Moment, als ein Posten sie in den Computerraum einließ. Der ehemalige Speisesaal erinnerte Hood an das NRO. Die Wände waren weiß, die Decken mit eingelassenen Neonleuchten ausgestattet. Auf Glastischen standen mindestens drei Dutzend

Computerterminals. Vor jedem Arbeitsplatz war ein Stuhl aus gegossenem Hartplastik befestigt. Der einzige Unterschied zwischen Demain und dem NRO bestand auf den ersten Blick darin, daß keine Menschen anwesend waren. Dominique ging kein Risiko ein. Der Durchsuchungsbefehl würde in etwas mehr als einer Stunde ablaufen. War niemand da, der ihre Fragen beantworten konnte, hielt sie das zusätzlich auf.

»Eine schöne Spielhalle«, meinte Stoll, während er sich umsah.

»Fangen Sie an zu spielen«, forderte Ballon ihn auf.,

Stoll sah Hood an. Der nickte stumm. Der EDV-Techniker nahm einen tiefen Atemzug und blickte Nancy an. »Haben Sie irgendeinen Favoriten?«

»Es ist im Grunde egal, welchen Sie nehmen. Sie sind alle an den Hauptcomputer angeschlossen.«

Stoll nickte, setzte sich vor den nächstgelegenen Monitor, schloß seinen Laptop an der Rückseite des Computers an und startete ihn.

»Wahrscheinlich sind mehrere Sicherheitsstufen in das System eingebaut«, sagte Nancy. »Wie wollen Sie daran vorbeikommen? Bei einigen kann ich Ihnen vielleicht helfen, aber das wird einige Zeit dauern.«

»Wir brauchen nicht lange.« Stoll schob eine Diskette in das B-Laufwerk. »Ich habe immer mein selbstgeschriebenes Bulldozer-Programm dabei. Es beginnt mit einem schnellen Handshake-Locator, der die mathematischen Schlüssel zur Dekodierung aufspürt. Sie müssen nicht genau übereinstimmen; wenn eins bis sechs und acht bis zehn nicht funktionieren, probiert er eben sieben aus. Sobald Handshake einen Teil der Sprache gelernt hat, was nur ein paar Minuten dauert, rollt Bulldozer rein und sucht nach Menüs. Wenn ich die habe, bin ich drin. Während wir uns die Daten dann hier ansehen, schiebe ich alles auf die Rechner des OP-Centers rüber.«

Ballon drückte Stolls Schulter, schüttelte den Kopf und legte einen Finger an die Lippen.

Stoll schlug sich mit der Handfläche an die Stirn. »Verzeihung. Richtig, den Fisch fängt man am Maul.«

Ballon nickte.

Während Nancy Stoll einige Paßwörter zum Ausprobieren gab, schlenderte Hausen zu Ballon hinüber.

»Colonel, was unternehmen wir wegen Dominique?«

»Wir warten.«

»Worauf?«

Ballon sah den Deutschen an. Er beugte sich näher an sein Ohr. »Darauf, daß er nervös wird. Wie ich M. Stoll bereits andeutete, wird Dominique uns sicherlich beobachten. Hoffentlich finden wir etwas in den Computern.«

»Und wenn nicht?«

»Dann habe ich noch immer Sie.«

»Mich?«

»Ich werde M. Stoll und Mlle. Bosworth bitten, eine Nachricht über den Computer zu schicken, in der Ihre Zeugenaussage zu den Morden in Paris angekündigt wird. Auf die eine oder andere Weise kriegen wir Dominique.« Ballon grinste. »Obwohl es noch eine dritte Möglichkeit gibt: Er hat 20 Jahre auf Sie gewartet – falls er jetzt befürchten muß, daß Sie schließlich doch noch das Geheimnis seiner Vergangenheit preisgeben, könnte er versucht sein, Sie daran zu hindern, indem er Sie hier nicht lebend hinausläßt.«

»Glauben Sie wirklich, daß er seine *Neuen Jakobiner* auf uns hetzt?«

»Ich habe meine Männer angewiesen, zunächst draußen zu bleiben. Falls Dominique den Eindruck gewinnt, daß er Sie erwischen kann, bevor sie reinkommen, könnte er es tatsächlich wagen. Aber wenn er es riskiert, bringe ich Sie zuerst alle raus und nehme den Laden anschließend hoch.« Ballon blinzelte distanziert. »Wie ich bereits sagte: Auch ich habe lange auf Dominique gewartet, und ich beabsichtige nicht, ihn entwischen zu lassen.«

Ballon zog sich zurück, um zu sehen, was Nancy und Stoll erreicht hatten. Hausen blieb stehen, als wäre er an den Hartholzboden genagelt worden.

Hood stand neben Stoll. An Hausens Gesicht bemerkte er, daß etwas nicht stimmte. Der vorher gelassene Ausdruck des deutschen Staatssekretärs war jetzt angespannt, die Augenbrauen in Sorge zusammengezogen. Aber er beschloß, Hausen jetzt nicht darauf anzusprechen. Der Deutsche gehörte zu den Leuten, die lieber zuerst nachdachten, bevor sie über etwas sprachen. Falls er etwas mitzuteilen hätte, würde er von sich aus damit herausrücken.

Also beobachtete Hood mit einer Mischung aus Angst und Stolz, wie das Schicksal der Welt von einem schwitzenden jungen Mann an einer Computertastatur entschieden wurde.

60

Donnerstag, 17 Uhr 05 – Washington, D.C.

Als die Daten von Matt Stoll aus Frankreich in Eddie Medinas Computer einzulaufen begannen, zog der junge Mann seinen Mantel aus, setzte sich wieder hin und sagte zu seiner Ablösung, dem stellvertretenden Operations Support Officer Randall Battle, er solle General Rodgers benachrichtigen.

Battle führte die Anweisung in genau dem Augenblick aus, als Stolls Unterschrift :-) vom Bildschirm verschwand. Sie wurde durch eine Anzeige ersetzt, die eine große Datei mit dem Namen »L'Operation Ecouter« ankündigte.

Rodgers wies Battle an, das Material auf seinen Computer zu übertragen. Dann betrachtete er die eingehenden Daten zusammen mit Darrell McCaskey und Martha Mackall.

Zuerst erschien eine Mitteilung von Stoll.

EDDIE: ICH MÖCHTE NICHT ZUVIEL ZEIT MIT MITTEILUNGEN VERSCHWENDEN. BULLDOZER HAT DIE DEMAIN-DATEIEN GEKNACKT. DIE ERSTEN VERSIONEN WURDEN GELÖSCHT, ABER DIE SICHERUNGSKOPIEN NICHT. ICH WERDE SOVIEL WIE MÖGLICH DAVON HERUNTERLADEN.

Der Mitteilung folgten Fotografien von Personen, die für Figuren in Spielen Modell gestanden hatten. Dann kamen Testsegmente, in denen weiße Männer schwarze Frauen und Männer jagten; Weiße, die eine schwarze Frau vergewaltigten; ein Schwarzer, der von Hunden zerrissen wurde. Anschließend erschien wieder eine Mitteilung von Stoll.

DIE ECHTEN SPIELE WERDEN IN EINEM ANDEREN NEST AUSGEBRÜTET. URSPRUNG SEHR GUT VERSTECKT.

Es folgten Ansichten aus verschiedenen Winkeln von an Bäumen aufgehängten schwarzen Frauen und Männern; in einem Bonusspiel benutzte ein Junge im Wettlauf gegen die Zeit schwarze Kinder auf Schaukeln als Zielscheiben. Marthas Gesichtsausdruck war versteinert. McCaskeys Lippen preßten sich zusammen, seine Augen waren nur noch Schlitze.

ED: ICH MUSS IRGENDEINEN ALARM AUSGELÖST HABEN. ÜBERALL RENNEN LEUTE RUM. UNSER FRANZÖSISCHER BEGLEITER, COLONEL BALLON, HAT DIE WAFFE IN DER HAND. ICH MUSS SCHLUSS MACHEN ...

Ein paar Augenblicke lang kamen noch weitere Bilder herein, aber Rodgers sah schon nicht mehr hin. Er hatte auf eine andere Computerleitung gewechselt und wurde innerhalb von wenigen Sekunden zum Cockpit des V-22 Osprey durchgestellt.

61

Donnerstag, 23 Uhr 07 – Toulouse

»Kommen Sie von der Tastatur weg!«

Mit seiner linken Hand zerrte Colonel Ballon Matt Stoll zu Boden. Als die Bewaffneten eindrangen, drückte er auf einen Knopf seines Funkgeräts. In der rechten Hand hielt er seine Dienstpistole. Es war die einzige Waffe, die die fünf bei sich hatten.

Am Boden, neben den anderen liegend, zählte Hood zwölf, 15 – insgesamt 17 Männer, die die Tür passierten und entlang der Flurwände in Stellung gingen. Mit Ausnahme der hoch oben angebrachten Fenster, die nur mit einer Leiter zu erreichen waren, war die Tür der einzige Ausgang.

Hausen lag mit dem Gesicht nach unten zwischen Hood und dem in der Hocke kauernden Ballon. »Meinen Glückwunsch, Colonel. Dominique hat Ihren Köder geschluckt.«

Hood wußte, daß er einen Schlagabtausch zwischen den beiden Männern verpaßt hatte. Aber es schien im Moment keine Rolle zu spielen, jedenfalls kümmerte sich Ballon nicht weiter um Hausen. Aufmerksam und ruhig behielt er Dominiques Männer im Auge.

Dem kurzen Blick nach zu urteilen, den Hood von den Waffenträgern hatte einfangen können, setzten sie sich aus einem primitiven Haufen zusammen. Sie waren einfach gekleidet, einige von ihnen sogar schäbig, als wollten sie auf der Straße nicht auffallen. Sie trugen unterschiedliche Waffen. Hood mußte sich nicht erst von Ballon sagen lassen, daß es sich bei diesen Männern um *Neue Jakobiner* handelte.

»Ich vermute, diese Kerle sind die Art Beweis, hinter dem Sie her waren, nicht wahr?« meinte Stoll nervös.

»*Levez!*« rief einer der Männer, während mehrere Gewehrläufe um den Türpfosten geschoben wurden.

»Wir sollen aufstehen«, flüsterte Ballon. »Wenn wir das tun, erschießen Sie uns wahrscheinlich.«

»Hätten sie uns dann nicht schon längst erschossen?« fragte Nancy.

»Dazu müßten sie reinkommen«, gab Ballon zurück. »Sie wissen nicht, wer von uns bewaffnet ist. Sie wollen keine Verluste riskieren.« Er beugte sich hinunter und sagte noch leiser: »Ich habe meinen Männern Bescheid gegeben. Sie werden hinter diesen Kerlen in Position gehen.«

»Bis sie soweit sind, kann es zu spät sein«, sagte Hausen.

»Nicht, wenn wir in Deckung bleiben«, entgegnete Ballon. »Wir müssen den Feind auf uns zukommen lassen. Darauf sind wir vorbereitet.«

»Das sind wir nicht«, widersprach Nancy.

»Falls Sie ins Kreuzfeuer geraten und meine Männer Sie nicht sehen«, sagte Ballon, »rufen Sie ›blanc‹ für ›weiß‹. Dann wissen sie, daß Sie unbewaffnet sind.«

»Ich werde diesen Mistkerlen eine Gelegenheit zu schießen geben«, sagte Hausen. »Mal sehen, was sie daraus machen.« Er stand auf.

»M. Hausen!« zischte Ballon.

Doch der Deutsche ignorierte ihn. Hood hielt den Atem

an. Er fühlte seinen Herzschlag in den Ohren, während er wartete, was geschehen würde.

Für einen langen Moment passierte nichts. Dann rief einer der *Neuen Jakobiner*: *»Allons donc!«*

»Er will, daß Hausen rausgeht«, erklärte Ballon Hood.

»Aus dem Raum oder aus dem Gebäude?« fragte Hood.

»Vielleicht aus den Wirren dieses Lebens«, fügte Stoll hinzu.

Ballon zuckte die Schultern.

Hausen begann, in Richtung der Tür zu gehen. Sein Mut beeindruckte Hood, auch wenn er sich fragte, ob es tatsächlich Mut oder eher Vertrauen war – das Vertrauen des Kollaborateurs.

Ballon wartete ebenfalls. Als Hausen die Tür passiert hatte, verstummten seine Schritte. Sie lauschten, hörten aber nichts. Offenbar war er angehalten worden.

Der *Neue Jakobiner* rief, daß auch die anderen herauskommen sollten.

Hood sah Ballon an. »Sie hatten schon mit diesen Terroristen zu tun«, sagte er. »Was tun sie für gewöhnlich in solchen Situationen?«

»Es gibt keine Situation, in der sie die Leute nicht zusammenschlagen oder umbringen. Das Wort Gnade kennen die nicht.«

»Aber Hausen haben sie nicht umgebracht«, flüsterte Nancy.

»Maintenant!« rief der *Neue Jakobiner.*

»Solange sie unsere Waffen nicht haben, werden sie es wahrscheinlich auch nicht tun«, sagte Ballon.

»Dann sollten wir Nancy und Matt hier rausbringen«, meinte Hood. »Vielleicht können sie fliehen.«

»Dich auch«, sagte Nancy.

»Es ist einen Versuch wert«, stimmte Ballon zu. »Die Gefahr besteht darin, daß sie Sie als Geiseln nehmen und nacheinander erschießen, bis ich hinauskomme.«

»Wie können wir das verhindern?« fragte Nancy.

»Falls es dazu kommt«, entgegnete Ballon, »werde ich es meinen Männern über Funk mitteilen. Sie sind für solche Situationen ausgebildet.«

»Aber es gibt keine Garantie«, sagte Hood.

Der *Neue Jakobiner* rief wieder. Er drohte, seine Leute hineinzuschicken, wenn nicht alle herauskämen.

»Nein, es gibt keine Garantie«, bestätigte Ballon. »Aber sollten sie es tatsächlich durchführen wollen, dann müßten sie jede einzelne Geisel in die Tür stellen, damit ich zusehen kann. Und wenn ich sehe, kann ich auch schießen. Und wenn ich schieße, wird es jeden, der eine Geisel hält, erwischen. In diesem Moment sollten Sie losrennen.«

Hood beneidete den Franzosen um seine Kaltschnäuzigkeit. Von Mike Rodgers hatte er gelernt, daß sie genau die richtige Einstellung war, um eine Operation wie diese durchzuführen. Er selbst war im Augenblick weniger zuversichtlich. Seine Gedanken kreisten um seine Frau und seine Kinder. Er dachte daran, wie sehr sie ihn brauchten und wie sehr er sie liebte. Ein falsches Wort, ein voreiliger Schritt, und alles wäre zu Ende.

Er sah zu Nancy hinüber, die gequält und traurig lächelte. Er wünschte, er könnte sie für all die Windungen, die ihr Leben genommen hatte, entschädigen. Aber im Augenblick konnte er nicht viel tun, und er war nicht sicher, ob es ein Später geben würde. Daher lächelte er nur warm zurück. Ihr Lächeln wurde breiter. Für den Augenblick mußte das genügen.

»Also gut«, sagte Ballon. »Stehen Sie alle auf, und gehen Sie langsam zur Tür.«

Sie zögerten.

»Meine Beine bewegen sich nicht«, sagte Stoll.

»Bringen Sie sie dazu«, befahl ihm Hood, während er sich aufrappelte.

Nancy folgte seinem Beispiel, dann erhob sich – sehr zögernd – auch Stoll.

»Ich dachte, wir wären die Guten in diesem Spiel«, klagte er. »Heben wir unsere Hände, oder gehen wir einfach? Was sollen wir tun?«

»Versuchen Sie, sich zu beruhigen«, sagte Hood, während sie zwischen den Computertischen hindurchgingen.

»Warum höre ich das immer wieder?« fragte Stoll. »Wenn ich es könnte, würde ich's tun.«

»Matt, Sie gehen mir jetzt wirklich auf die Nerven. *Tun* Sie's einfach!« zischte Nancy.

Stoll verstummte. Den Rest des Weges legten sie schweigend zurück.

Hood beobachtete den *Neuen Jakobiner*, der gesprochen hatte und der Tür am nächsten stand. Er trug einen dichten schwarzen Bart und war in ein graues Sweatshirt, Jeans und Stiefel gekleidet. In seinen Händen lag ein Sturmgewehr. Er machte nicht den Eindruck, als würde er zögern, es einzusetzen.

Die drei blieben stumm, bis sie durch die Tür hindurch waren. Hood erblickte Hausen, der mit dem Gesicht zur Wand stand, die Hände dagegengepreßt, die Beine gespreizt. Einer der Männer hielt ihm unterhalb der Schädelbasis eine Pistole an den Nacken.

»Scheiße«, sagte Stoll, als er den engen, dunklen Flur betrat.

Die Amerikaner wurden von jeweils zwei Männern gepackt und an die Wand gedrückt. Waffenläufe legten sich an ihre Hinterköpfe. Hood wandte leicht den Kopf, um den Mann, der die Befehle gab, sehen zu können. Der *Neue Jakobiner* stand lässig etwas abseits, so daß er seine Gefangenen im Augen behalten und gleichzeitig in den Computerraum blikken konnte.

Neben Hood standen Nancy, die leicht zitterte, und, auf der anderen Seite, Stoll, der noch mehr zitterte und den Flur hinuntersah, als prüfte er einen Fluchtweg.

»Wir haben einen Durchsuchungsbefehl«, sagte Stoll vorsichtig. »Ich dachte, das hier wäre alles ganz legal.«

Der Anführer bellte: *»Tais-toi.«*

»Ich bin kein Polizist«, erklärte Stoll. »Keiner von uns ist Polizist. Ich bin nur ein Computerfreak.«

»Schnauze!«

Stolls Mund klappte hörbar zu.

Der Anführer der *Neuen Jakobiner* betrachtete sie einen Moment lang und wandte sich dann wieder der Tür zu. Er rief, auch der letzte Mann solle herauskommen.

»Wenn Sie die anderen gehenlassen, komme ich«, rief Ballon auf französisch.

»Nein«, gab der *Neue Jakobiner* zurück. »Zuerst kommen Sie raus.«

Diesmal antwortete Ballon nicht. Offensichtlich wollte er dem Gegner den nächsten Schritt überlassen. Der bestand darin, daß der Anführer in Richtung Hausen nickte. Der *Neue Jakobiner*, der hinter dem Deutschen stand, griff ihm ins Haar. Nancy schrie auf, als der Neonazi Hausen zur Tür brachte. Hood fragte sich, ob sie Ballon noch eine Chance geben würden rauszukommen oder ob sie den Deutschen einfach erschießen, seine Leiche in den Raum stoßen und dann drohen würden, mit einer anderen Geisel weiterzumachen.

Da knallte irgendwo in der Dunkelheit ein Schuß, der von der Tür zum Hauptflur kam. Es dauerte einen Moment, bis Hood begriff, daß niemand bei all dem Rufen und Stoßen bemerkt hatte, wie Ballons Männer den verzierten Knauf in der Tür entfernt hatten. Sie hatten freie Schußbahn auf alle, die im Flur standen.

Der Mann, der Hausen gehalten hatte, war zu Boden gegangen. Er hielt sich den rechten Oberschenkel und schrie. Hausen nutzte den Moment der Verwirrung und rannte zur Tür, in die Richtung, aus der der Schuß gekommen war. Keiner der *Neuen Jakobiner* feuerte. Offenbar befürchteten sie, sonst niedergeschossen zu werden.

Hausen öffnete die Tür und verschwand. Auf der anderen Seite stand niemand; die Gendarmen hatten ihn offenbar kommen gesehen und waren in Deckung gegangen.

Hood bewegte sich nicht. Der Mann hinter ihm sah zwar in die andere Richtung, aber er konnte noch die Mündung auf seinem Hinterkopf fühlen.

Schweiß lief seine Achselhöhlen und seitlich an seiner Brust hinunter. Seine Handflächen wurden an der kalten Steinwand klamm, und er schwor sich, daß er, sollte er hier lebend herauskommen, nicht nur jedes Mitglied seiner Familie für lange Zeit umarmen würde, sondern auch Mike Rodgers. Mike hatte sein Leben damit verbracht, Situationen wie diese zu überleben. Hood empfand plötzlich tiefen Respekt für ihn.

Während ihm dieser Gedanke durch den Kopf schoß, begannen seine Hände zu vibrieren.

Nein, dachte er. *Nicht nur meine Hände.* Die alten Steine selbst zitterten. Dann hellte sich der Himmel hinter den vergitterten Fenstern auf, und die Luft schien zu erbeben. Der Führer der *Neuen Jakobiner* rief seinen Männern zu, sie sollten zu Ende bringen, was sie begonnen hatten, und dann das Weite suchen.

62

Donnerstag, 23 Uhr 15 – Wunstorf

Die Fußschritte kamen immer näher. Aber während Herbert sich durch den Wald rollte, dachte er nicht an sie. Er konnte an nichts anderes denken als daran, daß er unter der Anspannung, aus dem Lager zu fliehen, etwas vergessen hatte: den Schlüssel zum Sieg, zum Überleben.

Wie, zum Teufel, lautete der verdammte Name?

Jody ächzte und schleppte sich wie in Trance durch die Dunkelheit. Herbert hätte sie beinahe gebeten, ihm von hinten einen Tritt zu versetzen.

Ich kann mich nicht daran erinnern.

Er würde ihm wieder einfallen. Er *mußte* ihm wieder einfallen. Mike Rodgers durfte nicht recht behalten. Rodgers und Herbert waren beide eingefleischte Militärhistoriker und hatten über diesen Punkt oft diskutiert. Falls sie wählen müßten, hatten sie sich gefragt, würden sie lieber mit einer kleinen Truppe freiwilliger Soldaten in den Kampf ziehen oder mit einer Übermacht Wehrpflichtiger?

Rodgers favorisierte die Übermacht, aber es gab für beide Ansichten gute Argumente. Herbert hatte wiederholt hervorgehoben, daß Samson die Philister mit dem Kieferknochen eines Esels zurückgeschlagen hatte. Im 13. Jahrhundert hatte Alexander Newskij mit seinen schlecht ausgerüsteten russischen Bauern die schwerbewaffneten teutonischen Ritter zurückgeworfen. Im 15. Jahrhundert hatte eine kleine Gruppe von Engländern, die bei Agincourt für Henry V. gekämpft hatten, die zahlenmäßig um ein Vielfaches überlegenen Franzosen geschlagen.

Aber auch Rodgers brachte immer wieder Beispiele für seine These an. Die tapferen Spartaner waren 480 v. Chr. von den Persern am Thermophylenpaß besiegt worden; Alamo war an Santa Anna gefallen; schließlich die 27. Britische Landsknechtkavallerie, die »leichte Brigade«, die in einem selbstzerstörerischen Angriff während des Krimkrieges aufgerieben wurde.

Bald kann er dieser Liste den verdammten Robert West Herbert hinzufügen, dachte Herbert, während er sich der stampfenden Füße und knackenden Äste hinter ihnen wieder bewußt wurde. *Der Kerl, der zu dämlich war, den Namen aufzuschreiben, der sie gerettet hätte.* Zumindest befände er sich in guter Gesellschaft: König Leonidas, Jim Bowie, Errol Flynn.

Der Gedanke an Flynn förderte seine Entschlossenheit, und er peitschte sich innerlich an, um dieser Horde Barbaren entgegenzutreten. Er hoffte nur, daß Jody entkäme. Die Aussicht zu kämpfen, um sie zu retten, setzte zusätzliches Adrenalin frei.

In dem Moment, da er nicht mehr daran dachte, fiel ihm der Name, an den er sich krampfhaft zu erinnern versucht hatte, plötzlich wieder ein.

»Jody, schieben Sie mich!«

Das Mädchen war neben ihm gegangen und blieb jetzt stehen, um hinter ihn zu treten.

»Kommen Sie, schieben Sie, Jody! Wir kommen hier raus, aber wir brauchen Zeit.«

Jody stemmte ihren müden Rücken und ihre verwundete Schulter gegen die Lehne. Herbert griff nach seiner Waffe.

Anders als Flynns todgeweihter Major Vickers würde Herbert den Feind besiegen. Und im Gegensatz zu Samson würde er dazu nicht den Kieferknochen eines Esels verwenden.

Er würde ein Funktelefon benutzen.

63

Donnerstag, 17 Uhr 15 – Washington, D.C.

Der Anruf wurde an Rodgers durchgestellt, während er auf Neuigkeiten von Colonel August wartete.

Bob Herbert rief ihn von einem Funktelefon aus an. Rodgers schaltete auf den Lautsprecher um, so daß Darrell, Martha und Pressesprecherin Ann Farris mithören konnten.

»Ich bin in einem finsteren Wald, irgendwo zwischen Wunstorf und einem See. Die gute Neuigkeit ist, daß ich Jody Thompson bei mir habe.«

Rodgers richtete sich abrupt auf und stieß triumphierend die Faust in die Luft. Ann sprang von ihrem Stuhl auf und klatschte in die Hände.

»Fabelhaft!« rief Rodgers. Er warf McCaskey einen Blick zu. »Sie haben es geschafft, während Interpol und das FBI noch immer Fragen stellen und damit die deutschen Behörden verärgern. Wie können wir Ihnen helfen, Bob?«

»Tja, die schlechte Nachricht ist, daß uns eine Horde von Möchtegernnazis auf den Fersen ist. Sie müssen eine Telefonnummer für mich nachsehen.«

Rodgers beugte sich über die Tastatur. Mit der Kombination »F6 / Eingabe / 17« alarmierte er John Benn. »Wessen Nummer, Bob?«

Herbert sagte es ihm. Rodgers bat ihn, einen Moment zu warten und notierte: »Hauptkommissar Rosenlocher, Polizei Hamburg«.

McCaskey war herangekommen und warf einen Blick über seine Schulter. Während Rodgers den Namen an Benn schickte, griff McCaskey zu einem anderen Telefon und rief Interpol an.

»Dieser Rosenlocher hängt dem Anführer der Neonazis wie eine Klette im Pelz«, erklärte Herbert. »Er ist möglicherweise der einzige, dem man trauen kann. Soweit ich es überblicken kann, hält er sich zur Zeit in Hannover auf.«

»Wir finden ihn und bringen ihn zu Ihnen«, gab Rodgers zurück.

»Früher wäre besser als später. Wir geben uns zwar alle Mühe, aber die Kerle holen auf. Ich höre Fahrzeuge. Wenn sie die Leichen finden ...«

»Ich verstehe«, sagte Rodgers. »Können Sie dranbleiben?«

»Solange Jody durchhält, schon. Aber sie ist fix und fertig.«

»Sagen Sie ihr, daß sie durchhalten muß.« Rodgers rief bereits das Geologenprogramm auf. »Sie auch, Bob.« Er brachte Wunstorf mit dem Gebiet zwischen der Stadt und dem See auf den Bildschirm. Es bestand, wie Herbert beschrieben hatte, ausschließlich aus Wald und Hügeln. »Bob, haben sie eine Idee, wo Sie sind? Können sie mir Anhaltspunkte nennen?«

»Hier ist alles schwarz, Mike. Aber möglicherweise sind wir in einer ›F.W.-Richtung‹ unterwegs.«

Rodgers verstand – ›falscher Weg‹. Herbert wollte Jody nicht zusätzlich durch das Eingeständnis beunruhigen, daß sie möglicherweise in die falsche Richtung flohen.

»Okay, Bob. Wir besorgen Ihnen die genaue Position von allem, was hinter Ihnen her ist.«

McCaskey telefonierte noch immer mit Interpol, also rief Rodgers selbst Stephen Viens an. Trotz der Lichtverstärkung für die nächtliche Aufklärung, sagte Viens, würden die NRO-Satelliten bis zu einer halben Stunde benötigen, um Herberts exakten Standort zu ermitteln. Rodgers betonte, daß vielleicht ihr Leben davon abhänge. Viens erwiderte, nicht ohne Anteilnahme, daß es trotzdem bis zu einer halben Stunde dauern könne. Rodgers dankte ihm.

Der General studierte die Karte. Sie befanden sich in der Tat mitten in der Wildnis. Wenn Herbert die Verfolger schon hören konnte, war es unwahrscheinlich, daß ein Auto oder ein Hubschrauber sie rechtzeitig erreichen würde.

Rodgers sah McCaskey an. »Haben wir schon was über diesen Polizeibeamten?«

»Ist in Arbeit.«

In Arbeit. Rodgers war gegen diesen Ausdruck beinahe allergisch. Er haßte ihn. Er wollte Ergebnisse.

Außerdem haßte er es, Agenten im Feld schlechte Nachrichten mitteilen zu müssen. Aber da schlechte Nachrichten besser waren als keine, ging er wieder ans Telefon.

»Bob, das NRO versucht, Sie zu lokalisieren. Vielleicht können wir Ihnen die günstigste Richtung angeben, um die Verfolger abzuhängen. In der Zwischenzeit suchen wir weiter nach dem Polizisten. Aber es sieht so aus, als wäre es, selbst wenn wir ihn fänden, nicht ganz einfach, zu Ihnen zu gelangen.«

»Was Sie nicht sagen. Hier sind nur gottverdammte Bäume und Hügel ringsum.«

»Vielleicht wäre es besser, wenn Sie versuchten, in die Flanke des Feindes einzubrechen?«

»Negativ. Wo wir jetzt sind, ist das Gelände schon unwegsam, aber zu beiden Seiten sieht es noch schlimmer aus. Wir müßten buchstäblich kriechen.« Herbert schwieg für einen Moment. »General? Falls Sie Rosenlocher finden, könnten Sie etwas versuchen.«

Rodgers hörte zu, während Herbert seine Idee erläuterte. Der Vorschlag des Nachrichtenchefs klang durchführbar, wenn auch nicht sehr erfolgversprechend. Aber in Ermangelung einer Alternative wurde er zu ihrem Marschbefehl.

64

Donnerstag, 23 Uhr 28 – Toulouse

In Dominiques Büro standen in zwei Reihen aufeinander zehn Überwachungsmonitore. Bevor das Gebäude zu vibrieren begonnen hatte, hatte Dominique in seinem Lederstuhl gesessen und in aller Ruhe das Geschehen in dem kleinen Flur und im Computerraum verfolgt.

Diese Leute sind einfach zu dumm, hatte er gedacht, während er beobachtet hatte, wie sie in sein System eingedrungen waren und sich dann plötzlich umzingelt gefunden hatten. Er hätte sie in Ruhe gelassen, wenn sie nicht zu forsch geworden und in seine Geheimdateien eingedrungen wären. Mlle. Bosworth verfügte nicht über ausreichendes Wissen dazu, also mußte es dem anderen Mann gelungen sein. Dominique hoffte, daß er überleben würde, damit er ihn später einstellen konnte.

Sogar als das französische Einsatzkommando die *Neuen Jakobiner* im Flur unter Beschuß genommen hatte, war Dominique nicht beunruhigt gewesen. Er hatte andere Männer losgeschickt, die wiederum die Agenten eingekreist hatten. Frühzeitig hatte er dafür gesorgt, daß die Hälfte seiner 100 *Neuen Jakobiner* heute nacht einsatzbereit war. Während sie die Spiele hochluden, durfte nichts schiefgehen.

Dominique hatte sich keine Sorgen gemacht, bis das Gebäude angefangen hatte zu beben. Jetzt legte sich seine Stirn in Falten, und seine dunklen Augen blinzelten, vertrieben die Reflexion der Bildschirme darin. Über die in seine oberste Schreibtischschublade eingebaute Steuertafel rief er Außenansichten der Burg auf. Der Schwarzweißmonitor, der die flußwärtige Seite zeigte, war mit weißem Licht überflutet. Dominique regulierte den Kontrast herunter und beobachtete, wie langsam ein Flugzeug mit gleißend hellen Navigationslichtern vom Himmel schwebte. Die Motoren der Maschine waren in die Vertikale gekippt, so daß sie wie ein Hubschrauber landen konnte. Doch da auf dem Parkplatz vereinzelte Fahrzeuge standen, konnte die Maschine nicht ganz herunterkommen und schwebte in fünf Metern Höhe über dem Boden. Die Luke öffnete sich, und zwei Strickleitern wurden entrollt, an denen Soldaten herabkletterten – NATO-Soldaten.

Dominiques Mund verzog sich. *Was will die NATO hier?* schrie er innerlich, obwohl er die Antwort kannte. Die Mission der Soldaten war es, ihn zur Strecke zu bringen.

Während 20 Soldaten auf den Asphalt des Parkplatzes sprangen, rief Dominique Alain Boulez an. Der frühere Polizeichef von Paris wartete in den unterirdischen Trainingsräumen mit den Reservekräften der *Neuen Jakobiner*.

»Alain, haben Sie auf Ihre Monitore geschaut?«

»Ja, Sire.«

»Es hat den Anschein, als hätte die NATO nichts Besseres zu tun, als ihre Mitgliedsstaaten anzugreifen. Sorgen Sie dafür, daß sie zurückgeschlagen werden, und geben Sie mir an Bord von Boldness Bescheid.«

»Jawohl.«

Dominique rief seinen Operationschef an. »Etienne, wie ist der Status für den Upload?«

»›Konzentrationslager‹ ist abgeschlossen, M. Dominique. ›Hängt ihn höher‹ wird um Mitternacht draußen sein.«

»Es muß schneller gehen.«

»Sire, es wurde so programmiert, als wir das Programm versteckten ...«

»Schneller.« Dominique unterbrach die Verbindung und rief den Piloten seines LongRanger-Hubschraubers an. »André, ich komme runter. Machen Sie Boldness startklar.«

»Sofort, Sir.«

Dominique legte auf. Er erhob sich und betrachtete die Sammlung seiner Guillotinen. Im Schein der Monitore wirkten sie bizarr. Er hörte einen Schuß, dann fielen weitere.

Danton fiel ihm ein, der kurz vor seiner Enthauptung zu seinen Henkern gesagt hatte: »Ihr werdet den Leuten meinen Kopf zeigen: Er ist es wert, gezeigt zu werden.« Auch wenn die Fabrik fallen sollte: Die Spiele würden in Umlauf gebracht, er bliebe ein freier Mann. Er würde auf eine seiner vielen Einrichtungen im In- und Ausland ausweichen, die er als Ersatzstandorte betrieb. Vielleicht ging er in seine Kunststoffabrik in Taiwan, in seine Bank in Paris oder in sein CD-Preßwerk in Madrid.

Er schaltete die Monitore aus und lief rasch von seinem Büro zum Aufzug. Es war kein Rückzug, redete er sich ein. Er verlegte lediglich sein Hauptquartier. Welche Verschwendung, dachte er, falls er bereits diesem ersten Scharmützel zum Opfer fallen sollte.

Der Aufzug brachte ihn zu einem unterirdischen Gang, der zum Landeplatz hinter der Fabrik führte. Er gab den Code für die Eingangstür ein, und als sie aufsprang, stieg er die steilen Stufen hinunter. Der Motor des LongRanger-Hubschraubers wurde bereits aufgewärmt. Von hinten kommend, schritt Dominique am Rumpf entlang, duckte sich unter den rotierenden Rotorblättern her und sprang vom Einstiegstrittbrett in die Kabine.

»Fliegen Sie los!« wies er den Piloten an, sobald er in der

geräumigen Passagierkabine war, und zog die Tür hinter sich zu.

Das offene Cockpit lag links von ihm. Der Sitz des Kopiloten war leer. In der Kabine standen zwei mit dicken Polstern versehene Sitzreihen. Dominique ließ sich in den ersten vorderen Sitz neben der Tür fallen. Er machte sich nicht die Mühe, sich anzuschnallen, als der Hubschrauber aufstieg.

Im Dröhnen der Rotoren schien seine Fassade aus Gleichmut abzubröckeln. Grimmig blickte er auf die Festung zurück. Der Osprey-Senkrechtstarter flog auf den Landeplatz zu, von dem sein Pilot soeben abgehoben hatte. Die Maschine nahm einen großen Teil des Feldes ein, als sie aufsetzte. Die NATO-Soldaten hatten den Parkplatz verlassen. Durch die Fenster der Gebäude und im Hof sah er Mündungsfeuer aufblitzen.

Er fühlte sich wie nach einer Vergewaltigung. Die Soldaten benahmen sich wie barbarische Westgoten, die in einer englischen Kirche mutwillig alles zerstörten. Am liebsten hätte er zu ihnen hinuntergeschrien: »Das geht über euer Verständnis! Ich bin die Offenbarung der zukünftigen Zivilisation!«

Der Hubschrauber überquerte den Fluß. Dann flog er eine Kurve und kehrte zur Burg zurück.

Dominique mußte schreien, um den Lärm der Rotoren zu übertönen. »André, was tun Sie?«

Der Pilot antwortete nicht. Der Hubschrauber setzte zum Landeanflug an.

»André? *André!*«

»Am Telefon sagtest du, daß du jeden meiner Schritte verfolgt hättest«, rief der Mann im Cockpit plötzlich. »Einer ist dir entgangen: der Schritt, mit dem ich hinter deinen Piloten trat und den armen Kerl mit der Wut von 20 Jahren niederstreckte.«

Richard Hausen drehte sich um und sah Dominique an. Der Franzose fühlte, wie ihm ein eisiger Schauer über den Rücken lief.

»Ich bin nur gestartet, damit das Flugzeug landen konnte«, sagte Hausen. »Jetzt kehrst du zurück, Gérard. 20 Jahre zurück, um genau zu sein.«

Für einen Augenblick suchte Dominique nach einer angemessenen Antwort. Aber nur für einen Augenblick. Wie damals in Paris wurde der Gedanke an eine Diskussion durch den Gestank von Hausens Scheinheiligkeit verdrängt. Dominique haßte sie. Er hatte sie schon gehaßt, als Hausen die Mädchen verteidigt hatte.

Dominique verlor die Kontrolle bei dem schwierigen Balanceakt zwischen Gefahr und Not, zwischen Vernunft und Verlangen, und stürzte sich mit einem unartikulierten Schrei auf Hausen. Er griff dem Deutschen ins Haar und zog seinen Kopf nach hinten über den Sitz zurück.

Hausen schrie auf, als Dominique seinen Kopf brutal nach unten riß, um ihm das Genick zu brechen. Der Deutsche ließ den Steuerknüppel los und tastete nach dem Handgelenk des Franzosen. Sofort neigte sich der Hubschrauber nach vorn, und Dominique fiel gegen die Rückenlehne des Pilotenstuhls. Er ließ Hausen los, der über die Armaturen geschleudert wurde.

Benommen und mit blutender Stirn rang der Deutsche um sein Gleichgewicht. Er stieß sich von der Windschutzscheibe ab und bekam den Steuerknüppel wieder zu fassen.

Trudelnd beendete der Hubschrauber seinen Sturzflug. Unterdessen glitt Dominique um den Pilotensitz herum. Der Kopfhörer war auf den Boden gefallen. Er hob ihn auf. Während er mit einem Auge den Steuerknüppel beobachtete, schlang er das Kabel um Hausens Hals und zog zu.

65

Donnerstag, 17 Uhr 41 – Washington, D.C.

Mike Rodgers studierte eben die Deutschlandkarte auf dem Bildschirm seines Computers, als Darrell McCaskey herübersah und ihm einen nach oben gerichteten Daumen zeigte.

»Hab' ihn!« rief McCaskey. »Hauptkommissar Rosenlocher ist am Apparat.«

Rodgers nahm den Hörer seines Telefons ab. »Hauptkommissar Rosenlocher, sprechen Sie Englisch?«

»Ja. Wer ist da?«

»General Mike Rodgers in Washington D.C., Sir. Es tut mir leid, Sie so spät stören zu müssen, aber es geht um den Überfall auf das Filmteam, die Entführung.«

»Ja?« Rosenlocher wirkte ungeduldig. »Wir sind den ganzen Tag Hinweisen nachgegangen. Ich bin eben erst ...«

»Wir haben das Mädchen.«

»Was?«

»Einer meiner Männer hat sie gefunden. Die beiden sind noch im Wald, in der Nähe von Wunstorf.«

»In dem Wald findet eine Kundgebung von Neonazis statt. Karin Doring und ihr Gruppe. Eventuell ist auch Felix Richter dabei. Meine Leute ermitteln bereits vor Ort.«

»Ihre Ermittlungen waren ein Schlag ins Wasser.«

»Wie bitte? Woher wissen Sie das?«

»Man hat versucht, meinen Mitarbeiter und das Mädchen umzubringen. Mr. Rosenlocher, die beiden sind seit Stunden unterwegs, und es bleibt keine Zeit mehr, um ihnen jetzt noch Hilfe zu schicken. Eine große Gruppe von Neonazis ist hinter ihnen her. Wenn wir sie retten wollen, müssen Sie etwas für mich tun.«

»Was denn?«

Rodgers sagte es ihm. Der Hauptkommissar willigte ein. Eine Minute später traf die Kommunikationsexpertin des OP-Centers, Rosalind Green, die notwendigen Vorkehrungen.

66

Donnerstag, 23 Uhr 49 – Wunstorf

Das Telefon summte in der Dunkelheit.

Der Mann, der am nächsten daran vorbeiging, der junge Rolf Murnau, blieb stehen und lauschte. Als er den gedämpften Ton ein zweites Mal vernahm, richtete er seine Taschenlampe nach links. Dann stapfte er ein paar Schritte durch das dichte Unterholz. Der Lichtkegel seiner Lampe fiel auf einen Körper. An den breiten Schultern erkannte er Manfred Piper. Dahinter lag Karin Doring.

»Kommt her!« rief Rolf. »Mein Gott, kommt schnell!«

Mehrere Frauen und Männer kamen herbeigelaufen. Die Strahlen ihrer Taschenlampen durchschnitten die Finsternis. Vor Manfred blieben sie stehen und sahen auf ihn herab, als das Telefon zum drittenmal summte, dann zum viertenmal. Mehrere andere liefen zu Karin Doring hinüber.

Rolf hatte sich bereits zu dem Körper hinuntergebeugt. Das Blut hatte auf der Rückseite von Manfreds Jacke einen großen dunklen Fleck hinterlassen, von dem sich angetrocknete Rinnsale spinnwebartig zu den Seiten hin ausbreiteten. Rolf drehte die Leiche langsam um. Manfreds Augen waren geschlossen, sein Mund stand offen und hing schief.

»Sie ist tot«, sagte ein Mann, der neben Karin stand. »Verdammt noch mal, *tot*!«

Das Telefon summte erneut, dann wieder. Rolf sah auf, in die Lichtkegel der Lampen hinein. »Was soll ich tun?«

Schritte kamen auf ihn zu. »Geh ran!« sagte Felix Richter.

»Jawohl.« Rolf war durch den Verlust seiner Anführer, seiner Helden, wie betäubt. Er griff in Manfreds Jackentasche und zog das Telefon heraus. Für einen Augenblick fühlte er Wut in sich aufsteigen, dann schauderte er. Er klappte das Gerät auf und meldete sich vorsichtig: »Ja?«

»Hier ist Hauptkommissar Karl Rosenlocher. Ich will mit dem Anführer eures verdammten Haufens sprechen.«

Rolf sah in das Licht empor und sagte zu Richter: »Er will mit dem Anführer sprechen.«

»Wer?« fragte Richter.

»Hauptkommissar Karl Rosenlocher.«

Sogar in der Dunkelheit bemerkte Rolf, daß sich Richter versteifte. Mehr und mehr Neonazis kamen herbei, und die Nachricht vom Tod der beiden Anführer breitete sich rasch aus. Um Karin und Manfred bildeten sich Menschentrauben, während Richter reglos dastand.

Jean-Michel eilte in dem Moment dazu, als Richter das Telefon nahm. Langsam hob der Deutsche es vor seinen Mund. »Hier ist Felix Richter.«

»Meine Stimme kennen Sie ja schon«, sagte Rosenlocher. »Ich möchte, daß Sie *diese* Stimme hören.«

Einen Augenblick später sagte eine junge Frau auf englisch: »Ich habe euch doch gesagt, daß ihr mich nicht kriegt. Ihr werdet es nie schaffen, keiner von euch.«

»Kind, wir kommen dich holen«, sagte Richter leise.

Rosenlocher kam wieder in die Leitung. »Nein, das werden Sie nicht, Richter. Sie ist bei mir genauso sicher wie der Amerikaner, der sie rausgebracht hat. Er rief mich an, und ich habe sie abgeholt. Was Sie betrifft – *diesem* Feuer werden Sie nicht entkommen.«

Richter starrte in die Dunkelheit und gab einigen Männern ein Zeichen herüberzukommen. Er bedeckte die Sprechmuschel. »Waffen! Haltet Eure Waffen bereit.«

Die Männer hoben ihre Pistolen und Gewehre.

»Ich werde Gewalt mit Gegengewalt begegnen«, drohte Richter.

»Das wird Ihnen nichts nützen«, gab Rosenlocher langsam und selbstbewußt zurück. »Diesmal kommt das Feuer von innen.«

»Wovon reden Sie?«

»Was glauben Sie, wie der Amerikaner heute abend in Ihr Lager gekommen ist? Er war doch allein, noch dazu in einem Rollstuhl, oder etwa nicht?«

Richter starrte tiefer in die Dunkelheit.

»Sie wurden infiltriert, Richter. Meine Leute sind bei Ihnen. *Sie* haben ihm geholfen.«

»Das ist gelogen«, stieß Richter gepreßt hervor.

»Sie sind schon den ganzen Tag bei Ihnen, passen auf und treffen Vorkehrungen. Sie haben dem Amerikaner geholfen, und dadurch haben Sie heute zwei wichtige Leute verloren, nicht wahr, Richter?«

Richter konnte in der stockfinsteren Nacht kaum etwas erkennen. »Ich glaube Ihnen kein Wort«, sagte er.

»Verfolgen Sie uns nur. Vielleicht kommt es zu einem kleinen Feuergefecht. Männer und Frauen werden in die Dunkelheit schießen, und wer weiß, wen es dabei trifft? Von welcher Seite wird die Kugel kommen, Richter?«

»Sie werden es nicht wagen, mich umbringen zu lassen. Die Wahrheit käme ans Tageslicht, und Sie wären ruiniert. Es gibt schließlich Gesetze.«

»Die hat Ihre Freundin Doring auch übertreten, als sie den Drehort überfiel. Glauben Sie, daß Ihnen die Öffentlichkeit eine Träne nachweinen wird? Es wird niemanden kümmern, wenn bekannt wird, daß ein paar kaltblütige Mörder ihr ruhmloses Ende gefunden haben.«

»Sie können nicht gewinnen, Bulle. Wenn ich die Jagd jetzt abbreche und verschwinde, haben Sie nichts in der Hand.«

»Das ist Ihre Entscheidung. Ich rufe nur an, um mich zu verabschieden und um Ihnen zu sagen, daß ich nicht zu denen zähle, die um Ihre Freunde trauern.«

Der Hauptkommissar legte auf. Richter schmetterte das Telefon zu Boden. »Verdammter Hurensohn!«

»Was ist los?« fragte jemand.

Richter schüttelte eine Faust und starrte in die Runde. »Rosenlocher behauptet, wir seien von Mitgliedern der Hamburger Polizei infiltriert worden.«

»Hier?« fragte Rolf.

»Ja, hier.« Richter sah sich um. »Natürlich lügt er. Das ist idiotisch, total verrückt.« Nachdenklich fügte er hinzu: »Aber warum lügt er? Er hat das Mädchen und den Amerikaner. Was gewinnt er dadurch?«

»Vielleicht hat er nicht gelogen«, sagte jemand nervös.

Richter sah den Mann an. »Soll ich die Verfolgung abbrechen? Vielleicht gehörst du zu ihnen!«

»Ich kenne Jürgen seit Jahren«, rief ein anderer. »Er steht voll hinter unserer Bewegung.«

»Vielleicht lügt der Bulle«, sagte wieder jemand anderes.

»Warum?« fragte Richter. »Was gewinnt er dadurch? Sollen wir uns fürchten? Will er Streit zwischen uns säen? Unentschlossenheit? Panik?« Er schrie heiser: »Was zum Teufel gewinnt er dadurch?«

Hinter ihm sagte Jean-Michel: »Zeit.«

Richter drehte sich zu ihm um. »Wovon reden Sie?«

»Der Polizist will Zeit gewinnen«, sagte Jean-Michel leise. »Wir finden die Leichen, bleiben stehen, kümmern uns um sie, und dann stehen wir hier herum und grübeln darüber nach, wer ein Verräter sein könnte und wer nicht. Unterdessen vergrößert Rosenlocher den Abstand zwischen sich und uns.«

»Was bezweckt er damit?« fragte Richter. »Er hat ja, was er wollte.«

»Wirklich?« fragte Jean-Michel. »Ich glaube nicht, daß der Amerikaner und das Mädchen genügend Zeit hatten, um die Autobahn zu erreichen. Vielleicht hatte der Krüppel ein Telefon bei sich und hat den Bullen angerufen.« Der Franzose kam näher. »Sie haben doch in Ihrer Rede den Namen Ihres schärfsten Widersachers herausposaunt.«

Richter glotzte ihn an.

Jean-Michel fragte: »Halten Sie es wirklich für so schwierig, eine Konferenzschaltung herzustellen, so daß es aussieht, als wären Rosenlocher, der Amerikaner und das Mädchen zusammen?«

Richter schloß die Augen.

»Sie haben einen Fehler begangen, den sich ein Anführer nicht leisten darf«, sagte Jean-Michel. »Sie haben dem Amerikaner gesagt, wie er Sie schlagen kann. Sie haben ihm den Namen des einzigen Menschen genannt, dem er hier vertrauen kann. Und jetzt erlauben Sie dem Feind auch noch, Sie mit einem uralten psychologischen Trick zu schwächen.«

Richters Knie knickten langsam ein. Er schüttelte eine Faust gen Himmel und brüllte: »Holt sie euch!«

Die Deutschen zögerten.

»Wir sollten uns zuerst um die Toten kümmern«, sagte ein junger Mann.

»Genau das erwartet der Bulle von euch«, schrie Richter.

»Das ist mir egal«, erwiderte der Junge. »Wir sind es ihnen schuldig.«

Rolf war zwischen Schmerz und Wut hin und her gerissen. Aber das Pflichtgefühl überwog alles. Er richtete seine Taschenlampe in die Dunkelheit und marschierte los. »Ich verfolge die Amis. Manfred und Karin hätten es so gewollt.«

Einige andere folgten ihm wortlos, dann schlossen sich ihm immer mehr an. Sie beeilten sich, um die verlorene Zeit aufzuholen und um sich von ihrer Wut abzulenken.

Während sich Rolf durch die Büsche schlug, liefen ihm Tränen über die Wangen. Es waren die Tränen des kleinen Jungen, der noch immer dicht unter der Oberfläche des jungen Mannes steckte, die Tränen eines Kindes, dessen Träume von einer Zukunft mit *Feuer* soeben zu Asche verbrannt waren.

67

Donnerstag, 23 Uhr 55 – Toulouse

Colonel Brett Augusts vordringliche Aufgabe bei der NATO war die Manöverplanung. Auch wenn seine Spezialität Infanterievorstöße waren, hatte er das Glück gehabt, mit Experten für Luft- und Seeangriffe zusammenzuarbeiten. Einer der Männer an seiner Seite, der Flieger Boisard, hatte an Luftevakuierungen in Bosnien teilgenommen. August arbeitete gern mit Männern wie ihm zusammen, denn so konnte er Manöver übertragen, mischen oder variieren, um den Feind zu überraschen.

Für den Angriff auf die Festung Demains hatte er sich allerdings für den »normalen«, altbewährten Sturmangriff in Zweiergruppen entschieden. Dabei rückten jeweils zwei Männer vor, während zwei andere ihnen Deckung gaben; dann rückten die beiden deckenden Männer nach, während die beiden vorderen die Sicherung übernahmen. Auch wenn sie zu acht oder zu zwanzigst stürmten – vier Soldaten waren jeweils füreinander verantwortlich. Dadurch wurde der Angriff kompakt gehalten und konnte mit laserartiger Präzision gesteuert werden. Fiel ein Mann, ging die Truppe in den sogenannten »Bocksprung-Angriff« über, wobei sich der hintere Mann in die Mitte bewegte, während der vordere ihn deckte; dann übernahm derselbe Mann die Spitze, während der hintere Mann ihn deckte. Auf diese Art konnte niemand versehentlich von eigenen Kameraden erschossen werden. Fielen zwei Männer, griffen die beiden verbleibenden im Bocksprung-Verfahren an. Fielen drei Männer, ging der letzte Mann in die Hocke und versuchte, den Feind festzunageln.

22 NATO-Sodaten stürmten die Demain-Fabrik auf Augusts Befehl. Einer von ihnen wurde von einer Kugel in die Hand getroffen, ein anderer ins Knie. Von den Leuten der Gendarmerie wurde allein Colonel Ballon durch einen Schuß in die Schulter verletzt. Drei der 28 *Neuen Jakobiner* starben, 14 wurden verwundet.

August würde später vor einem Sonderausschuß der Französischen Nationalversammlung aussagen, daß die Verluste der *Neuen Jakobiner* zustande gekommen seien, weil sie zu gewagt und zu chaotisch gekämpft hätten.

»Sie waren wie Schachspieler, die die Züge, aber nicht das Spiel kannten«, würde er aus einer Erklärung ablesen, die Lowell Coffey II. und er vorbereiten würden. »Die Terroristen brachen planlos aus der Fabrik aus, teilten sich auf und wurden aufgerieben. Als sie sich wieder in das Gebäude zurückzogen und versuchten, sich erneut zu formieren, griffen wir an. Schließlich, nachdem sie in die Zange genommen waren, suchten sie ihr Heil in einem Durchbruch. Wir zogen die Schlinge zu, und sie ergaben sich. Damit war der Fall erledigt. Die gesamte Operation vom ersten bis zum letzten Schuß dauerte 22 Minuten.«

Paul Hood war es wesentlich länger vorgekommen.

Als der massive V-22 Osprey auf dem Landeplatz aufgesetzt und der Anführer der *Neuen Jakobiner* die Exekution seiner Gefangenen befohlen hatte, waren nicht nur Schüsse durch die Öffnung des abgeschraubten Türknaufs abgefeuert worden. Auch durch ein Loch, das in die eingezogene Decke geschnitten war, und durch ein Fenster, vor dem sich einer der Beamten der Gendarmerie postiert hatte, war geschossen wurden. Der perfekte Angriff von drei Seiten hatte auf Seiten der *Neuen Jakobiner* drei Verwundete zur Folge: die drei Männer, die mit der Erschießung von Paul Hood, Nancy Bosworth und Matt Stoll beauftragt gewesen waren.

Gleich nachdem die Männer getroffen worden und gestürzt waren, warf sich Hood auf Nancy, während sich Matt zu Boden fallen ließ. Ballon erlitt seine Verwundung, als er hinauslief, um Matt Feuerschutz zu geben.

In dem sich anschließenden Wahnsinn kümmerte sich niemand mehr um die Gefangenen. Die *Neuen Jakobiner* stürzten in Panik durcheinander, um aus dem zum Schießstand gewordenen Flur ins Freie zu entkommen. Innerhalb von drei Minuten kehrten sie jedoch zurück und versuchten, die Angreifer von hier aus abzuwehren. Hood und seine Begleiter hatten sich unterdessen in die kleine Küche zurückgezogen, wo Nancy Ballons Wunde säuberte und bandagierte, so gut sie konnte, während Hood ihn festhielt. Trotz seiner Schmerzen brannte der Colonel darauf, ins Gefecht zurückzukehren.

Stoll, vom Anblick des Blutes erschüttert, versuchte sich durch Selbstbeweihräucherung abzulenken: Er habe bemerkt, wie der Türknauf entfernt worden sei, und die *Neuen Jakobiner* mit seinem Hinweis, er sei »nur ein Computerfreak«, abgelenkt. Wie der *Neue Jakobiner* in besagter Situation forderte nun Hood ihn auf, den Mund zu halten.

Zwei NATO-Soldaten kamen als erste in die Küche. Zu diesem Zeitpunkt hatte man den Flur bereits gesichert. Ein Arzt wurde gerufen, der sich um Ballon kümmern sollte.

Nancy, Hood und Stoll wurden zu dem Osprey evakuiert, wo August und sein französischer Dolmetscher die Befehlszentrale eingerichtet hatten. Nachdem August die Meldung erhalten hatte, daß die Truppe das Erdgeschoß unter Kontrolle habe und bereits in die erste Etage vordringe, stellte er sich den dreien kurz vor. Dann wandte er sich wieder dem Dolmetscher zu, der am Funkgerät verfolgte, wie die NATO-Soldaten in die Büroräume der leitenden Angestellten vordrangen.

Hood wollte wissen, ob Dominique oder Hausen gefunden worden seien und unbedingt mit Rodgers reden. Er machte sich Sorgen um Herbert und wollte in Erfahrung bringen, wie es ihm ging. Aber er mußte warten. Wenigstens waren sie in Sicherheit. Hood half Nancy eben in die Maschine, als am Himmel ein Licht auftauchte. Es war klein wie ein

Stern und bewegte sich von Osten nach Westen. Plötzlich drehte es auf sie zu und wurde zusehends größer, begleitet von dem unverkennbaren Schlagen eines Hubschrauberrotors.

Auch August sah hinauf.

»Einer von Ihren?« fragte Hood.

»Nein. Vielleicht ist es der, der abhob, bevor wir gelandet sind. Wir nahmen an, daß sich einige der Anführer aus dem Staub machten.«

Plötzlich kam ein Beamter der Gendarmerie vom Rand des Landefeldes zu ihnen herüber. Er trug einen Mann in Hemdsärmeln über der Schulter.

»*Sous-lieutenant!*« rief der Soldat dem Dolmetscher zu.

Er legte den stöhnenden Mann neben dem Osprey auf den Boden und sprach mit dem Vizelieutenant. Nach ein paar Augenblicken wandte sich der Dolmetscher an August.

»Dieser Mann ist Pilot, Sir«, sagte er. »Er hat den Hubschrauber für Dominique aufgewärmt, als er von einem blonden Mann niedergeschlagen wurde.«

»Hausen«, sagte Hood.

Der Hubschrauber trudelte in einer Spirale abwärts. Es war offensichtlich, daß er nicht mehr flog, sondern abstürzte.

August befahl allen, sich zu Boden zu werfen und die Köpfe einzuziehen. Hood legte sich über Nancy, nur August blieb stehen. Der Colonel beobachtete, wie der Hubschrauber in ungefähr 60 Metern Höhe die Balance wiedergewann und dann in Richtung des Flusses abdrehte.

»Wer ist Hausen, Mr. Hood?« fragte August.

Hood stand auf. »Ein deutscher Politiker und Pilot. Er haßt Dominique, den Mann, der hinter allem steckt.«

»Haßt er ihn genug, um sein Leben zu riskieren, indem er einen Hubschrauber entführt?«

»Auf jeden Fall. Ich glaube, daß Hausen bereit ist, sich selbst zu opfern, um Dominique zur Strecke zu bringen.«

»Sich selbst, den Hubschrauber und alle, die sich darunter befinden«, sagte August. Er ließ den Hubschrauber nicht aus den Augen, der jetzt in einem aufsteigenden Bogen nach Norden abdrehte und allmählich seinen Flug stabilisierte. »Ich habe so etwas schon früher erlebt. Alte Rivalitäten geraten außer Kontrolle.« Der Colonel wandte sich an den Dolmetscher. »Sind Manigot und Boisard noch im Erdgeschoß?«

Der Vizelieutnant fragte über Funk nach und erhielt die Bestätigung. »Sie sind noch beim Aufräumen, Sir.«

»Befehlen Sie ihnen, sich sofort hier zu melden«, sagte August.

»Jawohl, Sir.« Der Soldat salutierte.

August sah zum Cockpit hinauf und bewegte einen Zeigefinger über seinem Kopf im Kreis. Der Pilot salutierte und startete die Maschine.

»Was ist los, Colonel?« fragte Hood.

August lief zu den Stufen, die zum Cockpit führten. »Jemand will diesen Hubschrauber landen, und jemand anderes scheint damit nicht einverstanden zu sein. Wenn wir nicht an Bord gehen, werden sich die beiden nicht einigen können.«

»An Bord gehen?« rief Hood.

Doch die beiden NATO-Soldaten kamen bereits angelaufen. Sie kletterten an Bord. Das Donnern der starken Motoren machte eine Antwort endgültig überflüssig. Hood und Nancy traten zurück, und weniger als zwei Minuten, nachdem der Hubschrauber über ihnen aufgetaucht war, hob der Osprey vom Boden ab.

68

Freitag, 0 Uhr 04 – Wunstorf

Der Polizeiwagen raste mit knapp 160 Stundenkilometern die Autobahn entlang. Hauptkommissar Rosenlocher sah nach links, am Fahrer vorbei, und beobachtete den Straßenrand der anderen Seite. Sie fuhren ohne Martinshorn; der Fahrer blinkte jeden, der ihnen im Weg war, eindringlich mit der Lichthupe an. Auf dem Rücksitz saß schweigend ein weiterer Beamter. Er trug die blaue Uniform der Landespolizei. Zusammen mit seinem Vorgesetzten beobachtete er die Straße.

Hinter Rosenlochers Wagen folgten zwei Kleinbusse mit den Bezeichnungen »Zwei« und »Drei«. In jedem der Fahrzeuge saßen sechs Männer einer 15köpfigen taktischen Eingreiftruppe. Fünf der Männer waren mit 30-Millimeter-M1-Karabinern bewaffnete Scharfschützen; fünf hatten HK-53-Maschinenpistolen im Schoß; alle trugen Walter-P1-Pistolen mit 125-Millimeter-Läufen. Die Gruppe hielt nach der jungen Frau und dem Mann im Rollstuhl Ausschau.

Der grauhaarige Hauptkommissar mit den schroffen Gesichtszügen fragte sich, ob Richter ihm seinen Bluff abgekauft hatte. Rosenlocher kannte sich mit diesen psychologischen Operationen, kurz PSYOPS genannt, nicht besonders gut aus. Seine Spezialität waren Einsätze bei Krawallen und verdeckte Ermittlungen. Aber General Rodgers hatte ihm versichert, daß es bei einem seiner Kollegen schon einmal funktioniert hatte, als kroatische Luftpiraten im Jahre 1976 einen TWA-Jet über Paris entführt hatten. Und die Ausführungen von General Rodgers waren durchaus überzeugend gewesen. Die meisten Revolutionäre, insbesondere die jungen und unsicheren, glaubten, daß sich in ihrer Mitte Verräter befänden. Oft sei es tatsächlich so.

Das Telefon des Polizisten läutete. »Ja?«

»Hauptkommissar Rosenlocher, hier ist Rodgers. Wir haben Sie jetzt alle auf unserem Satelliten. Bob und das Mädchen befinden sich etwa drei Kilometer nördlich von Ihnen auf dem Weg zur Autobahn. Die Neonazis wurden aufgehalten, haben die Verfolgung aber mittlerweile wieder aufgenommen. Es ist schwer zu sagen, wer die beiden zuerst erreicht. Es wird jedenfalls äußerst knapp werden.«

Der Hauptkommissar warf einen Blick auf den Kilometerzähler, dann lehnte er sich zu seinem Fahrer hinüber. »Fahren Sie schneller«, sagte er leise.

Der kindsgesichtige Fahrer murmelte vor sich hin.

»Vielen Dank, General«, sagte Rosenlocher. »Ich rufe Sie zurück, sobald ich etwas zu berichten habe.«

»Viel Glück«, wünschte ihm Rodgers.

Rosenlocher dankte ihm nochmals, dann starrte er nach vorne. Der Karabiner steckte in einer Halterung hinter seinem Sitz. Er langte um die Lehne herum und griff danach. Seine Handflächen waren feucht wie immer, wenn er in einen Einsatz ging. Doch diesmal wünschte er sich im Gegensatz zu anderen Situationen, daß es zu einem Schußwechsel kam. Er wäre für jede Gelegenheit dankbar, mit aller Härte gegen die brutalen Kräfte zuschlagen zu können, die sein Land zerstören wollten.

»*Noch* schneller«, sagte er zu dem Fahrer.

Der Fahrer schürzte die Lippen und trat das Gaspedal durch.

Die Nacht flog vorbei. Die anderen Wagen beschleunigten ebenfalls. Plötzlich sah Rosenlocher zwei blasse schemenhafte Gestalten zwischen den Blättern am linken Straßenrand. Sie zuckten rasch zurück. »Das waren zwei von Richters Leuten«, sagte der Hauptkommissar. »Ich kann diese Bastarde noch bei 180 Stundenkilometern riechen. Fahren Sie langsamer.«

Der Fahrer gehorchte. Sekunden später kämpften sich vor ihnen zwei Personen aus dem Wald – ein Mann im Rollstuhl, dahinter eine junge Frau.

»Anhalten!« befahl Rosenlocher.

Der Fahrer bremste und fuhr an den Straßenrand, während Rosenlocher zum Funkgerät griff. Die anderen Wagen wurden ebenfalls langsamer.

»Wagen Zwei und Drei«, rief er die anderen Einsatzfahrzeuge. »Sehen Sie sie?«

»Hier Wagen Zwei. Wir sehen sie.«

»Hier Wagen Drei. Wir sehen sie auch.«

»Wagen Zwei, Sie decken die südliche Flanke«, sagte der Hauptkommissar. »Wagen Drei, Sie überholen und übernehmen den Norden. Ich sammle die beiden ein.«

Die Fahrzeuge hielten im Abstand von jeweils 20 Metern auf dem Standstreifen an. Die Fahrer blieben am Steuer, während die anderen Polizisten auf den Beifahrerseiten ausstiegen. Sollte es Verletzte geben, würde man sie notfalls mit dem Polizeiwagen ins Krankenhaus nach Hannover bringen. Die Beamten aus den Wagen Zwei und Drei schwärmten nach Süden und Norden aus und gingen im Schutz der Leitplanke in Stellung. Sollte auf sie oder auf die Amerikaner geschossen werden, galt der Befehl, gezielt zurückzuschießen.

Rosenlocher setzte als erster über die Leitplanke. Er war weniger als 30 Meter vom Waldrand entfernt, wo Bob Herbert und Jody Thompson versuchten, ihren Verfolgern zu entkommen.

Rosenlocher hob den Karabiner. Er zielte auf den Bereich im Wald hinter der Frau, wo er eine Bewegung wahrgenommen hatte.

»Kommen Sie hierher!« rief er Herbert zu.

Jody schob mit aller Kraft. Sie keuchte und stolperte, aber sie blieb nicht stehen.

Rosenlocher beobachtete die Neonazis. Im Scheinwerferlicht vorbeifahrender Autos sah er Gesichter im Wald – junge Gesichter. Einige wirkten zornig, andere ängstlich. Er wußte, daß es nur eines winzigen Fehlers bedurfte, um die Situation zur Eskalation zu bringen. Er hoffte, daß seine Kollegen die Selbstbeherrschung behielten und niemand unbedacht handelte.

Die Gesichter der Amerikaner waren jetzt deutlich zu erkennen. Herbert wirkte konzentriert, während er seine Räder drehte. Jody, die den Stuhl halb schob und sich halb daraufstützte, ächzte. Rosenlocher zielte auf die Gruppe junger Männer die am Waldrand aufgetaucht waren. Es waren entschlossene Männer, offenbar dazu bereit, ihr Leben zu opfern, um ihrer Überzeugung Ausdruck zu verleihen. Aber einen Augenblick später wußte er, daß sie nicht angreifen würden: Weder Karin noch Manfred waren auszumachen. Er wußte nicht, warum sie nicht dabei waren, aber ihm war klar, daß der Körper ohne den Kopf nicht zu denken in der Lage und ohne das Herz nicht handlungsfähig war. Was auch immer diese Schläger einem einzelnen Gegner antun konnten – mit einer ausgebildeten Truppe würden sie es nicht aufnehmen.

Herbert und Jody erreichten Rosenlocher. Wie vorher vereinbart, stiegen die beiden Fahrer der Wagen Zwei und Drei jetzt aus, um Herbert über die Absperrung zu helfen. Es entstand weder Hektik noch Panik. Die Arbeit wurde rasch und effizient ausgeführt, wie es dem Ruf von Rosenlochers Einheit entsprach.

Während die anderen Polizisten auf ihren Posten blieben, halfen die Fahrer Herbert und Jody in den ersten Wagen. Als sie darinsaßen, lösten sich die Männer draußen einzeln von der Leitplanke und begaben sich zu den Beifahrerseiten ihrer Fahrzeuge zurück, von wo aus sie den Rückzug ihrer Kollegen deckten.

Nachdem alle sicher von ihren Positionen zurückgekehrt waren, wandte Rosenlocher dem Waldrand den Rücken zu und schritt auf seinen Wagen zu. Beinahe erwartete er, im nächsten Moment zu sterben. In jeder Gruppe von Terroristen oder Gangstern gab es einen Feigling. Er hielt den Kopf erhoben. Solche Menschen fühlten sich von Männern, die keine Feiglinge waren, keine Furcht zeigten, beschämt. Während er ging, nahm er jedes Geräusch, jeden Schritt in dem Wissen wahr, daß es das Letzte sein könnte, was er erlebte.

Als er den Wagen schließlich erreichte, trat er neben die Beifahrertür und wies seine Männer an einzusteigen.

Ohne einen weiteren Zwischenfall fuhren sie davon.

Rosenlocher befahl seinem Fahrer, sofort zum Krankenhaus zu fahren, und der Mann schaltete die Sirene ein.

Im Rücksitz des Polizeiwagens sank Jody gegen Herberts Schulter. Unter heftigem Schluchzen begann sie zu weinen.

»Mein Arm tut weh«, klagte sie.

»Jetzt wird alles gut«, sagte Herbert.

»Es tut so weh. Mein ganzer Körper tut weh.«

Herbert nahm ihren Kopf in seine Hände. »Man wird sich um Sie kümmern«, sagte er sanft. »Alles wird gut, Sie sind in Sicherheit. Sie haben sich wie eine Heldin benommen.«

Sie legte ihre Arme um seine Schultern. Ihr Atem und ihre Tränen an seinem Hals fühlten sich warm an. Er hielt sie noch etwas fester und war so stolz auf sie, daß seine eigenen Augen feucht wurden.

»Sind *Sie* auch in Ordnung, Mr. Herbert?« fragte Rosenlocher leise.

»Ja, absolut.«

»Ihr Freund, der General, lag richtig. Er sagte mir, ich müsse Ihnen lediglich ein paar Minuten Zeit verschaffen. ›Lösen Sie die Schlinge, und Bob wird hinausschlüpfen.‹«

»Sicher«, sagte Herbert. »Und er schlüpft direkt vom Regen in die Traufe. Aber trotzdem vielen Dank, daß Sie uns rausgehauen haben, Hauptkommissar. Sie werden für eine ganze Weile auf meiner Weihnachtskartenliste stehen.«

Rosenlocher lächelte. Er drehte sich um, nahm sein Autotelefon und bat die Vermittlungsstelle, ihn mit General Rodgers in Washington zu verbinden.

Der Karabiner stand zwischen seinen Beinen. Während er wartete, fühlte Rosenlocher sein Gewicht an seinem rechten Knie. Es hatte eines Krieges bedurft, um Hitler zu besiegen. Es wäre beinahe ironisch, wenn nach all den Jahren der Jagd auf Felix Richter, nach dem Training für Sondereinsätze und Feuergefechte der Neue Führer fiele, ohne daß die Polizei auch nur einen einzigen Schuß abgefeuert hatte.

Ironisch, aber passend, dachte Rosenlocher. Vielleicht haben wir doch etwas gelernt. Wenn man Tyrannen früh genug entgegentritt, stellt sich heraus, daß sie alle nur des Kaisers neue Kleider tragen.

Rosenlocher kostete diesen Gedanken aus, während er das Vergnügen hatte, Bob Herbert das Telefon zu reichen, damit der seinem Vorgesetzten berichten konnte, daß die Mission erfüllt sei.

Und das war sie.

69

Freitag, 0 Uhr 16 – Wunstorf

Felix Richter beobachtete, wie die Mitglieder seiner Jagdgesellschaft mit hängenden Köpfen zurückgetrottet kamen.

»Wo sind die Amerikaner?« fragte er herausfordernd.

Rolf war einer der ersten, die bei ihm eintrafen. Er sah auf die Leichen von Karin und Manfred. Ihre Köpfe und Schultern waren mit Windjacken bedeckt worden. Sie erinnerten ihn an überfahrene Hunde. Er blickte zur Seite.

Richter kam auf ihn zu. »Was ist passiert?«

»Die Polizei war schon da. Wir konnten nichts tun.«

»Hätte Karin das gesagt?« schrie Richter. »*Wir konnten nichts tun?*«

»Karin wäre bei uns gewesen und hätte selbst etwas unternommen«, schrie ein anderer Mann zurück. »Sie hätte nicht gewartet, bis wir zurückkommen. Karin war keine Maulheldin.«

»Ich habe nie behauptet, wie Karin Doring zu sein ...«

»Nein«, sagte Rolf. »Das sind Sie auch nicht. Ich gehe.«

Richter stellte sich vor ihn. »Hört mir alle zu. Ihr könnt nicht das gesamte Erbe im Stich lassen, weil wir heute einen Rückschlag erlitten haben. Wir sind es unseren Vorgängern schuldig weiterzukämpfen.«

Einige blieben stehen, um die Toten aufzuheben. Die anderen warteten auf sie.

»Laßt es nicht hier enden«, sagte Richter.

Die Männer und Frauen gingen an ihm vorbei, um sich den im Lager verbliebenen Genossen anzuschließen. Rolf folgte den Strahlen der Taschenlampe, die durch die Dunkelheit schnitten. Waren diese mageren Lichtkegel die Scheinwerfer, von denen Richter gesprochen hatte? Diejenigen, die ihre Symbole und Errungenschaften hätten anstrahlen sollen?

»Das ist nur ein Rückschlag, keine Niederlage«, sagte Richter. »Ihr dürft nicht zulassen, daß sie uns aufhalten.«

Die Neonazis gingen weiter.

Richter wiederholte seine letzten Sätze Wort für Wort. Seine Stimme wurde dabei wieder lauter in dem Versuch, das Feuer der Kundgebung neu zu entfachen.

»Ihre feinen Unterscheidungen sind ihnen egal, M. Richter«, sagte Jean-Michel hinter ihm. »Sie wissen nur, daß man ihnen das Herz herausgerissen hat. Falls Sie schlau und wirklich entschlossen sind, wird es Ihnen vielleicht gelingen, einige von ihnen zurückzugewinnen. Aber jetzt ist es zuerst einmal Zeit, nach Hause zu gehen.« Er blickte in Richtung der Lichter, dann folgte er ihnen.

Richter blieb allein in der Dunkelheit zurück.

70

Freitag, 0 Uhr 17 – Toulouse

Der Osprey hing über dem Landeplatz wie eine Sturmwolke, dunkel und rollend, die Navigationslichter zuckten wie Blitze. Colonel August stand im Cockpit, hinter dem Piloten, während das Flugzeug auf 300 Meter Höhe stieg.

Der LongRanger flog fast fünf Kilometer flußabwärts in Richtung Südosten. Ab und zu schlingerte der Hubschrauber noch, inzwischen aber weniger häufig. Er wirkte wie ein Wildpferd, das sich allmählich zähmen ließ. August hoffte, daß es sich nicht zu schnell ergab. Aus gesetzlicher Sicht hätte er, wie er vermutete, die geplante Aktion nur dann rechtfertigen können, wenn der Hubschrauber außer Kontrolle geraten wäre und eine Gefahr für Menschen am Boden bedeutet hätte.

»Geschätzte Geschwindigkeit: 200 Stundenkilometer«, informierte ihn der Pilot, während sie beobachteten, wie der LongRanger sich weiter entfernte.

Der Bug des Osprey neigte sich leicht nach vorne, die Propeller kippten in die Waagrechte, und die Maschine begann vorwärtszufliegen. Mit ihrer Höchstgeschwindigkeit von über 500 Stundenkilometern würde die VTOL den Hubschrauber schnell einholen. Aber der von August bestimmte Chef des dreiköpfigen Einsatzkommandos war noch nicht bereit. Er und seine beiden Teamgefährten befanden sich im Frachtraum und bereiteten den mit bis zu einer Tonne belastbaren Kran und das 70 Meter lange Drahtseil vor. Die Vorrichtung diente normalerweise dazu, Ladung in Regionen abzusetzen oder aufzunehmen, in denen der Osprey nicht landen konnte.

August hatte die Anweisung erteilt, den Kran bereitzumachen. Als er ihnen den Grund dafür genannt hatte, hatten Manigot und Boisard im Spaß gefordert, man möge sie doch gleich vor ein Kriegsgericht stellen und exekutieren – das Endresultat sei dasselbe.

Doch daran glaubte August nicht. Er hatte ihnen gesagt,

was er jedem Mitglied seiner Einheit eingeschärft hatte: Wenn ein Einsatz richtig geplant und von Profis durchgeführt werde, laufe er so glatt ab wie das morgendliche Aufstehen aus dem Bett. Auch wenn es immer Unwägbarkeiten gebe – dadurch werde der Job erst richtig interessant.

Der Osprey, noch in der Senkrechtstartkonfiguration, gewann allmählich an Höhe, während er vorwärtsflog. August machte sich weniger Gedanken um die Geschwindigkeit als darum, den Hubschrauber nicht aus den Augen zu verlieren. Falls der Pilot überraschende Kursänderungen vornähme, wollte August in der Lage sein, sie nachzuvollziehen. Der Colonel hatte seinen Bordfunker angewiesen, Funkstille zu wahren. Je weniger Informationen der Widersacher in dem LongRanger darüber hatte, wer sich an Bord des Ospreys befand oder warum, desto unwahrscheinlicher war es, daß er Widerstand leisten würde. Es gab nichts Demoralisierenderes als einen gesichtslosen, lautlosen Gegner.

Der Pilot des Osprey ging auf eine Höhe von 100 Meter über der des LongRanger und blieb über dem Hubschrauber, der den Schwüngen des Flusses mal nach Osten, mal nach Westen folgte. Offensichtlich wußte der Pilot, der das Steuer bediente – wer auch immer das war –, wie man flog, kannte sich aber in der Navigation nicht aus; er folgte dem Fluß, um zu entkommen. Der Osprey schloß zu dem Hubschrauber auf. Wie ein Sturm, bedrohlich und unaufhaltsam, kam er heran. Der LongRanger beschleunigte, aber es gab kein Entrinnen. Nach weniger als zwei Minuten flog der Osprey genau über dem Hubschrauber, der seitlich auswich, aber jedes seiner Manöver von dem größeren Flugzeug kopiert sah.

Unterdessen arbeitete die Mannschaft fieberhaft an dem Kran. Als die Männer bereit waren, funkte der Kommandochef das Cockpit an.

»Der Obergefreite Taylor ist einsatzbereit, Sir«, sagte der Pilot.

Colonel August zog sich Handschuhe an und nickte. »Sagen Sie ihm, er soll die Luke öffnen. Ich komme nach hinten.«

Der Pilot führte den Befehl aus, während August die Tür zur Kabine öffnete und den Rumpf durchquerte. Aus dem

Frachtraum brach Wind herein, als sich die schweren Zahnräder drehten und die Luke im Boden der Maschine zur Seite glitt. Das Segeltuch über den Rippen des Flugzeugrumpfes peitschte wild auf beiden Seiten.

August bewegte sich trotz des Windes schnell. Wenn ein Team erst einmal einsatzbereit war, durfte man es nicht mehr warten lassen. Warten verhielt sich zu Energie wie Kälte zu Hitze: Das eine schwächte das andere ab.

Der Colonel erreichte die Männer, als sie eben die Haken an ihren Fallschirmen überprüften. »Sind wir bereit?« fragte er.

Die Männer bejahten.

August hatte ihnen seinen Plan erläutert, nachdem er die Maschine mit Manigot und Boisard bestiegen hatte. Taylor sollte Manigot 15 Meter senkrecht nach unten lassen, bis knapp über den horizontalen Stabilisator hinaus und an die Querstrebe auf halbem Weg zwischen Kabine und Schwanzaufbau heran. Hinter dem Hauptrotor war genügend Zwischenraum, um diese Aufgabe zu erfüllen. Die einzige kritische Phase lag in dem Zeitraum von fünf bis acht Sekunden, während sich der Soldat oder das Drahtseil direkt hinter dem vorderen Hauptrotor befänden. Falls der LongRanger innerhalb dieser Zeitspanne langsamer würde, in den Sturzflug ging oder steil aufstieg, würden Manigot oder das Kabel zerfetzt werden. Sobald sich der Hubschrauber auch nur im geringsten vom Kurs ab bewegte, hatte Manigot den Befehl, sich sofort von dem Drahtseil auszuklinken und mit dem Fallschirm zur Erde zu schweben; die Operation würde abgebrochen werden. Andernfalls würden beide Männer, nachdem sie den Heckbaum erreicht hätten, nach vorne auf die Landekufen steigen und in die Kabine eindringen.

Noch bestand das Risiko, daß der Hubschrauber erneut schlingerte. Sie warteten, bis es tatsächlich geschah – ein kurzer, ruckartiger Aufstieg, gefolgt von einem noch kürzeren Sturzflug –, dann kletterten sie aus der Luke.

Taylor betätigte den Schalter am Kran und ließ Manigot schnell nach unten. Das Drahtseil entrollte sich mit einer Geschwindigkeit von einem Meter pro Sekunde, und innerhalb von 15 Sekunden befand er sich auf dem Stabilisator. Nachdem er sich mit einem Karabinerhaken an der Querstrebe gesichert hatte, befestigte er das Drahtseil. Dann signalisierte er mit seiner Taschenlampe. Boisard glitt rasch und sauber nach unten. Nachdem er auf der anderen Seite der Querstrebe eingehakt hatte, klinkte Manigot das Seil wieder aus, und Taylor zog es sofort in die Höhe. Das Gewicht des schweren Hakens am Ende des Seiles verhinderte, daß es in den hinteren Rotor geweht wurde.

August beobachtete im Dämmerlicht durch die offene Luke des Osprey, wie Boisard das Seil von seinem Gürtel nahm und es durch die Stahlschlaufen von Manigots Gürtel zog. Dann ließ Manigot die Querstrebe los und begann, über den Achterbaum des Hubschraubers nach vorne zu rutschen.

Die beiden Männer in dem Hubschrauber mußten zwar mitbekommen haben, daß der riesige Osprey über ihnen schwebte, aber von den Vorgängen auf ihrer Maschine schienen sie nichts zu ahnen. August versuchte, sich vorzustellen, was der Pilot plante. Es konnte mit Sicherheit kein langer Flug werden. Der LongRanger besaß eine maximale Reichweite von 600 Kilometern. Vielleicht war irgendwo in diesem Umkreis ein Fahrzeug versteckt, mit dem er die Flucht fortzusetzen gedachte.

Plötzlich tauchte der LongRanger nach unten weg. Es war ein fast ebenso wilder Sturzflug wie zuvor, diesmal jedoch eindeutig absichtlich in dem Versuch zu fliehen. Manigot rutschte auf den Mast des Rotorkopfes zu. Nur eine schnelle Reaktion bewahrte ihn davor, in die sich drehende Nabe gerissen zu werden – er griff nach dem Auspuffrohr direkt hinter dem Aufbau. Boisard hielt sich am Stabilisator fest und baumelte buchstäblich daran nach unten, während der Hubschrauber immer steiler nach vorn wegkippte.

August erteilte seinem Piloten über Funk den Befehl zu folgen. Dann blinzelte er in die Dunkelheit und wartete darauf, daß die Männer absprängen.

Sie zögerten. Beide Soldaten waren mutig, aber nicht unvernünftig: Wenn sich die Möglichkeit zum Absprung bot, würden sie sie nutzen. Wahrscheinlich befürchteten sie, in den Rotoren zu landen.

Frustriert wegen der Entfernung, der Schwärze und des Windes, klammerte sich August an die offene Luke, während der Osprey dem LongRanger hinterherstürzte. Schließlich wandte er sich an den Obergefreiten Taylor.

»Lassen Sie das Ding noch mal runter!« schrie er. »Ich gehe nach unten!«

»Sir, der Wind und der Winkel sind schlecht für ...« sagte Taylor.

»Jetzt!« brüllte August. Er schlüpfte schon in den Fallschirm, den er aus dem Ausrüstungsschrank gezogen hatte. »Ich hake die Karre am Schwanz fest. Sobald ich bei Boisard bin, schleppen wir die Schrottmühle nach Hause.«

»Sir, wir sind für eine Tonne ausgelegt, und der Hubschrauber wiegt ...«

»Ich weiß. Aber solange sich der Rotor dreht, hat er nicht sein volles Gewicht. Sagen Sie dem Piloten, er soll über uns bleiben, was auch immer passiert. Ich gebe Ihnen zwei Lichtsignale, wenn ich ihn festgehakt habe, dann funken Sie den Piloten an, damit er umdreht.«

Taylor salutierte, dann wandte er sich mit Unbehagen der Kransteuerung zu.

Wie sein Namensgeber, der Fischadler, glitt der Osprey im Sturzflug durch die Lüfte. Das Drahtseil entrollte sich, und August wurde in einem steilen Winkel zu dem Hubschrauber herabgelassen. Er drehte sich während des Abstiegs um das Seil herum und bekam den Stabilisator erst nach mehreren Drehungen um die eigene Achse zu fassen. Um den Hubschrauber nicht aus dem Gleichgewicht zu bringen, kroch er auf die Boisard gegenüberliegende Seite. Dann hakte er sich am Rumpf fest und schlang das Drahtseil darum. Es rutschte zurück, prallte mit einem metallenen Knall gegen die Heckflosse und blieb daran hängen.

August hatte seinen Fisch gefangen.

Die Augen geradeaus gerichtet, begann er, vorwärts auf Manigot zuzurutschen. Der Flugwind peitschte ihm entgegen, und er kam nur zentimeterweise vorwärts. Als er in die

Nähe der Kabine kam, richtete sich der LongRanger plötzlich auf und schwang in Richtung Osten ab. Der Osprey kam nur mit Verzögerung hinterher. Das Drahtseil straffte sich, und der LongRanger wurde heftig durchgerüttelt, als die volle Spannung erreicht wurde. Der Kran hielt.

August rutschte seitlich vom Rumpf herunter. Er blickte zuerst nach oben, um sich davon zu überzeugen, daß Manigot nicht abgeworfen worden war, dann sah er nach unten. Seine Füße waren weniger als zwei Meter von der Kufe entfernt. Es waren zwei dunkle, windige Meter, aber das Kufenende befand sich direkt unter ihm. Wenn er sich losließe, würde er auf seinem Weg nach unten daran vorbeikommen.

Er legte die Arme an die Hüften und warf alle Regeln der Planung über Bord. In dieser Situation mußte er wie ein Basketballspieler, der in letzter Sekunde vom eigenen Korb aus auf den des Gegners warf, alles auf eine Karte setzen: Entweder er traf – oder eben nicht.

Er zog seine Handschuhe aus und ließ sie fallen. Dann öffnete er den Metallhaken, der ihn mit dem Drahtseil verband, das um den Rumpf des Hubschraubers geschlungen war. Er fiel.

Sofort streckte er beide Arme aus. In dem Moment, als er sich von dem Hubschrauber gelöst hatte, wurde er vom Wind zurückgeschleudert, doch nicht so weit, daß er die hintere Verstärkung der Kufe nicht mehr fassen konnte. Er umschlang sie mit seinem linken Arm, griff schnell mit der Rechten nach und versuchte, sich nach oben zu ziehen. Durch den starken Flugwind hing er in einem Winkel von 45 Grad schräg nach unten. Mehrmals wurde er gegen den Gepäckraum geschleudert, während er darum kämpfte, auf die Kufe zu gelangen.

Dann sah er, daß sich der Pilot nach ihm umdrehte. Jemand lag zwischen den beiden Sitzen auf dem Boden und versuchte, auf die Füße zu kommen. Der Pilot wandte sich wieder ab und wollte den Hubschrauber erneut in den Sturzflug bringen. Aber das Kabel hielt, und beide Maschinen wurden durchgerüttelt. Der Pilot drehte sich erneut um, doch diesmal sah er nicht August an, sondern das Drahtseil.

Langsam zog er den Hubschrauber in die Höhe. Entsetzt erkannte August, was er vorhatte. Er wollte das Drahtseil mit dem Rotor zerschneiden! Wenn es ihm schon nicht gelänge, sich zu befreien, dann würde er sie zumindest alle mit in die Tiefe reißen.

Fieberhaft streckte und wand sich August, bis es ihm gelang, ein Bein über die Kufe zu werfen. Sobald er stand, drehte er den Griff der Kabinentür und riß sie gewaltsam auf. Er zog sich in die Passagierzelle und war mit zwei Schritten in dem offenen Cockpit. Schnell sprang er über den beinahe bewußtlosen Mann am Boden und hieb dem Piloten den angewinkelten Ellbogen seitlich gegen den Kopf. Mit ungeheurer Geschwindigkeit schlug er ein zweites und drittes Mal zu, dann zog er den reglosen Mann vom Sitz.

Er ließ sich auf den Pilotenstuhl fallen, hielt den Steuerknüppel fest und wandte sich an den am Boden Liegenden.

»Hausen? Stehen Sie auf! Sie müssen dieses verdammte Ding fliegen.«

Der Deutsche war benommen. Langsam zog er sich in den Sitz des Kopiloten.

»Machen Sie schon!« rief August. »Ich habe keine Ahnung, wie man diese Kiste steuert!«

Stöhnend fiel Hausen in den Sitz. Er fuhr sich mit dem Hemdärmel über die blutunterlaufenen Augen und nahm den Steuerknüppel.

»Okay«, sagte er. »Ich – ich hab' ihn.«

Der Colonel sprang auf und zerrte den erwachenden Dominique wütend in die Kabine. Dann ging er zu der offenen Tür und lehnte sich hinaus. Boisard arbeitete sich tollkühn zu Manigot vor.

»Wir hier drin sind okay!« schrie August. »Wenn Sie ihn haben, lösen Sie das Seil.«

Boisard signalisierte, daß er verstanden habe, und August zog sich wieder zurück. »Sind Sie in Ordnung?« rief er Hausen zu.

»Es wird schon gehen«, antwortete der Deutsche matt.

»Halten Sie die Maschine ruhig, bis ich Ihnen ein Zeichen gebe. Danach fliegen wir zur Fabrik zurück.«

Hausen nickte.

August beugte sich über Dominique, hob ihn auf und stieß ihn in einen der Passagiersitze. Dann baute er sich vor ihm auf.

»Ich weiß nicht, was Sie getan haben«, sagte er. »Aber ich hoffe, daß es schlimm genug war, um Sie für immer aus dem Verkehr zu ziehen.«

Benommen und blutend hob Dominique den Kopf. Er lächelte hinterhältig. »Vielleicht können Sie mich aufhalten«, stieß er zwischen wackligen Zähnen hervor. »Aber uns alle können Sie nicht stoppen. Haß – Haß ist beständiger als Gold.«

August grinste und versetzte ihm einen weiteren Schlag. »Dann werde ich gleich anfangen, einige meiner Anlagen umzuschichten.«

Dominiques Kopf fiel auf die rechte Schulter. August ging zur offenen Tür zurück. Seine Arme zitterten noch immer vor Anstrengung, als er Manigot wenig später hineinhalf. Nachdem Boisard das Drahtseil gelöst hatte, half August auch ihm. Dann schloß er die Tür und ließ sich schwer auf den Boden fallen.

Das Traurige war, dachte er, daß der Bastard recht hatte. Der Haß und diejenigen, die ihn schürten, erlebten eine Blüte nach der anderen. Schon immer hatte er dagegen angekämpft, und er war dabei eigentlich auch ziemlich erfolgreich gewesen – war es noch immer, wie er sich gerne erinnerte. Obwohl es einen Moment dauerte, bis sein Verstand mit seinem Puls mithalten konnte, wußte er, daß er sofort nach der Landung einen Anruf tätigen müßte.

71

Freitag, 0 Uhr 53 – Toulouse

Die Männer der Gendarmerie hatten die Fabrik vollständig unter Kontrolle, als der Osprey zurückkehrte. Die *Neuen Jako-*

biner waren zusammengetrieben worden, und man hatte ihnen Handschellen angelegt. In Zweiergruppen waren sie in Büronischen gebracht worden, dort wurden sie von jeweils zwei Männern bewacht. Ballon war der Meinung, daß Märtyrer und Helden entweder Exhibitionisten oder Aufziehspielzeuge seien. Er hielt es für wenig wahrscheinlich, daß sie etwas unternehmen würden, wenn niemand ihnen dabei zusähe oder sie provozierte. Der rasche Zusammenbruch der *Neuen Jakobiner* nährte auch eine andere Überzeugung Ballons: Sie waren feige Herdentiere ohne Mut zum Kampf, wenn sie auf sich selbst gestellt waren oder sich zahlenmäßig ebenbürtigen oder überlegenen Kräften gegenübersahen.

Ob dies nun zutraf oder nicht – es kam zu keiner weiteren Auseinandersetzung, bis die örtliche Polizei gerufen und die Gefangenen abtransportiert worden waren. Auch Krankenwagen waren gerufen worden, doch Ballon bestand darauf, vor Ort behandelt zu werden und zu bleiben, bis der Osprey und der LongRanger zurückkämen. Zusammen mit den anderen hatte er den Luftkampf aus der Ferne beobachtet. Bis der Pilot des Osprey über Funk gemeldet hatte, daß Dominique überwältigt worden sei, hatte niemand gewußt, wie das Duell ausgegangen war.

Als der Osprey, gefolgt von dem LongRanger, gelandet war, nahm sich Colonel August persönlich Dominiques an. Sie stiegen nebeneinander aus, und August hielt Dominique im Polizeigriff. Der Unterarm des Franzosen lag angewinkelt auf dem des Colonel. Sein Ellbogen steckte in Augusts Armbeuge, und seine Hand war nach oben, zu seinem Körper hin, abgewinkelt. Falls er zu fliehen versuchte, würde August einfach die Hand in Richtung seines Körpers drücken und Dominique damit unerträgliche Schmerzen im Handgelenk verursachen.

Doch Dominique versuchte nicht zu fliehen. Er konnte kaum gehen. August übergab ihn der Gendarmerie. Zusammen mit Ballon und vier von dessen Männern wurde er in einem Kleinbus abtransportiert.

»Sagen Sie M. Hausen, daß er seine Schlagzeilen haben kann«, sagte Ballon zu August, bevor sie abfuhren. »Sagen Sie ihm, daß ich sie selbst schreiben werde.«

August versicherte ihm, das zu tun.

Der Pilot des Osprey hatte bereits die NATO-Mediziner verständigt. Die Schnitte und Prellungen, die Boisard und besonders Manigot erlitten hatten, waren zwar in der Mehrzahl oberflächlich, aber zahlreich. Außerdem hatte Manigot zwei Rippenbrüche davongetragen.

Hausen ging es von allen am schlechtesten. In dem Versuch, bei Bewußtsein zu bleiben und seine letzten Kräfte für den Rückflug zu mobilisieren, hatte er August berichtet, daß Dominique versucht habe, ihn zu strangulieren. Jedesmal, wenn er, Hausen, sich etwas erholt und versucht habe, die Kontrolle über den Hubschrauber wiederzuerlangen, habe Dominique ihn erneut getreten oder geschlagen. Als der Hubschrauber gelandet war, war Hausen über dem Steuerknüppel zusammengebrochen.

Hood bestieg den LongRanger, um bei dem Staatssekretär zu bleiben, bis er evakuiert wurde. Er setzte sich in den Pilotensitz neben den Deutschen, während sie darauf warteten, daß die NATO-Ärzte mit der Behandlung der Opfer des Sturms auf die Fabrik fertig waren.

Hood redete ihn mit seinem Vornamen an.

Hausen blickte zu ihm herüber und lächelte schwach. »Wir haben ihn«, sagte er.

»Das ist Ihr Verdienst«, gab Hood zurück.

»Ich war bereit zu sterben, wenn ich ihn hätte mitnehmen können. Mir – war alles egal. Es tut mir leid.«

»Dazu besteht kein Grund. Es hat alles vorzüglich geklappt.«

Der Amerikaner stand auf und trat zur Seite, als eine Ärztin mit ihrer Helferin eintraf. Sie untersuchte die Verletzungen an Hausens Hals, Schläfe, Kopfhaut und Kinn, um sich davon zu überzeugen, daß keine Bluttransfusion erforderlich war. Dann prüfte sie seine Augen, maß seinen Puls und unternahm eine flüchtige Untersuchung der Wirbelsäule.

»Ein leichter neurogener Schock«, sagte sie zu ihrer Assistentin. »Bringen wir ihn von hier fort.«

Man holte eine Trage, und Hausen wurde aus dem LongRanger bugsiert. Hood ging hinter ihm her.

»Paul!« rief Hausen, als man ihn die Stufen hinunterhob.

»Ich bin hier.«

»Paul, es ist noch nicht zu Ende. Verstehen Sie?«

»Ich weiß. Wir stellen das Regionale OP-Center auf die Beine. Sie werden sich darum kümmern, aber jetzt sprechen Sie am besten nicht mehr.«

»In Washington«, sagte Hausen, während er in den Krankenwagen geschoben wurde. Er lächelte kraftlos. »Nächstes Mal treffen wir uns in Washington, mit mehr Ruhe.«

Hood lächelte zurück und drückte Hausens Hand, bevor die Tür geschlossen wurde.

»Vielleicht sollten wir ihn zu einer Anhörung über den Haushaltsplan einladen«, überlegte Matt Stoll aus dem Hintergrund. »Dagegen wird ihm der heutige Tag wie ein Spaziergang vorkommen.«

Hood drehte sich um. Er drückte die Schulter seines Mitarbeiters. »Sie waren heute nacht ein richtiger Held, Matt. Vielen Dank.«

»Ach, das war gar nichts, Boß. Es ist erstaunlich, wozu man in der Lage ist, wenn einem der Arsch auf Grundeis geht und man keinen Ausweg sieht.«

»Das ist nicht wahr. Viele Leute geraten in Panik, wenn sie sich plötzlich in einem Kugelhagel wiederfinden. Sie nicht.«

»Unsinn«, wehrte Stoll ab. »Ich habe es nur nicht gezeigt. Und da Sie bestimmt noch eine Menge anderer unerledigter Geschäfte zu besorgen haben, werde ich mich jetzt einfach davonschleichen und meinen Nervenzusammenbruch genießen.«

Stoll wandte sich ab und ging.

Direkt hinter ihm, im Schatten, hatte Nancy gestanden.

Hood starrte sie für einen Augenblick an, dann trat er zu ihr. Er wollte ihr sagen, daß auch sie sich wie eine Heldin benommen habe, ließ es aber. Sie war nie auf Lob erpicht gewesen, und er wußte, daß sie etwas anderes von ihm hören wollte.

Er nahm ihre Hände in seine. »Das war also unser letztes Abenteuer.«

Sie lachte einmal kurz. Tränen rollten aus ihren Augen.

»Wir waren alte Spießer, damals. Abendessen, im Bett lesen, Nachrichten um zehn, am Wochenende Frühstücksfernsehen.«

Plötzlich fühlte Hood das Gewicht seiner Brieftasche mit den beiden Eintrittskarten in seiner Jacke. Sie bemerkte es nicht. Sie blickte voller Liebe und Verlangen in seine Augen. Sie hatte nicht vor, es ihm leicht zu machen.

Mit seinen Daumen rieb er über ihre Handrücken, dann hob er die Hände an ihre Schultern und küßte sie auf die Wange. Der salzige Geschmack ihrer warmen Tränen weckte in ihm den Wunsch näherzurücken, sie in die Arme zu nehmen, ihr Ohr zu küssen.

Er trat zurück.

»Es wird Untersuchungen geben, eine Menge Ausschüsse und Gerichtstermine. Ich würde dir gern einen Anwalt besorgen.«

»In Ordnung. Danke.«

»Ich bin sicher, daß jemand die Vermögenswerte von Demain abwickeln wird, wenn sich der Rauch etwas gelegt hat. Meine Leute haben Einfluß an den verschiedensten Stellen. Ich werde dafür sorgen, daß du berücksichtigt wirst. Bis dahin wird Matt etwas für dich zu tun finden.«

»Mein Retter«, sagte sie trocken.

Hood wurde ärgerlich. »Es ist weder für dich noch für mich leicht, Nancy. Aber ich kann dir nicht geben, was du willst.«

»Kannst du das wirklich nicht?«

»Nicht, ohne es jemand anderem wegzunehmen, jemandem, den ich liebe. Ich habe die meiste Zeit meines Erwachsenenlebens mit Sharon verbracht. Wir sind auf eine Art miteinander verbunden, die mir sehr viel bedeutet.«

»Ist das alles, was du willst? Eine Beziehung, die dir viel bedeutet? Man sollte *euphorisch* sein. Wir waren es. Sogar wenn wir uns stritten, taten wir es mit Leidenschaft.«

»Ja, aber das ist vorbei. Sharon und ich sind glücklich miteinander. Stabilität ist sehr wichtig – das Wissen, daß jemand da ist ...«

»... in guten wie in schlechten Zeiten, in Reichtum und

in Not, in Gesundheit und in Krankheit«, vollendete Nancy bitter.

»Das, oder einfach nur, wenn es darum geht, sich vor einem Kino zu treffen.«

Nancys Mundwinkel fielen herab. Sie blinzelte mehrmals, ohne den Blick abzuwenden. »Autsch. Volltreffer.«

Hood bedauerte, sie verletzt zu haben, aber zumindest hatte er die Kraft gefunden zu sagen, was gesagt werden mußte. Er fühlte sich nicht gut, aber er spürte, daß es richtig gewesen war.

Schließlich wandte sich Nancy ab. »Ich denke, ich sollte mit Colonel Ballon in die Stadt zurückfahren.«

»Die örtliche Polizei ist auf dem Weg hierher. Sie werden dafür sorgen, daß uns jemand mitnimmt.«

»Du bist noch immer genauso schwer von Begriff wie früher«, sagte sie mit einem tapferen Lächeln. »Ich meinte, weil er ein Single ist. Es war ein Scherz.«

»Ach so. Entschuldige.«

Nancy holte tief Luft. »Du mußt dich weniger entschuldigen als ich. Verzeih mir – für alles.« Sie sah ihn wieder an. »Auch wenn es nicht so war, wie ich es mir gewünscht habe – es war schön, dich wiederzusehen. Und ich bin froh, daß du glücklich bist. Ehrlich.«

Mit den gleichen wiegenden Schritten, mit denen sie ihm in der Hotelhalle aufgefallen war, ging sie davon; locker schwang ihr Haar von einer Seite zur anderen. Hood wollte ihr folgen, aber Nancy hielt, ohne sich umzudrehen, wie eine Polizistin, die den Verkehr regelt, eine Hand hoch und schüttelte den Kopf.

Hood sah ihr nach, und seine Augen wurden feucht. Als sie in der Menge der Soldaten und Sanitäter verschwand, lächelte er traurig.

Endlich war sie zu der Verabredung erschienen.

72

Montag, 9 Uhr 32 – Washington, D.C.

Hood, Stoll und Herbert wurden mit einer kleinen Begrüßungsfeier im »Panzer«, dem Hochsicherheitskonferenzraum des OP-Centers, empfangen. Als sie eintraten, waren die führenden Mitarbeiter bereits mit Tabletts mit Kaffee, Croissants und Krapfen versammelt.

»Wir haben sämtliche Backwaren mit französischen und deutschen Namen in der Kantine aufgekauft«, erklärte Ann Farris, als sie Hood mit einem in die Luft gehauchten Wangenkuß begrüßte.

Ed Medina und John Benn hatten das Wochenende damit verbracht, ein kleines Brett mit Spielzeugsoldaten zu modellieren, auf dem die NATO, Hood und Herbert dargestellt waren. Sie verteidigten eine Burg namens »Würde« vor einer Horde entstellter Soldaten, die aus einem Truppentransporter mit der Aufschrift HASS strömten.

Der lädierte, aber unbeugsame Herbert war gerührt. Stoll langte mit vergnügtem Appetit zu. Hood war verlegen. In einer Ecke stand Rodgers mit verschränkten Armen, außerhalb von Hoods Rampenlicht, ein Anflug von Neid im Gesichtsausdruck.

Als er aufgefordert wurde zu reden, ließ sich Hood auf eine Ecke des Konferenztisches nieder und sagte: »Wir haben nur das getan, was General Rodgers und unser Striker-Team ständig tun.«

»Im Ausland ein wenig Amok laufen und dafür sorgen, daß die Diplomaten ihr Gehalt verdienen?« riet Lowell Coffey.

»Nein«, konterte Stoll. »Kämpfen für Wahrheit, Gerechtigkeit und den amerikanischen Way of Life!«

»Wo ist der Champagner?« fragte Ann Farris.

Hood brachte die ungefähr 20 Anwesenden mit einer Geste zum Schweigen. »Wie ich schon sagte, wir sind nur dem Beispiel unserer Kollegen hier im OP-Center gefolgt. Wo wir gerade dabei sind, Mike – wollen Sie es ankündigen?«

Rodgers schüttelte den Kopf und streckte seine Hand in Hoods Richtung. Hood wollte ihn herüberziehen, ihn dazu bringen, an seinem Triumph teilzuhaben. Aber Selbstdarstellung gehörte nicht zu Rodgers' Repertoire.

»Am Wochenende hat General Rodgers den Plan zum Abschluß gebracht, Colonel Brett A. August nach Washington zu holen, damit er den Befehl über Striker übernimmt«, sagte Hood. »Colonel August war derjenige, der Gérard Dominique festgenommen hat, und er wird für unser Team eine wichtige strategische und personelle Bereicherung sein.«

Es gab einen kurzen Applaus und nach oben gerichtete Daumen.

»Wie Sie sicher alle bemerkt haben«, fuhr Hood fort, »war die Presse am Wochenende voller Berichte über den Sturz von Dominique und über die Auswirkungen der ›Operation L'Écouter‹. Ich habe eine ganze Reihe Essays und Kommentare darüber gelesen, wie die Vorurteile und der Argwohn von ansonsten gutmütigen Menschen dazu benutzt werden, um Leben und Gesellschaften zu zerstören. Ich hoffe, daß die Warnungen nicht mit den Schlagzeilen in Vergessenheit geraten. Ann, wir sollten darüber reden. Vielleicht können wir eine Art Erziehungsprogramm für Schulen ausarbeiten.«

Ann Farris nickte und lächelte ihn stolz an.

»Die Beweise, die Matt aus den Demain-Computern geholt hat, sind in den sicheren Händen französischer Staatsanwälte«, sagte Hood. »Da das Verbrechen in einem internationalen Umfeld stattfand, werden Vertreter der Vereinigten Staaten, Deutschlands und anderer Länder dafür sorgen, daß Dominique sich nicht irgendwie herauswindet. Ich würde auch gerne Matt und seinem Team gratulieren. Sie haben gestern den Verbreitungsort der Haßspiele hier in den Vereinigten Staaten in Montgomery, Alabama, ausgemacht. Die Spiele wurden über das Internet dort plaziert und konnten so aus der direkten Nachbarschaft jenes Ortes verbreitet werden, an dem sich Rosa Parks 1955 weigerte, ihren Sitzplatz im Bus an einen Weißen abzutreten. Dominique interessierte sich für Geschichte. Leider hat er nichts daraus gelernt.«

»Wie Samuel Taylor Coleridge es einmal formulierte«, sagte Rodgers feierlich. »›Wenn Menschen aus der Geschichte lernten – welch große Lehren könnten wir daraus ziehen. Aber Ehrgeiz und Parteilichkeit machen uns blind.‹«

»Ich denke, daß wir in Europa einigen Menschen die Augen geöffnet haben, vor allem dank Bob Herbert«, ergänzte Hood.

»Und Jody Thompson«, warf Herbert ein. »Ich läge unter einem Steinhaufen, wenn sie nicht gewesen wäre.«

»Ja, und dank Jody«, stimmte Hood zu. »Man sagte uns, daß die Chaostage in Deutschland im Sande verlaufen seien. Viele junge Menschen fühlten sich desillusioniert und sind frühzeitig nach Hause gegangen.«

»Die armen Kinder«, spottete Martha. »Wollen Sie wetten, daß sie wiederkommen?«

»Sie haben recht«, meinte Hood. »Wir haben dem Haß als solchem kein Ende setzen können. Aber wir haben zumindest einige Denkanstöße erteilt. Um zehn Uhr treffe ich mich mit Senatorin Barbara Fox …«

Vereinzelte Buhrufe kamen auf.

Hood hob die Hände. »Ich verspreche Ihnen, daß sie uns nicht verlassen wird, bevor die angedrohten Haushaltskürzungen aufgehoben worden sind. Um ehrlich zu sein, ich habe mir über das Wochenende Gedanken darüber gemacht, wie wir zusätzliche Gelder für eine neue Abteilung einsetzen könnten, die entweder eigenständig oder als Teil des OP-Centers operieren soll: eine ›Web Patrol‹ oder ›Net Force‹, die die Datenautobahn überwacht.«

»Warum nennen wir sie nicht ›Computer CHiPs‹?« fragte Stoll. »Oder wie wäre es mit ›Information Highway Patrol‹?«

Vereinzelt wurde Gemurmel laut.

»Wie?« fragte er. »›Net Force‹ ist besser?«

»Jedenfalls wird man mich im Kongreß und in der Presse dann ernst nehmen«, sagte John Benn. »Und nur das zählt.«

»Wo wir gerade vom Kongreß reden«, fiel Hood ein. »Ich möchte Senatorin Fox nicht warten lassen. Ich danke Ihnen noch einmal sehr herzlich für diesen warmen Empfang zu Hause, und besonders danke ich General Rodgers für die Unterstützung, die er uns in Übersee gewährt hat.«

Hood ging, gefolgt von respektvollem Applaus und einigen Hochrufen. Im Hinausgehen klopfte er Rodgers auf die Schulter und bat ihn, sich ihm anzuschließen. Gemeinsam verließen sie den »Panzer«.

»Gibt es irgendwas, das wir für Colonel August tun können, damit er sich willkommen fühlt?« fragte Hood, während sie zu seinem Büro gingen.

»Da fällt mir nur eines ein«, entgegnete Rodgers. »Ich werde über Mittag nach Washington hineinfahren, um zu sehen, ob ich das Modell der Revell Messerschmitt Bf 109 finden kann. Als Kinder haben wir zusammen Modellflugzeuge gebaut, und das war immer das eine große Stück, das uns gefehlt hat.«

»Verbuchen Sie es über das Ausgabenkonto.«

Rodgers schüttelte den Kopf. »Das geht auf mich. Ich bin es Brett schuldig.«

Hood sagte, das verstehe er. Dann fragte er, ob Rodgers an dem Treffen mit der Senatorin teilnehmen wolle.

Der General lehnte ab. »Einmal pro Woche ist genug. Außerdem konnten Sie schon immer besser mit ihr umgehen. Mir fehlt dafür einfach das richtige Händchen.«

»Ich habe in den letzten Tagen das zu tun versucht, womit Sie ihren Lebensunterhalt verdienen, Mike«, sagte Hood. »Sie haben genau das richtige Händchen.«

»Dann ist ja alles klar. Wenn wir sie nicht überreden können, legen wir ihr Handschellen an und setzen sie in einen Hubschrauber.«

»Meinetwegen«, stimmte Hood zu. Sein Assistent »Bugs« Benet steckte den Kopf aus seinem Büro auf der anderen Seite der Halle und informierte den Direktor, daß die Senatorin gerade eingetroffen sei.

Hood ließ Rodgers, dessen gute Wünsche ihm durch die Halle folgten, zurück und beeilte sich, um Senatorin Fox am Aufzug in Empfang zu nehmen.

Sie kam in Begleitung ihrer beiden Assistenten an, einen listigen Ausdruck im Gesicht.

»Guten Morgen, Paul«, sagte sie, als sie aus dem Aufzug trat. »Hatten Sie ein erholsames Wochenende?«

»In den Momenten, in denen mich meine Frau nicht anschrie, weil ich mich beinahe habe umbringen lassen, ja.«

»Sehr gut.« Sie durchquerten die Halle. »Was mich angeht«, sagte die Senatorin, »ich war nicht untätig. Ich habe die ganze Zeit überlegt, wie ich die Köpfe einiger Leute, die für den Mann arbeiten, der soeben die freie Welt gerettet hat, zum Rollen bringen könnte. Haben Sie das alles nur geplant, um mir das Leben schwer zu machen, Paul?«

»Ihnen bleibt aber auch wirklich nichts verborgen, nicht wahr?« gab er zurück.

»Sie werden es sicher in ›Larry King Live‹ bringen«, sagte die Senatorin. »Besonders den Mann im Rollstuhl, der Miß Thompson gerettet hat. Das war nicht nur großartig, das war ein PR-Traum. Von ihr ist die Presse auch ganz hingerissen. Speziell weil sie Angebote abgelehnt hat, die Filmrechte an ihrer ›Feuerprobe‹ zu verkaufen, wenn sie nicht selbst Regie führen darf. Ganz schön clever.«

Die Gruppe erreichte Hoods Büro und blieb davor stehen.

»Die Hilfe für Miß Thompson kam von Bob und Mike, nicht von mir«, sagte Hood.

»Das ist richtig. Sie haben nur unseren Schmelztiegel gerettet, unsere Städte davor bewahrt, im Chaos zu versinken, und die Karriere des nächsten großen Despoten der Welt beendet. Trotzdem, Paul – ich bin noch immer dazu entschlossen, Kürzungen vorzunehmen. Das bin ich den Steuerzahlern schuldig.«

»Darüber sollten wir in meinem Büro reden. Aber ich würde gerne allein mit Ihnen darüber sprechen. Ich habe Ihnen etwas mitzuteilen.«

»Ich habe keine Geheimnisse vor meinen Mitarbeitern. Sie mögen zwar nicht so hochkarätig sein wie Ihr Team, aber sie gehören zu mir.«

»Das verstehe ich. Dennoch hätte ich gerne ein oder zwei Minuten mit Ihnen allein.«

Ohne ihre Assistenten anzusehen, sagte die Senatorin: »Warten Sie bitte hier auf mich, ich bin gleich zurück.«

Neil Lippes und Bobby Winter lehnten Hoods Angebot,

sich in ein anderes Büro zu setzen, ab. Nachdem die Senatorin eingetreten war, schloß Hood die Tür.

»Nehmen Sie Platz«, sagte er und ging zu seinem Schreibtisch.

»Vielen Dank, ich bleibe stehen. Es wird nicht lange dauern.«

Hood entschied sich dafür, vor dem Schreibtisch zu bleiben, anstatt dahinterzutreten. Er hatte eine persönliche Abneigung gegen Theatralik und wollte so deutlich und unverblümt wie möglich sein. Aber er wußte, daß er in ihrer Nähe sein mußte.

Er nahm einen großen Umschlag vom Schreibtisch und hielt ihn in ihre Richtung.

»Das wurde übers Wochenende mit der deutschen Diplomatenpost ausgeliefert«, sagte er. »Es ist vom Staatssekretär des Auswärtigen Amtes Richard Hausen.«

Hood wartete. Er war am Sonntag zu Matts Wohnanlage hinausgefahren und hatte ihn eine Computeranalyse durchführen lassen. Es bestand kein Zweifel. Obwohl er diesen Moment gefürchtet hatte, seit das Paket angekommen war, mußte er es jetzt zu Ende bringen.

»Ich höre«, sagte Fox.

»Gérard Dominique und Richard Hausen studierten vor Jahren zusammen an der Sorbonne in Paris. Eines Nachts gingen sie aus. Sie tranken.«

Die natürlich geröteten Wangen der Senatorin verloren etwas von ihrer Farbe. Ihre dunklen Augen richteten sich auf das Paket.

»Darf ich?« fragte sie und streckte ihre Hand danach aus.

Hood gab es ihr. Sie zog den Umschlag an sich und hielt ihn in beiden Händen. Mit ihren Daumen und Zeigefingern tastete sie das Paket ab, um den Inhalt zu erfühlen.

»Fotos«, sagte sie.

Hood kam näher. Er sagte sanft: »Senatorin, bitte setzen Sie sich.«

Sie schüttelte den Kopf und schob eine Hand in den Umschlag. Ohne hinzusehen, wählte sie eine Fotografie aus. Sie zog sie heraus und betrachtete sie.

Das Farbfoto zeigte ein Mädchen auf der Spitze des Eifelturms, dahinter lag das trübe Paris ausgebreitet.

»Lucy.« Die Stimme der Senatorin war belegt, kaum hörbar. Sie schob das Foto zurück und drückte den Umschlag an ihre Brust. »Was ist damals passiert, Paul?«

Hood sah, wie sich ihre Augen mit Tränen füllten. Sie blinzelte und drückte den Umschlag fester an sich.

»Dominique griff sie an«, sagte er. »Hausen versuchte, ihn aufzuhalten. Als sie gingen, griff Hausen nach seinen Sachen. Zufällig steckte er im Dunkeln die Kamera ein. Er behielt sie, weil er nicht wußte, was er damit anfangen sollte – bis jetzt.«

Die Augen der Senatorin waren geschlossen, ihr Atem kam flach. »Mein Baby. Meine Lucy.«

Hood verspürte den Wunsch, sie in den Arm zu nehmen. Statt dessen sah er sie nur an, im Bewußtsein der Unangemessenheit aller Worte oder Gesten, die er anzubieten hatte. Gleichzeitig bemerkte er, wie die politische Ikone zu Fleisch und Blut wurde. Er wußte, daß sie sich nie mehr vollständig von ihm würde zurückziehen können – egal, was in Zukunft zwischen sie träte. Nicht nach dem Augenblick, den sie soeben geteilt hatten.

Auch die Senatorin schien das zu wissen. Sie entspannte ihre Arme und sah Hood an. Dann nahm sie einen erleichterten Atemzug und reichte ihm den Umschlag zurück. »Würden Sie die bitte eine Weile für mich aufbewahren? Nach 20 Jahren haben Sie mir – verzeihen Sie das Modewort – Seelenfrieden gegeben. Ich bin im Moment nicht imstande, erneut mit dem Schmerz fertigzuwerden. Wahrscheinlich wird eine Menge darüber während Dominiques Prozeß zur Sprache kommen.«

»Ich verstehe.« Hood legte den Umschlag hinter sich auf den Schreibtisch und blieb davor stehen, so daß sie ihn nicht sehen mußte.

Fast augenblicklich kehrte die Senatorin in ihr zurück. Ihre Augen klarten auf, ihre Schultern strafften sich, und ihre Stimme wurde wieder fester. »Sie wissen, daß ich jetzt keine Kürzungen mehr vornehmen kann.«

»Senatorin, ich habe das nicht getan, um politische Vergünstigungen zu erhalten.«

»Ich weiß. Das ist ein noch gewichtigerer Grund, aus dem ich für Sie kämpfen werde. Ich war fest entschlossen, als ich ankam. Aber das OP-Center hat seinen Wert unter Beweis gestellt, genau wie Sie. Bei den meisten Leuten, die ich kenne, hätte dieser Moment nach Manipulation gerochen. Washington ist nicht der geeignete Ort für echte Intimität, aber Sie haben sie hier und heute geschaffen, und ich glaube von ganzem Herzen, Paul, daß wir hinter unseren wertvollen Menschen genauso stehen müssen wie hinter unseren wertvollen Institutionen.«

Sie bot ihm ihre Hand. Hood schüttelte sie.

»Vielen Dank für heute«, sagte sie. »Ich rufe Sie später an, damit wir ein weiteres Treffen vereinbaren können. Lassen Sie uns überlegen, wie wir die Haushaltswachhunde und Sie gleichermaßen zufriedenstellen können.«

»Ich warne Sie.« Hood lächelte. »Ich werde eventuell mehr Geld brauchen. Mir schwebt eine neue Einrichtung vor.«

»Das könnte genau der richtige Weg sein, um an mehr Geld zu kommen. Wir kürzen beim OP-Center und geben die Mittel samt Zulage für die andere Einrichtung zurück. Überall Schall und Rauch, aber alle sind glücklich.«

HEYNE BÜCHER

Tom Clancy

»Tom Clancy hat eine natürliche erzählerische Begabung und einen außergewöhnlichen Sinn für unwiderstehliche, fesselnde Geschichten.«

THE NEW YORK TIMES

01/9863

Tom Clancy
Gnadenlos
01/9863

Tom Clancy / Steve Pieczenik
Tom Clancy's OP-Center
01/9718

Tom Clancy / Steve Pieczenik
Tom Clancy's OP-Center
Spiegelbild
01/10003

Tom Clancy / Steve Pieczenik
Tom Clancy's OP-Center
Chaostage
01/9982

Im Hardcover:

Tom Clancy
Atom-U-Boot
Reise ins Innere eines Nuclear Warship
40/303

Tom Clancy
Fighter Wing
Eine Reise in die Welt der modernen Kampfflugzeuge
40/339

Heyne-Taschenbücher